HEYNE
BUCHER

DEAN KOONTZ

TÜR INS DUNKEL

Roman

Aus dem Englischen
von Alexandra v. Reinhardt

Deutsche Erstausgabe

WILHELM HEYNE VERLAG
MÜNCHEN

HEYNE ALLGEMEINE REIHE
Nr. 01/9044

Titel der Originalausgabe
THE DOOR TO DECEMBER

Der Titel erschien bereits in der Allgemeinen Reihe
mit der Band-Nr. 01/7992.

12. Auflage
1. Auflage dieser Ausgabe

Printed in Germany 1994
Umschlagillustration: Bavaria Bildagentur/TCL, München
Umschlaggestaltung: Atelier Ingrid Schütz, München
Satz: IBV Satz- und Datentechnik GmbH, Berlin
Druck und Bindung: Elsnerdruck, Berlin

ISBN: 3-453-07493-9

Inhalt

Teil I

Das graue Zimmer

Mittwoch
2.50 Uhr bis 8.00 Uhr

1

Laura kleidete sich hastig an und öffnete die Haustür gerade in dem Moment, als ein Streifenwagen der Polizei von Los Angeles an der Bordsteinkante vor ihrem Haus hielt. Sie ging hinaus, warf die Tür hinter sich zu und lief den Gartenweg entlang.

Alle Schleusen des nächtlichen Himmels hatten sich über der Großstadt geöffnet. Der kalte Regen peitschte Laura ins Gesicht. Sie hatte keinen Schirm mitgenommen, denn sie wußte nicht mehr, in welchem Schrank sie ihn verstaut hatte, und sie wollte keine Zeit mit der Suche danach verschwenden.

Es donnerte heftig, aber sie nahm dieses bedrohliche Grollen kaum wahr. Ihr rasendes Herzklopfen schien jedes andere Geräusch zu übertönen.

Ein uniformierter Streifenpolizist stieg aus dem Wagen, sah sie kommen, stieg wieder ein und öffnete die Beifahrertür.

Laura nahm neben ihm Platz und schloß rasch die Tür. Mit kalter, zittriger Hand schob sie eine nasse Haarsträhne hinter ihr Ohr.

In dem Streifenwagen roch es stark nach einem Desinfektionsmittel; sein Tannenduft vermochte den Gestank von Erbrochenem jedoch nicht ganz zu überdecken.

»Mrs. McCaffrey?« fragte der junge Polizist.

»Ja.«

»Mein Name ist Carl Quade. Ich soll Sie zu Lieutenant Haldane bringen.«

»Und zu meinem Mann«, fügte sie nervös hinzu.

»Davon weiß ich nichts.«

»Mir wurde gesagt, Dylan, mein Mann, sei gefunden worden.«

»Lieutenant Haldane wird Sie über alles informieren können.«

Laura hatte plötzlich das unangenehme Gefühl, sich gleich übergeben zu müssen. Sie würgte und schüttelte angewidert den Kopf.

»Tut mir leid, daß es hier im Wagen so stinkt. Ich habe vorhin einen Mann wegen Trunkenheit am Steuer verhaftet, und dieser Kerl hatte schweinische Manieren.«

Es waren aber nicht die Gerüche, die ihren Magen revoltieren ließen. Ihr war übel, weil man ihr vor wenigen Minuten telefonisch mitgeteilt hatte, ihr Mann sei gefunden worden; aber Melanie war mit keinem Wort erwähnt worden. Und wenn Melanie nicht bei Dylan war – wo mochte sie dann sein? Vermißt? Tot? Nein! O Gott, nein! Laura preßte eine Hand auf den Mund, biß die Zähne zusammen, hielt den Atem an, versuchte, der Übelkeit Herr zu werden. Es gelang ihr mit äußerster Willenskraft, und sie erkundigte sich: »Wohin... wohin fahren wir?«

»Zu einem Haus in Studio City. Es ist nicht weit von hier.«

»Wurde Dylan dort gefunden?«

»Wenn Ihnen gesagt wurde, er sei gefunden worden, müßte er sich dort befinden.«

»Wie hat man ihn ausfindig gemacht? Ich wußte nicht einmal, daß die Polizei nach ihm suchte. Mir hatte man erklärt, die Polizei könne in dieser Angelegenheit nichts tun... sie sei dafür nicht zuständig. Ich glaubte, es bestünde keinerlei Chance, ihn jemals wiederzusehen... und Melanie.«

»Sie werden sich darüber mit Lieutenant Haldane unterhalten müssen.«

»Dylan muß einen Bankraub verübt oder irgendein anderes Verbrechen begangen haben«, sagte sie mit unverkennbarer Bitterkeit. »Daß er einer Mutter ihr Kind geraubt hatte, war für die Polizei nämlich nicht interessant genug.«

»Schnallen Sie sich bitte an.«

Sie legte nervös den Gurt an, während Quade losfuhr und auf der leeren nassen Straße wendete.

»Was ist mit meiner Melanie?« fragte sie.

»Wie bitte?«

»Meine Tochter. Geht es ihr gut?«

»Tut mir leid, ich weiß darüber nichts.«

»War sie nicht bei meinem Mann?«

»Ich glaube nicht.«

»Ich habe sie seit... seit fast sechs Jahren nicht gesehen.«

»Ein Streit um die Vormundschaft?«

»Nein, er hat sie entführt.«

»Tatsächlich?«

»Nun ja, nach dem Buchstaben des Gesetzes wurde es als Streit um die Vormundschaft bezeichnet, aber in meinen Augen war es schlicht und einfach eine Entführung.«

Wie jedesmal, wenn sie an Dylan dachte, stiegen Zorn und Groll in ihr hoch, aber sie versuchte, diese Gefühle zu überwinden, bemühte sich, ihn nicht zu hassen, denn sie hatte plötzlich die verrückte Idee, daß Gott sie beobachte und beurteile, und daß Er entscheiden könnte, sie sei nicht würdig, mit ihrer kleinen Tochter wiedervereint zu werden, wenn sie haßerfüllten Herzens war. Total verrückt! Aber sie wurde diesen Gedanken einfach nicht los. Die Angst raubte ihr den Verstand. Und sie raubte ihr jedwede Kraft, so daß sie sich einen Augenblick lang sogar zu schwach fühlte, um tief durchzuatmen.

Dylan... Laura fragte sich, wie es wohl sein würde, ihn nach so langer Zeit wiederzusehen. Was würde er ihr zu sagen haben – oder sie ihm?

Sie zitterte jetzt am ganzen Leibe.

»Alles in Ordnung?« erkundigte sich Quade.

»Ja«, schwindelte sie.

Mit eingeschaltetem Blaulicht, aber ohne Sirene, raste der Streifenwagen durch den Westteil der Stadt. Aus den tiefen Pfützen spritzten unter den Reifen hohe Wasserfontänen empor, so als würden duftige, phosphoreszierende weiße Vorhänge zurückgezogen, um den Weg freizumachen.

»Sie wäre jetzt neun Jahre alt«, brach Laura das Schweigen. »Meine Tochter, meine ich. Ich kann sie Ihnen nicht besonders gut beschreiben. Als ich sie zuletzt sah, war sie erst drei.«

»Tut mir leid, ich habe kein kleines Mädchen gesehen.«

»Blond. Grüne Augen.«

Der Polizist sagte nichts.

»Melanie *muß* bei Dylan sein«, beteuerte Laura verzweifelt, hin- und hergerissen zwischen jubelnder Freude über die Aussicht, Melanie endlich wiederzusehen, und panischer Angst, das Mädchen könnte tot sein. In ihren Alpträumen hatte Laura Melanie so oft tot aufgefunden, daß sie darin ein böses Omen sah. »Sie *muß* bei Dylan sein. Sie ist all diese Jahre bei ihm gewesen, sechs lange Jahre, weshalb sollte sie dann nicht auch jetzt bei ihm sein?«

»Wir werden in wenigen Minuten am Ziel sein«, sagte Quade. »Lieutenant Haldane kann all Ihre Fragen beantworten.«

»Man hätte mich doch nicht nachts um halb drei geweckt und mitten in einem Gewitter aus dem Haus geholt, wenn nicht auch Melanie gefunden worden wäre. Das hätten sie doch bestimmt nicht getan.«

Quade konzentrierte sich aufs Fahren, und sein Schweigen war schlimmer als jede Antwort.

Laura wischte ihre schweißnassen Hände an ihren Jeans ab. Sie schwitzte auch heftig unter den Achseln. Und ihr Magen drohte erneut zu rebellieren.

»Ist sie verletzt?« fragte sie. »Ist es das? Wollen Sie mir deshalb nichts über sie erzählen?«

Quade warf ihr einen mitleidigen Blick zu. »Wirklich,

Mrs. McCaffrey, ich habe in dem Haus kein kleines Mädchen gesehen. Ich verheimliche Ihnen nichts.«

Laura ließ sich gegen die Rückenlehne fallen. Sie war den Tränen nahe, aber sie war fest entschlossen, nicht zu weinen. Tränen würden dem Eingeständnis gleichkommen, daß sie jede Hoffnung verloren hatte, Melanie lebend wiederzusehen, und wenn sie die Hoffnung aufgab – wieder so ein verrückter Gedanke! –, könnte sie für den Tod des Kindes verantwortlich sein, denn möglicherweise – noch verrückter! – wurde Melanie nur durch fortwährenden leidenschaftlichen Glauben am Leben erhalten, wie Tinkerbell in *Peter Pan*. Sie war sich bewußt, daß sie Symptome stiller Hysterie entwickelte. Die Idee, daß Melanies Leben von ihrem Glauben und ihrer Selbstbeherrschung abhängen könnte, war völlig absurd; sie war sich darüber im klaren, konnte sich aber dennoch nicht von dieser Vorstellung lösen, unterdrückte deshalb mühsam ihre Tränen und versuchte, sich zum Optimismus zu zwingen.

Die Scheibenwischer surrten monoton, der Regen trommelte aufs Wagendach, und Studio City schien so weit entfernt zu sein wie Hongkong.

Sie bogen vom Ventura Boulevard nach Studio City ab, einem Viertel, das sich in architektonischer Hinsicht durch das geschmacklose Nebeneinander verschiedenster Häusertypen auszeichnete: Kolonialstil, spanischer Stil, Cape Cod-Stil ... Seinen Namen verdankte das Viertel den alten Republic Studios, wo einst – bevor das Fernsehen aufkam – viele Western mit niedrigen Budgets gedreht worden waren. Seit es mit der Wohnqualität von Hollywood langsam aber sicher bergab ging, zogen immer mehr Drehbuchautoren, Maler, Künstler und Kunsthandwerker nach Studio City, sehr zum Mißvergnügen der Alteingesessenen, die mit der Lebensweise ihrer neuen Nachbarn oft überhaupt nicht einverstanden waren.

In einer ruhigen Sackgasse, die von Lorbeer- und Korallenbäumen gesäumt war, hielt Quade vor einem bescheidenen Haus im Ranch-Stil an, wo schon mehrere andere Fahrzeuge geparkt waren, darunter zwei dunkelgrüne Ford-Limousinen, zwei Streifenwagen und ein grauer Kastenwagen mit dem Stadtwappen auf der Tür. Doch Lauras Aufmerksamkeit galt ausschließlich einem weiteren Kastenwagen – einem Leichenwagen.

O Gott, nein! Bitte! *Nein!*

Laura schloß ihre Augen und versuchte sich einzureden, dies alles sei nur ein Traum. Der nächtliche Anruf der Polizei, Quade, dieses Haus – alles war bestimmt nur einer ihrer Alpträume, aus dem sie gleich erwachen würde.

Doch als sie ihre Augen wieder öffnete, stand der Leichenwagen noch immer da.

An allen Fenstern des Hauses waren die Vorhänge zugezogen, aber die ganze Front war in das grelle Licht tragbarer Scheinwerfer getaucht, und die Schatten sturmgepeitschter Büsche huschten über die Wände.

Ein Polizist in Uniform und Regenmantel war am Bordstein postiert. Ein zweiter stand unter dem Dachvorsprung vor der Haustür. Sie sollten offenbar neugierige Nachbarn und andere Schaulustige fernhalten, eine Aufgabe, die ihnen durch das Unwetter und die späte Nachtstunde leicht gemacht wurde.

Quade stieg aus, aber Laura war nicht imstande, sich zu bewegen.

Er steckte den Kopf wieder in den Wagen und sagte: »Hier ist es.«

Laura nickte, blieb aber regungslos sitzen. Sie wollte nicht ins Haus gehen. Sie wußte, was sie dort erwartete. Melanie. Tot.

Quade ging um den Wagen herum, öffnete die Beifahrertür und streckte Laura seine Hand entgegen.

Der Wind fegte dicke Regentropfen ins Auto.

Quade runzelte die Stirn. »Mrs. McCaffrey? Weinen Sie?«

Sie konnte ihre Augen nicht von dem Leichenwagen wenden.

»Sie haben mich angelogen«, murmelte sie.

»Wie bitte? Nein, keineswegs, überhaupt nicht.«

Sie brachte es nicht über sich, ihm ins Gesicht zu sehen.

Er stieß ein schnaubendes Geräusch aus. »Nun ja, es handelt sich um Mord. Wir haben es mit mehreren Leichen zu tun.«

Laura wollte schreien.

Quade fuhr hastig fort: »Aber Ihre kleine Tochter ist nicht im Haus. Sie befindet sich nicht unter den Opfern. Ganz ehrlich.«

Laura blickte ihm in die Augen. Er schien die Wahrheit zu sagen.

Sie stieg aus.

Er stützte sie am Arm, und sie gingen auf die Haustür zu.

Der prasselnde Regen erinnerte Laura an die Trommeln bei einem Leichenzug.

2

Der Polizist, der vor der Tür stand, ging ins Haus, um Lieutenant Haldane zu holen. Laura und Quade warteten draußen, unter dem Vordach, das ein wenig Schutz vor Wind und Regen bot.

Die frische, klare Nachtluft duftete nach Rosen. Entlang der ganzen Hausfront rankten sich Rosenbüsche an Spalieren empor, und in Kalifornien blühten die meisten Arten sogar im Winter. Die tropfnassen Blumen ließen matt die Köpfe hängen.

Haldane kam nach kurzer Zeit heraus. Er war groß,

breitschultrig und ein wenig grobschlächtig, hatte kurzgeschnittene sandfarbene Haare und ein breites, sympathisches irisches Gesicht. Seine blauen Augen wirkten so ausdruckslos, als wären sie aus Glas, und Laura fragte sich unwillkürlich, ob sie immer so aussehen mochten, oder ob dieser seltsam starre Blick von den beklemmenden Bildern herrührte, die sich ihm im Haus geboten hatten.

Lieber Gott!

Er trug ein Sportsakko aus Tweed, ein weißes Hemd mit Krawatte, deren Knoten er etwas gelockert hatte, eine graue Hose und schwarze Slipper. Von den Augen einmal abgesehen, wirkte er gutmütig und vertrauenerweckend, und das kurze Lächeln, das er Laura schenkte, strahlte echte Wärme aus.

»Doktor McCaffrey?« sagte er. »Ich bin Dan Haldane.«

»Meine Tochter...«

»Wir haben Melanie noch nicht gefunden.«

»Sie ist nicht...«

»Was?«

»Tot?«

»Nein, nein. Um Himmels willen, nein. Wenn das der Fall wäre, hätte ich Sie nicht herbringen lassen, das versichere ich Ihnen.«

Sie verspürte keine Erleichterung, weil sie nicht sicher war, ob sie ihm glauben sollte. Er wirkte nervös, angespannt. Etwas Schreckliches war in diesem Haus geschehen. Das war ihr klar. Und wozu hatte man sie zu solch nachtschlafender Zeit hergeholt, wenn Melanie nicht gefunden worden war? Was war hier los?

Haldane entließ Carl Quade, der durch den Regen zum Streifenwagen zurückrannte.

»Dylan? Mein Mann?« fragte Laura.

Haldane wich ihrem Blick aus. »Ja, wir glauben, ihn hier gefunden zu haben.«

»Ist er... tot?«

»Nun ... ja, wir glauben, daß er tot ist. Das heißt, wir haben eine Leiche, die seinen Personalausweis bei sich trug, aber wir konnten ihn noch nicht mit Sicherheit identifizieren. Dazu werden wir Fingerabdrücke oder einen zahnärztlichen Befund benötigen.«

Die Nachricht von Dylans Tod übte auf Laura eine überraschend geringe Wirkung aus. Sie hatte verständlicherweise nicht das Gefühl, einen Verlust erlitten zu haben; schließlich hatte sie ihren Mann die letzten sechs Jahre hindurch gehaßt. Aber sie war auch nicht glücklich über seinen Tod; sie verspürte keine Befriedigung, keine Genugtuung, sie sagte sich nicht, daß er endlich bekommen hatte, was er verdiente. Sie hatte ihn einmal geliebt, dann gehaßt. Und jetzt, als Toter, war er ihr gleichgültig. Sie verspürte absolut nichts, und das war vielleicht das Traurigste von allem.

Der Wind wechselte die Richtung, und kalter Regen wurde unter das Vordach gefegt. Haldane zog Laura in die hinterste Ecke, wo es noch trocken war.

Warum führt er mich nicht ins Haus?« fragte sie sich. Was will er mich nicht sehen lassen? Was ist dort passiert?

»Wie ist er gestorben?« erkundigte sie sich.

»Er wurde ermordet.«

»Von wem?«

»Das wissen wir nicht.«

»Erschossen?«

»Nein. Er wurde ... zu Tode geprügelt.«

»Mein Gott!« Sie mußte sich an die Mauer lehnen, weil sie plötzlich weiche Knie hatte.

»Doktor McCaffrey?« Haldane griff besorgt nach ihrem Arm, um sie, wenn nötig, zu stützen.

»Danke, es geht schon wieder«, sagte sie. »Aber ich rechnete immer fest damit, daß Dylan und Melanie zusammen wären. Dylan hat sie mir geraubt.«

»Ich weiß«, murmelte Haldane.

»Vor sechs Jahren. Er plünderte unsere Bankkonten,

kündigte seinen Job und rannte davon, weil ich eine Scheidung wollte und er nicht bereit war, die Vormundschaft für Melanie mit mir zu teilen.«

»Als wir seinen Namen in den Computer eingaben, lieferte er uns Ihren Namen und die ganze Akte«, erklärte Haldane. »Ich hatte keine Zeit, um mich in alle Einzelheiten zu vertiefen, aber im großen und ganzen weiß ich über den Fall inzwischen Bescheid.«

»Wenn er sein ganzes Leben ruinierte, wenn er alles wegwarf, nur um Melanie behalten zu können, muß sie doch bei ihm gewesen sein«, sagte Laura verzweifelt.

»Das war sie auch. Sie lebte hier mit ihm...«

»Sie *lebte* hier? *Hier?* Nur zehn oder fünfzehn Minuten von mir entfernt?«

»So ist es.«

»Aber ich hatte Privatdetektive beauftragt – mehrere, und keiner konnte eine Spur finden...«

»Manchmal ist der Trick, ganz in der Nähe zu bleiben – dort wo kein Mensch einen vermutet –, sehr erfolgreich.«

»O Gott, ich dachte, daß sie vielleicht sogar das Land verlassen hätten und nach Mexiko oder sonstwohin gegangen wären – und dabei waren sie die ganze Zeit über hier!«

Der Wind legte sich, und der Regen fiel jetzt vertikal, aber noch stärker als bisher. Der Rasen verwandelte sich zusehends in einen See.

»Jedenfalls befinden sich im Haus Mädchenkleider und Kinderbücher. Und im Küchenschrank steht eine Packung Schoko-Cornflakes. Ich kann mir nicht vorstellen, daß einer der Erwachsenen das Zeug gegessen hat.«

»Einer der Erwachsenen? Lebten hier außer Dylan und Melanie noch andere Leute?«

»Wir sind uns nicht ganz sicher. Wir haben... weitere Leichen gefunden. Wir glauben, daß noch eines der Mordopfer hier lebte, denn in den Schränken hängt Herrenkleidung in zwei verschiedenen Größen – der Ihres Mannes und der eines zweiten Toten.«

»Wie viele Tote sind es außer Dylan?«

»Zwei.«

»Zu Tode geprügelt?«

Er nickte.

»Und Sie wissen nicht, wo Melanie ist?«

»Noch nicht.«

»Dann hat... dann hat der Mörder sie vielleicht mitgenommen...«

»Möglicherweise«, mußte Dan Haldane zugeben.

Melanie konnte sich in diesem Augenblick also in der Gewalt eines Killers befinden! Eines brutalen Mörders, der gewiß auch vor einer Vergewaltigung nicht zurückschrecken würde.

Nein! Melanie war schließlich erst neun Jahre alt. Sie war noch ein kleines Mädchen.

Doch Laura wußte nur allzugut, daß es Monster gab, die es gerade auf Kinder abgesehen hatten, die speziell auf kleine Mädchen Appetit hatten.

»Wir müssen sie finden«, stammelte sie mit einer dünnen, heiseren Stimme, die sie kaum als ihre eigene wiedererkannte.

»Wir tun unser möglichstes«, versicherte Haldane.

Seine blauen Augen drückten jetzt tiefes Mitgefühl aus, doch seine Anteilnahme war für Laura kein Trost.

»Ich möchte Sie bitten, mit mir ins Haus zu kommen«, sagte Haldane. »Aber ich muß Sie warnen: Es ist kein schöner Anblick.«

»Ich bin Ärztin, Lieutenant.«

»Ich dachte, Sie seien Psychologin?«

»Das stimmt, aber ich habe auch ein abgeschlossenes Medizinstudium.«

»Oh, das wußte ich nicht.«

»Ich nehme an, Sie wollen, daß ich Dylans Leiche identifiziere?«

»Nein. Das wäre auch gar nicht möglich. Ich möchte Ihnen etwas zeigen, weil ich hoffe, daß Sie es mir vielleicht erklären können.«

»Was denn?«

»Etwas Merkwürdiges. Etwas verdammt Merkwürdiges.«

3

Sämtliche Lampen im Haus waren eingeschaltet.

Im ersten Augenblick wurde Laura von dem grellen Licht geblendet. Sie blinzelte, dann sah sie sich um. Das Wohnzimmer war ordentlich, aber geschmacklos eingerichtet. Das moderne geometrische Muster des Sofabezugs paßte nicht zu den schweren geblümten Vorhängen. Das Grün des Teppichs biß sich mit dem Grün der Tapeten. Nur die zwei- bis dreihundert Bücher in den Regalen erweckten den Eindruck, als seien sie tatsächlich benutzt worden. Alles übrige erinnerte an eine Bühnendekoration, die von einem Theaterensemble mit niedrigem Budget wahllos zusammengewürfelt worden war.

Ein billiger schwarzer Blechbehälter neben dem kalten Kamin war umgestürzt; schmiedeeiserne Werkzeuge waren herausgefallen und lagen auf den weißen Ziegeln der Feuerstelle.

Zwei Männer der Spurensicherung waren damit beschäftigt, nach Fingerabdrücken auf den Möbeln zu suchen.

»Bitte rühren Sie nichts an«, ermahnte Haldane Laura.

»Wenn Sie mich nicht benötigen, um Dylan zu identifizieren...«

»Wie schon gesagt, das würde uns nicht weiterhelfen.«

»Warum?«

»Es gibt nichts zu identifizieren.«

»Sie meinen... die Leiche ist so übel zugerichtet?«
»Von seinem Gesicht ist praktisch nichts mehr übrig.«
»Mein Gott!«
Sie standen noch immer im Wohnzimmer. Es schien Haldane zu widerstreben, mit ihr weiterzugehen, so wie es ihm kurz zuvor widerstrebt hatte, sie das Haus überhaupt betreten zu lassen.
»Hatte er irgendwelche besonderen Kennzeichen?«
»Ein großes Muttermal.«
»Wo?«
»Mitten auf der Brust.«
Haldane schüttelte den Kopf. »Das dürfte uns auch nichts nützen.«
»Weshalb nicht?«
Er warf ihr einen flüchtigen Blick zu, dann starrte er zu Boden.
»Ich bin Ärztin«, brachte sie ihm in Erinnerung.
»Seine Brust wurde zerschmettert.«
»Durch Schläge?«
»Ja. Jede Rippe ist mehrfach gebrochen. Das Brustbein wurde völlig zertrümmert.«
»Zertrümmert?«
»Ja. Das ist die einzige treffende Bezeichnung. Nicht nur gebrochen oder zersplittert. Zertrümmert. So als wäre es aus Glas gewesen.«
»Das ist unmöglich.«
»Ich habe es mit eigenen Augen gesehen. Ich wünschte, dieser Anblick wäre mir erspart geblieben.«
»Aber das Brustbein ist äußerst stabil; es ist – ähnlich wie der Schädel – einer der widerstandsfähigsten Knochen im menschlichen Körper.«
»Deshalb muß es sich bei dem Mörder um einen sehr großen und verdammt kräftigen Kerl handeln.«
Laura schüttelte den Kopf. »Nein. Das Brustbein kann bei einem Autounfall zertrümmert werden, etwa bei einem plötzlichen Zusammenstoß mit 80 oder 90 Stunden-

kilometern, wobei ja enorme Kräfte aufeinanderprallen... Aber die Körperkraft eines Menschen reicht dazu einfach nicht aus.«

»Wir nehmen an, daß er mit einem Bleirohr oder so was Ähnlichem drauflosschlug.«

»Nicht einmal damit läßt sich ein Brustbein völlig zertrümmern. Ausgeschlossen.«

Melanie, meine kleine Melanie, mein Gott, was ist dir nur widerfahren, wohin hat man dich verschleppt, und werde ich dich jemals wiedersehen?

Es schauderte sie. »Hören Sie, wenn Sie mich nicht benötigen, um Dylan zu identifizieren, weiß ich beim besten Willen nicht, wie ich Ihnen helfen kann.«

»Wie gesagt, ich möchte Ihnen etwas zeigen.«

»Etwas Merkwürdiges.«

»Ja, das kann man wohl sagen.«

Trotzdem machte er keine Anstalten weiterzugehen, und er hatte sich absichtlich so hingestellt, daß sein Körper ihr die Sicht auf die angrenzenden Räume nahm. Offenbar war er hin- und hergerissen zwischen dem Bedürfnis, von ihr irgendwelche Informationen zu erhalten, und einem Widerwillen, ihr den Schauplatz blutiger Morde zuzumuten.

»Ich verstehe nicht«, sagte sie. »Etwas Merkwürdiges? Was denn?«

Anstatt ihre Frage zu beantworten, stellte er eine Gegenfrage. »Sie und Ihr Mann waren Fachkollegen, nicht wahr?«

»Nicht direkt.«

»Er war doch ebenfalls Psychologe, oder?«

»Verhaltenspsychologe«, erwiderte sie. »Sein besonderes Interesse galt der Verhaltensmodifikation.«

»Und was sind Sie?«

»Ich habe mich auf Kinderpsychologie spezialisiert.«

»Sind das sehr verschiedene Gebiete?«

»Ja.«

Er runzelte die Stirn. »Nun ja, wenn Sie sein Labor sehen, werden Sie mir vielleicht trotzdem sagen können, womit Ihr Mann sich hier beschäftigt hat.«

»Ein Labor? Er hat hier auch *gearbeitet*?«

»Er hat hier hauptsächlich gearbeitet.«

»Was hat er denn gemacht?«

»Irgendwelche Experimente durchgeführt. Welchem Zweck sie dienten, wissen wir nicht.«

»Zeigen Sie mir dieses Labor.«

»Wir werden am Tatort vorbeikommen, und der bietet einen... schrecklichen Anblick.«

»Wie oft muß ich Ihnen denn noch sagen, daß ich Ärztin bin?«

»Ja, und ich bin Polizeibeamter, und ein Bulle sieht mehr Blut als ein Arzt. Trotzdem wurde mir fast übel.«

»Lieutenant, Sie haben mich herbringen lassen, und jetzt werden Sie mich nicht wieder los, bevor ich weiß, was mein Mann und meine kleine Tochter in diesem Haus gemacht haben.«

Er nickte. »Folgen Sie mir bitte.«

Sie gelangten durch die Küche in einen schmalen Gang, wo ein schlanker gutaussehender Lateinamerikaner in dunklem Anzug zwei Männer in weißen Kitteln überwachte, die eine Leiche in einem großen undurchsichtigen Plastiksack verstaut hatten. Einer der beiden schloß soeben den Reißverschluß. Laura konnte durch den milchigen Kunststoff hindurch die Umrisse einer menschlichen Gestalt erkennen, keine Einzelheiten – abgesehen von einigen Blutflecken am Sack.

Dylan?

»Es ist nicht Ihr Mann«, sagte Haldane, so als hätte er ihre Gedanken gelesen. »Bei dieser Leiche haben wir keinen Ausweis gefunden und sind deshalb ausschließlich auf Fingerabdruckvergleiche angewiesen.«

Die Wände waren blutbespritzt, und auf dem Boden waren große Blutlachen; eine solche Menge Blut mutete geradezu unwirklich an – wie eine Szene aus einem Film von Brian De Palma.

Man hatte einen schmalen Plastikläufer durch den Flur gelegt, damit die Polizeibeamten und die Techniker nicht durch das Blut waten mußten.

Haldane warf Laura einen besorgten Blick zu, und sie bemühte sich, ihre Angst zu verbergen.

War Melanie hier gewesen, als die Morde stattgefunden hatten? Wenn ja, und wenn der Täter sie mitgenommen hatte, dann war auch sie zum Tode verurteilt, denn eine lebende Zeugin wäre viel zu gefährlich. Und sogar, wenn sie nichts gesehen hatte, würde der Mörder sie umbringen, wenn er... wenn er mit ihr fertig war. Er würde sie töten, weil ihm das Genuß bereiten würde. Denn zweifellos handelte es sich um einen Psychopathen. Kein normaler Mensch würde ein derart verheerendes Blutbad anrichten.

Die beiden Männer in den weißen Kitteln gingen hinaus, um eine Bahre für den Abtransport der Leiche zu holen.

Der schlanke Lateinamerikaner hatte Ähnlichkeit mit Wayne Newton, nur trug er keinen Schnurrbart. Er wandte sich Haldane zu. Seine Stimme war erstaunlich tief. »Wir sind hier mit allem fertig; Sie wissen ja, Fotos und die ganze übrige Prozedur. Die Leiche kann jetzt in die Autopsie gebracht werden.«

»Ist Ihnen bei der vorläufigen Untersuchung etwas Besonderes aufgefallen?« wollte Haldane wissen.

Laura vermutete, daß der Lateinamerikaner ein Gerichtsmediziner war, aber für jemanden, der an Schauplätze eines gewaltsamen Todes eigentlich gewöhnt sein müßte, wirkte er sehr mitgenommen.

»Es sieht ganz so aus, als sei so gut wie jeder Knochen in seinem Leibe zumindest einmal gebrochen. Hunderte von Prellungen, eine neben der anderen... Die ganze Leiche ist sozusagen ein einziger großer blauer Fleck. Ich bin sicher, daß die Autopsie beschädigte Organe feststellen wird, verletzte Nieren usw.« Er warf einen unbehaglichen Blick zu Laura hinüber, so als wüßte er nicht so recht, ob er weiterberichten sollte. Sie bemühte sich, ihrem Gesicht einen Ausdruck unbewegten beruflichen Interesses zu geben und ihren Schrecken zu verbergen. Offenbar gelang es ihr, denn er fuhr fort: »Zerschmetterter Schädel. Ausgeschlagene Zähne. Ein Auge war aus der Höhle herausgerissen.«

Laura sah einen Feuerhaken auf dem Boden liegen. »Ist das die Mordwaffe?« fragte sie.

»Das glauben wir nicht«, erwiderte Haldane.

Der Arzt fügte hinzu: »Das Opfer hatte diesen Feuerhaken in der Hand. Der Mann hielt ihn so krampfhaft umklammert, daß ich ihn seinen Fingern nur mit Mühe entreißen konnte. Offenbar hatte er versucht, sich damit zu verteidigen.«

Alle drei blickten unwillkürlich schweigend auf den undurchsichtigen Plastiksack hinab.

Die beiden Weißkittel rollten die Bahre in den Gang; eines der Räder klapperte nervtötend.

Haldane führte Laura um die Leiche herum, in den Raum am Ende des Ganges.

Sie fror trotz ihres warmen Pullis und des gefütterten Regenmantels. Ihre Hände waren eiskalt und so weiß, daß sie wie abgestorben aussahen. Sie wußte, daß die Heizung eingeschaltet war, denn sie spürte im Vorbeigehen die warme Luft aus der Ventilation; folglich mußte sie sich eingestehen, daß sie vor Entsetzen fror.

Der Raum war offenbar als Arbeitszimmer genutzt worden, doch er bot einen Anblick von Verwüstung und Chaos. Schubladen waren aus Stahlschränken herausgerissen, zerkratzt und verbeult worden; die Griffe waren abgerissen, der Inhalt war auf dem Fußboden verstreut. Ein schwerer Nußbaum-Schreibtisch mit Chromteilen war umgekippt; zwei seiner Metallbeine waren verbogen, das

Holz an mehreren Stellen zersplittert und geborsten, so als wäre es von Axthieben getroffen worden. Eine Schreibmaschine war mit solcher Wucht gegen die Wand geschleudert worden, daß einige Tastenknöpfe abgesprungen waren. Überall lagen Papiere herum – graphische Darstellungen, maschinegeschriebene Seiten, Blätter, auf denen Ziffern und Notizen in einer kleinen, korrekten Handschrift standen; viele davon waren zerrissen oder zerknüllt. Und überall war Blut, auf dem Fußboden, auf den Möbeln, an den Wänden, sogar an der Decke. Ein süßlicher kupferartiger Geruch hing im Zimmer.

»Mein Gott!« murmelte Laura.

»Was ich Ihnen zeigen möchte, befindet sich im nächsten Raum«, sagte Haldane und führte sie zu einer Tür am anderen Ende des verwüsteten Arbeitszimmers.

Ihr Blick fiel auf zwei große undurchsichtige Plastiksäcke auf dem Fußboden.

Haldane drehte sich nach ihr um und wiederholte: »Im nächsten Raum.«

Ohne es zu wollen, war Laura stehengeblieben und starrte auf die beiden verpackten Leichen hinab.

»Ist einer davon... Dylan?« fragte sie.

Haldane trat an ihre Seite und deutete auf einen der Säcke. »Bei diesem Mann haben wir einen Ausweis gefunden, der auf den Namen Dylan McCaffrey ausgestellt war«, sagte er. »Aber Sie sollten sich diesen Anblick wirklich ersparen.«

»Sie haben recht«, stimmte sie bereitwillig zu. »Und wer war der andere?«

»Seinem Führerschein und anderen Papieren in der Brieftasche nach zu schließen, war sein Name Wilhelm Hoffritz.«

Sie war überrascht.

Haldane mußte ihr Erstaunen bemerkt haben, denn er fragte: »Kennen Sie ihn?«

»Er war an der Universität ein Kollege meines Mannes.«

»An der UCLA?«

»Ja. Dylan und Hoffritz führten mehrere Forschungsprojekte zusammen durch. Sie hatten viele gemeinsame Interessen – besser gesagt, Obsessionen.«

»Höre ich aus Ihrem Tonfall Mißbilligung heraus?«

Sie schwieg.

»Sie mochten Hoffritz nicht?«

»Ich verabscheute ihn.«

»Warum?«

»Er war ein eingebildeter, herablassender, aufgeblasener Wicht, der sich für eine äußerst wichtige Persönlichkeit hielt.«

»Was noch?«

»Genügt das nicht?«

»Sie sind nicht der Typ Frau, der das Wort ›verabscheuen‹ so leicht in den Mund nimmt.«

Erst jetzt fiel ihr auf, welchen Scharfsinn und welche Intelligenz seine Augen verrieten. Sie schloß ihre Augen, denn sein durchdringender Blick verursachte ihr Unbehagen; aber sie wollte auch nicht anderswohin schauen, weil alles mit Blut beschmiert war.

»Hoffritz glaubte an zentralistische Gesellschaftsplanung«, erklärte sie. »Er wollte Psychologie, Drogen und unterbewußte Beeinflussung einsetzen, um die Massen zu lenken und zu führen.«

Nach kurzem Schweigen fragte Haldane: »Also eine Art kollektiver Gehirnwäsche zur Ausübung von sozialer Kontrolle?«

»So ist es«, sagte sie mit gesenktem Kopf und noch immer geschlossenen Augen. »Er war ein Elitarist. Nein, das ist zu milde ausgedrückt. Er war ein Totalitarist. Er hätte einen ausgezeichneten Nazi oder Kommunisten abgegeben. Ihm ging es einzig und allein um Macht. Er wollte Kontrolle ausüben.«

»Werden an der UCLA Forschungsprojekte dieser Art durchgeführt?«

Sie öffnete die Augen und sah, daß er nicht scherzte.

»Selbstverständlich. Es ist eine große Universität, eine freie Universität. Es gibt keine Beschränkungen der wissenschaftlichen Freiheit – sofern der Forscher sein Projekt irgendwie finanzieren kann.«

»Aber die Konsequenzen aus Forschungsvorhaben dieser Art...«

Mit einem bitteren Lächeln entgegnete sie: »Empirische Resultate. Neue Erkenntnisse. Erweiterung des Wissens. *Darum* geht es einem Forscher, Lieutenant. Um die Konsequenzen kümmert er sich nicht.«

»Sie sagten vorhin, Ihr Mann habe Hoffritzs Obsessionen geteilt. Heißt das, daß auch er sich mit den Anwendungsmöglichkeiten geistiger Kontrolle beschäftigte?«

»Ja. Aber er war kein Faschist wie Willy Hoffritz. Ihm ging es in erster Linie darum, das Verhalten Krimineller zu ändern, als Methode der Verbrechensbekämpfung. Zumindest *glaube* ich, daß es dieser Anwendungsbereich war, der ihn am meisten interessierte. Er redete ständig davon. Allerdings – wenn ich genauer darüber nachdenke –, je intensiver Dylan sich mit irgendeinem Projekt beschäftigte, bis hin zur regelrechten Obsession, desto weniger sprach er darüber, so als hielte er jedes Wort für vergeudete Energie, die ihm dann beim Nachdenken und Arbeiten fehlen könnte.«

»Erhielt er finanzielle Zuschüsse von der Regierung?«

»Dylan? Ja. Sowohl er als auch Hoffritz.«

»Vom Pentagon?«

»Möglicherweise. Aber ich kann mir kaum vorstellen, daß ihn Fragen der Landesverteidigung beschäftigten. Warum? Was hat das mit diesem Fall zu tun?«

Anstatt zu antworten, sagte Haldane: »Sie haben mir vorhin erzählt, daß Ihr Mann seine Stellung an der Universität aufgab, als er mit Ihrer Tochter verschwand.«

»Ja.« – »Aber jetzt stellt sich heraus, daß er nach wie vor mit Hoffritz zusammenarbeitete.«

»Hoffritz ist nicht mehr an der UCLA, schon seit drei oder vier Jahren nicht mehr, vielleicht auch noch länger.«

»Weshalb?«

»Das weiß ich nicht. Mir sind nur Gerüchte zu Ohren gekommen, man hätte ihm nahegelegt zu kündigen.«

»Aus welchen Gründen?«

»Er soll irgendwelche Verstöße gegen das Berufsethos begangen haben.«

»Welcher Art?«

»Das weiß offenbar niemand.«

»Haben Sie an der UCLA zu tun?«

»Nein. Ich bin nicht in der Forschung tätig. Ich arbeite an der Kinderklinik St. Mark's und betreibe nebenher eine kleine Privatpraxis. Vielleicht könnte Ihnen jemand von der Fakultät Auskunft geben, was Hoffritz angestellt hatte.«

Sie stellte fest, daß es ihr nichts mehr ausmachte, das viele Blut zu sehen. Sie nahm kaum noch Notiz davon. Wahrscheinlich lähmten Schreckensbilder dieser Art das Empfindungsvermögen. Eine einzige Leiche und ein einziger Tropfen Blut hätte sie tiefer erschüttert als dieses stinkende Schlachthaus. Sie begriff, weshalb Polizisten sich so rasch an Szenen blutiger Gewalt gewöhnen konnten: Entweder man härtete sich dagegen ab oder man verlor den Verstand, und letzteres war natürlich keine akzeptable Alternative.

»Ich glaube, daß Ihr Mann und Hoffritz wieder zusammengearbeitet haben«, sagte Haldane. »Hier. In diesem Haus.«

»Womit haben sie sich beschäftigt?«

»Das weiß ich eben nicht. Deshalb habe ich Sie herbringen lassen. Deshalb möchte ich, daß Sie sich das Labor im Nebenraum ansehen. Vielleicht können Sie mir sagen, was dort gemacht wurde.«

»Schauen wir es uns einmal an.«

Er zögerte. »Da wäre aber noch etwas...«

»Was?«

»Nun, ich glaube, daß die beiden Herren Experimente mit Ihrer Tochter anstellten.«

Laura starrte ihn fassungslos an.

»Ich glaube, daß sie Ihre Tochter als eine Art Versuchskaninchen mißbrauchten.«

»Auf welche Weise?« flüsterte sie.

»Das werden *Sie* mir erklären müssen«, erwiderte Haldane. »Ich bin kein Wissenschaftler. Ich weiß nur das wenige, das ich jeden Monat in *Omni* lese. Aber bevor wir hineingehen, sollten Sie wissen, daß... ich meine... nun ja, ich habe den Eindruck, als seien diese Experimente teilweise schmerzhaft gewesen.«

Melanie, was wollten sie von dir, was haben sie dir angetan, und wohin hat man dich jetzt gebracht?

Sie holte tief Luft.

Sie wischte ihre schweißnassen Hände an ihrem Regenmantel ab.

Sie folgte Haldane in das Labor.

4

Dan Haldane war erstaunt darüber, wie tapfer diese Frau ihre Fassung bewahrte. Okay, sie war Ärztin, wie sie betonte, aber Ärzte waren nicht daran gewöhnt, durch Blut zu waten; in einer Situation wie dieser waren Ärzte ebensowenig wie andere Bürger gegen Übelkeit und Ohnmachten gefeit. Es war nicht so sehr Laura McCaffreys medizinische Ausbildung, die sie durchhalten ließ; vielmehr war es eine außergewöhnliche innere Stärke, eine Zähigkeit und Selbstbeherrschung, die Dan sehr imponierten. Ihre Tochter wurde vermißt und war möglicherweise verletzt oder sogar tot, aber sie hatte sich eisern unter Kontrolle; sie würde keine Schwäche zeigen, geschweige denn zusammenbrechen, denn sie wollte um jeden Preis wissen, was mit ihrer Tochter geschehen war. Er fand diese Frau ausgesprochen sympathisch.

Sie war auch sehr hübsch, obwohl sie kein Make-up aufgelegt hatte und obwohl ihre kastanienbraunen Haare feucht und etwas kraus vom Regen waren. Sie war 36 Jahre alt, sah aber jünger aus. Ihre grünen Augen zeugten von wacher Intelligenz – und sie waren wunderschön.

Und sie hatten einen gequälten Ausdruck.

Dan wußte, daß das, was sie in dem behelfsmäßigen Labor erwartete, sie noch mehr verstören würde, und es widerstrebte ihm zutiefst, ihr das zuzumuten; aber es war der Hauptgrund gewesen, sie mitten in der Nacht aus dem Schlaf zu reißen und in dieses Haus bringen zu lassen. Obwohl sie ihren Mann seit sechs Jahren nicht gesehen hatte, kannte sie ihn vermutlich besser als jeder andere Mensch, und da sie zudem noch Psychologin war, bestand eine gewisse Wahrscheinlichkeit, daß sie erkennen würde, worum es bei Dylan McCaffreys Forschungen und Experimenten eigentlich gegangen war. Und Dan hatte das Gefühl, daß er diese Mordfälle nicht lösen und Melanie nicht finden konnte, wenn er nicht wußte, was Dylan McCaffrey hier getrieben hatte.

Laura betrat das Labor dicht hinter Haldane.

Er beobachtete sie aufmerksam. Ihr Gesicht drückte Erstaunen, Verwirrung und Unbehagen aus.

Die ehemalige Garage, in der zwei Wagen Platz hatten, war in ein großes Zimmer verwandelt worden – ein fensterloses, grausam düsteres Zimmer. Graue Decke. Graue Wände. Grauer Teppich. Leuchtstoffröhren an der Decke, verkleidet mit hellgrauem Plastik. Sogar die Griffe des grauen Schiebetürenschrankes waren grau gestrichen, ebenso die Heizkörper. Es gab keinen einzigen Farbtupfer in diesem Raum, der nicht nur kalt und völlig unpersönlich war, sondern geradezu den Eindruck eines riesigen Sarges erweckte.

Der auffälligste Einrichtungsgegenstand war ein Metalltank, der an eine altmodische eiserne Lunge erinnerte, aber wesentlich größer war. Auch dieser Tank war grau gestrichen. Rohre führten von ihm in den Fußboden hinein, und ein Stromkabel verband ihn mit einer Abzweigdose an der Decke. Über drei transportable Holzstufen gelangte man zur Einstiegsluke des Tanks, die geöffnet war.

Laura stieg die Stufen hinauf und spähte ins Innere.

Haldane wußte, was sie vorfinden würde: Schwärze, nur ganz schwach erhellt durch das wenige Licht, das durch die Luke einfiel; leises Plätschern von Wasser, hervorgerufen durch die Vibrationen der Stufen, die gegen des Metall stießen; einen feuchten, leicht salzigen Geruch.

»Wissen Sie, was das ist?« fragte er.

Sie stieg die drei Stufen hinab. »Gewiß. Eine Vorrichtung zur sensorischen Deprivation.«

»Was hat er damit gemacht?«

»Sie möchten etwas über die wissenschaftlichen Anwendungsbereiche wissen?«

Haldane nickte.

»Nun«, erklärte Laura, »man füllt den Tank mit Wasser – etwa 60 bis 80 Zentimeter hoch ... Genauer gesagt, man verwendet eine zehnprozentige Magnesiumsulfatlösung, um das spezifische Gewicht des Wassers zu erhöhen und dadurch einen maximalen Auftrieb zu erhalten. Man erwärmt das Wasser auf knapp 36° C – das ist jene Temperatur, bei der ein schwimmender Körper am wenigsten der Schwerkraft unterworfen ist. Je nach Art des Experimentes wird das Wasser manchmal aber auch auf 36,6° C erwärmt, das heißt auf normale Körpertemperatur ...«

»Werden diese Experimente an Tieren oder an Menschen duchgeführt?«

Seine Frage schien sie zu überraschen, und er kam sich sehr ungebildet vor. Aber als sie ohne jede Herablassung oder Ungeduld Auskunft gab, verloren sich seine Minderwertigkeitskomplexe sogleich wieder.

»An Menschen«, sagte sie. »Die betreffende Person zieht sich aus, steigt in den Tank, schließt hinter sich die Luke und schwimmt in totaler Dunkelheit, in totaler Stille.«

»Wozu?«

»Um von jedem sensorischen Reiz frei zu sein. Man sieht nichts. Man hört nichts. Auch Geruchs- und Geschmackssinn werden nur minimal stimuliert. Man spürt sein Eigengewicht nicht, man verliert das Gefühl für Zeit und Raum.«

»Aber wozu sollte jemand das durchmachen wollen?«

»Nun, ursprünglich, als die ersten Tanks erfunden wurden, wollte man auf diese Weise herausfinden, was passieren würde, wenn man jemanden fast aller äußeren Stimuli beraubte.«

»Ja? Was *ist* passiert?«

»Keineswegs das, was man eigentlich erwartet hatte. Keine Klaustrophobie. Keine Wahnvorstellungen. Ein kurzer Moment der Angst, ja, aber danach eine nicht unangenehme Aufhebung von Zeit und Raum. Das Gefühl, eingesperrt zu sein, verschwand nach ein bis zwei Minuten. Manche Versuchspersonen berichteten später, sie hätten geglaubt, unendlich viel Raum zur Verfügung zu haben. Wenn das Gehirn nicht von äußeren Stimuli beansprucht wird, entdeckt es eine ganz neue Welt innerer Stimuli.«

»Halluzinationen?«

Sie hatte für den Augenblick ihre Ängste vergessen. Ihr leidenschaftliches Interesse für ihr Fachgebiet war unverkennbar, und Dan stellte fest, daß sie eine natürliche Begabung für einen Lehrberuf gehabt hätte. Es machte ihr sichtlich Freude, Erklärungen abzugeben, Wissen zu vermitteln.

»Ja, manchmal kommt es zu Halluzinationen«, sagte sie. »Aber es sind keine beängstigenden oder bedrohlichen Halluzinationen, wie sie unter Drogeneinfluß häufig vorkommen. Oft sind es intensive und äußerst lebhafte sexuelle Phantasien. Und ausnahmslos jede Versuchsperson berichtet über ein geschärftes Denkvermögen. Einige haben ohne Papier und Bleistift schwierige Algebraaufgaben gelöst, die unter normalen Umständen ihre Fähigkeiten bei weitem überschritten hätten. Manche Psychotherapeuten setzen diese Deprivationskammern sogar bei Patienten ein, damit diese sich besser auf die Erforschung ihres Innern konzentrieren können.«

»Ich glaube, Ihrem Ton entnehmen zu können, daß Sie diese Vorgehensweise nicht billigen«, warf Haldane ein.

»Nun ja«, meinte Laura, »von ausgesprochener Mißbilligung zu sprechen, wäre übertrieben. Aber wenn man es mit einem psychisch gestörten Individuum zu tun hat, das sich ohnehin schon nur zur Hälfte unter Kontrolle hat, glaube ich, daß die Desorientierung in einer Deprivationskammer mit hoher Wahrscheinlichkeit zu negativen Auswirkungen führen kann. Viele Patienten, die unter einem gestörten Verhältnis zur realen Umwelt leiden, benötigen sogar möglichst viele äußere Stimuli.« Sie zuckte die Achseln. »Aber vielleicht bin ich übervorsichtig oder einfach altmodisch. Immerhin werden diese Dinger für den Gebrauch in Privathäusern verkauft, und in den letzten Jahren wurden bestimmt mehrere tausend davon abgesetzt; unter den Käufern gab es mit Sicherheit etliche labile Personen, aber mir ist nicht zu Ohren gekommen, daß jemand dadurch total durchgedreht hätte.«

»So ein Ding muß doch ganz schön teuer sein.«

»Selbstverständlich. Es handelt sich um eine Art neues Spielzeug für die Reichen.«

»Wozu sollte sich jemand so etwas für sein Heim kaufen?«

»Nun, alle Testpersonen berichten, daß sie sich nach einem Aufenthalt im Tank unglaublich entspannt und belebt fühlten. Die Hirnwellen entsprechen nach einer Stunde Schwimmen jenen eines Zen-Mönches in tiefer

Meditation. Man könnte sagen, es handelt sich um Meditation für Faule. Man benötigt dazu kein Studium, muß keine religiösen Prinzipien erlernen und befolgen. In kürzester Zeit ist man so fit wie nach einer Woche Urlaub.«

»Aber Ihr Mann benutzte dieses Ding nicht zur Entspannung.«

»Das kann ich mir auch nicht vorstellen«, stimmte sie zu.

»Welchen Zweck verfolgte *er* dann mit diesem Apparat?«

»Ich habe keine Ahnung.« In ihrem Gesicht, in ihren Augen, stand nun wieder Angst geschrieben.

»Ich glaube, daß dieser Raum ihm nicht nur als Labor diente«, sagte Haldane. »Ich nehme an, daß es zugleich das Zimmer Ihrer Tochter war, daß sie hier buchstäblich gefangengehalten wurde. Und ich denke, daß sie jede Nacht in diesem Tank schlief und manchmal auch mehrere Tage hintereinander darin verbrachte.«

»Tage? Nein. Das ist ausgeschlossen.«

»Warum?«

»Die möglichen psychischen Schäden, die Risiken...«

»Vielleicht hat sich Ihr Mann über solche Bedenken hinweggesetzt?«

»Aber sie war seine Tochter. Er liebte Melanie. Das muß man ihm lassen. Er liebte sie aufrichtig.«

»Wir haben ein Notizbuch gefunden, in dem Ihr Mann minutiös den Tagesablauf Ihrer Tochter während der letzten fünfeinhalb Jahre beschreibt.«

Ihre Augen verengten sich zu Schlitzen. »Ich will es sehen.«

»Gleich. Ich konnte es noch nicht gründlich studieren, aber ich habe es durchgeblättert, und ich glaube nicht, daß Ihre Tochter in den letzten fünfeinhalb Jahren dieses Haus jemals verlassen hat. Sie besuchte keine Schule. Sie war bei keinem Arzt. Weder im Kino noch im Zoo noch sonstwo. Und obwohl Sie es für ausgeschlossen halten, glaube ich dem Notizbuch entnehmen zu können, daß das Mädchen manchmal drei oder vier Tage in dem Tank verbrachte, ohne ihn zu verlassen.«

»Aber sie mußte doch etwas essen...«

»Ich glaube nicht, daß sie während dieser Zeit irgendwelche Nahrung zu sich nahm.«

»Wasser...«

»Vielleicht trank sie ein wenig von dem Wasser, in dem sie schwamm.«

»Sie hätte doch ihre Notdurft verrichten müssen.«

»Manchmal wurde sie offenbar für zehn oder fünfzehn Minuten herausgelassen, um auf die Toilette gehen zu können. In anderen Fällen führte Ihr Mann aber ein Katheter in ihre Harnblase ein, so daß sie in einen Behälter urinieren konnte, ohne das Wasser, in dem sie schwamm, zu verschmutzen.«

Die Frau war sichtlich erschüttert.

Dan wollte die Sache möglichst rasch hinter sich bringen, um ihretwillen, aber auch, weil dieser Ort ihn selbst krank machte. Er führte sie deshalb zu einem weiteren Einrichtungsgegenstand.

»Das ist eine Biofeedback-Maschine«, erklärte sie ihm. »Mit einem eingebauten EEG – einem Elektroenzephalographen – werden Gehirnströme aufgezeichnet. Das Biofeedback-Training ist eine Methode, die eine willentliche Änderung physischer Vorgänge wie etwa der Pulsfrequenz, der Hauttemperatur oder der Gehirnwellen bewirken soll.«

»Über Biofeedback weiß ich einigermaßen Bescheid.« Dan deutete auf ein anderes Gerät. »Und dies hier?«

Es war ein Stuhl mit Ledergurten und Drähten, die in Elektroden endeten.

Sie starrte den Apparat an, und Haldane spürte ihren wachsenden Widerwillen – und ihr Entsetzen.

Schließlich murmelte sie: »Eine Vorrichtung zur Aversionstherapie.«

»Für mich sieht dieses Ding wie ein elektrischer Stuhl aus.«

»Das ist es auch. Freilich sind die Stromstöße nicht tödlich. Der Strom kommt nicht aus der Steckdose, sondern aus Batterien. Und hiermit« – sie berührte einen Hebel an der Seite des Stuhls – »wird die Stromstärke reguliert. Vom leichten Prickeln bis hin zum schmerzhaften Elektroschock ist alles möglich.«

»Gehört das in der psychologischen Forschung zur Standardausrüstung?«

»Um Gottes willen, nein!«

»Haben Sie so etwas schon einmal in einem Labor gesehen?«

»Einmal. Nein... zweimal.«

»Wo?«

»Bei einem skrupellosen Tierpsychologen, den ich einmal kannte. Er machte Elektroschockversuche mit Affen.«

»Er folterte sie?«

»Ich bin sicher, daß *er* das anders sah.«

»Aber nicht alle Tierpsychologen arbeiten mit solchen Methoden?«

»Ich sagte bereits, daß es sich um einen skrupellosen Menschen handelte. Hören Sie, ich hoffe, Sie gehören nicht zu jenen Typen, die jeden Wissenschaftler für einen Dummkopf oder für ein Monster halten.«

»Bestimmt nicht. Als Junge habe ich im Fernsehen keine Folge von *Mr. Wizard* versäumt.«

Sie brachte ein schwaches Lächeln zustande. »Entschuldigung, ich wollte Sie nicht anschnauzen.«

»Eine durchaus verständliche Reaktion. Sie sagten vorhin, Sie hätten einen solchen Apparat zweimal gesehen. Wo haben Sie ihn zum zweitenmal gesehen?«

Ihr schwaches Lächeln verschwand schlagartig. »Auf einem Foto.«

»Oh?«

»In einem Buch über ... wissenschaftliche Experimente in Nazideutschland.«

»Ich verstehe.«

»Sie führten ihre Versuche an *Menschen* durch.«

Er zögerte. Aber es mußte gesagt werden. »Das tat auch Ihr Mann.«

Laura starrte ihn an. Ihr Gesicht war aschfahl.

»Ich glaube«, fuhr Dan fort, »daß er Ihre Tochter auf diesem Stuhl festschnallte ...«

»Nein!«

»... und daß er und Hoffritz und Gott weiß, wer sonst noch alles ...«

»Nein!«

»... sie folterten«, schloß Dan.

»Nein!«

»Es steht in dem Notizbuch.«

»Aber ...«

»Ich glaube, daß sie ihr mit Hilfe dieser Aversionstherapie, wie Sie das soeben nannten, beibringen wollten, ihre Gehirnwellen willentlich zu kontrollieren.«

Der Gedanke, daß Melanie auf diesem Stuhl gefoltert worden war, versetzte Laura einen solchen Schock, daß sie noch mehr erbleichte. Sie wurde leichenblaß, ihre Augen schienen tiefer in die Höhlen zu sinken und wirkten wie erloschen.

»Aber ... aber das ergibt keinen Sinn«, stammelte sie. »Aversionstherapie ist die ungeeignetste Methode, um Biofeedbacktechniken zu lernen.«

Er verspürte plötzlich das Bedürfnis, sie in die Arme zu nehmen, sie an sich zu drücken, ihr übers Haar zu streichen, sie zu trösten. Sie zu küssen. Sympathisch war sie ihm von Anfang an gewesen, doch bis jetzt hatte sie ihn sexuell nicht erregt. Das sah ihm wieder einmal ähnlich! Er fiel immer auf hilflose Geschöpfe herein, auf schwache oder kaputte weibliche Wesen, die in Schwierigkeiten waren. Und jedesmal endete die Sache damit, daß er sich sehnlichst wünschte, sich nie mit ihnen eingelassen zu haben. Laura McCaffrey hatte auf ihn zunächst keine sexuelle Anziehungskraft ausgeübt, weil sie selbstbewußt und selbstbeherrscht aufgetreten war. Aber nun, da sie ihre Verstörung und Angst nicht länger verbergen konnte, fühlte er sich zu ihr hingezogen. Nick Hammond, einer seiner Kollegen bei der Mordkommission, hatte Dan vorgeworfen, er hätte einen Gluckhennen-Komplex, und Dan mußte zugeben, daß daran etwas Wahres war.

Was ist nur mit mir los? fragte er sich. Warum komme ich nicht von der Rolle des fahrenden Ritters los, der jedem jungen Mädchen in Not beistehen will? Ich kenne diese Frau doch kaum, und ich möchte, daß sie mir vertraut, sich an meiner Schulter ausweint. So nach dem Motto: Verlassen Sie sich ausschließlich auf den großen Dan Haldane! Big Dan wird diese Bösewichte zur Strecke bringen und Ihre Welt wieder heil machen. Big Dan schafft das, auch wenn er tief im Innern noch immer ein törichter romantischer Jüngling ist.

Nein. Diesmal nicht. Er hatte eine Aufgabe zu erledigen, und das würde er auch tun, aber ganz sachlich, ohne irgendwelche Gefühle zu investieren. Dieser Frau würde an einer persönlichen Beziehung mit ihm sowieso nicht das geringste liegen. Sie hatte eine höhere Bildung als er. Sie hatte Stil. Sie war ein Typ für Brandy, während er selbst mit Bier vorliebnahm. Und, um Gottes willen, dies war gewiß nicht der richtige Zeitpunkt für eine Romanze. Sie war viel zu verwundbar; sie machte sich wahnsinnige Sorgen um ihre Tochter; ihr Mann war brutal ermordet worden, und das konnte sie nicht ungerührt lassen, auch wenn sie ihn seit langem nicht mehr geliebt hatte. Welcher Mann würde in einem solchen Augenblick romantische Träume hegen? Er schämte sich seiner selbst. Und doch...

Seufzend sagte er: »Nun, wenn Sie das Notizbuch Ihres Mannes gelesen haben, werden Sie mir vielleicht beweisen können, daß er das Mädchen nie in diesen Stuhl gesetzt hat. Aber ich glaube es nicht.«

Wie sie so dastand, machte sie einen verlorenen Eindruck.

Er ging zum Schrank und öffnete die Türen. Der Schrank enthielt Jeans, T-Shirts, Pullover und Schuhe in Größen, die einem neunjährigen Mädchen passen mußten. Alle Sachen waren grau.

»Warum?« fragte Dan. »Was hoffte er auf diese Weise beweisen zu können? Zu welchen Erkenntnissen sollte ihm das Mädchen verhelfen?«

Die Frau schüttelte stumm den Kopf; zum Sprechen fehlte ihr die Kraft.

»Und ich frage mich auch noch etwas anderes«, fuhr Dan fort. »Diese sechs Jahre müssen mehr Geld gekostet haben, als er von Ihrem gemeinsamen Konto abgehoben hatte. Wesentlich mehr! Trotzdem hat er nirgends gearbeitet. Er ist nie aus dem Haus gegangen. Vielleicht gab Hoffritz ihm Geld. Aber es muß noch andere Geldgeber gegeben haben. Wer waren diese Leute? Wer hat diese Arbeit finanziert?«

»Ich habe keine Ahnung«, murmelte Laura.

»Und warum?« überlegte er laut.

»Und wohin hat man Melanie gebracht?« fragte Laura. »Und was mag ihr jetzt angetan werden?«

5

Die Küche war nicht direkt schmutzig, aber auch alles andere als sauber. In der Spüle stapelte sich schmutziges Geschirr. Der Tisch am einzigen Fenster war mit Krumen übersät.

Laura setzte sich an den Tisch und fegte die Krumen mit der Hand beiseite. Sie wollte so schnell wie möglich Dylans Aufzeichnungen über seine Experimente mit Melanie lesen.

Aber Haldane wollte ihr das Buch – es hatte die Größe eines Hauptbuches und einen braunen Kunstledereinband – noch nicht geben. Er hielt es in der Hand und lief nervös im Zimmer auf und ab.

Der Regen trommelte ans Fenster und lief an der Scheibe hinab, und wenn ein Blitz die Nacht erhellte, wurde dieses Tropfenmuster an die Wände projiziert, was dem Raum das unwirkliche Aussehen einer Fata Morgana verlieh.

»Ich möchte einiges über Ihren Mann erfahren«, sagte Haldane.

»Beispielsweise?«

»Weshalb Sie sich von ihm scheiden lassen wollten.«

»Ist das von Bedeutung?«

»Möglicherweise.«

»Wie denn?«

»Nun, falls es in seinem Leben eine andere Frau gab, könnte sie uns eventuell Auskunft darüber geben, was er hier gemacht hat. Vielleicht könnte sie uns sogar sagen, wer ihn ermordet hat.«

»Es gab keine andere Frau.«

»Weshalb wollten Sie sich dann von ihm trennen?«

»Ich ... ich liebte ihn einfach nicht mehr.«

»Warum?«

»Er war nicht der Mann, den ich geheiratet hatte.«

»Inwiefern hatte er sich verändert?«

Sie seufzte. »Er hatte sich nicht verändert. Er war *nie* der Mann, den ich geheiratet hatte. Ich hatte mir ein völlig falsches Bild von ihm gemacht. Mit der Zeit erkannte ich, *wie* falsch ich ihn von Anfang an eingeschätzt hatte.«

Haldane hörte endlich auf, hin und her zu laufen, lehnte sich an eine Arbeitsplatte und kreuzte die Arme über der Brust, ohne Dylans Notizbuch aus der Hand zu legen. »Worin bestand diese Fehleinschätzung?«

»Damit Sie das verstehen können, muß ich Ihnen zunächst einiges über mich erzählen. Ich war auf der High School und im College nicht sonderlich beliebt oder begehrt. Ich hatte nie viele Verabredungen.«

»Es fällt mir schwer, das zu glauben.«

Sie errötete wider Willen.

»Es stimmt aber. Ich war krankhaft schüchtern. Ich ging Jungen aus dem Wege. Ich ging allen Menschen aus dem Wege. Ich hatte auch nie gute Freundinnen.«

»Hat Ihnen niemand das richtige Mundwasser und das richtige Schuppenshampoo empfohlen?«

Sie lächelte über seinen Versuch, sie aufzuheitern, aber es bereitete ihr stets ein gewisses Unbehagen, über sich selbst zu sprechen. »Ich wollte nicht, daß jemand mich näher kennenlernte, weil ich mir einbildete, man würde mich dann ablehnen, und ich konnte es einfach nicht ertragen, abgewiesen zu werden.«

»Warum hätte man Sie denn ablehnen sollen?«

»Oh... weil ich nicht so schlagfertig oder so klug oder so hübsch war wie die anderen.«

»Nun, ob Sie schlagfertig sind, kann ich natürlich nicht beurteilen. Intelligent sind Sie jedenfalls; schließlich haben Sie promoviert. Und ich weiß beim besten Willen nicht, wie Sie jemals in den Spiegel schauen konnten, ohne zu merken, wie hübsch Sie sind.«

Sein offener warmer Blick hatte nichts Freches oder Zweideutiges an sich, und auch sein Ton war ganz nüchtern. Doch trotz seiner zur Schau getragenen professionellen Sachlichkeit spürte Laura, daß er sich zu ihr hingezogen fühlte, und sein Interesse verursachte ihr Unbehagen.

Sie schaute verlegen beiseite und starrte die silbrigen Regenspuren am dunklen Fenster an, während sie sagte: »Ich hatte damals schreckliche Minderwertigkeitskomplexe.«

»Weshalb?«

»Meine Eltern waren schuld daran. Besonders meine Mutter.«

»Wie waren sie denn?«

»Sie haben mit diesem Fall nichts zu tun«, erwiderte sie. »Außerdem sind sie nicht mehr am Leben.«

»Das tut mir leid.«

»Mir nicht.«

»Oh... ich verstehe.«

»Was nun Dylan betrifft...«

»Sie wollten mir erzählen, warum Sie ihn von Anfang an falsch einschätzten.«

»Wissen Sie, ich hatte solche Schutzbarrieren um mich herum errichtet, mich so sehr in mein Schneckenhaus zurückgezogen, daß niemand an mich herankam. Vor allem keine Jungen – keine Männer. Ich verstand es, sie rasch abzuwimmeln. Bis ich Dylan begegnete. Er gab nicht auf. Er bat mich unverdrossen, mit ihm auszugehen. Meine Absagen schienen ihn nicht zu stören – er kam immer wieder. Meine Schüchternheit schreckte ihn ebensowenig ab wie meine unhöflich kühle, abweisende Art. Er umwarb mich. Nie zuvor hatte mir jemand den Hof gemacht, jedenfalls nicht so wie Dylan. Er ließ sich durch nichts entmutigen. Er war geradezu besessen von der Idee, mich zu erobern. Er versuchte mit allen möglichen sentimentalen und altmodischen Mitteln, meine Gunst zu gewinnen. Ich durchschaute seine romantische Masche, aber ich war trotzdem beeindruckt. Er schickte mir Blumensträuße und Pralinen, und einmal schenkte er mir sogar einen riesigen Teddybär.«

»Er schenkte einer sechsundzwanzigjährigen Frau, die an ihrer Dissertation arbeitete, einen Teddybär?« wunderte sich Haldane.

»Verrückt, nicht wahr? Aber ich freute mich riesig. Er sandte mir auch selbstverfaßte Gedichte und unterschrieb sie mit ›Ein heimlicher Verehrer‹. Das mag sich alles abgedroschen und kitschig anhören, aber für eine sechsundzwanzigjährige Frau, die noch nicht einmal im Küssen viel Erfahrung hatte und sich darauf eingestellt hatte, eine alte Jungfer zu werden, war es schweres Geschütz. Er war der erste Mensch, der mir jemals das Gefühl gab, liebens- und begehrenswert zu sein. Er riß meine Schutzbarrieren nieder. Es war einfach überwältigend.«

Während sie davon sprach, wurden die Erinnerungen an jene schöne Zeit in ihr wieder überraschend lebendig. Der Gedanke, was hätte sein können, stimmte sie wehmütig. Wie jung, unschuldig und unerfahren sie damals doch gewesen war!

»Später, als wir verheiratet waren«, fuhr sie fort, »stellte ich fest, daß Dylans Beharrlichkeit und Leidenschaft nicht nur mir allein gegolten hatten. Oh, nicht daß es andere Frauen gegeben hätte. Es gab keine. Aber er betrieb *alles*, was ihn interessierte, mit dem gleichen glühenden Eifer, den er bei seinem Werben um mich an den Tag gelegt hatte. Ob es sich nun um seine Forschungen auf dem Gebiet der Verhaltensänderung handelte, ob um Okkultismus, der ihn wahnsinnig faszinierte, oder um seine Vorliebe für schnelle Wagen – widmete all diesen Dingen genausoviel Energie wie seinerzeit meiner Eroberung.«

Beim Sprechen fiel ihr wieder ein, wie beunruhigt sie über Dylan gewesen war – und über die Wirkung, die seine anstrengende Persönlichkeit auf Melanie haben könnte. Wenn sie sich damals zur Scheidung entschlossen hatte, so nicht zuletzt deshalb, weil sie befürchtet hatte, er könnte Melanie durch sein eigenes zwanghaft-obsessives Verhalten anstecken.

»Er legte beispielsweise hinter unserem Haus einen kunstvollen japanischen Garten an und brachte monatelang jede freie Minute damit zu, ihn zu verschönern. Er hatte sich fanatisch in den Kopf gesetzt, dieser Garten müsse perfekt werden. Jede Pflanze, jeder Stein mußte seinen Idealvorstellungen genau entsprechen. Jeder Bonsai-Baum mußte so vollkommen proportioniert, so fantasievoll und harmonisch gewachsen sein wie in den Büchern über asiatische Gartenarchitektur. Und von mir erwartete er die gleiche Begeisterung für dieses Projekt – wie für jedes Projekt, das ihn fesselte. Aber ich konnte keinen derartigen Enthusiasmus aufbringen. Und ich *wollte* es auch nicht. Er war in allen Dingen ein solcher Perfektionist, daß es keinen Spaß machte, etwas gemeinsam mit ihm zu unternehmen. Alles artete in schwere Arbeit aus. Es war ein zwanghaftes Verhalten, eine Art Besessenheit, und trotz all seines Enthusiasmus machten seine diversen Beschäftigungen ihm keine *Freude*, weil ihm ganz einfach die Zeit fehlte, sich zu entspannen und sich zu freuen.«

»Das hört sich so an, als sei es ganz schön anstrengend gewesen, mit ihm verheiratet zu sein«, kommentierte Haldane.

»Das kann man wohl sagen! Nach kurzer Zeit wirkte seine permanente Begeisterung nicht mehr ansteckend, weil kein geistig gesunder Mensch ständig in einem fiebrigen Erregungszustand leben kann. Dylan wirkte auf mich nicht mehr belebend, sondern nur noch ... ermüdend. Es machte mich verrückt, nie einen Moment der Entspannung, der Ruhe zu haben. Damals hatte ich meine Promotion bereits abgeschlossen und unterzog mich einer Psychoanalyse – das ist eine unerläßliche Voraussetzung für jeden, der als Psychiater praktizieren möchte. Mir wurde klar, daß Dylan ein schwer gestörter Mann war, daß er seinen Enthusiasmus nicht einfach übertrieb, sondern – wie ich schon sagte – zwanghaft obsessive Züge hatte. Ich versuchte ihn zu einer Psychoanalyse zu überreden, aber für *diese* Idee konnte er sich nicht im geringsten begeistern. Schließlich sagte ich ihm, daß ich mich scheiden lassen wolle. Ich kam aber nicht einmal dazu, die Klage einzureichen. Gleich am nächsten Tag plünderte er nämlich unsere gemeinsamen Konten und verschwand mit Melanie. Ich hätte es vorhersehen müssen.«

»Warum?«

»Weil er in bezug auf Melanie genauso besessen war wie in allen anderen Dingen. Sie war in seinen Augen das schönste, intelligenteste, hinreißendste Kind, das je gelebt hatte, und er legte immer größten Wert darauf, daß sie perfekt gekleidet war und sich perfekt benahm. Sie war erst drei Jahre alt, aber er brachte ihr das Lesen bei und versuchte ihr auch Französisch beizubringen. Einer Dreijährigen! Er sagte, in ganz jungem Alter lerne man am leichtesten. Das stimmt tatsächlich. Aber es ging ihm eigentlich gar nicht um Melanie. O nein! Es war ein egoistisches Verhalten – er wollte ein vollkommenes Kind haben. Ihm war der Gedanke schlichtweg unerträglich, sein kleines Mädchen könnte vielleicht nicht das hübscheste, klügste und aufgeweckteste Kind der Welt sein.«

Sie verstummte, und für kurze Zeit war es im Zimmer sehr still.

Der Regen klopfte ans Fenster, trommelte aufs Dach, floß gurgelnd durch die Abflußrinnen.

Schließlich sagte Haldane leise: »Ein solcher Mann wäre imstande ...«

Sie fiel ihm ins Wort. »Ja, er wäre imstande, mit seiner eigenen Tochter zu experimentieren, sie sogar irgendwelchen Torturen auszusetzen, wenn er glauben würde, sie auf diese Weise fördern zu können. Oder aber, wenn er von der Idee besessen wäre, irgendwelche Experimente durchführen zu müssen, für die man ein Kind benötigt.«

»O mein Gott«, murmelte Haldane in einer Mischung aus Abscheu, Entsetzen und Mitleid.

Laura begann zu weinen.

Der Detektiv trat an den Tisch heran und setzte sich neben sie.

Sie wischte ihre Augen mit einem Kleenex-Tuch ab.

Er legte ihr eine Hand auf die Schulter. »Alles wird wieder gut werden.«

Sie nickte, putzte sich die Nase.

»Wir werden sie finden«, versicherte er.

»Ich befürchte, nein.«
»Doch.«
»Ich befürchte, daß sie tot ist.«
»Das ist sie nicht.«
»Ich habe Angst.«
»Das dürfen Sie nicht.«
»Ich kann nichts dagegen tun.«
»Ich weiß.«

Sie vertiefte sich eine halbe Stunde in Dylans Eintragungen, aus denen sie erfuhr, wie Melanie ihre Zeit verbracht hatte. Dan Haldane ging währenddessen irgendwo im Haus anderen Pflichten nach. Als er in die Küche zurückkehrte, war Laura vor Entsetzen wie gelähmt.

»Es stimmt tatsächlich«, sagte sie. »Sie haben hier mindestens fünfeinhalb Jahre gelebt, wie aus dem Tagebuch hervorgeht. Und soweit ich sehen kann, hat Melanie das Haus kein einziges Mal verlassen.«

»Sie hat jede Nacht in der Deprivationskammer geschlafen?«

»Ja. Anfangs acht Stunden. Dann achteinhalb. Später neun. Am Ende des ersten Jahres verbrachte sie nachts zehn Stunden und zwei weitere Stunden am Nachmittag im Tank.«

Sie schloß das Buch. Dylans korrekte Schrift versetzte sie plötzlich in heißen Zorn.

»Und sonst?« fragte Haldane.

»Morgens mußte sie als erstes eine Stunde meditieren.«

»Meditieren? Ein so kleines Mädchen? Sie konnte doch bestimmt nicht einmal begreifen, was dieses Wort bedeutete.«

»Meditieren heißt im Grunde genommen nichts anderes, als die Außenwelt zu vergessen, den Geist nach innen zu richten, Frieden durch innere Einsamkeit zu suchen. Ich glaube nicht, daß er Melanie Zen oder andere Meditationsarten mit philosophischem oder religiösem Hintergrund lehrte. Vermutlich brachte er ihr einfach bei, ruhig dazuzusitzen und an nichts zu denken.«

»Selbsthypnose.«

»So kann man es nennen.«

»Aber wozu?«

»Ich weiß es nicht.«

Sie stand nervös auf. Sie hatte das dringende Bedürfnis, sich zu bewegen, um ihre Spannung abzureagieren. Aber die Küche war viel zu klein; sie durchquerte sie mit nur fünf Schritten. Und in den anderen Räumen konnte sie unmöglich herumlaufen – dort waren Blutlachen, dort arbeiteten die Männer der Spurensicherung. Sie lehnte sich an einen Küchenschrank, preßte ihre Hände mit aller Kraft gegen die Kante, so als könnte sie auf diese Weise ihre nervöse Energie ableiten.

»Nach der Meditation«, berichtete sie, »verbrachte Melanie jeden Tag mehrere Stunden damit, Biofeedback-Techniken zu lernen.«

»Wobei sie in dem elektrischen Stuhl saß?«

»Höchstwahrscheinlich. Aber...«

»Aber?«

»Aber ich glaube, daß der Stuhl auch noch anderen Zwecken diente, daß er auch dazu benutzt wurde, um sie gegen Schmerz unempfindlich zu machen.«

»Sagen Sie das noch einmal!«

»Ich glaube, daß Dylan ihr mit Hilfe von Elektroschocks beibringen wollte, Schmerzen zu ertragen, sie zu ignorieren, so wie es die östlichen Mystiker vermögen, die Yogi beispielsweise.«

»Wozu?«

»Vielleicht, damit sie die immer länger werdenden Aufenthalte im Deprivationstank verkraften konnte.«

»Ich hatte damit also recht?«

»Ja. Er dehnte diese Aufenthalte im Tank allmählich aus, bis sie im dritten Jahr manchmal drei Tage hintereinander im Dunkeln schwamm. Im vierten Jahr waren es dann schon vier oder fünf Tage. Und kürzlich... letzte Woche... verbrachte sie sieben Tage im Tank.«

»Katheterisiert?«

»Ja. Und künstlich ernährt mit Hilfe einer Tropfinjektion. Ihr wurde Glukose zugeführt, damit sie nicht austrocknete und nicht zuviel Gewicht verlor.«

»Mein Gott!«

Laura war erneut den Tränen nahe. Ihr war übel. Ihre Augen brannten, ihr Gesicht glühte.

Sie ging zur Spüle und wusch sich das Gesicht mit kaltem Wasser.

Es half nicht viel.

Haldane räusperte sich. »Sie sagten, er hätte Melanie an Schmerzen gewöhnen wollen, damit sie die langen Aufenthalte im Tank verkraften konnte.«

»Möglicherweise. Ich bin nicht sicher.«

»Aber was ist daran so schmerzhaft? Sie sagten doch vorhin, man spüre überhaupt nichts.«

»Ein relativ kurzer Aufenthalt, wie er ja normalerweise üblich ist, hat nichts Schmerzhaftes an sich. Aber wenn man mehrere Tage im Tank verbringen muß, wird die Haut faltig werden und schließlich aufreißen. Es werden Wunden entstehen.«

»Ich verstehe.«

»Und außerdem ist da noch das Katheter. Sie waren vermutlich noch nie so schwer krank, daß Sie wegen Inkontinenz ein Katheter benötigten.«

»Nein, Gott sei Dank!«

»Nun, nach einigen Tagen entzündet sich die Harnblase, und das ist schmerzhaft.«

»Das kann ich mir vorstellen.«

Sie hätte jetzt liebend gern einen harten Drink gekippt. Normalerweise machte sie sich nicht viel aus Alkohol. Gelegentlich trank sie ein Glas Wein, in seltenen Fällen einen Martini. Doch jetzt hätte sie sich am liebsten betrunken.

»Aber was bezweckte er mit all dem?« fragte Haldane.

»Was versuchte er zu beweisen? Wozu tat er seiner Tochter das alles an?«

Laura zuckte die Achseln.

»Sie müssen doch irgendeine Idee haben«, beharrte er.

»Nein, ich habe nicht die geringste Ahnung, was er damit bezweckte. In dem Tagebuch steht darüber kein Wort. Auch die Experimente werden nicht beschrieben. Er hat nur notiert, wie sie ihre Zeit verbrachte.«

»Sie haben vorhin in seinem Arbeitszimmer die überall verstreuten Papiere gesehen. Sie enthalten mit Sicherheit detailliertere Angaben als das Notizbuch.«

»Mag sein.«

»Ich habe einen flüchtigen Blick auf einige davon geworfen, wurde aber nicht schlau daraus. Zuviel psychologische Fachausdrücke. Für mich das reinste Chinesisch. Wenn ich das ganze Zeug fotokopieren lasse und Ihnen die Kopien in einigen Tagen schicke – würden Sie sie durchsehen und versuchen, sie zu ordnen?«

»Ich... ich weiß nicht. Es war schon schlimm genug, das Tagebuch zu lesen.«

»Wollen Sie nicht wissen, was er Melanie angetan hat? Falls wir sie finden, werden Sie es wissen *müssen*, wenn Sie mit dem psychischen Trauma, unter dem das Kind bestimmt leidet, fertigwerden wollen.«

Er hatte recht. Um Melanie richtig behandeln zu können, würde sie den Alptraum ihrer Tochter genau kennen, ihn sozusagen zu ihrem eigenen Alptraum machen müssen.

»Außerdem«, fuhr Haldane fort, »enthalten diese Papiere möglicherweise Anhaltspunkte darüber, wer seine Mitarbeiter waren und wer ihn ermordet haben könnte. Wenn wir das wüßten, wüßten wir vielleicht auch, wo Melanie sich jetzt befindet. Wenn Sie die Papiere Ihres Mannes durchsehen, stoßen Sie vielleicht auf eine Information, die uns hilft, Ihr kleines Mädchen zu finden.«

»Okay«, sagte sie müde. »Schicken Sie mir das Zeug.«

»Ich weiß, daß es für Sie nicht leicht sein wird.«

»Das ist noch sehr milde ausgedrückt.«

»Ich will wissen, wer unter dem Deckmantel der Forschung die Folterung eines kleinen Mädchens finanziert hat«, sagte er in einem Ton, der für einen unparteiischen Gesetzesvertreter viel zu grimmig und rachsüchtig klang. »Ich will es um jeden Preis herausfinden...«

»Lieutenant?« Ein uniformierter Polizist betrat die Küche.

»Was ist, Phil?«

»Sie suchen doch nach einem kleinen Mädchen, stimmt's?«

»Ja.«

»Nun, es wurde ein Mädchen gefunden.«

Laura stockte der Atem. Die entscheidende Frage lag ihr auf der Zunge, doch sie brachte keinen Ton hervor. Ihre Kehle war wie zugeschnürt.

»Wie alt?« erkundigte sich Haldane.

Das war nicht die Frage, die Laura bewegte.

»Etwa acht oder neun.«

»Haben Sie eine Beschreibung von ihr?« fragte Haldane.

Auch das war nicht die richtige Frage.

»Kastanienbraune Haare. Grüne Augen«, antwortete der Polizist.

Beide Männer starrten auf Lauras kastanienbraune Haare und grüne Augen.

Sie versuchte zu sprechen. Es gelang ihr nicht.

»Ist sie am Leben?« fragte Haldane.

Das war die Frage.

»Ja«, antwortete der Polizist. »Ein Streifenwagen hat sie sieben Blocks von hier entfernt aufgegriffen.«

Laura atmete tief durch. »Sie lebt?« fragte sie ungläubig.

Der Polizist nickte. »Ja, wie schon gesagt – sie lebt.«

»Wann wurde sie gefunden?«

»Vor etwa anderthalb Stunden.«

Haldanes Gesicht lief vor Zorn rot an. »Verdammt, warum erfahre ich erst jetzt davon?«

»Es war eine ganz normale Streife, die das Mädchen aufgriff«, erwiderte Phil. »Die Männer wußten nicht, daß es einen Zusammenhang zwischen der Kleinen und diesem Mordfall gibt. Das haben sie erst vor wenigen Minuten erfahren.«

»Wo ist sie jetzt?« fragte Laura.

»Im Valley Medical.«

»Im Krankenhaus? Mein Gott! Was ist mit ihr? Ist sie verletzt? Schwer verletzt?«

»Sie ist nicht verletzt«, antwortete der Polizist. »Wenn ich richtig verstanden habe, wurde sie aufgegriffen, weil sie... äh... nackt auf der Straße umherirrte und wie betäubt war.«

»Nackt!« murmelte Laura kraftlos. Die Angst, daß Melanie einem Sexualverbrecher in die Hände gefallen war, überfiel sie wieder mit der Wucht eines Hammerschlags. Sie lehnte sich an den Schrank und umklammerte mit beiden Händen die Arbeitsplatte, um nicht zusammenzubrechen. Während sie sich mühsam aufrecht hielt und kaum Luft bekam, flüsterte sie noch einmal: »Nackt?«

»Und völlig verwirrt, außerstande zu sprechen«, berichtete Phil. »Die Männer dachten, sie stehe unter schwerem Schock oder sei betäubt worden, deshalb schafften sie sie auf schnellstem Wege ins Valley Medical.«

Haldane nahm Laura beim Arm. »Kommen Sie. Wir fahren hin.«

»Aber...«

»Was ist?«

Sie fuhr sich mit der Zunge über die trockenen Lippen. »Und wenn es nun nicht Melanie ist? Ich möchte mir keine vergeblichen Hoffnungen machen und...«

»Es *ist* Melanie«, versicherte er. »Hier ist ein neunjähriges Mädchen verschwunden, und sieben Blocks entfernt wurde ein neunjähriges Mädchen gefunden. Das kann kein Zufall sein.«

»Aber wenn nun...«

»Mrs. McCaffrey, wovor haben Sie Angst?«

»Was, wenn dies nun nicht das Ende des Alptraums ist?«

Er starrte sie verständnislos an.

»Was, wenn dies erst der Anfang ist?« fuhr sie fort.

»Sie meinen, nach sechs Jahren dieser... dieser Torturen...?«

»Sie kann kein normales Kind mehr sein«, murmelte Laura mit schwankender Stimme.

»Das dürfen Sie nicht sagen. Es wird sich erst herausstellen, wenn Sie sie gesehen und mit ihr gesprochen haben.«

Sie schüttelte heftig den Kopf. »Nein. Sie kann nicht normal sein. Nicht nach all dem, was ihr Vater ihr angetan hat. Nicht nach jahrelanger Zwangsisolation. Sie muß ein sehr krankes kleines Mädchen sein, zutiefst verhaltensgestört. Die Wahrscheinlichkeit, daß sie normal sein könnte, ist praktisch gleich Null.«

Haldane spürte, daß es keinen Sinn hatte, sie mit leeren Phrasen beruhigen zu wollen, daß sie sich darüber nur ärgern würde. »Nein«, sagte er deshalb sanft, »nein, sie wird kein ausgeglichenes, gesundes kleines Mädchen sein. Sie wird krank und verängstigt sein; vielleicht hat sie sich in ihre eigene Welt zurückgezogen, vielleicht hat sie keinerlei Kontakt mehr zur Umwelt, und vielleicht lassen sich diese Schäden nie mehr beheben. Aber Sie dürfen eines nicht vergessen.«

Laura blickte ihm in die Augen. »Was?«

»Melanie braucht Sie.«

Laura nickte.

Sie verließen das Haus, in dem ein Blutbad angerichtet worden war.

Regen peitschte durch die Nacht, und heftige Donnerschläge ließen die Luft erzittern.

Haldane ließ Laura auf dem Beifahrersitz einer Limousine Platz nehmen und befestigte das Blaulicht am Wagendach. Mit heulender Sirene rasten sie zum Valley Medical.

6

Der Arzt, der in dieser Nacht Bereitschaftsdienst hatte, hieß Richard Pantangello. Er war jung, hatte dichtes braunes Haar und einen sorgfältig gestutzten, rötlich schimmernden Bart. Er holte Laura und Lieutenant Haldane am Empfang ab und führte sie zum Zimmer des Mädchens.

Die Korridore waren menschenleer; nur einige Krankenschwestern huschten wie Gespenster umher. Morgens um 4.10 Uhr war es in der Klinik geradezu unheimlich still.

Dr. Pantangello berichtete unterwegs mit leiser Stimme, fast flüsternd: »Sie hat keine Knochenbrüche, keine Verstauchungen, keine Schürfwunden. Nur einen blauen Fleck am rechten Arm, direkt über der Vene; ich würde sagen, daß er von einer ungeschickt eingeführten intravenösen Injektionsnadel herrührt.«

»Sie soll wie betäubt gewesen sein?« fragte Haldane.

»Nun, das ist nicht ganz der richtige Ausdruck«, erwiderte Pantangello. »Sie war nicht verwirrt. Eher in einer Art Trance. Keine Anzeichen für eine Kopfverletzung, obwohl sie seit ihrer Einlieferung kein einziges Wort gesprochen hat.«

Laura versuchte, sich dem ruhigen Tonfall des Arztes anzupassen, doch aus ihrer Stimme war die Angst deutlich herauszuhören. »Was ist mit... Vergewaltigung?«

»Es gibt keinerlei physische Anzeichen, daß sie mißbraucht wurde.«

Sie bogen um eine Ecke. Pantangello blieb vor Zimmer 256 stehen. Die Tür war geschlossen.

»Hier liegt sie«, sagte er, während er seine Hände in die Taschen seines weißen Kittels schob.

Laura gab sich mit seiner vorsichtig formulierten Antwort nicht zufrieden. »Sie sagten, es gebe keine physischen Anzeichen für eine Vergewaltigung, aber Sie schließen diese Möglichkeit dennoch nicht völlig aus?«

»Nun, es gibt keine Spermaspuren in der Vagina«, erklärte Pantangello. »Keine Verletzungen an den Schamlippen oder an den Wänden der Vagina.«

»Was bei einem Kind dieses Alters unweigerlich der Fall wäre«, fügte Haldane hinzu.

»Ja. Und ihr Hymen ist unversehrt«, fuhr der Arzt fort.

»Dann ist sie bestimmt nicht vergewaltigt worden«, erklärte Haldane.

Laura war keineswegs beruhigt, denn sie sah Sorge und Mitleid in den freundlichen Augen des Arztes.

Mit leiser, bedrückter Stimme sagte er: »Sie wurde nicht zum normalen Geschlechtsverkehr gezwungen. Das können wir ausschließen. Aber... nun ja, ich kann nicht mit Sicherheit sagen...« Er räuperte sich.

Laura spürte, daß diese Unterhaltung für den jungen Arzt kaum weniger qualvoll war als für sie selbst, und sie hätte ihm weitere Ausführungen gern erspart, aber sie mußte *alles* wissen, und es war seine Aufgabe, es ihr zu erzählen.

Er räusperte sich noch einmal und beendete seinen Satz: »Ich kann nicht mit Sicherheit sagen, daß keine orale Kopulation stattgefunden hat.«

Ein tierischer Klagelaut entrang sich Lauras Brust.

Haldane griff nach ihrem Arm, und sie lehnte sich einen Moment lang an ihn an. »Ruhig«, sagte er. »Sie dürfen sich nicht unnötig aufregen. Wir wissen ja noch nicht einmal, ob es sich tatsächlich um Melanie handelt.«

»Es ist Melanie«, widersprach sie heftig. »Ich bin sicher, daß es Melanie ist.«

Sie wollte ihre Tochter sehen, sie konnte es kaum erwarten, sie zu sehen. Doch gleichzeitig hatte sie Angst, die Tür zu öffnen und das Zimmer zu betreten. Hinter dieser Schwelle lag ihre Zukunft, und sie befürchtete, daß es eine Zukunft sein könnte, die nichts anderes als emotionalen Schmerz und Verzweiflung bereithielt.

Eine Krankenschwester eilte vorbei, verlegen jeden Blickkontakt meidend, wodurch Lauras Eindruck einer Tragödie sich nur noch verstärkte.

»Es tut mir sehr leid«, sagte Pantangello. Er nahm seine Hände aus den Taschen, schien sie trösten zu wollen, hatte aber offenbar Angst, sie zu berühren. Statt dessen begann er geistesabwesend mit dem Stethoskop zu spielen, das um seinen Hals hing. »Hören Sie, vielleicht hilft es Ihnen ein klein wenig... nun ja, ich persönlich glaube, daß sie nicht mißbraucht wurde. Ich kann es nicht beweisen. Ich *fühle* es einfach. Außerdem kommt es sehr selten vor, daß ein Kind mißbraucht wird, ohne daß es irgendwelche Verletzungen – Quetschungen, Schnittwunden etc. – erleidet. Die Tatsache, daß Ihre Tochter völlig unverletzt ist, deutet darauf hin, daß kein Sittlichkeitsverbrechen begangen wurde. Wirklich, darauf würde ich jede Wette eingehen.« Er lächelte ihr zu. Dieses Lächeln fiel allerdings sehr kläglich aus. »Ich würde ein Jahr meines Lebens darauf wetten.«

Laura kämpfte mit Tränen, während sie fragte: »Aber warum irrte sie nackt auf der Straße umher, wenn sie nicht vergewaltigt wurde?«

Die Antwort fiel ihr ein, noch bevor sie ihren Satz beendet hatte, und gleichzeitig kam auch Dan Haldane auf des Rätsels Lösung.

Er rief: »Sie muß in der Deprivationskammer gewesen sein, als der Mörder das Haus betrat. Deshalb war sie nackt.«

»Deprivationskammer?« fragte Pantangello mit gerunzelter Stirn.

Ohne ihn zu beachten, sagte Laura aufgeregt zu Haldane: »Vielleicht wurde sie deshalb nicht wie alle anderen ermordet. Vielleicht wußte der Mörder nicht, daß sie im Tank war.«

»Durchaus möglich«, stimmte Haldane zu.

Laura schöpfte neue Hoffnung. »Sie muß aus dem Tank herausgestiegen sein, nachdem der Mörder das Haus verlassen hatte. Wenn sie die Leichen gesehen hat... und das viele Blut... das muß ein derart traumatisches Erlebnis gewesen sein, daß es ihren Betäubungszustand erklären würde.«

Pantangello warf Haldane einen neugierigen Blick zu. »Das muß ein merkwürdiger Fall sein«, meinte er.

»Sehr merkwürdig«, bestätigte der Detektiv.

Laura hatte plötzlich keine Angst mehr vor der geschlossenen Tür zu Melanies Zimmer. Sie machte einen Schritt vorwärts und wollte sie aufstoßen.

Dr. Pantangello hielt sie zurück, indem er ihr eine Hand auf die Schulter legte. »Warten Sie. Da ist noch etwas.«

Der junge Arzt suchte nach den richtigen Worten, um ihr eine schlimme Nachricht möglichst schonend beizubringen. Daß es sich um etwas Beunruhigendes handelte, konnte Laura ihm am Gesicht ablesen, denn er war noch viel zu unerfahren, um eine ausdruckslose Miene professioneller Souveränität zur Schau tragen zu können.

»Der Zustand Ihrer Tochter...«, stammelte er. »Ich habe ihn vorhin als ›Trance‹ bezeichnet, aber das stimmt nicht ganz. Er ist fast katatonisch. Er hat große Ähnlichkeit mit dem Verhalten autistischer Kinder, wenn sie eine ihrer besonders passiven Phasen haben.«

Lauras Mund war so trocken, als hätte sie die vergangene halbe Stunde damit verbracht, Sand zu essen. Und sie nahm auch einen metallischen Geschmack auf der Zunge wahr. Sie wußte, was das war: Angst. »Sprechen

Sie es ruhig aus, Dr. Pantangello. Sie brauchen nichts zu beschönigen. Ich bin selbst Ärztin. Genauer gesagt, Kinderpsychologin. Was auch immer Sie mir zu sagen haben – ich werde es verkraften.«

Seine Worte überstürzten sich jetzt, so als wollte er es möglichst rasch hinter sich bringen, ihr schmerzhafte Mitteilungen machen zu müssen. »Nun, ich bin kein Spezialist, was Autismus betrifft. Das ist eher Ihr Ressort, und vielleicht sollte ich lieber meinen Mund halten. Aber ich finde, Sie sollten vorbereitet sein auf das, was Sie erwartet. Das Schweigen Ihrer Tochter, ihre Abkapselung, ihre In-sich-Gekehrtheit – nun, ich glaube nicht, daß das alles leicht und schnell zu beseitigen sein wird. Ich vermute, daß sie etwas Traumatisches erlebt hat, etwas verdammt Traumatisches, und sie hat sich tief in ihr Inneres zurückgezogen, um diese Erinnerungen verdrängen zu können. Sie zu heilen, wird ... nun ja ... es wird viel Geduld erfordern.«

»Und vielleicht wird es niemals gelingen?« fragte Laura.

Pantangello schüttelte den Kopf, zupfte an seinem Bart, befingerte das Stethoskop. »Nein, nein. Das habe ich nicht gesagt.«

»Aber gedacht!« sagte Laura.

Sie stieß die Tür auf und betrat das Zimmer, dicht gefolgt von dem Arzt und dem Detektiv.

Regen klopfte an die Scheibe des einzigen Fensters.

Weit entfernt, irgendwo über dem Ozean, zuckten Blitze durch die Nacht.

Es war ein Zweitbettzimmer, doch das Bett am Fenster war leer, und jene Hälfte des Raumes war dunkel. Über dem anderen Bett brannte eine Lampe; das Kind unter der Decke trug ein Krankenhausnachthemd. Das Kopfende des Bettes war etwas hochgestellt, so daß Laura das Gesicht auf dem Kissen deutlich sehen konnte.

Es war Melanie. Daran zweifelte Laura keinen Augenblick. Während der sechsjährigen Trennung hatte ihre kleine Tochter sich natürlich stark verändert, aber sie hatte unverkennbar Dylans Stirn und Backenknochen, während sie ihre Haarfarbe, die Nase und das Kinn von Laura geerbt hatte, ebenso wie die grünen Augen, die allerdings tief in den Höhlen lagen wie bei Dylan. Wichtiger als alle äußerlichen Ähnlichkeiten war jedoch Lauras innere Gewißheit, ihre Tochter vor sich zu haben. Sie hätte Mühe gehabt, jemandem zu erklären, woher sie das wußte; sie *spürte* einfach, daß dieses Mädchen ihr eigen Fleisch und Blut war.

Melanie sah aus wie eines jener Kinder, die auf Plakaten von Hilfsorganisationen gegen den Hunger in der dritten Welt abgebildet sind. Ihr Gesicht war hager und bleich, die Haut ungesund körnig. Ihre Lippen, eher grau als rosa, waren rissig und aufgesprungen. Und sie hatte dunkle Ringe unter den Augen, so als hätte sie Tränen mit einem tintenbeschmierten Daumen abgewischt.

Die Augen selbst waren aber das Schlimmste. Sie starrten ins Leere empor; sie waren weit geöffnet, doch sie nahmen nichts wahr – nichts von *dieser* Welt. In diesen Augen stand weder Furcht noch Schmerz geschrieben. Nur Trostlosigkeit.

»Liebling?« rief Laura.

Das Mädchen bewegte sich nicht. Nicht einmal die Lider zuckten.

»Melanie?«

Keine Reaktion.

Laura ging zögernd auf das Bett zu.

Das Kind lag regungslos da, so als wäre es blind und taub.

Laura schob das Sicherheitsgitter hinunter, beugte sich über das Mädchen, sagte wieder seinen Namen. Keine Reaktion. Mit zitternder Hand berührte sie Melanies Gesicht, das sich leicht fiebrig anfühlte, und dieser Hautkontakt löste eine wahre Sturmflut von Gefühlen in ihr aus, die den Damm mühsam bewahrter Selbstbeherrschung zum Einsturz brachte. Sie riß das Mädchen in ihre Arme, hielt es fest, streichelte es. »Melanie, Baby, meine Melanie, jetzt wird alles wieder gut, glaub mir, es wird alles wieder gut, du bist jetzt in Sicherheit, du bist bei mir in Sicherheit, Gott sei Dank, du bist in Sicherheit, Gott sei Dank!«

Sie brach in Tränen aus und weinte so hemmungslos, wie sie es seit ihrer Kindheit nie mehr getan hatte.

Wenn nur Melanie ebenfalls geweint hätte!

Aber das Mädchen war jenseits von Tränen. Es erwiderte auch Lauras Umarmung nicht; es hing schlaff in den Armen seiner Mutter, ein nachgiebiger Körper, eine leere Hülle, unfähig, die Liebe seiner Mutter wahrzunehmen, außerstande, Lauras Hilfe und Schutz anzunehmen. Das Kind hatte sich viel zu tief in sich selbst zurückgezogen, sich eine eigene Welt geschaffen, in der es nun einsam und verloren umherirrte.

Zehn Minuten später trocknete sich Laura auf dem Korridor mit einigen Kleenex-Tüchern die Tränen und putzte sich die Nase.

Dan Haldane lief auf und ab. Seine Schuhe quietschten auf den glänzenden Fliesen. Seiner grimmigen Miene nach zu schließen, versuchte er, seinen Zorn über das, was Melanie angetan worden war, abzureagieren.

Offenbar gibt es doch noch Polizisten, die nicht völlig abgebrüht und kaltschnäuzig sind, dachte Laura. Dieser hier scheint wirklich betroffen zu sein.

»Ich möchte Melanie wenigstens bis morgen nachmittag hier behalten«, sagte Dr. Pantangello. »Zur Beobachtung.«

»Selbstverständlich«, stimmte Laura zu.

»Nach der Entlassung aus der Klinik wird sie psychiatrische Betreuung benötigen.«

Laura nickte.

»Sie beabsichtigen doch nicht, sie selbst zu behandeln?«

Laura schob die nassen Papiertücher in eine Manteltasche und sagte: »Sie würden es für empfehlenswerter halten, daß ein unbeteiligter Therapeut mit ihr arbeitet, nicht wahr?«

»Ja.«

»Nun, Dr. Pantangello, ich verstehe Ihren Standpunkt, und in den meisten Fällen würde ich Ihnen durchaus zustimmen. Aber nicht in diesem speziellen Fall.«

»Es kommt normalerweise nichts Gutes dabei heraus, wenn ein Therapeut eines seiner eigenen Kinder behandelt. Die Eltern neigen nämlich entweder dazu – verzeihen Sie, aber es ist bedauerlicherweise eine Tatsache –, ihren Kindern mehr abzuverlangen als fremden Patienten, oder aber sie sind selbst mitverantwortlich für deren Probleme.«

»Ja. Sie haben völlig recht. Aber dieser Fall ist eine Ausnahme. Mich trifft keine Schuld am Zustand meiner kleinen Tochter. Ich war in keiner Weise beteiligt an den Qualen, die ihr zugefügt wurden. Ich bin für sie gewissermaßen eine Fremde, so wie jeder andere Therapeut es wäre, aber ich kann ihr viel mehr Zeit, Aufmerksamkeit und Hinwendung schenken. Bei jedem anderen Arzt wäre sie eine Patientin unter vielen. Bei mir wird sie aber die *einzige* Patientin sein. Ich werde mich im St. Mark's beurlauben lassen, und meine Privatpatienten werde ich für einige Wochen oder auch Monate an Kollegen überweisen. Ich werde keine schnellen Fortschritte von ihr erwarten, weil mir unbegrenzte Zeit zur Verfügung stehen wird. Melanie wird von mir alles bekommen, was ich als Ärztin und Therapeutin zu bieten habe, und zugleich all die Mutterliebe, die sie so lange entbehren mußte.«

Pantangello sah offenbar ein, daß weitere Warnungen oder gute Ratschläge nichts bewirken würden. Er verabschiedete sich mit den Worten: »Nun... ich wünsche Ihnen viel Erfolg.«

»Danke.«

Laura blieb mit Haldane im stillen, nach Desinfektionsmitteln riechenden Korridor stehen. »Es ist eine schwierige Aufgabe«, sagte der Detektiv.

»Ich werde sie bewältigen«, erwiderte Laura.

»Dessen bin ich mir sicher.«

»Melanie wird wieder gesund werden.«

»Ich hoffe es sehr.«

Im Schwesternzimmer am Ende des Korridors klingelte gedämpft ein Telefon.

»Ich habe einen uniformierten Polizisten angefordert«, sagte Haldane. »Für den Fall, daß Melanie die Morde mitangesehen hat, hielt ich es für angebracht, eine Wache zu postieren. Zumindest bis zum Nachmittag.«

»Danke.«

»Sie wollen doch nicht etwa hierbleiben, oder?«

»Doch.«

»Nicht lange, hoffe ich.«

»Einige Stunden.«

»Sie brauchen etwas Ruhe, Dr. McCaffrey.«

»Melanie braucht mich jetzt mehr. Und ich könnte ohnehin nicht schlafen.«

»Aber müssen Sie nicht einiges vorbereiten, wenn Sie sie am Nachmittag nach Hause mitnehmen wollen?«

Laura blinzelte. »Oh, daran habe ich überhaupt noch nicht gedacht. Ich muß ja ein Zimmer für sie herrichten. Und ihr etwas zum Anziehen kaufen.«

»Gehen Sie lieber nach Hause«, riet er ihr freundlich.

»Das tu ich... bald«, stimmte sie zu. »Aber nicht zum Schlafen – ich kann jetzt nicht schlafen; nur um alles für Melanie vorzubereiten.«

Er sagte zögernd: »Ich bringe es nur sehr ungern zur Sprache, aber ich hätte gern Blutproben von Ihnen und Melanie.«

»Wozu?« fragte sie erstaunt.

»Nun ja... anhand von Blutproben von Ihnen, Ihrem

Mann und dem Mädchen können wir feststellen, ob es sich tatsächlich um Ihre Tochter handelt.«

»Das ist nicht notwendig.«

»Es ist die einfachste Methode...«

»Ich sage Ihnen doch, es ist nicht notwendig!« fiel sie ihm zornig ins Wort. »Es *ist* Melanie. Es ist meine kleine Tochter. Ich *weiß* es.«

»Ich weiß«, beruhigte er sie teilnahmsvoll. »Ich verstehe Sie, und ich bin sicher, daß es sich um Ihre Tochter handelt. Aber nachdem Sie sie sechs Jahre nicht gesehen haben, sechs Jahre, in denen sie sich sehr verändert hat, und nachdem sie selbst nicht spricht, werden wir Beweise für ihre Identität benötigen; andernfalls wird das Jugendgericht sie unter staatliche Vormundschaft stellen. Und das wollen Sie doch bestimmt nicht?«

»Um Gottes willen, nein.«

»Dr. Pantangello sagte mir, sie hätten bereits eine Blutprobe des Mädchens. Es dauert nur eine Minute, das auch bei Ihnen zu erledigen.«

»Okay. Aber... wo?«

»Neben dem Schwesternzimmer ist ein Untersuchungsraum.«

Laura betrachtete ängstlich die geschlossene Tür von Melanies Zimmer. »Könnten wir warten, bis der Polizist hier ist, der Wache halten soll?«

»Selbstverständlich.« Er lehnte sich an die Wand.

Laura starrte weiterhin die Tür an.

Das Schweigen wurde allmählich unerträglich.

Um es zu durchbrechen, sagte Laura schließlich: »Ich hatte recht, nicht wahr?«

»In welcher Hinsicht?«

»Ich sagte vorhin, vielleicht würde es nicht das Ende des Alptraums sein, wenn wir Melanie fänden, sondern erst der Anfang.«

»Ja«, stimmte er zu. »Sie hatten recht. Aber immerhin *ist* es ein Anfang.«

Sie begriff, was er meinte« Sie hätten auch Melanies Leiche finden können, zu Tode geprügelt wie die drei Männer. Dies hier war besser. Beängstigend, verwirrend, deprimierend – aber entschieden besser.

7

Dan Haldane saß an dem Schreibtisch, der ihm für die Dauer seiner Vertretung bei der East Valley Division zur Verfügung gestellt worden war. Die alte Holzplatte wies zahlreiche Brandlöcher von Zigaretten auf, war verkratzt und mit dunklen Ringen von tropfenden Kaffeebechern verunziert. Doch das störte Dan nicht. Er liebte seine Arbeit, und er konnte, wenn nötig, sogar in einem Zelt arbeiten.

Kurz vor Tagesanbruch ging es in der East Valley Division so ruhig zu wie in jeder anderen Polizeidienststelle. Die meisten potentiellen Opfer waren noch nicht aufgewacht, und sogar die Verbrecher mußten irgendwann schlafen. Einige wenige Männer versahen den Bereitschaftsdienst; nicht mehr lange, und sie würden von den Beamten der Frühschicht abgelöst werden. Noch herrschte aber jene etwas gespenstische Atmosphäre, die allen Büroräumen bei Nacht eigen ist. Nur das Klappern einer einsamen Schreibmaschine aus einem Zimmer am anderen Ende des Flures war zu hören; und gelegentlich schlug der Besen des Hausmeisters gegen die Beine der leeren Schreibtische. Irgendwo klingelte ein Telefon; sogar in der Stunde vor Tagesanbruch hatte jemand Probleme.

Dan öffnete den Reißverschluß seiner abgeschabten Aktentasche und breitete den Inhalt auf dem Schreibtisch aus: Polaroidfotos von den drei Leichen, eine zufällige Auswahl der Papiere, die auf dem Fußboden in McCaffreys Arbeitszimmer verstreut gewesen waren, Aussagen der Nachbarn, vorläufige, von Hand geschriebene Berichte des Gerichtsmediziners und der Leute von der Spurensicherung – und Listen.

Dan glaubte an Listen. Er hatte Listen vom Inhalt aller Schränke und Schubladen im Mordhaus, eine Liste mit den Titeln der Bücher auf den Wohnzimmerregalen, eine Liste von Telefonnummern, die auf einem Schreibblock neben dem Telefon in McCaffreys Arbeitszimmer notiert gewesen waren. Er hatte auch eine Namensliste – jeder Name, den er auf irgendeinem Zettel am Tatort gefunden hatte, war aufgeführt. Bis zur Aufklärung des Falles würde er diese Listen mit sich herumtragen, sie in jeder freien Minute hervorholen und studieren – beim Mittagessen, auf der Toilette, im Bett, bevor er die Nachttischlampe ausschaltete; indem er auf diese Weise sein Unterbewußtsein immer wieder anstachelte, hoffte er, zu wichtigen Einsichten zu gelangen oder auf bedeutsame Zusammenhänge zu stoßen.

Stanley Holbein, ein alter Freund und Kollege von der Abteilung Raubmord, hatte einmal bei einer Weihnachtsfeier des Dezernats zum besten gegeben, er hätte einige von Dans höchst privaten Listen gesehen, darunter jene, auf denen jede Mahlzeit und jede Darmtätigkeit seit seinem neunten Lebensjahr aufgeführt gewesen wäre. Dan hatte amüsiert, aber doch mit rotem Kopf zugehört, die Hände in den Hosentaschen; und schließlich hatte er so getan, als wollte er Stanley an die Gurgel springen. Doch als er zu diesem Zweck die Hände aus den Taschen genommen hatte, war versehentlich ein gutes halbes Dutzend Listen zu Boden geflattert, was verständlicherweise nicht endenwollende Lachsalven ausgelöst hatte.

Am Schreibtisch sitzend, überflog er jetzt seine neueste Kollektion von Listen, in der vagen Hoffnung, daß ihm etwas sofort ins Auge springen würde. Als das nicht der Fall war, begann er die Listen langsam und gründlich durchzulesen.

Keiner der Buchtitel sagte ihm etwas. Es war eine eigenartige Mischung aus Psychologie, Medizin, Naturwissenschaften und Okkultismus. Weshalb sollte sich ein Wissenschaftler für Hellseherei, psychische Kräfte und andere paranormale Phänomene interessieren?

Er studierte die Namensliste. Keiner der Namen kam ihm irgendwie bekannt vor.

Obwohl sich ihm jedesmal fast der Magen umdrehte, betrachtete er immer wieder die Fotos von den Leichen. In seiner vierzehnjährigen Laufbahn bei der Polizei von Los Angeles und in den vorangegangenen drei Jahren Vietnam hatte er nicht wenige tote Männer zu Gesicht bekommen. Aber etwas Derartiges noch nie! Selbst Männer, die auf Landminen getreten waren, hatten nicht so ausgesehen wie die drei Leichen in dem Haus in Studio City.

Die Mörder – es mußte sich um mehrere Personen handeln – hatten unglaubliche Kräfte besessen oder in unmenschlicher Wut gehandelt oder beides zusammen. Die Opfer waren von unzähligen Schlägen getroffen worden, nachdem sie bereits tot gewesen waren. Sie waren buchstäblich zu Brei geschlagen worden. Wer konnte mit solch grenzenloser Grausamkeit und Brutalität töten? Welch wahnsinniger Haß mußte dazu angetrieben haben?

Bevor er sich auf diese Fragen konzentrieren konnte, wurde er von Schritten gestört, die sich dem Büro näherten.

Ross Mandale blieb vor Dans Schreibtisch stehen. Der Abteilungsleiter war ein untersetzter Mann, 1,73 m groß, mit kräftigem Oberkörper. Alles an ihm war braun, wie immer: braune Haare; dichte braune Augenbrauen; schmale, wachsame braune Augen; ein schokoladebrauner Anzug, beiges Hemd, dunkelbraune Krawatte, braune Schuhe. Er trug einen schweren Ring mit einem leuchtenden Rubin, und das war der einzige Farbtupfer an ihm.

Der Hausmeister war gegangen. Sie waren in dem großen Raum allein.

»Du bist noch hier?« fragte Mondale.

»Nein. Das ist nur eine gutgemachte Pappfigur. Ich selbst bin auf dem Klo und schieße mir gerade Heroin.«

Mondale lächelte nicht. Ohne auch nur eine Miene zu verziehen, sagte er: »Ich dachte, du wärest schon wieder im Central.«

»Mir gefällt es bei euch im East Valley eben besonders gut. Der Smog hat hier draußen eine besonders würzige Duftnote.«

»Diese Sparmaßnahmen sind eine verdammte Sauerei! Wenn hier früher ein Mann krank war oder Urlaub hatte, gab es genügend andere, die ihn vertreten konnten. Jetzt müssen wir Eratz von anderen Dienststellen anfordern und ebenso unsere eigenen Leute ausleihen, wenn anderswo Not am Mann ist. Es ist eine einzige Katastrophe!«

Dan wußte, daß Mondale sich weit weniger über diese Praxis geärgert hätte, wenn nicht ausgerechnet er, Haldane, hier die Vertretung machte. Mondale konnte ihn nicht leiden. Diese Abneigung beruhte allerdings auf Gegenseitigkeit.

Sie hatten zusammen die Polizeiakademie besucht und später zusammen Streife fahren müssen. Dan hatte sich vergeblich bemüht, einem anderen Kollegen zugeteilt zu werden. Erst die Konfrontation mit einem Geisteskranken, die Dan eine Kugel in der Brust und einen Krankenhausaufenthalt einbrachte, hatte bewirkt, daß er einen wesentlich sympathischeren Partner bekam. Dan war für den Streifendienst bestens geeignet gewesen: Er liebte es, auf den Straßen zu sein, Action zu erleben. Mondale hingegen war ein Bürohengst, ein geborener Public-Relations-Mann, ein Meister der Verstellung und Arschkriecher. Er hatte ein unheimliches Gespür für die Machtströmungen innerhalb der Hierarchie, schmeichelte jenen Vorgesetzten, die möglichst viel für ihn tun konnten, und ließ ehemalige Verbündete hemmungslos fallen, wenn sie sich auf dem absteigenden Ast befanden. Außerdem verfügte er über die Gabe, Politikern und Reportern nach dem Mund zu reden. Diesen vielfältigen Talenten hatte er es zu verdanken, daß er häufiger befördert wurde als Dan. Es wurde sogar gemunkelt, daß er einer der aussichtsreichsten Bewerber für den Posten des Polizeichefs war.

Doch obwohl er sonst danach strebte, sich bei jedermann beliebt zu machen, fand er für Dan nie lobende Worte, und er versuchte auch nie, ihm zu schmeicheln. »Du hast einen Essensfleck auf dem Hemd, Haldane.«

Dan schaute an sich hinab und entdeckte tatsächlich einen runden rostfarbenen Fleck. »Der stammt von einem Chili Dog.«

»Du weißt doch, Haldane, daß jeder von uns die ganze Abteilung repräsentiert und *verpflichtet* ist, der Öffentlichkeit ein positives Bild zu vermitteln.«

»Du hast völlig recht. Ich werde nie wieder einen Chili Dog essen. Nur noch Croissants und Kaviar.«

»Spielst du bei jedem Vorgesetzten den Witzbold?«

»Keineswegs. Nur bei dir.«

»Ich schätze das nicht besonders.«

»Das dachte ich mir.«

»Hör zu, ich werde mich von dir nicht ewig verscheißern lassen, nur weil wir zufällig zusammen auf der Akademie waren!«

Nostalgie war nicht der Grund, weshalb Mondale Dans unverschämte Bemerkungen hinnahm, und beide Männer machten sich darüber keine Illusionen. Dan wußte etwas über Mondale, was dessen Karriere schlagartig vernichten konnte. Es ging um einen Vorfall während ihres zweiten Jahres im Streifendienst, einen so gravierenden Vorfall, daß jeder Erpesser sich freudestrahlend die

Hände gerieben hätte. Dan würde sein Wissen allerdings nie gegen Mondale verwenden; so sehr er den Mann auch verabscheute, brachte er es doch nicht fertig, jemanden zu erpressen.

Wären die Rollen jedoch vertauscht gewesen, so hätte Mondale gewiß keinerlei Skrupel in bezug auf Erpressung oder rachsüchtige Enthüllungen gehabt. Dans anhaltendes Schweigen verwirrte ihn deshalb, verursachte ihm Unbehagen und ließ es ihm geboten erscheinen, bei jeder Begegnung eine gewisse Vorsicht walten zu lassen.

»Kommen wir zur Sache«, sagte Dan. »Wie lange *wirst* du dich von mir noch verscheißern lassen?«

»Gott sei Dank brauche ich es mir nicht mehr lange gefallen zu lassen. Nach dieser Schicht wirst du ins Central zurückkehren«, sagte Mondale, und diese Aussicht entlockte ihm sogar ein Lächeln.

Dan lehnte sich in dem quietschenden Bürostuhl zurück und verschränkte die Hände im Nacken. »Ich muß dich leider enttäuschen. Ich bleibe noch eine ganze Weile hier. Ich habe heute nacht einen Mordfall übernommen, und den werde ich aufklären, bevor ich dich von meiner Anwesenheit befreie.«

Mondales Lächeln schmolz dahin wie Eis auf einer heißen Herdplatte. »Sprichst du von dem dreifachen Mord in Studio City?«

»Ah, jetzt verstehe ich, weshalb du so früh im Büro bist. Du hast davon gehört. Zwei relativ bekannte Psychologen kommen unter mysteriösen Umständen ums Leben, und du glaubst, daß es einen großen Medienrummel geben wird. Wie kommst du nur so schnell an solche Informationen, Ross? Stellst du dein Radio auf Polizeifunk ein, wenn du ins Bett gehst?«

Mondale ignorierte die Frage und setzte sich auf eine Ecke des Schreibtisches. »Irgendwelche Anhaltspunkte?«

»Keine. Aber ich habe Fotos von den Opfern.«

Er registrierte befriedigt, daß Mondales Gesicht jede

Farbe verlor, während er die ersten Fotos betrachtete, und daß er darauf verzichtete, die ganze Serie durchzusehen.

»Sieht ganz nach einem Einbruch aus, bei dem die Täter überrascht wurden«, meinte Mondale.

»Nein, nein, nein! Alle drei Opfer trugen Geld bei sich, und weiteres Bargeld lag im Haus herum. Und es wurde auch nichts anderes gestohlen.«

»Das konnte ich ja nicht wissen«, verteidigte sich Mondale.

»Immerhin müßtest du wissen, daß Einbrecher nur töten, wenn sie sich in die Enge getrieben fühlen, und daß sie dann schnelle und saubere Arbeit leisten. So wütet doch kein Einbrecher!«

»Nun, es gibt immer Ausnahmen«, erklärte Mondale im Brustton der Überzeugung. »Hin und wieder rauben sogar Großmütter Banken aus.«

Dan lachte.

»So etwas kommt vor«, beharrte Mondale.

»Das ist einfach großartig, Ross.«

»Nun, es *kommt* vor.«

»*Meine* Großmutter tut so was nicht.«

»Von *deiner* Großmutter war auch keine Rede.«

»Willst du damit sagen, daß *deine* Großmutter Banken ausraubt, Ross?«

»Irgendeine gottverdammte Großmutter tut es, darauf kannst du wetten.«

»Kennst du einen Buchmacher, der Wetten annimmt, ob irgendeine Großmutter eine Bank ausrauben wird? Ich würde hundert Dollar riskieren?«

Mondale stand auf und richtete seinen Krawattenknoten. »Ich will nicht, daß du noch weiter hier arbeitest, du Mistkerl!«

»Denk doch mal an den alten Song der Rolling Stones, Ross: ›You can't always get what you want‹ – ›Du kannst nicht immer bekommen, was du willst.‹«

»Ich kann sehr wohl deinen Arsch ins Central zurückbefördern.«

»Nur zusammen mit allem anderen, was so an mir dran ist, und dieser ganze nicht unbeträchtliche Rest von mir beabsichtigt, noch eine Weile hierzubleiben.«

Vor Wut schoß Mondale das Blut zu Kopfe, seine Augen drohten aus den Höhlen zu treten, und seine Lippen waren nur noch ein dünner Strich. Er war sichtlich nahe daran zu explodieren.

Bevor er jedoch etwas Unbesonnenes tun konnte, lenkte Dan, der vorerst sein Ziel erreicht hatte, ein. »Hör zu, du kannst mir nicht einfach einen Fall wegnehmen, der mir von Anfang an gehört hat. Du kennst die Spielregeln. Aber ich habe keine Lust, mich mit dir herumzustreiten. Das würde mich nur von dem Fall ablenken. Wie wär's also mit einem Waffenstillstand? Ich werde dir nicht in die Quere kommen, und du kommst mir nicht in die Quere.«

Mondale schwieg. Sein Atem ging schwer, und offenbar traute er sich noch nicht zu, seine Stimme unter Kontrolle zu halten.

»Wir haben füreinander nicht viel übrig, aber wir können trotzdem zusammenarbeiten«, fuhr Dan versöhnlich fort.

»Warum willst du diesen Fall unbedingt behalten?«

»Er scheint interessant zu sein – deshalb. Die meisten Morde sind langweilig: ein Mann bringt den Geliebten seiner Ehefrau um; irgendein Psychopath wird zum Frauenmörder, weil alle Frauen ihn an seine Mutter erinnern; ein Drogenhändler legt einen anderen um. Das hatte ich alles schon hundertmal, und es hängt einem im Laufe der Zeit zum Halse heraus. Dieser Fall ist aber anders, glaube ich. Deshalb will ich ihn mir nicht wegnehmen lassen. Jeder von uns braucht etwas Abwechslung im Leben, Ross. Deshalb ist es auch ein Fehler von dir, immer nur braune Anzüge zu tragen.«

Mondale ignorierte den Seitenhieb. »Glaubst du, daß wir es diesmal mit einem wichtigen Fall zu tun haben?«

»Drei Morde... kommt dir das nicht wichtig vor?«

»Ich meine etwas wirklich *Großes*«, erklärte Mondale ungeduldig. »Wie die Manson-Familie oder der Würger von Hillside, so was in dieser Art.«

»Könnte sein. Hängt davon ab, wie sich die Sache entwickelt. Aber ich glaube schon, daß es genau die Art von Story ist, die zum Zeitungsknüller wird.«

Mondale schaute trübe vor sich hin.

»Auf einem muß ich allerdings bestehen.« Dan beugte sich auf dem Stuhl vor, faltete die Hände auf dem Schreibtisch und setzte eine ernste Miene auf. »Wenn ich diesen Fall bearbeite, will ich meine Zeit nicht damit vergeuden, mit Reportern zu sprechen und Interviews zu geben. Du mußt sie mir vom Hals halten. Unbedingt. Ich kann so was ohnehin nicht gut.«

Mondales Gesicht hellte sich schlagartig auf. Seine Augen strahlten. »Äh... selbstverständlich. Die Presse kann wirklich eine Landplage sein. Überlaß sie ruhig mir.«

»Großartig«, sagte Dan.

»Und du erstattest dafür ausschließlich mir Bericht, keinem anderen.«

»Klar.«

»Jeden Tag, und über jede Minute.«

»Selbstverständlich, wenn du das möchtest.«

Mondale starrte ihn ungläubig an, wollte ihn aber nicht herausfordern. Jeder Mensch träumt nun einmal gern. Sogar Ross Mondale bildete darin keine Ausnahme.

»Sag mal, hast du nicht wahnsinnig viel zu tun«, fragte Dan scheinheilig, »bei all diesen Personaleinsparungen?«

Mondale bwegte sich in Richtung auf sein eigenes Büro, blieb aber nach einigen Schritten stehen und drehte sich noch einmal um. »Äh, Dan... wir haben es bei zwei der Toten mit einigermaßen prominenten Psychologen zu tun, und Prominente kennen meistens andere Prominente; du wirst dich deshalb vermutlich in völlig anderen Kreisen bewegen als sonst, wenn sich beispielsweise irgendwelche Drogenhändler gegenseitig umbringen. Und falls das tatsächlich ein heißer Fall mit großem Presserummel werden sollte, werden du und ich wahrscheinlich mit dem obersten Chef, mit Mitgliedern der Kommission und vielleicht sogar mit dem Bürgermeister zusammenkommen.«

»Und?«

»Tritt bitte niemandem auf die Zehen.«

»Keine Sorge, Ross, ich werde mit keinem dieser Herren tanzen.«

Mondale schüttelte den Kopf. »O Gott!«

Dan blickte ihm nach. Als er allein war, vertiefte er sich wieder in seine Listen.

8

Der schwarze Nachthimmel hellte sich allmählich auf, nahm einen grauschwarzen Farbton an. Die Morgendämmerung war nicht mehr fern; in zehn oder fünfzehn Minuten würde sie am hügeligen Horizont aufziehen.

Der öffentliche Parkplatz des Valley Medical war fast leer; große Teile lagen im Dunkeln, durchsetzt von kleinen Inseln gelblichen Lichts von den Natriumdampflampen.

Ned Rink saß hinter dem Lenkrad seines Volvo. Ihm mißfiel es außerordentlich, daß die Nacht fast vorüber war. Er war ein Nachtmensch, viel eher eine Eule denn eine Lerche. Er wurde erst im Laufe des Nachmittags so richtig lebendig und denkfähig, und am leistungsfähigsten war er ab Mitternacht. Zum Teil war das eine angeborene Eigenschaft, eine Erbanlage – seine Mutter war ebenfalls eine richtige Nachteule gewesen. Seine innere Uhr stimmte einfach nicht mit dem Zeitgefühl der meisten anderen Menschen überein. Aber es kam noch etwas anderes hinzu: Er fühlte sich in der Dunkelheit wohler. Er war ein häßlicher Mann, und das wußte er. Im hellen Tageslicht hatte er das Gefühl, von allen Leuten höhnische Blicke zu ernten; er glaubte, daß seine Häßlichkeit in der Nacht weniger auffiel, daß sie durch die Dunkelheit irgendwie gemildert wurde. Seine viel zu niedrige und fliehende Stirn erweckte den Eindruck, er wäre beschränkt, obwohl er in Wirklichkeit alles andere als dumm war. Seine Augen waren klein und lagen zu dicht neben der riesigen Nase. Sein ganzes Gesicht wirkte grob. Er war ziemlich klein, nur 1,63 m, mit breiten Schultern, langen Armen und einem enormen Brustkorb. Als Junge war er von anderen Kindern grausam gehänselt und ›Affe‹ genannt worden. Ihr Spott hatte ihn so geärgert und gekränkt, daß er mit dreizehn Jahren ein Magengeschwür bekam. Solche dummen Bemerkungen ließ sich Ned Rink nun schon seit langem nicht mehr gefallen; wenn ihm jetzt jemand dumm kam, brachte er den Kerl einfach um. Das war eine großartige Methode, um Frustrationen abzureagieren.

Er griff nach dem schwarzen Diplomatenkoffer auf dem Beifahrersitz. Darin befanden sich ein weißer Arztkittel, ein weißes Klinikhandtuch, ein Stethoskop und eine halbautomatische 45er Walther mit Schalldämpfer, geladen mit teflonbeschichteten Patronen, die sogar kugelsichere Westen durchschlagen konnten. Er brauchte den Koffer nicht zu öffnen, um sich zu vergewissern, daß alles vorhanden war; er hatte ihn vor weniger als einer Stunde eigenhändig gepackt.

Er hatte die Absicht, die Klinik zu betreten, sich direkt in die Toilette in der Empfangshalle zu begeben, seinen Regenmantel auszuziehen, in den weißen Arztkittel zu schlüpfen, die Pistole im Handtuch zu verstecken und geradewegs zu Zimmer 256 zu eilen, wohin das Mädchen gebracht worden war. Man hatte ihn gewarnt, daß ein Polizist dort Wache stehen würde. Das war für Rink kein großes Hindernis. Er würde sich als Arzt ausgeben, den Bullen unter irgendeinem Vorwand ins Zimmer des Mädchens locken und zuerst ihn und sodann das Mädchen erschießen. Danach würde er beiden den Gnadenschuß ins Ohr geben, um ganz sicherzugehen, daß sie tot waren. Nach getaner Arbeit würde er auf schnellstem Wege seinen Regenmantel und den Diplomatenkoffer aus der Toilette holen und verschwinden. Es war ein klarer, unkomplizierter Plan, bei dem so gut wie nichts schiefgehen konnte.

Ned Rink ließ seine Blicke aufmerksam über den Parkplatz schweifen, um sich zu vergewissern, daß er nicht beobachtet wurde.

Obwohl der Sturm vorüber war und es vor einer halben Stunde aufgehört hatte zu regnen, verwischte leichter Nebel alle Konturen. Überall standen Pfützen, in denen das gelbe Licht der Natriumdampflampen reflektiert wurde.

Die Nacht war vollkommen still.

Rink registrierte, daß kein Mensch in der Nähe war.

Im Osten bekam der grauschwarze Himmel einen rötlich-blauen Schimmer. Der erste schwache Vorbote des nahen strahlenden Tages. In einer Stunde würde die ruhige Nachtroutine im Krankenhaus einer hektischen Betriebsamkeit Platz machen. Es wurde allmählich Zeit, den Auftrag zu erledigen.

Er freute sich darauf. Er hatte noch nie ein Kind getötet. Es dürfte eine interessante Erfahrung werden.

9

Das Mädchen war allein im Zimmer. Es fuhr plötzlich aus dem Schlaf, setzte sich im Bett auf, versuchte zu schreien. Sein Mund war weit aufgerissen, die Nackenmuskeln angespannt, und die Adern am Hals und an den Schläfen schwollen an und pochten vor Anstrengung, doch es kam kein Laut aus seiner Kehle.

Die Kleine saß eine halbe Minute so da, ihre Hände um das schweißgetränkte Laken gekrampft, mit schreckensweit geöffneten Augen. Sie reagierte nicht auf irgendwelche Geräusche oder Vorgänge im Zimmer. Das Grauen lag jenseits dieser Wände.

Dann klärte sich ihr Blick langsam, und sie war nicht mehr blind für ihre Umgebung. Sie nahm zum erstenmal das Krankenhauszimmer wahr, und erst jetzt erfaßte sie, daß sie allein war. Ihr betroffenes Gesicht verriet deutlich, daß sie sich verzweifelt nach Gesellschaft sehnte, nach menschlichem Kontakt, nach Trost, nach Wärme und Halt. »Hallo?« flüsterte sie. »Je-mand? Jemand? Jemand? *Mami*?«

Wenn jemand bei ihr gewesen wäre, hätte ihre Aufmerksamkeit sich vielleicht auf diesen Menschen konzentriert und sie von dem Grauen abgelenkt, das jenseits dieses Raumes lag. Allein konnte sie die alptraumhafte Vision, die sie hartnäckig verfolgte, jedoch nicht abschütteln, und nach diesem kurzen Moment der Klarheit wurden ihre Augen glasig, und sie wurde zurückversetzt in Geschehnisse, die sich an einem anderen Ort oder in einer anderen Dimension abspielten.

Schließlich kletterte sie, verzweifelt wimmernd, über das Sicherheitsgitter und verließ das Bett. Sie machte einige taumelnde Schritte, dann warf sie sich auf die Knie. In panischer Angst kroch sie keuchend in die dunklere Hälfte des Raumes, vorbei an dem zweiten Bett. Sie machte sich in der hintersten Ecke möglichst klein, den Rücken an die Wand gepreßt, die Knie hochgezogen, die Arme um die dünnen Beine geschlungen. Einem verängstigten Igel gleich, spähte sie ins Zimmer hinein.

Nach einer Minute begann sie in ihrer Ecke zu wimmern wie ein gepeinigtes Tier. Sie hob ihre Hände und bedeckte damit ihr Gesicht, so als wollte sie sich von irgendeinem grauenvollen Anblick befreien. Ihr Atem ging immer schneller und flacher, ihre Panik nahm immer mehr zu, sie ließ ihre Hände sinken, ballte sie zu Fäusten und begann sich an die eigene Brust zu schlagen, hart und immer härter, schmerzhaft hart – *wenn* sie Schmerz hätte empfinden können, was sie jedoch nicht konnte.

»Die Tür«, wimmerte sie, und ihre Stimme verriet grenzenloses Entsetzen. »Die Tür... die Tür...«

Es war nicht die Tür zum Korridor oder die Tür zum Bad, die ihr solche Angst einflößte. Sie nahm ihre unmittelbare Umgebung überhaupt nicht wahr. Sie wurde gemartert von alptraumhaften Erinnerungen oder schrecklichen Fantasien; sie sah Dinge, die kein anderer sehen konnte.

Sie hob wieder beide Hände, stemmte sie gegen die imaginäre Tür, versuchte verzweifelt, sie geschlossen zu halten. Sie spannte die schwachen Muskeln ihrer mageren Ärmchen an, und dann bogen sich ihre Ellbogen durch, so als wäre die imaginäre Tür viel zu schwer für sie, so als drückte jemand von der anderen Seite dagegen. Ein großer und unvorstellbar starker Jemand.

Plötzlich schnappte sie nach Luft und stürzte aus der Ecke hervor, kroch schlitternd über den blanken Fußboden, unter das unbenutzte Bett, bis zur Wand am Kopfende. Dort rollte sie sich zusammen wie ein Embryo, in dem hoffnungslosen Bemühen, jener schrecklichen Erinnerung oder Vision zu entrinnen.

»Die Tür«, murmelte sie. »Die Tür... die Tür zum Dezember.«

Die Arme auf der Brust gekreuzt, grub sie ihre Fingerspitzen tief in die knochigen Schultern und begann leise zu weinen.

»Helft mir, helft mir«, wimmerte sie, aber ihr Flüstern drang nicht auf den Gang hinaus, wo es vielleicht eine Schwester gehört hätte.

Wenn jemand ihren leisen Hilferuf vernommen hätte, hätte sich Melanie höchstwahrscheinlich in dumpfem Entsetzen an diese Person geklammert, unfähig, den Mantel des Autismus abzuwerfen, der sie vor einer Welt beschützte, die sich als unerträglich grausam erwiesen hatte. Nichtsdestotrotz wäre jeder Kontakt mit einem anderen menschlichen Wesen zu diesem kritischen Zeitpunkt – ihrer ersten Nacht in Freiheit, befreit von der Allmacht ihres Vaters – ein erster kleiner Schritt zur Heilung gewesen. Aber niemand hatte damit gerechnet, daß sie so bald sprechen und nach Kontakt suchen würde. Für ein Kind, das sich wie Melanie in schwer katatonischem Zustand befunden hatte, war es höchst ungewöhnlich, so plötzlich und verzweifelt Hilfe und Schutz zu suchen. Deshalb hatte man sie allein gelassen, in der guten Absicht, ihr absolute Ruhe zu gönnen. Und deshalb blieb ihr Flehen nach tröstenden Armen und einer beruhigenden Stimme unerhört.

Ein Schauder durchlief sie. »Helft mir.« Das zweite Wort ging in ein leises Stöhnen finsterster Verzweiflung über. Ihre Qual war so abgrundtief, daß es unvorstellbar schien, einem neunjährigen Kind derartiges zugemutet zu haben – und genauso unvorstellbar schien es, daß ein neunjähriges Kind solche Qualen ertragen konnte.

Doch nach kurzer Zeit ging ihr Atem langsamer, gleichmäßiger und normalisierte sich schließlich. Sie hörte auf zu weinen.

Sie lag vollkommen still und regungslos da, wie im Tiefschlaf. Aber ihre weit aufgerissenen Augen starrten noch immer entsetzt in die Dunkelheit unter dem Bett.

10

Als Laura noch vor der Morgendämmerung nach Hause kam, machte sie sich als erstes eine Kanne Kaffee. Einen dampfenden Becher nahm sie mit ins Gästezimmer, um hin und wieder einen Schluck zu trinken, während sie Staub wischte und das Bett bezog.

Ihre vier Jahre alte gefleckte Katze, Pepper, lief ihr dabei ständig zwischen den Füßen herum, rieb sich an ihren Beinen und bestand darauf, gestreichelt und hinter den Ohren gekrault zu werden. Die Katze schien zu spüren, daß sie ihre privilegierte Stellung im Haushalt bald verlieren würde.

Vier Jahre lang war Pepper für sie eine Art Kind-Ersatz gewesen.

In gewisser Weise hatte auch das Haus diese Funktion ausgeübt; weil sie ihre kleine Tochter nicht mehr hegen und pflegen konnte, hatte sie viel Zeit und Energie darauf verwandt, ihr Heim zu verschönern.

Als Dylan sich vor sechs Jahren mit dem ganzen Geld abgesetzt hatte, war es Laura sehr schwergefallen, das Haus zu halten. Sie hatte genau rechnen und eisern sparen müssen. Es war kein Luxusbau, aber ein geräumiges Haus im spanischen Stil mit vier Schlafzimmern in Sherman Oaks, auf der ›richtigen‹ Seite des Ventura Boulevard, in einer Straße, wo sich einige Hausbesitzer einen Swimmingpool und ziemlich viele eine Sauna leisten konnten, wo die Kinder häufig Privatschulen besuchten und die Hunde keine Mischlinge waren, sondern reinrassige deutsche Schäferhunde, Spaniels, Airedales, Dalmatiner und Pudel. Lauras Haus stand auf einem großen Grundstück, blickgeschützt durch Korallenbäume, rote und purpurfarbene Hibiskusbüsche und rote Azaleen; am Zaun rankte sich Bougainvillea empor, und entlang des mit Platten ausgelegten Weges zum Vordereingang war Rührmichnichtan angepflanzt.

Laura war stolz auf ihr Heim. Vor drei Jahren, als sie endlich aufgehört hatte, Dylan und Melanie von Privatdetektiven suchen zu lassen, hatte sie damit begonnen, das Haus zu verschönern: Fußleisten und Türrahmen aus dunkel gebeizter Eiche; getäfelte Decken; neue dunkelblaue Fliesen im Bad, muschelförmige Waschbecken und vergoldete Armaturen. Hinter dem Haus hatte sie Dylans japanischen Garten beseitigt, weil er sie allzu sehr an ihren Mann erinnerte, und statt dessen zwanzig verschiedene Rosenarten gepflanzt. Das Haus hatte sozusagen den Platz der ihr geraubten Tochter eingenommen; ihre Bemühungen, es in besten Zustand zu bringen, glichen fast jenen einer Mutter, die um die Gesundheit ihres Kindes besorgt ist.

Von nun an würde sie ihre Mutterinstinkte nicht mehr sublimieren müssen. Ihr kleines Mädchen kehrte nach Hause zurück!

Pepper miaute.

Laura nahm das Tier auf den Arm und erklärte ihm: »Für eine kleine Miezekatze wie dich wird immer noch mehr als genug Liebe abfallen. Mach dir darüber keine Sorgen, du alter Mäusejäger.«

Das Telefon klingelte.

Sie setzte die Katze ab, ging über den Flur in ihr Schlafzimmer und nahm den Hörer ab. »Hallo?«

Niemand meldete sich. Der Anrufer legte gleich wieder auf.

Laura starrte den Apparat mit einem unguten Gefühl an. Natürlich war es möglich, daß jemand sich nur verwählt hatte. Aber es war doch etwas unheimlich, ausgerechnet in dieser ungewöhnlichen Nacht, da Dylan ermordet und Melanie gefunden worden war, einen geheimnisvollen Anruf zu erhalten.

Sie kontrollierte, ob die Haustüren verschlossen waren. Diese Maßnahme erschien ihr zwar unzureichend, aber sie wußte nicht, was sie sonst unternehmen könnte. Obwohl sie sich noch immer unbehaglich fühlte, ging sie schließlich in den leeren Raum, der einst das Kinderzimmer gewesen war, und versuchte, nicht mehr an den Anruf zu denken.

Vor zwei Jahren hatte sie Melanies Kindermöbel verschenkt, weil sie nicht länger die Augen vor der Tatsache verschließen konnte, daß ihre vermißte Tochter für diese Sachen inzwischen auf jeden Fall zu groß wäre. Sie hatte sich einzureden versucht, daß sie das Zimmer nicht neu einrichtete, um Melanie nach ihrer Rückkehr nach Hause ein Mitspracherecht bei der Gestaltung einräumen zu können; aber in Wirklichkeit hatte sie das Zimmer leerstehen lassen, weil sie – obwohl sie es sich nie eingestehen wollte – tief im Innern das Gefühl gehabt hatte, daß Melanie niemals in dieses Haus zurückkehren würde, daß das Kind für immer aus ihrem Leben entschwunden war.

Trotzdem hatte sie einiges Spielzeug ihrer Tochter aufbewahrt. Sie holte den Karton aus dem Schrank und stöberte darin. Dreijährige und Neunjährige haben nicht viel gemeinsam, aber Laura fand zwei Sachen, die Melanie auch jetzt noch gefallen müßten: eine große, leicht angeschmutzte Stoffpuppe und einen etwas kleineren Teddybär mit flauschigen Ohren.

Sie trug Bär und Puppe ins Gästezimmer und setzte sie auf die Kopfkissen, damit Melanie sie sehen konnte, sobald sie das Zimmer betrat.

Pepper sprang aufs Bett und schlich sich neugierig und etwas ängstlich an die unbekannten Dinge heran. Sie beschnupperte die Puppe, stupste den Bär mit ihrer Nase an, entschied offenbar, daß sie ungefährlich waren, und rollte sich neben ihnen zusammen.

Die ersten Lichtstrahlen fielen ins Zimmer, abwechselnd grau und goldfarben. Sie verrieten Laura, ohne daß sie aus dem Fenster schauen mußte, daß der Regen aufgehört hatte und die Sonne versuchte, zwischen den Wolken durchzubrechen.

Obwohl sie nur drei Stunden geschlafen hatte, und obwohl ihre Tochter die Klinik erst in sechs oder acht Stunden verlassen würde, hatte Laura keine Lust, sich noch einmal ins Bett zu legen. Sie war hellwach und hatte das Gefühl, Bäume ausreißen zu können. Sie preßte in der Küche zwei große Orangen aus, um frischen Saft trinken zu können, stellte Wasser auf, nahm Haferflocken und Rosinen aus dem Schrank und legte zwei Scheiben Weißbrot in den Toaster. Dann holte sie die in Plastikfolie gehüllte Morgenzeitung von der Veranda. Als sie sich zum Frühstück an den Küchentisch setzte, summte sie eine Melodie vor sich hin – Elton Johns ›Daniel‹.

Ihre Tochter kam nach Hause zurück!

Die Schlagzeilen der Titelseite – die Unruhen im Mittleren Osten, die Kämpfe in Mittelamerika, die Machenschaften von Politikern, die Raubüberfälle, Einbrüche und Morde – deprimierten sie an diesem Morgen nicht. Von den Morden an Dylan, Hoffritz und dem unbekannten Dritten stand noch nichts in der Zeitung. Falls die *Times* schon einen Bericht über *diese* Morde gebracht hätte, wäre Lauras fröhliche Stimmung bestimmt beeinträchtigt worden. So aber dachte sie nur daran, daß Melanie nachmittags aus der Klinik entlassen werden würde.

Ihre Tochter kam nach Hause!

Nachdem sie ihr Frühstück beendet hatte, legte sie die Zeitung beiseite und blickte aus dem Fenster auf den nassen Rosengarten hinaus, wo die Blüten in der Morgensonne geradezu unnatürlich kräftige Farben hatten.

In Gedanken versunken, verlor sie jedes Zeitgefühl. Sie hätte nicht sagen können, ob sie zwei Minuten so dagesessen war oder zehn, als sie durch ein lautes Plumpsen und Klirren irgendwo im Haus abrupt aus ihren Träumereien gerissen wurde. Sie fuhr zusammen, und ihr Herz hämmerte in der Brust. Die grausigen Bilder der Nacht – blutbespritzte Wände und Leichen in undurchsichtigen Plastiksäcken – wurden plötzlich wieder lebendig.

Die Schreckensstarre wich von ihr, als Pepper aus dem Eßzimmer in die Küche gerast kam und in eine Ecke flüchtete. Mit gesträubten Haaren und flach angelegten Ohren spähte sie in die Richtung, aus der sie gekommen war. Gleich darauf schaute sie aber zu Laura hinüber, besann sich auf ihre Würde und tat so, als wäre nichts gewesen. Sie rollte sich auf dem Boden zu einem Pelzknäuel zusammen, gähnte und blickte Laura schläfrig an, so als wollte sie sagen: »Wer, ich? Ich soll mich töricht aufgeführt haben, auch nur eine Sekunde lang? Niemals! Ich und Angst haben? Lächerlich!«

»Was hast du angestellt, Mieze?« fragte Laura. »Hast du etwas umgeworfen und dich erschreckt?«

Die Katze gähnte wieder.

»Ich hoffe in deinem Interesse, daß es nichts Zerbrechliches war«, fuhr Laura fort. »Andernfalls komme ich vielleicht endlich zu den Ohrenschützern aus Katzenfell, die ich mir schon lange wünsche.«

Sie ging durch das Haus, um festzustellen, welchen Schaden Pepper angerichtet hatte. Im Gästezimmer lagen Puppe und Bär auf dem Boden. Zum Glück hatte die Katze sie aber nicht mit den Krallen malträtiert. Der Wecker war vom Nachttisch geflogen. Laura hob ihn auf. Er tickte noch, und auch das Glas war nicht zerbrochen. Sie stellte ihn an seinen Platz und setzte die Puppe und den Bär wieder aufs Bett.

Eigenartig! Pepper war aus dem Alter eines wild herumtollenden Kätzchens schon seit Jahren heraus. Sie war eine etwas mollige, zufriedene und äußerst würdevolle Katze. Sie mußte wirklich verstört sein, weil sie irgendwie spürte, daß sie bald nicht mehr die erste Geige bei Laura spielen würde.

Als Laura in die Küche zurückkam, lag Pepper noch immer in der Ecke.

Laura öffnete eine Dose Katzenfutter und füllte Peppers Freßnapf. »Dein Glück, daß nichts kaputt ist«, sagte sie.

»Es würde dir bestimmt nicht gefallen, wenn man Ohrenschützer aus dir machen würde.«

Pepper stellte lauschend die Ohren auf und nahm eine kauernde Haltung ein.

Laura klopfte mit der leeren Dose an den Napf. »Essenszeit, du wilder Tiger!«

Pepper bewegte sich nicht.

»Na, dann ißt du's eben später«, sagte Laura, während sie die leere Dose in den Abfalleimer warf.

Pepper sprang mit einem Satz aus der Ecke hervor, rannte durch die Küche und verschwand im Wohnzimmer.

»Verrücktes Vieh!« murmelte Laura und betrachtete mit gerunzelter Stirn das unberührte Futter im gelben Napf. Normalerweise machte sich Pepper gierig darüber her, während Laura noch die Reste aus der Dose kratzte.

Eigenartig!

Sehr eigenartig!

TEIL II

Feinde ohne Gesichter

Mittwoch
13.00 Uhr bis 19.45 Uhr

11

Als Laura um 13 Uhr in ihrem blauen Camaro das Valley Medical erreichte, versperrte ein uniformierter Polizist den Eingang zum öffentlichen Parkplatz. Er dirigierte sie auf den Parkplatz für das Klinikpersonal, der Besuchern zugänglich gemacht worden war, »bis das ganze Durcheinander hier beseitigt ist«. Etwa 25 Meter hinter ihm standen mehrere Streifenwagen und andere Dienstfahrzeuge, einige davon mit eingeschaltetem Blaulicht. Während Laura zum Personalparkplatz fuhr, erspähte sie hinter dem Zaun Lieutenant Haldane; er war größer und breiter als die anderen Männer, die am Ort des Unfalls oder Verbrechens, oder was auch immer es sein mochte, herumstanden. Plötzlich kam ihr der furchtbare Gedanke, daß diese Sache etwas mit Melanie und den Morden in jenem Haus in Studio City zu tun haben könnte.

Sie parkte hastig ihren Wagen und rannte zu dem Zaun zurück, der den öffentlichen Parkplatz umgab. Sie war inzwischen fast überzeugt davon, daß Melanie verletzt oder vermißt oder tot war. Der Polizist am Eingang wollte ihr keinen Zutritt gewähren, dshalb rief sie nach Haldane, und er eilte sofort auf sie zu. Sie bemerkte, daß er leicht hinkte; vermutlich wäre es ihr gar nicht aufgefallen, wäre ihr Wahrnehmungsvermögen nicht durch die Angst geschärft gewesen. Er nahm sie beim Arm und führte sie ein Stück am Zaun entlang, zu einer ruhigen Stelle, wo sie sich ungestört unterhalten konnten.

Sie fragte ihn sofort: »Melanie … Was ist Melanie zugestoßen?«

»Nichts.«

»Sagen Sie mir die Wahrheit!«

»Das *ist* die Wahrheit. Sie ist in ihrem Zimmer, unverletzt, so wie Sie sie verlassen haben.«

Sie blieben stehen, und Laura lehnte sich an den Zaun und blickte an Haldane vorbei, hinüber zu den Blaulichtern. Zwischen den Polizeiautos entdeckte sie auch einen Leichenwagen.

Nein! Es war einfach nicht fair. Melanie nach all den Jahren wiederzufinden und sie sofort wieder zu verlieren – es war einfach unfaßbar.

Mit pochenden Schläfen und einem Kloß im Halse stammelte sie: »Wer ist tot?«

»Ich versuche seit anderthalb Stunden...«

»Ich möchte wissen...«

»...Sie telefonisch zu erreichen.«

»...wer tot ist!« schrie sie.

»Glauben Sie mir, es ist nicht Melanie. Okay?« Für einen Mann seiner Größe und Statur war seine Stimme ungewöhnlich sanft, freundlich und beruhigend. »Melanie ist nichts passiert. Wirklich nicht.«

Sie blickte ihm in die Augen. Er sagte offenbar die Wahrheit. Melanie war nichts passiert. Aber Laura konnte das noch immer nicht ganz glauben.

»Ich kam erst heute morgen um sieben nach Hause«, berichtete Haldane. »Um elf wurde ich von einem Anruf aus dem Schlaf gerissen. Ich sollte ins Valley Medical kommen, weil möglicherweise ein Zusammenhang zwischen diesem neuen Mord und Melanie besteht. Schließlich...«

»Schließlich – was?«

»Nun ja, sie liegt hier als Patientin. Deshalb habe ich versucht, Sie zu erreichen...«

»Ich war beim Einkaufen – Melanie braucht dringend etwas zum Anziehen«, sagte Laura. »Aber was ist eigentlich passiert? Wer ist ermordet worden? Wollen Sie es mir nicht endlich sagen?«

»Ein Mann. Er starb am Steuer seines Volvo.«

»Wer ist der Mann?«

»Sein Personalausweis ist auf den Namen Ned Rink ausgestellt.«

Lauras rasendes Herzklopfen ließ etwas nach.

»Sagt Ihnen dieser Name etwas?« fragte Haldane. »Ned Rink?«

»Nein.«

»Ich dachte, daß er vielleicht ein Kollege oder Freund Ihres Mannes war. Wie Hoffritz.«

»Nicht daß ich wüßte. Ich habe den Namen jedenfalls noch nie gehört. Weshalb glauben Sie, daß er Dylan gekannt haben könnte? Aufgrund der Todesart? Wurde er wie die anderen zutode geprügelt?«

»Nein. Aber es ist seltsam.«

»Erzählen Sie!«

Er zögerte, und sie las an seinen blauen Augen ab, daß es sich wieder um einen besonders brutalen Mord handeln mußte.

»Erzählen Sie!« beharrte sie.

»Sein Hals war gebrochen, so als hätte jemand mit einem Bleirohr zugeschlagen, und zwar mehrmals und mit ungeheurer Kraft. Die Luftröhre ist förmlich pulverisiert, der Adamsapfel und die Stimmbänder sind zerquetscht, die Nackenwirbel zertrümmert.«

»Okay«, sagte Laura mit trockenem Mund. »Ich kann es mir jetzt in etwa vorstellen.«

»Tut mir leid, daß ich mich so drastisch ausgedrückt habe. Nun, diese Leiche ist bei weitem nicht so schlimm zugerichtet wie die drei Opfer in Studio City, aber ungewöhnlich ist es trotzdem. Sie verstehen, weshalb wir da einen Zusammenhang vermuten? In beiden Fällen wurde mit ungewöhnlicher Brutalität gemordet.«

Laura stieß sich vom Zaun ab. »Ich möchte Melanie sehen.« Sie *mußte* Melanie sehen, mußte das Mädchen berühren und in die Arme schließen, mußte sich vergewissern, daß ihrer Tochter nichts geschehen war.

Sie eilte auf den Haupteingang der Klinik zu.

Haldane ging neben ihr her; trotz des leichten Hinkens schien er keine Beschwerden zu haben.

»Hatten Sie einen Unfall?« erkundigte sich Laura.

»Äh?«

»Ihr Bein.«

»Ach so. Nein, das ist nur eine kleine Erinnerung an meine Collegezeit. Damals habe ich mir beim Football das Knie verletzt, und bei feuchtem Wetter macht es mir manchmal ein wenig zu schaffen. Hören Sie, über diesen Kerl im Volvo, diesen Rink, gibt es noch einiges zu sagen.«

»Was?«

»Nun, er hatte einen Diplomatenkoffer bei sich. Der Koffer enthielt einen weißen Arztkittel, ein Stethoskop und eine Pistole mit Schalldämpfer.«

»Hat er auf seinen Mörder geschossen? Suchen Sie nach jemandem, der eine Schußwunde hat?«

»Nein. Die Pistole wurde nicht abgefeuert. Verstehen Sie, worauf ich hinaus will? Der weiße Kittel? Das Stethoskop?«

»Er war kein Arzt, oder?«

»Nein. Wir glauben, daß er sich in der Klinik als Arzt ausgeben wollte.«

»Weshalb sollte er das tun?«

»Nun, der Gerichtsmediziner ist nach der ersten Untersuchung der Ansicht, daß Rink heute morgen zwischen vier und sechs ermordet wurde. Gefunden wurde er allerdings erst um Viertel vor zehn. Nun, falls er jemanden im Krankenhaus besuchen wollte, sagen wir mal um fünf Uhr morgens, so hätte er sich als Arzt verkleiden müssen, denn die Besuchszeit beginnt erst um 13 Uhr. Wenn er in Zivilkleidung einer Krankenschwester oder einem Wächter begegnet wäre, hätte man ihn sofort hinausgeworfen. In einem weißen Kittel und mit einem Stethoskop um den Hals hätte er sein Ziel hingegen vermutlich erreicht.«

Laura blieb vor dem Haupteingang stehen und wandte sich Haldane zu. »Sie sagen ›besuchen‹, aber Sie meinen etwas ganz anderes.«

»Stimmt.«

»Sie glauben also, daß er ins Krankenhaus eindringen wollte, um jemanden zu erschießen?«

»Ein Mann trägt keine Pistole mit Schalldämpfer mit sich herum, wenn er nicht die Absicht hat, von ihr Gebrauch zu machen. Der Besitz von Schalldämpfern wird vom Gesetz streng bestraft. Wenn man mit so einem Ding erwischt wird, sitzt man ganz schön in der Sch... äh... in der Klemme. Außerdem habe ich mir sagen lassen, daß Rink im Strafregister stand. Ich hatte noch keine Zeit, mich mit seiner Akte zu beschäftigen, aber er stand offenbar in Verdacht, seit einigen Jahren Mordaufträge auszuführen.«

»Ein gedungener Killer?«

»Darauf könnte ich fast wetten.«

»Aber das heißt noch lange nicht, daß er es auf Melanie abgesehen hatte. In dieser Klinik liegen doch so viele Patienten...«

»Wir haben die Patientenliste überprüft, um festzustellen, ob jemand mit einer kriminellen Vergangenheit dabei ist oder jemand, der in einem bevorstehenden Prozeß als wichtiger Zeuge auftreten soll. Oder Drogenhändler oder Mitglieder irgendeiner organisierten Verbrecherorganisation. Wir haben bisher nichts Derartiges gefunden. Niemanden, auf den Rink es abgesehen haben könnte... außer Melanie.«

»Wollen Sie damit sagen, daß dieser Rink in Studio City die drei Männer umgebracht hat und dann hierher gekommen ist, um Melanie zu töten, weil sie Augenzeugin jener Morde war?«

»Könnte sein.«

»Aber wer hat dann Rink ermordet?«

Er seufzte. »Das ist genau der wunde Punkt.«

»Sein Mörder wollte offenbar nicht, daß er Melanie umbrachte.«

Haldane zuckte mit den Schultern.

»Wenn dem so ist, bin ich sehr froh«, fuhr Laura fort.

»Worüber sind Sie froh?«

»Nun, wenn jemand Rink umbrachte, um zu verhindern, daß er Melanie erschoß, so bedeutet das doch, daß sie nicht nur Feinde hat. Sie muß auch Freunde haben.«

Mit unverhohlenem Mitleid widersprach Haldane: »Nein. Das braucht es keineswegs zu bedeuten. Die Leute, die Rink umbrachten, haben es vermutlich genauso auf Melanie abgesehen – nur daß *sie* Melanie lebend in ihre Gewalt bekommen wollen.«

»Wozu?«

»Weil sie zuviel über die Experimente in jenem Haus weiß.«

»Dann müßte es ihnen doch am liebsten sein, wenn sie tot wäre.«

»Es sei denn, sie brauchen Melanie, um jene Experimente fortsetzen zu können.«

Noch bevor er seinen Satz beendet hatte, wußte Laura, daß er recht hatte, und diese neue Furcht raubte ihr den Mut. Warum nur hatte Dylan mit einem diskreditierten Fanatiker wie Hoffritz zusammengearbeitet? Wer hatte sie finanziert? Keine legale Stiftung, keine Universität und kein Forschungsinstitut hätten Hoffritz unterstützt, nachdem er an der UCLA gefeuert worden war. Und eine seriöse Institution hätte auch Dylan nicht unterstützt, einen Mann, der sein eigenes Kind entführt und sich vor den Anwälten seiner Frau versteckt hatte, einen Mann, der seine eigene Tochter wie ein Meerschweinchen zu Experimenten mißbrauchte, die sie an den Rand des Autismus gebracht hatten. Wer auch immer Dylan unterstützt haben mochte, weil er sich für dessen Forschungsprojekt interessierte, mußte wahnsinnig sein, genauso verrückt wie Dylan und Hoffritz.

Laura wollte einen Schlußstrich unter die schreckliche Vergangenheit ziehen können. Sie wollte Melanie aus der Klinik holen und nach Hause bringen. Sie wollte mit ihr ein glückliches Leben führen, denn wenn jemand auf der Welt Frieden und Glück verdient hatte, so war das ihr kleines Mädchen. Aber ›sie‹ wollten das offenbar nicht zulassen. ›Sie‹ würden versuchen, Melanie wieder zu entführen. ›Sie‹ brauchten das Kind für irgendwelche dunklen Zwecke, die nur ›sie‹ allein kannten. Und wer waren ›sie‹ überhaupt? Sie hatten keine Gesichter, keine Namen. Unbekannte Gegner. Wie sollte sie einen Feind bekämpfen, den sie nicht kannte?

»Sie sind gut informiert«, sagte sie. »Und sie vergeuden keine Zeit.«

Haldane blinzelte. »Wie meinen Sie das?«

»Melanie war erst seit wenigen Stunden im Krankenhaus, als dieser Rink hier aufkreuzte und ihr nach dem Leben trachtete. Er hatte nicht lange gebraucht, um herauszufinden, wo sie sich aufhielt.«

»Das stimmt.«

»Er muß Informanten gehabt haben.«

»Informanten? Sie glauben, bei der Polizei?«

»Möglicherweise. Und die anderen brauchten auch nicht lange, um herauszufinden, daß Rink hinter Melanie her war«, sagte Laura. »*Alle* machen ihre Züge sehr schnell.«

Sie stand vor der Kliniktür und betrachtete den Verkehr auf der Straße, betrachtete die Läden und Büros auf der anderen Seite der Avenue, in der vagen Hoffnung, irgendeine verdächtige Person zu erspähen, jemanden, den Haldane verfolgen und ergreifen könnte; aber sie sah nichts Auffälliges. Daß alles scheinbar seinen gewohnten Gang ging, alle Leute ihren normalen Beschäftigungen nachgingen, brachte sie in Zorn. Irgendwo lauerte vielleicht der unbekannte Feind, und sie konnte ihn nicht identifizieren.

Unvernünftigerweise ärgerte sie sich im Augenblick sogar über die Sonne und über die warme Luft. Haldane hatte ihr soeben eröffnet, daß jemand dort draußen ihre Tochter tot sehen wollte, daß jemand anderer Melanie lebend in seine Gewalt bringen will, um sie wieder in eine Deprivationskammer zu sperren oder sie auf dem elektrischen Stuhl zu quälen, weiß der Himmel, zu welchen Zwecken. Zu diesen düsteren Aussichten paßte kein sonniger Tag. Der Sturm hätte nicht nachlassen dürfen. Der Himmel müßte wolkenverhangen sein, es müßte in Strömen regnen, ein heftiger kalter Wind müßte wehen. Es kam Laura einfach unpassend vor, daß andere Leute die Sonne genossen, sich pfeifend und lachend ihres Lebens freuten, während sie selbst immer tiefer in einem gräßlichen Alptraum versank.

Sie sah Haldane an. Die leichte Brise bewegte seine sandfarbenen Haare, und die Sonne ließ seine angenehmen Gesichtszüge schärfer hervortreten und machte ihn attraktiver, als er in Wirklichkeit war. Aber auch ohne das schmeichelnde Spiel von Licht und Schatten war er ein gutaussehender, sympathischer Mann. Sie gestand sich ein, daß sie sich – hätte sie seine Bekanntschaft unter anderen Umständen gemacht – vielleicht sogar für ihn interessiert hätte, denn der Kontrast zwischen seinem kraftstrotzenden Äußeren und seinem freundlichen Wesen übte auf sie eine gewisse Anziehungskraft aus. Die unbekannten ›Sie‹ waren auch dafür verantwortlich, daß zwischen Haldane und ihr keine persönliche Beziehung entstehen würde.

»Warum lag Ihnen soviel daran, mich telefonisch zu erreichen?« fragte sie. »Sie wollten mich doch bestimmt nicht nur über Rink informieren. Immerhin wußten Sie ja, daß ich hierherkommen würde. Sie brauchten mich also nur hier abzufangen, um mir die schlechten Nachrichten mitzuteilen.«

Er warf einen Blick zum Parkplatz hinüber, wo der Leichenwagen gerade den Tatort verließ. Als er sich wieder Laura zuwandte, hatte sein Gesicht einen grimmigen Ausdruck, und in seinen Augen stand tiefe Sorge geschrieben. »Ich wollte Ihnen raten, einen privaten Sicherheitsdienst anzurufen und zu vereinbaren, daß Sie rund um die Uhr bewacht werden, sobald Sie mit Melanie die Klinik verlassen.«

»Sie meinen einen Leibwächter?«

»Mehr oder weniger, ja.«

»Aber würde Melanie nicht Polizeischutz erhalten, wenn ihr Leben wirklich in Gefahr ist?«

Er schüttelte den Kopf. »Nicht in diesem Fall. Es gab ja keine direkten Morddrohungen. Keine Telefonanrufe. Keine Briefe.«

»Rink...«

»Wir wissen nicht mit Sicherheit, daß er Melanie umbringen wollte. Wir vermuten es nur.«

»Trotzdem...«

»Wenn Bundesstaat und Stadt nicht ständig in Finanzkrisen steckten, wenn das Budget der Polizei nicht gekürzt worden wäre, wenn wir nicht unter chronischem Personalmangel leiden würden, könnten wir unter Umständen Ihr Haus beobachten lassen. Aber in der gegenwärtigen Situation werde ich eine solche Maßnahme nicht durchsetzen können. Und wenn ich die Observation über den Kopf meines Chefs hinweg anordne, kann ich demnächst meinen Koffer packen. Wir kommen ohnehin nicht gerade glänzend miteinander aus. Aber professionelle Leibwächter werden Sie genausogut beschützen wie Polizeibeamte. Können Sie es sich leisten, welche zu engagieren, nur für einige Tage?«

»Ich nehme es an. Ich weiß zwar nicht, was so etwas kostet, aber ich bin nicht gerade arm, und wenn Sie glauben, es sei nur für einige Tage...

»Ich habe das Gefühl, daß dieser geheimnisvolle Fall schnell aufgeklärt werden wird. Diese ganzen Morde, die vielen Risiken, die jemand eingegangen ist – das alles deutet darauf hin, daß sie unter schwerem Druck stehen, daß es irgendein Zeitlimit gibt. Ich habe nicht die leiseste Ahnung, was sie mit den Experimenten an Ihrer Tochter bezweckten und warum sie sie um jeden Preis wieder in ihre Hände bekommen wollen, aber ich glaube, daß die Situation sich mit einer Lawine vergleichen läßt, die mit wahnsinniger Geschwindigkeit einen Berg hinabrollt und dabei immer größer wird. Zur Stunde hat sie schon gewaltige Ausmaße, und sie ist nicht mehr weit vom Fuße des Berges entfernt. Und wenn sie schließlich unten aufprallt, wird sie in hundert Stücke zerbersten.«

Als gute Kinderpsychologin war Laura eine selbstsichere Frau; es fiel ihr nie schwer zu entscheiden, wie ein neuer Patient behandelt werden mußte. Natürlich machte sie sich Gedanken über die geeignetste Therapiemethode, aber sobald ihre Vorgehensweise für sie feststand, wandte sie diese an, ohne zu zögern. Sie war eine Therapeutin; sie reparierte psychische Schäden, und sie war in ihrem Beruf sehr erfolgreich; dieser Erfolg hatte ihr Selbstvertrauen und Autorität verliehen. Jetzt aber fühlte sie sich schwach, hilflos und verletzlich. Es war ein Gefühl, das sie seit einigen Jahren nicht mehr gehabt hatte – seit sie gelernt hatte, sich mit Melanies Verschwinden abzufinden.

»Ich . . . ich weiß nicht einmal wie man einen Leibwächter findet«, stammelte sie.

Er zückte seine Brieftasche und zog eine Karte heraus. »Wir dürfen an und für sich keine Empfehlungen geben. Aber ich weiß, daß diese Leute gute Arbeit leisten, und sie haben vernünftige Preise.«

Sie griff nach der Karte und las:

CALIFORNIA PALADIN
Privatdetektei
Personenschutz

Darunter stand eine Telefonnummer.

Laura schob die Karte in ihre Handtasche. »Danke.«

»Rufen Sie dort an, bevor Sie das Krankenhaus verlassen.«

»Das werde ich tun.«

»Lassen Sie einen Mann hierherkommen. Er kann Ihnen dann zu Ihrem Haus folgen.«

Sie fror plötzlich. »Okay.« Sie machte einen Schritt auf die Tür zu.

»Warten Sie.« Er gab ihr seine eigene Visitenkarte. »Auf der Vorderseite steht meine Telefonnummer im Central, aber dort werden Sie mich nicht erreichen können, weil ich zur Zeit eine Vertretung im East Valley mache. Ich habe Ihnen diese Nummer auf die Rückseite geschrieben. Rufen Sie mich bitte an, falls Ihnen irgend etwas einfällt, was von Bedeutung für diesen Fall sein könnte – etwas über Dylans Vergangenheit oder seine früheren Forschungsprojekte.«

Sie drehte die Karte um. »Hier stehen aber zwei Nummern.«

»Die untere ist meine Privatnummer für den Fall, daß ich nicht im Dienst bin. Ich möchte, daß Sie mich jederzeit rasch erreichen können.«

»Geben Sie immer auch Ihre Privatnummer?«

»Nein.«

»Warum tun Sie es dann diesmal?«

»Was ich am allermeisten hasse...«

»Ja? Was ist das?«

»Ein Verbrechen wie dieses hier. Kindesmißhandlung irgendwelcher Art. So etwas macht mich ganz krank und bringt mein Blut in Wallung.«

»Ich weiß, was Sie meinen.«

»Ja, das kann ich mir vorstellen.«

12

Dr. Rafael Ybarra, Chefarzt für Kinderheilkunde am Valley Medical, unterhielt sich mit Laura in einem kleinen Aufenthaltsraum für das Klinikpersonal. Zwei Getränke- und Snackautomaten standen an einer Wand. Hinter Laura summte leise ein Kühlschrank. Sie saß Ybarra an einem langen Tisch gegenüber, auf dem Zeitschriften mit Eselsohren herumlagen und zwei Aschenbecher von Zigarettenkippen überquollen.

Der Kinderarzt war schlank und dunkel, mit adlerartigen Gesichtszügen. Er legte sichtlich Wert auf ein gepflegtes Äußeres und wirkte auf Laura ziemlich affektiert. Kein Härchen stand ihm vom perfekt frisierten Kopf ab. Sein Hemdkragen war blütenweiß und gestärkt, die Krawatte untadelig geknotet, der Arztkittel maßgeschneidert. Er setzte beim Gehen die Füße so vorsichtig auf, als hätte er Angst, seine Schuhe zu beschmutzen, und er saß sehr aufrecht und steif auf dem Stuhl. Mit gerümpfter Nase betrachtete er die Krumen und die Zigarettenasche auf dem Tisch und zog es vor, die Hände auf seinen Schoß zu legen.

Er war Laura auf Anhieb unsympathisch.

Ybarra dozierte in autoritärem Tn: »In physischer Hinsicht befindet sich Ihre Tochter in einer erstaunlich guten Kondition, wenn man die Umstände in Betracht zieht. Sie hat leichtes Untergewicht. Die Blutergüsse an ihrem rechten Arm sind auf wiederholtes ungeschicktes Einführen einer Injektionsnadel zurückzuführen. Ihre Urethra ist etwas entzündet, möglicherweise infolge von Katheterismus; ich habe ihr entsprechende Medikamente verschrieben. Andere physische Schäden sind offenbar nicht vorhanden.«

Laura nickte. »Ich weiß. ich bin hier, um sie nach Hause mitzunehmen.«

»Nein, nein. Davon würde ich abraten«, entgegnete

Ybarra. »Sie zu Hause zu betreuen wäre außerordentlich schwierig.«

»Leidet sie an Inkontinenz?«

»Nein. Sie benutzt die Toilette.«

»Kann sie selbständig essen?«

»Wie man's nimmt. Anfangs muß man sie füttern, doch dann ißt sie allein weiter. Man muß sie ständig im Auge behalten, denn nach einigen Bissen vergißt sie offenbar, was sie tut, verliert das Interesse. Man muß sie auffordern weiterzuessen. Auch zum Ankleiden benötigt sie Hilfe.«

»Mit solchen Dingen werde ich ohne weiteres fertig.«

»Ich bin trotzdem dagegen, sie zu entlassen«, beharrte Ybarra.

»Aber Dr. Pantangello sagte letzte Nacht...«

Ybarra rümpfte die Nase. »Dr. Pantangello hat seine Ausbildung erst vergangenen Herbst abgeschlossen und arbeitet erst seit einem Monat an dieser Klinik. *Ich* bin der Chef der Kinderabteilung, und ich vertrete die Ansicht, daß Ihre Tochter hierbleiben sollte.«

»Wie lange?«

»Ihr Verhalten ist symptomatisch für schwere Inhibierungskatatonie, was in Fällen langer Einsperrung und Mißhandlung nicht ungewöhnlich ist. Sie sollte für die Dauer einer vollständigen psychiatrischen Beurteilung in der Klinik bleiben. Eine Woche... zehn Tage.«

»Nein.«

»Es ist das Beste für das Kind«, sagte er, aber seine Stimme war so kalt, daß es schwerfiel zu glauben, er könnte jemals auch nur einen Gedanken darauf verschwenden, was für jemanden das Beste wäre – ausgenommen für Rafael Ybarra selbst.

Laura fragte sich, wie Kinder zu einem solchen Arzt Vertrauen haben sollten.

»Ich bin Psychologin«, sagte sie. »Ich kann ihren Zustand selbst beurteilen und sie zu Hause dementsprechend behandeln.«

»Sie wollen die Therapeutin Ihrer eigenen Tochter sein? Da halte ich für keine gute Idee.«

»Da bin ich anderer Meinung.« Laura verspürte nicht die geringste Lust, diesem Mann die Gründe für ihre Einstellung zu erklären.

»Hier in der Klinik haben wir die besten Möglichkeiten, nach abgeschlossener Beurteilung die geeignetste Therapie durchzuführen. Ihnen würde zu Hause einfach das notwendige Rüstzeug fehlen.«

Laura runzelte die Stirn. »Rüstzeug? Welches Rüstzeug? Welche Behandlungsmethoden haben Sie im Auge?«

»Das würde selbstverständlich Dr. Gehagen von der Psychiatrie entscheiden. Aber falls Melanie in diesem katatonischen Zustand verbleibt oder sich ihr Zustand noch verschlimmern sollte, würde ich persönlich für Barbiturate und Elektroschocktherapie plädieren...«

»Schlagen Sie sich das aus dem Kopf!« sagte Laura scharf, stieß ihren Stuhl zurück und erhob sich abrupt.

Ybarra zwinkerte mit den Augen, erstaunt über ihren feindseligen Ton.

»Drogen und Elektroschocks!« rief Laura. »Damit hat ihr gottverdammter Vater sie in den vergangenen sechs Jahren unter anderem gequält.«

»Nun, selbstverständlich würden wir nicht dieselben Dorgen oder dieselbe Art von Elektroschocks anwenden, und wir hätten ja völlig andere Intentionen...«

»Gewiß, aber woher sollte Melanie Ihre Intentionen kennen? Ich weiß, daß Barbiturate und Elektroschocktherapie in manchen Fällen zu wünschenswerten Resultaten führen, aber sie sind nicht die richtige Behandlungsmethode für meine Tochter. Melanie muß in erster Linie ihr Selbstwertgefühl zurückerlangen und lernen, jemandem zu vertrauen. Sie braucht eine Atmosphäre, die frei von Angst und Schmerzen ist. Sie braucht Stabilität. Aber mehr als alles andere braucht sie jetzt *Liebe*.«

Ybarra zuckte die Schultern. »Nun, da Sie die Gesundheit Ihrer Tochter nicht gefährden, wenn Sie sie heute nach Hause mitnehmen, kann ich Sie nicht daran hindern.«

»So ist es«, sagte Laura.

Die Leute von der Spurensicherung waren damit beschäftigt, den Parkplatz in der Umgebung des Volvo zu untersuchen, als Kerry Burns, ein Streifenpolizist, auf Dan Haldane zukam und ihn ansprach. »Ein Anruf vom East Valley. Ich soll Ihnen von Captain Mondale bestellen, daß er Sie sofort zu sehen wünscht.«

»Hat er Sehnsucht nach mir?«

»Das hat er nicht gesagt.«

»Ich wette, daß er Sehnsucht nach mir hat.«

»Ist zwischen Ihnen und Mondale etwas?«

»Das muß ich entschieden verneinen. Ich weiß nicht, ob Ross schwul ist, aber ich bin es jedenfalls nicht.«

»Sie wissen genau, was ich meine. Sie können einander nicht leiden, stimmt's?«

»Merkt man das?«

»Merkt man es, daß Hunde keine Katzen mögen?«

»Drücken wir es mal vorsichtig aus: Wenn ich in Gefahr wäre zu verbrennen, und Ross Mondale hätte den einzigen Eimer Wasser weit und breit, würde ich es vorziehen, das Feuer mit meinem eigenen Speichel zu löschen.«

»Das läßt an Klarheit nichts zu wünschen übrig. Fahren Sie rüber ins East Valley?«

»Er hat mich doch hinbeordert, oder?«

»Aber werden Sie es auch tun? Ich soll zurückrufen und ihm bestätigen, daß Sie kommen.«

»Klar.«

»Er will Sie unverzüglich sprechen.«

»Klar.«

»Ich rufe ihn an und sage, Sie seien schon unterwegs.«

»Tun Sie das.«

Kerry eilte zu seinem Streifenwagen, und Dan stieg in seine Limousine. Er lenkte den Wagen vom Parkplatz auf die Straße und fuhr zur Innenstadt, obwohl Ross Mondale in genau entgegengesetzter Richtung auf ihn wartete.

Vor ihrer Unterredung mit Dr. Ybarra hatte Laura die ihr von Haldane empfohlene Detektei angerufen. Bis sie dann Melanie geholfen hatte, Jeans, eine blaukarierte Bluse und Turnschuhe anzuziehen, und die notwendigen Entlassungsformulare unterschrieben hatte, war der Detektiv von *California Paladin* auch schon eingetroffen.

Sein Name war Earl Benton, und er sah aus wie ein junger Farmer, den man in die Kleidung eines Bankiers gesteckt hatte. Sein dunkelblondes Haar war von den Schläfen glatt nach hinten gekämmt und von einem erstklassigen Friseur modisch kurz geschnitten; aber zu seinem breiten offenen Gesicht hätten längere, vom Wind zerzauste Haare besser gepaßt. Sein Stiernacken drohte den Kragen seines Yves St. Laurent-Hemdes zu sprengen, und er schien sich in dem dreiteiligen grauen Anzug nicht recht wohl zu fühlen. Seine riesigen Pranken mit den dicken Fingern würden nie elegant aussehen, aber die Nägel waren sorgfältig manikürt.

Laura sah auf den ersten Blick, daß Earl einer von jenen Zehntausenden war, die nach Los Angeles kamen, um hier ihr Glück zu versuchen; er hatte es offensichtlich schon ziemlich weit gebracht und würde auf der Leiter des Erfolges vermutlich noch weiter emporsteigen, sobald er einige rauhe Kanten verloren und sich in seiner Designerkleidung natürlich zu bewegen gelernt hatte. Laura fand ihn sympathisch. Ihr gefiel sein breites Lächeln und seine ungezwungene Art, während sein scharfer Blick verriet, daß er wachsam und intelligent war.

Sie traf ihn auf dem Korridor vor Melanies Zimmer, und nachdem sie ihm die Situation genauer erklärt hatte, fragte sie: »Ich nehme an, daß Sie bewaffnet sind?«

»O ja, Madam«, antwortete er.

»Gut.«

»Ich bleibe bis Mitternacht bei Ihnen«, sagte Earl. »Danach löst mich ein Kollege ab.«

»Ausgezeichnet.«

Laura holte Melanie aus dem Zimmer, und Earl beugte sich zu dem Kind hinab. »Was für ein hübsches kleines Mädchen du bist!«

Melanie sagte nichts.

»Weißt du«, fuhr er fort, »du erinnerst mich ganz stark an meine Schwester Emma.«

Melanie starrte durch ihn hindurch.

Earl nahm die schlaffe Hand der Kleinen zwischen seine Pranken und redete unverdrossen weiter, so als trüge Melanie ihrerseits etwas zur Konversation bei. »Emma ist neun Jahre jünger als ich und geht seit kurzem auf die High-School. Sie hat zwei Kälber aufgezogen, die prämiert wurden. Sie hat überhaupt schon viele Preise gewonnen. Weißt du etwas über Kälber? Magst du Tiere? Kälber sind klug, und sie haben freundliche Gesichter. Ich wette, daß du gut mit ihnen umgehen könntest, genau wie Emma.«

Als Laura sah, welche Mühe sich Earl mit Melanie gab, fand sie ihn noch sympathischer als zuvor.

»Weißt du, Melanie«, sagte er, »du brauchst keine Angst mehr zu haben. Okay? Ich bin jetzt dein Freund, und solange der gute alte Earl dein Freund ist, wird niemand dir auch nur ein Haar krümmen.«

Das Mädchen schien von ihm überhaupt keine Notiz zu nehmen.

Er ließ ihre Hand los, und ihr Arm fiel wie bei einer Marionette hinab.

Earl stand auf und rollte mit den Schultern, um sein Sakko zurechtzurücken. Er sah Laura fragend an. »Sie sagen, daß ihr Vater für ihren Zustand verantwortlich ist?«

»Er ist einer der Verantwortlichen, ja.«

»Und er ist... tot?«

»Ja.«

»Aber einige andere sind noch am Leben?«

»Ja.«

»Ich würde gern einen von ihnen treffen. Mit ihm ein paar Takte reden. Unter vier Augen. Nur er und ich. Das täte ich für mein Leben gern«, sagte Earl. Die Härte in seiner Stimme und das Glitzern seiner Augen verrieten seinen Zorn und ließen ihn plötzlich gefährlich erscheinen.

Auch das war Laura sehr sympathisch.

»Nun, Madam... Dr. McCaffrey – das ist doch die korrekte Anrede, nicht wahr? –, wenn wir die Klinik verlassen, gehe ich voraus. Ich weiß, daß das nach der Etikette falsch ist, aber von nun an werde ich meistens einige Schritte vor Ihnen her gehen, um festzustellen, ob die Luft rein ist.«

»Ich bin sicher, daß niemand am hellichten Tag auf uns schießen oder uns sonstwie angreifen wird«, sagte Laura.

»Vielleicht nicht. Trotzdem werde ich vorausgehen.«

»Okay.«

»Wenn ich Ihnen etwas befehle, so tun Sie es bitte, ohne Fragen zu stellen.«

Sie nickte.

»Durchaus möglich, daß ich meine Anweisungen nicht laut brülle, sondern Ihnen in ganz ruhigem Ton sage, Sie sollen sich auf den Boden werfen oder wegrennen, so schnell Sie können. Vielleicht sage ich es ganz beiläufig, so als würde ich nur eine Bemerkung über das schöne Wetter machen. Sie müssen also gut aufpassen.«

»Ich verstehe.«

»Gut. Ich bin sicher, daß alles gut gehen wird. Nun, sind die beiden Damen bereit, nach Hause zu fahren?«

Sie gingen auf den Aufzug zu, der sie ins Erdgeschoß und zum Ausgang bringen würde.

In den vergangenen sechs Jahren hatte sich Laura tausendmal den Tag ausgemalt, an dem sie Melanie nach

Hause bringen würde. Sie hatte immer geglaubt, es würde der glücklichste Tag ihres Lebens sein. Nicht einmal im Traume wäre ihr eingefallen, daß ein Leibwächter mit von der Partie sein würde.

13

Im Archiv des Central ließ sich Dan Haldane zwei Akten geben und ging damit zu einem der kleinen Schreibtische an der Wand.

Der Name auf der ersten Akte lautete Ernest Andrew Cooper. Er war anhand von Fingerabdrücken als das dritte Mordopfer in jenem Haus in Studio City identifiziert worden.

Cooper war 37 Jahre alt und 1,80 m groß gewesen und hatte 160 Pfund gewogen. Die Akte enthielt auch Fotos von ihm, aber sie waren für Dan völlig nutzlos, denn das Gesicht des Ermordeten war buchstäblich zu blutigem Brei geschlagen worden. Dan konnte sich nur auf die Fingerabdrücke verlassen.

Cooper hatte in Hancock Park gelebt, einem Millionärsviertel. Er war Aufsichtsratsvorsitzender und Hauptaktionär von Cooper Softech gewesen, einer erfolgreichen Firma für Computer-Software. Er war zweimal innerhalb der Stadtgrenzen von Los Angeles festgenommen worden, beide Male wegen Trunkenheit am Steuer. In beiden Fällen hatte er keinen Führerschein bei sich gehabt. Er hatte gegen beide Festnahmen protestiert, war vor Gericht gegangen und beide Male zu Geldstrafen verurteilt worden. Bei beiden Festnahmen hatten die Polizeibeamten zu Protokoll gegeben, daß Cooper darauf beharrte, es sei unmoralisch und ein Verstoß gegen die Verfassungsrechte, von einem Bürger zu verlangen, irgendwelche Ausweise bei sich zu haben, auch den Führerschein. Der

Polizist im zweiten Fall hatte ausgeführt: »Mr. Cooper erklärte dem Beamten, er (Mr. Cooper) sei Mitglied einer Organisation mit Namen ›Freedom Now‹ – ›Freiheit jetzt‹ –, die alle Regierungen in die Knie zwingen werde. Besagte Organistion werde seine Festnahme als Präzedenzfall verwenden, um gegen bestimmte Gesetze zu protestieren. Dem Beamten warf er vor, ein Handlanger totalitärer Kräfte zu sein. Dann übergab er sich und verlor das Bewußtsein.«

Dan mußte über den zweiten Satz lächeln, während er den Aktenordner schloß. Er war sehr gespannt auf die zweite Akte, die ihm über Edward Philip Rinks Vorstrafenregister Aufschluß geben würde. Aber zunächst trug er die beiden Akten zu einem der drei Computer, schaltete das Gerät ein, tippte seine Codenummer und forderte Auskünfte über *Freedom Now* an.

Nach kurzer Zeit erschienen die gewünschten Informationen auf dem Bildschirm.

Freedom Now
Ein politisches Aktionskomitee, bei der bundesstaatlichen Wahlkommission registriert und bei der Steuerbehörde angemeldet.

Bitte beachten: *Freedom Now* ist eine legale Organisation von Privatpersonen, die ihre Verfassungsrechte ausüben. Diese Organisation wird nicht polizeilich überwacht. Polizeiliche Ermittlungen sind untersagt, solange die Organisation nur jene Ziele verfolgt, die bei der Gründung angegeben und von der Wahlkommission genehmigt wurden. Sämtliche Angaben in dieser Akte stammen aus allgemein zugänglichen Quellen. Diese Akte wurde ausschließlich zu dem Zweck angelegt, legale politische Vereinigungen als solche kenntlich zu machen und von subversiven Gruppen zu unterscheiden. Die Tatsache, daß diese Akte angelegt wurde, bedeutet keineswegs ein besonderes Interesse der Polizei an *Freedom Now*.

Die Polizei von Los Angeles war ins Kreuzfeuer der Kritik geraten, weil sie politische Vereinigungen, die gefährlicher subversiver Aktivitäten verdächtigt wurden, heimlich hatte überwachen lassen. Jetzt durfte die Polizei nur noch Ermittlungen gegen terroristische Organisationen durchführen; streng verboten war es ihr hingegen, ordnungsgemäß registrierte politische Gruppen zu observieren, es sei denn, sie verfügte über konkrete Hinweise, daß die betreffende Organisation Verbindungen zu terroristischen Gruppen oder Personen unterhielt.

Dan Haldane kannte diesen Aktenvermerk schon auswendig und richtete sein Augenmerk deshalb sofort auf die nun folgenden Angaben.

Freedom Now – gegenwärtige Repräsentanten:
Präsident – Ernest Andrew Cooper, Hancock Park
Schatzmeister – Wilhelm Stephan Hoffritz, Westwood
Sekretärin – Mary Katherine O'Hara, Burbank

Freedom Now wurde im Jahre 1979 gegründet, um Kandidaten zu unterstützen, die sich tatkräftig dafür einsetzen, auf die Abschaffung jeglicher Regierungsgewalt und die Auflösung aller politischen Parteien hinzuarbeiten.

Cooper und Hoffritz, Präsident und Schatzmeister, waren tot. Und Freedom Now war in demselben Jahr gegründet worden, in dem Dylan McCaffrey mit seiner Tochter verschwunden war. Das mochte ein Zufall sein oder auch nicht.

Interessant war es auf jeden Fall.

Dan benötigte zwanzig Minuten, um die Computerakte durchzulesen und sich Notizen zu machen. Dann schaltete er das Gerät aus und widmete sich dem Aktenordner mit der Aufschrift EDWARD PHILIP RINK.

Die Akte war sehr umfangreich und sehr interessant. Rink, der am Vormittag tot in seinem Volvo aufgefunden worden war, war 39 Jahre alt gewesen. Er hatte mit 21 Jahren die Polizeiakademie von Los Angeles abgeschlossen und vier Jahre als Polizist gearbeitet, während er gleichzeitig Abendkurse in Strafrecht besuchte. In dieser Zeit waren zweimal polizeiinterne Ermittlungen wegen Brutalität gegen ihn durchgeführt worden, die jedoch wegen mangels an Beweisen eingestellt werden mußten. Er hatte sich beim FBI beworben, war eingestellt worden und fünf Jahre dort tätig gewesen. Vor neun Jahren hatte man ihn aus unbekannten Gründen entlassen; manches sprach allerdings dafür, daß er seine Kompetenzen überschritten und mehr als einmal beim Verhör eines Verdächtigen zuviel Eifer an den Tag gelegt hatte.

Dan kannte solche Typen. Manche Männer gingen zur Polizei, weil sie eine gesellschaftlich nützliche Funktion ausüben wollten, andere, weil die Helden ihrer Kindheit Polizisten gewesen waren, wieder andere, weil ihre Väter Polizisten waren oder weil es sich um einen sicheren Arbeitsplatz mit guter Pension handelte – es gab hunderterlei Gründe. Für Männer wie Rink stellte Macht die große Attraktion dar; sie genossen es, Befehle zu erteilen, Autorität zu besitzen; es bereitete ihnen einfach große Befriedigung, andere Leute herumzukommandieren.

Vor acht Jahren, nach seiner Entlassung beim FBI, war Rink wegen tätlichen Angriffs mit Tötungsabsicht verhaftet worden. Die Anklage hatte dann lediglich auf tätlichen Angriff gelautet, um eine Verurteilung sicherzustellen, und Rink hatte tatsächlich eine zehnmonatige Freiheitsstrafe verbüßt. Vor sechs Jahren war er wieder festgenommen worden, diesmal wegen Mordverdachts, aber wegen mangels an Beweisen hatte das Verfahren eingestellt werden müssen. Danach war Rink vorsichtiger geworden.

Lokale und staatliche Behörden hatten ihn in Verdacht gehabt, ein gedungener Mörder zu sein, für die Unterwelt und jeden anderen, der ihn bezahlen konnte, schmutzige Arbeit zu verrichten, und man hatte ihn in den vergangenen fünf Jahren mit neun Mordfällen in Verbindung gebracht – was vermutlich nur die Spitze des Eisbergs war –, aber die Polizei hatte kein ausreichendes Beweismaterial gehabt, um ihn vor Gericht stellen zu können.

Haldane schloß die Akte, holte seine derzeitigen Listen aus der Tasche und überflog sie. Seine Mühe wurde schon nach wenigen Minuten belohnt: Name und Telefonnummer der Sekretärin von *Freedom Now* – Mary O'Hara – hatte im Notizbuch neben dem Telefon in McCaffreys Arbeitszimmer gestanden.

Er schob seine Listen wieder in die Tasche und dachte nach. Zwei Psychologen, Doktoren und ehemalige Universitätsangehörige – tot. Ein millionenschwerer Geschäftsmann und politischer Aktivist – tot. Ein ehemaliger Polizist und FBI-Agent, vermutlich ein professioneller Killer – tot. Ein unheimliches graues Zimmer, in dem ein kleines Mädchen unter anderem mit Elektroschocks gefoltert worden war. Von ihrem eigenen Vater! Dieser Fall würde für die Presse wirklich ein gefundenes Fressen sein.

Dan gab die beiden Akten zurück und fuhr mit dem Lift in die Abteilung für Spurensicherung hinauf.

14

Sobald sie im Haus waren, ging Earl Benton durch alle Räume und vergewisserte sich, daß Türen und Fenster verschlossen waren. Er zog alle Vorhänge zu, ließ die Jalousien herunter und riet Laura und Melanie, sich von den Fenstern fernzuhalten. Laura brauchte nicht nach dem Grund zu fragen.

Earl nahm einige der Zeitschriften, die in Lauras Arbeitszimmer lagen, mit ins Wohnzimmer und stellte dort einen Stuhl in die Nähe der Fenster, die zur Straße hinausgingen. Er setzte sich mit seinem Lesestoff und erklärte: »Es sieht vielleicht so aus, als wollte ich hier nur herumfaulenzen, aber machen Sie sich keine Sorgen; diese Zeitschriften werden mich keineswegs daran hindern, scharf aufzupassen.«

»Ich mache mir keine Sorgen.«

»Dieser Job besteht zum größten Teil aus Herumsitzen und Warten. Man würde wahnsinnig werden, wenn man nichts zu lesen hätte.«

»Ich verstehe vollkommen«, beruhigte sie ihn.

Pepper, die gefleckte Katze, interessierte sich für Earl mehr als für Melanie; sie umkreiste ihn eine Weile mißtrauisch, betrachtete ihn aufmerksam, beschnupperte seine Füße und sprang schließlich auf seinen Schoß.

»Nette Katze«, sagte er und kraulte Pepper hinter den Ohren, worauf sie sich zufrieden schnurrend auf seinen Knien zusammenrollte.

»So schnell schließt sie normalerweise nicht Freundschaft mit Fremden«, sagte Laura.

Earl grinste. »Mit Tieren konnte ich schon immer gut umgehen.«

Es war natürlich töricht, aber Peppers Zutraulichkeit war für Laura eine Bestätigung, daß sie sich in Earl Benton nicht getäuscht hatte. Sie vertraute ihm jetzt völlig.

Was bedeutet das? fragte sie sich. Habe ich ihm nicht schon vorher vertraut? Habe ich unbewußt an ihm gezweifelt?

Sie hatte ihn engagiert, damit er sie und Melanie beschützte, und das würde er auch tun. Es bestand nicht der geringste Grund zu dem Verdacht, er könnte in Verbindung mit jenen Leuten stehen, die Melanies Tod wünschten – oder mit jenen anderen, denen offenbar viel daran gelegen war, sie zu entführen und in ein neues graues

Zimmer zu sperren. Und doch mußte Laura sich eingestehen, daß sie diesen Verdacht gehegt hatte, einen ganz leichten Verdacht tief im Innern, auf der Ebene des Unterbewußtseins.

Sie mußte sich davor hüten, Symptome von Verfolgungswahn zu entwickeln. Sie wußte nicht, wer ihre Feinde waren: Sie verbargen ihre Gesichter. Deshalb neigte sie jetzt dazu, jeden Menschen zu verdächtigen, Verschwörungstheorien aufzustellen, die schließlich die ganze Welt einschließen könnten, nur sie selbst und Melanie ausgenommen.

Sie machte Kaffee für Earl und sich und für Melanie heiße Schokolade, die sie ins Arbeitszimmer trug, wo das Mädchen auf sie wartete. Sie hatte sich im St. Mark's für unbestimmte Zeit beurlauben lassen, und ein Kollege würde ihre Privatpatienten betreuen, zumindest eine Woche lang. Sie wollte noch an diesem Nachmittag mit Melanies Therapie beginnen, aber nicht im Wohnzimmer, wo sie beide durch Earls Gegenwart abgelenkt werden könnten.

Das Arbeitszimmer war klein, aber gemütlich. Zwei Wände wurden vom Boden bis zur Decke von Bücherregalen eingenommen, die sowohl mit medizinischer und psychologischer Fachliteratur als auch mit Belletristik gefüllt waren. Die übrigen Wände waren mit beiger Grastapete ausgestattet. Zwei Drucke von Delacroix dienten als Blickfang. Ein dunkler Fichtenholz-Schreibtisch mit einem gepolsterten Stuhl, ein Schaukelstuhl, ein smaragdgrünes Sofa mit vielen Kissen und zwei Beistelltische bildeten die Einrichtung. Die beiden Messinglampen auf den Tischchen spendeten weiches bernsteinfarbenes Licht. Earl hatte die smaragdgrünen Vorhänge an den zwei Fenstern geschlossen.

Melanie saß auf dem Sofa und starrte ihre Hände an, die mit den Innenflächen nach oben auf ihrem Schoß lagen.

»Melanie.«

Das Mädchen blickte nicht auf.

»Liebling, ich habe dir heiße Schokolade gebracht.«

Als Melanie noch immer keine Reaktion zeigte, setzte Laura sich neben sie auf das Sofa. Den Becher Kakao in der einen Hand, legte sie die andere unter Melanies Kinn und hob ihren Kopf an. Die Augen des Mädchens waren beängstigend leer und ausdruckslos. Es gelang Laura nicht, einen Blickkontakt mit ihr herzustellen.

»Ich möchte, daß du das trinkst, Melanie«, sagte sie. »Es ist gut. Es wird dir schmecken. Ich weiß, daß es dir schmecken wird.« Sie hielt den Becher an die Lippen des Mädchens.

Sie mußte Melanie noch ein Weilchen gut zureden, bevor das Kind von dem Getränk nippte. Einige Tropfen rannen ihr das Kinn hinab; Laura wischte sie mit einer Papierserviette ab und ermutigte ihre Tochter, den nächsten Schluck zu trinken. Schließlich nahm Melanie ihre zarten Händchen vom Schoß und umfaßte den Becher, so daß Laura ihn loslassen konnte. Jetzt schlürfte Melanie die heiße Schokolade schnell, gierig. Als der Becher leer war, leckte sie sich die Lippen. In ihren Augen war für ganz kurze Zeit ein Funke Leben zu erkennen, und eine Sekunde lang – aber nicht länger – traf sich ihr Blick mit dem ihrer Mutter. Sie starrte nicht wie bisher durch Laura hindurch, sondern blickte sie richtig an, und diese flüchtige Kontaktaufnahme wirkte auf Laura geradezu elektrisierend. Unglückseligerweise zog sich Melanie hastig wieder in ihre geheime innere Welt zurück, und ihre Augen wurden wieder leer und glasig; doch Laura wußte jetzt immerhin, daß das Kind aus dem Exil zurückkehren konnte, in das es sich geflüchtet hatte, und daß deshalb eine Chance – wenn auch vielleicht nur eine geringe – bestand, es nicht nur für eine Sekunde, sondern für immer in die reale Welt zurückzuführen.

Sie nahm Melanie den leeren Becher ab, stellte ihn auf eines der Tischchen, setzte sich seitlich auf das Sofa und schaute ihrer Tochter ins Gesicht. Sie griff nach Melanies Händen und sagte: »Liebling, es ist so lange her, und du warst noch so klein, als wir uns zuletzt sahen. Vielleicht bist du dir nicht sicher, wer ich bin. Ich bin deine Mutter, Melanie.«

Das Mädchen reagierte nicht.

Laura redete sanft und beruhigend weiter, weil sie sicher war, daß Melanie sie verstehen konnte, zumindest auf der Ebene des Unterbewußtseins. »Ich habe dich auf die Welt gebracht, weil ich mir dich so sehr wünschte. Du warst ein so süßes Baby, so hübsch, so unkompliziert. Du hast früher laufen und sprechen gelernt, als ich erwartet hatte, und ich war so stolz auf dich. Wahnsinnig stolz. Und dann wurdest du mir geraubt, und während du fort warst, wünschte ich mir nichts so sehnlich, wie dich zurückzubekommen. Und jetzt, Kleines, gibt es nichts Wichtigeres, als dich gesund zu machen, dich aus diesem Loch hervorzuholen, in dem du dich verkriechst. Ich werde alles tun, was ich vermag, um dich gesund zu machen. Ich *helfe* dir, wieder gesund zu werden.«

Das Mädchen sagte nichts.

Seine grünen Augen starrten ins Leere.

Laura zog die Kleine auf ihren Schoß, legte ihre Arme um sie, hielt sie fest umschlungen. Sie mußte Zuneigung und Wärme spüren, wenn die Therapie eine Erfolgschance haben sollte.

Nach einigen Minuten begann Laura, ein Wiegenlied zu summen, dann ganz leise vor sich hin zu singen. Sie streichelte die Stirn ihrer Tochter, kämmte ihr mit den Fingern die Haare aus dem Gesicht.

Melanies Augen verloren ihren starren, glasigen Ausdruck nicht, aber sie hob eine Hand und schob ihren Daumen in den Mund. Wie ein Kleinkind. Wie sie es als Dreijährige getan hatte.

Tränen traten Laura in die Augen, und ihre Stimme zitterte, aber sie sang leise weiter und strich ihrer Tochter weiter über die Haare. Und dann fiel ihr ein, welche Mühe sie sich vor sechs Jahren gegeben hatte, Melanie das Daumenlutschen abzugewöhnen, und es kam ihr selbst komisch vor, daß sie jetzt so erfreut und gerührt darüber war. Plötzlich war sie halb am Weinen und halb am Lachen, und sie wußte, daß sie lächerlich aussehen mußte, aber sie fühlte sich großartig.

Sie fühlte sich so gut, und sie war so ermutigt durch Melanies Daumenlutschen und den kurzen Blickkontakt, daß sie beschloß, nicht, wie ursprünglich geplant, erst am nächsten Tag, sondern unverzüglich zu versuchen, das Kind zu hypnotisieren. Es hatte sich so tief in das Schneckenhaus der eigenen Psyche zurückgezogen, daß es in seinem quasi katatonischen Zustand nicht ansprechbar war. Unter Hypnose würde Melanie beeinflußbarer sein, und vielleicht würde es gelingen, sie wenigstens teilweise in die reale Welt zurückzuführen.

Jemanden in Melanies Zustand zu hypnotisieren, war entweder viel einfacher als bei einer psychisch gesunden Person – oder unmöglich. Laura sang leise weiter und massierte mit den Fingerspitzen sanft Melanies Schläfen. Als die Lider des Kindes zu flattern begannen, hörte sie auf zu singen und flüsterte: »Entspann dich, Baby. Schlaf jetzt, Baby, schlaf. Ich möchte, daß du schläfst, dich entspannst... du sinkst in tiefen natürlichen Schlaf... du sinkst ganz sanft, wie eine Feder in stiller warmer Luft... du sinkst und sinkst... tiefer und tiefer... du schläfst ein... aber du wirst meine Stimme hören... du wirst meiner Stimme lauschen... du sinkst ganz langsam in den Schlaf... aber meine Stimme wird dir folgen... du wirst mir zuhören und alle Fragen beantworten, die ich dir stelle... Schlaf ein, Baby, aber hör mir zu und gehorche mir.« Ihre Fingerspitzen bewegten sich immer langsamer, immer sanfter, bis die Augen des Mädchens schließlich zufielen und die gleichmäßigen Atemzüge verrieten, daß es fest schlief.

Pepper schlich über die Schwelle und betrachtete neugierig das Geschehen, durchquerte auf leisen Pfoten das Zimmer, sprang auf den Schaukelstuhl und rollte sich zusammen.

Laura hatte ihre Tochter noch immer auf dem Schoß. »Du schläfst jetzt ganz tief. Aber du hörst mich, und du wirst mir antworten, wenn ich dir Fragen stelle.«

Der Mund des Mädchens war schlaff, die Lippen leicht geöffnet.

»Kannst du mich hören, Melanie?«

Das Mädchen sagte nichts.

»Melanie, kannst du mich hören?«

Das Mädchen seufzte leise.

»Uh...«

Es war der erste Laut, den es von sich gab, seit Laura es im Krankenhaus wiedergesehen hatte.

»Wie heißt du?«

Das Kind runzelte die Stirn. »Muh...«

Die Katze hob den Kopf.

»Melanie? Ist das dein Name? Melanie?«

»Muh... muh...«

Pepper stellte die Ohren auf.

Laura beschloß, eine andere Frage zu stellen. »Weißt du, wer ich bin, Melanie?«

Das Kind fuhr sich im Schlaf mit der Zunge über die Lippen. »Muh... es... uh... es...« Melanie zuckte und hob eine Hand, so als wollte sie etwas abwehren.

»Ganz ruhig«, murmelte Laura. »Entspann dich. Sei ganz ruhig, entspann dich und schlaf. Du bist in Sicherheit. Du bist bei mir in Sicherheit.«

Das Mädchen ließ die Hand sinken. Es seufzte.

Laura wartete, bis die Falten von Melanies Stirn verschwunden waren, dann wiederholte sie ihre Frage: »Weißt du, wer ich bin?«

Melanie stieß einen unartikulierten murmelnd-wimmernden Laut aus.

»Weißt du, wer ich bin, Melanie?«

Das Gesicht des Kindes legte sich wieder in Falten. »Umm... uh... uh-uh... es... es...«

»Wovor fürchtest du dich, Melanie?«

»Es... es... *dort*...«, stammelte das Mädchen, und die Angst war seiner Stimme genauso anzumerken wie dem verzerrten bleichen Gesicht.

»Was siehst du?« forschte Laura weiter. »Wovor fürchtest du dich, Liebling? Was siehst du?«

»Die... dort... die...«

Pepper setzte sich auf und beobachtete das Mädchen aufmerkam.

Es schien, als wäre die Luft unnatürlich schwer.

Die Schatten in den Zimmerecken schienen dunkler und größer zu sein als einen Augenblick zuvor, obwohl das natürlich unmöglich war.

»Es... dort... nein, nein, nein, nein...«

Laura legte eine Hand beruhigend auf die Stirn ihrer Tochter und wartete gespannt auf jedes Wort. Ihr war etwas unheimlich zumute, und ein heftiger Schauder lief ihr über den Rücken.

»Wo bist du, Melanie?«

»Nein...«

»Bist du in dem grauen Zimmer?«

Das Mädchen knirschte mit den Zähnen, drückte die Augen krampfhaft zu, ballte die Hände zu Fäusten, so als kämpfte es gegen etwas sehr Starkes an.

Laura hatte Melanie behutsam in jenes graue Zimmer zurückversetzen wollen, aber es sah ganz so aus, als wäre das Mädchen von allein dorthin zurückgekehrt. Laura konnte sich diesen Vorgang nicht erklären; sie hatte noch nie etwas von einer *spontanen* Versetzung in die Vergangenheit der hypnotisierten Person gehört. Der Patient mußte immer ermutigt und angeleitet werden, um an den Schauplatz des traumatischen Geschehens zurückzukehren.

»Wo bist du, Melanie?«

»N-n-n-nein... nein... die... *nein*!«

»Ruhig, ganz ruhig. Wovor hast du Angst?«

»Bitte... nein...«

»Ganz ruhig, Liebling. Was siehst du? Den Tank? Niemand wird dich zwingen, wieder in den Tank zu steigen.«

Aber es war nicht der Tank, vor dem sich das Mädchen fürchtete. Lauras Worte vermochten es nicht zu beruhigen. »Nein... nein!«

»Ist es der elektrische Stuhl? Du wirst nie mehr darin sitzen müssen.«

Etwas anderes ängstigte das Kind. Es zitterte und bewegte sich unruhig, so als wollte es sich aus Lauras Armen befreien und wegrennen.

»Liebling, du bist bei mir in Sicherheit«, sagte Laura und drückte sie noch fester an sich. »Niemand wird dir weh tun.«

»Sie öffnet sich... sie öffnet sich... nein... sie... sie... *geht auf*...«

»Ganz ruhig, Liebling«, murmelte Laura, doch sie war selbst alles andere als ruhig. Sie hatte das Gefühl, daß etwas von ungeheurer Bedeutung geschehen würde.

15

Lieutenant Felix Porteau von der Abteilung für wissenschaftliche Untersuchungsmethoden wurde hinter seinem Rücken Poirot genannt, nach Agatha Christies eingebildetem belgischen Detektiv. Dan wußte aber, daß Porteau sich selbst lieber als Sherlock Holmes sah, trotz seiner kurzen Beine, des dicken Bauches, der hängenden Schultern, des eiförmigen kahlen Schädels und des Weihnachtsmanngesichts. Um dem gewünschten Image zu entsprechen, rauchte Porteau aromatischen Shag-Tabak in einer gebogenen Pfeife.

Diese Pfeife war nicht angezündet, als Dan Porteaus Büro betrat, aber Porteau griff sofort danach und deutete mit ihr auf einen Stuhl. »Setz dich, Daniel, setz dich. Ich dachte mir schon, daß du hier auftauchen würdest. Du willst vermutlich wissen, was ich in der Affäre Studio City alles entdeckt habe.«

»Erstaunlich scharfsinnig, Felix.«

Porteau warf sich in seinem Stuhl zurück. »Ein einzigartiger Fall. Natürlich wird es einige Tage dauern, bevor die endgültigen Ergebnisse aus meinem Labor vorliegen.« Felix redete immer von *seinem* Labor, so als experimentierte er in einem kleinen Raum seiner Privatwohnung in der Londoner Baker Street. »Aber wenn du willst, könnte ich dir sagen, was bei den vorläufigen Untersuchungen herausgekommen ist.«

»Das wäre äußerst liebenswürdig von dir.«

Porteau biß auf das Mundstück seiner Pfeife und grinste Dan augenzwinkernd an. »Du verarschst mich, Daniel.«

»Niemals!«

»Doch. Du verarschst alle Leute.«

»Du stellst mich ja als Klugscheißer hin.«

»Das bist du auch.«

»Vielen Dank für das Kompliment.«

»Aber du bist ein netter, witziger, intelligenter und charmanter Klugscheißer – und das macht sehr viel aus.«

»Jetzt stellst du mich als einen Cary Grant hin.«

»Siehst du dich nicht selbst so?«

Dan dachte einen Augenblick darüber nach. »Na ja, vielleicht halb Cary Grant und halb Alex Karras.«

»Wer ist Alex Karras?«

»Ein ehemaliger Footballstar. Jetzt ist er Schauspieler.«

»Den kenne ich nicht. Aber wenn ich ihn kennen würde, fände ich das Bild, das du von dir entwirfst, vermutlich sehr amüsant.«

»Das glaube ich auch. So, und jetzt zu diesem Fall in Studio City. Gibt es irgendwelche Fingerabdrücke, die uns weiterhelfen werden?«

Porteau öffnete eine Schreibtischschublade, holte einen Tabakbeutel hervor und begann seine Pfeife zu stopfen. »Jede Menge Fingerabdrücke der drei Opfer. Im ganzen Haus. Und Abdrücke des kleinen Mädchens – aber nur in der umgebauten Garage.«

»Dem Labor.«

»Dem grauen Zimmer, wie einer meiner Männer es nannte.«

»Sie war also immer in diesem einen Raum eingesperrt?«

»Offensichtlich. Das heißt, einige partielle Abdrücke von ihr fanden wir noch im angrenzenden kleinen Bad. Es scheint ihres gewesen zu sein. Aber im ganzen übrigen Haus gibt es keinen einzigen Abdruck von ihr.«

»Und sonst? Keine Abdrücke, die von den Mördern stammen könnten?«

»Selbstverständlich haben wir andere Abdrücke gefunden, hauptsächlich partielle. Unser neues High-Speed-Lasergerät vergleicht sie mit den Fingerabdrücken aktenkundiger Verbrecher, aber bisher hatten wir noch kein Glück. Und ich mache mir auch keine großen Hoffnungen.« Er suchte in seinen Taschen nach Streichhölzern. Dann fragte er: »Wie oft hinterläßt ein Mörder deiner Erfahrung nach am Tatort deutliche, leicht identifizierbare Fingerabdrücke?«

»Ich habe es in vierzehn Jahren erst zweimal erlebt«, mußte Dan zugeben. »Also Fehlanzeige bei den Fingerabdrücken. Sonst etwas?«

Porteau zündete seine Pfeife an, stieß süßlichen Rauch aus und löschte das Streichholz. »Es wurde keine Waffe gefunden ...«

»Eines der Opfer hatte einen Feuerhaken.«

Porteau nickte. »Mr. Cooper. Aber wir haben nur sein

eigenes Blut darauf gefunden, und es waren nur einige Tropfen, wie überall an den Wänden und auf dem Boden rings um die Leiche.«

»Cooper hat seinen Angreifer mit dem Feuerhaken also nicht getroffen, und er wurde selbst nicht mit dem Ding geschlagen.«

»So ist es.«

»Und was hat das Staubsaugen ergeben – außer Dreck, meine ich?«

»Die Funde werden analysiert. Ehrlich gesagt, bin ich nicht optimistisch.«

Porteau *war* normalerweise optimistisch, wie sein Vorbild Sherlock Holmes; um so entmutigender war sein derzeitiger Pessimismus.

»Und was habt ihr unter den Fingernägeln der Opfer gefunden?«

»Nichts Interessantes. Keine Hautfetzen, keine Haare, kein Blut, außer ihrem eigenen; sie hatten offenbar keine Gelegenheit, ihre Angreifer auch nur zu kratzen.«

»Aber die Mörder müssen sich ganz in ihrer Nähe befunden haben. Verdammt, Felix, sie haben diese Leute *totgeprügelt*.«

»Ja. Trotzdem scheint keiner der Mörder verletzt worden zu sein. Wir haben überall in jenen Räumen Blutproben gesammelt, aber das ganze Blut stammt ausschließlich von den Opfern.«

Sie saßen einen Augenblick schweigend da.

Porteau paffte Rauchwolken in die Luft. Sein Gesicht hatte einen nachdenklichen Ausdruck, und wenn er Geige gespielt hätte wie Holmes, so hätte er jetzt das Instrument bestimmt zur Hand genommen. Schließlich sagte Dan: »Du hast die Fotos von den Leichen gesehen?«

»Ja. Schrecklich. Unglaublich. Eine derartige Raserei...«

»Hast du nicht auch das Gefühl, daß das ein sehr merkwürdiger Fall ist?«

»Daniel, ich finde jeden Mord merkwürdig«, erwiderte Porteau.

»Aber dieser Fall ist merkwürdiger als andere.«

»Merkwürdiger als andere«, stimmte Porteau zu und lächelte, so als freute er sich über die Herausforderung.

Dan ließ ihn in seiner aromatischen Rauchwolke zurück und fuhr mit dem Lift ins Untergeschoß hinab, wo die Pathologie untergebracht war.

16

Das Mädchen rief: *»Nein!«*

»Melanie, Liebling, beruhige dich. Niemand wird dir etwas zuleide tun.«

Die Kleine schüttelte heftig den Kopf, ihr Atem ging schnell und flach, und ein Angstschrei blieb in ihrer Kehle stecken. Nur ein dünnes hohes *iiiiiiiii* war zu hören. Sie zappelte und versuchte, vom Schoß ihrer Mutter herunterzukommen.

Laura hielt sie fest. »Hör auf zu strampeln, Melanie. Sei ruhig. Entspann dich.«

Plötzlich schlug Melanie mit beiden Händen nach einem nicht existierenden Angreifer, traf aber ihre Mutter. Es waren zwei kräftige, schmerzhafte Schläge, vor Lauras Brust und in ihr Gesicht.

Laura ließ ihre Tochter unwillkürlich los. Der Schlag ins Gesicht hatte ihr Tränen in die Augen getrieben.

Melanie ließ sich auf den Boden fallen und kroch davon.

»Melanie, bleib hier!«

Obwohl das Mädchen unter Hypnose eigentlich Lauras Befehle hätte befolgen müssen, ignorierte es seine Mutter und kroch am Schaukelstuhl vorbei, mitleiderregende animalische Laute panischer Angst ausstoßend.

Die Katze stand jetzt mit gewölbtem Rücken auf dem

Schaukelstuhl. Sie hatte die Ohren angelegt und fauchte. Dann sprang sie mit einem Satz über das Mädchen hinweg und raste aus dem Arbeitszimmer.

»Melanie, hör mir zu!«

Das Mädchen verschwand hinter dem Schreibtisch.

Laura folgte ihrer Tochter. Ihre linke Wange brannte noch immer von dem Schlag. Melanie verkroch sich unter dem Schreibtisch. Laura ging in die Hocke und sah das Mädchen mit hochgezogenen Knien dasitzen, die Arme um die Beine geschlungen, zuammengekauert, das Kinn auf den Knien. Die schreckensweit aufgerissenen Augen nahmen weder Laura noch das Zimmer wahr.

»Liebling?«

Mühsam nach Luft ringend, so als wäre sie weit gerannt, stammelte Melanie: »Laß sie nicht... aufgehen. Halt sie... geschlossen... fest geschlossen!«

Earl Benton tauchte auf der Türschwelle auf. »Ist alles in Ordnung?«

Laura sah ihn über die Schreibtischkante hinweg an. »Ja... Nur... meine Tochter... aber sie wird sich beruhigen.«

»Sind Sie sicher? Brauchen Sie meine Hilfe?«

»Nein, nein. Ich muß mit ihr allein sein. Es geht schon.«

Earl kehrte zögernd ins Wohnzimmer zurück.

Laura blickte wieder unter die Schreibtischplatte. Melanie keuchte noch immer, und sie zitterte jetzt am ganzen Leibe. Tränen liefen ihr über die Wangen.

»Komm heraus, Liebling.«

Das Mädchen bewegte sich nicht.

»Melanie, du wirst mir zuhören, und du wirst tun, was ich dir sage. Komm sofort heraus.«

Das Mädchen versuchte, sich noch tiefer zu verkriechen.

Laura hatte noch nie erlebt, daß ein hypnotisierter Patient sich so total ihrer Kontrolle entzog. Sie starrte Melanie fassungslos an und beschloß, sie unter dem Schreibtisch sitzen zu lassen, wo sie sich ein klein wenig sicherer zu fühlen schien.

»Liebling, wovor versteckst du dich?«

Keine Antwort.

»Melanie, du mußt es mir sagen! Was hast du gesehen? Was sollte geschlossen bleiben?«

»Laß sie nicht aufgehen!« wimmerte das Kind; zum erstenmal schien es direkt auf eine Frage Lauras zu reagieren, obwohl es immer noch irgend etwas Schreckliches vor Augen hatte, das sich zu einer anderen Zeit und an einem anderen Ort ereignet haben mußte.

»*Was* soll ich nicht aufgehen lassen? Sag es mir, Melanie.«

»Halt sie geschlossen!« schrie das Mädchen, kniff die Augen zu und biß sich so fest auf die Lippe, daß ein Blutstropfen hervortrat.

Laura legte eine Hand auf den Arm ihrer Tochter. »Liebling, wovon redest du? Ich werde dir helfen, es geschlossen zu halten, wenn du mir nur sagst, was es ist.«

»Die T-T-Tür...«

»Welche Tür?«

»Die *Tür*!«

»Die Tür zum Tank?«

»Sie öffnet sich, sie öffnet sich!«

»Nein«, sagte Laura scharf. »Hör mir zu. Du mußt mir zuhören und glauben, was ich dir sage. Die Tür wird nicht aufgehen. Sie wird sich nicht öffnen. Sie ist geschlossen. Fest geschlossen. Schau sie an. Siehst du? Sie ist nicht einmal einen Spalt breit geöffnet.«

»Nicht einmal einen Spalt breit«, wiederholte Melanie, und nun konnte kein Zweifel mehr daran bestehen, daß irgendein Teil von ihr Laura hörte und verstand, obwohl sie weiterhin durch Laura hindurch starrte und in ihrer selbsterschaffenen Welt blieb.

»Nicht einmal einen Spalt breit«, versicherte Laura, zutiefst erleichtert, endlich ein wenig Einfluß auszuüben.

Das Mädchen beruhigte sich etwas. Es zitterte noch immer, und sein Gesicht war noch immer angstverzerrt, aber es zerbiß sich zumindest nicht mehr die Lippe. Ein dünner Blutfaden zog sich das Kinn hinab.

»So, Liebling«, fuhr Laura fort, »die Tür ist geschlossen, und sie wird fest geschlossen bleiben, und niemand auf der anderen Seite wird sie öffnen können, denn ich habe ein neues Schloß angebracht, ein schweres Schloß. Verstehst du?«

»Ja«, murmelte das Mädchen zweifelnd.

»Schau die Tür an, Melanie. Sie hat ein großes glänzendes neues Schloß. Siehst du das neue Schloß?«

»Ja«, sagte Melanie etwas zuversichtlicher.

»Ein großes Messingschloß. Ein sehr großes.«

»Ja.«

»Es ist so groß und stark, daß niemand es aufbrechen kann.«

»Niemand«, stimmte das Mädchen zu.

»Gut. Sehr gut. Obwohl die Tür nicht mehr aufgehen kann, wüßte ich doch sehr gern, was auf der anderen Seite der Tür ist.«

Das Mädchen schwieg.

»Liebling, sag mir, was auf der anderen Seite der Tür ist!«

Melanies kleine weiße Hände zuckten durch die Luft, so als versuchte sie, ein Bild von etwas zu zeichnen.

»Was ist auf der anderen Seite der Tür?« wiederholte Laura geduldig.

Die Hände bewegten sich weiter durch die Luft. Das Kind gab leise Laute von sich.

»Sag es mir, Liebling.«

»Die Tür...«

»Wohin führt die Tür?«

»Die Tür...«

»Was für ein Raum ist auf der anderen Seite?«

»Die Tür... zum...«

»Wohin?«

»Die Tür... zum... Dezember«, brachte Melanie mühsam hervor. Ihre Angst wurde begleitet von anderen Gefühlen – Jammer, Verzweiflung, Einsamkeit, Frustration. All diese Emotionen brachen sich jetzt Bahn in den unartikulierten Lauten, die sie von sich gab, und in ihrem wilden Schluchzen.

Dann: »Mami? Mami?«

»Ich bin hier, Baby, ich bin bei dir«, sagte Laura, erschüttert über die Tatsache, daß ihre Tochter nach ihr rief.

»Mami?«

»Ich bin hier, Liebling. Komm zu mir. Komm aus deinem Versteck hervor.«

Das Mädchen kam nicht unter dem Schreibtisch hervor. Weinend rief es wieder: »Mami?« Es schien zu glauben, allein zu sein, weit entfernt von Lauras schützender Umarmung, obwohl in Wirklichkeit nur wenige Zentimeter sie voneinander trennten. »O Mami! *Mami*!«

Während Laura in das Versteck unter dem Schreibtisch spähte und ihr kleines Mädchen weinen und wimmern sah, während sie die Kleine berührte und streichelte, war sie erfüllt von ähnlich heftigen Gefühlen wie Melanie, erfüllt von Schmerz, Mitleid und Zorn. Aber gleichzeitig war sie auch ungeheuer neugierig.

Die Tür zum Dezember?

»Mama?«

»Hier bin ich. Hier!«

Sie waren so nahe beisammen, und doch waren sie getrennt durch einen breiten geheimnisvollen Abgrund.

17

Luther Williams war ein junger schwarzer Pathologe, der für die Polizei von Los Angeles arbeitete. Er kleidete sich wie Sammy Davis, Jr. – teure Anzüge und zuviel Schmuck –, war aber so kultiviert und witzig wie Thomas Sowell, der schwarze Soziologe. Luther bewunderte Sowell und andere Soziologen und Wirtschaftswissenschaftler der aufsteigenden konservativen Bewegung innerhalb der Kommunität intellektueller Schwarzer und konnte ganze Passagen aus ihren Büchern auswenig zitieren. Er liebte es, Dan Haldane lange Vorträge über pragmatische Politik zu halten und sich über die Vorzüge der freien Marktwirtschaft als einem Mittel gegen die Armut auszulassen. Er war aber ein hervorragender Pathologe mit feinem Gespür für die anomalen Einzelheiten, die für die Gerichtsmedizin so bedeutsam sind. Deshalb ließ Dan die ihm lästigen politischen Ausführungen meistens über sich ergehen, um anschließend alles Wissenswerte über sezierte Leichen zu erfahren.

Luther saß über ein Mikroskop gebeugt und untersuchte eine Gewebeprobe, als Dan das grüngekachelte Labor betrat. Der Pathologe blickte grinsend auf. »Hallo, Danny! Hast du die Karten benutzt, die ich dir gegeben habe?«

Dan wußte im ersten Moment nicht, wovon die Rede war, doch dann fiel es ihm ein. Luther hatte zwei Karten für eine Debatte zwischen William F. Buckley und Robert Scheer gekauft, und dann war ihm etwas Wichtiges dazwischengekommen, und er hatte Dan die Karten aufgedrängt, als sie sich in der vergangenen Woche zufällig über den Weg gelaufen waren. »Diese Diskussion wird deinen geistigen Horizont erweitern«, hatte er versichert.

Etwas schuldbewußt erklärte Dan jetzt: »Ich habe dir

gleich gesagt, daß ich es wahrscheinlich nicht schaffen würde hinzugehen und daß du die Karten jemand anderem geben solltest.«

»Du warst nicht da?« fragte Luther enttäuscht.

»Keine Zeit.«

»Danny, Danny, du mußt dir für solche Sachen einfach Zeit nehmen. In diesem Land tobt ein Kampf, der für unser aller Leben entscheidend sein wird, ein Kampf zwischen freiheitsliebenden Menschen und deren Gegnern, ein *Krieg* zwischen freiheitsliebenden Libertariern und freiheitshassenden Faschisten und Linksradikalen.«

Dan hatte sich seit zwölf Jahren an keinen Wahlen mehr beteiligt. Ihm war es ziemlich egal, welche Partei oder ideologische Richtung an der Macht war. Seine politische Indifferenz beruhte nicht auf der Überzeugung, daß sowohl die Demokraten als auch die Republikaner, sowohl die Liberalen als auch die Konservativen korrupt seien; vermutlich waren sie es, aber das war ihm ziemlich gleichgültig. Er glaubte einfach, daß die Gesellschaft sich irgendwie durchwursteln würde, ganz gleich, unter welcher Regierung, und er hatte keine Zeit, um sich langweilige politische Diskussionen anzuhören.

Was ihn am meisten interessierte, waren Morde. Morde und Mörder. Manche Menschen waren zu unvorstellbaren Brutalitäten imstande, und diese Menschen faszinierten ihn. Nicht jene Mörder, die offenkundig verrückt waren. Auch nicht jene, die in blinder Rage töteten, nachdem sie provoziert worden waren. Aber die anderen. Es gab Männer, die ihre Ehefrauen kaltblütig umbrachten, einfach weil sie ihrer überdrüssig waren. Es gab Mütter, die ihre Kinder umbrachten, weil sie keine Verantwortung mehr tragen wollten, und die keinerlei Schuldgefühle hatten. Verdammt, es gab sogar Menschen, die bereit waren, aus völlig trivialen Motiven heraus zu morden, etwa weil jemand ihnen die Vorfahrt im Straßenverkehr genommen hatte; es waren Menschen, die sich über alle Moralgesetze hinwegsetzten, und die Beschäftigung mit dieser Art von Mördern und ihren geistigen und psychischen Verirrungen und Abartigkeiten wurde Dan nie langweilig. Er wollte sie verstehen. Waren sie einfach geisteskrank – oder brach bei ihnen ein Atavismus durch? Waren nur bestimmte Menschen zu kaltblütigem Mord fähig? Und wenn ja, wenn es sich tatsächlich um reißende Wölfe in einer Schafherde handelte, so wollte er wissen, was sie von den Schafen unterschied. Was fehlte ihnen? Warum waren Einfühlungsvermögen und Mitleid für diese Menschen Fremdwörter?

Er konnte sich selbst nicht erklären, woher diese intellektuelle Faszination stammte. Er war seiner eigenen Einschätzung nach kein Typ, der zum Grübeln und Philosophieren neigte. Aber vielleicht kam man zwangsläufig ins Philosophieren, wenn man tagtäglich mit Blut, Tod und Gewalt zu tun hatte. Vielleicht verbrachten auch die meisten anderen Kriminalbeamten viel Zeit damit, über die dunkle Seite des menschlichen Charakters nachzudenken; vielleicht war er nicht der einzige. Er wußte es einfach nicht, denn über solche Themen wurde im Kollegenkreis nicht gesprochen. In seinem speziellen Fall hing das Bedürfnis, Mörder zu verstehen, möglicherweise aber auch damit zusammen, daß sowohl sein Bruder als auch seine Schwester ermordet worden waren.

Luther Williams blieb vor seinem Mikroskop sitzen und sagte lächelnd: »Hör zu, Danny, nächste Woche findet eine wirklich umwerfende politische Debatte zwischen Milton Friedman und Galbraith...«

Dan fiel ihm ungeduldig ins Wort. »Tut mir leid, Luther, aber ich habe heute keine Zeit zum Plaudern. Ich brauche ein paar Informationen, und zwar möglichst schnell.«

»Warum hast du es denn so eilig?«

»Äh... ich muß dringend pinkeln.«

Luther warf ihm einen ungläubigen Blick zu. »Hör

mal, Danny, ich weiß, daß Politik dich langweilt, aber...«

»Nein, darum geht es nicht«, sagte Dan mit treuherziger Miene. »Ich muß wirklich ganz dringend aufs Klo.«

Luther seufzte. »Eines Tages wird hierzulande ein totalitäres Regime an die Macht kommen und Gesetze erlassen, denen zufolge du ohne schriftliche Genehmigung nicht pinkeln *darfst*. Und wenn dann deine Blase fast am Platzen ist, wirst du zu mir kommen und sagen: ›Luther, mein Gott, warum hast du mich nicht vor diesen Leuten gewarnt?‹ «

»Nein, nein. Ich verspreche dir, mich irgendwo zu verkriechen und meine Blase in aller Stille platzen zu lassen. Ich verspreche, daß ich dich nicht belästigen werde.«

»Ja, weil du lieber deine Blase platzen lassen würdest, als dir von mir anhören zu müssen, daß du an deiner mißlichen Lage selbst schuld bist.«

Dan setzte sich auf einen Hocker, Luther genau gegenüber. »Okay. Bitte enthalten Sie mir Ihre verblüffenden wissenschaftlichen Erkenntnisse nicht länger vor, Dr. Williams. Ihr habt letzte Nacht drei neue Kunden reinbekommen: McCaffrey, Hoffritz und Cooper.«

»Die Autopsie steht für heute abend auf dem Programm.«

»Du hast sie dir noch nicht vorgenommen?«

»Wir sind im Rückstand, Danny. Die Kerle werden schneller umgebracht, als wir sie aufschneiden können.«

»Hört sich nach einem Verstoß gegen die Prinzipien der freien Marktwirtschaft an«, kommentierte Dan.

»Häh?«

»Ihr habt wesentlich mehr Angebot als Nachfrage.«

»Verarsch mich nicht! Willst du dich selbst im Kühlraum davon überzeugen, daß die Leichen auf den Tischen übereinandergestapelt sind? Verdammt, bald werden wir sie zwischen Eisblöcken in Schränken verstauen müssen.«

»Hast du wenigstens mal einen Blick auf die drei geworfen, die mich interessieren?«

»Na klar.«

»Kannst du mir irgend etwas über sie berichten?«

»Sie sind tot.«

»Sobald wir ein totalitäres Regime haben, werden als erste alle witzigen schwarzen Pathologen liquidiert werden.«

»Ha, genau das versuche ich dir ja ständig klarzumachen!« rief Luther.

»Hast du dir die Verletzungen der drei Mordopfer angesehen?«

Luthers Gesicht verdüsterte sich. »So etwas habe ich noch nie im Leben gesehen. Jede dieser Leichen ist mit Quetschungen und Prellungen förmlich übersät – es müssen Hunderte sein –, und keine zwei davon haben die gleiche Struktur. Desgleichen Dutzende von Frakturen; aber auch diese Knochenbrüche ergeben kein einheitliches Bild. Die Autopsie wird uns genauen Aufschluß geben, aber nach der vorläufigen Untersuchung sieht es so aus, als seien manche Knochen zersplittert, andere glatt durchtrennt, und wieder andere sind... *zermalmt*. Nun kann aber kein stumpfer Gegenstand, der als Keule benutzt wird, Knochen *pulverisieren*. Ein heftiger Schlag führt zu gesplitterten oder gebrochenen Knochen, aber er zermalmt sie nicht. Dazu ist eine ungeheure Kraft vonnöten – etwa, wenn ein Auto einen Fußgänger rammt und gegen eine Ziegelmauer preßt. Man kann Knochen nur durch enormen Druck zermalmen.«

»Welches Mordinstrument schwebt dir demnach vor?«

»Du hast mich nicht verstanden. Sieh mal, üblicherweise läßt sich anhand der Verletzungen immer bestimmen, womit jemand erschlagen wurde, ob es sich um einen glatten, rauhen, scharfen oder stumpfen Gegenstand handelte. Man kann genau sagen: ›Aha, dieser Mann wurde mit einem Hammer getötet, der eine runde Schlagfläche mit schräger Kante hat.‹ Oder mit einem Brecheisen, dem stumpfen Ende einer Axt, mit einer Bücherstütze oder einer Salami. Jedenfalls läßt sich das Mordwerkzeug eindeutig feststellen, sobald man die Verletzungen untersucht hat. *Diesmal aber nicht*. Jede Verletzung scheint von einem anderen Gegenstand zu stammen.«

Dan zupfte an seinem linken Ohrläppchen. »Ich glaube, wir können die Möglichkeit ausschließen, daß der Mörder das Haus mit einem Koffer voll stumpfer Werkzeuge betrat, nur weil er Abwechslung liebt. Ich kann mir nicht vorstellen, daß die Opfer stillstanden, während er den Hammer gegen eine Schaufel und diese gegen einen Schraubenschlüssel austauschte.«

»Ich stimme dir zu«, sagte Luther. »Aber da ist auch noch etwas anderes ... Ich habe keine einzige Wunde gefunden, die wirklich so aussah, als stamme sie von einem Hammer, einem Schraubenschlüssel oder auch einem Brecheisen. Nicht nur, daß jede Verletzung sich von allen anderen unterscheidet, sondern jede einzelne ist von ganz eigenartiger Form, die keiner mir bekannten Mordwaffe entspricht.«

»Hast du dafür irgendeine Erklärung?«

»Nun, wenn dies hier ein alter Fu Manchu-Roman wäre, würde ich sagen, daß wir es mit einem Bösewicht zu tun haben, der eine teuflische neue Waffe erfunden hat, eine Art Luftkompressor, der wesentlich mehr Unheil anrichten kann als Arnold Schwarzenegger mit einem Schmiedehammer.«

»Eine fantasievolle Theorie. Aber nicht sehr wahrscheinlich.«

»Hast du jemals Sax Rohmer gelesen, diese alten Fu Manchu-Bücher? In denen wimmelt es nur so von exotischen Waffen und ausgefallenen Mordarten.«

»Wir befinden uns aber im wirklichen Leben.«

»So sagt man allgemein.«

»Das wirkliche Leben ist kein Fu Manchu-Roman.«

Luther zuckte die Achseln. »Ich bin mir da nicht so sicher. Denk mal an die Nachrichtensendungen der letzten Zeit.«

»Ich benötige bessere Erklärungen, Luther. Verdammt, ich bin in diesem Fall wirklich auf jede Hilfe angewiesen.«

Sie blickten einander in die Augen.

Dann sagte Luther ohne jede Spur von Humor: »Aber die Leichen sehen *wirklich* so aus, als wären diese Leute mit einem Lufthammer zu Tode geprügelt worden!«

18

Es gelang Laura schließlich, ihre Tochter unter dem Schreibtisch hervorzulocken. Danach weckte sie Melanie aus der Hypnose, und das Kind glitt aus der Trance in den katatonischen Zustand zurück, in dem es sich befand, seit es von der Polizei aufgegriffen worden war.

Laura hatte insgeheim gehofft, daß die Beendigung der hypnotischen Trance ihre Tochter auch aus der Katatonie herausreißen würde. Einen Moment lang fixierte sich Melanies Blick auch tatsächlich auf Laura; sie schaute ihr direkt in die Augen und legte eine Hand an Lauras Wange, so als wolle sie sich davon überzeugen, daß ihre Mutter kein Fantasiegebilde war. Laura rief eindringlich: »Bleib bei mir, Baby. Zieh dich nicht wieder zurück. Bleib bei mir.«

Aber das Mädchen zog sich dennoch in seine eigene Welt zurück, und Laura schwankte zwischen Glück über den flüchtigen Kontakt und Schmerz über die kurze Dauer dieses Kontakts.

Die erste Therapiestunde hatte Melanie stark mitgenommen. Ihr Gesicht war schlaff vor Erschöpfung, die Augen blutunterlaufen. Laura brachte sie zu Bett, und sie schlief ein, kaum daß ihr Kopf das Kissen berührt hatte.

Als Laura ins Wohnzimmer kam, stellte sie fest, daß Earl Benton seinen Stuhl verlassen und sein Sakko ausgezogen hatte. Er hatte auch seine Pistole aus dem Schulterhalfter genommen und hielt sie jetzt in der rechten Hand, so als glaubte er, sie vielleicht bald benutzen zu müssen. Er stand an einem Flügelfenster und blickte mit besorgter Miene ins Freie. »Earl?« rief sie ihn unsicher an.

Er warf ihr einen kurzen Blick zu. »Wo ist Melanie?«

»Sie schläft.«

Er wandte seine Aufmerksamkeit wieder der Straße zu. »Gehen Sie lieber zu ihr.«

Sie hatte plötzlich Mühe zu atmen. Sie schluckte. »Was ist los?«

»Vielleicht nichts. Vor einer halben Stunde ist ein Kastenwagen der Telefongesellschaft vorgefahren und hat auf der anderen Straßenseite geparkt. Es ist niemand ausgestiegen.«

Sie trat neben ihn ans Fenster.

Ein graublauer Wagen mit weißer und blauer Beschriftung stand gegenüber dem Haus, halb in der Sonne, halb im Schatten einer Jacaranda. Er sah aus wie alle Wagen der Telefongesellschaft, die man jeden Tag sah: Er hatte nichts Besonderes an sich, nichts Bedrohliches.

»Was kommt Ihnen daran verdächtig vor?« fragte sie.

»Wie gesagt, soweit ich sehen konnte, ist niemand ausgestiegen.«

»Vielleicht hält der Techniker ein Schläfchen auf Kosten der Gesellschaft.«

»Das ist unwahrscheinlich. Die Telefongesellschaft ist viel zu gut durchorganisiert, als daß die Leute während der Arbeitszeit pennen könnten. Außerdem ... die Sache stinkt einfach. Ich habe ein Gespür dafür. Ich sehe so etwas nicht zum erstenmal, und mein Gefühl sagt mir, daß wir observiert werden.«

»Observiert? Von wem?«

»Schwer zu sagen. Aber der Telefonwagen... nun ja, staatliche Agenten arbeiten oft mit dieser Masche.«

»Staatliche Agenten?«

»Ja.«

Sie wandte ihren Blick von dem Wagen ab und starrte Earl an, der ihr Erstaunen offenbar nicht teilte. »Sie meinen – das FBI?«

»Vielleicht. Oder das Finanzministerium. Vielleicht auch eine Sicherheitsabteilung des Verteidigungsministeriums. Es gibt alle möglichen Arten von bundesstaatlichen Agenten.«

»Aber warum sollten sie uns observieren? Wir sind doch die Opfer – jedenfalls die potentiellen Opfer – und keine Kriminellen.«

»Ich habe nicht behauptet, daß es solche Agenten sind. Ich habe nur gesagt, daß sie oft mit dieser Masche arbeiten.«

Während Laura ihn anstarrte, wie er so dastand und kein Auge von dem Wagen ließ, fiel ihr auf, daß er sich verändert hatte. Nichts erinnerte mehr an den Provinzler. Er sah älter als seine 26 Jahre aus, und er trat härter, entschlossener und professioneller auf als vorhin im Krankenhaus.

Verwirrt murmelte Laura: »Nun, wenn es irgendwelche Leute von der Regierung sind, haben wir ja nichts zu befürchten.«

»Nein?«

»Sie sind es doch nicht, die Melanie umbringen wollen.«

»Nein?«

»Selbstverständlich nicht«, erwiderte sie bestürzt. »Es war doch nicht die Regierung, die meinen Mann und die beiden anderen ermordet hat.«

»Woher wissen Sie das?« fragte er, die Augen unverwandt auf den Wagen der Telefongesellschaft gerichtet.

»Um Himmels willen...«

»Ihr Mann und eines der beiden anderen Opfer – sie haben früher an der Uni von Los Angeles gearbeitet.«

»Na und?«

»Sie erhielten damals Zuschüsse für Forschungsprojekte.«

»Natürlich, aber…«

»Und es handelte sich zum Teil – vielleicht sogar zum größten Teil – um staatliche Zuschüsse, oder?«

Sie schwieg, weil er die Antwort offenbar ohnehin schon wußte.

»Zuschüsse vom Verteidigungsministerium«, betonte Earl.

Laura nickte stumm.

»Das Verteidigungsministerium ist interessiert an der Verhaltensmodifikation. Geistige Kontrolle. Die beste Methode, mit einem Feind fertig zu werden, ist, sein Gehirn zu manipulieren und ihn sich zum Freund zu machen, ohne daß er weiß, was passiert ist. Ein wirklicher Durchbruch auf diesem Gebiet könnte Kriegen, wie wir sie kennen, ein Ende bereiten.«

»Woher wissen Sie das alles über Dylans Arbeit? Ich habe es Ihnen nicht erzählt.«

Anstatt ihre Frage zu beantworten, fuhr er fort: »Vielleicht arbeiteten Hoffritz und Ihr Mann noch immer für die Regierung.«

»Hoffritz war diskreditiert…«

»Wenn seine Forschungsprojekte wichtig waren und zu interessanten Resultaten führten, würde es für diese Leute nicht die geringste Rolle spielen, daß er sich in akademischen Kreisen diskreditiert hatte. Sie würden ihn trotzdem benutzen.« Er warf ihr wieder einen kurzen Blick zu, und der Zynismus in seinen Augen verriet deutlich, daß er sich keinerlei Illusionen über die Welt hingab.

Von dem jungen Farmer war nichts mehr übriggeblieben, und sie fragte sich, ob der naive Mann vom Lande, der in der Großstadt gesellschaftlichen Schliff bekommen möchte, nur eine einstudierte Rolle gewesen war, die er sehr überzeugend gespielt hatte. Sie war plötzlich überzeugt davon, daß Earl Benton auch in seiner Jugend nicht gutgläubig und naiv gewesen war.

Und sie war sich nicht mehr sicher, ob sie ihm vertrauen konnte.

Die Situation war schlagartig so kompliziert geworden, daß sie sich etwas benommen fühlte. »Eine Konspiration der Regierung? Aber weshalb hätten sie dann Dylan und Hoffritz umbringen sollen, wenn Dylan für sie arbeitete?«

»Vielleicht *haben* sie sie nicht umgebracht«, erwiderte Earl, ohne zu zögern. »Im Grunde genommen ist es sogar sehr unwahrscheinlich, daß sie es getan haben. Aber vielleicht war Ihr Mann nicht weit entfernt von einem entscheidenden Durchbruch, der auch militärisch hätte angewandt werden können. Und vielleicht wurde er deshalb von der Gegenseite liquidiert.«

»Von der Gegenseite?«

Er beobachtete wieder die Straße. »Ausländische Agenten.«

»*Russen?*«

»Sie sind real. Die Sowjets sind real, nicht irgendwelche mythischen Gestalten, wie manche Leute zu glauben scheinen.«

»Das ist doch absurd«, protestierte sie.

»Warum?«

»Geheimagenten, Spionage, internationale Verwicklungen ... Gewöhnliche Bürger werden nur in Filmen mit solchen Geschichten konfrontiert.«

»Genau das ist der entscheidende Punkt. Ihr Mann *war* kein gewöhnlicher Bürger. Und Hoffritz auch nicht.«

Sie konnte ihren Blick nicht von dem Mann wenden, der sich vor ihren Augen so total verändert hatte. Sie wiederholte die Frage, die er vorhin nicht beantwortet hatte: »All diese Spekulationen ... Sie könnten sie nicht anstellen, wenn Sie nicht über das Arbeitsgebiet meines Mannes und über seine Persönlichkeit sehr genau Bescheid wüßten. Woher haben Sie diese Informationen?«

»Dan Haldane hat mir einiges erzählt.«

»Der Detektiv? Wann?«

»Als er mich anrief, kurz vor Mittag.«

»Aber ich habe Ihr Büro erst nach 13 Uhr beauftragt.«

»Dan sagte, er würde Ihnen unsere Karte geben und dafür sorgen, daß Sie uns anrufen. Er wollte, daß wir von Anfang an auf alle Eventualitäten dieses Falles gefaßt sein sollten.«

»Aber er hat mir gegenüber mit keinem Wort erwähnt, daß FBI-Agenten und *Russen* in diese Sache verwickelt sein könnten.«

»Er *weiß* nicht, ob sie es sind, Dr. McCaffrey. Er hält es nur für möglich, daß hinter diesen Morden mehr steckt, als man zunächst glauben könnte. Und er hat mit Ihnen nicht darüber gesprochen, weil er Sie nicht unnötig beunruhigen wollte.«

»Du lieber Himmel!«

Laura fühlte sich in einem kunstvoll gesponnenen Netz von Konspirationen gefangen, und es kostete sie große Mühe, erneut auftauchende leichte Symptome von Verfolgungswahn zu unterdrücken.

»Gehen Sie lieber zu Melanie«, sagte Earl.

Draußen fuhr eine Chevrolet-Limousine langsam die Straße entlang, hielt neben dem Wagen der Telefongesellschaft an und parkte gleich darauf vor ihm ein. Zwei Männer stiegen aus.

»Das sind unsere Leute«, erklärte Earl.

»Von *California Paladin*?«

»Ja. Ich habe vorhin im Büro angerufen und gebeten, man solle einige Männer herschicken, damit sie überprüfen, ob das Haus tatsächlich observiert wird. Ich wollte nicht selbst zu dem Wagen rübergehen und Sie und Melanie allein lassen.«

Die beiden Männer gingen auf den Kastenwagen zu.

»Gehen Sie lieber zu Melanie«, wiederholte Earl.

»Sie schläft.«

»Dann treten Sie wenigstens vom Fenster zurück.«

»Warum?«

»Weil ich dafür bezahlt werde, Risiken einzugehen, und Sie nicht. Und ich habe Sie gleich zu Beginn gewarnt, daß Sie tun müssen, was ich Ihnen sage.«

Sie ging einige Schritte zurück, aber nur so weit, daß sie noch sehen konnte, was draußen vorging.

Einer der beiden Paladin-Detektive stand neben der Fahrertür des Kastenwagens. Der zweite Mann war zu den hinteren Türen gegangen.

»Wenn es FBI-Agenten sind, werden sie doch bestimmt keine Schießerei riskieren«, meinte Laura. »Nicht einmal, wenn sie Melanie in die Hände bekommen wollen.«

»Stimmt«, sagte Earl. »Wir wären zwar gezwungen, ihnen Melanie auszuliefern. Aber wir wüßten in diesem Fall, wer sie entführt hat, und wir könnten gerichtliche Schritte unternehmen, um sie zurückzubekommen. Aber, wie schon gesagt, es brauchen nicht unbedingt FBI-Leute zu sein.«

»Und wenn es... ausländische Agenten sind?« fragte sie. Sie brachte es einfach nicht über sich, von Russen zu sprechen.

»Dann könnte es unangenehm werden.«

Seine große, kräftige Hand umspannte den Revolver.

Laura blickte aus dem Fenster, auf dem der Regen der vergangenen Nacht Flecken und Streifen hinterlassen hatte.

Die Spätnachmittagssonne ließ die Straße in messing- und kupferfarbenen Tönen leuchten.

Laura zuckte unwillkürlich zusammen, als eine der hinteren Türen des Kastenwagens plötzlich geöffnet wurde.

19

Dan verließ die Pathologie, blieb aber schon nach wenigen Schritten stehen, weil ihm plötzlich ein Gedanke gekommen war. Er machte kehrt, öffnete die Tür und steckte seinen Oberkörper ins Labor, wo Luther wieder vom Mikroskop aufblickte.

»Ich dachte, du müßtest pinkeln«, sagte er. »Du warst aber nur zehn Sekunden weg.«

»Ich hab's gleich hier auf dem Korridor erledigt«, erwiderte Dan.

»Typisch Morddezernat!«

»Hör mal, Luther, du bist doch ein Libertarier?«

»Ja, aber es gibt alle möglichen Libertarier: konservative, anarchistische, orthodoxe. Es gibt Libertarier, die glauben...«

»Luther, schau mich an, und du wirst die personifizierte Langeweile vor dir sehen.«

»Warum fragst du dann überhaupt?«

»Ich wollte nur wissen, ob du jemals etwas von einer Libertariergruppe namens *Freedom Now* gehört hast?«

»Nicht daß ich mich erinnern könnte.«

»Es ist ein Komitee für politische Aktionen.«

»Das sagt mir nichts.«

»Du bist in Libertarierkreisen sehr aktiv. Da hättest du doch bestimmt von dieser *Freedom Now* gehört, wenn die Typen wirklich aktiv wären, oder?«

»Vermutlich.«

»Ernest Andrew Cooper.«

»Eine der drei Leichen aus Studio City«, sagte Luther.

»Ja, aber hast du diesen Namen je zuvor gehört?«

»Nein.«

»Bist du sicher?«

»Ja.«

»Er soll eine große Nummer in Libertarierkreisen sein.«

»Wo?«

»Hier in Los Angeles.«

»Nun, das ist er nicht. Ich habe noch nie etwas von ihm gehört.«

»Bist du da ganz sicher?«

»Natürlich bin ich ganz sicher. Warum führst du dich mir gegenüber plötzlich wie ein verdammter Bulle auf?«

»Ich *bin* ein verdammter Bulle.«

»Ein Bulle bist du, das steht fest«, sagte Luther grinsend. »Das sagt jeder, der mit dir zusammenarbeitet. Manche drücken es anders aus, aber was sie meinen, ist ›Bulle‹.«

»Bulle, Bulle, Bulle... Bist du auf dieses Wort fixiert? Was stimmt nicht mit dir, Luther? Du hörst dich an wie ein einsamer alter Schwuler!«

Das Pathologe lachte. Er hatte ein herzhaftes Lachen und ein warmes Lächeln, dem niemand widerstehen konnte. Dan fragte sich oft, warum ein so gutmütiger, vitaler, optimistischer und energischer Mann wie Luther Williams beschlossen hatte, sein Arbeitsleben mit Leichen zu verbringen.

Dr. Irmatrude Gelkenshettle, Leiterin der psychologischen Fakultät an der Universität von Los Angeles, hatte ein Eckbüro mit vielen Fenstern und einem Blick auf den Campus. Um 16.45 Uhr neigte sich der kurze Wintertag schon seinem Ende zu und verbreitete ein trübes orangefarbenes Licht, ähnlich einem verlöschenden Feuer.

Die Schatten wurden von Minute zu Minute länger, und es war so kühl geworden, daß die Studenten ihre Schritte beschleunigten.

Dan setzte sich auf einen modernen dänischen Stuhl, während Dr. Gelkenshettle in ihrem Schreibtischsessel Platz nahm.

Sie war eine kleine, stämmige Frau in den Fünfzigern. Ihr stahlgraues Haar war kurz geschnitten, und obwohl sie nie schön gewesen war, hatte sie ein sympathisches, freundliches Gesicht. Sie trug eine blaue Hose und eine weiße Bluse, die mehr Ähnlichkeit mit einem Herrenhemd hatte; die Ärmel waren aufgerollt, und sie trug sogar eine Herrenuhr, eine schlichte, aber zuverlässige Timex mit elastischem Band. Trotz ihres Äußeren war sie keine Lesbierin; darauf hätte Dan wetten können. Sie strahlte Kompetenz und Intelligenz aus. Obwohl er sie erst vor wenigen Minuten kennengelernt hatte, glaubte er, sie gut zu kennen, denn sie erinnerte ihn stark an seine Tante Kay – die Schwester seiner Adoptivmutter, eine Berufsoffizierin beim weiblichen Armeekorps. Irmatrude Gelkenshettle suchte ihre Kleidung offensichlich nach den Gesichtspunkten der Bequemlichkeit, Haltbarkeit und Qualität aus. Sie regte sich bestimmt nicht über Leute auf, die Wert darauf legten, mit der Mode zu gehen; nur kam es ihr selbst einfach nie in den Sinn, modische Aspekte in Betracht zu ziehen, wenn sie sich etwas Neues kaufte. Genau wie Tante Kay. Er wußte sogar, warum sie eine Herrenuhr trug. auch Tante Kay trug eine Herrenuhr, weil das Zifferblatt größer war und man die Uhrzeit leichter ablesen konnte.

Zuerst war Dan etwas überrascht gewesen. Sie hatte nicht seiner Vorstellung von der Leiterin einer Universitätsfakultät entsprochen. Doch dann hatte er entdeckt, daß auf dem Bücherregal hinter ihrem Schreibtisch etwa 25 Bände ihren Namen als Autorin trugen.

»Dr. Gelkenshettle ...«, begann er.

Sie hob die Hand und fiel ihm ins Wort. »Der Name ist unmöglich. Die einzigen Menschen, die mich Dr. Gelkenshettle nennen, sind Studenten, Kollegen, die ich nicht ausstehen kann, mein Automechaniker – weil man diese Burschen auf Distanz halten muß, wenn man verhindern will, daß sie einen übers Ohr hauen – und Fremde. Wir kennen uns zwar auch noch nicht, aber wir verfügen beide über eine gewisse Menschenkenntnis und können deshalb, glaube ich, auf Formalitäten verzichten. Nennen Sie mich Marge.«

»Ist das Ihr zweiter Vorname?«

»Leider nein. Aber Irmatrude ist genauso schrecklich wie Gelkenshettle, und mein zweiter Vorname ist Heidi – und sehe ich Ihrer Meinung nach wie eine Heidi aus?«

Er lächelte. »Eigentlich nicht.«

»Sie haben völlig recht. Meine Eltern waren herzensgute Menschen, und sie liebten mich, aber in puncto Namen hatten sie einen seltsamen Geschmack.«

»Ich heiße Dan.«

»Viel besser. Einfach. Vernünftig. ›Dan‹ kann jeder aussprechen. Nun, Sie wollten sich mit mir über Dylan McCaffrey und Willy Hoffritz unterhalten. Es fällt mir schwer zu glauben, daß sie tot sind.«

»Es würde Ihnen leichterfallen, wenn Sie die Leichen gesehen hätten. Sprechen wir zuerst über Dylan. Was hielten Sie von ihm?«

»Ich stand der Fakultät noch nicht vor, als McCaffrey hier war. Diesen Job habe ich erst vor etwas mehr als vier Jahren übernommen.«

»Aber Sie hielten Vorlesungen und betrieben Ihre eigenen Forschungen. Sie gehörten derselben Fakultät an wie er.«

»Ja. Ich kannte ihn nicht sehr gut, aber gut genug, um zu wissen, daß ich ihn nicht besser kennenlernen sollte.«

»Soweit ich gehört habe, soll er sich seiner Arbeit mit großem Eifer gewidmet haben. Seine Frau – und sie ist selbst Psychologin – bezeichnete ihn sogar als obsessiv.«

»Er war total plemplem«, sagte Marge.

Die beiden neuen Privatdetektive von Paladin kamen direkt auf Lauras Haustür zu. Earl ließ seine Kollegen ein.

Einer der Männer war groß, der andere klein. Der Große war mager und hatte einen ungesunden grauen Teint. Der Kleine hatte etwas Übergewicht und ein sommersprossiges Gesicht. Sie wollten sich weder setzen noch Kaffee trinken. Earl redete den Kleinen mit ›Flash‹ an, und Laura wußte nicht, ob das sein Familienname oder ein Spitzname war.

Flash besorgte das Reden, während sein Kollege mit ausdruckslosem Gesicht danebenstand. »Sie sind stinksauer, daß wir sie enttarnt haben«, berichtete Flash.

»Wenn sie das verhindern wollen, dürfen sie eben nicht so plump vorgehen«, erwiderte Earl.

»Genau das habe ich ihnen auch gesagt.«

»Wer sind die Burschen?«

»Sie haben uns FBI-Ausweise gezeigt.«

»Habt ihr euch die Namen notiert?«

»Namen und Ausweisnummern.«

»Sahen die Ausweise echt aus?«

»Ja.«

»Und die Männer selbst? Könnten es vom Typ her FBI-Leute sein?«

»O ja«, sagte Flash. »Elegant gekleidet. Cool und höflich, sogar wenn sie wütend sind, aber mit arrogantem Unterton – na, du kennst das ja.«

»Das kann man wohl sagen«, stellte Earl nachdrücklich fest.

»Wir machen jetzt, daß wir ins Büro zurückkommen, um zu überprüfen, ob Typen mit diesen Namen beim FBI beschäftigt sind.«

»Die Namen werden stimmen, selbst wenn die Kerle nichts mit dem FBI zu tun haben«, meinte Earl. »Ihr müßt euch Fotos von den echten Agenten mit diesen Namen besorgen und schauen, ob sie mit den Typen da draußen identisch sind.«

»Genau das haben wir vor.«

»Gebt mir so schnell wie möglich Bescheid«, sagte Earl, und seine beiden Kollegen wandten sich zum Gehen.

»Warten Sie bitte«, rief Laura.

Alle drei Männer blickten sie an.

»Was haben sie Ihnen gesagt? Aus welchem Grund observieren sie mein Haus?«

»Das FBI gibt nur Erklärungen ab, wenn es will«, teilte Earl Laura mit.

»Und diese Kerle wollten nicht«, fügte Flash hinzu.

Der Große nickte zustimmend.

»Wenn sie hier wären, um Melanie und mich zu beschützen, würden sie es uns doch sagen, oder? Folglich sind sie hier, um Melanie zu entführen.«

»Nicht unbedingt«, widersprach Flash.

Earl schob seinen Revolver in das Schulterhalfter zurück. »Wissen Sie, Laura, möglicherweise ist die Situation für das FBI genauso unklar und verwirrend wie für uns. Nehmen wir beispielsweise einmal an, daß Ihr Mann an einem wichtigen Pentagon-Projekt arbeitete, als er mit Melanie verschwand, und daß das FBI ihn seitdem gesucht hat. Jetzt wird er plötzlich tot aufgefunden, unter seltsamen Begleitumständen. Vielleicht war es nicht unsere Regierung, die ihn in den letzten sechs Jahren finanziert hat, und das FBI wüßte vielleicht gern, von *wem* er sein Geld bekam.«

Laura hatte das Gefühl, als schwankte der Boden unter ihren Füßen, als wäre die reale Welt, auf die sie stets vertraut hatte, nur eine Illusion. Es kam ihr inzwischen fast so vor, als entspräche die wahre Realität den alptraumhaften Wahnvorstellungen eines Paranoikers, der sich von unsichtbaren Feinden und unvorstellbaren, komplexen Verschwörungen umgeben glaubt.

»Wenn ich richtig verstanden habe«, sagte sie, »glauben Sie also, daß die Leute in dem Wagen dort draußen mein Haus observieren, weil sie glauben, daß irgendwelche *anderen* Leute Melanie entführen wollen, und weil sie sie dabei auf frischer Tat ertappen wollen. Aber ich verstehe immer noch nicht, warum sie dann nicht zu mir gekommen sind und mich informiert haben, daß sie das Haus im Auge behalten werden.«

»Sie trauen Ihnen nicht«, sagte Flash.

»Sie waren bestimmt nicht zuletzt deshalb so wütend,

weil wir Sie über die Observation informiert haben«, erklärte Earl.

»Aber warum?« fragte Laura verwirrt.

Earl war sichtlich unbehaglich zumute. »Weil sie nicht sicher sind, ob Sie vielleicht die ganze Zeit über mit Ihrem Mann unter einer Decke steckten.«

»Er hat mir Melanie *geraubt.*«

Earl räusperte sich. »Aus der Sicht des FBI wäre es durchaus möglich, daß Ihr Mann die Kleine mit Ihrem Einverständnis mitnahm, daß Sie auch über die Experimente Bescheid wußten und nur verhindern wollten, daß irgendwelche Familienangehörige oder Freunde etwas davon bemerkten und sich eventuell einmischten.«

»Das ist doch glatter Wahnsinn!« rief Laura entsetzt. »Sie sehen doch, was man Melanie angetan hat. Wie hätte ich mich daran beteiligen können? Ich liebe sie. Sie ist meine Tochter, mein kleines Mädchen. Dylan war psychisch gestört, vielleicht sogar verrückt, und deshalb sah er offenbar nicht, was er ihr zufügte – oder es war ihm egal. Aber ich bin doch nicht besessen von irgendwelchen Ideen! Ich bin nicht wie Dylan.«

»Das weiß ich«, sagte Earl beruhigend.

Sie las an seinen Augen ab, daß er ihr glaubte und mit ihr fühlte, doch als sie ihren Blick den beiden anderen Männern zuwandte, stand in deren Gesichtern leichter Zweifel und ein gewisses Mißtrauen geschrieben.

Sie arbeiteten für sie, aber sie waren nicht überzeugt davon, daß sie ihnen die Wahrheit gesagt hatte.

Wahnsinn!

Glatter Wahnsinn!

Sie war gefangen in einem Strudel, der sie in eine alptraumhafte Welt des Mißtrauens, der Täuschung und Gewalt hinabzog, in eine fremdartige Landschaft, wo nichts so war, wie es zu sein schien. Absurderweise mußte sie an Dorothy und Toto denken, die von einem Tornado in Kansas mitgerissen wurden und im Land Oz landeten.

Aber sie selbst wirbelte nicht auf Oz zu, sondern auf die Hölle.

Dan sagte erstaunt: »Total plemplem? Ich wußte nicht, daß Psychologen solche Ausdrücke verwenden.«

Marge lächelte. »O natürlich nicht im Hörsaal und in Veröffentlichungen, und noch weniger vor Gericht, wenn wir um ein Gutachten gebeten werden. Aber hier in meinem Büro, unter vier Augen, sage ich Ihnen, Dan, daß der Mann verrückt war. Natürlich hätte niemand ihn für unzurechnungsfähig erklären können. Das bei weitem nicht. Aber er war nicht nur exzentrisch. Sein eigentliches Forschungsgebiet war die Entwicklung verhaltensmodifizierender Techniken, die bei Kriminellen Anwendung finden sollten. Aber er schweifte ständig von seinem Thema ab und stürzte sich auf irgendwelche neuen Forschungsprojekte – er war *besessen* davon, wie Sie ganz richtig sagten –, aber nur für sechs Monate oder so, und dann verlor er jegliches Interesse daran.«

»Um was für Interessensgebiete handelte es sich denn?«

Sie lehnte sich in ihrem Sessel zurück und verschränkte die Arme auf der Brust. »Nun, eine Zeitlang war er fest entschlossen, eine Drogentherapie gegen die Nikotinabhängigkeit zu entwickeln. Hört sich das für Sie etwa vernünftig an? Rauchern zu helfen, von Zigaretten wegzukommen – und dafür drogensüchtig zu werden? Verdammt! Und sechs oder acht Monate lang war er überzeugt davon, daß unterbewußte Beeinflussung und Programmierung uns in die Lage versetzen könnten, unsere Vorurteile gegen den Glauben an das Übernatürliche zu überwinden und uns psychischen Erfahrungen zu öffnen, so daß wir Geister genauso mühelos sehen würden wie Wesen aus Fleisch und Blut.«

»Geister? Sprechen Sie von Gespenstern?«

»Ja. Oder vielmehr, er tat es.«

»Ich hätte nicht gedacht, daß Psychologen an Gespenster glauben.«

»Vor Ihnen sitzt eine Psychologin, die *nicht* daran glaubt. McCaffrey tat es aber.«

»Ich erinnere mich an die Bücher, die wir in seinem Haus gefunden haben. Viele handelten über okkulte Themen.«

»Ein Großteil seiner Interessen lag auf diesem Gebiet«, sagte Marge. »Okkulte Phänomene dieser oder jener Art.«

»Wer finanzierte denn solche Forschungsprojekte?«

»Ich müßte in den Akten nachsehen. Aber ich nehme an, daß er diesen okkulten Blödsinn auf eigene Kosten betrieb, ohne Zuschüsse, oder aber, daß er Zuschüsse für andere Projekte mißbräuchlich dafür verwendete.«

»Und wer finanzierte sein eigentliches Forschungsprogramm?«

»Teilweise stammte das Geld aus Stiftungen Alter Herren, teilweise waren es Regierungszuschüsse.«

»Hauptsächlich Regierungszuschüsse?«

»Höchstwahrscheinlich.«

Dan runzelte die Stirn. »Welches Interesse konnten staatliche Stellen daran haben, McCaffrey zu unterstützen, wenn er verrückt war?«

»Oh, er war zwar verrückt, und sein Interesse für alles Okkulte war nervtötend, aber ich muß zugeben, daß er äußerst begabt war. Sogar brillant. Bei seinem Verstand hätte er es sehr weit bringen können, wenn er weniger labil gewesen wäre. Er hätte sich als Psychologe einen großen Namen machen und vielleicht sogar in der breiten Öffentlichkeit berühmt werden können.«

»Erhielt er Gelder vom Pentagon?«

»Ja.«

»Woran arbeitete er für das Pentagon?«

»Das kann ich Ihnen nicht sagen. Erstens weiß ich es nicht. Aber selbst wenn ich in den Unterlagen nachsehen würde, dürfte ich es Ihnen nicht verraten.«

»Ich verstehe. Was können Sie mir über Wilhelm Hoffritz sagen?«

»Er war ein ausgesprochenes Dreckschwein.«

Dan lachte. »Doktor... Marge... Sie nehmen wirklich kein Blatt vor den Mund!«

»Ich sage nur die Wahrheit. Hoffritz war ein elitärer Hund. Er wollte unbedingt Leiter dieser Fakultät werden, hatte aber nie eine Chance. Alle wußten, wie er sich aufführen würde, wenn er eine Machtposition hätte. Er hätte uns ganz von oben herab behandelt, wie den letzten Dreck. Er hätte die ganze Fakultät ruiniert.«

»Arbeitete er auch für das Verteidigungsministerium?«

»Fast ausschließlich. Aber auch darüber darf ich Ihnen nichts Näheres sagen.«

»Ihm soll nahegelegt worden sein, die Universität zu verlassen.«

»Das war ein Freudentag für die UCLA.«

»Warum wollte man ihn hier loswerden?«

»Nun, es ging um ein junges Mädchen, eine Studentin...«

»Aha!«

»Viel schlimmer, als Sie glauben«, sagte Marge. »Es ging nicht nur um ein moralisches Vergehen. Er war nicht der erste Professor, der mit einer Studentin schlief. Er ging mit ihr ins Bett, gewiß, aber er brachte sie auch ins Krankenhaus. Ihre Beziehung war... pervers. Eines Nachts geriet die Sache außer Kontrolle.«

»Sprechen Sie von Fesseln und solchen Späßen?« fragte Dan.

»Ja. Hoffritz war ein Sadist.«

»Und das Mädchen machte mit? Eine Masochistin?«

»Ja. Aber sie bekam mehr, als sie gewollt hatte. Eines Nachts brach Hoffritz ihr die Nase, drei Finger und den linken Arm. Ich habe sie im Krankenhaus besucht. Sie hatte außerdem zwei blaue Augen, eine gesprungene Lippe und jede Menge Prellungen.«

Laura und Earl standen am Fenster und blickten Flash und dem Großen nach, die in der hereinbrechenden Dämmerung den Gartenweg zur Straße hinabgingen.

Von dem Kastenwagen waen nur noch die Umrisse zu erkennen.

»Die FBI-Agenten werden wohl nicht Leine ziehen?« fragte Laura.

»Nein.«

»Obwohl ich jetzt weiß, wer sie sind.«

»Nun ja, sie sind nicht überzeugt davon, daß Sie mit Ihrem Mann unter einer Decke steckten. Ich nehme an, daß sie es sogar für relativ unwahrscheinlich halten. Sie vermuten offenbar, daß jemand – wer auch immer Dylans Forschungsprojekt finanziert hat – versuchen wird, Melanie zu entführen, und sie wollen zur Stelle sein, wenn das geschieht.«

»Aber Sie brauche ich trotzdem weiterhin«, sagte Laura. »Für den Fall, daß das FBI selbst meine Tochter entführt.«

»Ja. Falls es dazu kommt, werden Sie einen Zeugen brauchen, um gerichtlich gegen das FBI vorgehen zu können.«

Sie ließ sich müde auf das Sofa fallen, mit gebeugten Schultern und gesenktem Kopf. »Ich habe das Gefühl, den Verstand zu verlieren.«

»Alles wird gutgehen, wenn...«

Melanies lauter Schrei ließ ihn mitten im Satz verstummen.

Dan war betroffen über Marges Beschreibung der verletzten Studentin. »Aber Hoffritz war nicht vorbestraft.«

»Das Mädchen erhob keine Anklage.«

»Er schlug sie brutal zusammen, und sie ließ ihn ungestraft davonkommen? *Warum*?«

Marge stand auf, ging zum Fenster und starrte auf den Campus hinab.

Das orangefarbene Licht des Sonnenuntergangs hatte den Grau- und Blautönen der Dämmerung Platz gemacht. Vom Meer her waren einige Wolken aufgezogen.

Schließlich sagte die Psychologin: »Nachdem wir Hoffritz suspendiert hatten und uns für seine früheren Beziehungen mit Studentinnen zu interessieren begannen, stellten wir fest, daß dieses Mädchen nicht die erste gewesen war. Es gab mindestens vier Studentinnen – das heißt, vier haben es zugegeben –, die im Laufe der Jahre mit Hoffritz sexuelle Beziehungen hatten und den Part der Masochistin übernahmen, obwohl keine von ihnen dabei ernsthaft verletzt wurde. Es blieb noch im Rahmen eines gefährlichen Spiels. Diese vier Studentinnen waren bereit, über die Sache zu sprechen, und dabei erhielten wir sehr interessante, abstoßende... und erschreckende Informationen.«

Er drängte sie nicht, in ihrem Bericht fortzufahren. Vermutlich war es für sie schmerzhaft und demütigend, zugeben zu müssen, daß ein Kollege – sogar einer, der ihr unsympathisch war – zu solchen Exzessen fähig war, daß die akademische Gemeinschaft auch nicht besser war als die übrige Menschheit. Aber sie war eine Realistin, die unangenehmen Wahrheiten ins Auge sehen konnte – eine Seltenheit sowohl unter Akademikern als auch in allen anderen Gesellschaftsschichten –, und sie würde ihm alles erzählen. Sie brauchte nur etwas Zeit.

Immer noch in die Abenddämmerung hinausblickend, fuhr sie fort: »Keine dieser vier Studentinnen war eine Anhängerin der Promiskuität. Es waren nette Mädchen aus gutem Hause, die an der Universität wirklich *studieren* und nicht etwa nur der elterlichen Autorität entfliehen und sich sexuell austoben wollten. Zwei von ihnen waren sogar noch Jungfrauen, als sie sich mit Hoffritz einließen. Und keine einzige hatte vor Hoffritz jemals sadomasochistische Praktiken ausgeübt – *nach* Hoffritz übrigens auch nicht. Sie fühlten sich zutiefst abgestoßen, wenn sie daran zurückdachten, was er ihnen angetan hatte.«

Sie verstummte erneut.

Dan ahnte, daß sie von ihm jetzt eine Frage erwartete, und er stellte sie: »Nun, wenn es ihnen keinen Spaß bereitete, warum machten sie dann mit?«

»Die Antwort darauf ist ziemlich kompliziert.«

»Das macht nichts. Ich bin selbst ziemlich kompliziert.«

Sie wandte sich vom Fenster ab und lächelte, aber nur kurz. Was sie ihm zu sagen hatte, war alles andere als erheiternd. »Wir fanden heraus, daß jedes der vier Mädchen sich freiwillig auf Experimente zur Verhaltensmodifizierung eingelassen hatte, durchgeführt von Hoffritz. Es handelte sich dabei unter anderem um posthypnotische Suggestion und gewisse Drogen, die die Persönlichkeit schwächen.«

»Warum haben sie sich zu solchen Experimenten bereit erklärt?«

»Um bei einem Professor gut angeschrieben zu sein, um gute Noten zu erhalten. Vielleicht auch, weil sie sich wirklich für das Thema interessierten. Sogar heutzutage gibt es noch Studenten, die sich für ihre Studienfächer interessieren. Außerdem hatte Hoffritz einen gewissen Charme, der auf manche Menschen mehr wirkte als auf andere.«

»Auf Sie jedenfalls bestimmt nicht!«

»Wenn er sich charmant gab, fand ich ihn noch widerlicher als sonst. Jedenfalls – er unterrichtete diese Mädchen, und er wickelte sie mit seinem Charme ein. Und Sie dürfen nicht vergessen, daß er viel publiziert hatte und auf seinem Gebiet ein anerkannter Fachmann war.«

»Und nachdem er einige dieser Experimente mit ihnen durchgeführt hatte, fanden sich die Mädchen in eine sexuelle Beziehung mit ihm verstrickt. Sie glauben also, daß er Hypnose, Drogen und unterbewußte Programmierung benutzte, um sie ... um sie zu *verwandeln*.«

»Um ihre psychologischen Verhaltensmuster auf Promiskuität und Masochismus zu programmieren. Ja. Das ist es, was ich glaube.«

Melanies schriller Schrei hallte durch das Haus.

Laura eilte hinter Earl her, den Flur entlang. Der Leibwächter stürzte mit gezückter Pistole vor ihr ins Gästezimmer und schaltete das Licht ein.

Melanie war allein. Nur sie konnte die Bedrohung sehen, die ihren Schrei verursacht hatte. In den weißen Söckchen und dem weißen Baumwollslip, die sie zum Schlafen anbehalten hatte, kauerte sie in einer Ecke, wehrte mit den Händen einen unsichtbaren Feind ab und schrie gellend. Das Kind sah so zart aus, so verletzlich... Laura wurde von überwältigendem Zorn auf Dylan überwältigt, von einem wilden, verzehrenden Zorn, in dem sie ihren Mann aus tiefster Seele verfluchte.

Earl schob seinen Revolver in das Halfter. Er ging auf Melanie zu und wollte sie in den Arm nehmen, aber sie schlug nach seinen Händen und kroch rasch von ihm weg, an der Wand entlang.

»Melanie, Liebling, beruhige dich! Alles ist in Ordnung«, sagte Laura.

Die Kleine beachtete ihre Mutter nicht. Sie erreichte die nächste Ecke, setzte sich mit angezogenen Beinen auf den Boden, ballte ihre Hände zu Fäusten und hielt sie abwehrend hoch. Sie schrie nicht mehr, dafür stieß sie in regelmäßigen Abständen einen seltsamen Laut panischer Angst aus: »Uh... uh... uh... uh...«

Earl ging vor ihr in die Hocke. »Alles ist okay, Kleine.«

»Uh... uh... uh... uh...«

»Alles ist jetzt okay. Wirklich. Glaub es mir. Ich werde auf dich aufpassen.«

»Die T-T-Tür«, stammelte Melanie. »Die *Tür*! Nicht aufgehen lassen!«

»Sie ist geschlossen«, versicherte Laura, während sie

sich neben ihrer Tochter hinkniete. »Die Tür ist geschlossen und abgesperrt, Liebling.«

»Haltet sie *geschlossen*!«

»Erinnerst du dich denn nicht mehr? An der Tür befindet sich ein großes, schweres neues Schloß«, sagte Laura. »Hast du das vergessen?«

Earl sah Laura völlig verwirrt an.

»Die Tür ist verschlossen«, fuhr Laura fort. »Fest verschlossen. Abgesperrt. Niemand kann sie öffnen, Liebling. Niemand.«

Dicke Tränen traten in Melanies Augen, rollten ihr über die eingefallenen Wangen.

»Ich werde auf dich aufpassen«, versicherte Earl wieder.

»Baby, du bist hier in Sicherheit. Niemand wird dir etwas zuleide tun.«

Melanie seufzte, und die Angst wich aus ihrem Gesicht.

»Du bist in Sicherheit. Völlig in Sicherheit.«

Melanie führte eine Hand an ihren Kopf und begann geistesabwesend eine Haarsträhne zu drehen, so wie auch ganz normale Mädchen es tun, wenn ihre Gedanken mit Jungen, Pferden, Pyjama-Partys oder anderen interessanten Dingen beschäftigt sind. Nach dem bizarren Benehmen, das sie bisher an den Tag gelegt hatte, nach den Extremen von Hysterie und Katatonie, war es rührend und zugleich ermutigend, sie mit ihrem Haar spielen zu sehen, weil das etwas so Normales war – eine Kleinigkeit, gewiß, kein Durchbruch, kein Riß in ihrem autistischen Panzer, aber doch ein *normales* Verhalten.

Laura packte die Gelegenheit beim Schopf. »Würde es dir gefallen, mit mir zum Friseur zu gehen, Baby? Hmmm? Du warst noch nie beim Friseur. Wir werden zusammen hingehen und dir eine ganz schöne Frisur machen lassen. Was hältest du davon?«

Melanies Augen blieben glasig, aber sie runzelte die Stirn und schien über den Vorschlag nachzudenken.

»Weiß Gott, etwas muß mit deinem Haar passieren«, fuhr Laura fort, eifrig bemüht, diesen unerwarteten Kontakt mit ihrer Tochter aufrechtzuerhalten, zu vertiefen. »Wir werden es schneiden und schön frisieren lassen. Vielleicht lockig. Was würdest du von Locken halten, Liebling? Du würdest mit einem Lockenkopf ganz toll aussehen.«

Das Gesicht des Mädchens wurde weicher, und einen Moment lang spielte die Andeutung eines Lächelns um seinen Mund.

»Und nach dem Friseur könnten wir einkaufen gehen. Wie wäre das, Liebling? Viele neue Kleider. Und Pullis. Sogar eine glitzernde Michael Jackson-Jacke. Die würde dir gefallen, darauf könnte ich jede Wette eingehen. Oh, du weißt ja vermutlich gar nicht, wer Michael Jackson ist, stimmt's? Wenn du den erst mal hörst und siehst! Alle Mädchen sind ganz verrückt nach ihm, und du wirst bestimmt auch Poster von ihm in deinem Zimmer aufhängen wollen wie jedes andere Mädchen zwischen acht und achtzehn.«

Melanies unvollendetes Lächeln verschwand. Ihr leerer Gesichtsausdruck machte einer Miene tiefen Ekels Platz, so als hätte sie in ihrer privaten Welt etwas gesehen, das ihr Angst und Widerwillen einflößte.

Dann tat sie plötzlich etwas Bestürzendes: Sie schlug sich selbst mit ihren kleinen Fäusten, schlug so hart auf ihre Knie und Schenkel ein, daß es klatschte, dann schlug sie sich an die Brust...

»Melanie!«

...trommelte mit beiden Fäusten auf ihre Oberarme und Schultern, mit unerwarteter Kraft, in dem unverkennbaren Versuch, sich selbst zu verletzen.

»Hör auf, Melanie!« rief Laura, entsetzt über diesen Ausbruch selbstzerstörerischer Raserei.

Melanie schlug sich ins Gesicht.

»Ich halte sie fest!« schrie Earl.

Das Mädchen biß ihn, befreite eine Hand aus seinem Griff und kratzte sich die Brust blutig.

»Mein Gott!« stöhnte Earl, als das Mädchen mit dem Fuß nach ihm trat und sich wieder losriß.

Dan sah Marge stirnrunzelnd an. »Er hat sie auf Promiskuität und Masochismus programmiert? Ist so etwas denn möglich?«

Sie nickte. »Wenn der Psychologe sich profunde Kenntnisse über moderne Techniken der Gehirnwäsche angeeignet hat, wenn er skrupellos ist und wenn er entweder ein williges Subjekt hat oder aber eines, das er über längere Zeit hinweg fest unter Kontrolle hat – dann ist es möglich. Aber normalerweise erfordert es viel Zeit, Geduld und Beharrlichkeit. Das Erstaunliche und Erschrekkende an diesem Fall ist, daß Hoffritz die Mädchen in wenigen Wochen programmierte, obwohl er nur drei- oder viermal pro Woche eine oder zwei Stunden mit ihnen arbeitete. Offenbar hatte er eigene erschreckend effektive Methoden der psychologischen Konditionierung entwikkelt. Aber bei den ersten vier Mädchen hielt die Wirkung nicht lange an, nur einige Wochen oder Monate. Irgendwann gewann bei jedem dieser Mädchen die eigentliche Persönlichkeit wieder die Oberhand. Zu Beginn dieses Prozesses traten bei ihnen Schuldgefühle über ihre sexuelle Akrobatik mit Hoffritz auf, aber sie empfanden noch perversen Genuß bei den Demütigungen und Schmerzen ihrer masochistischen Rolle. Allmählich wurde aber auch diese Programmierung schwächer, und sie kamen soweit, den sadomasochistischen Aspekt der Beziehung zu verabscheuen. Jede dieser vier Studentinnen sagte, sie sei wie aus einem Traum erwacht, als sie schließlich zu wünschen begann, von Hoffritz befreit zu werden. Alle vier brachten schließlich die Willenskraft auf, die Beziehung abzubrechen.«

»Gütiger Gott«, murmelte Dan.

»Ich *glaube*, daß es einen gütigen Gott gibt, aber manchmal frage ich mich, warum Er Menschen wie Hoffritz auf der Erde herumlaufen läßt.«

»Warum hat keine dieser vier Studentinnen ihn bei der Polizei angezeigt – oder zumindest bei der Universitätsleitung?«

»Sie schämten sich. Sie schämten sich wahnsinnig. Und bis wir sie fanden und befragten, hatten sie nie auch nur den Verdacht gehegt, daß ihre masochistischen Verirrungen Hoffritz' Werk waren. Sie glaubten, diese Neigungen hätten schon immer in ihnen geschlummert.«

»Das wundert mich sehr. Sie wußten doch, daß sie sich an Experimenten zur Verhaltensmodifikation beteiligten, und als sie dann merkten, daß sie sich plötzlich völlig anders verhielten als jemals zuvor...«

Marge unterbrach ihn mit einer Handbewegung. »Hoffritz implantierte vermutlich posthypnotische Direktiven, die das betreffende Mädchen daran hinderten, auch nur die Möglichkeit zu erwägen, daß er für ihr verändertes Verhalten verantwortlich war.«

Dan fand die Vorstellung, daß das Gehirn so leicht zu manipulieren war, äußerst beunruhigend und erschrekkend.

Melanie schob sich an Earl vorbei, sprang auf und machte zwei unbeholfene Schritte in die Mitte des Zimmers, wo sie taumelnd stehenblieb – und sich wieder zu mißhandeln begann. Sie hämmerte mit den Fäusten wild auf sich ein, so als glaubte sie, Strafe verdient zu haben, oder so, als versuchte sie, irgendeinen finsteren Geist aus ihrem Körper zu vertreiben.

Laura eilte hinzu und schlang ihre Arme um das Mädchen, drückte es fest an sich, hielt seine Arme fest.

Melanie gab trotzdem noch nicht auf. Sie schlug mit den Füßen um sich und kreischte.

Earl Benton trat dicht hinter sie, so daß sie zwischen ihm

und ihrer Mutter eingezwängt war und sich nicht mehr bewegen konnte. Sie schrie und weinte und versuchte sich zu befreien. Laura redete besänftigend auf sie ein, und schließlich hörte Melanie auf zu kämpfen und sackte zwischen den beiden Erwachsenen in sich zusammen.

»Ist es vorbei?« fragte Earl.

»Ich glaube, ja«, erwiderte Laura.

»Armes kleines Ding.«

Melanie sah erschöpft aus.

Earl trat einen Schritt zurück.

Melanie ließ sich gefügig von Laura zum Bett führen und setzte sich auf die Kante.

Sie weinte noch immer.

»Baby? Ist alles in Ordnung?« fragte Laura zärtlich.

Mit glasigen Augen erklärte das Mädchen: »Sie ist aufgegangen. Sie ist wieder aufgegangen, ganz weit aufgegangen.« Sie zitterte wie Espenlaub.

»Die fünfte Studentin«, sagte Dan. »Die Hoffritz so verprügelt hatte, daß sie ins Krankenhaus mußte – wie hieß sie?«

Die stämmige Psychologin kehrte zum Schreibtisch zurück und ließ sich in ihren Sessel fallen, so als hätten diese unangenehmen Erinnerungen sie mehr erschöpft als ein harter Arbeitstag. »Ich bin mir nicht sicher, ob ich Ihnen den Namen verraten soll.«

»Ich glaube, Sie müssen es tun.«

»Eingriff in die Privatsphäre und all das.«

»Polizeiliche Ermittlungen und all das.«

»Ärztliche Schweigepflicht und all das.«

»Oh? War diese Studentin Ihre Patientin?«

»Ich habe sie mehrmals im Krankenhaus besucht.«

»Das reicht nicht, Marge. Ich habe meinen Vater jeden Tag besucht, als er wegen einer Bypass-Operation im Krankenhaus lag, aber ich glaube nicht, daß ich deshalb das Recht hätte, mich als sein Arzt zu bezeichnen.«

Marge seufzte. »Es ist nur... das arme Mädchen hat soviel gelitten, und nun – nach vier Jahren – alles wieder aufzuwärmen...«

»Ich werde sie nicht in Gegenwart eines eventuellen Ehemanns oder eines neuen Freundes ausquetschen, wenn Sie das befürchten«, versicherte Dan. »Ich mag wie ein grober, ungehobelter, brutaler Kerl aussehen, aber ich kann durchaus diskret und einfühlsam sein.«

»Sie sehen weder grob noch brutal aus.«

»Danke für das Kompliment.«

»Aber Sie sehen *gefährlich* aus.«

»Ich pflege dieses Image. Es ist in meinem Job sehr nützlich.«

Nach kurzem Zögern zuckte sie die Achseln und gab ihm die gewünschte Auskunft. »Ihr Name war Regine Savannah.«

»Sie scherzen!«

»Würde Irmatrude Gelkenshettle über den Namen eines anderen Menschen scherzen?«

»Entschuldigung.« Er schrieb ›Regine Savannah‹ in sein kleines Notizbuch. »Wissen Sie, wo sie wohnt?«

»Damals teilte sie sich mit drei anderen Mädchen eine Wohnung in Westwood. Aber dort wird sie inzwischen bestimmt ausgezogen sein.«

»Was hat sie gemacht, nachdem sie aus der Klinik entlassen wurde? Hat sie die Universität verlassen?«

»Nein. Sie hat ihr Studium abgeschlossen und ihr Diplom gemacht, obwohl es manch einem lieber gewesen wäre, wenn sie an eine andere Universität übergewechselt wäre. Es gab Leute, denen es peinlich war, sie hier zu haben.«

Dan war überrascht. »Peinlich? Eigentlich hätten sich doch alle freuen müssen, daß sie sich – physisch oder psychisch – erholt hatte und wieder ein normales Leben führen konnte.«

»Nur daß sie Hoffritz weiterhin traf.«

»*Was?*«

»Erstaunlich, nicht wahr?«

»Sie meinen, daß sie ihn weiterhin traf, *nachdem* er sie krankenhausreif geschlagen hatte?«

»So ist es. Es kommt aber noch schlimmer: Regine schrieb mir einen Brief, in dem sie Hoffritz verteidigte.«

»Allmächtiger Gott!«

»Sie schrieb auch Briefe an den Universitätspräsidenten und an andere Fakultätsmitglieder. Sie unternahm alles in ihrer Macht Stehende, um zu verhindern, daß Hoffritz seine Stellung verlor.«

Ein kalter Schauder lief Dan über den Rücken. Er war eigentlich nicht melodramatisch veranlagt, aber über Hoffritz auch nur zu sprechen, verursachte ihm tiefstes Unbehagen. Wenn der Mann es fertiggebracht hatte, solche Macht über Regine auszuüben – zu welch erschreckenden Ergebnissen mochten er und Dylan McCaffrey dann erst gelangt sein, nachdem sie ihre Talente vereint hatten? Zu welchem Zweck hatten sie Melanie gequält?

Dan konnte nicht länger stillsitzen. Er stand auf. Aber es war ein kleines Büro, das wenig Platz zum Herumlaufen bot. Er blieb deshalb neben seinem Stuhl stehen, die Hände in den Hosentaschen, und sagte: »Eigentlich sollte man doch annehmen, daß Regine sich nach den Prügeln, die sie von ihm bezogen hatte, um jeden Preis von ihm befreien wollte.«

Marge schüttelte den Kopf. »Nachdem wir Hoffritz ausgebootet hatten, brachte Regine ihn als ihren Begleiter zu allen Fakultätsveranstaltungen mit. Und er war ihr einziger Gast bei der Examensfeier.«

»O Gott!«

»Sie rieben es uns beide genußvoll unter die Nase.«

»Das Mädchen hätte psychiatrische Hilfe benötigt.«

Die Psychologin blickte jetzt sehr niedergeschlagen drein. Sie nahm ihre Brille ab, so als wäre sie plötzlich zentnerschwer geworden, und rieb sich die Augen. Dan konnte nachvollziehen, wie der Frau zumute war. Sie liebte ihren Beruf, sie leistete darin ausgezeichnete Arbeit, und sie war ein Mensch mit Idealen und Skrupeln. Vermutlich glaubte sie, daß ein Mann wie Hoffritz nicht nur den ganzen Berufsstand, sondern auch sie persönlich in Mißkredit brachte.

»Wir bemühten uns, Regine die notwendige Hilfe zukommen zu lassen«, sagte sie. »Aber sie wollte davon nichts wissen.«

Draußen waren Natriumdampflampen eingeschaltet worden, die erfolglos versuchten, die Nacht zu verdrängen.

»Wenn Regine nicht mit Hoffritz brach, so gibt es dafür doch wohl nur die Erklärung, daß es ihr gefiel, verprügelt zu werden.«

»Offenbar.«

»Er hatte sie darauf programmiert, Prügel zu genießen.«

»Anscheinend.«

»Er hatte aus seinen Erfahrungen mit den ersten vier Mädchen gelernt.«

»Ja.«

»Über jene Mädchen hatte er die Kontrolle nach relativ kurzer Zeit wieder verloren, aber er hatte daraus gelernt, und bei Regine verstand er es dann, sie dauerhaft und total zu beherrschen.« Dan brauchte Bewegung, um sich wenigstens ein wenig abzureagieren. Er lief fünf Schritte bis zu den Bücherregalen und fünf Schritte zurück zu seinem Stuhl, auf dessen Lehne er sich sodann stützte. »Ich werde den Ausdruck ›Verhaltensmodifikation‹ nie wieder hören können, ohne ein komisches Gefühl in der Magengrube zu bekommen.«

Marge glaubte, ihr Studienfach verteidigen zu müssen. »Es ist ein seriöses Forschungsgebiet, ein durchaus ehrbarer Zweig der Psychologie. Mit Hilfe der Verhaltensmodifikation wird es uns vielleicht gelingen, Kindern das Lernen zu erleichtern und ihr Gedächtnis zu verbessern. Sie kann uns auch helfen, die Kriminalitätsrate zu senken, Kranke zu heilen, vielleicht sogar eine friedlichere Welt zu schaffen.«

Die Psychologin war eine tatkräftige Person, die sich normalerweise zutraute, mit jeder Situation fertig zu werden. Aber es überstieg offenbar ihr Fassungsvermögen, daß es menschliche Monster wie Hoffritz gab. Das Gefühl der eigenen Machtlosigkeit gegen solche Kreaturen zehrte sichtlich an ihren Kräften; sie sah jetzt fast aus wie eine Großmutter, die einen Schaukelstuhl und eine Tasse Tee und Honig brauchte. Diese Verwundbarkeit machte sie Dan nur noch sympathischer.

Ihre Stimme klang müde, als sie fortfuhr: »Verhaltensmodifikation und Gehirnwäsche sind einfach nicht ein und dasselbe. Keineswegs. Gehirnwäsche ist sozusagen der unerwünschte Bastard der Verhaltensmodifikation, ein pervertierter Bastard, genauso wie Hoffritz kein normaler Mann und kein normaler Wissenschaftler war, sondern eine Perversion von beidem.«

»Hatte Regine noch immer Kontakt mit ihm?«

»Das weiß ich nicht. Ich habe sie vor mehr als zwei Jahren zuletzt gesehen, und damals traten sie als Paar auf.«

»Wenn sie ihn nach jenem Krankenhausaufenthalt nicht fallenließ, konnte vermutlich nichts, was er ihr später angetan haben mag, sie dazu bewegen, ihn zu verlassen. Ich nehme an, daß die Beziehung bis in die Gegenwart hinein fortbestand.«

»Es sei denn, er wäre ihrer überdrüssig geworden«, meinte Marge.

»Nach allem, was ich über ihn gehört habe, wäre er nie einer Person überdrüssig geworden, die er terrorisieren konnte.«

Marge nickte grimmig.

Dan warf einen Blick auf seine Uhr. Er hatte es jetzt eilig wegzukommen. Er wollte sich bewegen, etwas tun. Aber einige Fragen mußte er vorher noch stellen. »Sie sagten vorhin, Dylan McCaffrey sei äußerst begabt gewesen, geradezu genial. Würden Sie das auch von Hoffritz sagen?«

»Ja. Aber seine Genialität war von beklemmend dämonischer Art.«

»Trifft das nicht auch auf McCaffrey zu?«

»Er war nicht einmal halb so schlimm wie Hoffritz.«

»Wenn die beiden Herren sich nun zusammentaten, wenn sie großzügig finanziert wurden, vielleicht sogar ohne jedes Limit, und wenn ihnen ein menschliches Versuchskaninchen zur Verfügung stand, das ihnen völlig ausgeliefert war – dann wären sie ein gefährliches Paar gewesen, stimmt's?«

»O ja«, erwiderte sie und fügte nach kurzem Schweigen hinzu: »Ein satanisches Paar.«

Obwohl ein solcher Ausdruck – satanisch – eigentlich nicht zu Marge paßte, war Dan überzeugt davon, daß sie ihn mit Bedacht gewählt hatte.

»Satanisch«, wiederholte sie, so als wollte sie Dan den letzten Zweifel daran nehmen, daß es ihr das zutreffendste Wort zu sein schien.

Im Bad betupfte Laura die kleine Wunde an Earl Bentons Hand, wo Melanie ihn gebissen hatte, mit Jod und klebte ein Pflaster darauf.

»Es ist nicht der Rede wert«, versicherte er ihr. »Machen Sie sich darüber keine Gedanken.«

Melanie saß auf dem Rand der Badewanne und starrte die grüngekachelte Wand an. Niemand hätte geglaubt, daß dies dasselbe Mädchen war, das sich vor wenigen Minuten wie ein Beserker aufgeführt hatte.

»Wenn man von einem Menschen gebissen wird, ist die Infektionsgefahr viel größer als etwa bei einem Hundebiß«, sagte Laura.

»Sie haben die Wunde ja desinfiziert, und sie blutet kaum. Sie ist auch nicht tief. Und sie tut überhaupt nicht weh«, beruhigte er sie, aber sie wußte, daß er schwindelte, daß die Wunde ganz schön brennen mußte.

»Sind Sie wenigstens vor nicht allzu langer Zeit gegen Tetanus geimpft worden?« fragte sie.

»Ja. Letzten Monat wurde ich bei einer Verfolgungsjagd mit einem Messer verletzt. Nicht weiter schlimm – die Wunde konnte mit sieben Stichen genäht werden. Aber bei dieser Gelegenheit bekam ich eine Tetanusspritze verpaßt.«

»Mir tut diese Sache wahnsinnig leid.«

»Das sagten Sie schon.«

»Ich kann es nicht oft genug wiederholen.«

»Ich weiß ja, daß das Mädchen nichts dafür kann. Außerdem gehört so etwas zum Berufsrisiko.«

Laura kauerte vor Melanie nieder und betrachtete die blauen Flecken auf ihrer linken Wange, die Kratzer auf ihrem Hals und ihrer Brust – Verletzungen, die sie sich in ihrer Raserei selbst zugefügt hatte.

Mit trockenem Mund sagte Laura besorgt zu Earl: »Wie sollen wir sie nur beschützen? Es sind nicht nur irgendwelche unbekannten Feinde, die ihr etwas antun wollen, nicht nur FBI-Agenten oder Russen. Sie will sich auch selbst etwas antun. Wie können wir sie nur vor sich selbst beschützen?«

»Wir dürfen sie nicht aus den Augen lassen. Einer von uns muß immer in ihrer Nähe sein.«

Laura legte eine Hand unter das Kinn ihrer Tochter, hob ihren Kopf an, bis ihre Blicke sich trafen. »Das ist zuviel, Baby. Mami kann versuchen, mit den bösen Menschen dort draußen fertig zu werden, die dich in ihre Gewalt bringen wollen. Und Mami kann versuchen, dich wieder gesund zu machen, dir aus deinem Schneckenhaus herauszuhelfen. Aber jetzt... Das ist einfach zuviel. Warum willst du dir denn selbst weh tun, Baby? *Warum?*«

Melanie bewegte die Lippen, so als bemühte sie sich verzweifelt zu antworten, würde aber von jemandem daran gehindert. Ihr Mund zuckte, aber sie brachte keinen Laut hervor. Sie erschauderte, schüttelte den Kopf, stöhnte leise.

Es brach Laura fast das Herz zu sehen, wie ihre Tochter erfolglos die Fesseln ihres Autismus zu sprengen versuchte.

20

Ned Rink, der ehemalige Polizist und FBI-Agent, der auf dem Klinikparkplatz tot in seinem Wagen aufgefunden worden war, besaß ein kleines Haus im Ranch-Stil am Rand von Van Nuys. Dan fuhr nach seinem Gespräch mit Marge Gelkenshettle direkt dorthin. Es war ein niedriges Haus mit flachem Dach, in einem besonders flachen Teil des San Fernando Valley gelegen, an einer Straße mit anderen niedrigen Häusern. Nur die für Südkalifornien typische üppige Vegetation im Garten lockerte die strenge Geometrie des Hauses auf, das Ende der 50er Jahre erbaut worden war.

Das Haus war dunkel. Die Straßenlaterne war schmutzig und spendete ein nur schwaches Licht. Zwischen den Büschen, Palmen und Orangenbäumchen war stellenweise die hellgelbe Fassade zu sehen.

An einer Seite der schmalen Straße waren Autos geparkt, und obwohl die Limousine im Halbdunkel zwischen zwei Straßenlaternen stand, unter einem riesigen überhängenden Lorbeerbaum, identifizierte Dans geübtes Auge sie sofort als Polizeifahrzeug. Der Mann auf dem Fahrersitz, der Rinks Haus observierte, war kaum zu sehen.

Dan fuhr einmal um den Block, bevor er in einigem Abstand hinter der Polizeilimousine parkte. Er stieg aus und ging zu dem Ford. Das Fenster auf der Fahrerseite war halb geöffnet. Dan spähte hinein.

Der Polizeibeamte trug Zivilkleidung; er gehörte zur Dienststelle East Valley. Dan kannte den Mann. Er hieß George Padrakis und sah wie Perry Como aus.

Padrakis kurbelte die Fensterscheibe herunter. »Willst du mich etwa ablösen?« Er hörte sich auch wie Perry Como an; seine Stimme war weich, voll, schläfrig. Nach einem Blick auf seine Uhr erklärte er: »Ich habe noch einige Stunden vor mir. Also leider keine Ablösung.«

»Ich bin nur hier, um einen Blick ins Haus zu werfen«, sagte Dan.

»Ist das dein Fall?«

»So ist es.«

»Wexlersh und Manuello haben das Haus schon durchsucht.«

Wexlersh und Manuello waren Ross Mondales Lakaien im East Valley, zwei Karrieristen, die bereit waren, für ihn alles zu tun, selbst das Gesetz zu beugen, wenn es sein mußte. Sie waren Speichellecker, und Dan konnte sie nicht ausstehen.

»Arbeiten sie auch an diesem Fall?« fragte er.

»Du glaubst doch wohl nicht, daß du ihn für dich allein gepachtet hast, oder? Dafür ist die Sache viel zu aufsehenerregend. Vier Tote, darunter ein Millionär aus Hancock Park. Da haut das Ein-Mann-Verfahren nicht hin.«

Dan bückte sich, damit Padrakis sich während ihrer Unterhaltung nicht den Hals verrenken mußte.

»Und wozu läßt man dich hier draußen Wache schieben?« erkundigte er sich.

»Keine Ahnung. Vielleicht befinden sich im Haus irgendwelche Anhaltspunkte, wer Rinks Auftraggeber waren, und diese Burschen wissen das und werden herkommen, um das Beweismaterial an sich zu bringen.«

»Und du sollst sie dann schnappen?«

»Lächerlich, nicht wahr?«

»Wer hatte denn diese glorreiche Idee?«

»Was glaubst du?«

»Mondale«, erwiderte Dan.

»Volltreffer!«

Die kühle Brise nahm an Stärke zu und ließ die Blätter des Lorbeerbaumes rauschen.

»Du mußt ja rund um die Uhr gearbeitet haben, wenn du vergangene Nacht in dem Haus in Studio City warst«, sagte Padrakis.

»Nicht ganz, aber fast.«

»Was machst du dann hier? Du solltest zu Hause die Füße hochlegen und ein Bier schlürfen. Das würde *ich* jedenfalls tun.«

»Ich bin eben ein sehr engagierter Bulle«, erwiderte Dan. »Sag mal, hast du einen Schlüssel für das Haus, George?«

»Du bist arbeitswütig!«

»Willst du mich erst analysieren oder kannst du mir gleich verraten, ob du einen Schlüssel hast?«

»Ich habe einen. Aber ich weiß nicht, ob ich ihn dir geben darf.«

»Dies ist *mein* Fall.«

»Aber das Haus wurde doch bereits durchsucht.«

»Nicht von mir. Komm, George, stell dich nicht so an.«

Padrakis wühlte widerwillig in seiner Manteltasche nach Rinks Haustürschlüssel. »Mondale will dich unbedingt sprechen«, sagte er.

Dan nickte. »Und du weißt auch, warum? Weil ich so fantastisch Konversation treiben kann.«

Padrakis hatte den Schlüssel gefunden, händigte ihn Dan aber noch nicht aus. »Er hat den ganzen Tag versucht, dich aufzuspüren.«

»Und er schimpft sich Detektiv?« Dan streckte seine Hand nach dem Schlüssel aus.

»Er sucht dich den ganzen Tag, und dann kommst du hierher, anstatt ihm wie versprochen Bericht zu erstatten. Und ich gebe dir den Schlüssel . . . Er wird nicht gerade begeistert sein.«

Dan seufzte. »Glaubst du, er wird begeisterter sein, wenn du den Schlüssel nicht herausrückst und ich ein Fenster einschlagen muß, um ins Haus zu gelangen?«

»So etwas würdest du doch nicht machen.«

»Zeig mir, welches Fenster ich nehmen soll.«

Padrakis gab ihm endlich den Schlüssel, und Dan ging leicht hinkend auf das Haus zu. Seine alte Knieverletzung machte ihm zu schaffen und verriet ihm, daß mit weiterem Regen zu rechnen war. Er schloß die Haustür auf und trat über die Schwelle.

Er stand in einem winzigen Vorraum. Das Wohnzimmer, rechts von ihm, war dunkel; nur durch die Fenster fiel von der Straße her etwas Licht ein. Links von ihm führte ein schmaler Gang in den hinteren Teil des Hauses, wo in einem der Zimmer eine Lampe brannte. Von der Straße aus war das nicht zu sehen gewesen. Wexlersh und Manuello mußten vergessen haben, das Licht auszuschalten. So etwas sah ihnen ähnlich; sie arbeiteten schlampig.

Dan machte Licht im Vorraum und im Wohnzimmer. Er glaubte, seinen Augen nicht zu trauen. Dies war ein bescheidenes Haus in einer einfachen Wohngegend, aber es war eingerichtet wie ein Refugium der Rockefellers. Mitten im Wohnzimmer lag ein prachtvoller, dicker chinesischer Teppich mit einem Muster von Drachen und Kirschblüten, etwa dreieinhalb Meter lang und ebenso breit. Polsterstühle und Sofa waren französische Antiquitäten aus der Mitte des 19. Jahrhunderts, mit teuren cremefarbenen Bezügen und handgeschnitzten Beinen und Lehnen. Zwei Bronzelampen hatten Schirme aus zarten Kristalltropfen. Besonders ausgefallen war der große Tisch aus Bronze und Zinn mit geschwungenen Seitenflächen und Beinen; die Platte bestand aus einer handgetriebenen orientalischen Szenerie. Die kunstvoll gerahmten Landschaftsgemälde an den Wänden mußten Werke eines Meisters sein. Eine Ecketagere enthielt eine Sammlung von Kristallgegenständen – Figuren, Schalen, Vasen –, ein Stück schöner als das andere.

Die Einrichtung dieses einen Zimmers mußte mehr gekostet haben als das ganze bescheidene Haus. Kein Zweifel, Ned Rink hatte als professioneller Killer ausgezeichnet verdient. Und er hatte sein Geld sehr schlau angelegt. Wenn er sich ein großes Haus in einer vornehmen Gegend gekauft hätte, wäre das Finanzamt möglicherweise auf ihn aufmerksam geworden und hätte unangenehme Fragen gestellt; so aber hatte er nach außen hin den Anschein erweckt, als lebte er in bescheidenen Verhältnissen, während er in Wirklichkeit ein fürstliches Dasein führte.

Dan versuchte, sich Rink in diesem Raum vorzustellen. Der Mann war ausgesprochen häßlich gewesen; sein Wunsch, sich mit schönen Dingen zu umgeben, war verständlich, aber er mußte in dieser prächtigen Umgebung ausgesehen haben wie eine Küchenschabe auf einem Geburtstagskuchen. Dan stellte fest, daß es im Wohnzimmer keine Spiegel gab, und auch im Vorraum war keiner gewesen. Vermutlich würde man im ganzen Haus nur einen im Bad finden.

Fasziniert begab sich Dan in den hinteren Teil des Hauses. Er wollte wissen, ob alle Räume so prunkvoll eingerichtet waren. Als er über die Schwelle des Zimmers trat, in dem eine Lampe brannte, kam ihm die Idee, daß vielleicht Wexlersh und Manuello doch nicht vergessen hatten, das Licht auszuschalten, sondern daß jemand sich unbefugt im Haus aufhielt, obwohl Padrakis den Vordereingang beobachtete. Gleichzeitig sah er aus dem Augenwinkel, daß sich etwas bewegte, aber es war schon zu spät. Während er sich umdrehte, traf ihn der Kolben einer Pistole mit voller Wucht an der Stirn.

Er fiel zu Boden.

Die Deckenlampe ging aus.

Er hatte das Gefühl, als wäre sein Schädel halb eingeschlagen, aber er verlor nicht das Bewußtsein.

Ein leises Geräusch veranlaßte ihn, mühsam den Kopf zu heben. Sein Angreifer wollte sich an ihm vorbei zur Tür schleichen. Dan konnte nur eine undeutliche Silhouette erkennen, da sein Blick stark getrübt war. Diese verschwommene Gestalt schien auch noch auf und ab zu hüpfen und sich gleichzeitig wie ein Karussellpferd im Kreis zu bewegen. Dan begriff, daß er einer Ohnmacht nahe war. Trotzdem warf er sich nach vorne und griff nach dem fliehenden Phantom. Der Schmerz in seinem Kopf schoß in Schultern und Rücken, aber er packte den Mann am Hosenbein und riß mit aller Kraft daran.

Der Unbekannte stolperte, stieß gegen den Türrahmen und rief: »Scheiße!«

Dan hielt ihn fest.

Fluchend kickte der Mann ihn in die Schulter.

Dan umklammerte das Bein des Einbrechers jetzt mit beiden Händen und versuchte ihn zu Boden zu reißen, aber der Kerl hielt sich am Türrahmen fest und versuchte, Dan abzuschütteln, der sich vorkam wie ein Hund, der einen Briefträger angreift.

Der Kerl trat wieder nach ihm und traf ihn diesmal am rechten Arm. Dans rechte Hand wurde taub und glitt vom Bein des Eindringlings ab.

Er sah alles noch verschwommener als zuvor, und das Licht im Gang schien immer trüber zu werden. Er biß die Zähne zusammen und kämpfte unter Aufbietung aller Willenskraft gegen die nahende Bewußtlosigkeit an.

Der Unbekannte bückte sich und schlug erneut mit dem Pistolenkolben zu, auf Dans Schulter und Rücken.

Mit brennenden Augen riß Dan die linke Hand hoch und wollte den Kerl an der Gurgel packen. Statt dessen erwischte er ein Ohr und riß daran.

Der Bursche heulte vor Schmerz auf.

Dans Hand rutschte von dem blutigen Ohr ab, aber er konnte seine Finger in den Hemdkragen des Mannes krallen und ließ auch nicht los, als dieser auf seinen Arm einschlug.

Das Taubheitsgefühl war aus seinem rechten Arm gewichen, und er stieß sich mit der rechten Hand vom Boden ab, bekam einen Fuß auf den Boden, stemmte sich hoch und drängte seinen Angreifer auf den Gang hinaus, wo sie ineinandergekeilt einige taumelnde Schritte machten, bevor sie zu Boden krachten.

Dan lag über dem anderen, aber er konnte noch immer nicht erkennen, wie sein Gegner aussah, weil ihm nach wie vor alles vor den Augen verschwamm.

Es gelang ihm, seine Pistole aus dem Halfter zu ziehen, aber der Kerl schlug sie ihm aus der Hand.

Miteinander ringend, rollten sie auf die Wand zu; Dan versuchte vergeblich, sein Knie in den Unterleib seines Gegners zu rammen; statt dessen wurde er selbst von einem Fußtritt an seinem verletzten Knie getroffen. Der Schmerz raubte ihm den Atem und drehte ihm fast den Magen um. Dieses Knie war sein wunder Punkt, kaum weniger empfindlich als die Hoden. Um ein Haar hätte er seinen Gegner losgelassen.

Aber eben nur um ein Haar.

Der Kerl kletterte über ihn hinweg und kroch auf die Küche zu, aber Dan hielt ihn am Jackett fest und wurde von ihm halb mitgezogen, halb kroch er selbst. Es hätte eine komische Situation sein können, wenn nicht beide verletzt gewesen wären und wie Rennpferde geschnaubt hätten – und wenn es nicht tödlicher Ernst gewesen wäre.

Dan warf sich mit letzter Kraft vorwärts und wollte den Unbekannten am Boden festnageln. Doch dieser hatte ebenfalls beschlossen, daß Angriff die beste Verteidigung war; fluchend und mit den Armen wie mit Dreschflegeln um sich schlagend, stürzte er sich auf Dan, und wieder wälzten sich beide auf dem Gang, bis der Einbrecher die Oberhand gewann.

Etwas Hartes und Kaltes stieß gegen Dans Zähne. Er wußte, was es war. Die Mündung einer Pistole.

»Schluß jetzt mit dem Unsinn!« zischte der Kerl.

Dan brachte mühsam zwischen den Zähnen hervor: »Wenn du mich hättest kaltmachen wollen, hättest du's schon längst getan.«

»Jede Glückssträhne hat mal ein Ende«, knurrte der Unbekannte, der sich so wütend anhörte, als wäre er durchaus imstande, auf den Abzug zu drücken.

Dan blinzelte verzweifelt, und sein verschwommener Blick klärte sich soweit, daß er die Pistole dicht vor seinem Gesicht erkennen konnte. Und er sah, daß das linke Ohr seines Gegners eigenartig herabhing und blutete.

Gleichzeitig wurde ihm klar, daß seine eigenen Wimpern blutverklebt waren und daß ihm eine Mischung aus Blut und Schweiß von der Stirn in die Augen rann und sein Sehvermögen beeinträchtigte.

Er hörte auf zu kämpfen.

»Laß mich los... du... Bulldogge... du Bastard!« keuchte sein Angreifer, auf ihm kniend.

»Okay«, murmelte Dan und ließ ihn los.

»Bist du wahnsinnig, Mann?«

»Okay.«

»Du hast mir das Ohr halb abgerissen, du Dreckschwein.«

»Okay.«

»Weißt du nicht, wann du klein beigeben mußt, du blödes Arschloch?«

»Jetzt?«

»Ja, jetzt!«

»Okay.«

Der Unbekannte entfernte seine Pistole von Dans Zähnen, hielt sie aber weiter auf seinen Kopf gerichtet, während er sich taumelnd erhob.

Jetzt konnte Dan ihn im Lampenlicht besser erkennen, aber das nützte ihm nicht viel, denn er hatte den Kerl noch nie im Leben gesehen.

Der Bursche ging rückwärts auf die Küche zu, die Pistole in der rechten Hand. Mit der linken hielt er sein blutendes Ohr fest.

Dan lag wehrlos auf dem Rücken, mit etwas angehobenem Kopf. Blut rann ihm in die Augen, und er hatte einen Blutgeschmack auf der Zunge. Am liebsten hätte er sich wider alle Vernunft auf seinen Gegner gestürzt, aber er beherrschte sich, wenn auch nur mühsam.

Der Unbekannte erreichte die Küche, ging rückwärts durch die offene Hintertür aus dem Haus, zögerte einen Moment, drehte sich um und rannte davon.

Dan kroch zu seiner Pistole, hob sie auf und kam mühsam auf die Beine. Der Schmerz in seinem verletzten Knie war jetzt so heftig, daß er aufschrie; trotzdem hinkte er in die Küche, doch als er die Hintertür erreichte und in die kühle Abendluft hinaustrat, war sein Angreifer verschwunden.

Er wusch sich in Rinks Bad das Gesicht. Seine Stirn war blutig und geschwollen.

Er konnte inzwischen wieder klar sehen. Obwohl sein Kopf sich anfühlte, als wäre er als Schmiedehammer verwendet worden, war Dan sich ganz sicher, daß er keine Gehirnerschütterung davongetragen hatte.

Im Arzneimittelschränkchen über dem Waschbecken fand er Gaze und stellte daraus eine Kompresse her. Er fand auch ein Desinfektionsspray und besprühte damit seine Stirn, bevor er die Kompresse mit der rechten Hand fest andrückte. Er hoffte, daß die Blutung aufgehört haben würde, wenn er das Haus verließ.

Er kehrte in den Raum zurück, in dem er überfallen worden war, und schaltete das Licht ein. Es war ein Arbeitszimmer, genauso teuer eingerichtet wie das Wohnzimmer, wenn auch weniger elegant. In der Mitte einer

Bücherwand stand ein großer Fernseher und ein Videogerät. Die Regale waren zur Hälfte mit Büchern, zur anderen Hälfte mit Videokassetten gefüllt.

Dan warf zuerst einen Blick auf die Kassetten und entdeckte einige vertraute Filmtitel wie *Silver Streak, Tootsie* und *The Goodbye Girl,* außerdem zahlreiche Filme mit Charlie Chaplin und zwei Streifen der Mary-Brothers. Es waren ausschließlich Komödien; offenbar mußte ein professioneller Killer etwas zu lachen haben, wenn er nach einem harten Arbeitstag nach Hause kam. Den weitaus größeren Teil der beachtlichen Videosammlung bildeten aber Kassetten, die nur illegal vertrieben wurden: Pornofilme mit Titeln wie *Debbie Does Dallas* und *Deep Throat.* Dan schätzte die Zahl dieser Pornovideos auf etwa dreihundert.

Die Bücher interessierten ihn mehr, denn auf sie hatte es der Einbrecher zweifellos abgesehen gehabt. Auf dem Boden vor den Regalen stand ein Karton, und mehrere Bände waren schon darin verstaut worden. Dan ließ seinen Blick über die Regale schweifen und stellte fest, daß es sich ausschließlich um Sachbücher über alle möglichen Zweige des Okkultismus handelte. Anschließend inspizierte er den Inhalt des Kartons, während er mit der anderen Hand noch immer die Kompresse an seine Stirn drückte. Die sieben Bücher im Karton waren von ein und demselben Verfasser, einem Albert Uhlander.

Uhlander?

Dan griff in eine Innentasche seines Jacketts und zog das kleine Adreßbuch heraus, das er vergangene Nacht aus Dylan McCaffreys verwüstetem Arbeitszimmer mitgenommen hatte. Er schaute unter ›U‹ nach und fand nur eine Eintragung: Uhlander.

McCaffrey, der sich für okkulte Phänomene interessierte, hatte Uhlander gekannt. Rink, der sich ebenfalls für den Okkultismus interessierte, hatte Uhlander zumindest gelesen; vielleicht hatte auch er ihn persönlich gekannt. Dan war auf ein Bindeglied zwischen McCaffrey und Rink gestoßen. Aber waren sie Verbündete oder Feinde gewesen?

Und was hatte der Okkultismus mit all dem zu tun?

Ihm schwirrte der Kopf, und das nicht nur von dem Schlag auf die Stirn.

Jedenfalls mußte Uhlander ein Schlüssel zum Verständnis der ganzen Sachlage sein, denn der Eindringling hatte offenbar nur diese Bücher aus dem Haus entfernen und auf diese Weise verhindern wollen, daß Uhlander in diese geheimnisvolle Mordaffäre verwickelt wurde.

Dan verließ das Arbeitszimmer. Der dröhnende Schmerz in seinem Kopf strahlte in die Schultern, die Arme, den Nacken und den Rücken aus. Er hinkte im Raum umher und durchsuchte es ziemlich gründlich, wenn auch nur mit einer Hand. Er fand nichts Interessantes mehr. Rink war ein Killer gewesen, und solche Leute pflegten Polizeiermittlungen nicht dadurch zu erleichtern, daß sie handliche kleine Adreßbücher hatten und Aufzeichnungen über ihre Tätigkeit machten.

Schließlich nahm er im Bad die Kompresse ab und stellte fest, daß die Blutung tatsächlich aufgehört hatte.

Er sah grauenhaft aus. Aber das paßte ganz gut, denn er fühlte sich auch grauenhaft.

21

Als Dan, den kleinen Bücherkarton unter den Arm geklemmt, auf die Straße hinaustrat, saß George Padrakis noch immer hinter dem Lenkrad der Limousine, im Dunkeln, bei halbgeöffnetem Fenster, das er wieder herunterkurbelte, als er Dan sah. »Ich habe gerade telefoniert. Mondale will... He, was ist mit deiner Stirn passiert?«

Dan erzählte ihm von dem Einbrecher. Padrakis stieg

aus dem Wagen. Er sah nicht nur wie Perry Como aus, er bewegte sich auch wie Perry Como: gemächlich und mit unbewußter Grazie. Sogar seine Pistole zog er ohne Hast aus dem Halfter.

»Der Kerl ist weg«, erklärte Dan, als Padrakis einen Schritt auf Rinks Haus zu machte. »Schon lange.«

»Aber wie ist er reingekommen?«

»Von hinten.«

»Hier auf der Straße war es ganz ruhig, und ich hatte das Fenster auf«, protestierte Padrakis. »Ich hätte das Splittern von Glas oder sonst was gehört.«

»Ich habe kein zerbrochenes Fenster gefunden«, erwiderte Dan. »Ich nehme an, daß er einen Schlüssel hatte.«

»Verdammt, ich bin jedenfalls nicht schuld daran«, sagte Padrakis, während er seine Pistole wegsteckte. »Ich kann nicht an zwei Orten gleichzeitig sein. Ein zweiter Mann hätte die Rückseite des Hauses beobachten müssen. Könntest du diesen Einbrecher gut beschreiben?«

»Leider nicht.« Dan gab Padrakis den Hausschlüssel zurück. »Aber er hat ein ziemlich ramponiertes Ohr.«

»Häh?«

»Ich habe ihm ein Ohr halb abgerissen.«

»Warum hast du das getan?«

»Weil er versuchte, mir den Schädel einzuschlagen«, antwortete Dan ungeduldig. »Außerdem habe ich etwas von einem Stierkämpfer an mir: ich sammle Trophäen, und einen Schwanz hatte der Kerl nicht.«

Padrakis warf ihm einen verblüfften Blick zu.

Ein riesiges Wohnmobil bog mit dröhnendem Motor um die Ecke und rumpelte den Block hinab, wie ein Dinosaurier.

Padrakis betrachtete mit gerunzelter Stirn den Karton unter Dans Arm. Er mußte brüllen, um den Motor des Wohnmobils zu übertönen. »Was hast du da drin?«

»Bücher. Bedrucktes Papier, zur Übermittlung von Informationen oder zu Unterhaltungszwecken. Zur Sache – was hat Mondale auf dem Herzen?«

»Nimmst du diese Bücher mit?«

»So ist es.«

»Ich weiß nicht, ob das erlaubt ist.«

»Mach dir darüber keine Sorgen. Sag mir lieber endlich, was Mondale von mir will.«

Padrakis starrte unglücklich auf den Karton. Er wartete, bis der Motorenlärm nachließ und nur noch die stinkenden Abgase an das Wohnmobil erinnerten. Dann gab er Dan Auskunft. »Ich habe Mondale angerufen, um ihm zu sagen, daß du hier bist. Er war auf dem Sprung zum *Sign of the Pentagram* auf dem Ventura Boulevard, und er will, daß du ihn dort triffst.«

»Und was zum Teufel ist dieses *Sign of the Pentagram*?«

»Ich glaube, eine Buchhandlung oder so was Ähnliches«, antwortete Padrakis, ohne seinen Blick von dem Bücherkarton zu wenden. »Da ist jemand umgelegt worden.«

»Wer?«

»Ich glaube, der Inhaber. Ein gewisser Scaldone. Mondale sagt, der Bursche sei so zugerichtet wie die Leichen in Studio City.«

»Da geht mein Abendessen dahin«, seufzte Dan und ging auf sein Auto zu.

Padrakis folgte ihm. »He, was diese Bücher angeht...«

»Liest du, George?«

»... sie sind das Eigentum des Verstorbenen...«

»Ein Genuß ohnegleichen, es sich mit einem guten Buch gemütlich zu machen.«

»... und dieses Haus war nicht Tatort eines Verbrechens, wo wir befugt sind, Beweismaterial sicherzustellen...«

Dan schloß den Kofferraum seines Wagens auf und stellte den Karton hinein. »›Der Mann, der keine guten

Bücher liest, hat keinen Vorteil gegenüber jenem Mann, der sie nicht lesen *kann.*‹ Das hat Mark Twain gesagt, George.«

»... bevor wir nicht irgendwelche Angehörige ausfindig gemacht haben, die ihre Zustimmung geben, kannst du doch nicht einfach...«

Dan ließ den Kofferraumdeckel geräuschvoll zufallen. »›Bücher sind ein größerer Schatz als die gesamte Piratenbeute auf der Schatzinsel.‹ Walt Disney. Auch er hatte recht, George. Du solltest wirklich mehr lesen.«

»Aber...«

»›Bücher sind nicht einfach Bündel von leblosem Papier, sondern lebendiger Geist.‹ Das ist von Gilbert Highet.« Er klopfte Padrakis auf die Schulter. »Erweitere deinen schmalen Horizont, George. Bring Farbe in dein eintöniges Leben als Detektiv. Lies, George, lies.«

Dan stieg in seinen Wagen, schloß die Tür und ließ den Motor an.

Padrakis betrachtete ihn mit gerunzelter Stirn.

Dan winkte ihm zu, während er losfuhr.

Nach einigen Blocks hielt er am Straßenrand und holte Dylan McCaffreys Adreßbuch hervor. Unter dem Buchstaben ›S‹ fand er einen Joseph Scaldone, gefolgt von dem Wort ›Pentagramm‹, einer Telefonnummer und einer Adresse am Ventura Boulevard.

Mit allergrößter Wahrscheinlichkeit bestand ein Zusammenhang zwischen den Morden von Studio City, Rinks Tod und der Ermordung Scaldones. Es hatte immer mehr den Anschein, als versuche jemand, eine geheimnisvolle Konspiration zu verschleiern, indem er alle Beteiligten liquidierte. Früher oder später würde auch Melanie McCaffrey entweder liquidiert oder aber entführt werden. Und wenn jene gesichtslosen Feinde das Mädchen wieder in ihre Gewalt brachten, würde es für immer verschwunden bleiben. Ein zweites Mal würde das Kind bestimmt nicht das Glück haben zu entkommen.

Um 19.05 Uhr war Laura in der Küche damit beschäftigt, das Abendessen zuzubereiten. In einem großen Topf auf dem Herd war das Wasser fast am Kochen, und in einem kleineren Topf wurden Fleischbällchen in Spaghettisauce erhitzt. Es roch verführerisch nach verschiedenen Zutaten: Zwiebeln, Knoblauch, Tomaten, Basilikum und Käse. Laura spülte einige schwarze Oliven ab und legte sie in eine große Salatschüssel.

Melanie saß stumm und regungslos am Tisch, die Hände auf dem Schoß gefaltet, mit gesenktem Kopf. Ihre Augen waren geschlossen. Entweder sie schlief, oder sie hatte sich nur besonders tief in ihre geheime Innenwelt zurückgezogen. Schwer zu entscheiden, was der Fall war.

Dies war die erste Mahlzeit seit sechs Jahren, die Laura für ihre Tochter zubereitete, und nicht einmal Melanies deprimierender Zustand konnte diesen Augenblick verdüstern. Laura fühlte sich ganz als Mutter und Hausfrau, zum erstenmal seit langer Zeit. Sie hatte schon vergessen gehabt, daß die Mutterrolle genauso wichtig und befriedigend sein konnte wie ihre beruflichen Erfolge.

Earl hatte den Tisch gedeckt und saß jetzt in Hemdsärmeln – aber mit Schulterhalfter – Melanie gegenüber. Er war in die Zeitung vertieft, und wenn er auf einen interessanten Artikel stieß, las er ihn Laura laut vor.

Pepper lag gemütlich zusammengerollt in der Ecke neben dem Kühlschrank, eingelullt vom Summen und Vibrieren des Motors. Sie wußte, daß Arbeitsplatten und Tische in der Küche für sie tabu waren, und sie verhielt sich im allgemeinen ruhig und unauffällig, um nicht ganz aus dem Raum verbannt zu werden. Plötzlich stieß sie jedoch einen Schrei aus und sprang auf. Mit gesträubtem Fell und weit aufgerissenen Augen machte sie einen Buckel und fauchte wütend.

Earl legte die Zeitung hin. »Was ist denn los, Mieze?«

Laura, die gerade den Salat anrichtete, drehte sich nach der Katze um. Peppers Ohren waren flach angelegt, die Lefzen zurückgezogen, die Zähne gebleckt. »Was hast du, Pepper?«

Die Katze starrte Laura einen Moment lang an, und ihre wilden Augen hatten nichts mehr von einem zahmen Haustier an sich.

»Pepper...«

Die Katze sprang mit einem Satz aus der Ecke hervor, stieß einen Schrei aus, sauste auf die Küchenschränke zu, schreckte plötzlich zurück, als hätte sie dort etwas Furchterregendes gesehen, rannte statt dessen auf die Spüle zu, fauchte laut und wechselte wieder die Richtung. Ihre Krallen schabten über die Fliesen. Sie drehte sich rasend im Kreis, jagte ihren eigenen Schwanz und machte einen gewaltigen Luftsprung. Sie peitschte mit ihren Krallen die Luft, führte auf den Hinterpfoten stehend eine Art Veitstanz auf, kam wieder auf alle vier Pfoten herunter, raste unter den Tisch, als renne sie um ihr Leben, zwischen den Stühlen hindurch, über die Schwelle, und verschwand im Eßzimmer.

Es war eine unglaubliche Vorstellung gewesen. Laura hatte so etwas noch nie erlebt.

Melanie zeigte keinerlei Reaktion auf das Geschehen. Sie saß noch immer mit geschlossenen Augen da, die Hände auf dem Schoß, den Kopf gesenkt.

Earl war von seinem Stuhl aufgestanden.

Irgendwo im Haus stieß Pepper einen letzten Angstschrei aus. Dann wurde es ganz still.

Das *Sign of the Pentagram* war ein kleiner Laden in einem geschäftigen Viertel, das die südkalifornischen Hoffnungen und Träume perfekt widerspiegelte. Ein kleines Geschäft oder Restaurant neben dem anderen, geführt von Leuten aller Altersklassen und Rassen. Hier gab es Dinge für jeden Geschmack, für jedes Interessengebiet, Alltägliches und Exotisches: ein koreanisches Restaurant mit etwa 15 Tischen; eine feministische Buchhandlung; einen Lieferanten für handgearbeitete Messer; einen Laden für Homosexuelle; eine Trockenreinigung, einen Party-Service und einen Hersteller von Bilderrahmen; Delikatessengeschäfte; eine Buchhandlung, in der nur Fantasy und Science-fiction verkauft wurde; das Kreditbüro der Gebrüder Ching; ein winziges Lokal mit ›amerikanisierter nigerianischer Küche‹ und ein anderes, das sich auf ›französisch-chinesische Küche‹ spezialisiert hatte; einen Militaria-Händler, der alles außer Waffen anbot. Manche dieser Geschäftsleute wurden reich, andere schafften das nie, aber alle hatten Träume, und Dan hatte das Gefühl, daß der Ventura Boulevard in diesen frühen Abendstunden nicht nur von Straßenlaternen beleuchtet wurde, sondern auch von strahlenden Hoffnungen.

Er parkte einen knappen Block vom *Sign of the Pentagram* entfernt und schlenderte an den Fahrzeugen der verschiedenen Fernseh- und Rundfunkanstalten vorbei, an Streifenwagen und einem Leichenwagen. Eine Menschenmenge drängte sich auf dem Gehweg: neugierige Bewohner dieses Viertels; junge Leute, die Wert darauf legten, wie Penner auszusehen, aber vermutlich bei ihren Eltern in teuren Villen lebten; und sensationslüsterne Medienvertreter, deren Augen Dan immer an hungrige Schakale erinnerten. Er bahnte sich mit dem Ellbogen einen Weg durch die Menge, bemühte sich, nicht von den Fernsehkameras erfaßt zu werden und erreichte schließlich den Laden, dessen Fassade mit amateurhaft gemalten okkulten und astrologischen Symbolen übersät war. Ein uniformierter Polizist stand direkt unter einem Pentagramm und bewachte den Eingang. Dan zeigte seinen Dienstausweis und betrat den Laden.

Das Ausmaß der Verwüstung überraschte ihn nicht. Der Berserker, der sich vergangene Nacht in jenem Haus in Studio City ausgetobt hatte, hatte erneut zugeschlagen.

Die elektronische Kasse sah aus, als hätte jemand sie mit einem Schmiedehammer zertrümmert; ein Funke Leben war ihr dennoch geblieben – eine rote Ziffer, eine Sechs, die in dem zersplitterten Anzeigefenster blinkte, so als versuchte die Kasse, den Polizisten etwas über ihren Mörder zu erzählen, wie ein sterbender Mensch, der seine letzten Worte stammelt. Einige Bücherregale waren zerborsten, alle Bücher lagen auf dem Boden verstreut, mit zerknüllten Schutzumschlägen, eingerissenen Einbänden, zerfetzten Seiten. Aber in dem Laden wurde nicht nur mit Büchern gehandelt; der Boden war auch übersät mit Kerzen aller Größen, Formen und Farben, mit einigen ausgestopften Eulen, mit Tarotkarten, Ouija-Alphabettafeln, Totems, exotischen Pulvern und Ölen. Es roch nach Rosenessenz, Weihrauch und Tod.

Die Männer von der Spurensicherung waren eifrig bei der Arbeit, ebenso mehrere Polizisten, darunter auch Wexlersh und Manuello, die Dan sofort bemerkt hatten und auf ihn zukamen, vorsichtig über die Bücherhaufen und anderen Gegenstände hinwegsteigend. Beide hatten ein kaltes Lächeln aufgesetzt, das Dan an Haie erinnerte.

Wexlersh war klein, hatte hellgraue Augen und ein wachsbleiches Gesicht, das in Kalifornien aus dem Rahmen fiel. »Was ist mit Ihrem Kopf passiert?« fragte er.

»Ich bin gegen einen niedrigen Ast gerannt«, antwortete Dan.

»Sieht eher so aus, als hätten Sie einen armen unschuldigen Verdächtigen verprügelt, und dieser arme unschuldige Mann wäre so töricht gewesen, Widerstand zu leisten.«

»Ist das in der East Valley Division die übliche Methode, mit Verdächtigen umzugehen?«

»Oder vielleicht war es auch eine Nutte, die Sie trotz Ihres Dienstausweises nicht kostenlos bedienen wollte«, fuhr Wexlersh mit breitem Grinsen fort.

»Sie sollten nicht versuchen, witzig zu sein«, erwiderte

Dan. »Sie haben nämlich genausoviel Witz wie eine Scheißhausbrille.«

Wexlersh lächelte weiterhin, aber in seinen grauen Augen lag etwas Bösartiges. »Haldane, was glauben Sie, mit welcher Art von Wahnsinnigem wir es hier zu tun haben?«

Manuello, der trotz seines Namens nicht wie ein Spanier aussah, sondern groß und blond war und ein breites Gesicht mit einem Kinngrübchen hatte, unterstützte seinen Kollegen: »Ja, Haldane, teilen Sie die Weisheit Ihrer Erfahrung mit uns.«

Wexlersh fügte hinzu: »Ja, Sie sind der Lieutenant. Wir sind nur unbedeutende kleine Fische.«

»Wir können es kaum erwarten, in Ihre Erkenntnisse über dieses verruchte Verbrechen eingeweiht zu werden«, fuhr Manuello fort. »Spannen Sie uns nicht länger auf die Folter.«

Obwohl Dan ein ranghöherer Beamter war, konnten sie sich solche Frechheiten erlauben, weil Dan nur vertretungsweise im East Valley arbeitete, hauptsächlich aber, weil sie Ross Mondales Lieblinge waren und genau wußten, daß er sie decken würde.

»Wissen Sie«, konterte Dan, »ich glaube, daß Sie beide die falsche Laufbahn eingeschlagen haben. Sie wären bestimmt viel glücklicher, wenn Sie Gesetze brechen könnten, anstatt sich für ihre Einhaltung einsetzen zu müssen.«

»Sehr witzig!« meinte Wexlersh. »Aber jetzt einmal ganz im Ernst, Lieutenant – Sie müssen doch irgendwelche Theorien haben. Was kann das für ein Verrückter sein, der herumläuft und Leute zu Brei schlägt?«

»Wir sollten uns aber auch fragen, was für ein Verrückter dieses *Opfer* war«, meinte Manuello.

»Joseph Scaldone?« sagte Dan. »Ihm hat dieser Laden gehört, nicht wahr? Was meinen Sie damit, daß er verrückt war?«

»Nun, er war gewiß kein durchschnittlicher Geschäftsmann«, antwortete Wexlersh.

»Ich glaube kaum, daß man ihn in der Handelskammer hätte haben wollen«, fügte Manuello an.

»Ein totaler Irrer!« kommentierte Wexlersh.

»Wovon quasseln Sie eigentlich?« erkundigte sich Dan.

Mit einem absolut humorlosen Grinsen antwortete Manuello: »Glauben Sie nicht, daß nur ein Irrer in seinem Laden solches Zeug verkaufen würde?« Er zog aus seiner Manteltasche einen kleinen Glasbehälter hervor, ähnlich einem Olivenglas. Auf den ersten Blick sah es so aus, als enthielte das Gefäß tatsächlich Oliven, doch dann stellte Dan fest, daß es Augäpfel waren. Nicht von Menschen; dafür waren sie viel zu klein. Und sie sahen seltsam aus. Manche hatten eine gelbe Iris, andere eine grüne oder orange, aber trotz der verschiedenen Farben hatten sie alle die gleiche Form: Die Iris war nicht rund wie beim Menschen und bei den meisten Tieren, sondern länglich, elliptisch. Irgendwie sahen diese Augäpfel unheimlich aus.

»Schlangenaugen«, erklärte Manuello, auf das Etikett deutend.

»Und wie wäre es damit?« fragte Wexlersh und holte seinerseits einen Glasbehälter aus der Tasche.

Dieses Glas war mit einem grauen Pulver gefüllt. Auf dem Etikett stand: FLEDERMAUSGUANO.

»Fledermausscheiße«, verdeutlichte Wexlersh.

»Pulverisierte Fledermausscheiße«, sagte Manuello, »Schlangenaugen, Salamanderzungen, Halsketten aus Knoblauch, Phiolen mit Stierblut, magische Anhänger und jede Menge anderer Kram dieser Art. Was für Leute kommen wohl hierher und kaufen diesen Scheißdreck, Lieutenant?«

»Hexen«, antwortete Wexlersh, bevor Dan etwas sagen konnte.

»Leute, die *glauben*, sie wären Hexen«, korrigierte Manuello.

»Zauberer«, sagte Wexlersh.

»Leute, die *glauben*, sie wären Zauberer.«

»Unheimliche Typen«, sagte Wexlersh.

»Total Verrückte«, meinte Manuello.

»Wo ist das Mordopfer?« fragte Dan.

Wexlersh deutete mit dem Daumen in den hinteren Teil des Ladens. »Dort drüben. Er wartet auf eine Rolle in der Fortsetzung von *The Texas Chainsaw Massacre*.«

»Hoffentlich habt ihr Burschen aus dem Central einen unempfindlichen Magen«, rief Manuello Dan nach, der sich nach hinten begab.

»Kotzen Sie hier nur nicht alles voll!« fuhr Wexlersh fort.

»Ja, kein Richter wird vollgekotztes Beweismaterial zulassen.« Das war wieder Manuello.

Dan ignorierte sie. Falls er kotzen müßte, würde er Wexlersh und Manuello vollkotzen, das stand für ihn fest.

Er stieg über einen Haufen Bücher hinweg, die mit Jasminöl durchtränkt waren, und ging auf den Gerichtsmediziner zu, der sich über eine unförmige rote Masse beugte, die offenbar Scaldones sterbliche Überreste darstellte.

Earl Brenton hatte die Idee gehabt, daß die Katze vielleicht irgendwelche Geräusche wahrgenommen hatte, die für das menschliche Ohr zu leise waren, daß sie vielleicht einen Einbrecher gehört hatte und darüber erschrocken war. Er ging deshalb von Raum zu Raum, überprüfte Fenster und Türen, schaute in Schränke und hinter große Möbelstücke. Aber alles war in Ordnung. Niemand hatte sich Zutritt zum Haus verschafft.

Earl fand Pepper im Wohnzimmer, nicht mehr verängstigt, aber äußerst wachsam. Die Katze lag auf dem Fernseher. Sie ließ sich streicheln und begann sogar zu schnurren.

»Was ist vorhin nur in dich gefahren, Mieze?« fragte Earl.

Nachdem er sie eine Weile gestreichelt hatte, streckte sie sich genüßlich, deutete mit einer Pfote auf die Knöpfe des Fernsehers und warf ihm einen Blick zu, der ihn aufzufordern schien, den Heizkörper-mit-Bildern-und-Stimmen einzuschalten, damit sie es schön warm hatte.

Ohne ihr diesen Wunsch zu erfüllen, kehrte Earl in die Küche zurück. Melanie saß noch immer völlig in sich versunken am Tisch. Ihre Mutter stand mit einem Messer in der Hand da; sie hatte sich nicht weiter mit dem Abendessen beschäftigt, während er das Haus durchsucht hatte. Sie hatte mit dem Messer in der Hand gewartet – für den Fall, daß jemand anderer die Küche betreten würde.

Als sie Earl sah, legte sie erleichtert das Messer weg. »Nun?«

»Nichts.«

Die Kühlschranktür öffnete sich plötzlich von allein. Die Dosen, Flaschen und sonstigen Gegenstände auf den Glasfächern begannen zu klirren und zu scheppern.

Mehrere Schranktüren flogen auf, wie von Geisterhand berührt.

Laura hielt den Atem an.

Earl griff instinktiv nach der Pistole in seinem Schulterhalfter, aber es gab nichts, worauf er hätte schießen können, und er kam sich ziemlich töricht vor, war aber zugleich sehr verwirrt.

Geschirr klapperte auf den Regalen.

Ein Wandkalender, der neben der Hintertür hing, fiel raschelnd zu Boden.

Nach zehn oder fünfzehn Sekunden, die Laura und Earl jedoch wie eine Ewigkeit vorkamen, hörte das Geschirr auf zu klappern, die Schranktüren schwangen nicht mehr hin und her, und der Inhalt des Kühlschranks stand wie zuvor ruhig da.

»Ein Erdbeben«, sagte Earl.

»Glauben Sie?« fragte Laura zweifelnd.

Er wußte, was sie meinte. Es war wie ein leichtes Erdbeben gewesen und doch ... *anders*. Der Luftdruck hatte sich verändert, und es war so kühl gewesen, daß es nicht nur auf die offene Kühlschranktür zurückzuführen sein konnte. Und nachdem der Spuk vorüber war, erwärmte sich die Luft sofort wieder, obwohl der Kühlschrank noch immer offenstand.

Aber was konnte es gewesen sein, wenn nicht ein Erdbeben? Ein Flugkörper, der die Schallmauer durchbrochen hatte? Aber das erklärte nicht die Kälte. Ein Geist? Er glaubte nicht an Geister. Wie zum Teufel war er überhaupt auf diese verrückte Idee gekommen? Vergangenen Abend hatte er sich im Fernsehen Spielbergs *Poltergeist* angeschaut; vielleicht lag es daran. Trotzdem überraschte es ihn, daß der Horrorfilm ihn offenbar so beeindruckt hatte, daß er ein übernatürliches Phänomen auch nur in Erwägung zog, obwohl eine vernünftige Erklärung doch nahelag.

»Nur ein Erdbeben«, versicherte er Laura, obwohl er selbst alles andere als überzeugt davon war.

Die Polizei ging davon aus, daß es sich bei dem Toten um Joseph Scaldone, den Ladeninhaber, handelte, weil alle Papiere in seiner Brieftasche auf diesen Namen lauteten, aber eine endgültige Identifizierung würde nur durch Fingerabdrücke oder den Vergleich zahnärztlicher Befunde möglich sein. Niemand, der Scaldone gekannt hatte, würde ihn wiedererkennen können, denn der arme Kerl hatte kein Gesicht mehr. Auch irgendwelche besonderen Kennzeichen wie Narben oder Muttermale würden nicht weiterhelfen, denn der ganze Körper war nur noch eine einzige blutige Masse. Gebrochene Rippen ragten zwischen den Hemdfetzen hervor, und ein spitzer Beinknochen hatte sowohl die Haut als auch die Hose durchbohrt. Scaldone sah aus wie ein zerquetschter Käfer.

Dan wandte sich von der Leiche ab und stieß fast mit einem Mann zusammen, dessen biologische Uhr mangelhaft synchronisiert zu sein schien. Er hatte das glatte, faltenlose Gesicht eines Dreißigjährigen, das graumelierte Haar eines Fünfzigjährigen und die gebeugten Schultern eines Rentners. Er trug einen dunkelblauen Maßanzug, ein weißes Hemd, eine dunkelblaue Krawatte und ein goldenes Krawattenkettchen anstelle einer Nadel oder eines Clips. »Sind Sie Haldane?« fragte er.

»Ja.«

»Michael Seames, FBI.«

Sie gaben sich die Hand. Seames' Hand war kalt und etwas feucht.

Sie gingen in eine Ecke, wo der Boden einigermaßen sauber geblieben war.

»Mischt ihr jetzt in diesem Fall mit?« erkundigte sich Dan.

»Wir wollen euch nicht verdrängen«, beruhigte Seames ihn. »Wir wollen nur mit von der Partie sein. Als Beobachter... zum jetzigen Zeitpunkt. Ich habe schon mit allen anderen gesprochen, die an diesem Fall arbeiten, und wollte nun auch Ihnen dasselbe sagen wie Ihren Kollegen. Halten Sie mich auf dem laufenden. Ich möchte über jede Entwicklung informiert werden, so unwichtig sie Ihnen auch erscheinen mag.«

»Aber welche Legitimation hat das FBI für diese Einmischung?«

»Legitimation? Einmischung? Auf wessen Seite stehen Sie, Lieutenant?«

»Ich meine, welche föderativen Statuten wurden gebrochen?«

»Sagen wir einmal, es geht um Interessen der nationalen Sicherheit.«

Trotz des jugendlichen Gesichts waren Seames' Augen alt und wachsam wie die eines Raubtiers, das es seit dem Mesozoikum gibt und das deshalb alle Tricks kennt.

»Hoffritz arbeitete früher für das Pentagon«, sagte Dan. »Er führte Forschungsprojekte durch, die vom Pentagon finanziert wurden.«

»Das stimmt.«

»Arbeitete er noch immer für das Verteidigungsministerium, als er ermordet wurde?«

»Nein.«

Die Stimme des Agenten war völlig ausdruckslos, und Dan wußte nicht so recht, ob der Mann log oder die Wahrheit sagte.

»Und McCaffrey?« fragte Dan. »Hatten *seine* Forschungsprojekte etwas mit der Landesverteidigung zu tun?«

»Für das Pentagon arbeitete er jedenfalls nicht.«

»Für das Ausland? Für die Russen?«

»Wir wissen es nicht«, erwiderte Seames. »Genau deshalb interessieren wir uns für diesen Fall. McCaffrey hatte Geld vom Pentagon bekommen, bevor er mit seiner Tochter verschwand. Wir haben uns damals auf Wunsch des Verteidigungsministeriums um die Sache gekümmert und sind zu dem Schluß gekommen, daß er sich nicht mit irgendwelchen neuen, spektakulären Forschungsergebnissen abgesetzt hatte. Es schien sich um eine rein persönliche Angelegenheit zu handeln – um das Vormundschaftsrecht für seine Tochter. Aber offenbar war McCaffrey doch in irgendeine wichtige Sache verwickelt – vielleicht sogar in eine gefährliche. Diesen Eindruck gewinnt man jedenfalls, wenn man sich in jenem grauen Raum in dem Haus in Studio City umsieht. Und was Willy Hoffritz betrifft... Achtzehn Monate nach Dylan McCaffreys Verschwinden schloß er ein Pentagon-Projekt ab und lehnte es ab, weitere Forschungsaufträge dieser Art zu übernehmen. Er sagte, sie belasteten inzwischen sein Gewissen. Die Militärs versuchten damals, ihn zum Weitermachen zu bewegen, aber schließlich fanden sie sich mit seiner Weigerung ab.«

»Ich habe einiges über Hoffritz gehört«, sagte Dan, »und ich glaube nicht, daß er überhaupt so etwas wie ein Gewissen hatte.«

Seames' scharfe Falkenaugen musterten Dan aufmerksam. »Sie dürften recht haben«, gab er zu. »Das Verteidigungsministerium nahm seine plötzliche Wendung zum Pazifismus damals jedoch für bare Münze und ersuchte uns nicht um Nachforschungen. Heute habe ich mich aber etwas näher mit Hoffritz befaßt, und ich bin überzeugt davon, daß er die Arbeit für das Pentagon nur deshalb aufgab, weil er den routinemäßigen Sicherheitsermittlungen entgehen wollte. Er brauchte Anonymität für irgendein persönliches Forschungsprojekt.«

»Beispielsweise die Folterung eines kleinen Mädchens«, warf Dan ein.

»Ja. Ich war vor einigen Stunden in Studio City und habe mich in dem Haus umgesehen. Widerlich!«

Seine Augen straften seine Worte Lügen; seine Stimme klang mißbilligend, aber die Augen verrieten, daß Seames das graue Zimmer eher interessant als abstoßend fand.

»Was glauben Sie, warum man Melanie McCaffrey all diese Dinge angetan hat?« fragte Dan.

»Ich weiß es nicht«, erwiderte Seames, aber seine unschuldige Miene wirkte aufgesetzt.

»Welchen Effekt wollten diese Männer erreichen?«

»Keine Ahnung.«

»Sie führten in dem Haus jedenfalls nicht nur Forschungen über Verhaltensmodifikation durch.«

Seames zuckte die Achseln.

»Es ging um Gehirnwäsche«, fuhr Dan fort, »um totale Gehirnkontrolle... und um andere, noch schlimmere Dinge.«

Seames machte einen gelangweilten Eindruck; er wandte seinen Blick von Dan ab und beobachtete die Männer von der Spurensicherung bei ihrer Arbeit in dem blutbesudelten Chaos.

»Aber *warum*? *Wozu*?« fragte Dan.

»Ich weiß es nicht«, wiederholte Seames ungeduldig. »Ich...«

»Sie versuchen verzweifelt herauszufinden, wer dieses höllische Projekt finanziert hat«, fiel Dan ihm ins Wort.

»›Verzweifelt‹ ist nicht ganz der richtige Ausdruck. Ich würde eher sagen: in begreiflicher Besorgnis.«

»Dann müssen Sie irgendeine Vorstellung davon haben, was jene Leute bezweckten. Sie wissen etwas, und *das* versetzt Sie in Sorge und Unruhe.«

»Um Himmels willen, Haldane«, rief Seames verärgert, aber sogar sein Ärger wirkte aufgesetzt, kalkuliert, eine List, um Dan irrezuführen. »Sie haben die Leichen doch mit eigenen Augen gesehen! Bekannte Wissenschaftler, die früher vom Pentagon finanziert wurden, werden auf unerklärliche Weise ermordet... verdammt, natürlich sind wir an der Sache interessiert.«

»Unerklärlich?« sagte Dan. »Keineswegs. Sie wurden zu Tode geprügelt.«

»Sie wissen genausogut wie ich, Haldane, daß die Sache viel komplizierter ist. Sie haben doch bestimmt mit den Gerichtsmedizinern gesprochen und erfahren, daß es unmöglich ist, die Mordwaffe zu bestimmen. Und Sie wissen auch, daß die Opfer keine Möglichkeit hatten, mit den Mördern zu kämpfen. Keines der Opfer hatte Blut oder Hautfetzen oder Haare unter den Fingernägeln. Und Sie wissen auch, daß kein Mensch stark genug ist, um einem anderen die Knochen zu *zermalmen*. Das erfordert enorme Kräfte, mechanische Kräfte... übermenschliche Kräfte! Sie wurden nicht einfach zu Tode geprügelt, sondern *zerquetscht wie Insekten*! Und was ist mit den Türen in diesem Fall hier?«

Dan runzelte die Stirn. »Welche Türen?«

»Die Vorder- und Hintertür in diesem Laden.«

»Was ist damit?«

»Wissen Sie das nicht?«

»Ich bin gerade erst eingetroffen und hatte noch keine Zeit, mich zu informieren.«

Seames zupfte nervös an seiner Krawatte, und der Anblick eines nervösen FBI-Agenten verblüffte Dan; er hatte so etwas noch nie erlebt. Und diesmal schien Seames nicht zu bluffen.

»Die Türen waren verschlossen, als die Polizei hier eintraf«, berichtete er. »Scaldone hatte den Laden gerade geschlossen, als er ermordet wurde. Die Hintertür war vermutlich die ganze Zeit über verschlossen gewesen, aber die Vordertür hatte er gerade erst abgeschlossen. Er hätte den Laden wahrscheinlich durch den Hinterausgang verlassen – sein Wagen steht auf dem Hof. Er wollte nur noch Kasse machen, aber er wurde mit der Abrechnung nicht mehr fertig. Er wurde erschlagen, während beide Türen verschlossen waren. Die Polizei mußte das Schloß an der Vordertür aufbrechen.«

»Und?«

»Nur das Opfer befand sich im Laden, als die Polizei eintraf«, erklärte Seames. »Beide Türen waren verschlossen, aber der Mörder war nicht hier.«

»Was ist daran so erstaunlich? Der Mörder muß eben einen Schlüssel gehabt haben.«

»Und hat sich die Zeit genommen abzuschließen, bevor er sich aus dem Staub machte?«

»Durchaus möglich.«

Seames schüttelte den Kopf. »Nicht, wenn Sie wüßten, *wie* die Türen verschlossen waren. Jede war mit zwei Sicherheitsschlössern versehen und zusätzlich mit einem Riegel, der nur von *innen* vorgeschoben werden konnte.«

»An beiden Türen?« fragte Dan.

»Ja. Und der Laden hat nur zwei Fenster – das große Schaufenster, das völlig unbeschädigt ist, und ein zweites im Hinterzimmer.«

»Ist es groß genug, daß ein Mann hindurchklettern könnte?«

»Ja«, sagte Seames. »Aber es ist von innen vergittert.«

»Vergittert?«

»So ist es.«

»Dann muß es noch einen anderen Ausgang geben.«

»Finden Sie ihn«, sagte Seames in einem Ton, der besagte: Sie werden keinen finden.

Dan ließ seinen Blick über die Verwüstung schweifen, fuhr sich mit der Hand über das Gesicht, so als könnte er auf diese Weise seine Müdigkeit abstreifen, und zuckte vor Schmerz zusammen, als seine Fingerspitzen die Stirnwunde berührten.

»Sie wollen also sagen, daß Scaldone in einem verschlossenen Raum zu Tode geprügelt wurde«, faßte er Seames' Ausführungen zusammen.

»Ja, er wurde in einem verschlossenen Raum ermordet. Was das ›geprügelt‹ betrifft, bin ich mir nicht ganz sicher.«

»Und der Mörder konnte den Laden nicht verlassen haben, bevor die Polizei eintraf?«

»So ist es.«

»Trotzdem ist er nicht hier.«

»Richtig.« Seames' Gesicht paßte jetzt besser zu den graumelierten Haaren und den gebeugten Schultern. Er schien in den letzten zehn Minuten um zehn Jahre gealtert zu sein. »Verstehen Sie jetzt, warum ich so beunruhigt und aufgeregt bin, Lieutenant Haldane? Ich bin es, weil zwei erstklassige Forscher, die früher für das Verteidigungsministerium arbeiteten, von unbekannten Personen oder Kräften ermordet wurden, mit einer Waffe, für die verriegelte Türen und stabile Wände kein Hindernis sind und gegen die absolut keine Verteidigung möglich ist.«

Etwas war anders gewesen als bei einem Erdbeben, doch Laura konnte den Unterschied nicht genau definieren. Zum einen hatten die Fenster nicht vibriert, und bei einem Beben, das stark genug war, um die Schranktüren aufffliegen zu lassen, hätten die Fenster laut klirren müssen. Man hatte auch keine Erschütterung des Bodens gespürt; wenn sie allerdings weit genug vom Epizentrum entfernt waren, könnten die Erdbewegungen kaum wahrnehmbar sein. Die Luft war eigenartig gewesen, bedrückend, nicht nur dumpf oder schwül, sondern... nun ja, lastend. Laura hatte schon mehrere Erdbeben erlebt, und sie erinnerte sich nicht daran, daß die Luft damals auch so gewesen wäre. Aber da war auch noch etwas anderes, das gegen die Erdbebentheorie sprach, etwas Wichtiges, aber nicht Greifbares.

Earl vertiefte sich wieder in die Zeitung, und Melanie saß noch immer mit gesenktem Kopf und geschlossenen Augen am Tisch. Laura stellte den fertigen Salat in den Kühlschrank. Jetzt mußten nur noch die Spaghetti gekocht werden.

Laura wollte sie gerade aus der Packung nehmen und in den dampfenden Wassertopf hineingeben, als Earl von der Zeitung aufblickte und rief: »He, das erklärt das Verhalten der Katze!«

Laura verstand nicht. »Was?«

»Man sagt doch, daß Tiere ein bevorstehendes Erdbeben spüren. Sie werden nervös und führen sich seltsam auf. Vielleicht war Pepper deshalb so hysterisch und hat Gespenster in der Küche gejagt.«

Bevor Laura darüber nachdenken konnte, schaltete sich das Radio ein, so als hätte eine unsichtbare Hand den Knopf berührt. In den vergangenen sechs Jahren des Alleinseins hatte Laura das leere, stille Haus manchmal kaum ertragen und deshalb in mehreren Zimmern Radios aufgestellt. Das Gerät in der Küche stand neben dem Brotkasten, ganz in Lauras Nähe. Es war ein Radiowecker mit zwei Wellenbereichen, und Laura hatte es zuletzt auf den Sender KRLA eingestellt. Als es sich jetzt von allein einschaltete, sang Bonnie Tyler den Song *Total Eclipse of the Heart*.

Earl hatte die Zeitung fallen gelassen und war wieder aufgesprungen.

Laura starrte das Radio ungläubig an.

Der Lautstärkeknopf drehte sich nach rechts. Sie sah, wie er sich bewegte.

Bonnie Tylers kehlige Stimme wurde immer lauter.

Melanie nahm nichts davon wahr, tief versunken in ihrer eigenen dunklen Welt. Bonnie Tylers Stimme und die Begleitmusik hallten jetzt von den Küchenwänden wider und ließen die Fenster klirren.

Laura merkte, daß es im Zimmer wieder kalt wurde. Sie machte einen zögernden Schritt auf das Radio zu.

In einem anderen Teil des Hauses stieß Pepper wieder einen Schrei aus.

Als Dan sich gerade von Michael Seames abwenden wollte, fragte der FBI-Agent: »Übrigens, was haben Sie mit Ihrer Stirn gemacht?«

»Hüte anprobiert«, antwortete Dan.

»Was?«

»Ich hatte einen aufgesetzt, der mir zu klein war, und ich bekam ihn kaum wieder runter. Die Haut blieb daran hängen.«

Bevor Seames etwas erwidern konnte, tauchte Ross Mondale in der Tür hinter der Verkaufstheke auf, entdeckte Dan und rief: »Haldane, kommen Sie her!«

»Was ist los, Chef?«

»Ich möchte mit Ihnen reden.«

»Worüber, Chef?«

»Allein«, erklärte Mondale nachdrücklich.

»Zu Befehl, Chef.«

Er ließ den verwirrten Seames stehen und bahnte sich einen Weg durch das Chaos auf dem Fußboden, vorbei an der Leiche, um die Theke herum. Mondale gab ihm mit einer ungeduldigen Geste zu verstehen, er solle ins Nebenzimmer weitergehen, und folgte ihm dorthin.

Der hintere Raum war so breit wie der Laden, aber nur drei Meter lang. Die Wände bestanden aus Betonblöcken. Er hatte sowohl als Büro als auch als Lager gedient. Auf der linken Seite waren Kisten mit Waren gestapelt; auf der rechten Seite stand ein Schreibtisch, ein IBM-Personal-Computer, einige Aktenschränke, ein kleiner Kühlschrank und ein Küchentisch mit einer Kaffeemaschine. Hier war nichts verwüstet worden. Alles sah sauber und ordentlich aus.

Mondale war offensichtlich damit beschäftigt gewesen, den Inhalt der Schreibtischschubladen durchzusehen. Zahlreiche Gegenstände lagen auf der Schreibunterlage, darunter auch ein hübsches kleines Adreßbuch.

Während Mondale die Tür schloß, ließ sich Dan auf den Schreibtischstuhl fallen.

»Was glaubst du eigentlich, was du machst?« fragte Mondale.

»Ich gönne meinen Füßen ein wenig Erholung. Es war ein langer Tag.«

»Du weißt genau, daß ich etwas anderes meine.«

Mondale trug wie immer einen braunen Anzug, ein hellbeiges Hemd, eine braune Krawatte, braune Socken und Schuhe. Ein mörderisches Licht flackerte in seinen braunen Augen. »Ich wollte dich um halb drei in meinem Büro sehen.«

»Woher sollte ich das wissen?«

»Verdammt, ich weiß genau, daß man es dir ausgerichtet hat.«

Dan blickte ihn stumm an.

Der Captain stand einige Schritte vom Schreibtisch entfernt, mit steifem Nacken, verkrampften Schultern und seitlich herabhängenden Armen. Seine Hände zuckten, so als falle es ihm schwer, sie nicht zu Fäusten zu ballen und Haldane zu verprügeln. »Was hast du den ganzen Tag getrieben?« fragte er mühsam beherrscht.

»Über den Sinn des Lebens meditiert.«

»Du warst in Rinks Haus. Ich hatte dich nicht dorthin geschickt.«

»Ich bin kein Grünschnabel, sondern ein erfahrener Lieutenant, und ich pflege bei Ermittlungen meinem eigenen Instinkt zu folgen.«

»Aber nicht in *diesem* Fall. Dies ist eine ganz große Sache, und du bist nur Teil eines Teams. Du tust, was ich dir sage, du gehst, wohin ich dir sage. Du scheißt nicht mal, bevor ich es dir erlaube.«

»Vorsicht, Ross! Du hörst dich machtbesessen an.«

»Was ist mit deinem Kopf passiert?«

»Ich habe Karateunterricht genommen.«

»Was?«

»Ich habe versucht, mit dem Kopf ein Brett zu zerschlagen.«

»Ich bin nicht zu Späßen aufgelegt.«

»Okay, ich sage dir, wie es wirklich war: George Padrakis hat mir ausgerichtet, daß du mich hier sehen wolltest, und bei der Erwähnung deines Namens bin ich auf die Knie gefallen und habe mich so hastig verbeugt, daß ich meine Stirn auf dem Gehweg aufgeschürft habe.«

Ross konnte einen Moment lang nicht sprechen. Sein Gesicht war hochrot. Er atmete schwer.

Dan betrachtete die Gegenstände, die Mondale aus den Schubladen geholt hatte: das Adreßbuch, ein Scheckbuch, einen Notizkalender und ein dickes Bündel Warenrechnungen. Er nahm das Adreßbuch zur Hand.

»Leg das sofort hin und hör mir gut zu!« kommandierte Mondale, der endlich seine Stimme wiedergefunden hatte. Dan bedachte ihn mit einem süßen unschuldsvollen Blick. »Aber es könnte einen wichtigen Hinweis enthalten, Captain. Ich führe die Ermittlungen in diesem Fall durch, und ich kann es nicht verantworten, einen möglichen Anhaltspunkt zu vernachlässigen.«

Mondale kam wütend auf den Schreibtisch zu. Seine Hände hatten sich nun doch zu Fäusten geballt.

Ah, dachte Dan, endlich kommt es zum Entscheidungskampf, auf den wir beide seit Jahren gewartet haben!

Laura stand vor dem Radio und starrte es an. Sie hatte Angst, es zu berühren, und sie fröstelte in der kalten Luft. Die Kälte schien von dem Gerät auszustrahlen und sich durch das hellgrüne Licht der Skala fortzupflanzen.

Das war ein verrückter Gedanke.

Es war ein Radio, keine Air-Condition. Kein ... nur ein Radio. Ein ganz normales Radio.

Ein ganz normales Radio, das sich von selbst eingeschaltet hatte!

Bonnie Tylers Lied war verklungen. Jetzt wurde ein Oldie gespielt: Procol Harum, *A Whiter Shade of Pale*, mit größtmöglicher Lautstärke, die das Gerät heftig vibrieren und die Fensterscheiben klirren ließ. Lauras Ohren schmerzten von dem Lärm.

Earl war hinter sie getreten.

Auch wenn Pepper irgendwo im Haus weiter schrie, ging die Stimme der Katze in der unerträglich lauten Musik unter.

Zögernd legte Laura ihre Finger auf den Lautstärkeregler. Er war eiskalt. Sie erschauderte und hätte ihre Hand am liebsten zurückgerissen, nicht nur, weil das Plastik so kalt war, sondern auch, weil es eine besondere Art von Kälte war, eine unheimliche Kälte, die nicht nur den Körper frieren ließ, sondern ebenso auch den Geist und die Seele. Trotzdem ließ sie den Kopf nicht los und versuchte, die Lautstärke zu reduzieren, aber der Regler ließ sich nicht bewegen. Und da es sich zugleich auch um den Ein- und Ausschaltknopf handelte, konnte sie die ohrenbetäubende Musik nicht abstellen. Sie spannte ihre Muskeln an, aber der Knopf drehte sich keinen Millimeter von der Stelle.

Laura zitterte heftig.

Sie ließ den Regler los.

Obwohl *A Whiter Shade of Pale* ein melodisches Lied war, klang es bei dieser Lautstärke grell und sogar bedrohlich. Jeder Trommelschlag schien der schwere Schritt einer furchterregenden Kreatur zu sein, und die Hörner klangen wie feindselige Schreie dieses Ungeheuers.

Laura packte die Radioschnur und riß daran. Der Stekker fiel aus der Wandsteckdose auf den Boden.

Die Musik erstarb augenblicklich.

Laura hatte halb befürchtet, daß das Radio auch ohne Strom weiterspielen würde.

Als Dan das Adreßbuch – ein Büchlein im Taschenformat – nicht weglegte, griff Mondale über den Schreibtisch hinweg, packte mit seiner rechten Hand Dans rechte Hand und drückte fest zu, um Dan zum Loslassen zu zwingen. Mondale war nicht sehr groß, aber er hatte breite Schultern und muskulöse Arme mit dicken Gelenken und großen Händen. Er war ziemlich stark.

Dan war jedoch stärker. Er ließ das Büchlein nicht fallen. Den Blick unverwandt auf Mondales Gesicht gerichtet, legte er seine linke Hand auf Mondales rechte und versuchte, dessen Finger aufzubiegen.

Es war eine lächerliche Situation. Sie führten sich wie zwei alberne Teenager auf, die den starken Mann spielen wollen.

Dan packte einen von Mondales Fingern und bog ihn zurück.

Mondale biß die Zähne zusammen und preßte Dans Hand noch fester.

Dan bog den Finger seines Gegners immer weiter zurück.

Schweiß trat auf Mondales Stirn.

Mein Hund ist netter als dein Hund, und meine Mutter ist hübscher als deine Mutter, dachte Dan. Du lieber Himmel, wie alt sind wir eigentlich? Vierzehn? Zwölf?

Aber er blickte dem Captain weiterhin fest in die Augen

und ließ sich nichts von dem Schmerz in seiner rechten Hand anmerken, und er bog Mondales verdammten Finger noch weiter zurück, und plötzlich schrie Mondale leise auf und ließ Dans Hand los.

Dan hielt das Adreßbuch noch immer fest.

Er hielt auch Mondales Finger noch einige Sekunden fest, damit kein Zweifel daran aufkommen konnte, wer unterlegen war. Es war ein kindischer Wettstreit gewesen, aber Ross Mondale hatte ihn sehr ernst genommen. Und wenn der Captain glaubte, Dan mit physischer Gewalt eine Lektion erteilen zu können, konnte er vielleicht – aber auch nur vielleicht – auf dieselbe Art und Weise belehrt werden.

Sie standen einen Augenblick lang wie gelähmt in der stillen Küche und starrten das Radio an. Schließlich brach Earl das Schweigen: »Wie konnte es...«

»Keine Ahnung«, sagte Laura.

»Ist das jemals zuvor...«

»Nie.«

Das Radio war kein harmloser Gegenstand mehr; es hatte etwas Bedrohliches an sich.

»Schließen Sie es wieder an«, forderte Earl Laura auf.

Sie hegte die völlig irrationale Befürchtung, daß dem Radio, wenn sie es wieder zum Leben brachten, krabbenartige Plastikbeine wachsen würden, daß es über die Arbeitsplatte kriechen würde. Das war eine uncharakteristisch bizarre Idee, und sie war bestürzt über dieses plötzliche Auftauchen abergläubischer Ängste, denn sie hatte sich immer für eine nüchterne Wissenschaftlerin gehalten, für eine sachlich und logisch denkende Frau. Trotzdem wurde sie das Gefühl nicht los, daß eine böse Macht von dem Radio Besitz ergriffen hatte und nur darauf lauerte, daß der Stecker wieder mit der Steckdose verbunden wurde.

Unsinn!

Trotzdem sagte sie störrisch: »Warum soll ich es wieder anschließen?«

»Ich möchte sehen, was passiert. Wir können diese Sache nicht einfach auf sich beruhen lassen. Dazu ist sie viel zu merkwürdig. Wir müssen herausfinden, was los ist.«

Laura wußte, daß er recht hatte. Sie griff zögernd nach der Schnur und erwartete halb, daß sie in ihrer Hand zappeln und sich schleimig kalt wie ein Aal anfühlen würde. Aber es war nur ein Stromkabel, leblos, in keiner Weise auffallend.

Sie berührte den Lautstärkeregler, und er ließ sich jetzt mühelos bewegen. Sie drehte ihn ganz nach links, in die AUS-Position.

Ihr war sehr unbehaglich zumute, als sie den Stecker in die Steckdose schob.

Nichts.

Fünf Sekunden. Zehn. Fünfzehn.

Earl sagte: »Nun, was auch immer es gewesen...«

Das Radio schaltete sich ein.

Die Skala wurde hell.

Die Luft wurde wieder kalt.

Laura wich zurück, in der absurden Angst, daß das Radio sie anspringen könnte. Sie blieb am Tisch neben Melanie stehen und legte ihr eine Hand auf die Schulter, um sie zu beruhigen. Doch Melanie nahm diese seltsamen Vorgänge überhaupt nicht wahr, genausowenig wie ihre ganze Umgebung.

Der Lautstärkeregler bewegte sich, und Laura hörte den neuesten Hit von Bruce Springsteen. Diesmal wurde die Lautstärke nicht voll aufgedreht; die Musik war zwar laut, aber nicht unerträglich.

Ein anderer Knopf begann sich zu drehen, wie von Geisterhand bewegt. Es war der Knopf für die Senderwahl. Der rote Zeiger glitt rasch über die leuchtende grüne Skala, von links nach rechts und wieder zurück.

Man hörte nur Liedfetzen und einzelne Wörter – ein sinnloses Kauderwelsch.

Earl trat näher an das Gerät heran.

»Vorsicht!« rief Laura, obwohl es ihr selbst lächerlich vorkam, ihn vor einem *Radio* zu warnen. Es war ein unbelebter Gegenstand, kein lebendiges Wesen. Sie besaß es seit drei oder vier Jahren. Es hatte ihr Gesellschaft geleistet, sie mit Musik unterhalten. Es war nur ein Radio.

Als Mondale seine Hand zurückzog, verzichtete er darauf, sich die schmerzenden Finger zu reiben. Sein verletzter Stolz erlaubte das nicht. Er schob seine Hand ganz beiläufig in die Tasche, so als suchte er nach Kleingeld oder Schlüsseln, und ließ sie dort.

Mit dem Zeigefinger der anderen Hand deutete er anklagend auf Dan. »Ich warne dich, Haldane! Ich lasse mir diesen Fall nicht von dir vermasseln. Dazu ist er viel zu wichtig. Man wird uns von allen Seiten einheizen, bis wir das Gefühl haben, in einem Hochofen zu arbeiten. Die Presse geht mir nicht von der Pelle, ich habe das FBI auf dem Hals, und der Polizeichef hat auch schon angerufen. Alle erwarten Resultate. Ich habe nicht die Absicht, eine Niederlage zu riskieren. Meine ganze Karriere hängt vielleicht von diesem einen Fall ab. Ich habe die *Kontrolle,* Haldane, und ich werde nicht zulassen, daß ein verrückter Einzelgänger mir eine Schlinge um den Hals legt. Dieser Fall erfordert Teamwork, und ich bin der Kapitän, der Trainer und der Quarterback in einer Person, und jeder, der nicht zur Zusammenarbeit bereit ist, wird sofort vom Feld verwiesen. Hast du mich verstanden?«

Es würde also doch nicht zum großen Entscheidungskampf kommen. Ross wollte nur eine Show abziehen. Er kam sich immer wichtig und stark vor, wenn er einen Untergebenen zur Schnecke machen konnte.

Dan seufzte enttäuscht, lehnte sich in dem Schreibtischstuhl zurück und verschränkte die Hände im Nacken.

»Hochöfen und Football... Ross, deine Metaphern sind ein wenig durcheinandergeraten. Du mußt dich damit abfinden, alter Junge, daß du nie ein mitreißender Redner sein wirst... und auch kein General, dem alle aufs Wort gehorchen.«

Mondales Augen schleuderten Blitze. »Ich stelle auf Verlangen von Polizeichef Kelsey hin eine Spezialtruppe für diesen Fall zusammen, wie es vor einigen Jahren bei dem Würger von Hillside gemacht wurde. Alle Anweisungen kommen direkt von mir, und du bekommst von mir den Auftrag, vom Schreibtisch aus gewisse Aktionen zu koordinieren.«

»Ich bin kein Schreibtischmann.«

»Jetzt bist du es.«

»Ich dachte, ich würde morgen als erstes dieses *Freedom Now* unter die Lupe nehmen und...«

»Das werden Wexlersh und Manuello machen«, fiel Mondale ihm ins Wort. »Sie werden auch mit der Leitung der psychologischen Fakultät sprechen. Und *du* wirst am Schreibtisch sitzen und tun, was ich dir sage.«

Dan verschwieg, daß er bereits mit Irmatrude Gelkenshettle gesprochen hatte. Er würde Mondale überhaupt keine Informationen geben, wenn der Kerl sich so aufführte. Statt dessen sagte er: »Wexlersh ist doch kein Detektiv. Verdammt, er muß seinen Schwanz gelb anmalen, damit er ihn findet, wenn er pinkeln muß. Und Manuello trinkt.«

»Blödsinn!« rief Mondale scharf.

»O doch, er trinkt sehr oft im Dienst.«

»Er ist ein ausgezeichneter Detektiv«, beharrte Mondale.

»Wenn du ›ausgezeichnet‹ sagst, meinst du ›gehorsam‹. Du magst ihn, weil er ein Speichellecker ist. Du verstehst es großartig, Propaganda für dich zu machen, aber du bist ein lausiger Polizeibeamter und ein noch lausigerer Menschenführer. Zu deinem eigenen Besten werde ich den Schreibtischposten ignorieren und die Ermittlungen auf meine Art und Weise weiterführen.«

»Jetzt reicht's! Jetzt reicht es mir endgültig! Du wirst deine Finger von diesem Fall lassen. Ich rufe deinen Boß an, jawohl, ich rufe Templeton an und sorge dafür, daß du auf der Stelle ins Central zurückbeordert wirst, wo du hingehörst!«

Der Captain machte auf dem Absatz kehrt und marschierte auf die Tür zu.

Dan sagte ruhig: »Wenn du das tust, zwingst du mich, Templeton und alle anderen über die Sache mit Cindy Lakey aufzuklären.«

Mondale blieb mit der Hand auf dem Türknopf stehen. Er atmete schwer, aber er drehte sich nicht nach Dan um.

»Ich werde ihnen sagen müssen«, fuhr Dan fort, »daß die kleine Cindy Lakey, jenes arme achtjährige Mädchen, heute noch am Leben wäre, daß sie inzwischen verheiratet sein und selbst ein kleines Mädchen haben könnte, wenn du nicht gewesen wärest.«

Laura blieb an Melanies Seite, ihre Hand auf der Schulter des Mädchens, um im Notfall so schnell wie möglich mit ihrer Tochter wegrennen zu können.

Earl Benton beugte sich über das Radio und starrte wie hypnotisiert auf den Knopf, der sich wie durch Zauberei drehte, und auf den roten Zeiger, der auf der Skala hin und her schoß.

Plötzlich blieb der Zeiger stehen, gerade lang genug, daß ein Wort deutlich zu verstehen war –

»... etwas ...«

– und sauste dann wieder über die Skala, hielt auf einer anderen Frequenz kurz an, für ein einziges Wort –

»... kommt ...«

– raste weiter über die grüne Skala, blieb stehen, riß ein Wort aus einem Lied heraus –

»... etwas ...«

– glitt zu einem anderen Sender, mitten in eine Reklame hinein –

»... kommt ...«

– und bewegte sich weiter.

Laura begriff plötzlich, daß das kurze Verweilen auf einer Frequenz einen ganz bestimmten Sinn hatte.

Es ist eine Botschaft, dachte sie.

Etwas kommt.

Aber eine Botschaft von wem? Von wo?

Earl blickte sie an, und sie konnte seinem fassungslosen Gesicht ansehen, daß er sich die gleichen Fragen stellte wie sie.

Sie wollte weglaufen, flüchten. Aber sie blieb wie angewurzelt stehen. Sie konnte sich nicht von der Stelle rühren.

Der rote Zeiger blieb wieder stehen. Diesmal erkannte Laura das Lied, aus dem ein einziges Wort herausgerissen wurde. Es war ein Song der Beatles, und das Wort lautete wieder:

»... etwas ...«

Weiter auf der Skala, und dann ein neuer Halt für den Bruchteil einer Sekunde:

»... kommt ...«

Die Luft war kalt, aber Laura fröstelte nicht nur deshalb.

Etwas kommt.

Es war nicht nur eine Botschaft. Es war eine Warnung.

Mondale hatte sich von der Tür abgewandt, die Scaldones Büro mit dem Laden verband. Er starrte Dan an, und seine Wut und Empörung hatte einem noch elementareren Gefühl Platz gemacht: In seinem verzerrten Gesicht und in seinen Augen stand jetzt blanker Haß geschrieben.

Zum erstenmal seit mehr als dreizehn Jahren hatte Dan soeben Cindy Lakey erwähnt. Dies war das schmutzige Geheimnis, das er und Mondale teilten, der Kernpunkt ihrer Beziehung. Nachdem Dan die Sache jetzt endlich zur

Sprache gebracht hatte, erregte ihn die Vorstellung, daß Mondale endlich gezwungen sein würde, sich Rechenschaft über sein damaliges Handeln zu geben.

Mit leiser, gepreßter Stimme sagte der Captain: »Verdammt, ich habe Cindy Lakey nicht umgebracht!«

»Aber du hast es geschehen lassen, obwohl du es hättest verhindern können.«

»Ich bin nicht Gott«, widersprach Mondale erbittert.

»Du bist ein Polizist. Du trägst eine Verantwortung.«

»Du selbstzufriedener Dreckskerl!«

»Du hast einen Eid abgelegt, Menschen zu schützen.«

»Na und? Die verdammten Menschen vergießen keine einzige Träne um einen toten Bullen.« Mondale sprach noch immer mit leiser Stimme, damit von dieser peinlichen Unterredung nichts in den angrenzenden Laden drang.

»Es ist außerdem deine Pflicht, einem Kollegen beizustehen, ihn nicht in der Scheiße sitzenzulassen.«

»Du redest daher wie ein unausgegorener Pfadfinder«, entgegnete Mondale höhnisch. »*Esprit de corps*. Einer für alle, und alle für einen. Blödsinn! Wenn es hart auf hart geht, ist jedem die eigene Haut am nächsten, das weißt du genausogut wie ich!«

Dan bedauerte bereits, Cindy Lakey erwähnt zu haben. Seine Erregung machte tiefer Müdigkeit Platz. Er hatte Mondale zwingen wollen, sich nach all diesen Jahren Rechenschaft abzulegen, aber es war viel zu spät. Es war immer zu spät gewesen. Mondale war nie ein Mann gewesen, der Schwächen oder Fehler eingestehen konnte. Er kaschierte sie geschickt – oder er schob anderen die Schuld zu. Er hatte eine fleckenlos saubere Weste, und sie würde vermutlich immer fleckenlos bleiben, nicht nur in den Augen der meisten anderen Menschen, sondern auch in seinen eigenen. Er konnte seine Fehler und Schwächen nicht einmal vor sich selbst eingestehen. Er kannte keine Selbstvorwürfe, keine Schuldgefühle. Auch jetzt war ihm deutlich anzusehen, daß er sich nicht im geringsten verantwortlich fühlte für das, was Cindy Lakey zugestoßen war, daß keine Gewissensbisse an ihm nagten. Er wurde von einer einzigen Emotion beherrscht – unbändigem Haß auf Dan.

»Wenn jemand für den Tod jenes Mädchens verantwortlich war, so war das seine eigene Mutter«, sagte Mondale.

Dan hatte keine Lust, dieses Gespräch fortzusetzen. Er fühlte sich hundert Jahre alt.

»Mach der Mutter des Mädchens Vorwürfe, nicht mir!« fuhr Mondale fort.

Dan schwieg.

»Schließlich war es die Mutter, die sich mit Felix Dunbar eingelassen hat.«

Dan starrte den Captain wie ein fremdartiges Wesen von einem anderen Stern an. »Willst du behaupten, Fran Lakey hätte wissen müssen, wie labil Dunbar war?«

»Ja, verflucht nochmal!«

»Alle, die ihn kannten, hielten ihn für einen netten Kerl.«

»Ein netter Kerl, der mit einer Pistole Amok läuft!«

»Er besaß ein eigenes Geschäft. Er war gut gekleidet. Er war nicht vorbestraft. Er war ein regelmäßiger Kirchgänger. Ein solider Bürger.«

»Solide Bürger jagen anderen keine Kugeln in den Kopf. Fran Lakey hatte sich mit einem Versager eingelassen, mit einem Wirrkopf. Ich habe später gehört, daß sie mit vielen Männern Verabredungen hatte, und daß die meisten davon Versager waren. *Sie* brachte das Leben ihrer Tochter in Gefahr, nicht ich.«

Dan betrachtete ihn jetzt wie irgendein besonders abstoßendes Insekt, das über den festlich gedeckten Tisch kriecht. »Fran Lakey war keine Hellseherin. Woher hätte sie wissen sollen, daß ihr Freund durchdrehen würde, nachdem sie mit ihm gebrochen hatte? Woher hätte sie wissen sollen, daß er mit einer Pistole anrücken würde, nur weil sie nicht mit ihm ins Kino gehen wollte? Wenn sie in die Zukunft hätte sehen können, wäre sie so berühmt gewesen wie Jeanne Dixon.« Er beugte sich über den Schreibtisch und fuhr mit noch leiserer Stimme fort: »Wenn sie in die Zukunft hätte sehen können, hätte sie auch gewußt, daß es ihr nichts nützen würde, an jenem Abend die Polizei zu Hilfe zu rufen. Sie hätte gewußt, daß du einer ihrer Freunde und Retter sein würdest, und sie hätte gewußt, daß du die Hosen gestrichen voll haben würdest, und...«

»Ich hatte keine Angst«, protestierte Mondale. Er machte einen Schritt auf den Schreibtisch zu, aber es war keine sehr wirkungsvolle Drohgebärde.

»Etwas kommt...«

Earl beobachtete fasziniert das Radio.

Laura starrte auf die Tür, die zum Garten hinter dem Haus führte. Sie war verschlossen. Die Fenster ebenfalls. Die Vorhänge waren zugezogen.

Wenn tatsächlich etwas kommen würde – woher würde es dann kommen? Und was würde es sein, um Gottes willen, was würde es nur sein?

Das Radio sagte: »... aufpassen...«

Laura ließ ihren Blick zur offenen Tür zum Eßzimmer schweifen. Vielleicht war dieses Etwas schon im Haus, vielleicht würde es aus dem Wohnzimmer kommen, durch das Eßzimmer...

Der Zeiger blieb wieder stehen, und die Stimme eines Sprechers drang aus dem Lautsprecher. Der Mann wollte mit seinem Plaudern zweifellos nur die Pause zwischen zwei Platten überbrücken, aber seine Worte gewannen für Laura eine ominöse Bedeutung: »Seid auf der Hut, meine lieben Rock 'n' Roll-Fans, seid auf der Hut, denn es ist eine merkwürdige Welt, eine kalte Welt, mit Wesen, die nachts auf Beutesuche gehen und töten, und beschützen kann euch nur euer Vetter Frankie, das bin ich! Wenn ihr jetzt den Sender wechseln solltet, müßt ihr auf der Hut sein und nach den Kobolden Ausschau halten, die unter dem Bett leben und sich nur vor der Stimme von Onkel Frankie fürchten. Paßt auf, seid auf der Hut!«

Earl legte eine Hand auf das Radio, und Laura hätte sich nicht gewundert, wenn das Plastikgehäuse plötzlich ein Maul bekommen und ihm die Finger abgebissen hätte.

»Kalt«, sagte er, während der Frequenzknopf einen anderen Sender ansteuerte.

Laura schüttelte Melanie. »Liebling, komm, steh auf!«

Das Mädchen rührte sich nicht.

Ein deutliches Wort kam aus dem Radio, herausgerissen aus einer Nachrichtensendung:

»... Mord ...«

Dan wünschte, er wäre in *Saul's Delicatessen* und würde dort ein riesiges Reuben-Sandwich essen und dunkles Bier trinken. Und wenn das nicht möglich war, hätte er es vorgezogen, zu Hause das schmutzige Geschirr abzuwaschen, das er in der Küche stehengelassen hatte. Er wäre überall lieber gewesen als hier. Er hätte alles andere lieber getan als dies hier. Diese Auseinandersetzung war zwecklos und deprimierend.

Aber jetzt war es zu spät aufzuhören. Sie mußten den ganzen Mordfall Lakey noch einmal aufrollen, mußten daran herumkratzen wie an Schorf, um festzustellen, ob die Wunde verheilt war. Und natürlich war das eine Vergeudung von Zeit und Kraft, denn sie wußten beide, daß diese Wunde nicht verheilt war und niemals heilen würde.

Dan sagte also: »Nachdem Dunbar mich auf dem Rasen vor dem Haus der Lakeys niedergeschossen hatte ...«

»Vermutlich willst du behaupten, daß auch das *meine* Schuld war«, fiel Mondale ihm ins Wort.

»Nein«, erwiderte Dan. »Ich hätte nicht versuchen sollen, mit ihm zu argumentieren. Ich glaubte nicht, daß er schießen würde, aber ich irrte mich. Doch nachdem er auf mich geschossen hatte, Rosse, war er einen Augenblick wie gelähmt, erschrocken über seine eigene Tat, und er war verwundbar...«

»Blödsinn! Er war so verwundbar wie ein Panzer. Er war ein Verrückter, ein Irrer, und er hatte eine riesige Pistole...«

»Eine 32er«, korrigierte Dan. »Es gibt größere Pistolen. Jeder Polizist muß es häufig mit größeren Pistolen aufnehmen. Und er *war* einen Moment lang wie betäubt. Du hättest jede Menge Zeit gehabt, ihn zu erledigen.«

»Weißt du, was ich an dir schon immer gehaßt habe, Haldane?«

Dan ignorierte ihn und fuhr fort: »Aber du hast Fersengeld gegeben.«

»Ich habe von jeher deine kolossale Selbstgerechtigkeit gehaßt.«

»Wenn Dunbar gewollt hätte, hätte er mir eine zweite Kugel in den Leib jagen können. Niemand hätte ihn daran gehindert, nachdem du dich hinters Haus geflüchtet hattest.«

»Als ob *du* noch nie im Leben einen Fehler gemacht hättest!«

Beide sprachen jetzt fast im Flüsterton.

»Aber statt dessen ließ Dunbar mich liegen...«

»Als ob *du* niemals Schiß hättest!«

»...und er schoß das Haustürschloß auf...«

»Wenn du den Helden spielen willst, hindert dich keiner daran. Du und Audie Murphy. Du und Jesus Christus!«

»...und er rannte ins Haus und schlug Fran Lakey mit der Pistole nieder...«

»Ich hasse deinen Edelmut!«

»...und dann erschoß er vor ihren Augen...«

»Du machst mich ganz krank!«

»... den einzigen Menschen auf der Welt, den sie wirklich liebte.«

Dan war unerbittlich, weil jetzt endlich alles gesagt werden mußte. Er wünschte, er hätte nie damit angefangen, hätte diese Geschichte nicht ausgegraben, aber nun, da er es getan hatte, mußte er es auch zu Ende bringen. Weil er einen Alptraum loswerden mußte. Wenn er jetzt in der Mitte stehenblieb, würde der ungesagte Teil ihm wie ein unausgekotzter Brocken im Halse steckenbleiben, und er würde daran ersticken. Die Wahrheit, die ungeschminkte Wahrheit, war nämlich, daß der Tod des Lakey-Mädchens nach all diesen Jahren noch immer schwer auf seiner Seele lastete, daß er noch immer unter Schuldgefühlen litt. Und wenn er jetzt endlich mit Ross über diese Geschichte sprach, würde er vielleicht einen Schlüssel finden, die schweren Ketten seiner Schuldgefühle lösen und abwerfen zu können.

Das Radio war wieder zu voller Lautstärke aufgedreht, und jedes Wort explodierte wie eine Kanonenkugel.

»... Blut...«

»... kommt...«

»... wegrennen...«

Laura wollte, daß Melanie sich erhob, daß sie fluchtbereit war, falls das Etwas auftauchen würde. Noch eindringlicher als beim erstenmal sagte sie deshalb: »Liebling, steh auf, komm, steh auf!«

Aus dem Radio dröhnte es:

»... verstecken...«

»... es...«

»... kommt...«

Die Lautstärke steigerte sich weiter.

»... es...«

Donnernd, ohrenbetäubend:

»... frei...«

Earl legte seine Hand auf den Lautstärkeregler.

»... es ...«

Earl riß seine Hand zurück, als hätte er einen elektrischen Schlag bekommen; er blickte Laura an, und sie sah Entsetzen in seinem Gesicht. Er wischte seine Hand am Hemd ab, rieb sie am Hemd, und Laura begriff, daß es kein elektrischer Schlag gewesen war, sondern daß er etwas Unheimliches gespürt hatte, als er den Regler berührte, etwas Abstoßendes, Widerwärtiges.

Das Radio brüllte:

»... *Tod* ...«

Mondales Haß war ein riesiger dunkler Sumpf, in den er sich zurückziehen konnte, als die unangenehme Wahrheit über Cindy Lakeys Tod ihm bedrohlich nahekam und ihn einzuholen drohte. Er flüchtete sich immer tiefer in diesen verzehrenden Haß und versteckte sich dort zwischen den Nattern und Ottern, zwischen dem Unrat seiner Seele.

Er starrte Dan weiterhin über den Schreibtisch hinweg drohend an, aber es bestand keine Gefahr, daß sein Haß ihn zu Tätlichkeiten hinreißen würde. Er würde nicht zuschlagen. Er wollte seinen Haß nicht abreagieren. Ganz im Gegenteil, er nährte diesen Haß, weil er ihm half, sich vor der Verantwortung zu drücken. Sein Haß war ein Schleier zwischen ihm und der Wahrheit, und je dichter dieser Schleier war, desto besser für ihn.

Dan wußte genau, daß Mondales Gehirn mit solchen Tricks arbeitete. Dan kannte ihn gut; vielleicht *zu* gut.

Aber obwohl Ross vor der Wahrheit zu fliehen versuchte, war an den Tatsachen nun einmal nicht zu rütteln: Felix Dunbar hatte auf Dan geschossen und ihn verletzt – und Mondale hatte solche Angst gehabt, daß er das Feuer nicht erwidert hatte. Tatsache war ferner, da Dunbar ins Haus eingedrungen war, Fran Lakey mit der Pistole niedergeschlagen und die achtjährige Cindy mit drei Schüssen in den Kopf getötet hatte, während Ross Mondale

Gott weiß wo gewesen war und Gott weiß was gemacht hatte. Tatsache war auch, daß Dan trotz seiner stark blutenden Wunde seine Pistole gezückt hatte, zum Haus der Lakeys gekrochen war und Felix Dunbar getötet hatte, bevor dieser auch noch Fran Lakey erschießen konnte. Und während dieser ganzen Zeit hatte Ross Mondale im Gebüsch gekotzt oder seine Blase geleert oder flach auf dem Rasen hinter dem Haus gelegen und versucht, mit der Landschaft zu verschmelzen. Er hatte sich erst wieder blicken lassen, als alles vorüber war, und er war schweißnaß und aschfahl gewesen.

An Scaldones Schreibtisch sitzend, sagte Dan: »Wenn du mir bei diesem Fall nicht völlig freie Hand läßt, werde ich die ganze Wahrheit über Cindy Lakeys Tod jedem erzählen, der sie hören will, und das wird dann das Ende deiner glänzenden Karriere sein.«

Mit einer Blasiertheit, die ihresgleichen suchte, erklärte Mondale: »Wenn du die Geschichte jemandem hättest erzählen wollen, hättest du das schon vor Jahren getan.«

»Das muß ein tröstlicher Gedanke sein«, sagte Dan, »nur ist er leider falsch. Ich habe dich damals gedeckt, weil du mein Kollege warst, und weil ich dachte, jeder hätte das Recht, einmal totale Scheiße zu bauen. Aber ich habe meine damalige Entscheidung seit Jahren bitter bereut. Und wenn du mir einen guten Vorwand lieferst, würde ich mit Freuden auspacken.«

»Diese Geschichte liegt sehr lange zurück«, meinte Mondale.

»Und du glaubst, daß niemand sich für Pflichtvergessenheit und Feigheit im Dienst interessiert, nur weil sich die Sache vor dreizehn Jahren ereignet hat?«

»Kein Mensch wird dir glauben. Alle werden denken, du seist nur neidisch auf mich – der Fuchs und die Trauben, weißt du? Ich bin vorangekommen, habe Freundschaften geschlossen. Aber du... du bist von jeher ein Einzelgänger gewesen. Ein Klugscheißer. Ich kenne genügend Leute, die sich vor mich stellen werden. Niemand wird dir glauben, wenn du mich mit Dreck bewirfst. Du hast gegen mich überhaupt keine Chance.«

»Ted Gearvy wird mir glauben«, sagte Dan so leise, daß es kaum zu hören war.

Diese fünf leise gesprochenen Worte trafen Mondale jedoch wie ein wuchtiger Hammerschlag. Er sah zum erstenmal wirklich besorgt aus.

Gearvy, zehn Jahre älter als Dan und Ross, war ein erfahrener Polizist. Während Mondales Probejahr hatte er den Neuling in den Streifendienst eingewiesen. Er hatte Mondale einige Fehler machen sehen. Es waren keine gravierenden Vorkommnisse gewesen, aber immerhin hatte Mondale einen beunruhigenden Mangel an Urteilsvermögen und Verantwortungsgefühl an den Tag gelegt. Gearvy hatte ihn auch der Feigheit verdächtigt, ihn aber dennoch gedeckt. Gearvy war ein großer, kräftiger Mann, bärbeißig aber gutmütig, ein Dreiviertel-Ire, der viel Nachsicht mit Neulingen übte. Er hatte Mondale keine besonders guten Beurteilungen gegeben, denn bei aller Gutmütigkeit war er doch nicht verantwortungslos; aber er hatte dem jungen Polizisten auch keine wirklich schlechten Noten gegeben, weil er dafür denn doch zu gutherzig war.

Einige Monate nach der Katastrophe im Hause der Lakeys, als Dan seine Arbeit wieder aufgenommen hatte, war es zwischen ihm und Gearvy zu einer offenen Aussprache gekommen. Der Ire hatte seinem jungen Kollegen zunächst vorsichtig auf den Zahn gefühlt und angedeutet, es sei ein schwerer Fehler von Dan gewesen, Ross zu decken. Schließlich hatten beide ihre Karten auf den Tisch gelegt, und ihnen war klargeworden, daß Mondales Fehlverhalten keine seltene Ausnahme war. Aber sie hatten geglaubt, es sei zu spät, die Wahrheit zu enthüllen. Sie hätten große Schwierigkeiten bekommen, weil sie Mondales Versagen nicht sofort gemeldet hatten.

Und sie waren nicht bereit gewesen, ihre eigenen Karrieren aufs Spiel zu setzen.

Außerdem hatte Mondale zu jener Zeit eine Stellung in der Community Relations Division ergattert. Gearvy und Dan glaubten, er würde dort gute Arbeit leisten und nie wieder einen Posten einnehmen, bei dem er das Leben anderer gefährden konnte. Beiden wäre nicht einmal im Traum eingefallen, daß Mondale eines Tages Aussichten haben könnte, Polizeichef zu werden. Wenn sie das geahnt hätten, hätten sie sich vielleicht doch zum Handeln entschlossen. Inzwischen bedauerten beide nichts so sehr wie ihr damaliges Schweigen.

Plötzlich erfahren zu müssen, daß Gearvy und Dan ihre Erkenntnisse ausgetauscht hatten, war für Mondale ein schwerer Schock.

Das Radio schrillte:

»ES!«

»KOMMT!«

»VERSTECKEN!«

»FREI!«

»ES!«

»KOMMT!«

Jedes Wort traf Laura wie ein Peitschenhieb. Sie wurde von panischer Angst erfaßt.

Das Licht der Küchenlampen wurde zusehends schwächer, während gleichzeitig das grüne Licht der Radioskala immer greller wurde, unnatürlich grell, so als dürstete das Gerät plötzlich nach Elektrizität und raffte allen Strom zusammen. Smaragdgrüne Lichtstrahlen von unglaublicher Intensität verfärbten Earls Gesicht und verliehen der Küche das unwirkliche Aussehen einer Unterwasser-Szenerie.

»... REISST ...«

»... SICH ...«

»... LOS ...«

Die Luft war eiskalt.

»... TRENNT ...«

»... SICH ...«

»... LOS ...«

Dieser Teil der Botschaft war Laura unverständlich.

Das Radio vibrierte immer stärker. Bald würde es auf der Arbeitsplatte auf und ab hüpfen.

»... SPALTET ...«

»... SICH ...«

»Wenn ich die Sache publik mache«, sagte Dan, »wird Ted Gearvy wahrscheinlich meinem Beispiel folgen. Und vielleicht gibt es auch noch andere Personen, die dich von deiner schlechtesten Seite erlebt haben. Vielleicht werden sie sich uns anschließen und ebenfalls auspacken.«

Mondales Gesichtsausdruck nach zu schließen, mußte es tatsächlich weitere Personen geben, die seiner Karriere ein jähes Ende bereiten konnten. Er hörte sich gar nicht mehr blasiert an, als er sagte: »Ein Polizist haut einen Kollegen nie in die Pfanne, verdammt noch mal!«

»Unsinn! Wenn einer von uns ein Mörder ist, schützen wir ihn nicht.«

»Ich bin aber kein Mörder.«

»Und wir schützen auch keinen Dieb.«

»Ich habe nie in meinem Leben etwas gestohlen.«

»Und wenn einer von uns ein Feigling ist, der Polizeichef werden will, müssen wir, glaube ich, ebenfalls aufhören, ihn zu decken, bevor er diesen Posten erhält und dann das Leben anderer aufs Spiel setzt, wie es manche Feiglinge tun, wenn sie genügend Macht haben und selbst keine Risiken mehr eingehen müssen.«

»Du bist der größte Mistkerl, den ich je gesehen habe. Du triefst ja nur so von Selbstzufriedenheit!«

»Aus deinem Munde fasse ich das als Kompliment auf.«

»Du kennst doch die Spielregeln. Wir müssen zusammenhalten. Alle für einen!«

»Allmächtiger Himmel, Ross, vor wenigen Minuten hast du mir doch erklärt, daß jedem die eigene Haut am nächsten ist.« Mondale konnte den Widerspruch zwischen seinem Verhalten im Fall Lakey und dem soeben postulierten Ehrenkodex nicht erklären. Deshalb wiederholte er nur eigensinnig: »Verdammt, es heißt: Alle für einen. Wir Polizisten halten zusammen.«

Dan nickte. »Ja, aber wenn ich von ›wir‹ spreche, schließe ich dich nicht ein. Wir beide können unmöglich zu derselben Spezies gehören.«

»Du wirst deine eigene Karriere zerstören«, warnte Mondale.

»Vielleicht.«

»Mit hundertprozentiger Sicherheit. Man wird ein Disziplinarverfahren einleiten und von dir wissen wollen, warum du über diese sogenannte Pflichtverletzung so lange geschwiegen hast.«

»Falsche Loyalität gegenüber einem Kollegen.«

»Das wird man nicht als Entschuldigung gelten lassen. Man wird dich zur Schnecke machen.«

»Du bist es, der ein *aktives* Dienstvergehen begangen hat. Mein Schweigen war eine Art Unterlassungssünde. Man wird mich deswegen nicht entlassen.«

»Vielleicht nicht. Aber du wirst nie mehr befördert werden.«

Dan zuckte die Achseln. »Macht nichts. Mir liegt nicht viel daran, noch weiterzukommen. Ich bin nicht so von Ehrgeiz besessen wie du, Ross.«

»Aber wenn du einen Kollegen in die Pfanne haust, werden alle dich schneiden.«

»O nein, da irrst du dich gewaltig!«

»Doch. Es ist höchst unmoralisch, einen anderen Polizisten ans Messer zu liefern.«

»Du könntest recht haben – wenn es sich bei dem Polizisten nicht ausgerechnet um dich handelte.«

Mondale warf sich in die Brust. »Ich habe *Freunde*.«

»Du bist bei den hohen Tieren angesehen, weil du ihnen nach dem Mund redest und sehr geschickt im Umgang mit ihnen bist. Aber die gewöhnlichen Polizisten im Einsatz halten dich für ein dummes Arschloch.«

»Unsinn! Ich habe überall Freunde. Du würdest total isoliert werden. Man würde dich meiden wie einen Aussätzigen.«

»Selbst wenn dem so wäre – was nicht zutrifft –, was sollte mir das ausmachen? Ich bin ohnehin ein Einzelgänger, das hast du selbst gesagt. Was sollte es mir da ausmachen, wenn ich gemieden werde?«

Zum erstenmal verriet Mondales Gesicht mehr Beunruhigung als Haß.

»Siehst du?« Dan lächelte. »Du hast keine Wahl. Du mußt mich in diesem Fall arbeiten lassen, ohne dich einzumischen. Wenn du mir Knüppel zwischen die Beine wirfst, werde ich dich vernichten, so wahr mir Gott helfe, auch wenn ich selbst dadurch Probleme bekomme!«

Die Deckenbeleuchtung wurde noch schwächer.

Das unheimliche grüne Licht aus dem Radio war jetzt so grell, daß es Laura in den Augen weh tat.

»AUFHALTEN... HILFE... WEGRENNEN... VERSTECKEN... HILFE...«

Das Plexiglas vor der Radioskala zerbarst in der Mitte.

Das Gerät vibrierte so heftig, daß es über die Arbeitsplatte rutschte, und Laura mußte an ihre alptraumhafte Idee von vorhin denken: krabbenartige Beine, die aus dem Plastikgehäuse herauswuchsen...

Die Kühlschranktür öffnete sich wieder von allein.

Alle Schranktüren flogen weit auf. Eine davon schlug gegen Earls Beine, und er wäre fast gestürzt.

Das Radio hatte aufgehört, Botschaften zu übermitteln. Es begnügte sich jetzt damit, schrille elektronische Töne in ohrenbetäubender Lautstärke auszustoßen, so als versuchte es, sie auf diese Weise völlig zu zermürben.

Ross Mondale setzte sich auf eine Kiste und vergrub sein Gesicht in den Händen, so als weinte er.

Das überraschte Dan. Er hatte geglaubt, Mondale sei unfähig, auch nur eine Träne zu vergießen.

Der Captain schluchzte nicht. Er gab überhaupt keinen Laut von sich. Als er nach etwa einer halben Minute wieder aufblickte, waren seine Augen völlig trocken. Er hatte nicht geweint – nur nachgedacht. Verzweifelt überlegt.

Sein Gesichtsausdruck hatte sich verändert, so als hätte er hastig eine neue Maske aufgesetzt. Besorgnis, Furcht und Zorn waren total verschwunden, und der Haß war gut getarnt; nur ein Rest davon flackerte noch in seinen Augen, wie eine hauchdünne Eisschicht auf einer Pfütze gegen Ende des Winters. Die freundliche, demütige Miene, die er jetzt zur Schau trug, glückte ihm allerdings nicht perfekt und wirkte sehr wenig überzeugend.

»Okay, Dan, okay«, sagte er. »Wir waren früher einmal Freunde, und vielleicht können wir wieder Freunde werden.«

»Wir waren niemals wirklich Freunde, dachte Dan, aber er sagte nichts. Er war neugierig, wie weit Mondale mit seiner Konzilianz gehen würde.

»Zumindest können wir einen Anfang machen«, fuhr Mondale fort, »indem wir versuchen zusammenzuarbeiten, und ich weiß genau, daß du ein verdammt guter Detektiv bist. Du gehst methodisch vor, aber du hast auch viel Intuition, du bist der geborene Spürhund, und es wäre töricht von mir, deine Talente nicht einzusetzen. Du kannst in diesem Fall vorgehen, wie du es für gut hältst. Geh, wohin du willst, sprich, mit wem und wann du willst. Versuch nur, mich von Zeit zu Zeit zu informieren. Das wüßte ich sehr zu schätzen. Wenn wir beide ein wenig Entgegenkommen zeigen, werden wir bestimmt feststellen, daß wir nicht nur gut zusammenarbeiten, sondern sogar wieder Freunde werden können.«

Mondales unverhohlener Zorn und Haß waren Dan viel

lieber gewesen als diese geheuchelte Freundlichkeit. Der Haß des Captains war das einzig Echte an ihm. Seine honigsüße Stimme und sein plötzliches Werben um Freundschaft verursachten Dan eine Gänsehaut.

»Aber dürfte ich dich vielleicht etwas fragen?« Mondale beugte sich auf seiner Kiste vor und setzte eine aufrichtig interessierte Miene auf.

»Was?«

»Warum ausgerechnet dieser Fall? Warum engagierst du dich so leidenschaftlich in dieser Affäre?«

»Ich will nur meine Arbeit machen.«

»Nein, es steckt mehr dahinter. Ist es die Frau?«

»Nein.«

»Sie ist sehr attraktiv.«

»Die Frau hat nichts damit zu tun«, erwiderte Dan, obwohl Laura McCaffreys Attraktivität in Wirklichkeit durchaus eine – wenn auch untergeordnete – Rolle für sein besonderes Engagement spielte.

»Ist es das Kind?«

»Vielleicht.«

»Du hast dich schon immer in ganz besonderem Maße für jene Fälle eingesetzt, bei denen es um Kindesmißhandlung ging oder das Leben eines Kindes bedroht war.«

»Nicht immer.«

»Doch, immer«, beharrte Mondale. »Aus welchem Grund? Wegen des tragischen Schicksals deines Bruders und deiner Schwester?«

Das Radio vibrierte immer stärker, polterte gegen die Arbeitsplatte – und hob sich plötzlich in die Luft, schwebte wie ein Ballon.

Laura beobachtete ungläubig dieses Phänomen. Sie fror innerlich, aber ihre panische Angst hatte sich seltsamerweise gelegt.

Die elektronischen Heultöne wurden immer höher und schriller.

Laura blickte auf Melanie hinab und sah, daß ihre Tochter endlich aus ihrer Erstarrung erwachte. Ihre Augen waren noch immer geschlossen – sie kniff sie jetzt fest zu –, aber sie hatte den Mund geöffnet und hielt sich mit ihren kleinen Händen die Ohren zu.

Aus dem wie durch Zauberei in der Luft schwebenden Radio trat Rauch aus. Es explodierte.

Laura schloß die Augen und duckte sich; sie spürte, wie zerbrochene Plastikteile auf ihren Kopf, ihre Arme und Beine herabregneten.

Einige große Stücke des Gerätes, das noch immer ans Stromnetz angeschlossen war, fielen scheppernd auf die Fliesen. Der Stecker wurde aus der Steckdose gerissen, die Anschlußschnur glitt über die Arbeitsplatte und fiel mit dem Rest des zerstörten Radios ebenfalls auf den Boden.

Als die Explosion erfolgte, hatte Melanie endlich eine heftige Reaktion gezeigt. Sie war von ihrem Stuhl aufgesprungen und auf allen vieren in die Ecke neben der Hintertür gekrochen. Dort kauerte sie jetzt schluchzend.

In der plötzlichen Stille klang das Weinen des Kindes besonders eindringlich, und es zerriß Laura fast das Herz, ließ sie fast verzweifeln.

Als Dan keine Antwort gab, wiederholte Mondale seine Frage in einem Ton unschuldiger Neugier, aber mit einem lauernden, bösartigen Unterton. »Setzst du dich bei Fällen, in die Kinder verwickelt sind, deshalb besonders ein, weil du an das Schicksal deiner eigenen Geschwister erinnert wirst?«

»Vielleicht«, gab Dan zu. Er wünschte, er hätte Mondale nie etwas über seine Geschwister erzählt. Aber wenn zwei junge Polizisten zusammen in einem Streifenwagen sitzen, schütten sie sich – speziell in den langen Nachtstunden – meistens gegenseitig ihr Herz aus. Dan hatte zuviel von sich erzählt, bevor ihm so richtig klargeworden war, daß er Ross Mondale nicht leiden konnte. »Vielleicht ist das mit ein Grund, weshalb ich diesen Fall nicht aufgeben möchte. Aber es hängt auch mit Cindy Lakey zusammen. Verstehst du das nicht, Ross? Auch in diesem Fall sind Mutter und Tochter in Gefahr, werden von einem Irren bedroht, vielleicht sogar von etwas noch Schlimmerem als einem Irren. Wie damals Mutter und Tochter Lakey. Dieser Fall ist für mich so eine Art Wiedergutmachungsversuch, weil es mir damals nicht gelungen ist, Cindy Lakeys Tod zu verhindern. Ich hoffe, meine Schuldgefühle endlich wenigstens zum Teil zu überwinden, wenn ich den McCaffreys helfe.«

Mondale starrte ihn erstaunt an. »*Du* hast Schuldgefühle, weil das Lakey-Mädchen ermordet wurde?«

Dan nickte. »Ich hätte Dunbar erschießen sollen, als er seine Waffe auf mich richtete. Ich hätte nicht zögern dürfen, hätte ihn nicht erst auffordern sollen, die Pistole fallen zu lassen. Wenn ich ihn gleich erledigt hätte, wäre er nie ins Haus eingedrungen.«

»Aber, verdammt, du weißt doch, wie es damals war«, sagte Mondale verblüfft. »Sogar noch schlimmer als heute. Polizisten standen im Kreuzfeuer der Kritik, wurden der Brutalität beschuldigt und vor Gericht gestellt, egal ob die Anklage zu Recht erhoben wurde oder nicht. Jeder unausgegorene politische Aktivist hatte die Polizei auf dem Kieker. Sogar wenn ein Polizist erwiesenermaßen in Notwehr geschossen hatte, gab es ein Riesengeschrei. Alle hatten Rechte, *außer* den Polizisten. Die sollten ruhig dastehen und sich abknallen lassen. Die Reporter, die Politiker – alle stellten uns als blutrünstige Faschisten hin. Scheiße, du weißt das doch auch!«

»Ich weiß es«, sagte Dan, »und deshalb habe ich Dunbar auch nicht gleich erschossen, wie ich es hätte tun sollen. Ich sah, daß der Bursche unberechenbar und gefährlich war. Ich wußte intuitiv, daß er jemanden umbringen würde, aber ich dachte an das feindliche Klima, dem wir ausgesetzt waren, an all die Beschuldigungen, wir Bullen seien schießwütig, und ich wußte, wenn ich ihn erschoß, würde man mich zur Verantwortung ziehen, und ich befürchtete, meinen Job zu verlieren. Ich hatte Angst, meine Karriere zu vernichten. Deshalb wartete ich, bis er direkt auf mich zielte. Aber ich hatte eine Sekunde zu lange gezögert, und *er* schoß auf mich, und weil ich an meine Karriere gedacht hatte, mußte die kleine Cindy sterben.«

Mondale schüttelte heftig den Kopf. »Aber das war doch nicht deine Schuld. Mach die verdammten Sozialreformer dafür verantwortlich, die gegen uns Stellung beziehen, ohne eine Ahnung davon zu haben, wie der Alltag eines Polizisten aussieht. *Sie* sind schuld. Nicht du. Und nicht ich.«

Dans Augen funkelten wütend. »Wag es ja nicht, dich mit mir ins selbe Boot zu setzen. Du bist *weggerannt*, Ross! Ich habe Mist gebaut, weil ich an meine Pension dachte, in einer Situation, die schnelles Handeln erforderte. Deshalb muß ich mit meiner Schuld leben. Aber wag es ja nicht zu unterstellen, daß wir beide das gleiche Maß an Schuld haben! Das ist totaler Blödsinn, und das weißt du genau.«

Mondale bemühte sich, betroffen dreinzuschauen, aber es fiel ihm zunehmend schwer, seinen Haß zu verbergen.

»Oder vielleicht weißt du es *nicht*«, fuhr Dan fort. »Und das ist noch viel schlimmer. Vielleicht fehlt dir wirklich jedes moralische Empfinden.«

Mondale stand wortlos auf und ging auf die Tür zu.

»Hast du wirklich ein reines Gewissen, Ross? Ich glaube es fast.«

Mondale drehte sich nach ihm um. »Du kannst in diesem Fall frei schalten und walten, aber bleib mir vom Leibe!«

»Dir hat Cindy Lakeys Tod keine einzige schlaflose Nacht bereitet, nicht wahr, Ross?«

»Ich habe gesagt: Bleib mir vom Leibe!«

»Mit Freuden.«

»Ich habe keine Lust, mir deinen Scheißdreck anzuhören.«

»Du bist einmalig, Ross.«

Mondale öffnete die Tür.

»Von welchem Planeten bist du eigentlich, Ross?«

Mondale verließ den Raum.

»Ich wette, daß es auf seinem Heimatplaneten nur eine einzige Farbe gibt«, murmelte Dan vor sich hin. »Braun! In seiner Welt muß alles braun sein. Deshalb ist er immer von Kopf bis Fuß braun gekleidet. Das erinnerte ihn an sein Zuhause.«

Es war ein schwacher Witz. Vielleicht brachte er deshalb nicht einmal ein schwaches Lächeln zustande. Vielleicht.

In der Küche war Stille eingetreten.

Die Luft wurde wieder warm.

»Es ist vorbei«, sagte Earl.

Die Erstarrung wich von Laura. Ein Stück des explodierten Radios knirschte unter ihrem Fuß, als sie die Küche durchquerte und neben Melanie niederkniete.

Sie redete beruhigend auf ihre Tochter ein, streichelte und umarmte sie, wischte ihr die Tränen vom Gesicht.

Earl nahm einzelne Teile des zerstörten Gerätes in die Hand und murmelte leise vor sich hin, verwirrt und fasziniert.

Laura setzte sich neben Melanie auf den Boden, nahm sie auf den Schoß, wiegte sie zärtlich in ihren Armen und war überglücklich, daß das Kind noch hier war, daß sie es trösten konnte. Sie hätte viel darum gegeben, die Ereignisse der letzten Minuten einfach vom Tisch wischen zu können. Aber sie war eine viel zu gute Psychologin, um sich zu gestatten, diese bizarren Geschehnisse zu verdrängen oder mit Hilfe psychologischer Fachausdrücke erklären zu wollen. Sie hatte keine Halluzination gehabt. Dieses Phänomen ließ sich nicht als Sinnestäuschung, als Einbildung bagatellisieren. Ihre Wahrnehmungen waren genau und verläßlich gewesen, obwohl sie Zeugin von etwas Unmöglichem gewesen war. Auch Earl hatte es gesehen. Es war verrückt, unmöglich – aber real! Das Radio war… *besessen* gewesen.

Einige Bruchstücke rauchten noch. Es roch nach verschmortem Plastik.

Melanie stöhnte leise. Zuckte zusammen.

»Ruhig, Liebling, ganz ruhig.«

Das Mädchen schaute seine Mutter an, und Laura war wie elektrisiert über den Blickkontakt. Melanie blickte nicht mehr durch sie hindurch. Sie war aus ihrer dunklen Welt aufgetaucht, und Laura betete, daß es diesmal für immer sein möge, obwohl das unwahrscheinlich war.

»Ich… will…«, sagte das Mädchen.

»Was, Liebling? Was willst du?«

Melanie suchte Lauras Blick. »Ich… brauche…«

»Alles, Melanie! Alles, was du willst. Sag es mir. Sag Mami, was du brauchst.«

»Es wird sie alle töten«, sagte Melanie mit angsterfüllter Stimme.

Earl schaute von den rauchenden Trümmern des Radios auf und beobachtete sie intensiv.

»Was?« fragte Laura. »*Was* wird sie töten, Liebling?«

»Und dann… wird es… mich… töten«, murmelte das Mädchen.

»Nein«, widersprach Laura hastig. »Niemand wird dich töten. Ich werde dich beschützen. Ich werde…«

»Es… wird… kommen… von innen…«

»Woher von innen?«

»…von innen…«

»Was ist es denn, Liebling? Wovor hast du Angst? Was ist es?«

»…es wird kommen… und mich… auffressen…«

»Nein!«

»…mich ganz und gar… auffressen«, flüsterte das Mädchen schaudernd.

»Nein, Melanie. Hab keine Angst. Du brauchst keine...« Sie verstummte, weil sie sah, daß die Augen des Kindes wieder glasig wurden.

Melanie seufzte. Ihr Atem veränderte sich. Sie war in jene unzugängliche Welt zurückgekehrt, in der sie sich eingekapselt hatte, seit sie nackt auf der Straße aufgefunden worden war.

»Können Sie sich einen Reim auf all das machen?« fragte Earl.

»Nein.«

»Ich selbst bin nämlich völlig ratlos.«

»Ich auch.«

Vorhin, beim Kochen, hatte sie fast schon optimistisch in die Zukunft geblickt, und die Situation war ihr fast normal vorgekommen. Aber jetzt war alles noch viel schlimmer geworden, und ihre Nerven waren wieder zum Zerreißen gespannt.

Es gab Leute in dieser Stadt, die Melanie kidnappen wollten, um mit ihr weiterzuexperimentieren. Laura wußte nicht, zu welchen Zwecken, und sie wußte nicht, weshalb sie es ausgerechnet auf Melanie abgesehen hatten, aber sie war überzeugt davon, daß es diese Leute gab. Sogar das FBI schien das ja zu glauben.

Es gab andere Leute, die Melanie tot sehen wollten. Die Entdeckung von Ned Rinks Leiche bewies, daß Melanies Leben in Gefahr war.

Aber nun sah es ganz danach aus, als seien jene gesichtslosen Feinde nicht die einzigen, die Melanie in ihre Gewalt bringen wollten. Es gab offenbar noch einen weiteren Feind. Das war der Inhalt der Warnung, die sie durch das Radio empfangen hatten.

Aber wer oder was hatte ihnen diese Warnung geschickt? Und *wie*? Und *warum*?

Und noch wichtiger: Wer war dieser neue Feind?

Das Radio hatte von ›Es‹ gesprochen, und Laura hatte den Eindruck gewonnen, als sei dieser Feind furchterregender und gefährlicher als alle anderen Gegner zusammen. ›Es‹ war frei, hatte das Radio gesagt. ›Es‹ kam. Sie sollten wegrennen, hatte das Radio gesagt. Sie sollten sich verstecken. Vor diesem ›Es‹.

»Mami? Mami?«

»Ich bin hier, mein Liebling.«

»Mamiiiiiii!«

»Hier bin ich. Ich bin bei dir.«

»Ich ... ich habe ... ich habe ... Angst«, murmelte Melanie, aber sie sprach nicht zu Laura oder Earl. Sie schien Lauras beruhigende Worte nicht gehört zu haben; sie sprach nur mit sich selbst, mit einer Stimme, die ihre grenzenlose Einsamkeit und Verlassenheit verriet. »Ich habe Angst ... solche Angst. *Solche Angst.*«

Teil III

Die Gejagten

Mittwoch, 20.00 Uhr
bis Donnerstag, 6.00 Uhr

22

Dan Haldane blieb nach Mondales Verschwinden an Scaldones Schreibtisch sitzen und las aufmerksam die Beschriftungen auf den Disketten neben dem IBM-Computer. Die meisten waren für ihn uninteressant, aber die KUNDENKARTEI war sicher sehr aufschlußreich.

Er schaltete den Computer ein, machte sich rasch mit der Funktionsweise vertraut und schob die Diskette ein. Gleich darauf erschien das Adressenverzeichnis auf dem Monitor, alphabetisch geordnet.

Er rief den Buchstaben ›M‹ ab und suchte nach Dylan McCaffreys Namen und Adresse. Er fand sie.

Er schaute unter ›H‹ nach und fand Willy Hoffritz.

Unter ›C‹ fand er Ernest Andrew Cooper, den Millionär, das dritte Mordopfer von Studio City.

Unter ›R‹ stand Ned Rink.

Alle vier Opfer hatten sich für Okkultismus interessiert und waren Kunden von Joseph Scaldone gewesen, der ebenfalls ermordet worden war.

Dan schaute unter ›U‹ nach. Auf dem Bildschirm tauchten Adresse und Telefonnummer von Albert Uhlander auf, dem Verfasser jener Bücher über okkulte Phänomene, die jemand aus Rinks Haus hatte stehlen wollen.

Wer sonst noch?

Dan überlegte kurz und suchte sodann unter ›S‹ nach Regine Savannah, jener Studentin, die Hoffritz krankenhausreif geschlagen hatte. Sie gehörte nicht zu Scaldones Kunden.

Unter ›G‹ vergewisserte er sich für alle Fälle, daß Irmatrude Gelkenshettle nicht gespeichert war. Er schämte sich deswegen fast ein wenig, aber ein Detektiv des Morddezernats mußte nun einmal übermißtrauisch sein.

Genauso vergeblich suchte er unter ›O‹ nach Mary Katherine O'Hara, der Sekretärin von *Freedom Now*. Offenbar hatte sie, im Gegensatz zum Präsidenten und Schatzmeister dieser Organisation, kein Interesse an okkulter Literatur und magischem Zubehör.

Dan fielen keine weiteren Namen ein, die er überprüfen könnte, aber er war überzeugt davon, daß das komplette Adressenverzeichnis ihm interessante Hinweise geben würde. Er schaltete den Drucker ein und forderte einen Ausdruck der Kundenliste an.

In weniger als einer Minute hielt er das erste Blatt in der Hand, mit zwanzig Namen und Adressen, ausgedruckt in zwei Kolonnen. Keiner der Namen sagte ihm etwas.

Er griff nach dem zweiten Blatt, und am Ende der zweiten Kolonne stieß er auf einen bekannten Namen, mit dem er in diesem Zusammenhang nie gerechnet hätte. Palmer Boothe. Besitzer des *Los Angeles Journal*, Erbe eines riesigen Vermögens, das er als einer der gerissensten Geschäftsleute im ganzen Lande noch um ein Vielfaches vermehrt hatte. Er hatte seine Finger so ziemlich in allen gewinnträchtigen Branchen: Presse, Immobilien, Bankwesen, Filmproduktionen, Transportunternehmen, High-Technology-Firmen, Landwirtschaft, Pferdezucht und Gott weiß was sonst noch alles. Er war hoch angesehen, ein Philanthrop, dem verschiedene Hilfsorganisationen zu großem Dank verpflichtet waren, ein Mann, der für seinen nüchternen Pragmatismus bekannt war. Aber wie ließ sich nüchterner Pragmatismus mit einem Glauben an das Okkulte in Einklang bringen? Wie war es nur möglich, daß ein erfolgreicher Geschäftsmann, der mit allen Wassern gewaschen war und die Methoden und Gesetze des Kapitalismus zu schätzen wußte, zum Kundenkreis eines so obskuren Ladens wie des *Sign of the Pentagram* gehörte?

Eigenartig.

Es war natürlich mehr als unwahrscheinlich, daß Palmer Boothe etwas mit Männern wie McCaffrey, Rink und Hoffritz zu tun hatte. Daß sein Name in Scaldones Kundenkartei stand, besagte überhaupt nichts. Nicht jeder, der im *Sign of the Pentagram* einkaufte, war in diesen mysteriösen Fall verwickelt.

Trotzdem nahm Dan Scaldones privates Adreßbuch zur Hand und schaute unter ›B‹ nach, um festzustellen, ob Boothe mehr als nur ein Kunde gewesen war. Boothes Name war nicht aufgeführt.

Dan griff in seine Tasche und holte McCaffreys Adreßbuch hervor. Auch hier fand er Palmer Boothe nicht aufgeführt.

Ein totes Gleis.

Er hatte nichts anderes erwartet.

Wer allerdings in McCaffreys Buch stand, war Albert Uhlander. Adresse und Telefonnummer stimmten mit den Angaben in Scaldones Kundenkartei überein.

Auch in Scaldones Adreßbuch war Uhlander eingetragen. Der Schriftsteller dürfte demnach mehr als nur ein gelegentlicher Kunde gewesen sein.

Eine seltsame kleine Gruppe! Was hatten sie bei ihren Zusammenkünften gemacht? Verschiedene Sorten von Fledermausscheiße verglichen? Schmackhafte Gerichte mit Schlangenaugen als Zutaten erfunden? Größenwahnsinnige Pläne geschmiedet, wie sie mit Hilfe allgemeiner Gehirnwäsche die Welt regieren könnten?

Kleine Mädchen gefoltert?

Der Drucker spuckte das fünfzehnte und letzte Blatt der Kundenliste aus, noch bevor Dan die fünfte Seite hatte überfliegen können. Er legte sie sorgfältig aufeinander, faltete sie und schob sie in seine Tasche. Das Verzeichnis enthielt fast 300 Namen, und er wollte es später gründlich studieren, zu Hause, bei einem Bier, wenn er sich besser konzentrieren konnte.

Er fand eine leere Schachtel und legte verschiedene

Dinge hinein, unter anderem auch die Adreßbücher von McCaffrey und Scaldone. Mit der Schachtel unter dem Arm durchquerte er den Laden, wo die gräßlich verstümmelte Leiche gerade in einem Plastiksack verstaut wurde.

Die Schar von Neugierigen war merklich kleiner geworden, vielleicht wegen des heftigen kalten Windes. Einige Reporter harrten noch frierend aus. Die schwere feuchte Luft deutete darauf hin, daß es in der Nacht wieder regnen würde.

Nolan Swayze, ein junger Polizist, der wegen seiner Ähnlichkeit mit Erik Estrada viele Hänseleien ertragen mußte, war vor dem *Sign of the Pentagram* postiert. Dan übergab ihm die Schachtel. »Bringen Sie das Zeug ins East Valley. Das Schreibbüro soll den Inhalt der beiden Adreßbücher abtippen, und morgen früh soll jeder Beamte der Spezialtruppe eine Kopie davon haben.«

»Wird erledigt.«

»Dann ist da eine Diskette von einem IBM-Computer. Ich möchte, daß alle einen Ausdruck davon bekommen. Ferner wäre da ein Notizkalender.«

»Kopien für alle?«

»Sie kapieren schnell.«

Swayze nickte. »Ich will eines Tages Polizeichef werden.«

»Freut mich für Sie.«

»Meine Mutter wird sehr stolz auf mich sein.«

»Hier hätten wir noch einen Stapel Rechnungen...«

»Sie möchten, daß die Informationen möglichst platzsparend abgetippt werden.«

»Richtig.«

»Und jeder soll eine Kopie erhalten.«

»Vielleicht könnten Sie sogar Bürgermeister werden.«

»Und dieses Ding hier...«

»Es ist ein Scheckbuch«, erklärte Dan.

»Die Informationen auf den Belegen sollten abgetippt

werden. Kopien an alle. Vielleicht könnte ich es sogar bis zum Gouverneur bringen.«

»Nein, der Job würde Ihnen nicht gefallen.«

»Warum nicht?«

»Sie müßten in Sacramento leben.«

»Verdammt, Sie haben recht! Ich ziehe die Zivilisation vor.«

Bevor sie zu Abend essen konnten, mußten die überall herumliegenden Trümmer des Radios zusammengefegt werden. Auch im Wasser für die Spaghetti schwammen Teile des zerstörten Gerätes. Laura schüttete es weg, säuberte den Topf und stellte frisches Wasser auf.

Als sie sich endlich zu Tisch setzten, hatte Laura keinen Hunger mehr. Der Gedanke an das Radio, das plötzlich zum Leben erwacht war, raubte ihr den Appetit.

Es roch köstlich nach Knoblauch, Tomatensauce und Parmesankäse, doch daneben stank es immer noch ein wenig nach verbranntem Plastik und heißem Metall. Und obwohl Laura wußte, daß es absurd war, wurde sie doch das beängstigende Gefühl nicht los, daß dieser Gestank von jenem dämonischen Wesen herrührte, das in das Radio gefahren war.

Earl Benton aß mehr als sie, aber nicht viel. Er redete auch nicht viel, blickte nur selten von seinem Teller auf, und auch das nur, um jene Stelle anzustarren, wo der Apparat gestanden hatte. Seine Augen hatten einen sehr nachdenklichen und verwirrten Ausdruck, und er wirkte nicht mehr so ruhig und gelassen wie am Nachmittag.

Melanie hatte wieder ihren völlig abwesenden Blick, aber sie aß mehr als die beiden Erwachsenen. Manchmal kaute sie langsam, manchmal schluckte sie mit wolfsartiger Gier vier oder fünf Bissen hintereinander, manchmal schien sie völlig zu vergessen, daß ein Teller vor ihr stand, und mußte aufgefordert werden weiterzuessen.

Während Laura ihr gut zuredete und mit einer Papierserviette Tomatensauce vom Kinn abwischte, mußte sie an ihre eigene freudlose Kindheit denken. Ihre Mutter Beatrice war eine religiöse Eiferin gewesen, die Singen und Tanzen verbot und an Lektüre nur die Bibel und religiöse Traktate erlaubte. Sie hatte sich nach Kräften bemüht, aus Laura ein scheues Mädchen zu machen, das sich vor der Welt fürchtete und völlig zurückzog, und sie wäre wahrscheinlich hocherfreut gewesen, wenn Laura sich verhalten hätte wie Melanie jetzt. Beatrice hätte schizophrene Katatonie als Absage an die böse Welt und die Fleischeslust interpretiert, als eine innige Gemeinschaft mit Gott. Beatrice hätte Laura überhaupt nicht helfen *wollen*, den Weg in die reale Welt zurück zu finden.

Aber ich kann dir helfen, Liebling, dachte Laura, ich kann und will dir helfen, in die Realität zurückzukehren, wenn du dir nur von mir helfen läßt!

Melanie senkte den Kopf und schloß ihre Augen.

Laura rollte Spaghetti auf die Gabel und hielt sie an die Lippen des Mädchens, aber Melanie war aus ihrer Apathie in noch tiefere Schichten hinabgeglitten, vielleicht sogar eingeschlafen.

»Komm, Liebling, iß noch einen Happen. Du mußt unbedingt ein bißchen zunehmen.«

Etwas klickte laut.

Earl Benton blickte von seinem Teller auf. »Was war das?«

Bevor Laura antworten konnte, flog die Hintertür auf, mit solcher Wucht, daß die Sicherheitskette aus ihrer Verankerung im Türpfosten gerissen wurde.

Der Schlüssel hatte sich von allein im Schloß gedreht. Das war das klickende Geräusch gewesen.

Earl sprang so hastig auf, daß er seinen Stuhl umwarf.

Von der dunklen Terrasse hinter dem Haus kam etwas durch die Tür.

Nachdem Dan noch kurz mit dem Ladeninhaber neben

dem *Sign of the Pentagram* gesprochen hatte, ohne von dem Mann etws Interessantes zu erfahren, hielt er an einem McDonald's. Er kaufte zwei Cheeseburger, eine große Portion Pommes frites und ein Bier und aß im Wagen, während er mit Hilfe des Computers Regine Savannah ausfindig zu machen versuchte. In den letzten zwei Jahren waren alle Streifenwagen und ein Großteil der Dienstlimousinen in Los Angeles mit Computern ausgestattet worden; sie waren über Funk mit der unterirdischen bombensicheren Datenbank der Polizei verbunden, die ihrerseits Zugang zu verschiedenen staatlichen und privaten Datenbanken hatte.

Dan biß von seinem Cheeseburger ab, gab seinen Personalcode in dem Computer ein und forderte bei der Datenbank der Telefongesellschaft Regine Savannahs Nummer an.

Nach wenigen Sekunden tauchten auf dem kleinen Monitor neben dem Armaturenbrett grüne Buchstaben auf:

KEINE EINTRAGUNG:
SAVANNAH, REGINE

KEINE EINTRAGUNG:
SAVANNAH, R.

Er fragte nach Telefonrechnungen für eine Geheimnummer, ausgestellt auf den Namen R. oder Regine Savannah, aber auch das ergab nichts.

Dan aß einige Pommes frites.

Er gab eine neue Anfrage ein, diesmal bei der Datenbank für Führerscheine. Auch dort war keine Regine Savannah gespeichert.

Er verzehrte den letzten Rest seines ersten Cheeseburgers und beobachtete den Verkehr auf der windigen Straße, während er überlegte, womit er den Computer als nächstes beauftragen könnte.

Er entschied sich für die Anfrage, ob ein Führerschein auf jemanden ausgestellt war, der mit Vornamen Regine hieß und Savannah als Teil eines Doppelnamens führte. Vielleicht hatte sie geheiratet und ihren Mädchennamen nicht abgelegt.

Nach knapp drei Minuten tauchte die Antwort auf dem Monitor auf:

REGINE SAVANNAH HOFFRITZ.

Dan starrte ungläubig auf den Bildschirm. *Hoffritz*? Davon hatte Marge Gelkenshettle ihm nichts erzählt. Hatte das Mädchen tatsächlich den Mann geheiratet, dem es einen Krankenhausaufenthalt verdankte?

Nein. Soviel er wußte, war Hoffritz ledig gewesen. Dan hatte sich noch nicht in Hoffritz' Haus umgesehen, aber er hatte die verfügbaren Informationen über den Mann überflogen, und darin war keine Frau oder Familie erwähnt worden. Hoffritz' nächste Angehörige war eine Schwester, die in Detroit oder Chicago lebte und nach L. A. kommen würde, um die Beerdigungsformalitäten zu erledigen.

Marge Gelkenshettle hätte ihm bestimmt nicht verheimlicht, daß Regine und Hoffritz geheiratet hatten. Aber vielleicht wußte sie nichts davon.

Laut den Unterlagen der Registrierstelle für Führerscheine war Regine Savannah Hoffritz 1,67 m groß, wog 125 Pfund, hatte schwarze Haare und braune Augen. Sie war am 3. Juli 1961 geboren und wohnte in Hollywood. Dan notierte sich die Adresse.

Wilhelm Hoffritz hatte in Westwood gewohnt. Weshalb hätten sie zwei Haushalte führen sollen, wenn sie verheiratet gewesen waren?

Scheidung. Ja, das war eine Möglichkeit.

Doch selbst wenn die Ehe mit einer Scheidung geendet hatte, war die Tatsache der Heirat bizarr genug. Was für ein Leben konnte Regine an der Seite dieses Sadisten geführt haben, der sie einer Gehirnwäsche unterzogen und in seine Gewalt gebracht hatte? Wenn Hoffritz Regine mißhandelt hatte, als sie noch seine Studentin war, und er durch das Ausleben seiner perversen Lüste seine Karriere aufs Spiel setzte – um wieviel schlimmer mochte er sie dann behandelt haben, als sie seine Ehefrau war?

Der Gedanke verursachte Dan eine Gänsehaut.

Earl Benton hielt seine Pistole in der Hand, aber was da aus der Dunkelheit in die Küche kam, konnte er nicht mit gezielten Schüssen zur Strecke bringen. Die Tür flog krachend gegen die Wand, und ein kalter Wirbelwind drang ein, ein Wind, der wie ein lebendiges Wesen heulte und knurrte, schnaubte und tobte. Und das Fell dieses Wind-Tieres bestand aus Blumen, denn gelbe, rote und weiße Rosen, langstielige Rührmichnichtan und andere Blüten aus dem Garten flogen durch die Luft, teilweise abgebrochen, teilweise mit den Wurzeln herausgerissen. Das Wind-Tier schüttelte sich, und aus seinem Blumenfell flogen – losen Haaren gleich – einzelne Blütenblätter, Stengel und Klumpen feuchter Erde. Der Kalender wurde von der Wand gerissen und schwebte auf Papierflügeln durch die halbe Küche, bevor er zu Boden fiel. Die Vorhänge an den Fenstern flogen in die Höhe und zerrten an den Stangen, so als wollten sie sich dem dämonischen Tanz unbelebter Gegenstände anschließen. Erde rieselte auf Earl herab, und eine Rose prallte gegen sein Gesicht; ihr Dorn ritzte seinen Hals, und er hob unwillkürlich einen Arm, um sich zu schützen. Er sah, daß Laura ihre Tochter beschirmte, und er kam sich hilflos und albern vor.

Die Tür wurde abrupt zugeschmettert. Doch die Blumen wirbelten weiter im Raum umher, angetrieben von einem Wind, der unabhängig von dem starken Wind im Freien zu existieren vermochte. Obwohl das an und für sich unmöglich war. Verrückt. Undenkbar. Aber trotzdem real. Der Blumenwirbel heulte und zischte, schleuderte Blütenblätter, Stengel und Erde von sich. Und dann war der Spuk schlagartig vorüber. Kein Lüftchen regte sich mehr. Die Blumen fielen mit leisem Rascheln und Knistern auf die Küchenfliesen. Dann trat Stille ein.

Dan ließ sich Regine Hoffritz' Adresse von der Datenbank der Telefongesellschaft bestätigen. Dann warf er einen Blick auf seine Uhr. Es war 21.32 Uhr. Er hatte etwa zehn Minuten am Computer gearbeitet. In den schlechten alten Zeiten, als die Polizeifahrzeuge noch nicht ans Computernetz angeschlossen gewesen waren, hätte er zwei Stunden damit vergeudet, die Informationen über Regine zu bekommen. Er schaltete das Gerät aus, und im Wagen machte sich Dunkelheit breit.

Während er seinen zweiten Cheeseburger aß und von seinem Bier nippte, dachte er über die sich rasend schnell verändernde Welt nach. Eine neue Welt, eine wie Sciencefiction anmutende Gesellschaft entstand mit frappierender Geschwindigkeit um ihn herum. Es war sowohl erhebend als auch beängstigend, in dieser Zeit zu leben. Die Menschheit hatte die Fähigkeit erworben, nach den Sternen zu greifen, von der Erde abzuheben und sich im Universum auszubreiten – aber sie hatte zugleich auch die Fähigkeit erworben, die gesamte Menschheit zu vernichten, noch bevor die unvermeidliche Emigration beginnen konnte. Neue Technologien – wie der Computer – befreiten Männer und Frauen von Plackereien verschiedenster Art, ersparten ihnen viel Zeit. Und doch... Die ersparte Zeit brachte ihnen keine zusätzlichen Mußestunden, keine zusätzlichen Gelegenheiten zum Nachdenken und Zu-sich-selbst-Kommen. Mit jeder neuen Technologiewelle nahm das Lebenstempo zu; es gab immer mehr zu tun, immer mehr Entscheidungen zu treffen, immer mehr neue Erfahrungen zu machen, und die Menschen stürzten sich gierig auf diese neuen Möglichkeiten und füllten damit ihre freien Stunden. Jedes Jahr schien schneller zu verfliegen als das vorangegangene, so als würde Gott mit einem Knopfdruck den Lauf der Zeit immer mehr beschleunigen. Aber sogar die alte Vorstellung von Gott wirkte überholt und hoffnungslos fantastisch in einem Zeitalter, da das Universum seine Geheimnisse immer mehr preisgeben mußte. Wissenschaft, Technologie und Fortschritt waren jetzt die einzigen Götter, stellten sozusagen die neue Dreifaltigkeit dar; und obwohl sie nicht bewußt streng und strafend waren wie so oft die alten Götter, so waren sie doch viel zu kalt und gleichgültig, um die Kranken, Einsamen und Verlorenen trösten zu können.

Wie konnte ein Laden wie *Sign of the Pentagram* in einer Welt von Computern, Wunderdrogen und Raumschiffen florieren? Wer mochte im Okkultismus nach Antworten suchen, wenn Physiker, Biochemiker und Genetiker tagtäglich mehr Antworten lieferten als die Ouija-Bretter, Seancen und Spiritisten aller Zeiten?

Warum gaben sich Wissenschaftler wie Dylan McCaffrey und Willy Hoffritz mit einem Lieferanten von Fledermausscheiße, Schlangenaugen und ähnlichem Unfug ab?

Nun, es konnte nicht den geringsten Zweifel daran geben, daß sie nicht *alles* für Unsinn gehalten hatten. Irgendwelche Aspekte des Okkulten, irgendwelche paranormalen Phänomene mußten McCaffrey und Hoffritz brennend interessiert haben, und sie mußten geglaubt haben, daß diese Phänomene relevant für ihr eigenes Forschungsgebiet waren. Sie hatten Wissenschaft und Magie kombinieren wollen. Aber wie? Und wozu?

Während Dan den letzten Schluck Bier trank, fielen ihm einige Verszeilen ein:

Wir werden in Finsternis stürzen,
in die Hände des Bösen fallen,
wenn die Wissenschaft und der Teufel
Arm in Arm spazierengehen.

Er konnte sich nicht daran erinnern, wo er sie gehört hatte. Vielleicht stammten sie aus einem alten Rock 'n' Roll-Schlager oder aus einem Protestsong gegen Atomkrieg und Vernichtung, aber genau wußte er es nicht.

Die Wissenschaft und der Teufel, Arm in Arm.

Es war ein naives Bild, sogar ein dummes Bild. Vermutlich hatte der Song die Ideen der Gegner jeglichen Fortschritts propagiert, die zu einem Leben in Zelten zurückkehren wollten. Dan hatte für diese Einstellung keine Sympathie. Er wußte, daß Zelte zugig und feucht waren. Aber aus irgendeinem Grund übte das Bild – die Wissenschaft und der Teufel, Arm in Arm – an diesem Abend auf ihn eine starke Wirkung aus und ließ ihn schaudern.

Er hatte plötzlich keine Lust mehr, Regine Savannah Hoffritz aufzusuchen. Er hatte einen sehr langen, anstrengenden Tag hinter sich. Es war an der Zeit, nach Hause zu fahren. Seine Stirn schmerzte, und er hatte Prellungen am ganzen Körper. Seine Augen brannten und tränten. Er bräuchte jetzt noch ein Bier – und zehn Stunden Schlaf.

Aber es gab noch sehr viel zu tun.

Laura sah sich ungläubig und ängstlich in ihrer Küche um.

Der Küchentisch und die halbvollen Teller waren übersät mit Blumen, Blättern und Erde. Rosen lagen auf dem Boden und auf den Schränken. Geknickte rote und purpurfarbene Rührmichnichtan hingen im Spülbecken. Eine weiße Rose schmückte den Griff der Kühlschranktür, und Hunderte einzelner Blütenblätter klebten an den Vorhängen, Wänden und Schranktüren.

»Nichts wie weg hier!« sagte Earl, der seine Pistole noch immer in der Hand hielt.

»Aber dieses ganze Chaos...«, begann Laura.

»Später«, fiel er ihr ins Wort, während er die völlig apathische Melanie von ihrem Stuhl hochzog.

Verwirrt wandte Laura ein: »Aber ich muß doch aufräumen...«

»Kommen Sie mit!« rief Earl ungeduldig. Er war sehr bleich. »Ins Wohnzimmer.«

Laura zögerte noch immer.

»Beeilen Sie sich«, drängte Earl, »bevor etwas *Schlimmeres* durch diese Tür eindringt!«

23

Regine Savannah Hoffritz wohnte in einer der preiswerteren Straßen in den Hügeln Hollywoods. Ihr Haus war ein Musterexemplar jener verrückten Architektur, die in Kalifornien im Grunde genommen selten war, aber von chauvinistischen New Yorkern stets als Beweis für die Geschmacklosigkeit der Bewohner der Südküste angeführt wurde. Ziegel und sichtbare Balken legten die Vermutung nahe, daß es ein Haus im englischen Tudorstil darstellen sollte, aber es hatte viktorianische Traufen, Fensterläden im amerikanischen Kolonialstil und völlig stillose Kutscherlaternen aus Messing auf beiden Seiten der Haustür und der Garage.

Ein schwarzer Porsche parkte in der Einfahrt.

Dan klingelte, holte seinen Dienstausweis heraus, stand fröstelnd im kalten Wind, klingelte ein zweites Mal.

Schließlich wurde die Tür bei vorgelegter Sicherheitskette einen Spalt weit geöffnet. Er sah die Hälfte eines schönen Gesichts: dichte schwarze Haare, eine Haut wie Porzellan, ein großes braunes Auge, die Hälfte einer perfekt geformten Nase und eines Mundes mit vollen Lippen.

»Ja?« fragte sie. Ihre Stimme war leise, eine Art Hauchen. Sie wirkte unecht, einstudiert.

»Regine Hoffritz?«

»Ja.«

»Lieutenant Haldane, Polizei. Ich würde gern mit Ihnen sprechen. Über Ihren Mann.«

Sie warf einen Blick auf seinen Dienstausweis und fragte: »Meinen Mann?«

In ihrer Stimme schwang Demut und Schwäche mit; sie schien auf einen Befehl zu warten, dem sie widerspruchslos gehorchen würde.

Dan glaubte nicht, daß ihr Ton etwas damit zu tun hatte, daß er Polizeibeamter war. Er vermutete, daß sie sich jedem Menschen gegenüber so benahm, seit Hoffritz sie in der Mangel gehabt hatte.

»Ja, über Ihren Ehemann«, sagte er. »Über Willy Hoffritz.«

»Oh... Einen Augenblick bitte.«

Sie schloß die Tür, und sie blieb länger als eine halbe Minute geschlossen. Dan wollte gerade wieder klingeln, als er hörte, daß die Sicherheitskette entfernt wurde.

Sie ließ ihn ins Haus. In der Diele standen drei Gepäckstücke. Sie führte ihn ins Wohnzimmer, und er setzte sich in einen Sessel, während sie auf dem rostbraunen Sofa Platz nahm.

Sie war eine bezaubernde, verführerische Frau, und doch stimmte irgend etwas nicht. Ihre feminine Ausstrahlung wirkte etwas gekünstelt und übertrieben. Sie war so perfekt frisiert und geschminkt, als sollte sie für einen Kosmetik-Werbefilm vor die Kamera treten. Sie trug ein bodenlanges, geschlitztes cremefarbenes Seidenkleid mit einem breiten Gürtel, der ihre üppigen Brüste, den flachen Bauch und die herrlich ausladenden Hüften betonte. Das Kleid war am Ausschnitt, an den Manschetten und am Saum überreichlich mit Rüschen verziert. Um ihren zarten Hals trug sie eines jener geflochtenen goldenen Hundehalsbänder, wie sie vor zehn Jahren modern gewesen waren; inzwischen sah man sie nur noch selten. Bei sadomasochistischen Paaren waren sie allerdings sehr gefragt, weil sie als Symbol sexueller Unterwürfigkeit galten. Und obwohl Dan die junge Frau soeben erst kennengelernt hatte, stand für ihn fest, daß auch sie dieses Halsband aus masochistischer Unterwürfigkeit trug, denn ihre Gefügigkeit war an vielem erkennbar: an ihren anmutigen und zugleich gehemmten Bewegungen, so als rechne sie jederzeit mit einer Ohrfeige oder einem kräftigen Hieb, so als warte sie förmlich darauf; und ebenso an ihrem gesenkten Kopf und am Vermeiden jeglichen Blickkontaktes.

Sie saß schweigend da und wartete auf seine Fragen.

Auch Dan schwieg zunächst und lauschte angestrengt auf irgendwelche Geräusche im Haus. Weil sie die Tür mit kurzer Verzögerung geöffnet hatte, vermutete er, daß sie nicht allein war. Sie hatte sich hastig mit jemandem beraten und die Erlaubnis erhalten, ihn einzulassen. Aber es war völlig still im Haus.

Auf dem Kaffeetisch stand ein halbes Dutzend Fotos von Willy Hoffritz. Es war jenes unauffällige Gesicht mit den weit auseinanderliegenden Augen, den dicken Backen und der schweineartigen Nase, das er von dem Foto in Hoffritz' Führerschein kannte.

Er sagte schließlich: »Sie wissen bestimmt, daß Ihr Mann tot ist.«

»Sie meinen Willy? Ja.«

»Ich möchte Ihnen einige Fragen stellen.«

»Ich bin sicher, daß ich Ihnen nicht helfen kann«, erwiderte sie sanft.

»Wann haben Sie Willy zuletzt gesehen?«

»Vor über einem Jahr.«

»Waren Sie geschieden?«

»Nun . . .«

»Lebten Sie getrennt?«

»Ja, aber nicht . . . nicht in dem Sinn, wie Sie es meinen.«

Er wünschte, sie würde ihn ansehen. »In welchem Sinn meinen *Sie* es denn?«

Sie rutschte nervös auf dem Sofa hin und her. »Wir waren nie legal verheiratet.«

»Nein? Aber Sie tragen seinen Namen.«

Sie nickte, den Blick noch immer auf ihre im Schoß gefalteten Hände gerichtet. »Er wollte, daß ich meinen Namen ändere.«

»Sie ließen Ihren Namen beim Standesamt in Hoffritz ändern? Wann, warum?«

»Vor zwei Jahren. Weil... weil... Sie werden es nicht verstehen.«

»Das kommt auf einen Versuch an.«

Sie antwortete nicht sofort, und Dan sah sich während der Gesprächspause im Zimmer um. Auf dem Sims des weißen Ziegelkamins standen weitere acht Fotos von Willy Hoffritz

Obwohl es im Haus warm war, fröstelte Dan beim Anblick dieser sorgfältig arrangierten Bilder in teuren Silberrahmen.

Regine brach das Schweigen. »Ich wollte Willy zeigen, daß ich ihm gehöre, mit Leib und Seele.«

»Und er hatte nichts dagegen, daß Sie seinen Namen annahmen? Hat er denn nicht befürchtet, daß Sie ihm gegenüber Unterhaltsansprüche geltend machen könnten?«

»Nein, nein. So etwas hätte ich Willy niemals angetan. Er wußte, daß ich so etwas niemals tun würde. O nein! Ausgeschlossen.«

»Warum hat er Sie nicht geheiratet, wenn er wollte, daß Sie seinen Namen trugen?«

»Er wollte nicht verheiratet sein«, sagte sie leise, mit unverkennbarer Enttäuschung und Trauer.

Ihr Gesicht hatte sich verdüstert.

Dan fragte bestürzt weiter: »Er wollte Sie nicht heiraten, aber Sie sollten seinen Namen tragen, zum Zeichen, daß Sie... daß Sie ihm gehörten?«

»Ja.«

»War es ein symbolischer Akt, ähnlich dem Gebrandmarktwerden?«

»O ja«, flüsterte sie heiser und lächelte genußvoll in der Erinnerung an diesen seltsamen Unterwerfungsakt. »Ja...«

»Er scheint ja ein richtiges Schätzchen gewesen zu sein«, sagte Dan, aber sie verstand seine Ironie nicht, und er begriff, daß er sie stärker provozieren mußte, um ihre hündische Unterwürfigkeit zu durchbrechen. »Der Kerl war ja ein völlig größenwahnsinniger Egoist.«

Sie hob ruckartig den Kopf und blickte Dan endlich ins Gesicht. »O nein«, protestierte sie stirnrunzelnd, aber weder zornig noch ungeduldig, nur bestrebt, den toten Mann gegen jede Verunglimpfung zu verteidigen. »O nein. Nicht Willy! Keiner war so wie er. Er war wunderbar. Ich hätte für Willy alles getan. Es gab nichts, was ich für ihn nicht getan hätte. Er war einmalig. Wenn Sie ihn gekannt hätten, würden Sie kein Wort gegen ihn sagen. Nicht gegen Willy!«

»Es gibt Leute, die ihn *kannten* und trotzdem keine hohe Meinung von ihm hatten. Das wissen Sie doch bestimmt.«

Sie blickte wieder auf ihre Hände hinab. »All diese Leute sind nur neidisch und eifersüchtig, und sie verbreiten gemeine Lügen«, entgegnete sie, aber mit jener leisen, weichen, sanften Stimme, so als hätte man ihr streng verboten, ihre feminine Ausstrahlung durch schrille Töne oder sonstige Anzeichen von Zorn zu beeinträchtigen.

»Er wurde aus der Universität geworfen.«

Regine schwieg.

»Wegen dem, was er Ihnen angetan hat.«

Sie schwieg noch immer, mied seinen Blick, rückte wieder nervös auf dem Sofa hin und her. Ihr Kleid verschob sich ein wenig, und der Schlitz im Rock enthüllte eine schlanke, perfekt geformte Wade. Ein blauer Fleck von der Größe einer Dollarmünze verunzierte die helle Haut. Am Knöchel waren zwei kleinere Prellungen zu erkennen.

»Sie sollen mir von Willy erzählen«, sagte Dan.

»Das werde ich nicht.«

»Was hat er zusammen mit Dylan McCaffrey in Studio City getrieben?«

»Ich werde nie ein Wort gegen Willy sagen. Es ist mir egal, was Sie mit mir machen. Sie können mich ins Gefängnis werfen, wenn Sie wollen. Das ist mir egal, völlig egal.« Ihre leise Stimme ließ jetzt zum erstenmal eine heftige Gemütsbewegung erkennen. »Es wurde schon viel zuviel Schlechtes über Willy gesagt, von Leuten, die es nicht wert waren, ihm auch nur die Füße zu küssen.«

»Schauen Sie mich an, Regine«, forderte Dan sie auf.

Sie hob eine Hand zum Mund und begann an einem Fingerknöchel zu kauen.

»Regine? Schauen Sie mich an, Regine!«

Sie hob den Kopf, blickte ihm aber nicht in die Augen, sondern starrte an ihm vorbei.

»Regine, er hat Sie krankenhausreif geschlagen.«

»Ich habe ihn geliebt«, murmelte sie, noch immer an ihrem Knöchel kauend.

»Er hat Sie einer Gehirnwäsche unterzogen, Regine. Irgendwie ist es ihm gelungen, Ihre Persönlichkeit zu verändern, Ihren Willen zu brechen – und das ist ganz gewiß *nicht* das Werk eines wunderbaren Menschen.«

Tränen traten ihr in die Augen, rollten über ihre Wangen. Ihr Gesicht war schmerzverzerrt. »Ich habe ihn so sehr geliebt.« Ihr Ärmel war hochgeglitten, als sie die Hand zum Mund führte. Dan sah einen kleinen blauen Fleck an ihrem Unterarm und – was noch schlimmer war – Hautabschürfungen an ihrem Handgelenk.

Sie hatte ihm erzählt, daß sie Willy Hoffritz seit einem Jahr nicht mehr gesehen hatte, aber jemand mußte sie vor ganz kurzer Zeit mit einem Strick gefesselt haben.

Dan betrachtete die gerahmten Fotos auf dem Tisch, das dünne Lächeln auf dem Gesicht des toten Psychologen, und er verspürte plötzlich ein so starkes Bedürfnis nach frischer Luft, daß er am liebsten zur Tür gestürzt wäre.

Er beherrschte sich nur mühsam. »Wie konnten Sie einen Mann lieben, der Ihnen Schmerzen zufügte, der Sie verletzte?«

»Er machte mich frei . . . Er zeigte mir mein wahres Ich.«

»Und worin besteht Ihr wahres Ich?«

»Ich sollte sein, was ich jetzt bin.«

»Und was ist das?«

»Ich soll sein, was auch immer von mir verlangt wird.«

Sie weinte nicht mehr.

Ein Lächeln spielte um ihre Lippen, während sie wiederholte: »Was auch immer von mir verlangt wird.« Und sie erschauderte dabei, so als verursache ihr allein schon der Gedanke an Sklaverei und Demütigung physische Lustgefühle.

Dan konnte seine Empörung und seinen Zorn kaum mehr zurückhalten. »Wollen Sie damit sagen, daß Sie dazu geboren sind, nur um das zu sein, was Willy Hoffritz wollte, nur um alles zu tun, was er von Ihnen verlangte?«

»Was auch immer von mir verlangt wird«, bestätigte sie, und jetzt blickte sie ihm in die Augen.

Er wünschte, sie hätte weiterhin an ihm vorbeigestarrt, denn in ihren Augen glaubte er eine innere Qual, Selbstverachtung und Verzweiflung zu erkennen, die ihm fast das Herz zerrissen. Vor ihm saß eine zerstörte Seele, ein völlig gebrochener Geist. In diesem reifen, sinnlichen Frauenkörper und unter der Oberfläche der unterwürfigen Kind-Frau schlummerte eine andere Regine, eine bessere Regine, gefangen, lebendig begraben; sie existierte trotz Hoffritz' Gehirnwäsche, aber sie war einfach unfähig, diesem Gefangensein zu entkommen oder auch nur eine schwache Hoffnung auf Flucht zu hegen. In dem kurzen Moment eines echten Kontaktes sah Dan, daß die

Frau, die Regine einmal gewesen war, bevor Hoffritz sie in seine Gewalt gebracht hatte, jetzt einer vertrockneten Strohpuppe glich; jahrelange Mißhandlungen hatten ihr jede Kraft geraubt, und sie sehnte sich nur noch nach dem Streichholz, das sie gnädig in Staub und Asche verwandeln würde.

Zutiefst erschüttert, konnte er seinen Blick nicht abwenden.

Sie war es, die ihre Augen senkte.

Er war erleichtert. Und er hatte einen üblen Geschmack im Mund.

Er fuhr sich mit der Zunge über die trockenen Lippen. »Wissen Sie, was für Forschungsprojekte Willy betrieb, nachdem man ihn zum Verlassen der Universität gezwungen hatte?«

»Nein.«

»An welchem Projekt arbeiteten er und Dylan McCaffrey?«

»Ich weiß es nicht.«

»Haben Sie jemals das graue Zimmer in Studio City gesehen?«

»Nein.«

»Kennen Sie einen Mann namens Ernest Andrew Cooper?«

»Nein.«

»Joseph Scaldone? Ned Rink?«

»Nein.«

»Was haben diese Männer mit Melanie McCaffrey gemacht? Was wollten sie von dem Kind?«

»Ich weiß es nicht.«

»Wer hat ihr Projekt finanziert?«

»Ich weiß es nicht.«

Dan war sicher, daß sie nicht die Wahrheit sagte. Zusammen mit ihrer Selbstsicherheit, ihrer Unabhängigkeit und Selbstachtung hatte sie auch die Fähigkeit eingebüßt, überzeugend zu lügen.

Nachdem Dan jetzt mit eigenen Augen gesehen hatte, was dieser Frau angetan worden war, fand er Hoffritz als Mensch nur noch verabscheuungswürdiger und fürchtete mehr denn je die wissenschaftlichen Fähigkeiten dieses grausamen, gewissenlosen Genies. Ihm war jetzt noch bewußter als zuvor, daß es galt, diesen Fall *schnell* zu lösen. Wenn es Hoffritz gelungen war, Regine völlig zu verwandeln, was mochte er dann erst bei seiner gemeinsamen Arbeit mit Dylan McCaffrey erreicht haben, für die er wesentlich mehr Zeit und Geldmittel gehabt hatte? Dan spürte, daß Hoffritz irgendeine schreckliche Maschinerie in Gang geetzt hatte, die bald noch viele weitere Menschen zermalmen würde, wenn es nicht gelang, sie ausfindig zu machen und zu stoppen.

Regine belog ihn, und das durfte er nicht zulassen. Er mußte so rasch wie möglich Antworten auf seine Fragen bekommen, bevor es zu spät sein würde, Melanie McCaffrey zu helfen.

24

Sie verließen die mit Blumen und Erde bestreute Küche, aber Laura fühlte sich dadurch nicht sicherer. Seit sie heute nachmittag mit Melanie nach Hause gekommen war, hatte eine Krise die andere abgelöst. Zuerst Melanies Tobsuchtsanfall, ihr Versuch, sich selbst zu verletzen. Dann das Radio, das zum Leben erwacht war. Und zuletzt der Wirbelwind, der durch die Hintertür eingedrungen war. Wenn jemand ihr gesagt hätte, in ihrem Haus spuke es, hätte sie ihm nicht widersprochen.

Auch Earl schien sich im Wohnzimmer nicht sicherer zu fühlen als in der Küche, denn er legte einen Finger auf den Mund, als Laura etwas sagen sollte, führte sie und Melanie ins Arbeitszimmer, fand in der Schreibtischschublade einen Bleistift und ein Blatt Papier und brachte hastig eine kurze Mitteilung zu Papier.

Bestürzt über seine Geheimnistuerei, trat Laura neben ihn und las, was er geschrieben hatte: *Wir verlassen das Haus.*

Sie hatte nichts dagegen, denn sie mußte dauernd an die Warnung denken, die sie durch das Radio erhalten hatten: ›Es‹ würde bald kommen. Der Wirbelwind schien eine weitere Warnung gewesen zu sein. ›Es‹ war vielleicht nicht mehr fern. ›Es‹ wollte Melanie. Und ›Es‹ wußte, daß sie hier waren.

Earl schrieb weiter: *Packen Sie einen Koffer für sich und einen für Melanie.*

Er glaubte offenbar, daß jemand Abhörvorrichtungen im Haus installiert haben könnte.

Und er glaubte offenbar auch, daß es ihm nicht gelingen würde, Laura und Melanie heil wegzubringen, wenn jemand hörte, was sie vorhatten.

Laura mußte ihm recht geben. Wer auch immer Dylan und Hoffritz finanziert hatte, würde wissen wollen, wo Melanie sich aufhielt, um sie entweder umbringen oder entführen zu können. Und auch das FBI war interessiert daran zu wissen, wo Melanie war, um die Leute auf frischer Tat ertappen zu können, die es auf Melanie abgesehen hatten. Es sei denn, daß es das FBI selbst war, das es auf Melanie abgesehen hatte.

Laura hatte wieder jenes beklemmende Gefühl, in einem Alptraum gefangen zu sein.

Die Bedrohung schien überall zu lauern. Und was am schlimmsten war: Sie wurden nicht nur von Menschen bedroht, sondern auch von einem völlig unbekannten *Etwas*.

Sich verstecken. Das war das einzige, was sie im Augenblick tun konnten. Sie brauchten einen Ort, wohin niemand ihnen folgen konnte, wo niemand sie finden würde.

Laura griff nach dem Bleistift und schrieb: *Wohin werden wir gehen?*

»Später«, flüsterte Earl. »Jetzt müssen wir uns beeilen.«

›Es‹ konnte jederzeit kommen!

Earl half Laura im Schlafzimmer, die beiden Koffer für sie und Melanie zu packen.

›Es‹ konnte jederzeit kommen! Und die Tatsache, daß sie keine Ahnung hatte, was ›Es‹ war – daß sie sich sogar etwas töricht vorkam, an die Existenz dieses ›Es‹ zu glauben –, vermochte ihre Furcht nicht zu mindern.

Als die Sachen gepackt waren und sie ihre Mäntel angezogen hatten, rief Laura mehrmals nach Pepper, aber die Katze kam nicht, und Laura konnte sie nirgends im Haus finden. Sie mußte sich irgendwo im Haus versteckt haben.

»Lassen Sie sie hier«, flüsterte Earl. »Jemand kann morgen vorbeifahren und sie füttern.«

Sie gingen durch die Waschküche in die Garage. Die Lampen im Haus ließen sie brennen, um keine Aufmerksamkeit zu erregen. Earl legte das Gepäck in den Kofferraum von Lauras blauem Camaro.

Sie brauchte ihn nicht zu fragen, warum sie ihren Wagen nahmen und nicht den seinigen. Sein Auto stand vorne am Straßenrand, und wenn die FBI-Agenten Laura und Melanie darauf zugehen sehen würden, könnten sie allerhand Fragen stellen und sie vielleicht sogar daran hindern wegzufahren.

Es war natürlich durchaus möglich, daß diese heimliche Flucht ein Fehler war, denn vielleicht wollte das FBI ihnen nur helfen. Vielleicht aber auch nicht. Es schien jedenfalls am vernünftigsten zu sein, nur Earl Benton zu vertrauen.

Er schob Melanie auf den Rücksitz und schnallte sie an.

Laura nahm auf dem Beifahrersitz Platz und drehte sich nach ihrer Tochter um. In der geschlossenen Garage, mit dem Standlicht als einziger Beleuchtung, wirkte das hagere Gesicht mit den scharf hervortretenden Knochen weicher und voller. Zum erstenmal bemerkte Laura, wie hübsch ihr kleines Mädchen sein würde, sobald es ein wenig zunahm. Einige Pfunde mehr und seelischer Friede – das würde Melanie wundersam verwandeln, und mit der Zeit würde sich beides einstellen. Laura konnte plötzlich den Schmetterling in der Raupe erkennen. Wie ein Malerpinsel, so würde die Zeit neue Erfahrungen und Emotionen über Melanies Qualen legen, und wenn die Farbschicht von Tagen und Wochen und Jahren erst einmal dick genug war, um die schrecklichen Erlebnisse mit ihrem Vater zu überdecken, würde sie nicht mehr dieses eigenartige eckige Geschöpf mit der leichenblassen Haut und den toten Augen sein, sondern ein bezauberndes Mädchen. Diese Erkenntnis gab Laura neue Hoffnung.

Noch wichtiger war jedoch, daß das schmeichelnde Spiel von Licht und Schatten ihr offenbarte, wie ähnlich ihre Tochter ihr sah, und das übte auf sie eine starke Wirkung aus. Sich in Melanie wiederzuerkennen, machte ihr ganz deutlich, daß die Leiden des Kindes auch die ihrigen waren, daß die Zukunft des Kindes auch die ihrige war, und daß es für sie selbst kein Glück geben konnte, bis auch Melanie glücklich sein würde. Und diese Erkenntnis stärkte Lauras Entschlossenheit, die Wahrheit herauszufinden und ihre Feinde zu besiegen – selbst wenn die ganze verdammte Welt sich gegen sie verschworen haben sollte!

Earl setzte sich ans Steuer und sagte zu Laura: »In den nächsten Minuten wird es ziemlich wild hergehen.«

»Es *ist* schon wild hergegangen«, erwiderte sie, während sie den Sicherheitsgurt anlegte.

»Ich habe einen Spezialkurs mitgemacht, in dem einem beigebracht wird, Terroristen abzuhängen. Ganz so rücksichtslos, wie es den Anschein hat, werde ich also nicht fahren.«

»Rücksichtsloses Fahren stört mich nicht«, sagte Laura. »Nicht nachdem ich vorhin dieses Wind-Ding in meine Küche stürzen sah. Außerdem dachte ich schon immer, daß es Spaß machen müßte, wie James Bond zu fahren.«

Er lächelte ihr zu. »Sie haben Mumm in den Knochen!«

Während er den Motor anließ, nahm sie die Fernbedienung für die Garagentür zur Hand.

»Jetzt!« sagte er.

Laura drückte auf den Knopf, und die Tür begann sich zu öffnen. Lange bevor sie ganz nach oben geglitten war, brauste Earl im Rückwärtsgang aus der Garage und die Auffahrt hinab. Er drosselte ein wenig das Tempo, als sie die Straße erreichten, und warf das Steuer hart nach rechts.

Die FBI-Agenten in ihrem Kastenwagen hatten noch nicht reagiert.

Earl schaltete in den Vorwärtsgang und trat aufs Gaspedal. Reifen quietschten, dann schoß der Camaro über die dunkle abschüssige Straße.

Nach zwei Blocks warf Earl einen Blick in den Rückspiegel. »Sie kommen!«

Laura drehte sich nach hinten und sah, daß der Kastenwagen gerade losfuhr.

Earl riß das Steuer nach rechts, und das Auto schlitterte um die Ecke, in eine Querstraße. An der nächsten Kreuzung bog er nach links ab, dann wieder nach rechts. Der Camaro kurvte wild durch das ruhige Viertel, verließ Sherman Oaks, durchquerte den angrenzenden Stadtteil Benedict Canyon und raste in der Dunkelheit hügelabwärts auf die fernen Lichter von Beverly Hills zu.

»Wir haben sie abgehängt!« verkündete Earl glücklich.

Laura war zwar auch erleichtert, blieb aber besorgt. Sie war nicht überzeugt davon, daß sie ihren anderen Feind – das mysteriöse ›Es‹ – genauso leicht abschütteln konnten wie die FBI-Agenten.

25

Dan überlegte, wie er Regine zwingen könnte, ihm mitzuteilen, was sie wußte.

Sie nagte jetzt nicht mehr an ihrem Knöchel. Statt dessen hatte sie einen Daumen in den Mund geschoben und lutschte daran. Es war eine äußerst provozierende Pose – Unschuld, die darauf wartet, geraubt zu werden –, und für Dan stand fest, daß Hoffritz ihr diese Pose beigebracht, sie darauf *programmiert* hatte. Aber Dan sah auch, daß das Daumenlutschen sie beruhigte; diese kindliche Angewohnheit linderte ein wenig ihre Seelenqual.

Sie saß jetzt auch nicht mehr damenhaft korrekt da, sondern hatte sich in eine Ecke des Sofas gekuschelt.

Dan wußte, wie er sie zum Sprechen bringen konnte, aber diese Methode widerstrebte ihm zutiefst.

Sie nahm ihren Daumen für eine Sekunde aus dem Mund und sagte: »Ich kann Ihnen wirklich nicht helfen. Würden Sie jetzt bitte gehen? Bitte!«

Er antwortete nicht. Er stand auf, trat dicht vor sie hin und blickte auf sie hinab.

Sie hielt ihren Kopf gesenkt.

In strengem, fast barschem Ton befahl er: »Sehen Sie mich an!«

Sie gehorchte. Mit einer zitternden Stimme, die verriet, daß sie nicht damit rechnete, ihre Bitte erfüllt zu sehen, wiederholte sie: »Würden Sie jetzt gehen? Bitte! Würden Sie jetzt gehen?«

»Sie werden meine Fragen beantworten, Regine!« herrschte er sie an. »Sie werden mich nicht belügen. Falls Sie mir nicht antworten oder lügen...«

»Werden Sie mich schlagen?«

Er hatte keine Frau vor sich, sondern eine kranke, mitleiderregende, schwache Kreatur, die aber keine Angst hatte. Die Aussicht, geschlagen zu werden, schreckte sie nicht. Ganz im Gegenteil – sie hungerte förmlich danach, geschlagen zu werden, durch Schmerzen sexuell erregt zu werden.

Dan unterdrückte seinen Widerwillen und erklärte ihr mit kalter Stimme: »Ich werde Sie nicht schlagen. Ich werde Ihnen kein Haar krümmen. Aber Sie werden mir erzählen, was ich wissen will, weil Sie ja immer tun, was von Ihnen verlangt wird. Sie sind immer genau das, was man von Ihnen erwartet. Und ich erwarte, daß Sie kooperativ sind, Regine. Ich will, daß Sie meine Fragen beantworten, und Sie werden es tun, denn das ist das einzige, wozu Sie gut sind.«

Sie blickte erwartungsvoll zu ihm auf.

»Kennen Sie Ernest Andrew Cooper?«

»Nein.«

»Sie lügen!«

»Tu ich das?«

Seine Stimme wurde noch eisiger, und er bedrohte sie mit geballter Faust, obwohl er nicht die Absicht hatte zuzuschlagen. »Kennen Sie Cooper?«

Sie gab keine Antwort; ihre ganze Aufmerksamkeit galt seiner erhobenen Faust.

Er hatte eine Inspiration. In gespieltem Zorn schrie er: »Antworte mir, du verdammtes Miststück!«

Sie zuckte zusammen, aber nicht vor Schreck, sondern weil sie lustvoll erschauderte. Das Schimpfwort hatte die beabsichtigte Wirkung nicht verfehlt.

»Sie sagen mir ihre Familiennamen nicht. Ich kannte einen Ernie Sowieso, aber ich weiß nicht, ob es Cooper war.«

San beschrieb den toten Millionär.

»Ja«, sagte sie. »Das war er.«

»Haben Sie ihn durch Willy kennengelernt?«

»Ja.«

»Und Joseph Scaldone?«

»Willy stellte mir einen Joe vor, aber den Familiennamen weiß ich nicht.«

Dan beschrieb Joseph Scaldone.

Sie nickte. »Das war er.«

»Und Ned Rink?«

»Ich glaube nicht, daß ich einen Ned kenne.«

»Ein kleiner, häßlicher Mann.«

Er vervollständigte seine Beschreibung, und sie schüttelte den Kopf. »Nein, den habe ich nie gesehen.«

»Kennen Sie das graue Zimmer?«

»Ja. Aber es ist Jahre her, daß ich es gesehen habe. Das war damals, als sie es strichen und einrichteten.«

»Was machten sie dort mit Melanie McCaffrey?«

»Ich weiß es nicht.«

»Verdammt, lügen Sie mich nicht an! Sie tun immer, was von Ihnen verlangt wird, also antworten Sie mir gefälligst!«

»Ich weiß es wirklich nicht«, sagte sie kläglich. »Willy hat es mir nie erzählt. Es war geheim. Ein wichtiges Geheimnis. Er sagte, es würde die Welt verändern. Das ist alles, was ich weiß. Er weihte mich in solche Dinge nicht ein. Sein Leben mit mir war streng von seiner Arbeit mit den anderen Männern abgegrenzt.«

Dan stand noch immer dicht vor ihr, und obwohl seine drohende Gebärde rein theatralisch war, mißfiel ihm die Rolle eines Tyrannen. »Was hatte der Okkultismus mit ihren Experimenten zu tun?«

»Ich habe keine Ahnung.«

»Glaubte Willy an übernatürliche Kräfte?«

»Nein.«

»Warum sagen Sie das?«

»Weil... weil Dylan McCaffrey völlig unkritisch daran glaubte – an *alles* glaubte, an Geister, Seancen und, soviel ich weiß, sogar an Kobolde –, und weil Willy sich deshalb über ihn lustig machte. Er hielt Dylan für viel zu gutgläubig.«

»Warum arbeitete er dann mit ihm?«

»Willy hielt Dylan für ein Genie.«

»Trotz seines Aberglaubens?«

»Ja.«

»Wer finanzierte ihr Projekt, Regine?«

»Ich weiß es nicht.«

»Reden Sie! Wer hat ihre Rechnungen bezahlt? *Wer*?«

»Ich schwöre Ihnen, ich weiß es nicht.«

Er setzte sich neben sie auf die Couch, nahm sie beim Kinn und hielt ihr Gesicht fest. Sie reagierte sofort auf diese neue drohende Gebärde. Das war es, was sie wollte: eingeschüchtert werden, kommandiert werden und gehorchen.

»Wer?« wiederholte er.

»Ich weiß es nicht. Ich würde es Ihnen sagen, wenn ich es wüßte. Das schwöre ich Ihnen.«

Diesmal glaubte er ihr. Aber er ließ ihr Gesicht nicht los. »Ich weiß, daß Melanie McCaffrey in jenem grauen Zimmer physisch und psychisch gefoltert wurde. Aber ich will wissen... verdammt, ich *muß* wissen, ob sie auch sexuell mißbraucht wurde?«

»Wie sollte ich das wissen?«

»Sie hätten es gewußt«, erklärte er mit Nachdruck. »Sie hätten es gespürt, auch wenn Hoffritz Ihnen nicht viel über die Vorgänge in Studio City erzählte. Er wollte Ihnen nicht verraten, welchem Zweck die Experimente an dem Mädchen dienten, aber er hätte sich vor Ihnen bestimmt damit gebrüstet, daß er die Kleine völlig unter seiner Kontrolle hatte. Ich bin ihm zwar nie begegnet, aber ich weiß inzwischen genug über ihn, um mir dessen sicher zu sein.«

»Ich glaube nicht, daß Sexualität im Spiel war.«

Er drückte etwas fester zu, und sie zuckte zusammen, aber es war nicht zu übersehen, daß sie Lust empfand. Er lockerte seinen Griff rasch wieder. »Sind Sie sicher?«

»Ziemlich sicher. Ich glaube, Sie haben recht. Willy hätte mir das erzählt.«

»Hat er irgendwelche Andeutungen dieser Art gemacht?«

»Nein.«

Dan war so erleichtert, daß er sogar lächelte. Dieser Demütigung war das Kind zumindest nicht ausgesetzt worden. Aber dann fiel ihm wieder ein, was Melanie alles hatte erdulden müssen, und sein Lächeln erstarb.

Er ließ Regines Gesicht los, blieb aber neben ihr auf dem Sofa sitzen. Die roten Druckstellen, die seine Finger auf ihrer Haut hinterlassen hatten, verblaßten rasch. »Sie sagten vorhin, Sie hätten Willy seit über einem Jahr nicht gesehen. Warum?«

Sie senkte den Kopf und ließ ihre Schultern hängen.

»Warum?«

»Willy ... war meiner überdrüssig geworden.«

»Mein Gott!«

»Er wollte mich nicht mehr«, sagte sie in einem Tonfall, als verkündete sie einen tragischen Todesfall durch Krebs. Daß Willy sie nicht mehr gewollt hatte, war für sie die allerschlimmste Katastrophe, die sie sich überhaupt vorstellen konnte.

»Er hat die Beziehung eiskalt abgebrochen?«

»Nun, ich habe ihn nie wieder gesehen, nachdem er mich... weggeschickt hatte. Aber wir telefonierten manchmal, das mußte sein.«

»Warum? Worüber unterhielten Sie sich am Telefon?«

»Über die anderen, die er zu mir schickte.«

»Welche anderen?«

»Seine Freunde. Die anderen ... Männer.«

»Er schickte Männer zu Ihnen?«

»Ja.«

»Männer, die Sie sexuell befriedigen sollten?«

»Ja. Ich hatte alles zu tun, was sie wollten.«

Hoffritz' Bild nahm in Dans Vorstellung immer monströsere Züge an. Der Mann war eine Giftschlange gewesen. Nicht genug damit, daß er Regine auf seine perversen Lüste programmiert hatte, war er auf den teuflischen Gedanken verfallen, sie – als er sie nicht mehr begehrte – weiterhin zu beherrschen und durch andere Männer mißhandeln zu lassen. Hoffritz mußte wahnsinnig gewesen sein, ein völlig skrupelloser, machthungriger Besessener.

Regine schaute auf und fragte eifrig: »Soll ich Ihnen erzählen, was diese Männer von mir verlangten?«

Er starrte sie an, sprachlos vor Ekel.

»Es macht mir nichts aus«, versicherte sie. »Es macht mir nichts aus, jene Dinge zu tun, und es macht mir nichts aus, Ihnen davon zu erzählen.«

»Nein«, brachte Dan heiser hervor.

»Es würde Ihnen bestimmt Spaß machen.«

»Nein.«

Sie kicherte leise. »Sie könnten dadurch auf neue Ideen kommen.«

»Halten Sie den Mund!« rief er, nahe daran, ihr eine Ohrfeige zu geben.

Sie zog den Kopf ein, wie ein gescholtener Hund.

»Wer waren die Männer, die Hoffritz zu Ihnen schickte?«

»Ich kenne nur ihre Vornamen. Einer hieß Ernie, und Sie sagten mir, sein Name sei Cooper. Dann war da Joe.«

»Joseph Scaldone. Wer sonst noch?«

»Howard, Shelby ... Eddie ... Wie gesagt, ihre Nachnamen weiß ich nicht.«

»Wie oft kamen sie?«

»Die meisten ... ein- oder zweimal pro Woche.«

»Kommen sie noch immer?«

»Aber ja. Nur einer kam einmal und nie wieder.«

»Wie hieß er?«

»Albert.«

»Albert Uhlander?«

»Das weiß ich nicht.«

»Wie sah er aus?«

»Groß, mager, mit einem knochigen Gesicht ... scharfen Gesichtszügen ... wie ein Falke.«

Dan nahm sich vor, nachher einen Blick auf die Fotos

von Uhlander zu werfen, mit denen die Schutzumschläge seiner Bücher versehen waren.

»Albert, Howard, Shelby, Eddie... Sonst noch jemand?«

»Na ja, wie gesagt, Ernie und Joe. Aber die sind jetzt tot, ja?«

»Mausetot.«

»Es gibt noch einen anderen Mann... Er kommt sehr oft, aber ich weiß nicht einmal seinen Vornamen.«

»Wie sieht er aus?«

»Etwa 1,85 m groß, distinguiert. Schönes silbergraues Haar. Sehr gut gekleidet. Wissen Sie, er sieht nicht besonders gut aus, aber er ist sehr elegant und tritt sehr vornehm auf. Er ist... kultiviert.«

»Wie nennen Sie ihn denn, wenn Sie nicht einmal seinen Vornamen wissen?«

Sie grinste. »Oh, er hat mir gleich am Anfang klargemacht, wie ich ihn anreden soll.« Sie zwinkerte Dan schelmisch zu. »Daddy.«

»Was?«

»Ich nenne ihn Daddy. Immer. Ich tu so, als *sei* er mein Vater, wissen Sie, und er tut so, als sei ich seine Tochter, und ich sitze auf seinem Schoß, und ich...«

»Das genügt!« fiel er ihr hastig ins Wort.

Er hätte am liebsten die Fotos vom Tisch gefegt, die Rahmen samt den Gläsern zertrümmert und die Fotos vom Kaminsims ins Feuer geworfen. Aber er wußte, daß er ihr nicht helfen konnte, indem er die Fotos von Hoffritz vernichtete. Der Mann war zwar tot, aber er würde in dieser Frau jahrelang weiterleben, wie ein bösartiger Troll in einer verborgenen Höhle.

Dan berührte wieder ihr Gesicht, aber diesmal kurz und zärtlich. »Regine, was machen Sie so den ganzen Tag? Womit verbringen Sie Ihr Leben?«

Sie zuckte die Achseln.

»Gehen Sie ins Kino oder zum Tanzen, essen Sie mit

Freunden irgendwo zu Abend – oder sitzen Sie nur hier herum und warten darauf, daß einer jener Männer herkommt?«

»Meistens bleibe ich hier«, antwortete sie. »Mir gefällt es hier. Willy wollte, daß ich zu Hause bleibe.«

»Und womit verdienen Sie Ihren Lebensunterhalt?«

»Ich tue, was man mir sagt.«

»Aber um Gottes willen, Sie haben doch Psychologie studiert!«

Sie schwieg.

»Warum haben Sie denn Ihr Studium abgeschlossen und Examen gemacht, wenn Sie nicht vorhatten, in diesem Beruf zu arbeiten?«

»Willy wollte, daß ich mein Examen ablegte. Es war komisch, wissen Sie. Diese Schweine von der UCLA haben Willy rausgeworfen, aber mich konnten sie nicht einfach rauswerfen. Ich erinnerte sie an Willy. Das gefiel ihm. Er hatte ein diebisches Vergnügen daran.«

»Sie könnten wichtige Arbeit leisten, interessante Arbeit.«

»Ich tue, wozu ich geboren bin.«

»Sie tun das, was Hoffritz Ihnen einredete! Das ist ein enormer Unterschied.«

»Willy wußte, wozu ich geboren bin. Willy wußte alles.« Wieder traten Tränen in ihre Augen.

»Die Männer kommen also hierher und benutzen Sie, verletzen Sie.« Er griff nach ihrem Arm, schob den Ärmel hoch und deutete auf den blauen Fleck und auf die Abschürfungen. »Sie fügen Ihnen Schmerz zu, nicht wahr?«

»Ja, auf die eine oder andere Weise, manche mehr, manche weniger.«

»Warum lassen Sie sich das gefallen?«

»Es gefällt mir.«

Dan hatte das Gefühl, in dieser Atmosphäre zu erstikken. Die Luft war unerträglich schwül und schwer, verunreinigt mit unsichtbarem Schmutz, der sich nicht auf der

Haut ablagerte, sondern die Seele vergiftete. Er wollte diese Luft nicht einatmen, sich nicht infizieren lassen.

»Wer bezahlt Ihre Miete?«

»Miete brauche ich nicht zu bezahlen.«

»Wem gehört dieses Haus?«

»Einer Gesellschaft.«

»Welcher?«

»John Wilkes Enterprises.«

»Wer ist John Wilkes?«

»Das weiß ich nicht.«

»War nie ein Mann namens John hier?«

»Nein.«

»Woher wissen Sie etwas über diese John Wilkes Enterprises?«

»Ich bekomme jeden Monat einen Scheck von der Gesellschaft. Einen sehr ansehnlichen Scheck.«

Er stand auf.

Regine war sichtlich enttäuscht.-

Er deutete auf die Koffer neben der Haustür. »Wollen Sie verreisen?«

»Für ein paar Tage.«

»Wohin?«

»Las Vegas.«

»Ist das eine Flucht, Regine?«

»Wovor sollte ich flüchten?«

»Leute werden ermordet – wegen der Ereignisse in jenem grauen Zimmer.«

»Aber ich *weiß* nicht, was in dem grauen Zimmer vorging, und es ist mir auch egal«, erwiderte sie. »Deshalb besteht für mich auch keinerlei Gefahr.«

Dan begriff, daß sie ihr eigenes graues Zimmer hatte und daß sie es mit sich herumtrug, wohin sie auch gehen mochte. In diesem grauen Zimmer war die eigentliche Regine eingekerkert.

»Sie brauchen Hilfe«, sagte er mitleidig.

»Mir geht es ausgezeichnet.«

»Sie brauchen Rat.«
»Ich bin frei. Willy hat mich gelehrt, frei zu sein.«
»Frei wovon?«
»Verantwortung. Angst. Hoffnung. Frei von allem.«
»Willy hat Sie nicht befreit. Er hat Sie *versklavt*.«
»Sie können das nicht verstehen.«
»Er war ein Sadist.«
»Das ist nichts Negatives.«
»Er hat Sie einer Gehirnwäsche unterzogen. Wir reden hier nicht über irgendeinen mittelmäßigen Psychologieprofessor, Regine. Dieser Wahnsinnige war eine Kapazität. Er arbeitete für das Pentagon, forschte auf dem Gebiet der Verhaltensmodifikation, entwickelte neue Methoden der Gehirnwäsche. Drogen, unterbewußte Beeinflussung und ähnliches mehr. Er übte eine Art schwarzer Magie aus, Regine. Um Gottes willen, er hat Sie in eine Masochistin verwandelt!«
»Auf diese Weise hat er mich befreit«, erklärte sie ruhig. »Wissen Sie, wenn man sich nicht mehr vor Schmerzen fürchtet, wenn man lernt, Schmerzen zu *lieben*, dann hat man vor überhaupt *nichts* mehr Angst. Und deshalb bin ich frei.«
Er hätte sie am liebsten geschüttelt, aber er wußte, daß das nichts nützen würde. Er hätte sie gern einem verständnisvollen Richter vorgeführt und sie zur psychiatrischen Behandlung in eine Klinik einweisen lassen. Aber er war nicht mit ihr verwandt, und deshalb würde kein Richter auf ihn hören. Es stand einfach nicht in seiner Macht, ihr irgendwie zu helfen.
»Soll ich Ihnen etwas Interessantes verraten?« sagte sie. »Ich glaube, daß Willy gar nicht wirklich tot ist.«
»O doch, er *ist* tot! Ich habe seine Leiche gesehen. Wir konnten ihn mit Hilfe von Fingerabdrücken und Zahnarztbefunden mit hundertprozentiger Sicherheit identifiziieren.«
»Mag sein«, sagte sie. »Aber trotzdem – nun, ich habe

das Gefühl, daß er noch am Leben ist. Ich spüre seine Gegenwart... Ich *fühle* ihn. Ich kann das nicht erklären, aber es ist der Grund, weshalb ich nicht verzweifelt bin. Ich bin nicht überzeugt davon, daß er tot ist. Irgendwie ist er noch um mich.«

Ihre Existenz hing so stark von Willy Hoffritz ab, von der Aussicht, hin und wieder wenigstens seine Stimme am Telefon zu hören, daß sie nie imstande sein würde, seinen Tod zu akzeptieren. Dan vermutete, daß er sie mit der verstümmelten Leiche konfrontieren könnte, daß er sie zwingen könnte, ihre Hände auf das kalte Fleisch zu legen und sich die gräßlichen Wunden anzusehen – und sie wäre dennoch nicht überzeugt, daß er tot war. Hoffritz hatte ihre Psyche zerstört und die einzelnen Bruchstücke nach eigenem Belieben wieder zusammengefügt, mit sich selbst als einziger Bindekraft. Wenn sie akzeptierte, daß er tot war, gäbe es nichts mehr, was sie zusammenhielt, und sie könnte zerfallen und in Wahnsinn versinken. Ihre einzige Hoffnung – zumindest mußte es ihr so vorkommen – bestand darin zu glauben, daß Willy noch lebte.

»Er ist irgendwo dort draußen«, sagte sie. »Ich *fühle* es.«

Mit einem zutiefst deprimierten Gefühl völliger Hilflosigkeit wandte sich Dan von ihr ab und ging auf die Tür zu.

Sie sprang rasch vom Sofa auf und rief: »Warten Sie!«

Er drehte sich um.

»Sie könnten... mich haben«, schlug sie vor.

»Nein, Regine.«

»Sie könnten mir antun, was immer Sie wollen.«

»Nein.«

»Ich werde Ihr Haustier sein.«

Er setzte seinen Weg zur Tür fort.

»Ihr kleines zahmes Haustier.«

Er wäre am liebsten gerannt.

Sie holte ihn ein, als er die Tür öffnete. Ihr Parfüm war berauschend. Sie legte eine Hand auf seine Schulter. »Ich mag Sie.«

»Wo lebt Ihre Familie, Regine?«

»Ich bin scharf auf Sie.«

»Ihre Eltern – wo leben sie?«

Sie legte ihre schmalen warmen Finger an seine Lippen, zeichnete seinen Mund nach. Er schob ihre Hand weg.

»Ich mag Sie wirklich, ich mag Sie sehr.«

»Vielleicht könnte Ihre Familie Ihnen helfen.«

»Ich mag Sie.«

»Regine...«

»Schlagen Sie mich, tun Sie mir weh...«

Er schob sie beiseite wie eine Leprakranke: energisch, angewidert, nicht frei von der Furcht, angesteckt zu werden.

»Als ich damals im Krankenhaus lag«, erzählte sie, »besuchte Willy mich jeden Tag. Er verschaffte mir ein Einzelzimmer und schloß immer die Tür, wenn er kam, damit wir allein waren. Und dann küßte er meine blauen Flekken. Jeden Tag kam er und küßte jeden blauen Flecken. Sie können sich nicht vorstellen, wie herrlich seine Lippen sich anfühlten, Lieutenant. Sobald sie mich berührten, hatte ich keine Schmerzen mehr, und ich erlebte eine grenzenlose Lust und hatte einen Orgasmus nach dem anderen...«

Dan trat rasch über die Schwelle und schlug hinter sich die Tür zu.

26

Kalte Windstöße fegten Abfälle über die nächtlichen Straßen. Regen lag in der Luft. Earl brachte Laura und Melanie in eine Wohnung im Parterre eines dreistöckigen Hauses in Westwood, südlich des Wilshire Boulevards. Die Wohnung bestand aus Wohnzimmer, Eßdiele, Küche, Bad und Schlafzimmer, aber sie wirkte größer, als sie in Wirklichkeit war, denn die großen Fenster gingen auf einen Park hinaus, der mit grünen und blauen Lämpchen hell beleuchtet war.

Earl erklärte Laura, daß die Wohnung der Detektei *California Paladin* gehörte und als »sicheres Haus« Verwendung fand. Die Agentur wurde gelegentlich beauftragt, Kinder und Jugendliche aus den Händen fanatischer religiöser Sekten zu befreien, und dann wurden sie in dieser Wohnung einige Tage lang deprogrammiert, bevor sie zu ihren Eltern zurückkehrten. Auch Frauen, die von ihren Ehemännern bedroht wurden, fanden hier vorübergehend Zuflucht; mehrmals hatte diese Wohnung als Treffpunkt bei geheimen Verhandlungen konkurrierender Firmen gedient, weil man hier keine Angst vor elektronischen Abhöranlagen zu haben brauchte. Ein Baptisten-Geistlicher hatte sich hier eine Zeitlang versteckt, als eine Jugendbande ihm nach dem Leben trachtete, weil er vor Gericht gegen ein Mitglied ausgesagt hatte. Und eine berühmte Filmschauspielerin hatte sich an diesen Ort zurückgezogen, um sich von einer heimlichen Krebsoperation zu erholen. Jetzt hatten Laura und Melanie in diesen bescheidenen Räumen Aufnahme gefunden, zumindest für eine Nacht. Earl hoffte, daß dieses Versteck nicht nur vor gefährlichen Jugendbanden, neugierigen Reportern und tobenden Ehemännern Schutz bot, sondern auch vor jener mysteriösen Macht, die Melanie bedrohte.

Er drehte die Heizung auf und ging in die Küche, um Kaffee zu machen.

Laura versuchte, ihre Tochter für heiße Schokolade zu interessieren, aber es gelang ihr nicht. Melanie ging wie eine Schlafwandlerin zum größten Sessel im Wohnzimmer, setzte sich, zog die Beine hoch und starrte auf ihre Hände hinab, die sie faltete, rieb, massierte, zu Fäusten ballte und wieder öffnete. Sie beobachtete ihre Hände so intensiv, als wären sie nicht ein Teil von ihr selbst, sondern zwei kleine emsige Tierchen, die auf ihrem Schoß spielten.

Laura hatte auf dem Weg vom Parkplatz in die Wohnung gefroren; sie genoß deshalb den heißen Kaffee – auch wenn er gegen jenes Frösteln nichts half, das nicht von Wind und Kälte herrührte, sondern von der unerwarteten Begegnung mit etwas Unbekanntem.

Während Earl seine Agentur anrief, um zu melden, daß sie das Haus in Sherman Oaks verlassen hatten, stand Laura am Fenster, den dampfenden Becher mit beiden Händen umfassend, und starrte auf die Oasen grünen und blauen Lichts in der Dunkelheit hinaus. Die ersten Regentropfen klopften gegen die Scheibe. Irgendwo dort draußen in der Nacht lauerte etwas auf Melanie, etwas, das mit logischem Verstand nicht zu erklären war, ein unverwundbares Wesen, das seine Opfer so zurichtete, als wären sie unter eine Dampfwalze geraten. Lauras Universitätsausbildung würde es ihr vielleicht ermöglichen, Melanie von ihrem autistischen Verhalten zu heilen; aber nichts, was man an einer Universität lernte, würde Laura helfen können, ›Es‹ zu besiegen. Was war ›Es‹ überhaupt? Ein Dämon, ein Geist, eine psychische Kraft? Das alles gab es doch nicht. Und doch . . . was mochten Dylan und Hoffritz mit ihren Experimenten bezweckt haben?

Dylan hatte an das Übernatürliche geglaubt. Von Zeit zu Zeit hatte er sich für irgendeinen Aspekt des Okkultismus begeistert, war davon geradezu besessen gewesen. Während solcher Phasen hatte er Laura lebhaft an ihre Mutter erinnert, denn sein felsenfester Glaube an die Realität des Okkulten und sein unablässiges Reden über diese Phänomene entsprach Beatrice's religiösem Fanatismus und abergläubischem Irrsinn. Nicht zuletzt deshalb hatte Laura sich zur Scheidung entschlossen – sie ertrug es nicht, an ihre von Ängsten geprägte Kindheit erinnert zu werden. Jetzt versuchte sie, sich ins Gedächtnis zu rufen, wovon Dylan besonders fasziniert gewesen war, aber ihr fiel nichts ein, denn sie hatte sich immer geweigert, ihm zuzuhören, wenn er von derartigen Dingen sprach, die für sie bestenfalls Auswüchse einer blühenden Fantasie und schlimmstenfalls Symptome von Geisteskrankheit waren.

Als Gegenreaktion auf die Irrationalität und Leichtgläubigkeit ihrer Mutter hatte Laura ihr Leben auf Logik und Vernunft aufgebaut; sie glaubte nur an Dinge, die sie sehen, hören, riechen, schmecken und tasten konnte. Sie glaubte nicht, daß ein zerbrochener Spiegel sieben Jahre Unglück bedeutete, sie warf kein Salz über ihre Schulter, und sie ging immer unter einer Leiter hindurch und nicht drum herum, weil sie sich beweisen wollte, daß sie nichts von ihrer Mutter an sich hatte. Sie glaubte nicht an Teufel, Dämonen, Besessenheit und Exorzismus. Tief im Herzen fühlte sie, daß es einen Gott gab, aber sie ging in keine Kirche, identifizierte sich mit keiner Religion. Sie las keine Gespenstergeschichten, hatte kein Interesse an Filmen über Vampire oder Werwölfe. Sie glaubte nicht an psychische Kräfte, Vorahnungen und Hellseherei.

Sie war völlig unvorbereitet auf die Ereignisse der vergangenen 24 Stunden.

Sie erkannte plötzlich, daß Logik und Vernunft zwar das ideale Fundament bildeten, um sein Leben aufzubauen, daß der Mörtel aber mit einer Empfindsamkeit für Wunder, mit Respekt vor dem Unbekannten oder zumindest mit Unvoreingenommenheit angereichert sein sollte. Andernfalls konnte der Mörtel allzu leicht rissig werden und abbröckeln. Die übertriebene Hinwendung ihrer Mutter zu Religion und Aberglaube war eindeutig krankhaft gewesen; aber vielleicht hatte sie selbst einen Fehler begangen, als sie ins andere Extrem des philosophischen Spektrums geflüchtet war. Das Universum schien doch um einiges komplizierter zu sein, als sie bisher geglaubt hatte.

Etwas war dort draußen.

Etwas, das sie nicht begreifen konnte.

Und dieses Etwas wollte Melanie haben.

Doch sogar während sie am Fenster stand, in die regnerische Nacht starrte und zum erstenmal eine gewisse Ehrfurcht vor den Mysterien dieser Welt empfand, suchte ihr Verstand nach rationalen Erklärungen, nach Bösewichten aus Fleisch und Blut. Sie hörte Earl mit einem seiner Kollegen telefonieren, und plötzlich wurde ihr klar, daß außer *California Paladin* jetzt niemand wußte, wo sie und Melanie waren. Einen schrecklichen Augenblick lang hatte sie das Gefühl, eine große Dummheit begangen zu haben, indem sie auf die wachsamen Augen des FBI, auf den Kontakt zu Freunden und Nachbarn und zur Polizei verzichtete. Melanie wurde schließlich nicht nur von dem unsichtbaren ›Es‹ bedroht, vor dem sie gewarnt worden waren, sondern auch von Menschen, Menschen wie jenem professionellen Killer; und wenn diese Leute nun Kontakte zu der Detektei unterhielten? Was, wenn nun Earl der Henker war?

Hör auf!

Sie holte mehrmals tief Luft.

Sie durfte nicht hysterisch werden. Um Melanies willen mußte sie die Kontrolle über sich behalten.

27

Dan ging nicht sofort zu seinem Wagen, sondern blieb lauschend vor Regines Haustür stehen. Sein Verdacht, daß sie nicht allein gewesen war, erwies sich als berechtigt, als er eine Männerstimme hörte.

Der Mann war wütend. Er brüllte; sie nannte ihn Eddie

und antwortete ihm mit sanfter, einschmeichelnder Stimme. Das unverkennbare Klatschen eines heftigen Schlages war zu hören, gefolgt von Regines Aufschrei, der eine sonderbare Mischung aus Schmerz, Furcht, aber auch Genuß und Erregung bildete. Der Wind heulte so laut, und die Bäume ächzten und stöhnten, so daß Dan nicht jedes Wort verstehen konnte, das im Haus gesprochen wurde. Aber er schnappte doch genug auf, um zu wissen, daß Eddie wütend war, weil Regine zuviel ausgeplaudert hatte. Sie versuchte ihm zu erklären, daß sie gar keine andere Wahl gehabt hatte, als die Fragen des Polizisten zu beantworten. Er hatte Antworten *gefordert*, und sie war gewöhnt daran, Befehlen zu gehorchen, sie konnte gar nicht anders als gehorchen. »Verstehst du das denn nicht, Eddie?« Ihre Erklärung vermochte seinen Zorn nicht zu besänftigen. Er schlug sie wieder.

Dan ging am Haus entlang, zum ersten Fenster. Er wollte einen Blick auf diesen Eddie werfen. Durch einen Spalt zwischen den Vorhängen sah er einen Teil des Wohnzimmers und einen etwa fünfundvierzigjährigen Mann mit rotem Haar und Schnurrbart und einem teigigen Gesicht. Der Kerl trug eine schwarze Hose, ein weißes Hemd, eine graue Strickweste und eine graue Fliege. Er hatte etwas von einem verwöhnten, verzogenen Kind an sich, und er plusterte sich auf wie ein Zwerghahn, so als glaubte er, daß Autorität von einer vorgewölbten Brust abhänge. Trotz seines Gehabes sah er schwach und weichlich aus, wie ein Lehrer, der seine Schüler nicht zu bändigen versteht. Niemand würde annehmen, daß er eine Frau schlug, und bei einer anderen Frau als Regine hätte er sich bestimmt nicht getraut zuzuschlagen, weil jede andere Frau vermutlich zurückgeschlagen hätte.

Mehr als alles andere ärgerte Eddie, daß Regine Dan von John Wilkes Enterprises erzählt hatte. Regine kniete mit gesenktem Kopf vor ihm, wie eine Vasallin, die sich vor ihrem Feudalherrn demütigt, und er hielt ihr seine

Strafpredigt, untermalt von nervösem Gestikulieren und kräftigen Ohrfeigen.

John Wilkes Enterprises. Dan wußte, daß er einen weiteren Schlüssel zu diesem komplizierten Fall erhalten hatte.

Er ging zu seinem Auto, öffnete den Kofferraum und nahm eines der sieben Bücher von Albert Uhlander aus dem Karton. Regine hatte gesagt, daß ein Mann namens Albert sie nur ein einziges Mal besucht habe, ein Mann mit falkenartigen Gesichtszügen. Im gespenstischen Licht einer Straßenlaterne betrachtete Dan das Foto des Autors auf dem Schutzumschlag. Uhlanders Gesicht war lang und schmal, mit einer hohen Stirn und hervortretenden Backenknochen. Seine Augen waren kalt und durchdringend, was ihm zusammen mit der gebogenen Nase tatsächlich das Aussehen eines Falken oder eines anderen Raubvogels verlieh.

Es war also tatsächlich Uhlander gewesen, der Regine einmal besucht hatte, aber nicht, um wie die anderen Männer perverse sexuelle Bedürfnisse auszuleben, sondern vielleicht aus Neugier, um sich mit eigenen Augen davon zu überzeugen, daß es diese Frau wirklich gab und daß Hoffritz sie total versklavt hatte. Vielleicht hatte Uhlander einen Beweis für Hoffritz's Genialität haben wollen, bevor er sich an dem Projekt beteiligte, das in der Folterung eines kleinen Mädchens bestand. Wie dem auch sein mochte – Dan wollte jedenfalls mit Uhlander sprechen, genauso wie mit Mary O'Hara, mit Coopers Frau, mit Scaldones Frau – falls er verheiratet gewesen war –, mit den Geschäftsführern und/oder Besitzern von John Wilkes Enterprises, mit dem silberhaarigen distinguierten Perversen, der Regine regelmäßig besuchte und sich von ihr ›Daddy‹ nennen ließ, und mit den anderen Männern, die Regine mißbrauchten – Eddie, Shelby und Howard.

Er legte das Buch in den Karton zurück, schloß den Kofferraum und stieg in seinen Wagen, als die ersten dicken

Regentropfen aufs Pflaster trommelten. Er hatte Scaldones Kundenliste in seiner Tasche und war ganz sicher, daß er darauf die Familiennamen von Eddie, Shelby und Howard finden würde; aber das Licht war hier schwach, er war müde, seine Augen brannten, und er wollte sich unbedingt noch mit Laura McCaffrey unterhalten; deshalb ließ er die Liste in seiner Tasche und fuhr los.

Es war 22.44 Uhr, als er Lauras Haus in Sherman Oaks erreichte, und es regnete stark. Obwohl in mehreren Zimmern Licht brannte, reagierte niemand auf sein mehrmaliges Klingeln, auch nicht auf sein Pochen und Hämmern gegen die Tür.

Wo war Earl Benton? Er sollte doch bis Mitternacht hier sein und dann von einem anderen Paladin-Agenten abgelöst werden.

Dan dachte an die zerquetschten Leichen in Studio City, an den toten Killer Ned Rink und an den Ladeninhaber Scaldone. Er machte sich immer größere Sorgen, während er über den nassen Rasen lief, sich zwischen zwei blühenden Hibiskussträuchern durchzwängte und durch ein Fenster spähte. Er sah nichts Außergewöhnliches, keine Leichen, keine Verwüstung, kein Blut, auch nicht, als er einen Blick durch das nächste Fenster warf. Mit rasendem Herzklopfen eilte er auf die Rückseite des Hauses.

Die Küchentür war nicht ganz geschlossen. Als er sie aufstieß und über die Schwelle trat, sah er, daß der Türrahmen zersplittert und die Sicherheitskette aus ihrer Befestigung gerissen worden war. Und dann fiel sein Blick auf das Chaos im Raum: abgerissene Blumen, welke Blätter, Klumpen feuchter Erde.

Kein Blut.

Auf dem Tisch standen drei halbvolle Teller mit Spaghetti, mit Blütenblättern und Erde bestreut.

Ein umgeworfener Stuhl.

Rührmichnichtan im Spülbecken.

Aber kein Blut. Gott sei Dank! Kein Blut. Bis jetzt.

Er zog seinen Revolver.

Kalter Schweiß trat ihm auf die Stirn, während er vorsichtig von Zimmer zu Zimmer ging, und sein Herz krampfte sich bei der Vorstellung zusammen, daß die bis zur Unkenntlichkeit verstümmelten Leichen irgendwo im Haus lagen. Doch er fand nur eine verängstigte Katze, die vor ihm wegrannte. In der Garage stellte er fest, daß Laura McCaffreys blauer Camaro verschwunden war, aber er wußte nicht, was das zu bedeuten hatte.

Als er nirgendwo Leichen entdeckte, war er so erleichtert, als hätte man ihn plötzlich von einer zentnerschweren Last befreit. Seine grenzenlose Erleichterung und sein jähes Glücksgefühl ließen ihn erkennen, daß seine Gefühle für diese Frau und ihr Kind sich qualitativ und quantitativ nicht mit seinen Gefühlen für all die anderen Opfer vergleichen ließen, mit denen er in vierzehn Jahren konfrontiert worden war. Sein ungewöhnlich starkes Engagement war auch nicht damit zu erklären, daß dieser Fall vage Parallelen zum Fall Lakey aufwies. Er fühlte sich zu Laura McCaffrey nicht nur deshalb hingezogen, weil er sein Versagen im damaligen Fall wiedergutmachen wollte, indem er Lauras und Melanies Leben rettete. Das spielte zwar eine gewisse Rolle, war aber nicht allein ausschlaggebend. Die mächtige Anziehungskraft, die diese Frau auf ihn ausübte, beruhte nicht allein auf ihrer Schönheit, auch nicht auf ihrer Intelligenz, obwohl auch das für ihn wichtig war, weil er nie die Vorliebe vieler Männer für dumme Blondinen geteilt hatte; ihn faszinierte auch ihre unglaubliche Kraft und Entschlossenheit.

Doch selbst wenn Laura und Melanie diese schlimme Lage überlebten, dachte Dan, so bestand doch sehr wenig Hoffnung auf eine Beziehung zwischen Laura und ihm. Um Himmels willen, sie hatte in Psychologie promoviert. Sie war gebildeter als er. Sie verdiente mehr Geld als er. Vergiß es, Haldane, sagte er sich. Schlag es dir aus dem Kopf. Diese Frau ist für dich einige Nummern zu groß.

Als er in die Küche zurückkehrte, um sich dort das Durcheinander näher anzusehen, mußte er feststellen, daß er nicht mehr allein im Haus war. Michael Seames, der FBI-Agent, den er vor einigen Stunden im *Sign of the Pentagram* kennengelernt hatte, stand am Tisch und betrachtete die überall herumliegenden Blumen. Er hatte die Hände in seine Manteltaschen geschoben, und sein unnatürlich junges Gesicht hatte einen verwirrten und besorgten Ausdruck.

»Wo sind sie abgeblieben?« fragte Dan.

»Ich hatte gehofft, daß *Sie* mir das sagen könnten«, erwiderte Seames.

»Laura McCaffrey hatte auf meine Anregung hin eine Bewachung rund um die Uhr vereinbart...«

»Mit *California Paladin.*«

»So ist es. Aber soviel ich weiß, wollten die Paladin-Leute ihr nicht empfehlen, sich irgendwo zu verstecken. Sie sollten mit ihr hierbleiben.«

»Einer *war* hier. Ein gewisser Earl Benton.«

»Ja, den kenne ich.«

»Vor etwa einer Stunde hat er sich mit Laura McCaffrey und dem Mädchen aus dem Staub gemacht, als wäre ihnen der Teufel auf den Fersen. Wir haben auf der anderen Straßenseite einen Überwachungswagen stehen.«

»Oh?«

»Unsere Männer nahmen Bentons Verfolgung auf, aber er war zu schnell.« Seames runzelte die Stirn. »Es hatte fast den Anschein, als wollte er nicht nur jemand anderen, sondern auch *uns* abschütteln. Haben Sie irgendeine Idee, warum er das getan hat?«

»Vielleicht traut er dem FBI nicht.«

»Wir sind hier, um das Kind zu beschützen.«

»Sind Sie ganz sicher, daß unsere Regierung das Mädchen nicht gern in ihrer Gewalt hätte, um herauszufinden, was McCaffrey und Hoffritz in jenem grauen Zimmer mit ihr anstellten?«

»Durchaus möglich«, gab Seames zu. »Die Entscheidung darüber ist doch nicht gefallen. Aber dies hier ist Amerika, wie Sie wissen. Wir würden die Kleine doch nicht entführen. Wir würden für irgendwelche Tests die Erlaubnis ihrer Mutter einholen.«

Dan seufzte, weil er nicht wußte, ob er dem Mann glauben sollte, aber er sagte: »Ja, vermutlich würden Sie korrekt vorgehen.«

»Sie haben nicht zufällig Benton geraten, mit der Frau und dem Kind abzuhauen?«

»Warum sollte ich so etwas tun? Ich bin ein pflichtbewußter Staatsdiener, genau wie Sie.«

»Arbeiten Sie demnach bei jedem Ihrer Fälle pausenlos, den ganzen Tag und die halbe Nacht hindurch?«

»Nicht bei jedem Fall.«

»Meistens?«

Dan konnte guten Gewissens antworten: »Ja, in den meisten Fällen arbeite ich viele Stunden hintereinander. Die Untersuchung kommt ins Rollen, eines führt zum anderen, und es ist einfach nicht möglich, jeden Tag genau um 17 Uhr Feierabend zu machen. Den meisten Detektiven geht es ähnlich.«

»Ich habe gehört, daß Sie härter als die meisten anderen arbeiten.«

Dan zuckte mit den Schultern.

»Man sagt, Sie seien wie eine Bulldogge, die sich in etwas verbeißt und nicht wieder losläßt. Man sagt auch, daß Sie Ihre Arbeit lieben.«

»Es stimmt, daß ich ziemlich hart arbeite, aber in einem Mordfall wird die Spur eben oft sehr schnell kalt. Wenn man nach drei oder vier Tagen noch keinen Hinweis auf den Täter hat, gelingt es nur noch sehr selten, ihn überhaupt dingfest zu machen.«

»Aber in diesen speziellen Fall investieren Sie noch mehr Kraft als üblich. Habe ich nicht recht, Lieutenant?«

»Vielleicht.«

»Sie wissen genau, daß es so ist.«

»Nun, vermutlich strotzte ich gerade von Energie und Tatendrang.«

»Das ist keine befriedigende Erklärung«, sagte Seames. »Nein, Sie haben an diesem Fall ein *besonderes* Interesse.«

»So?«

»Stimmt das etwa nicht?«

»Nicht daß ich wüßte«, versicherte Dan, obwohl er plötzlich Laura McCaffreys liebliches Gesicht vor Augen hatte.

Seames blickte ihn mißtrauisch an. »Hören Sie, Haldane, wenn jemand McCaffrey und Hoffritz finanzierte, weil ihr Projekt militärische Anwendungsmöglichkeiten bot, dann sind diese Leute – nennen wir sie einmal Finanziers – möglicherweise bereit, sehr viel Geld hinzublättern, um das Mädchen wieder in ihre Gewalt zu bringen. Aber dieses Geld wäre schmutzig, verdammt schmutzig. Jeder, der es annähme, würde sich daran die Hände schmutzig machen. Verstehen Sie, was ich meine?«

Anfangs hatte Dan befürchtet, daß Seames etwas von seinen romantischen Gefühlen für Laura McCaffrey ahnte. Doch nun wurde ihm klar, daß der Agent aus gewichtigeren Gründen beunruhigt war.

Um Himmels willen, dachte Dan, der Kerl fragt sich, ob ich mich vielleicht an die Russen oder sonst wen verkauft habe!

»Verdammt, Seames, Sie sind auf einem total falschen Gleis!«

»Diese Leute würden eine ganze Menge Geld ausspucken, um das Mädchen zurückzubekommen, und ein Polizist wird in diesem Land zwar ganz anständig bezahlt, aber reich wird er nie – es sei denn, er hat noch ein paar Nebeneinkünfte.«

»Ich verwahre mich energisch gegen diese Unterstellung.«

»Und ich bedaure sehr, daß Sie diese Unterstellung nicht klar und deutlich für falsch erklären.«

»Bitte sehr: Nein, ich habe mich nicht an irgend jemand verkauft. Nein, non njet! Ist das deutlich genug?«

Ohne darauf eine Antwort zu geben, sagte Seames: »Nachdem unsere Leute von Benton abgehängt wurden, kamen sie hierher zurück. Sie wollten abwarten, ob die Frau und das Mädchen zurückkehren würden oder ob sonst jemand auftauchen würde. Dann fiel ihnen ein, daß sie sich im Haus umsehen sollten. Die Küchentür war nicht abgeschlossen – und dann fanden wir dieses Durcheinander hier vor.«

»Und wie erklären Sie sich dieses Durcheinander?«

»Die Blumen sind aus dem Garten hinter dem Haus«, sagte Seames.

»Aber wie sind sie hier hereingekommen? Und warum?«

»Das wissen wir nicht.«

»Und warum ist die Sicherheitskette kaputt?«

»Sieht so aus, als sei jemand gewaltsam eingedrungen.«

»Tatsächlich? Verdammt, ihr FBI-Burschen seid wirklich superschlau!«

Dan ging zum Telefon und gab bereitwillig Auskunft auf Seames' Frage, was er vorhabe. »Ich rufe *Paladin* an. Wenn Earl glaubte, daß Laura und Melanie hier in Gefahr seien, so würde das erklären, warum er es so eilig hatte wegzukommen. Aber in diesem Fall würde Earl später in seinem Büro anrufen und melden, wo er sich befindet.«

Der Mann, der in der Detektei Nachtdienst hatte, Lonnie Beamer, kannte Dan gut genug, um seine Stimme zu erkennen. »Ja, Lieutenant, Earl hat Mutter und Tochter ins ›sichere Haus‹ gebracht.«

Lonnie schien zu glauben, daß Dan die Adresse dieses Hauses kannte, was aber nicht zutraf. Earl hatte einige Male davon gesprochen, wenn er von seinen Fällen erzählte, aber wenn er jemals gesagt hatte, wo dieses Haus sich befand, so hatte Dan es vergessen. Und er konnte Lonnie nicht nach der Adresse fragen, ohne daß Seames hellwach wurde. Er würde später noch einmal bei *Paladin* anrufen müssen, sobald es ihm gelang, den FBI-Agenten loszuwerden.

»Aber sie werden vermutlich nicht mehr lange dort sein«, berichtete Lonnie am Telefon.

»Warum nicht?«

»Hast du noch nichts davon gehört? Mrs. McCaffrey und die Kleine werden unseren Schutz nicht mehr benötigen, weil eure Leute die Bewachung übernehmen.«

»Ist das dein Ernst?«

»Ja«, sagte Lonnie. »Polizeischutz rund um die Uhr. Earl wartet drüben im ›sicheren Haus‹ darauf, daß zwei eurer Leute dort aufkreuzen und die McCaffreys abholen.«

»Wer?«

»Äh... wart mal... Captain Mondale hat den Polizeischutz angeordnet, und Earl wurde angewiesen, unsere Klienten den Detektiven Wexlersh und Manuello zu übergeben.«

Etwas stimmte nicht. Etwas war faul an dieser Sache. Die Polizei hatte einfach zu wenige Leute, um jemanden rund um die Uhr zu bewachen. Und Ross Mondale hätte niemals persönlich in der Detektei angerufen; solche Bagatellen überließ er immer seinen Assistenten. Und selbst wenn wie durch ein Wunder Polizeischutz gewährt würde, hätte man dafür Uniformierte abgestellt, nicht zwei dringend benötigte Kriminalbeamte, an denen noch weit größerer Mangel herrschte. Und warum ausgerechnet Wexlersh und Manuello?

»Du kannst also gleich in Sherman Oaks bleiben«, meinte Lonnie, »denn ich nehme an, daß eure Leute die McCaffreys dorthin zurückbringen werden.«

Dan wollte Näheres wissen, aber er konnte nicht frei sprechen, solange Seames ihm im Nacken saß. Deshalb sagte er: »Na ja, danke, Lonnie. Aber ich finde es unverzeihlich, daß ihr nicht wißt, wo euer Mitarbeiter ist und was mit euren Klienten geschieht.«

»Häh? Ich habe dir doch gerade erklärt...«

»Ich habe *Paladin* bisher immer für die beste Privatdetektei gehalten, aber wenn ihr eure Agenten und Klienten einfach aus den Augen verliert, besonders Klienten, deren Leben in Gefahr sein könnte...«

»Was ist los mit dir, Haldane?«

»Okay, sie sind vermutlich in Sicherheit«, setzte Dan sein Täuschungsmanöver fort. »Ich weiß, daß Earl ein guter Mann ist, und ich bin sicher, daß er gut auf sie aufpaßt, aber ihr solltet trotzdem lieber mehr Kontakt halten. Andernfalls passiert einem Klienten früher oder später doch etwas, und dann geht die Lizenz der ganzen Agentur flöten.«

Lonnie wollte etwas sagen, aber Dan legte den Hörer auf.

Er wollte so schnell wie möglich hier wegkommen, um Lonnie von einem anderen Telefon aus anzurufen und nach weiteren Einzelheiten zu fragen. Aber er durfte sich nicht anmerken lassen, daß er es eilig hatte, denn er wollte nicht, daß Seames ihn begleitete; der Kerl würde wie eine Klette an ihm kleben, wenn er auch nur vermutete, daß Dan Melanies Aufenthaltsort kannte.

Der FBI-Agent ließ ihn nicht aus den Augen.

»Die Leute von *Paladin* wissen von nichts.«

»Hat er Ihnen das gesagt?«

»Ja.«

»Was hat er Ihnen sonst noch gesagt?«

Dan hätte Seames und dem FBI gern Vertrauen geschenkt. Schließlich war er aus freien Stücken zur Polizei gegangen, und er hatte absolut nichts wegen Autorität und Ordnung einzuwenden. Normalerweise hätte er Seams automatisch vertraut, ohne auch nur nachzudenken.

Aber diesmal nicht. Dies war ein verdammt merkwürdiger Fall, so merkwürdig, daß die üblichen Regeln darauf nicht anwendbar waren.

»Er hat nur dummes Zeug gequasselt«, beantwortete er Seames' Frage. »Warum?«

»Sie waren plötzlich sehr beunruhigt.«

»Ich? Keine Spur.«

»Ihnen ist der Schweiß ausgebrochen.«

Dan spürte, daß ihm tatsächlich kalter Schweiß von der Stirn rann. Zum Glück fiel ihm sofort eine Ausrede ein. »Es ist diese Stirnverletzung. Zeitweilig vergesse ich sie total, und dann tut sie plötzlich, von einer Sekunde auf die andere, wieder so weh, daß ich laut schreien könnte.«

»Hüte?« fragte Seames.

»Was?«

»Im *Sign of the Pentagram* haben Sie mir erzählt, Sie hätten einen zu kleinen Hut anprobiert.«

»Tatsächlich? Na ja, das war nur ein dummes Späßchen.«

»Und was ist in Wirklichkeit passiert?«

»Nun, sehen Sie, normalerweise denke ich nicht sehr viel und sehr angestrengt nach. Ich bin es einfach nicht gewöhnt. Wissen Sie, ich bin einer von diesen riesigen Bullen, die immer nur Scheiße im Hirn haben. Aber heute mußte ich soviel nachdenken, daß mein Kopf rauchte und die Haut versengte.«

»Ich bin überzeugt davon, daß Sie ständig angestrengt nachdenken, Haldane. Jede Minute.«

»Sie sehen mich in einem viel zu schmeichelhaften Licht.«

»Und Sie sollten auch einmal über folgendes nachdenken: Sie sind nur ein Kriminalbeamter, während ich beim FBI bin, und obwohl ich mich nicht in Ihre regionalen Befugnisse einmischen darf, habe ich Mittel und Wege, Ihnen so übel mitzuspielen, daß Sie es tief bereuen werden, mir Knüppel zwischen die Beine geworfen zu haben.«

»So etwas würde ich nie tun, Sir. Das schwöre ich.«
Seames starrte ihn schweigend an.

»Na ja, ich glaube, ich mache mich langsam auf den Weg«, sagte Dan.

»Wohin?«

»Nach Hause«, log Dan. »Ich habe einen sehr langen Tag hinter mir. Sie haben recht, ich arbeite zuviel. Und mein Kopf tut höllisch weh. Ich brauche ein paar Aspirin und eine Eiskompresse.«

»Plötzlich machen Sie sich also keine Sorgen mehr um die McCaffreys?«

»O doch, ich *mache* mir Sorgen, aber im Augenblick kann ich nichts unternehmen. Ich meine, dieses Durcheinander hier ist zwar schon ein bißchen suspekt, aber es braucht nichts Schlimmes zu bedeuten, habe ich recht? Ich nehme an, daß die McCaffreys irgendwo in Sicherheit sind. Earl Benton ist ein ausgezeichneter Mann. Außerdem muß ein Bulle vom Morddezernat sich eine ganz schön dicke Haut zulegen. Er darf nicht mit den Opfern mitfühlen, wissen Sie. Andernfalls würde er in der Klapsmühle landen. Stimmt's?«

Seames blickte ihn noch mehr schweigend an.

Dan gähnte. »Höchste Zeit für ein Bier, und dann nichts wie in die Falle.« Er ging auf die Tür zu.

Er fühlte sich hoffnungslos durchsichtig. Zur Verstellung fehlte ihm jedes Talent.

Er stand schon auf der Schwelle, als er hinter sich Seames' Stimme hörte: »Wenn die McCaffreys in Gefahr sind, Lieutenant, und wenn Sie ihnen wirklich helfen wollen, wäre es klug, mit mir zusammenzuarbeiten.«

»Nun, wie gesagt, ich glaube nicht, daß sie im Augenblick in Gefahr sind«, erwiderte Dan, obwohl ihm der kalte Schweiß noch immer auf der Stirn stand und obwohl er rasendes Herzklopfen hatte.

»Warum sind Sie nur so stur? Warum wollen Sie nicht mit uns zusammenarbeiten?«

Dan blickte ihm in die Augen. »Erinnern Sie sich noch, daß Sie mich vorhin quasi beschuldigt haben, ein doppeltes Spiel zu spielen?«

»Es gehört zu meinem Job, mißtrauisch zu sein«, verteidigte sich Seames.

»Zu meinem ebenfalls.«

»Wollen Sie damit sagen... daß Sie *mich* verdächtigen, nicht im Interesse des Mädchens zu handeln?«

»Mr. Seames, es tut mir leid, aber obwohl Sie ein geradezu cherubinisches Gesicht haben, bedeutet das noch lange nicht, daß Sie auch das Herz eines Engels haben.«

Er verließ das Haus, ging zu seinem Wagen und fuhr davon. Die FBI-Leute versuchten nicht, ihn zu verfolgen, vermutlich weil sie einsahen, daß sie sich diese vergebliche Mühe sparen konnten.

Dan hielt bei der ersten Telefonzelle an. Er zitterte heftig, einer Panik nahe, was für ihn sehr ungewöhnlich war. Normalerweise blieb er selbst in den schwierigsten Situationen ruhig und cool. Aber diesmal nicht. Vielleicht lag das daran, daß er Cindy Lakey nicht vergessen konnte, vielleicht auch daran, daß er in den letzten 24 Stunden besonders viel an seinen Bruder und seine Schwester denken mußte; vielleicht war aber auch Laura McCaffreys Anziehungskraft auf ihn noch weitaus größer, als er es sich selbst eingestehen wollte; vielleicht konnte er den Gedanken nicht ertragen, sie zu verlieren. Aus welchen Gründen auch immer, seine Selbstbeherrschung drohte ihn jedenfalls im Stich zu lassen.

Wexlersh und Manuello...

Warum hatte er plötzlich solche Angst vor diesen beiden Männern? Er hatte sie nie leiden können. Sie waren durch und durch korrupt, und gerade deshalb hatte Mondale ihre Versetzung ins East Valley bewerkstelligt. Er wollte, daß seine Leute nur das taten, was ihnen gesagt wurde, daß sie auch fragwürdige Befehle widerspruchslos ausführten, solange er sie protegierte. Dan wußte, daß sie Mondales Lakaien waren, Opportunisten, die mit Begriffen wie Pflichtgefühl und Verantwortungsbewußtsein nichts anfangen konnten, aber immerhin *waren* sie Polizeibeamte, wenn auch lausige; sie waren keine Killer wie Ned Rink. Sie konnten für Laura und Melanie doch keine Gefahr darstellen.

Und doch...

Etwas war faul an dieser Sache. Dan konnte keine konkreten Gründe für seine Ängste anführen, aber im Laufe der Jahre hatte er gelernt, sich auf seine Vorahnungen zu verlassen.

Während er hastig in seiner Tasche nach Münzen kramte, sie einwarf und die Nummer der Detektei wählte, beschlug sein Atem die Glaswände der Telefonzelle, an deren Außenflächen Regen herabrann. Und plötzlich überkam Dan das unheimliche Gefühl, daß die Tür der Zelle für immer hinter ihm zugefallen war, daß er hier nie mehr herauskommmen würde, daß er nie wieder ein menschliches Wesen sehen, hören oder berühren, sondern ewig in diesem Glaskasten hocken würde, außerstande, Laura und Melanie zu warnen und ihnen zu helfen, außerstande, Earl zu benachrichtigen, sogar außerstande, sich selbst zu retten. Manchmal hatte er Alpträume, in denen er völlig hilflos und wie gelähmt zusehen mußte, wie irgendein Monster vor seinen Augen Menschen quälte und tötete, die er liebte; aber es passierte ihm zum erstenmal, daß er einen solchen Alptraum in wachem Zustand erlebte.

Er hörte das Freizeichen in der Leitung, aber seine Panik war inzwischen so groß, daß er sich nicht gewundert hätte, wenn keine Verbindung zustande gekommen wäre. Doch nach dem dritten Freizeichen hörte er Lonnie Beamers Stimme: »*California Paladin.*«

Vor Erleichterung atmete er laut auf.

»Lonnie, hier ist wieder Dan Haldane.«

»Bist du wieder bei Verstand?«

»Ich mußte dummes Zeug reden, weil ein neugieriger Kerl hinter mir stand und die Ohren spitzte.«

»Ich dachte mir schon so was, nachdem du aufgelegt hattest.«

»Hör zu, ich möchte, daß du sofort Earl anrufst und ihm sagst, daß an dieser Polizeischutz-Geschichte etwas faul ist.«

»Was soll das heißen?«

»Sag ihm, die Burschen, die ins ›sichere Haus‹ kommen, würden sich vielleicht nur als Polizisten ausgeben. Er soll sie nicht einlassen.«

»Du redest dummes Zeug. Natürlich sind es echte Polizisten.«

»Lonnie, etwas Übles ist im Gange. Ich weiß nicht genau, was...«

»Aber *ich* weiß, daß ich mit Ross Mondale gesprochen habe. Ich meine, ich habe seine Stimme erkannt, aber ich habe trotzdem unter seiner Büronummer zurückgerufen, bevor ich ihm sagte, wohin Earl die McCaffreys gebracht hat.«

»Okay«, sagte Dan ungeduldig, »auch wenn es tatsächlich Wexlersh und Manuello sind, die dort aufkreuzen – sag Earl, daß die Sache stinkt. Richte ihm von mir aus, daß er ganz tief in der Scheiße sitzen wird, wenn er die Typen reinläßt.«

»Verdammt, ich kann ihm doch nicht sagen, er solle sich auf eine Schießerei mit zwei Bullen einlassen!«

»Er braucht sich auf keine Schießerei einzulassen. Er soll ihnen einfach nicht die Tür öffnen. Sag ihm, ich sei unterwegs, und er müsse durchhalten, bis ich dort bin. Und jetzt brauche ich die Adresse dieses Hauses.«

»Es ist eigentlich eine Wohnung.« Lonnie nannte eine Adresse in Westwood. »He, glaubst du wirklich, daß sie in Gefahr sind?«

»Ruf schleunigst Earl an!«

Er hängte den Hörer ein, stieß die beschlagene Glastür der Telefonzelle auf und rannte zu seinem Wagen.

28

»Festgenommen?« Earl blickte stirnrunzelnd von Wexlersh zu Manuello.

Laura war genauso verblüfft und bestürzt wie er. Auf Anweisung der beiden Detektive hatte sie mit Melanie auf dem Sofa Platz genommen. Sie fühlte sich sehr verunsichert und unbehaglich, was ihr selbst unerklärlich war, da die Polizeibeamten ja schließlich sie und Melanie beschützen sollten. Sie hatte ihre Dienstausweise gesehen, und für Earl waren sie offenbar keine Fremden, obwohl er sie nicht gut zu kennen schien. Es konnte sich demnach nicht um Verbrecher handeln, die sich nur als Polizisten getarnt hatten. Trotzdem stiegen Zweifel und Ängste in ihr auf, und sie spürte, daß etwas absolut nicht in Ordnung war.

Die beiden Detektive machten auf sie alles andere als einen vertrauenerweckenden Eindruck. Manuello hatte verschlagene Augen und trug ein hämisches Grinsen zur Schau. Er gebärdete sich wie ein Macho, der nur darauf wartet, daß seine Autorität in Frage gestellt wird, um zuschlagen zu können. Und Wexlersh's wachsbleiche Haut und ausdruckslose grauen Augen verursachten ihr eine Gänsehaut.

»Was soll das?« fragte sie. »Mr. Benton arbeitet für mich. Ich habe ihn als Leibwächter engagiert.« Ein absurder Gedanke schoß ihr durch den Kopf. »Mein Gott, Sie glauben doch nicht etwa, daß er uns gegen unseren Willen hier festgehalten hat?«

Ohne sie einer Antwort zu würdigen, wandte sich Manuello an Earl: »Sind Sie bewaffnet?«

»Selbstverständlich, aber ich habe einen Waffenschein.«

»Her damit!«

»Sie wollen den Waffenschein sehen?«

»Her mit der *Pistole*!«

Wexlersh zog seinen eigenen Revolver und warnte: »Seien Sie vorsichtig, wenn Sie die Knarre übergeben.«

Erstaunt über dieses Mißtrauen, sagte Earl: »Um Himmels willen, halten Sie mich etwa für gefährlich?«

»Seien Sie äußerst vorsichtig!« wiederholte Wexlersh eisig.

»Weshalb sollte ich auf einen Polizeibeamten schießen?« fragte Earl, während er Manuello seine Pistole aushändigte.

Manuello schob die Waffe in seinen Hosenbund.

Das Telefon klingelte.

Laura wollte aufstehen, doch Manuello winkte ab. »Lassen Sie es läuten!«

»Aber...«

»Lassen Sie es läuten!« wiederholte er scharf.

Das Telefon klingelte wieder.

Laura stellte fest, daß Earls Miene sich zusehends verdüsterte.

Alle warteten nervös auf das nächste Klingeln.

Das Telefon klingelte.

Dan hatte das abnehmbare Blaulicht am Dach der Limousine befestigt und eingeschaltet. Mit heulender Sirene brauste er los. Die anderen Fahrzeuge machten ihm bereitwillig Platz. In Anbetracht der nassen Fahrbahnen fuhr er viel zu schnell und gefährdete damit nicht nur sich selbst, sondern auch andere – eine Rücksichtslosigkeit, die ihm normalerweise völlig fremd war.

Wenn jemand Ross Mondale korrumpiert hatte – und diese Möglichkeit war alles andere als undenkbar –, so konnte der Captain sich mit hundertprozentiger Sicherheit auf die Mitarbeit seiner Lakaien Wexlersh und Manuello verlassen. Sie brauchten sich nur zum ›sicheren Haus‹ zu begeben und sich mit Hilfe ihrer Dienstausweise Zutritt zur Wohnung zu verschaffen, um Melanie entführen zu können. Sie würden allerdings Earl und Laura liquidieren müssen, damit ihr Verbrechen nicht herauskam, doch je länger Dan darüber nachdachte, desto überzeugter war er, daß Wexlersh und Manuello skrupellos morden würden, wenn sie davon profitierten. Ein großes Risiko gingen sie nicht ein, denn sie konnten ja behaupten, daß Laura und Earl bei ihrem Eintreffen bereits tot waren und daß das Kind verschwunden war.

An einer Unterführung war die Straße überflutet. Ein Auto stand quer, bis zu den Türen im Wasser. Ein Wagen der Straßenwacht war soeben eingetroffen. Drei Arbeiter in orangefarbenen Jacken installierten eine Pumpe, sperrten die Straße und forderten die Verkehrsteilnehmer auf zu wenden und eine Umleitung zu benutzen. Trotz des Blaulichts steckte Dan eine kostbare Minute oder noch länger zwischen einem PKW und einem LKW fest. Er fluchte laut vor sich hin. Der Regen trommelte monoton auf seine Limousine, und dieses Geräusch war nervtötend wie das Ticken einer Uhr, weil es ihm zu Bewußtsein brachte, daß eine wertvolle Sekunde nach der anderen sinnlos verrann.

Das Telefon klingelte zehnmal, und mit jedem Klingeln nahm die gespannte Atmosphäre im Zimmer zu.

Earl fand das Vorgehen der Polizeibeamten äußerst seltsam. Er kannte Wexlersh und Manuello nur flüchtig; ihm war aber einiges über sie zu Ohren gekommen, so daß er wußte, daß ihnen nicht selten Fehler unterliefen. Auch in diesem Fall konnte es sich nur um irgendein Mißverständnis handeln. Lonnie Beamer hatte gesagt, sie kämen her, um Laura und Melanie Polizeischutz angedeihen zu lassen, aber von einem Haftbefehl für ihn war keine Rede gewesen. Sie konnten auch gar keinen Haftbefehl haben, denn er hatte ja nichts Illegales getan. Es würde ihnen durchaus ähnlich sehen, sich nicht ausreichend informiert zu haben und deshalb irrtümlich zu glauben, sie hätten die Aufgabe, ihn festzunehmen. Aber warum gingen sie nicht ans Telefon? Der Anruf konnte doch für sie bestimmt sein; das war sogar sehr wahrscheinlich. Eigenartig!

Das Telefon hörte endlich auf zu klingeln, und in der plötzlichen Stille war nur das Rauschen des Regens zu hören.

Dann sagte Wexlersh zu seinem Kollegen: »Leg ihm die Handschellen an.«

»Verdammt, was hat das alles zu bedeuten? Sie haben mir noch nicht einmal erklärt, weshalb Sie mich eigentlich verhaften wollen.«

Während Manuello flexible Kunststoffhandschellen aus einer seiner Sakkotaschen zog, erwiderte Wexlersh: »Wir werden Ihnen die Anklage auf dem Revier vorlesen.«

Beide wirkten nervös und schienen es eilig zu haben. Aber warum nur? fragte sich Earl.

Dan bog vom Wilshire Boulevard auf den Westwood Boulevard ab und raste Richtung Süden. Hohe Wasserfontänen spritzten unter den Reifen hervor. Das nasse Pflaster, in dem sich Neonlichter und Straßenlaternen spiegelten, schien in ständiger Bewegung zu sein. Dans müde Augen brannten immer stärker. Er hatte rasende Kopfschmerzen, doch er litt noch viel mehr unter den quälenden Gedanken zu Versagen, Tod und Verzweiflung.

Manuello ging mit den Handschellen in der Hand auf Earl zu. »Drehen Sie sich um und legen Sie die Hände auf den Rücken!«

Earl zögerte. Sein Blick schweifte von Laura und Melanie zu Wexlersh, der den Smith & Wesson-Polizeirevolver auf ihn gerichtet hielt, und er hatte plötzlich das ungute Gefühl, einen großen Fehler begangen zu haben, als er seine eigene Waffe aus der Hand gegeben hatte. Noch weniger behagte ihm die Vorstellung, mit Handschellen gefesselt zu werden.

»Wollen Sie sich etwa der Festnahme widersetzen?« fragte Manuello.

»Sie sind sich doch darüber im klaren, Benton«, fuhr Wexlersh fort, »daß Sie Ihre Lizenz los sind, falls Sie Widerstand leisten.«

Earl drehte sich widerwillig um und legte die Hände auf den Rücken. »Wollen Sie mich nicht wenigstens auf meine Rechte hinweisen?«

»Dazu haben wir auf der Fahrt zum Revier noch jede Menge Zeit«, erklärte Manuello, während er Earl die Handschellen anlegte.

Wexlersh wandte sich an Laura und Melanie. »Ziehen Sie Ihre Mäntel an.«

»Und was ist mit meinem Mantel?« erkundigte sich Earl. »Sie hätten mich ihn anziehen lassen sollen, bevor Sie mich fesselten.«

»Sie werden auch ohne Mantel auskommen«, erwiderte Wexlersh.

»Es regnet aber.«

»Sie werden schon nicht schmelzen!« grinste Manuello.

Das Telefon begann wieder zu klingeln.

Auch diesmal nahmen die Beamten den Hörer nicht ab.

Die Sirene versagte plötzlich. Dan drückte immer wieder auf den Schalter, aber die Sirene blieb stumm. Nun standen ihm nur noch das Blaulicht und die Hupe zur Verfügung, um rasch vorwärtszukommen.

Es würde wieder zu spät sein. Wie bei Cindy Lakey. Er würde wieder viel zu spät kommen.

Während er hupend ein gefährliches Überholmanöver nach dem anderen riskierte, wuchs in ihm die Überzeugung, daß alle drei tot waren, daß er einen Freund verloren hatte, daß das unschuldige Kind, das er hatte beschützen wollen, ebenso ums Leben gekommen war wie die Frau, in die er sich – gib es endlich zu! – wahnsinnig verliebt hatte. Sie waren alle tot...

Laura griff zuerst nach Melanies Mantel. Es war eine langwierige Prozedur, ihn ihr anzuziehen, denn sie stand steif wie eine Puppe da.

»Was ist los mit ihr?« fragte Manuello ungeduldig. »Schwachsinnig, was?«

Bestürzt und zornig entgegnete Laura: »Ich kann nicht glauben, daß Sie so etwas über die Lippen gebracht haben.«

»Nun, so führt sich doch kein normaler Mensch auf«, erklärte Manuello ungerührt.

»Sie führen sich auch nicht gerade wie ein normaler Mensch auf«, erwiderte Laura sarkastisch. »Melanie ist ein sehr krankes kleines Mädchen. Aber welche Entschuldigung können *Sie* vorbringen?«

Earl hatte den Befehl erhalten, auf dem Sofa Platz zu nehmen. Mit seinen gefesselten Händen konnte er nur ziemlich unbequem auf der Kante sitzen.

Laura knöpfte Melanies Mantel zu und wollte nach ihrem eigenen greifen, als Wexlersh sagte: »Sparen Sie sich die Mühe und setzen Sie sich neben Benton aufs Sofa.«

»Aber...«

»Setzen Sie sich!« Wexlersh deutete mit seinem Revolver auf das Sofa.

Seine eisgrauen Augen waren unergründlich.

Vielleicht wollte Laura aber auch nur nicht wahrhaben, was deutlich in ihnen zu lesen war.

Ihr Blick schweifte zu Manuello. Er grinste.

Laura sah Earl fragend an. Seine Miene verriet jetzt tiefe Beunruhigung.

»Setzen Sie sich!« wiederholte Wexlersh, diesmal nicht in

barschem Befehlston, sondern ganz leise; doch dieses Zischen wirkte bedrohlicher als lautes Gebrüll.

Lauras Magen drohte zu revoltieren, während sie den Befehl ausführte.

Wexlersh trat auf Melanie zu, nahm sie bei der Hand und führte sie weg, bis sie zwischen ihm und Manuello stand.

»Nein!« rief Laura kläglich, aber die beiden Detektive schenkten ihr keinerlei Beachtung.

Manuello tauschte einen Blick mit seinem Kollegen. »Jetzt?« fragte er.

»Jetzt!« bestätigte Wexlersh.

Manuello zog eine Pistole unter seinem Mantel hervor. Es war nicht die Waffe, die er Earl abgenommen hatte, und es war auch keine Dienstwaffe, kein Revolver, wie Wexlersh ihn in der Hand hielt. Dann holte Manuello aus seiner Manteltasche einen glänzenden Metallzylinder und begann ihn auf die Pistole zu schrauben. Laura begriff, daß es ein Schalldämpfer war, und ihr schrecklicher Verdacht verdichtete sich immer mehr.

»Was zum Teufel machen Sie da?« rief Earl.

Weder Wexlersh noch Manuello würdigten ihn einer Antwort.

»Mein Gott!« murmelte Earl entsetzt, als es ihm endlich wie Schuppen von den Augen fiel.

»Machen Sie ja keinen Lärm!« warnte Wexlersh.

Earl sprang auf und versuchte verzweifelt, sich aus den Handschellen zu befreien.

Wexlersh schlug mit dem Revolver zu, auf Earls Schulter und in sein Gesicht.

Earl stürzte rückwärts aufs Sofa.

Manuello hatte den Schalldämpfer schief aufgeschraubt und mußte ihn deshalb wieder abmontieren.

Wexlersh warf seinem Kollegen einen strafenden Blick zu. »Beeil dich!« knurrte er ungeduldig.

»Ich tu mein Bestes«, beteuerte Manuello, während er ungeschickt mit dem Schalldämpfer hantierte.

»Ihr wollt uns umbringen«, konstatierte Earl, dessen Lippen stark bluteten.

Er hatte das ausgesprochen, was auch Laura inzwischen völlig klargeworden war. In ihrem Unterbewußtsein hatte sie die Gefahr bereits erkannt, als die Polizisten das Zimmer betreten hatten, und ihre düsteren Vorahnungen hatten sich verstärkt, als Manuello Earl die Handschellen angelegt und Wexlersh Melanie weggeführt hatte. Sie hatte die Wahrheit nur nicht akzeptieren wollen.

Manuello hatte den Schalldämpfer wieder schief aufgeschraubt. »Das verdammte Ding ist totale Scheiße!«

»Stell dich doch nicht so dämlich an!« schimpfte Wexlersh.

Laura begriff, daß sie nicht ihre eigenen Revolver benutzen wollten, weil man ihnen dann die Morde nachweisen könnte. Und den Schalldämpfer benötigten sie, um zu verhindern, daß Leute in den Nachbarwohnungen die Schüsse hörten, aus ihren Fenstern schauten und sahen, wie die beiden Detektive mit Melanie das Haus verließen.

Melanie ... Sie stand mit gesenktem Kopf neben Manuello. Ihre Augen waren geschlossen, und sie gab leise Jammerlaute von sich. Wußte sie, was in diesem Raum vorging, war ihr bewußt, daß ihre Mutter ermordet werden sollte – oder wimmerte sie über etwas anderes, das sich in ihrer geheimen Innenwelt abspielte?

Völlig fassungslos und in größtem Zorn rief Earl: »Ihr seid Polizisten, um Himmels willen, und ihr wollt uns umbringen!«

»Halt die Fresse!« fuhr Wexlersh ihn an.

Laura hatte einen schweren Glasaschenbecher ins Auge gefaßt. Wenn sie dieses Ding Wexlersh an den Kopf schleudern könnte, würde er vielleicht das Bewußtsein verlieren, zumindest aber seinen Revolver fallen lassen, und vielleicht könnte sie dann die Waffe blitzschnell ergreifen. Sie überlegte verzweifelt, wie sie Wexlersh ablenken könnte, damit er ihren Griff nach dem Aschenbecher nicht sah, als Earl offenbar entschied, daß sie durch Widerstand ihre Lage nicht verschlimmern konnten, und für die nötige Ablenkung sorgte.

Er blickte Wexlersh an und sagte: »Ganz egal, was wir machen, ganz egal, wie laut wir schreien – ihr werdet weder eure Knarren noch die meine benutzen.« Laut um Hilfe brüllend, stemmte er sich vom Sofa hoch und rammte seinen Kopf in Wexlershs Magen.

Wexlersh taumelte zwei Schritte zurück, aber er stürzte nicht, sondern ließ seinen Revolver auf Earls Schädel niedersausen. Der Leibwächter fiel zu Boden.

Laura hatte den Aschenbecher gepackt, während Wexlersh zuschlug, doch Manuello ertappte sie dabei und rief »He!«, wodurch Wexlersh gewarnt wurde. Er konnte sich noch rechtzeitig ducken, und der Aschenbecher krachte gegen die Wand und zerschellte auf dem Boden.

Wexlersh richtete seinen Revolver direkt auf Laura, und die Mündung kam ihr fast so groß wie ein Kanonenrohr vor. »Hör zu, du Miststück, wenn du noch einen Mucks machst, wird die Sache für euch alle nur noch viel unangenehmer.«

Earl hatte sich auf den Rücken gerollt und aufgesetzt. Mit blutendem Kopf äußerte er sarkastisch: »Ja? Tatsächlich? Unsere Lage könnte also noch unangenehmer werden? Wie denn? Verdammt, ihr wollt uns doch sowieso umlegen!«

Wexlersh lächelte, was bei seinen blutleeren Lippen und seinem bleichen Gesicht unheimlich wirkte. »Wir könnten euch die Schnauzen zukleben und euch ein Weilchen foltern.«

Laura wandte schaudernd ihren Blick von den kalten grauen Augen ab.

Im Zimmer schien es kälter geworden zu sein.

»Das Luder ist ein appetitlicher Happen«, bemerkte Manuello.

»Ja, wir könnten sie vergewaltigen«, fuhr Wexlersh fort.

»Die Kleine ebenfalls«, ergänzte Manuello.

»Jawohl«, stimmte Wexlersh zu, noch immer lächelnd. »Du hast recht. Wir könnten uns mit der Kleinen amüsieren.«

»Obwohl sie schwachsinnig ist«, sagte Manuello und fluchte im nächsten Moment über den Schalldämpfer.

»Wenn ihr euch also nicht ganz ruhig verhaltet«, warnte Wexlersh, »werden wir euch das Maul stopfen und vor euren Augen die Kleine vernaschen – und euch *anschließend* umbringen. Kapiert?«

Laura ließ sich auf das Sofa fallen. Sie würgte und mußte sich allein schon bei der Vorstellung, was diese Kerle ihrer Tochter antun könnten, fast übergeben.

Auch Earl gab angesichts dieser schrecklichen Drohung jeden Gedanken an Widerstand auf.

»Gut«, sagte Wexlersh, während er sich den schmerzenden Magen massierte. »So ist es schon viel besser.«

Melanie wimmerte jetzt lauter, unterbrochen von keuchenden Atemzügen und einzelnen gestammelten Wörtern: »... offen... Tür... offen... nein...«

»Ruhe, Kleine!« rief Wexlersh und schlug ihr leicht auf den Mund.

Melanie wimmerte weiter, jetzt allerdings wieder ganz leise vor sich hin.

Laura wäre am liebsten aufgesprungen und zu ihrer Tochter geeilt, um das Mädchen in die Arme zu nehmen und zu trösten, aber um Melanies und um ihrer selbst willen mußte sie auf dem Sofa sitzen bleiben.

Im Zimmer wurde es immer kälter.

Laura erinnerte sich daran, daß es in ihrer Küche ebenfalls kalt geworden war, kurz bevor das Radio zum Leben erwachte, und später wieder, bevor das Wind-Tier die Tür aufgerissen hatte und eingedrungen war.

»Verdammt, gibt es in diesem Loch denn keine Heizung!« schimpfte Wexlersh.

»Ich hab's!« rief Manuello. Es war ihm endlich gelungen, den Schalldämpfer korrekt zu montieren.

Kälter...

Wexlersh steckte seinen Revolver in das Halfter, packte Melanie beim Arm und ging rückwärts auf die Wohnungstür zu, das Mädchen mit sich ziehend.

Kälter...

Lauras Nerven waren zum Zerreißen gespannt. Sie wußte, daß gleich etwas geschehen würde. Etwas Merkwürdiges, Unheimliches.

Manuello trat dicht an Earl heran, der ihn verächtlich musterte.

Die Temperatur sank schlagartig noch weiter ab, und hinter Wexlersh und Melanie flog die Wohnungstür krachend auf –

Aber es war kein übernatürliches Wesen, das ins Zimmer stürzte, sondern Dan Haldane. Er erfaßte die Situation mit erstaunlicher Geschwindigkeit und rammte seinen Revolver in Wexlershs Rücken, noch bevor dieser sich umdrehen konnte.

Manuello wirbelte auf dem Absatz herum, aber Haldane brüllte: »Laß die Waffe fallen! Laß sofort die Knarre fallen, du Scheißkerl, oder du hast eine Kugel im Kopf!«

Manuello zögerte. Daß das Leben seines Komplizen auf dem Spiel stand, bekümmerte ihn vermutlich weniger als die Tatsache, daß die erste für Dan bestimmte Kugel unweigerlich nicht diesen, sondern Wexlersh treffen würde, und daß er selbst keine Chance zu einem weiteren Schuß haben würde, bevor Dan ihn tötete. Er warf einen flüchtigen Blick auf Melanie, so als überlegte er, ob er sie packen und mit ihr flüchten könnte, doch als Dan ihn noch einmal anherrschte: »Weg mit der Knarre«, gab er das Spiel als verloren auf und befolgte den Befehl.

»Er hat noch Earls Pistole«, warnte Laura Dan.

»Und seinen Dienstrevolver«, fügte Earl hinzu.

Den Revolver noch immer in Wexlershs Rücken gepreßt und ihn außerdem am Mantel festhaltend, kommandierte Dan: »Okay, Manuello, her mit den beiden anderen Knarren, aber schön langsam und vorsichtig. Keine Sperenzchen!«

Manuello ließ zuerst die eine Waffe fallen, dann auch die zweite. Auf Dans Befehl hin stellte er sich an die Wand.

Laura hob die drei Schußwaffen auf, während Dan Wexlersh den Dienstrevolver abnahm.

»Warum zum Teufel ist es hier drin so kalt?« fragte Dan.

Aber noch bevor er seinen Satz beendet hatte, wurde die Luft schlagartig wieder warm.

Um ein Haar wäre etwas passiert, dachte Laura. Etwas in der Art wie vorhin in meiner Küche.

Aber sie glaubte nicht, daß sie diesmal lediglich eine Warnung erhalten hätten. Diesmal wäre es schlimmer gewesen. Sie hatte das unheimliche Gefühl, daß ›Es‹ um ein Haar aufgetaucht wäre.

Dan blickte sie forschend an, so als wüßte er, daß sie seine Frage beantworten konnte.

Aber sie schwieg, denn sie wußte nicht, wie sie sich ihm verständlich machen sollte. Sie wußte nur eines: Wenn ›Es‹ gekommen wäre, hätte es hier ein weitaus schlimmeres Gemetzel gegeben als jenes, das die beiden korrupten Polizeibeamten geplant hatten. Würden sie jetzt alle den übel zugerichteten, völlig zerquetschten Leichen in jenem Haus in Studio City gleichen, wenn ›Es‹ gekommen wäre?

29

Beim ärztlichen Notdienst der Universitätsklinik wurde Earl sofort zur Behandlung seiner Kopfwunde und seiner aufgeplatzten Lippen vorgelassen.

Laura und Melanie warteten in einem Vorzimmer, während Dan zum nächsten öffentlichen Fernsprecher eilte und Captain Mondales Nummer in der East Valley Division wählte.

Mondale meldete sich.

»So spät noch bei der Arbeit, Ross?« erkundigte sich Dan.

»Haldane?«

»Ich wußte bisher noch gar nicht, daß du so fleißig bist.«

»Was willst du, Haldane?«

»Weltfrieden wäre ganz hübsch.«

»Ich bin nicht in der Stimmung für dumme...«

»Aber ich wäre schon zufrieden, wenn dieser Fall gelöst wäre.«

»Hör zu, Haldane, ich habe sehr viel Arbeit, und ich...«

»Du wirst gleich noch wesentlich mehr Arbeit haben. Du wirst nämlich ganz schön dein Gehirn strapazieren müssen, um dir Alibis auszudenken.«

»Wovon redest du?«

»Von Wexlersh und Manuello.«

Mondale schwieg.

»Warum hast du sie nach Westwood geschickt, Ross?«

»Ich habe beschlossen, den McCaffreys Polizeischutz zu gewähren.«

»Trotz des akuten Personalmangels?«

»Nun, in Anbetracht des Mordes an Scaldone und der besonderen Brutalität all dieser Verbrechen schien es mir geraten...«

»Halt's Maul, du verdammter Dreckskerl!«

»*Was?*«

»Ich weiß, daß sie Earl und Laura umbringen...«

»Wovon redest du?«

»... und Melanie entführen ...«

»Bist du betrunken, Haldane?«

»... und dann berichten sollten, Earl und Laura seien bereits tot gewesen, als sie dort eintrafen.«

»Erwartest du, daß ich aus deinem wirren Gerede schlau werde?«

»Deine Verwirrung klingt *fast* echt.«

»Das sind sehr schwerwiegende Beschuldigungen, Haldane.«

»Ich wußte schon immer, daß du aalglatt bist, Ross.«

»Wir sprechen hier über Kollegen, über Polizeibeamte. Sie ...«

»An wen hast du dich verkauft, Ross?«

»Haldane, ich rate dir ...«

»Und was hast du dafür erhalten? Das ist die große Frage. Laß mich ein bißchen raten, okay? Nur für Geld hättest du dich nicht korrumpieren lassen. Für Geld würdest du deine Karriere nicht aufs Spiel setzen, es sei denn, es würde sich um einige Millionen handeln, aber soviel würde niemand für einen Auftrag dieser Art ausspucken. 25 000 dürften das Maximum sein. Ich vermute eher – 15 Mille. Das könnte in etwa hinkommen. Nun, ich glaube ohne weiteres, daß Wexlersh und Manuello für diese Summe einen Mord begehen würden, aber ohne deinen Segen hätten sie sowas nie gewagt. Sie mußten sicher sein, daß du sie decken würdest. Ich glaube deshalb, daß *sie* die Mäuse bekommen haben, und daß *dir* etwas anderes geboten wurde. Nun, was könnte das wohl sein, Ross? Du würdest dich für eine Machtposition verkaufen, habe ich recht? Etwa für eine Garantie, daß du der nächste Polizeichef wirst und vielleicht sogar als Kanditat für das Amt des Bürgermeisters nominiert wirst. Wer auch immer dich bestochen haben mag, muß also großen politischen Einfluß haben. Heiß, Ross? Wolltest du Laura und Melanie um solcher Versprechen willen ans Messer liefern?«

Mondale schwieg.
»Hast du das getan, Ross?«
»Du hörst dich schlimmer als betrunken an, Dan. Das ist doch alles hirnverbrannter Unsinn. Bist du high, oder was ist mit dir los?«
»Hast du das getan, Ross?«
»Wo bist du, Dan?«
Dan ignorierte die Frage. »Manuello und Wexlersh befinden sich zur Zeit in besagter Wohnung in Westwood, gefesselt und geknebelt, der eine auf der Kommode, der andere in der Badewanne. Wenn sie reingepaßt hätten, hätte ich beide ins Klo geschmissen und die Spülung betätigt.«
»Du *bist* high, bei Gott!«
»Gib das Spiel auf, Ross! Ein paar Männer von *Paladin* spielen Babysitter bei deinen kleinen Lieblingen, und ich habe schon mit einem Reporter von der *Times* und einem weiteren von *Journal* telefoniert. Außerdem habe ich das Revier von Westwood verständigt und erklärt, es gehe um versuchten Mord. Die Polizei ist schon unterwegs. Es wird also einen ganz schönen Rummel geben.«
»Wird Mrs. McCaffrey eine Aussage machen und Wexlersh und Manuello des Mordversuchs beschuldigen?«
»Machst du dir allmählich Sorgen, Ross?«
»Es handelt sich um zwei meiner Untergebenen«, erklärte Mondale würdevoll. »Ich trage für sie die Verantwortung. Wenn sie tatsächlich getan haben, was du ihnen vorwirfst, will ich absolut sicher sein können, daß sie vor Gericht gestellt und verurteilt werden. Ich will keine faulen Äpfel in meiner Abteilung. Ich halte nichts davon, meine Männer aus falscher Solidarität zu decken.«
»Was ist los, Ross? Glaubst du, daß ich unser Gespräch aufzeichne? Glaubst du, daß jemand mithört? Beides ist nicht der Fall, du brauchst dich also nicht zu verstellen.«
»Ich verstehe deine Einstellung nicht, Dan. Ich weiß nicht, warum du mich verdächtigst, in diese Geschichte

verwickelt zu sein.« Er war im Moment ein sehr schlechter Schauspieler. Seine Unaufrichtigkeit war aus jedem Wort herauszuhören. »Und du hast meine Frage noch nicht beantwortet: Wird Mrs. McCaffrey eine Aussage machen und Wexlersh und Manuello des Mordversuchs beschuldigen oder nicht?«

»Nicht heute nacht. Ich habe Laura und Melanie aus der Wohnung weggebracht, und ich werde sie nicht mehr aus den Augen lassen und sie versteckthalten. Ich weiß, daß diese Nachricht dich sehr enttäuschen muß. Ein Scharfschütze hätte leichtes Spiel, wenn du wüßtest, wo sie sich aufhalten. Aber ich werde keiner Menschenseele verraten, wo sie sind. Und sie werden mit keinem Bullen zusammenkommen, weder um eine Aussage zu machen, noch um Wexlersh und Manuello bei einer Gegenüberstellung zu identifizieren. Ich traue jetzt *niemandem* mehr.«

»Du redest nicht wie ein verantwortungsbewußter Polizeibeamter, Dan. Um Himmels willen, du kannst doch nicht persönlich die Verantwortung für die Sicherheit der McCaffreys übernehmen.«

»Genau das habe ich aber vor.«

»Wenn sie in Gefahr sind, mußt du dafür sorgen, daß sie Polizeischutz bekommen. Das war ja auch meine Absicht, als ich Wexlersh und Manuello losschickte. Du kannst nicht auf eigene Faust handeln. Um Gottes willen, es sind schließlich nicht deine Familienangehörigen. Du hast nicht das Recht, allein auf sie aufpassen zu wollen.«

»Doch, wenn es ihr Wunsch ist, habe ich dieses Recht. Es stimmt, sie sind nicht mit mir verwandt, aber nichtsdestotrotz ... für mich steht eine Menge auf dem Spiel.«

»Was soll das heißen?«

»Du hast abends im *Sign of the Pentagram* selbst gesagt, daß dies für mich kein gewöhnlicher Fall sei. Du hattest recht. Ich fühle mich zu Laura hingezogen, und das kleine Mädchen tut mir wahnsinnig leid. Meine Gefühle für die

McCaffreys sind ungleich stärker als für alle anderen Opfer, mit denen ich bisher zu tun hatte.«

»Das allein ist schon Grund genug, um dich von diesem Fall zu suspendieren. Du bist kein objektiver Gesetzesvertreter mehr.«

»Du kannst mich mal...«

»Das erklärt auch, warum du so feindselig und hysterisch bist und warum du all diese absurden Verschwörungstheorien aufstellst.«

»Sie sind nicht absurd, das weißt du genau.«

»Jetzt ist mir alles völlig klar. Du hast total den Kopf verloren.«

»Ich warne dich, Ross, laß die Finger von den McCaffreys! Nur deshalb habe ich mir die Mühe gemacht, dich anzurufen. Nur um dich zu warnen – Finger weg!« Als Mondale schwieg, fügte Dan hinzu: »Diese Frau und dieses Kind bedeuten mir sehr viel.«

Mondale atmete leise ins Telefon, gab aber kein Versprechen ab.

»Ich schwöre, daß ich jeden vernichten werde, der auch nur den Versuch unternimmt, ihnen etwas zuleide zu tun«, fuhr Dan fort.

Schweigen.

»Vielleicht gelingt es dir, Wexlersh und Manuello zu bestechen, damit sie dich nicht belasten. Vielleicht erreichst du sogar irgendwie, daß die Anklage fallengelassen und die ganze Angelegenheit vertuscht wird. Aber wenn du die McCaffreys nicht in Ruhe läßt, werde ich Mittel und Wege finden, um dich zu vernichten, Ross. Das schwöre ich dir.«

Mondale hatte endlich seine Sprache wiedergefunden, aber er äußerte sich nicht zu Dans Warnung, sondern erklärte: »Nun, wenn du Mrs. McCaffrey nicht aussagen lassen willst, können Wexlersh und Manuello nicht festgenommen werden.«

»O doch! Earl Benton wird eine Aussage machen. Er

wurde mit einer Pistole niedergeschlagen. Von Wexlersh! Earl befindet sich in einem Krankenhaus...«

»In welchem?«

»Hör doch endlich mit diesen Kindereien auf, Ross!«

Mondales Frustration war inzwischen so groß, daß er seine wahren Gefühle nicht mehr verbergen konnte. Der Damm brach noch nicht, aber er zeigte einen ersten bedenklichen Riß. »Du Dreckskerl! Ich habe dich satt, dich und deine ewigen Drohungen! Ich habe es endlich satt, dich ständig wie ein Damoklesschwert über meinem Haupt schweben zu haben!«

»So ist's recht, Ross. Spuck es aus. Rede dir nur alles von der Seele.«

Mondale verstummte wieder.

»Jedenfalls«, fuhr Dan fort, »wird Earl, sobald man ihn verarztet hat, in jene Wohnung zurückkehren, die Polizei über alles informieren und eine Aussage machen. Du kannst dich darauf verlassen, daß Wexlersh und Manuello wegen tätlichen Angriffs und versuchten Mordes in Untersuchungshaft kommen.«

Mondale hatte sich jetzt wieder fest unter Kontrolle.

»Falls die Ärzte Earl über Nacht zur Beobachtung hierbehalten wollen, wird die Polizei ins Krankenhaus kommen, um seine Aussage zu Protokoll zu nehmen. Wexlersh und Manuello werden nicht mit heiler Haut davonkommen... es sei denn, du setzt alle Hebel in Bewegung, und wahrscheinlich wird dir gar nichts anderes übrigbleiben, wenn du verhindern willst, daß sie auspacken.«

Keine Antwort. Nur laute Atemzüge.

»Falls es dir gelingen sollte, die Sache irgendwie zu vertuschen, wirst du den Polizeichef vielleicht überzeugen können, daß du, Wexlersh und Manuello nicht die Absicht hattet, das Mädchen zu entführen und die Mutter zu erschießen. Aber die Presse wird trotzdem wittern, daß etwas an der Sache oberfaul war, und *sie* wird dir nie wieder hundertprozentig über den Weg trauen. Die Reporter werden dich ständig im Auge behalten, sie werden überall herumschnüffeln und beim geringsten Anlaß über dich herfallen.«

Schweigen.

»Hörst du mir aufmerksam zu, Ross?«

Schweigen.

»Mit sehr viel Glück wirst du vielleicht Captain bleiben, aber die Kandidatur zum Polizeichef kannst du vergessen. Das ist jetzt aus und vorbei. Damit wir uns richtig verstehen, Ross – dies ist eine Warnung! Nur deshalb habe ich dich angerufen. Hör mir gut zu. Wenn du die McCaffreys ab sofort nicht total in Ruhe läßt, wirst du mit Stumpf und Stiel vernichtet werden. Dafür werde ich persönlich sorgen. Du bist schon jetzt halb ruiniert, aber wenn du die McCaffreys weiterhin verfolgst, wirst du nicht einmal mehr Captain bleiben. Ich werde dich zur Strecke bringen. Wer auch immer dich bestochen haben mag, wie mächtig und einflußreich diese Person auch sein mag – sie wird dir nicht helfen können, wenn du versuchst, den McCaffreys auch nur ein Haar zu krümmen. Niemand wird dich in diesem Fall vor *mir* retten können. Hast du mich verstanden?«

Schweigen. Aber ein haßerfülltes Schweigen.

»Ich habe noch immer das FBI am Hals«, fuhr Dan fort, »und ich habe die Burschen am Hals, die Dylan McCaffrey und Willy Hoffritz finanzierten. Es gibt etliche Leute, die es auf das kleine Mädchen abgesehen haben, aber ich will verdammt sein, wenn ich zulasse, daß auch du weiter mitmischst, Ross. Du wirst noch heute nacht die Leitung der Spezialtruppe an irgendeinen Kollegen abgeben und dich von diesem Fall total zurückziehen, von mir aus unter dem Vorwand, daß Wexlersh und Manuello sich etwas haben zuschulden kommen lassen. Hast du mich verstanden, Ross? Ich schlage dir das nicht vor, Ross. Ich *befehle* es dir.«

»Du Scheißkerl!«

»Wenn du dich nicht bald mit meinen Bedingungen einverstanden erklärst, lege ich auf, und falls du dann doch noch zur Vernunft kommen solltest, nützt es dir nichts mehr.«

Schweigen.

»Also dann – gute Nacht, Ross!«

»Warte!«

»Tut mir leid, ich hab's eilig.«

»Okay, okay. Ich bin mit deinen Bedingungen einverstanden.«

»Drück dich bitte etwas exakter aus.«

»Ich werde diesen Fall abgeben.«

»Ein sehr weiser Entschluß.«

»Ich werde mich sogar für eine Woche krankschreiben lassen.«

»Ach, fühlst du dich nicht wohl?«

»Ich werde mich aus dieser Geschichte völlig heraushalten, aber dafür erwarte ich etwas von dir.«

»Was?«

»Ich will nicht, daß Benton oder du oder die McCaffreys belastende Aussagen gegen Wexlersh und Manuello machen.«

»Blödsinn! Wir können auf dich nur Druck ausüben, wenn wir diese beiden Kriecher wegen versuchten Mordes einbuchten lassen.«

»Okay, dann soll Benton eben gegen sie aussagen. Aber in einigen Tagen, wenn du glaubst, daß für die McCaffreys keine Gefahr mehr besteht, soll Benton seine Aussage widerrufen.«

»Er würde sich damit zum Narren machen.«

»Nein, nein. Er kann ja sagen, jemand anderer hätte ihm einen heftigen Schlag auf den Schädel gegeben, und er hätte irrtümlich Wexlersh und Manuello beschuldigt. Nach einigen Tagen habe er sich dann aber daran erinnert, wie es in Wirklichkeit gewesen sei, nämlich daß jemand anderer versucht habe, ihn umzubringen, und daß Wexlersh und Manuello ihn *gerettet* hätten.«

»In deiner Situation kannst du eigentlich überhaupt keine Bedingungen stellen, Ross.«

»Verdammt, wenn du mir keinen Ausweg läßt, wenn ich keinen Funken Hoffnung sehe, habe ich auch keinen Grund, mich an deine Spielregeln zu halten.«

»Vielleicht. Aber wenn wir schon einen Handel abschließen, dann will ich von dir auch noch etwas anderes. Nämlich den Namen des Mannes, der dich gekauft hat.«

»Nein.«

»Wer will das Mädchen in seine Gewalt bringen, Ross? Sag es mir, und unser Handel ist perfekt.«

»Unmöglich. Wenn ich es dir sagen würde, wäre ich *wirklich* erledigt. Bestenfalls noch als Hundefutter zu verwenden. Lieber gehe ich dann gleich kämpfend unter. Ich habe keine Lust, jemanden zu verpfeifen und dann womöglich wie ein Insekt zerquetscht zu werden, so wie jene Leichen in Studio City – oder noch schlimmer. Ich gebe dir die McCaffreys, und in einigen Tagen gibst du mir dafür Wexlersh und Manuello. Das ist ein fairer Handel.«

»Sag mir wenigstens, ob die Person, die dich bestochen hat, auch die Arbeit im grauen Zimmer finanzierte.«

»Ich nehme es an.«

»Handelt er im Auftrag der Regierung?«

»Vielleicht.«

»Nicht so vage, wenn ich bitten darf!«

»Ich weiß es wirklich nicht. Er könnte für die Regierung arbeiten, aber er könnte dieses Projekt auch aus eigener Tasche finanziert haben.«

»Er ist also reich?«

»Ich verrate dir seinen Namen nicht, und ich verrate dir auch nicht so viele Einzelheiten, daß du *erraten* könntest, um wen es sich handelt. Damit würde ich mein eigenes Todesurteil unterschreiben.«

Dan überlegte kurz, dann fragte er: »Hat er dir gesagt, was sie in jenem grauen Zimmer zu beweisen versuchten?«

»Nein.«

»Dieser Kerl, der dich bestochen und dieses verrückte Projekt finanziert hat – ist er auch der Mörder, Ross?«

Schweigen.

»Hat er diese ganzen Morde begangen? Komm, sag es mir. Du brauchst keine Angst zu haben. Ich bestehe nicht auf seinem Namen, aber ich muß wissen, ob er Scaldone und die anderen auf dem Gewissen hat.«

»Nein, nein. Ganz im Gegenteil. Er hat Angst, das nächste Opfer zu sein.«

»Und vor *wem* hat er Angst?«

»Ich glaube nicht, daß es ein *Wer* ist.«

»Was?«

»Es hört sich verrückt an... aber wenn man diese Leute reden hört, könnte man glauben, Dracula höchstpersönlich wäre hinter ihnen her. Ich meine, nach dem, was ich so gehört habe, kommt es mir so vor, als fürchteten sie sich nicht vor einer *Person*, sondern vor einem *Wesen*. Irgendein *Wesen* bringt alle um, die etwas mit dem grauen Zimmer zu tun hatten. Ich weiß, das hört sich lächerlich an, aber es ist nun einmal so. Und jetzt sag mir endlich, ob unsere Abmachung gilt. Ich lege diesen Fall nieder und gebe dir die McCaffreys, und du gibst mir Manuello und Wexlersh. Einverstanden?«

San tat so, als überlegte er. »Einverstanden«, sagte er schließlich.

»Die Abmachung gilt also definitiv?«

»Ja.«

Mondale lachte; es war ein nervöses, aber zugleich auch ein dreckiges Lachen. »Dir ist doch klar, was das bedeutet, Haldane?«

»Was bedeutet es denn?«

»Wenn du auf einen solchen Handel eingehst, wenn du Männer laufen läßt, die deiner Meinung nach zwei Morde planten – nun, dann hast du genausoviel Dreck am Stekken wie jeder andere.«

»Soviel wie du noch lange nicht. Ich könnte einen Monat lang in einer Jauchegrube schwimmen und Scheiße fressen und hätte im Vergleich zu dir dann immer noch eine saubere Weste.«

Er hängte den Hörer ein. Er hatte zumindest eine Gefahrenquelle eliminiert. Melanie hatte noch genügend andere Feinde, aber Mondale würde mit Sicherheit niemanden mehr auf sie ansetzen.

Und was das Schönste bei dieser Sache war – er selbst hatte sich dabei nicht die Hände schmutzig gemacht, denn er hatte nicht die Absicht, seinen Teil der Abmachung einzuhalten. Er würde Earl nicht bitten, die Aussage gegen Wexlersh und Manuello zu widerrufen. Ganz im Gegenteil – sobald dieser Fall aufgeklärt war, sobald Laura und Melanie gefahrlos in der Öffentlichkeit auftreten konnten, würde er dafür sorgen, daß auch sie gegen die beiden Detektive aussagten, und er selbst würde ebenfalls eine Aussage zu Protokoll geben. Manuello und Wexlersh waren erledigt – und ebenso Ross Mondale.

30

Um 0.25 Uhr konnte Earl Benton die Klinik verlassen.

Auch nachdem sein Gesicht nun nicht mehr blutverschmiert war, bot er einen erschreckenden Anblick.

Die Kopfverletzung war mit sieben Stichen genäht und verbunden worden. Seine Lippen waren purpurfarben und geschwollen, der ganze Mund verzerrt. Ein Auge war blau geschlagen.

Sein Aussehen machte auf Melanie einen tiefen Eindruck. Ihre Augen wurden plötzlich klar. Sie tauchte aus ihrer Trance auf wie ein Fisch, der an die Oberfläche eines Sees schwimmt, um eine seltsame Gestalt am Ufer besser in Augenschein nehmen zu können. »Ahhhh!« stöhnte sie niedergeschlagen. Sie schien Earl etwas sagen zu wollen, und er beugte sich zu ihr hinab. Sie berührte sein geschundenes Gesicht mit einer Hand, und ihr Blick schweifte langsam von dem geschwollenen Kinn und den aufgeplatzten Lippen zu dem blauen Auge und weiter zu seinem Kopfverband. Sie nagte bekümmert an ihrer Unterlippe. Ihre Augen füllten sich mit Tränen. Sie versuchte zu sprechen, brachte aber keinen Laut hervor.

»Was ist, Melanie?« fragte Earl.

Laura kauerte sich neben ihre Tochter, legte einen Arm um sie. »Was versuchst du ihm zu sagen, Liebling? Denk immer nur an ein Wort, ganz langsam. Ein Wort nach dem anderen. Du kannst es aussprechen. Du *kannst* es, Baby.«

Dan Haldane, der Arzt, der Earl behandelt hatte, und eine junge Krankenschwester verfolgten die Szene aufmerksam, erwartungsvoll.

Melanies von Tränen getrübter Blick glitt noch immer über Earls Gesicht, von einer Verletzung zur anderen, und schließlich murmelte sie: »Für m-m-mich.«

»Ja«, sagte Laura. »Das stimmt, Liebling. Earl hat für dich gekämpft. Er hat sein Leben für dich riskiert.«

»Für mich«, wiederholte das Mädchen andächtig, so als sei es für sie eine ganz neue, unfaßbare Vorstellung, geliebt und beschützt zu werden.

Freudig erregt über diesen Riß in Melanies autistischem Panzer, hoffte Laura, ihn erweitern oder vielleicht sogar den Panzer völlig zertrümmern zu können. »Wir alle kämpfen für dich, Baby. Wir wollen dir helfen. Wir *werden* dir helfen, wenn du uns nur helfen läßt.«

»Für mich«, sagte Melanie noch einmal, doch dann verstummte sie wieder. Ihre Tränen trockneten, sie nahm ihre Hand von Earls Gesicht, und ihre Augen wurden glasig. Sie ließ müde den Kopf sinken.

Laura war etwas enttäuscht, aber zugleich schöpfte sie neue Hoffnung. Die Kleine *wollte* aus ihrer dunklen unzugänglichen Innenwelt zurückkehren, und nachdem sie diesen Wunsch hatte, würde es ihr früher oder später vermutlich auch gelingen, ihr Refugium zu verlassen.

Der Notarzt schlug vor, Earl sollte über Nacht zur Beobachtung in der Klinik bleiben, aber der Privatdetektiv wollte lieber ins ›sichere Haus‹ zurückfahren und seine Aussage zu Protokoll geben, damit Wexlersh und Manuello ins Kittchen wandern konnten.

Sie waren alle zusammen in Dans Limousine zur Klinik gefahren, aber Dan wollte Laura und Melanie jetzt von allen Polizeibeamten fernhalten und konnte Earl deshalb nicht zum ›sicheren Haus‹ bringen. Sie riefen für ihn lieber ein Taxi.

»Ihr braucht nicht zu warten, bis das Taxi kommt«, sagte Earl. »Macht lieber, daß ihr von hier wegkommmt.«

»Wir warten«, entschied Dan. »Wir müssen ohnehin noch kurz einiges besprechen.«

Sie standen in der Halle vor der Ausgangstür, damit sie sehen konnten, wenn das Taxi vorfuhr. Ohne sich absprechen zu müssen, hatten sie Melanie schützend in ihre Mitte genommen. Draußen regnete es noch immer in Strömen. In der Halle war nur die Hälfte der Lampen eingeschaltet, die ein unfreundlich kaltes Licht spendeten. Ein leichter Geruch nach Desinfektionsmitteln mit Tannenduft hing in der Luft. Außer der kleinen vierköpfigen Gruppe war kein Mensch zu sehen.

»Soll *Paladin* jemanden schicken, der mich ablöst?« fragte Earl.

»Nein«, erwiderte Dan.

»Das dachte ich mir schon.«

»Ihr seid eine verdammt gute Detektei«, sagte Dan, »und ich hatte nie Grund, an eurer Integrität zu zweifeln. Ich habe auch *jetzt* keinen Grund dazu...«

»Aber in diesem speziellen Fall traust du den Leuten von *Paladin* genausowenig wie der Polizei«, vervollständigte Earl seinen Satz.

»Außer Ihnen«, sagte Laura. »Wir wissen, daß wir Ihnen vertrauen können, Earl. Ohne Sie wären Melanie und ich jetzt vermutlich tot.«

»Machen Sie aus mir nur keinen Helden«, entgegnete Earl. »Ich war ein dummer Esel. Ich habe Manuello die Tür geöffnet.«

»Aber Sie konnten doch nicht wissen...«

»Aber ich *habe* die Tür geöffnet«, beharrte Earl.

Laura verstand, warum Dan Haldane und Earl Benton Freunde waren. Sie hatten vieles gemeinsam: die Liebe zu ihrer Arbeit, ein ausgeprägtes Pflichtgefühl und die Neigung, allzu selbstkritisch zu sein. Das waren seltene Eigenschaften in einer Welt, in der Zynismus, Selbstsucht und Selbstbeweihräucherung immer mehr überhandzunehmen schienen.

Dan sagte, an Earl gewandt: »Ich werde in irgendeinem Motel ein Zimmer nehmen und mit Laura und Melanie dort übernachten. Ich wollte sie ursprünglich zu mir nach Hause bringen, aber jemand könnte damit rechnen, daß ich das tue.«

»Und morgen?« fragte Earl.

»Ich will mit mehreren Leuten sprechen...«

»Kann ich dir dabei behilflich sein?«

»Falls dir danach zumute ist, wenn du morgen früh aus dem Bett steigst.«

»Keine Sorge, das schaffe ich schon.«

»Da wäre zunächst einmal eine Frau namens Mary Katherine O'Hara. Sie ist Sekretärin einer Organisation mit dem schönen Namen Freedom Now.« Er gab Earl die Adresse und sagte ihm, welche Informationen er benötigte. »Außerdem brauche ich Auskünfte über eine Gesellschaft – John Wilkes Enterprises. Wer sind die Hauptaktionäre, Geschäftsführer etc.?«

»Ist es eine kalifornische Aktiengesellschaft?«

»Aller Wahrscheinlichkeit nach«, sagte Dan. »Ich muß auch wissen, wann und von wem diese Gesellschaft gegründet wurde und welcher Branche sie angehört.«

»Wie bist du denn auf diese John Wilkes Enterprises gekommen?« wollte Earl wissen – eine Frage, die auch Laura brennend interessierte.

»Das ist eine lange Geschichte«, antwortete Dan. »Ich werde sie dir morgen erzählen. Wie wär's, wenn wir uns um ein Uhr irgendwo zum Mittagessen treffen? Dann können wir Informationen austauschen und feststellen, ob uns das irgendwie weiterbringt.«

»Okay, bis dahin müßte ich rausgefunden haben, was du wissen willst«, sagte Earl. Er schlug eine Imbißstube in Van Nuys vor, weil dort seines Wissens nach keine Leute von *Paladin* verkehrten.

»Dort verkehren auch keine Bullen«, meinte Dan. »Scheint sich also gut zu eignen.«

»Da kommt Ihr Taxi«, sagte Laura, als Scheinwerfer über die Glastüren glitten und die Regentropfen auf den Scheiben zum Funkeln brachten.

Earl schaute zu Melanie hinab. »Na, Prinzessin, schenkst du mir zum Abschied ein Lächeln?«

Die Kleine blickte zu ihm empor, aber Laura sah, daß ihre Augen jenen gespenstisch leeren Ausdruck hatten.

»Ich warne dich«, sagte Earl, »du wirst keine Ruhe vor mir haben, bis du mir endlich einmal ein Lächeln schenkst.«

Melanie starrte ihn schweigend an.

»Halten Sie die Ohren steif«, fuhr Earl an Laura gewandt fort. »Wir werden diese Sache schon hinkriegen.«

Laura nickte. »Und vielen Dank für...«

»Für nichts«, fiel er ihr ins Wort. »Ich habe den beiden die Tür geöffnet. Das muß ich erst wiedergutmachen, bevor Sie sich bei mir bedanken.« Er wollte die Autotür öffnen, drehte sich dann aber doch noch einmal um. »Übrigens, Dan, was ist eigentlich mit dir passiert?«

»Was meinst du?«

»Deine Stirn.«

»Oh!« Dan warf Laura einen flüchtigen Blick zu, und sie

konnte seinem Gesicht ansehen, daß er sich die Verletzung zugezogen hatte, während er an diesem Fall arbeitete, daß er aber nicht darüber sprechen wollte, um sie nicht zu beunruhigen. »Das war eine kleine alte Dame«, schwindelte er. »Sie hat mit ihrem Stock zugeschlagen.«

»Warum das denn?« fragte Earl.

»Ich habe ihr über die Straße geholfen.«

»Und zum Dank hat sie dich verprügelt?«

»Ja. Sie *wollte* die Straße nämlich gar nicht überqueren.«

Earl grinste und rannte durch den Regen zu seinem Taxi.

Laura und Dan nahmen Melanie in ihre Mitte und rannten ihrerseits zu Dans Dienstwagen.

Die Luft war eisig.

Der Regen war kalt.

Irgendwo dort draußen in der Dunkelheit wartete ›Es‹.

In dem Motelzimmer gab es zwei breite Betten mit grünvioletten Tagesdecken, deren Farben sich mit den grellen orange-blauen Vorhängen und mit der schreienden gelbbraunen Tapete bissen. Gräßliche Farbkombinationen dieser Art waren typisch für mindestens ein Viertel der Hotels und Motels in jedem amerikanischen Bundesstaat von Alaska bis Florida, so als würde ein einziger, völlig unqualifizierter Innenarchitekt hektisch im ganzen Land umherreisen und die Räume mit Tapeten und Stoffen dekorieren, die kein normaler Mensch kaufte.

Die Matratzen waren zu weich, die Möbel verkratzt, aber zumindest war das Zimmer sauber. Es gab sogar eine Kaffeemaschine und Probepackungen verschiedener Kafferöstereien, und Dan machte Kaffee, während Laura ihre Tochter zu Bett brachte.

Obwohl Melanie einen Großteil des Tages in einer Art Dämmerzustand verbracht und scheinbar wenig Energie verbraucht hatte, schlief sie ein, kaum daß ihre Mutter sie zugedeckt hatte.

Am einzigen Fenster stand ein kleiner Tisch mit zwei Stühlen, und dorthin brachte Dan den Kaffee. Er und Laura saßen im Halbdunkel; eine kleine Lampe neben der Tür spendete schwaches Licht; sie hatten die Vorhänge nur zur Hälfte zugezogen und konnten deshalb einen Teil des Parkplatzes überblicken, wo das bläuliche Licht der Quecksilberdampflampen gespenstische Muster auf die Autos zauberte und sich in den Pfützen spiegelte.

Dan hörte mit wachsendem Unbehagen zu, während Laura ihm die Ereignisse dieses Tages schilderte. Als sie von dem schwebenden Radio und dem mit Blumen gefüllten Wirbelwind berichtete, war ihr anzumerken, daß sie diese übernatürlichen Phänomene kaum glauben konnte, obwohl sie sich vor ihren eigenen Augen abgespielt hatten.

»Wie erklären Sie sich das alles?« fragte Dan, nachdem sie geendet hatte.

»Ich hatte gehofft, daß *Sie* eine Erklärung dafür hätten.«

Er erzählte ihr von Joseph Scaldone, der in einem Raum ermordet worden war, dessen Türen und Fenster von innen fest verschlossen waren. »Wenn man dieses Ding der Unmöglichkeit zu den Vorfällen in Ihrem Haus hinzufügt, bleibt uns vermutlich gar nichts anderes übrig, als das Wirken irgendeiner Kraft oder Macht anzuerkennen, die jenseits menschlicher Erfahrung liegt. Aber was zum Teufel könnte das sein?«

»Nun, ich habe den ganzen Abend darüber nachgedacht«, sagte Laura, »und ich vermute, daß jenes Wesen – oder was auch immer es sein mag, das in mein Radio gefahren ist und kurz darauf die Blumen in die Küche gewirbelt hat – nicht identisch sein kann mit dem Wesen, das Menschen auf so bestialische Weise ermordet. So furchterregend die Vorgänge in meiner Küche auch waren, so muß ich doch im nachhinein sagen, daß sie im Grunde nichts Bedrohliches an sich hatten. Und wir wurden ja sogar gewarnt, daß das mörderische Wesen, das Dylan und die anderen auf dem Gewissen hat, schließlich auch Melanie töten würde.«

»Wir haben es also sowohl mit guten als auch mit bösen Geistern zu tun«, konstatierte Dan.

»So könnte man es vielleicht nennen – nur glaube ich nicht an Geister.«

»Ich im Prinzip auch nicht. Aber Ihr Mann und Hoffritz müssen bei jenen Experimenten im grauen Zimmer offenbar irgendwelche okkulten Kräfte entfesselt haben – Kräfte oder Wesen mörderischer Natur und andere, die zumindest so gütig sind, uns vor ersteren zu warnen. Und im Augenblick fällt mir keine bessere Bezeichnung ein als ›Geister‹.«

Sie tranken schweigend ihren Kaffee aus.

Ein heftiger Wind war aufgekommen und fegte den Regen über den Parkplatz. Im hinteren Teil des Zimmers murmelte Melanie im Schlaf und strampelte unter der Decke, doch beruhigte sie sich nach kurzer Zeit wieder.

Schließlich sagte Laura: »Geister! Das ist doch total verrückt!«

»Glatter Wahnsinn!«

»Absoluter Schwachsinn!«

Dan schaltete die Lampe über dem Tisch ein und zog den Ausdruck der Kundenkartei von Scaldones obskurem Laden aus der Tasche. Er entfaltete die Blätter und schob sie Laura hin. »Sagen Ihnen irgendwelche Namen auf dieser Liste etwas? Ich meine jetzt, abgesehen von Ihrem Mann, Hoffritz und Cooper.«

Sie studierte die Liste zehn Minuten lang und fand vier weitere ihr bekannte Namen.

»Der hier«, sagte sie. »Edwin Koliknikov. Er ist Psychologieprofessor an der USC und erhält oft Forschungsstipendien vom Pentagon. Er hat Dylan geholfen, Beziehungen zum Verteidigungsministerium zu knüpfen. Er ist Verhaltensforscher, und sein besonderes Interesse gilt der Kinderpsychologie.«

Dan war überzeugt davon, daß das der ›Eddie‹ war, den er in Regines Haus gesehen hatte und der mit ihr nach Las Vegas geflüchtet war.

»Howard Renseveer«, fuhr Laura fort. »Er vertritt eine Stiftung, die sehr viel Geld zur Verfügung hat. Ich weiß nicht genau, um welche Art von Stiftung es sich handelt, aber ich weiß, daß er einige Projekte von Hoffritz finanzierte und auch mehrmals mit Dylan über Zuschüsse gesprochen hat. Ich kannte ihn nur flüchtig, aber er machte auf mich einen sehr unsympathischen Eindruck – ein distanzierter, arroganter Kerl.«

Dan war sicher, Regines ›Howard‹ gefunden zu haben.

»Und der hier.« Laura deutete auf einen weiteren Namen. »Sheldon Tolbeck. Seine Freunde nennen ihn Shelby. Er ist eine Kapazität als Psychologe und Neurologe. Ihm verdankt die Wissenschaft wichtige Erkenntnisse auf dem Gebiet von Verhaltensstörungen wie Autismus und Katatonie.«

»Ich habe Grund zu der Annahme, daß diese drei Männer an den Experimenten im grauen Zimmer beteiligt waren.«

Sie runzelte die Stirn. »Von Koliknikov und Renseveer könnte ich das ohne weiteres glauben, nicht aber von Sheldon Tolbeck. Er hat einen makellosen Ruf.«

Ihr Finger glitt weiter über die Liste. »Hier ist noch einer. Albert Uhlander. Ein Schriftsteller mit seltsamen ...«

»Ich weiß. In dem Karton dort drüben liegen sieben seiner Bücher.«

»Er und Dan führten eine ausgedehnte Korrespondenz.«

»Worüber?«

»Über verschiedene Aspekte des Okkultismus. Genaueres weiß ich aber leider nicht.«

Laura hatte alle Mitglieder der Verschwörung identifiziert, mit Ausnahme jenes großen, weißhaarigen distinguierten Herrn, den Regine ›Daddy‹ nennen mußte. Dan hatte das Gefühl, daß ›Daddy‹ mehr als nur ein Sadist und mehr als nur eines der Mitglieder von Dylan McCaffreys Forschungsteam war; er hielt ›Daddy‹ für die Schlüsselfigur der Konspiration.

»Ich glaube«, sagte er, »daß all diese Männer sterben werden – Koliknikov, Renseveer, Tolbeck und Uhlander. Etwas bringt ganz methodisch all jene um, die etwas mit dem Projekt vom grauen Zimmer zu tun hatten. In Ermangelung eines besseren Wortes haben wir dieses Etwas vorhin als ›Geist‹ bezeichnet; diesen Geist haben die Forscher selbst entfesselt – und dann haben sie völlig die Kontrolle über ihn verloren. Wenn ich recht habe, bleibt diesen vier Männern nicht mehr viel Zeit.«

»Dann müßten wir sie warnen...«

»Warnen? Diese Männer sind für Melanies Zustand verantwortlich!«

»Trotzdem... so gern ich sie auch alle bestraft sähe...«

»Ich glaube, sie wissen ohnehin schon, daß etwas hinter ihnen her ist«, sagte Dan. »Eddie Koliknikov hat am Abend die Stadt verlassen, und die anderen werden vermutlich ebenfalls die Flucht ergreifen oder haben es bereits getan.«

Nach kurzem Schweigen murmelte Laura: »Und dieser Geist oder was auch immer... sobald er all die Männer umgebracht hat... wird er auch Melanie töten wollen.«

»Falls wir der Warnung Glauben schenken können, die Ihnen durchs Radio übermittelt wurde.«

»Wir *müssen* ihr Glauben schenken«, sagte Laura grimmig.

Melanie begann wieder, vor sich hin zu murmeln, laut zu stöhnen und im Bett um sich zu schlagen.

Laura stand auf und wollte zu ihr gehen, blieb aber schon nach einem Schritt stehen und blickte sich ängstlich nach allen Seiten um.

»Was ist los?« fragte Dan.

»Die Luft«, antwortete sie.

Noch während sie sprach, spürte er es ebenfalls.
Die Luft wurde kälter.

31

Die Spätmaschine aus Los Angeles landete in Las Vegas kurz vor Mitternacht. Regine und Eddie fuhren mit einem Taxi ins Desert Inn, wo sie ein Zimmer reserviert hatten. Gegen ein Uhr nachts hatten sie ausgepackt.

Regine war schon zweimal zuvor mit Eddie in Vegas gewesen. Sie trugen sich immer unter ihrem Namen ein, weil sie ja seinen Familiennamen nicht erfahren sollte.

Regine wußte aus Erfahrung, daß Vegas auf Eddie wie ein Aufputschmittel wirkte. Vielleicht lag es an den Lichtern und an der hektischen Betriebsamkeit, vielleicht auch an dem Klirren von Münzen, an dem Knistern von Banknoten. Aus welchen Gründen auch immer, sein sexueller Appetit war in Vegas jedenfalls weitaus größer als in Los Angeles. Jeden Abend, wenn sie essen gingen und anschließend eine Show besuchten, trug sie ein tief ausgeschnittenes Kleid, das er ausgesucht hatte, und er sonnte sich in ihrem Glanze; aber die übrige Zeit mußte sie im Hotelzimmer verbringen, damit sie verfügbar war, wenn er beim Spielen eine Pause einlegte. Zwei- oder dreimal am Tag kam er aufs Zimmer, ein bißchen überdreht, mit wild funkelnden Augen, und dann reagierte er an ihr seine überschüssige Energie ab. Manchmal blieb er an die Zimmertür gelehnt stehen, und sie mußte vor ihm niederknien und ihn oral befriedigen; dann stieß er sie weg, schloß den Reißverschluß seiner Hose und verschwand wortlos. Manchmal wollte er sich unter der Dusche oder auf dem Fußboden mit ihr vergnügen, oder aber er wollte im Bett ausgefallene Positionen ausprobieren, die ihn normalerweise nicht interessierten. Und sein Sadismus war in Vegas jedesmal noch viel ausgeprägter als in Los Angeles.

Deshalb rechnete Regine damit, daß er sich sofort auf sie stürzen würde, nachdem sie sich im Hotelzimmer eingerichtet hatten. Aber er hatte in dieser Nacht kein Interesse an ihr. Seit er vor Stunden ihr Haus in Hollywood betreten hatte, war er äußerst nervös gewesen. Nach dem Start des Flugzeugs hatte er sich ein wenig entspannt, aber nur vorübergehend. Und jetzt saß ihm die Angst mehr denn je im Nacken.

Sie wußte, daß er vor jemandem auf der Flucht war – auf der Flucht vor dem Mörder der anderen Männer. Aber das Ausmaß seiner Angst setzte sie in Erstaunen. Sie hatte ihn immer nur ganz cool und überlegen erlebt. Sie hätte nicht gedacht, daß er zu starken Emotionen wie Freude oder Angst überhaupt fähig war. Wenn Eddie sich fürchtete, mußte er mit etwas wirklich Grauenhaftem rechnen.

Für sie spielte das keine Rolle. *Sie* fürchtete sich nicht. Selbst wenn jemand erfuhr, daß Eddie sich in Vegas aufhielt, selbst wenn dieser Jemand ihn hierher verfolgte, selbst wenn auch sie in Gefahr schwebte, weil sie bei ihm war – sie hatte keine Angst. Sie war von aller Angst befreit worden. Willy hatte sie davon befreit.

Aber Eddie war nicht befreit worden, und er hatte solche Angst, daß er sich weder mit ihr vergnügen noch schlafen wollte. Er wollte ins Hotelcasino gehen und sich durch Spielen ablenken, aber – und das war das Ungewöhnliche – er wollte, daß sie ihn begleitete. Er wollte nicht unter Fremden allein sein, nicht einmal an einem Ort, wo es von Menschen nur so wimmelte. Sie sollte ihm als moralische und emotionale Stütze dienen – und das war etwas, das weder er noch einer seiner Freunde jemals von ihr gewollt hatten, und es war etwas, das sie niemandem geben konnte – nicht seit Willy sie verwandelt hatte. Eddie hatte dominierend zu sein, er sollte sie demütigen und mißhandeln. Seine plötzliche Schwäche und Hilfsbedürftigkeit stießen sie regelrecht ab.

Trotzdem begleitete sie ihn um 1.15 Uhr in der Nacht ins Casino. Er wünschte ihre Gesellschaft, und sie tat immer, was von ihr verlangt wurde.

Das Casino war gut besucht, aber noch nicht überfüllt, denn die Mitternachtsshow würde erst in einer halben Stunde zu Ende sein. Hunderte von Menschen drängten sich an den blinkenden, lärmenden Spielautomaten und an den halbelliptischen Blackjack-Tischen, umlagerten die Würfeltische: Personen in Anzügen und Abendkleidern; Personen in Jeans und Turnschuhen; Typen, die sich wie Cowboys zurechtgemacht hatten; Großmütter und junge Mädchen; japanische Geschäftsleute und eine Gruppe von Sekretärinnen aus San Diego; Reiche und weniger Reiche; Gewinner und Verlierer, wobei letztere in der Überzahl waren; eine 300 Pfund schwere Dame in grellgelbem Kaftan mit passendem Turban, die beim Blackjack mit Tausend-Dollar-Scheinen um sich warf, ohne auch nur eine Ahnung von diesem Kartenspiel zu haben; ein betrunkener Ölmillionär aus Houston; uniformierte Sicherheitsbeamte von ungewöhnlich kräftiger Statur, die sich durch untadelige Höflichkeit auszeichneten; Casino-Angestellte an den Würfeltischen in schwarzen Hosen und weißen Hemden, mit sorgfältig gebundenen schwarzen Krawatten und Casino-Angestellte in dunklen Anzügen an den Bakkarat-Tischen, alle mit hellwachen, mißtrauischen Augen. Es war das reinste Paradies für jeden, der es liebte, Menschen zu beobachten.

Eddie schweifte rastlos in dem riesigen Saal umher, ohne sich an irgendeinem Spiel zu beteiligen. Regine blieb dicht an seiner Seite. Die verrückte Atmosphäre steckte auch sie an. Ihr Puls ging schneller, ihr Adrenalinspiegel stieg, ihre Haut prickelte – sie hatte das Gefühl, daß etwas Ungewöhnliches passieren würde. Sie wußte nicht, was das sein könnte, aber sie spürte, daß etwas passieren würde. Vielleicht würde sie eine Menge Geld gewinnen. Vielleicht meinten die Leute dieses erregende Gefühl, wenn sie sagten, sie seien glücklich. Sie hatte sich noch nie glücklich gefühlt. Sie war noch nie glücklich gewesen. Vielleicht würde sie es auch in dieser Nacht nicht sein, aber es würde sich etwas ereignen. Etwas Ungewöhnliches. Und es würde sich schon sehr bald ereignen.

Die Luft im Motelzimmer wurde kälter.

Obwohl Melanie zu schlafen schien, strampelte sie wild unter der Decke, keuchte, wimmerte und murmelte: »Die... Tür... die *Tür*...«

Das Mädchen schien zu spüren, daß etwas nahte.

»... haltet sie *geschlossen*!«

Die Temperatur fiel und fiel.

Leise, aber eindringlich: *»Nicht... nicht... nicht herauslassen!«*

Das Mädchen zitterte wie Espenlaub, stöhnte, schlug um sich, aber ohne aufzuwachen.

Laura fühlte sich deprimierend hilflos, während sie ihren Blick durch das kleine Zimmer schweifen ließ. Sie fragte sich, welche Gegenstände plötzlich zum Leben erwachen würden, so wie das Radio in ihrer Küche. Oder würde etwas durch die Tür eindringen?

Dan Haldane hatte seinen Revolver gezogen.

Laura drehte sich langsam im Kreis und wartete darauf, daß das Fenster zerschellen oder die Tür zerbersten würde, daß die Stühle und der Tisch zu tanzen beginnen würden.

Dan ging auf die Tür zu. Offenbar glaubte er, daß von dort Gefahr drohte.

Dann wurde es schlagartig wieder warm. Melanie hörte auf zu wimmern, zu keuchen und zu sprechen. Sie schlug auch nicht mehr um sich, sondern lag regungslos im Bett. Ihre Atemzüge waren ungewöhnlich langsam und tief.

»Was war los?« fragte Dan.

»Keine Ahnung.«

Im Zimmer war es jetzt wieder so warm wie zuvor.

»Ist es vorüber?« wollte Dan wissen.

Laura antwortete wieder: »Keine Ahnung.«

Melanie war leichenblaß.

Weil sie ein schulterfreies Kleid trug, bemerkte Regine die plötzliche Kühle früher als Eddie. Sie standen mitten im Gedränge an einem Würfeltisch, und Eddie überlegte, ob er sich am Spiel beteiligen sollte. Im Casino war es so warm, daß Regine wünschte, sie hätte etwas bei sich, womit sie sich Luft zufächeln könnte. Und dann wurde es plötzlich, von einer Sekunde auf die andere, so kalt, daß sie fröstelte und eine Gänsehaut bekam. Im ersten Moment dachte sie, daß die Air-Condition falsch eingestellt worden war, doch dann wurde ihr klar, daß das nicht die Ursache eines so jähen Temperatursturzes sein konnte.

Auch andere Frauen hatten die plötzliche Kälte bemerkt, und dann fiel sie auch Eddie auf. Es war unverkennbar ein schwerer Schock für ihn. Er wandte sich vom Würfeltisch ab, verschränkte die Arme vor der Brust und zitterte am ganzen Leibe. Sein Gesicht drückte Entsetzen aus. Er blickte sich gehetzt nach allen Seiten um und bahnte sich mit den Ellbogen rücksichtslos einen Weg durch die Menge. Steif und ungelenk wie eine Marionette bewegte er sich auf den breiten Mittelgang zu.

»Eddie?« rief Regine ihm nach.

Er drehte sich nicht nach ihr um.

»Eddie!«

Es war jetzt bitter kalt, zumindest in der Nähe der Würfeltische, und die Leute debattierten über diesen unerklärlichen Temperatursturz.

Regine schob sich ihrerseits durch die Menge. Eddie hatte den Mittelgang erreicht und war an einer freien Stelle stehengeblieben. Er drehte sich langsam im Kreis, mit erhobenen Armen, so als wollte er einen möglichen

Angreifer abwehren. Aber weit und breit war kein Angreifer zu sehen, und Regine fragte sich, ob er vielleicht den Verstand verloren hatte. Sie sah, daß Eddies sonderbares Benehmen auch einem Sicherheitsbeamten aufgefallen war, der jetzt herbeieilte.

»Eddie!« rief Regine wieder, aber selbst wenn er sie hörte, hatte er keine Gelegenheit mehr zu antworten, denn er wurde in diesem Moment von einem so heftigen Schlag getroffen, daß er seitwärts taumelte, gegen Leute prallte und auf die Knie stürzte.

Aber wer hatte ihm diesen Schlag versetzt? Zwar hatte ihn eine Menschenmenge umflutet, aber er hatte eine kleine Insel freien Raums um sich gehabt. Mindestens zwei oder zweieinhalb Meter Abstand zu jeder anderen Person hatte er gehabt. Und dennoch ließ sich nicht leugnen, daß ein Schlag ihn mit voller Wucht getroffen hatte; seine Haare waren zerzaust, und sein Gesicht war blutüberströmt.

O Gott, soviel Blut!

Er begann zu schreien.

Im Casino hatte ohrenbetäubender Lärm geherrscht, doch als Eddie zu schreien begann, trat tiefe Stille ein. Seine gellenden Schreie waren markerschütternd, und sie wurden auch noch von unsichtbaren Verstärkern – oder von irgendwelchen besonders gearteten Schallwellen in der eisigen, rauchgeschwängerten Luft – aufgegriffen, hallten mit doppelter und dreifacher Lautstärke durch den Saal.

Die Menschen wichen vor Eddie zurück, und auch Regine blieb unwillkürlich in einiger Entfernung stehen. Eddies rechtes Ohr hing halb abgerissen herab, ganze Haarbüschel waren ausgerissen, und die rechte Gesichtshälfte war eine einzige blutige Masse. Doch er war bei Bewußtsein. Er spuckte Blut und einige Zähne aus, versuchte aufzustehen und wurde von einem neuerlichen Schlag getroffen, mit solcher Wucht, daß ihm sogar die Luft zum

Schreien wegblieb. Dann wurde er hochgezerrt und in eine Gruppe von Zuschauern an einem Würfeltisch geschleudert. Die Menge stob auseinander, und ihre Schreie beendeten die unnatürliche Stille. Sogar der Sicherheitsbeamte war fassungslos und verängstigt stehengeblieben.

Eddie lag nur wenige Sekunden regungslos am Boden, dann sprang er wieder auf die Beine, wenngleich nicht aus eigener Kraft. Er wurde in die Höhe *gerissen*, so als wäre er eine Marionette in den Händen eines mysteriösen Puppenspielers. Er vollführte einige Bocksprünge, schlug mit den Armen wie mit Flügeln, drehte sich wild im Kreis, stolperte seitwärts, wirbelte umher, zuckte krampfhaft, so als würde er unaufhörlich von Blitzschlägen getroffen.

Regine trat aus dem Weg, als Eddie an ihr vorbeitorkelte. Seine Bewegungen waren so unkontrolliert, als hätten sich die Schnüre der Marionette verheddert. Sein rechtes Auge war blau und total verquollen, das linke rollte in der Höhle und hielt verzweifelt Ausschau nach dem rasenden Angreifer. Er prallte gegen die Hocker an einem Blackjack-Tisch, warf einen davon um und veranlaßte den Kartengeber, der das Geschehen mit offenem Munde verfolgt hatte, zu einem hastigen Rückzug.

Während der Geschäftsführer ins Telefon brüllte, man solle schleunigst weitere Sicherheitsbeamte herschicken, klammerte sich Eddie an den Blackjack-Tisch, so wie ein Ertrinkender auf sturmgepeitschter See sich an ein Floß klammert; er versuchte verzweifelt, der unsichtbaren Macht Widerstand zu leisten, die an ihm zerrte. Doch diese Macht war ungleich stärker als er, und sie riß ihn wieder in die Höhe. Er hing über dem Tisch in der Luft, zappelnd und um sich schlagend, und dieser unheimliche Anblick ließ die Menge wie aus einem Munde entsetzt aufschreien.

Plötzlich wurde Eddie auf den Tisch hinabgeschleudert. Karten, Chips und halbvolle Gläser fielen zu Boden. Eddie wurde hochgehoben und wieder auf den Tisch geschmettert, so brutal, daß der Tisch zersplitterte.

Eddies Wirbelsäule war gebrochen, aber sein Angreifer ließ noch immer nicht von ihm ab. Er wurde wieder auf die Beine gestellt und durch den ganzen Gang zwischen Würfel- und Kartentischen geschleppt, auf die unzähligen grellen Spielautomaten zu. Seine Kleidung war zerfetzt und blutdurchtränkt, und während er unfreiwillig durch das Casino torkelte, flogen Blutstropfen nach allen Richtungen. Er hatte das Bewußtsein verloren und war vielleicht sogar schon tot, nur noch ein schlaffes Bündel zertrümmerter Knochen und rohen Fleisches.

Die morbide Neugier der Menge machte endgültig dem Entsetzen Platz. Die Leute rannten auseinander, drängten und schoben sich in Richtung Hauptausgang, zu den eleganten Cafés oder den Treppen zum Zwischengeschoß – überallhin, nur möglichst weit weg von der blutigen zappelnden Masse, die in diesem Disneyland für Erwachsene eine besonders unwillkommene Mahnung an den Tod und an die Mysterien des Universums darstellte.

Wie gebannt, in einer Mischung aus Grauen, Erregung und Faszination, folgte Regine Eddie auf seinem makabren Weg zu den Spielautomaten. Sie hielt sich allerdings etwa fünf Meter hinter ihm, dicht gefolgt von Sicherheitsbeamten.

»Bleiben Sie stehen«, rief einer dieser Männer ihr zu. »Bleiben Sie, wo Sie sind!«

Sie drehte sich nach ihnen um. Es waren drei riesige Burschen in Uniformen, mit schußbereiten Pistolen. Alle drei hatten leichenblasse, völlig fassungslose Gesichter.

»Gehen Sie aus dem Weg!« befahl einer, und ein zweiter richtete seine Pistole auf sie.

Regine begriff, daß sie vielleicht glaubten, sie wäre irgendwie verantwortlich für die unmöglichen Dinge, die sich vor aller Augen abspielten. Vielleicht glaubten sie, sie verfügte über psychische Kräfte und tobte einen Mordrausch aus.

Sie blieb stehen, folgte Eddie aber mit ihren Blicken. Er war jetzt höchstens drei Meter von den Spielautomaten entfernt.

Unmittelbar vor ihm erwachten zwanzig Einarmige Banditen wie durch Zauberei zum Leben. Kirschen, Glocken, Zitronen und andere Symbole wirbelten in den Automaten mit solcher Geschwindigkeit, daß sie zu glitzernden Farbbändern verschwammen. Dann blieben alle zwanzig Zylinder gleichzeitig stehen, und jeder zeigte das Symbol der Zitrone.

Eddie senkte den Kopf – vielmehr drückte jene unsichtbare Macht seinen Kopf nach unten – und rammte einen der Spielautomaten mit solcher Wucht, daß sein Schädel zertrümmert wurde. Er brach auf dem Boden zusammen, wurde hochgerissen, ein Stück zurückgezerrt und ein zweites Mal gegen den Automaten geschleudert. Er stürzte zu Boden. Wurde hochgerissen. Zurückgeschleppt. Nach vorne geschleudert. Diesmal zerbarst die Plexiglasscheibe beim Aufprall seines Schädels.

Der tote Mann fiel zu Boden.

Er blieb regungslos liegen.

Die Luft war noch immer eisig.

Regine rieb sich die Arme.

Sie hatte das Gefühl, von einem Etwas beobachtet zu werden.

Dann wurde die Luft plötzlich warm, und Regine spürte, daß jenes Etwas sich entfernt hatte.

Sie betrachtete Eddie. Niemand hätte diese zerquetschte Leiche identifizieren können. Regine verspürte ein klein wenig Mitleid, aber in erster Linie kreisten ihre Gedanken um die Frage, wie sein Tod gewesen sein mochte, was er empfunden haben mochte, während er diese brutalen Minuten unvorstellbar intensiver

Schmerzen durchlebte, qualvoller Schmerzen – süßer, erlösender Schmerzen.

Melanie hatte sich beruhigt, und nach einigen Minuten glaubte Laura, das Schlimmste sei überstanden. Auch Dan Haldane schob seinen Revolver in das Halfter. Doch gerade als sie sich wieder an den kleinen Tisch setzen wollten, fing Melanie von neuem an zu stöhnen und um sich zu schlagen, und es wurde kalt im Zimmer. Mit rasendem Herzklopfen trat Laura ans Bett ihrer Tochter, gefolgt von Dan.

Melanies Gesicht war grotesk verzerrt – nicht vor Schmerz, sondern – so sah es zumindest aus – vor Entsetzen. Sie hatte nichts mehr von einem Kind an sich. Sie sah mit einem Male alt aus – nein, alt war nicht der richtige Ausdruck – *weise,* im Besitz eines furchtbaren Wissens, eines Wissens um dunkle Mächte, das jedem Menschen besser verborgen bleiben sollte.

›Es‹ war entweder ganz in der Nähe oder bereits präsent. Laura fühlte sich von einer bösen Macht umgeben, sie spürte es instinktiv, ohne eine Erklärung dafür zu haben. Die feinen Härchen auf ihren Armen und in ihrem Nacken sträubten sich, und es war nicht nur die Kälte, die sie erschaudern ließ.

›Es‹.

Laura sah sich verzweifelt im Zimmer um. Sie konnte kein dämonisches Wesen sehen, keinen der Hölle entsprungenen Schemen.

Zeig dich, verdammt nochmal, dachte sie. Wer auch immer du sein magst, was auch immer du sein magst, gib dich zu erkennen, damit wir etwas Greifbares vor uns haben, etwas, mit dem wir kämpfen können, auf das wir schießen können.

Aber es blieb ihren Sinnen verborgen; das einzig Erfaßbare an diesem ›Es‹ war die Kälte, die es immer ausstrahlte.

Die Lufttemperatur sank mit unglaublicher Geschwindigkeit, tiefer als je zuvor, bis ihr Atem sichtbare Wolken bildete und eine dünne Eisschicht das Fenster und den Spiegel überzog. Doch schon nach 30 oder 40 Sekunden erwärmte sich die Luft wieder, das Kind hörte auf zu stöhnen, und der unsichtbare Feind zog sich zurück, ohne Melanie etwas zuleide getan zu haben.

Melanie schlug die Augen auf, aber sie sah offenbar noch immer etwas aus ihrem Traum vor sich. »Es wird sie töten.«

Dan Haldane beugte sich über sie, legte ihr eine Hand auf die zarte Schulter. »Was ist es, Melanie?«

»*Es*. Es wird sie alle töten«, wiederholte das Mädchen, aber es schien nicht mit Dan, sondern mit sich selbst zu sprechen.

»Was ist dieses verdammte *Es*?« fragte Dan.

»Es wird sie alle töten«, murmelte das Mädchen schaudernd.

»Beruhige dich, Liebling«, sagte Laura.

»Und dann«, fuhr Melanie fort, »dann wird es auch mich töten.«

»Nein!« rief Laura. »Wir werden dich beschützen, Mellie. Das schwöre ich dir.«

»Es wird kommen ... von ... innen ... und mich auffressen ... mich mit Haut und Haaren auffressen ...«

»Nein«, versicherte Laura. »Nein!«

»Von innen?« fragte Dan. »Aus welchem Innern?«

»Es wird mich auffressen«, wiederholte das Mädchen trostlos.

»Woher kommt es?« wollte Dan wissen.

Das Kind stieß ein langgezogenes Wimmern aus, das sich fast wie ein resignierter Seufzer anhörte.

»War etwas soeben hier im Zimmer, Melanie?« fragte Dan. »Das Wesen, vor dem du solche Angst hast – war es hier im Zimmer?«

»Es will mich haben«, sagte das Mädchen.

»Wenn es dich haben will – warum hat es dir dann nichts getan, als es hier war?«

Melanie hörte ihn nicht. Sie flüsterte: »Die Tür...«

»Welche Tür?«

»Die Tür zum Dezember.«

»Was bedeutet das, Melanie?«

»Die Tür...«

Sie schloß ihre Augen, und im nächsten Augenblick verrieten ihre ruhigen Atemzüge, daß sie eingeschlafen war.

Laura blickte Dan über das Bett hinweg an. »Es will zuerst die anderen, jene Männer, die an den Experimenten im grauen Zimmer beteiligt waren.«

Dan nickte. »Eddie Koliknikov, Howard Renseveer, Sheldon Tolbeck, Albert Uhlander und vielleicht noch andere, von denen wir nichts wissen.«

»Ja. Und sobald sie alle tot sind, wird *Es* Melanie töten. Das hat sie schon einmal gesagt, in der Küche, nachdem... nachdem etwas in das Radio gefahren war.«

»Aber woher weiß sie das?«

Laura zuckte die Achseln.

Beide betrachteten das schlafende Kind.

Schließlich sagte Dan: »Wir müssen sie irgendwie aus dieser Trance reißen, damit sie uns sagen kann, was wir wissen müssen.«

»Ich habe es am Nachmittag mit Hypnose versucht, aber mit wenig Erfolg.«

»Könnten Sie es noch einmal versuchen?«

Laura nickte. »Am Morgen, wenn sie sich ein wenig erholt hat.«

»Wir sollten keine Zeit verlieren.«

»Sie braucht Ruhe.«

»Okay«, gab er widerwillig nach.

Laura wußte genau, was er dachte: Hoffen wir nur, daß es nicht zu spät sein wird, wenn wir bis zum Morgen warten!

32

Laura schlief mit Melanie im zweiten Bett, während Dan auf dem ersten lag, weil es in Türnähe stand und weil von der Tür her die größte Gefahr zu erwarten war. Er hatte Hemd, Hose, Schuhe und Socken anbehalten, um eventuell sofort eingreifen zu können. Sie hatten eine Lampe brennen lassen, denn nach den Ereignissen des vergangenen Tages hatten sie zwar nicht direkt Angst vor der Dunkelheit, aber ganz geheuer war sie ihnen auch nicht.

Dan lauschte auf Lauras und Melanies regelmäßige, tiefe Atemzüge. Er selbst fand keinen Schlaf. Er dachte an Joseph Scaldones grausam verstümmelte Leiche, an die drei Toten von Studio City und an Regine Savannah Hoffritz, die zwar körperlich und geistig lebte, deren Seele aber zerstört worden war. Und wie immer, wenn er zu lange über Mord und über die Fähigkeit des Menschen zum Mord nachdachte, kreisten seine Gedanken schließlich um seinen toten Bruder und um seine tote Schwester.

Er hatte sie nicht gekannt. Sie waren schon tot gewesen, als er ihre Namen erfahren und die Suche nach ihnen aufgenommen hatte.

Weder Dan noch Haldane waren die Namen, die er bei seiner Geburt bekommen hatte. Pete und Elsie Haldane hatten ihn adoptiert, als er einen knappen Monat alt gewesen war.

Seine leiblichen Eltern waren Loretta und Frank Detwiler gewesen, zwei junge Menschen, die infolge der hohen Arbeitslosigkeit in Oklahoma nach Kalifornien umgesiedelt waren, um hier ihr Glück zu machen, was ihnen jedoch nicht gelungen war. Während Lorettas dritter, sehr beschwerlicher Schwangerschaft war Frank bei einem Autounfall ums Leben gekommen, und Loretta war zwei Tage nach Dans Geburt gestorben. Sie hatte ihm den Namen James gegeben. Es gab keine Verwandten, die sich um die drei Detwiler-Kinder hätten kümmern können, und so wurden sie voneinander getrennt und zur Adoption freigegeben.

Peter und Elsie Haldane hatten nie verheimlicht, daß sie nicht Dans leibliche Eltern waren. Er liebte sie und war stolz, ihren Namen zu tragen, denn sie waren gute Menschen, denen er alles verdankte. Trotzdem hatte er sich oft Gedanken über seine leiblichen Eltern gemacht und Näheres über sie erfahren wollen.

Aufgrund der damaligen Adoptionsgesetze wußten auch Pete und Elsie nur, daß die Eltern ihres Adoptivsohns tot waren. Die Tatsache, daß sie ihn nicht freiwillig hergegeben hatten, intensivierte nur noch Dans Wunsch zu wissen, was für Menschen sie gewesen waren.

Als er aufs College kam, nahm er den Kampf gegen die Bürokratie auf, um Einblick in die Adoptionsunterlagen zu bekommen. Das kostete ihn Zeit, Mühe und Geld, aber schließlich erfuhr er seinen wirklichen Namen und die Namen seiner leiblichen Eltern – und er erfuhr, daß er zwei Geschwister hatte. Sein Bruder Delmar war vier Jahre alt gewesen, als Loretta Detwiler starb, seine Schwester Carrie sechs.

Mit Hilfe der Unterlagen der Adoptionsbehörde, die wegen eines Brandes leider nicht vollständig waren, begann Dan die mühsame Suche nach seinen Blutsverwandten. Pete und Elsie Haldane hatten ihm stets ein absolutes Zugehörigkeitsgefühl vermittelt. Ihre Familienangehörigen waren auch die seinigen, ihre Geschwister waren für ihn richtige Onkel und Tanten, ihre Eltern waren seine Großeltern, und er hatte immer das Gefühl gehabt, in dieser Familiengemeinschaft geborgen zu sein. Dennoch hatte er gewußt, daß er keine innere Ruhe finden würde, bis er seine Geschwister in die Arme schließen konnte.

Seitdem hatte er tausendmal gewünscht, er hätte sich nie auf die Suche nach ihnen begeben.

Zuerst gelang es ihm, Delmar ausfindig zu machen. Besser gesagt, er fand Delmars Grab. Auf der Grabplatte stand freilich weder Delmar noch Detwiler, sondern Rudy Kessman. Das war der Name, den seine Adoptiveltern ihm gegeben hatten.

Mit vier Jahren war Delmar nach dem Tod seiner Mutter leicht zu vermitteln gewesen und hatte sehr schnell bei einem jungen Paar – Perry und Janette Kessman – in Fullerton, Kalifornien, ein neues Zuhause gefunden. Die Adoptionsbehörde hatte bei ihren Nachforschungen allerdings übersehen, daß Mr. Kessman eine Vorliebe für gefährliche und zum Teil ungesetzliche Beschäftigungen hatte. Er fuhr Viehwagen, was legal war. Er war ein Motorradfan, was zwar nicht ungefährlich, aber natürlich nicht verboten war. Er war auf dem Papier ein Katholik, aber er schloß sich häufig irgendwelchen neuen Sekten an, besuchte mehrere Monate lang die Gottesdienste einer pantheistischen Gemeinschaft und begeisterte sich lange Zeit für eine Gruppe, die an UFOs glaubte; aber wer konnte einem Mann einen Vorwurf daraus machen, daß er Gott suchte, auch wenn er Ihn an den falschen Orten suchte? Kessman rauchte Marihuana, was zwar illegal war, damals aber nicht allzu streng geahndet wurde. Nach einer gewissen Zeit griff er auch zu verschiedenen anderen Drogen.

Und eines Nachts litt er entweder im Drogenrausch unter Verfolgungswahn oder aber er brachte irgendeinem neuen Gott ein Blutopfer dar. Jedenfalls tötete er seine Frau und seinen Adoptivsohn und beging anschließend Selbstmord.

Rudy-Delmar Kessman-Detwiler war sieben Jahre alt, als er ermordet wurde.

Auf seinem Bett in dem schwach beleuchteten Motelzimmer liegend, brauchte Dan nicht einmal die Augen zu schließen, um den Friedhof vor sich zu sehen, auf dem er das Grab seines älteren Bruders zuletzt gefunden hatte. Auf diesem Friedhof gab es nur Grabplatten, um das liebliche hügelige Landschaftsbild nicht zu verschandeln. Alle Platten sahen gleich aus: rechteckige Granitblöcke mit einer Kupferplatte in der Mitte, auf der Name, Geburts- und Sterbedatum des Verstorbenen standen, manchmal auch noch ein Bibelzitat oder irgendein anderer Spruch. Auf Delmars Grabplatte standen nur die kalten, nichtssagenden Angaben. Dan erinnerte sich genau an jenen milden Oktobertag auf dem Friedhof, an die leichte Brise und an die Schatten der Birken und Lorbeerbäume auf dem saftig grünen Gras. Aber noch intensiver war die Erinnerung an seine damaligen Gefühle, als er sich niedergekniet und eine Hand auf die Kupferplatte gelegt hatte, die seines Bruders letzte Ruhestätte markierte: an jenes Bewußtsein eines unersetzlichen Verlustes, das ihm die Kehle zugeschnürt hatte.

Obwohl seit damals viele Jahre vergangen waren, obwohl er sich damit abgefunden zu haben glaubte, seinen Bruder nie mehr kennenlernen zu können, bekam Dan auch jetzt wieder einen trockenen Mund und hatte einen Kloß im Halse. Er hätte vielleicht lautlos geweint, wie er es in anderen Nächten getan hatte, wenn diese Erinnerungen über ihn hereingebrochen waren. Aber Melanie murmelte im Schlaf und stieß einen leisen Angstschrei aus, und das brachte ihn augenblicklich auf die Beine. Das Mädchen zuckte unter der Decke, aber diesmal nur schwach, so als fehle ihm die Kraft, sich heftig zu wehren, und auch sein Stöhnen war so leise, daß seine Mutter nicht erwachte. Dan fragte sich, welches Monster Melanie in diesem Alptraum wohl verfolgen mochte.

Dann wurde es im Zimmer plötzlich kalt, und er begriff, daß das Monster vielleicht kein bloßer Alptraum des Kindes, sondern düstere Realität war.

Er griff hastig nach seiner Pistole, die auf dem Nachttisch lag.

Die Luft war eisig.

Und sie wurde zunehmend kälter.

Die beiden Männer saßen in der Nähe eines großen Fensters an einem Tisch, spielten Karten, tranken Scotch und Milch und taten so, als wäre dies ein ganz normaler gemütlicher Abend.

Der Nachtwind rüttelte an den Dachrinnen der Hütte.

Draußen war es bitter kalt und stürmisch, wie es im Februar im Gebirge nicht anders zu erwarten war, aber es schneite nicht. Ein großer Mond zog über den sternfunkelnden Himmel und warf sein mildes Licht auf die verschneiten Tannen und Kiefern und auf die weiße Bergwiese.

Es war eine völlig andere Welt als das hektische Gewühl und die grellen Neonlichter der Großstadt.

Sheldon Tolbeck war mit Howard Renseveer aus Los Angeles geflüchtet, in der verzweifelten Hoffnung, daß eine große Entfernung auch größtmögliche Sicherheit bieten würde. Sie hatten ihr Ziel keiner Menschenseele verraten, weil sie hofften, daß der mörderische Geist ihnen nicht an einen Ort folgen konnte, der ihm unbekannt war.

Sie waren gestern nachmittag nach Norden und dann nach Nordosten gefahren, in die Sierras, zu einer Skihütte in der Nähe von Mammoth, wo sie vor einigen Stunden eingetroffen waren. Die Skihütte gehörte Howards Bruder, aber Howard war noch nie hier gewesen, und niemand würde ihn hier vermuten.

Der Geist wird uns trotzdem finden, dachte Tolbeck. Er wird uns irgendwie aufstöbern.

Er äußerte diesen Gedanken nicht laut, um Howard Renseveer nicht zu verärgern. Howard, der mit vierzig noch immer etwas Jungenhaftes an sich hatte, war ein Optimist, der immer geglaubt hatte, er würde ewig leben. Howard joggte, Howard achtete darauf, nicht zuviel Fett und Zucker zu essen. Howard meditierte jeden Tag eine halbe Stunde lang. Howard erwartete vom Leben immer nur das Beste, und das Leben erfüllte meistens diese Erwartungen. Howard gab sich auch jetzt optimistisch, was ihre Überlebenschancen betraf. Howard war überzeugt davon – zumindest behauptete er das –, daß das unheimliche Wesen keine so weiten Strecken zurücklegen und ihnen außerdem nicht folgen könne, wenn sie ihre Spuren sorgfältig verwischten. Aber es entging Tolbeck nicht, daß Howard jedesmal nervös zum Fenster hinausblickte, wenn der Wind besonders laut um die Hütte pfiff, und daß er zusammenzuckte, wenn die brennenden Holzscheite im Kamin knackten. Außerdem strafte allein schon die Tatsache, daß sie zu dieser nachtschlafenden Stunde noch nicht zu Bett gegangen waren, Howards angeblichen Optimismus Lügen.

Tolbeck goß sich noch etwas Scotch und Milch ein, und Howard Renseveer mischte die Karten, als es im Raum plötzlich kalt wurde. Beide warfen einen flüchtigen Blick zum Kamin herüber, aber die Flammen loderten nach wie vor. Türen und Fenster waren geschlossen. Einen Augenblick später wurde ihnen erschreckend klar, daß es kein Luftzug war, denn die Temperatur sank weiter.

Es war gekommen! Es war auf wundersame Weise in die Hütte eingedrungen. Die dämonische und todbringende psychische Kraft hatte sie mit untrüglichem Spürsinn gefunden.

Tolbeck erhob sich.

Howard Renseveer sprang so ungeschickt auf, daß er zuerst sein Glas und dann seinen Stuhl umwarf. Die Karten fielen ihm aus der Hand.

Trotz des lodernden Kaminfeuers war es in der Hütte jetzt so eisig wie in einer Tiefkühltruhe.

Zwischen den beiden jagdgrünen Sofas lag ein großer runder Teppich, der sich plötzlich in die Luft hob und in zwei Meter Höhe hängen blieb – ein wahrhaftiger fliegender Teppich! Er schwebte in der Luft, und dann begann er sich zu drehen, schneller und immer schneller, wie eine riesige Schallplatte auf einem unsichtbaren Plattenteller.

Obwohl Tolbeck wußte, daß jeder Gedanke an Flucht

töricht und sinnlos war, ging er rückwärts auf die Hintertür der Hütte zu.

Renseveer stand wie angewurzelt neben dem Tisch und starrte auf den fliegenden Teppich.

Plötzlich erschlaffte der Teppich und fiel zu Boden. Eines der Sofas wurde mit solcher Kraft durch den Raum geschoben, daß es ein Tischchen und eine Lampe umwarf, zwei seiner eigenen Beine abknickte und einen Zeitschriftenständer total verbog.

Tolbeck hatte sich aus dem Wohnbereich in die Küchenzeile verzogen und die Hintertür fast erreicht. Er schöpfte Hoffnung, entrinnen zu können. Er wagte nicht, dem unsichtbaren, aber ohne jeden Zweifel gegenwärtigen Wesen den Rücken zuzuwenden und tastete deshalb mit nach hinten ausgestrecktem Arm nach dem Türknopf.

Die Karten, die Renseveer fallen gelassen hatte, wurden plötzlich lebendig, so wie jene Besen, die dem Zauberlehrling soviel Sorgen bereiteten. Sie flogen vom Boden hoch und wirbelten um Howard herum, und während sie diesen verblüffenden Tanz vollführten, rieben sie sich aneinander. Das Geräusch erinnerte Tolbeck an kleine Messer, die gewetzt wurden. Und kaum daß ihm dieses unbehagliche Bild in den Sinn gekommen war, sah er auch schon, daß Howard Renseveer, der sich des Kartenwirbelsturms zu erwehren versuchte, an beiden Händen blutete und auch im Gesicht und am Kopf unzählige Schnittwunden hatte. Karten waren einfach nicht stabil und nicht scharf genug, um solche Verletzungen zu verursachen... und dennoch taten sie es, peitschten Howard, der vor Schmerz schrie.

Tolbecks tastende Hand fand den Türknopf, aber er ließ sich nicht drehen. Die Tür war verriegelt. Tolbeck hätte sich in Sekundenschnelle umdrehen, die Tür aufschließen und aus der Hütte stürzen können, aber er starrte wie hypnotisiert auf das Spektakel im Wohnraum.

Seine Todesangst trieb ihn zur Flucht, doch zugleich lähmte sie sein Reaktionsvermögen und seine Beine.

Die Karten fielen leblos zu Boden, wie zuvor der Teppich. Es sah so aus, als trüge Renseveer blutrote Handschuhe.

Das Kamingitter stürzte um; ein brennendes Holzscheit schoß quer durchs Zimmer und traf Renseveer, der vor Entsetzen wie gelähmt war und nicht einmal auszuweichen versuchte. Das Geschoß war schon zur Hälfte von den Flammen verzehrt. Als es sich in Renseveers Magengrube bohrte, zerfiel ein Teil zu schwarzer Asche, die auf seine Schuhe rieselte. Der andere Teil des Scheits war jedoch hart und etwas gezackt und bildete einen grausamen Speer, der tief in Renseveers Leib eindrang und dabei nicht nur Blutgefäße durchtrennte und innere Organe verletzte, sondern ihn auch noch verbrannte.

Dieser grauenvolle Anblick löste endlich die Erstarrung, die Tolbeck befallen und ihn wertvolle Sekunden gekostet hatte. Er schob den Riegel zurück, riß die Tür auf, stürzte in die stürmische Nacht hinaus und rannte um sein Leben.

Die Lufttemperatur im Motelzimmer war so rasch angestiegen, wie sie zuvor gefallen war. Es war wieder warm.

Dan Haldane fragte sich, was geschehen war – oder *fast* geschehen war. Was hatten diese jähen Temperaturveränderungen zu bedeuten? War ein okkultes Wesen einige Sekunden lang gegenwärtig gewesen? Wozu war es hergekommen, wenn nicht, um Melanie anzugreifen? Und warum war es plötzlich wieder verschwunden?

Melanie schien zu spüren, daß die Gefahr vorüber war, denn sie lag jetzt wieder ganz ruhig unter der Decke.

Dan stand neben ihrem Bett und blickte auf sie hinab, und zum erstenmal fiel ihm auf, daß die Kleine später genauso schön wie ihre Mutter werden würde. Seine Augen schweiften zu Laura, die neben ihrer Tochter fest schlief.

Ihr entspanntes liebreizendes Gesicht erinnerte ihn an Madonnenbildnisse, die er in Museen bewundert hatte. Ihre dichten, seidigen kastanienbraunen Haare auf dem Kissen sahen im matten Schein der Lampe aus, als wären sie aus dem rotgoldenen Licht eines Sonnenuntergangs im Herbst gesponnen, und Dan konnte nur mit Mühe der Versuchung widerstehen, sie durch seine Finger gleiten zu lassen.

Er ging zu seinem eigenen Bett, legte sich auf den Rükken und starrte an die Decke.

Er dachte an Cindy Lakey, die von dem rasend eifersüchtigen Freund ihrer Mutter umgebracht worden war.

Er dachte an seinen Bruder Delmar, der von seinem drogensüchtigen Adoptivvater ermordet worden war.

Natürlich dachte er auch an seine Schwester. Es waren immer diese drei Namen, die ihn in schlaflosen Nächten verfolgten: Cindy Lakey, Delmar, Carrie. Als Dan seine Schwester nach mühseliger Suche endlich gefunden hatte, lag auch sie schon auf einem Friedhof.

Carrie, die beim Tod ihrer Mutter immerhin schon sechs Jahre alt gewesen war, hatte die plötzliche totale Auflösung ihrer Familie nicht verkraftet und mit Verhaltensstörungen darauf reagiert. Das hatte eine Adoption verhindert. Sie wanderte aus dem Waisenhaus in verschiedene Pflegefamilien, wurde ins Waisenhaus zurückgeschickt, kam in neue Pflegefamilien und gewann dadurch immer stärker das Gefühl, nirgends hinzugehören, überall unerwünscht zu sein. Sie begann von ihren Pflegeeltern wegzulaufen, und es fiel den Behörden immer schwerer, sie zu finden und zurückzubringen. Mit siebzehn tauchte sie endgültig unter. Alle Fotos, die es von ihr gab, bewiesen, daß sie ein hübsches Mädchen war, aber sie hatte sich in der Schule wenig Mühe gegeben und besaß keine Berufsausbildung. Wie so viele andere hübsche Mädchen aus kaputten Familien wählte sie die Prostitution, um ihren Lebensunterhalt zu verdienen – besser gesagt, sie fiel der

Prostitution zum Opfer, denn sie hatte ja kaum eine andere Wahl gehabt.

Sie war 28 Jahre alt und ein gefragtes Callgirl, als ihr kurzes unglückliches Leben ein jähes Ende fand. Einer ihrer Kunden wollte sie zu irgendwelchen Perversitäten zwingen, und als sie nicht willfährig war, brachte er sie um. Sie starb fünf Wochen vor dem Zeitpunkt, als Dan sie endlich ausfindig gemacht hatte, und sie lag bereits einen Monat in der Erde, als Dan sie besuchen wollte. Für ein Treffen mit seinem Bruder war er zwölf Jahre zu spät gekommen, und das war traurig genug gewesen, aber doch lange nicht so schmerzhaft und tragisch wie die Tatsache, daß er seine Schwester kennengelernt hätte, wenn er nur wenige Wochen früher gekommen wäre.

Er sagte sich immer wieder, daß sie ein wildfremder Mensch für ihn gewesen wäre, daß sie wenig oder gar nichts Gemeinsames gehabt hätten. Vielleicht hätte sie sich nicht einmal gefreut, ihn zu sehen, vielleicht hätte sie sich geschämt, daß er ein Polizist war und sie nur ein Callgirl. Und er hätte es vielleicht tief bedauert, diese Frau kennengelernt zu haben, die seine leibliche Schwester war. Möglicherweise hätte es sich als schwierig und unerfreulich erwiesen, mit ihr näheren Kontakt zu haben. Aber er war erst zweiundzwanzig gewesen, ein Neuling bei der Polizei, als er das Grab seiner Schwester fand; mit zweiundzwanzig hatte er viel emotionaler reagiert als jetzt. Er hatte um sie geweint. Verdammt, selbst jetzt noch, nach 15 Jahren Polizeidienst – und in diesen 15 Jahren hatte er eine Menge erschossener, erstochener, erwürgter und erschlagener Menschen gesehen und sich zwangsläufig ein dickeres Fell zugelegt –, weinte er manchmal um sie und um seinen verlorenen Bruder, wenn ihn in schlaflosen Nächten der Gedanke quälte, was hätte sein können und unwiederbringlich dahin war.

Er fühlte sich mitschuldig an Carries Tod. Er hätte sich intensiver bemühen müssen, ihr auf die Spur zu kommen.

Wenn er sie früher gefunden hätte, hätte er sie vielleicht noch retten können. Sein Verstand sagte ihm, daß diese Selbstvorwürfe unsinnig waren, daß er Carrie bestimmt nicht hätte überreden können, ihr Leben als Callgirl aufzugeben. Er hätte jene verhängnisvolle Verabredung nicht verhindern können. Seine Schuldgefühle waren nur ein weiteres Beispiel für seinen Atlas-Komplex, für seine Neigung, die Last der ganzen Welt auf seine Schultern zu nehmen. Er konnte sich selbst recht gut analysieren, und er konnte sogar über sich lachen – doch das vermochte nichts daran zu ändern, daß er sich für alles und für jeden verantwortlich fühlte.

Deshalb schweiften seine Gedanken, wenn er keinen Schlaf finden konnte, so oft zu Delmar, Carrie und Cindy Lakey. Er lag im Dunkeln wach und grübelte über die Fähigkeit des Menschen zum Mord, über die Tatsache, daß er oft nicht in der Lage war, die Lebenden zu retten; und früher oder später quälte ihn unweigerlich auch noch die Idee, seine Mutter auf dem Gewissen zu haben, da sie ja an den Folgen seiner komplizierten Geburt gestorben war. Verrückt! Aber es raubte ihm nun einmal fast den Verstand, daß es Tod und Mord auf der Welt gab, und er vermutete, daß er sich nie damit abfinden würde, weil er auf dem Glauben beharrte, daß der Mensch im Prinzip gut sei – oder zumindest den Keim zum Guten in sich trage. Delmar, Carrie, Cindy Lakey... Von ihnen führte ihn der Weg immer weiter, an den Rand eines Abgrunds aus Schuldgefühlen und Verzweiflung, und manchmal – nicht oft, aber hin und wieder – stand er in solchen schlaflosen Nächten auf, schaltete alle Lampen ein und betrank sich bis zur Bewußtlosigkeit.

Delmar, Carrie, Cindy Lakey...

Wenn es ihm nicht gelang, die McCaffreys zu retten, würden ihre Namen die Liste verlängern, und er würde sich mit zwei weiteren quälenden Erinnerungen herumschlagen müssen. Delmar, Carrie, Cindy Lakey, Melanie und Laura.

Er würde sich das nie verzeihen, sich nie damit abfinden können. Er wußte, daß er nur ein einzelner Polizist war, ein Mensch wie jeder andere, weder Atlas noch ein Ritter in glänzender Rüstung. Aber tief im Innern wollte ein Teil von ihm *doch* dieser Ritter sein, und dieser Teil seines Wesens – der Träumer, der edle Narr – machte für ihn das Leben lebenswert. Er konnte sich nicht vorstellen, wie er weiterleben sollte, wenn dieser Teil von ihm zu existieren aufhörte. Und deshalb mußte er Laura und Melanie beschützen, so als gehörten sie zu ihm. Er hatte sie ins Herz geschlossen, und wenn er zuließ, daß sie starben, wäre auch er selbst tot – zumindest emotional und psychisch tot.

Delmar, Carrie, Cindy Lakey ... Seine Gedanken drehten sich im Kreise, und schließlich lullten ihn Lauras und Melanies gleichmäßige Atemzüge in den Schlaf, wie das leise Rauschen von Meereswellen.

Sheldon Tolbeck rannte in die Nacht hinein. Auf der weißen Bergwiese versank er stellenweise bis zu den Knien im Schnee. Er wirbelte Schneewolken auf, die zusammen mit seinen Atemwolken wie Gespenster zerstoben.

Aus der Hütte drangen Renseveers Schreie. Die klare, eiskalte Luft trug den Schall in die Ferne, und die Gebirgswelt sorgte für Echos, und auch diese Echos hallten wider, so daß die Schreie sich ins Unendliche vervielfältigten. Man hätte glauben können, die Pforten der Hölle hätten sich aufgetan. Diese gräßlichen Schreie versetzten Tolbeck in noch größere Panik, und er rannte, als wäre der Teufel ihm dicht auf den Fersen.

Er trug Stiefel, aber keinen Mantel, und anfangs war der eisige Wind sehr schmerzhaft und stach wie tausend Nadeln. Doch diese Nadeln hatten nach kürzester Zeit eine ähnliche Wirkung wie Betäubungsspritzen. Er hatte sich erst 50 oder 60 Meter von der Hütte entfernt, als sein Gesicht und seine Hände schon fast ohne Empfindung waren, und wenig später hatte die Kälte auch sein Flanellhemd und seine Jeans durchdrungen, und das Taubheitsgefühl hatte seinen ganzen Körper erfaßt. Er wußte, daß dieser gnädige Zustand nur wenige Minuten anhalten würde, daß er nur auf einem Schock beruhte. Bald würde der Schmerz zurückkehren, und die Kälte würde wie eine Krabbe durch seine Knochen kriechen und mit ihren eisigen Scheren Stücke seines Marks ausreißen.

Er rannte ziellos dahin, getrieben von maßlosem Entsetzen, und fand sich in einem Wald wieder. Riesige Nadelbäume verschiedenster Art ragten um ihn herum empor; sie standen so dicht, daß das bleiche, kalte Mondlicht nur an wenigen Stellen den Boden zu erreichen vermochte. Diese vereinzelten Mondstrahlen wirkten wie schwache Suchscheinwerfer und erzeugten eine unwirkliche, gespenstische Atmosphäre, die von der Finsternis ringsum noch verstärkt wurde.

Tolbeck hastete durch den Wald, die Hände tastend nach vorne ausgestreckt. Er rannte gegen Bäume, stolperte über Wurzeln und Steine. Er glitt an einer abschüssigen vereisten Stelle aus, fiel auf sein Gesicht, kam wieder auf die Beine, eilte weiter. Seine Augen gewöhnten sich nur langsam an die Dunkelheit, und er sah kaum, wohin er trat, doch er legte ein scharfes Tempo vor, denn Renseveers Schreie waren vor einigen Minuten verstummt, und das bedeutete, daß der Geist seine Aufmerksamkeit nunmehr ihm, Tolbeck, zuwenden konnte. Er stolperte, stürzte, schürfte sich die Knie auf, erhob sich, rannte weiter. Er zwängte sich durch eisverkrustetes Unterholz, wurde zerkratzt und von Zweigen gepeitscht. Er riß an einem tiefhängenden Ast die Stirn auf, und das Blut, das ihm über das Gesicht lief, fühlte sich auf seiner halb erfrorenen Haut wie glühende Lava an. Er rannte weiter.

Er kletterte einen steilen Abhang empor, klammerte

sich an Büschen und Felsvorsprüngen fest. Seine Hände waren so kalt und steif, daß er die Hautabschürfungen nicht spürte, die er sich bei dieser Kletterpartie zuzog. Oben angelangt, ließ er sich völlig erschöpft zu Boden fallen, trotz aller Panik außerstande, auch nur einen einzigen Schritt weiterzugehen.

Hier oben, wo die Bäume weniger dicht standen, fegte wieder ein eisiger Wind, und der Schnee glitzerte im Mondlicht. Tolbeck versuchte mit wenig Erfolg, Atem zu schöpfen, dann verkroch er sich unter einem schützenden Granitvorsprung und starrte auf den Hohlweg hinab, den er erklommen hatte.

Nur der Wind brauste in den Ästen der Nadelbäume und heulte in den Felsspalten. Sonst herrschte völlige Stille.

Das bedeutete allerdings nicht, daß der Geist ihn nicht verfolgte. Vielleicht war er schon dort unten, schlich sich aus dem Wald heran – aber er würde sich völlig lautlos nähern.

Nur die Äste bogen sich im Wind, und gelegentlich wurde Schnee aufgewirbelt. Sonst bewegte sich nichts.

Obwohl er in die Dunkelheit hinabspähte, wußte Tolbeck, daß es sinnlos und töricht war, nach seinem Feind Ausschau zu halten, denn er würde ihn nicht sehen können. Der Geist hatte keine Substanz, nur Kraft. Er hatte keine Form, nur Energie. Er hatte keinen Körper, nur Bewußtsein und Willen... und einen wahnsinnigen Durst nach Rache und Blut.

Tolbeck war sich im klaren darüber, daß er dieses Wesen mit seinen Sinnen nicht wahrnehmen konnte. Er würde seiner Präsenz erst gewahr werden, wenn es ihn angriff.

Und wenn es ihn fand, war er unweigerlich verloren, denn dieser Macht gegenüber war er völlig hilflos.

Doch obwohl er das alles wußte, konnte er nicht akzeptieren, daß seine Lage völlig hoffnungslos war. In der Felsnische kauernd, hielt er weiterhin Ausschau nach dem Geist, lauschte angestrengt, ob außer dem Wind irgendein Geräusch zu hören war – und versuchte sich einzureden, daß er hier unauffindbar war, daß ihm nicht das gleiche gräßliche Ende beschieden sein würde wie den anderen.

Seine Körperwärme sank, seit er sich nicht mehr bewegte, und schon nach wenigen Minuten drang ihm die Kälte bis ins Mark. Er zitterte wie Espenlaub, seine Zähne klapperten, und er konnte seine steifen Finger kaum noch bewegen. Seine Haut war nicht nur eiskalt, sondern auch trocken. Seine Lippen waren rissig und bluteten. Ihm war so elend zumute, daß er die Tränen nicht zurückhalten konnte. Sie liefen ihm über das Gesicht und blieben in seinem Schnurrbart und in seinen Bartstoppeln hängen, wo sie zu Eisperlen gefroren.

Er wünschte von ganzem Herzen, er wäre Dylan McCaffrey und Willy Hoffritz niemals begegnet, hätte niemals jenes graue Zimmer und das kleine Mädchen gesehen, dem beigebracht worden war, die Tür zum Dezember zu finden. Wer hätte sich aber auch vorstellen können, daß die Experimente so total außer Kontrolle geraten würden, daß sie diesen mörderischen Geist entfesseln würden?

Etwas bewegte sich unten im Wald.

Tolbeck schnappte nach Luft.

Etwas knackte, schnippte, rasselte.

Ein Hirsch, dachte er. Hier in den Bergen gibt es viele Hirsche.

Aber es war kein Hirsch.

Er drückte sich gegen den Felsen, in der vagen Hoffnung, sich doch noch verstecken zu können. Aber er wußte, daß er sich selbst zu täuschen versuchte.

Etwas näherte sich von unten.

Ein kleiner harter Gegenstand traf Tolbecks Brustkorb, prallte ab und fiel auf den gefrorenen Boden.

Er konnte im Mondlicht erkennen, daß es ein Kiesel war.

Der bösartige Geist hatte von unten einen Kiesel nach ihm geworfen!

Stille.

Das mächtige Wesen spielte mit ihm.

Wieder rasselte etwas, und er wurde zweimal getroffen, nicht direkt schmerzhaft, aber doch spürbarer als beim erstenmal.

Das Steinchen schlug vor ihm auf dem Boden auf. Es war ein weißer Kiesel von der Größe einer Murmel.

Das Rasseln und Klappern wurde von Kieseln erzeugt, die den felsigen Hohlweg hinaufrollten und -hüpften.

Der Geist zielte sehr genau.

Tolbeck wollte wegrennen, aber ihm fehlte dazu die Kraft.

Er schaute wild nach rechts und links. Selbst wenn er die Kraft zum Wegrennen aufbrächte – wohin sollte er fliehen?

Er blickte zum Nachthimmel empor. Die Sterne glänzten kalt und abweisend. Er hatte noch nie einen derart majestätischen Himmel gesehen.

Er ertappte sich beim Beten. Das Vaterunser. Seit zwanzig Jahren hatte er nicht mehr gebetet.

Das Klappern und Klirren wurde lauter. Dutzende, Hunderte von Kieseln rollten, hüpften und sprangen bergaufwärts; es hörte sich wie ein verheerender Hagelsturm auf einem Betonparkplatz an. Eine Flut von Steinen kam aus der Dunkelheit über den Felsrand geflogen. Die Geschosse blinkten im Mondlicht, prallten von Tolbecks Schädel ab, schürften ihm Gesicht, Hände, Arme und Brust auf.

Er wurde jetzt nicht mehr mit einzelnen Kieseln beworfen, nein, es war so, als wären die Gesetze der Schwerkraft aufgehoben worden, denn ein regelrechter Strom von Steinen ergoß sich über den Felsen. Tolbeck zog die

Beine an, legte den Kopf auf die Knie und schützte ihn mit den Armen. Er drückte sich noch tiefer in die Granitnische hinein, aber die Kiesel fanden ihn dennoch.

Gelegentlich wurde er auch von größeren Steinen getroffen, und dann schrie er jedesmal auf, denn diese Geschosse waren schmerzhafter als Fausthiebe.

Er blutete aus unzähligen Schürfwunden. Ein großer Stein brach ihm das linke Handgelenk.

Die unmelodische Musik auf dem Steilabhang hatte sich verändert; das hagelartige Prasseln der Kiesel wurde jetzt untermalt von Poltern und Dröhnen, und Tolbeck wußte, daß es die großen Steine waren, die diesen Lärm erzeugten. Er wurde gesteinigt von etwas, das er nicht sehen konnte, und er betete nicht mehr, sondern schrie nur noch. Doch auch seine Schreie vermochten das schreckliche Dröhnen der bergaufwärts rollenden Felsbrocken nicht zu übertönen.

Der ganze Abhang schien sich von der Erdkruste loszureißen und nach oben zu streben, so als hätte Gott die Vernichtung des Planeten beschlossen und Sein Werk ausgerechnet an dieser Stelle begonnen. Tolbeck spürte, daß der Granit unter dem Aufprall der Felsbrocken erbebte.

Er schrie aus voller Lunge, doch seine Schreie gingen in dem donnernden Getöse heranrollender Steine unter, die um ihn herum herabregneten. Sie schlugen mit solcher Wucht auf, daß kleinere Stücke absplitterten und ihm neue Verletzungen zufügten. Aber wider Erwarten wurde er nicht zu Tode gesteinigt, wurde nicht zermalmt von den großen Felsbrocken, die sich ringsum türmten.

Dann trat schlagartig Stille ein.

Die Steine waren zur Ruhe gekommen.

Tolbeck wartete in atemlosem Schrecken.

Allmählich nahm er die Kälte wieder wahr. Und den Wind.

Er tastete um sich und mußte feststellen, daß die Felsbrocken ihn von allen Seiten einschlossen und eine Art

Steingruft bildeten. Sie waren viel zu schwer, als daß er sie hätte wegwälzen können. Gewiß, diese Steingruft hatte viele Spalten und Löcher, durch die sogar Mondlicht einfiel. Auch der Wind pfiff und heulte durch die Ritzen und Spalten, aber keines der Löcher war so groß, daß Tolbeck sich durchzwängen konnte.

Obwohl er genügend Luft zum Atmen hatte, war er doch lebendig begraben.

Einen Augenblick lang geriet er in Panik, doch dann dachte er an das grauenvolle Ende seiner Freunde, und verglichen damit würde ihm ein gnädiger Tod beschieden sein. Die schneidende Kälte würde er bald nicht mehr spüren. In wenigen Minuten würde sich das Taubheitsgefühl wieder einstellen, und diesmal würde es anhalten. Er würde müde werden, einschlafen und nie mehr aufwachen. Das war gar nicht so schlimm. Bei weitem nicht so schlimm wie das, was mit Ernie Cooper und den anderen geschehen war.

Er entspannte sich und fand sich damit ab, daß er sterben würde. Nun, da er wußte, daß sein Tod nicht allzu schmerzhaft sein würde, konnte er seine Angst bewältigen.

Nur der Wind durchbrach die Stille der Winternacht.

Tolbeck saß in sich zusammengesunken in seiner Gruft und schloß müde die Augen.

Etwas packte ihn an der Nase und drehte sie mit solcher Kraft, daß ihm Tränen aus den Augen schossen.

Er zwinkerte und schlug nach dem unsichtbaren Angreifer, traf aber nur auf Luft.

Etwas riß an seinem Ohr.

»Nein!« rief er flehend.

Etwas stieß ihn ins rechte Auge, und der rasende Schmerz verriet ihm, daß er geblendet worden war.

Der Geist war in die behelfsmäßige Gruft aus kalten Steinen eingedrungen.

Tolbeck würde doch keinen leichten Tod haben.

Laura erwachte in der Nacht und wußte im ersten Moment nicht, wo sie war. Eine Lampe spendete schwaches bernsteinfarbenes Licht. Sie sah ein zweites Bett. Dan Haldane schlief darauf.

Das Motel! Sie versteckten sich in einem Motelzimmer!

Schlaftrunken und nur mit Mühe die Augen offenhaltend, drehte sie sich auf die andere Seite und betrachtete Melanie. Sie begriff plötzlich, wovon sie aufgewacht war. Die Temperatur fiel, und Melanie zuckte unter der Decke und wimmerte leise vor sich hin.

Etwas hielt sich im Zimmer auf, etwas Nicht-Menschliches, Fremdartiges. Es war unsichtbar, aber es war präsent. In ihrem halbwachen Zustand fühlte sie die Gegenwart dieses Wesens intensiver als bei seinen früheren Besuchen. Schlaftrunken, wie sie war, wurde sie noch weitgehend von ihrem Unterbewußtsein geleitet, das für derartige fantastische Phänomene wesentlich empfänglicher war als das normale Bewußtsein, das etwas von einem skeptischen, ungläubigen Thomas an sich hatte. Obwohl sie noch immer nicht wußte, was ›Es‹ war, fühlte sie doch deutlich, daß es hier im Zimmer war und Melanie umschwebte.

Laura war plötzlich überzeugt davon, daß ihre Tochter im nächsten Moment vor ihren Augen zu Tode geprügelt werden würde.

Sie wollte in alptraumhafter Panik aus dem Bett springen, aber kaum daß sie die Decke abgeworfen hatte, wurde die Luft wieder warm, und ihre Tochter beruhigte sich. Laura zögerte, beobachtete das Kind, schaute sich im Zimmer um, aber die Gefahr – falls sie bestanden hatte – schien vorüber zu sein.

Wohin war jene fremdartige böse Macht entschwunden?

Wozu war dieser Geist hierhergekommen und hatte sich in Sekundenschnelle wieder entfernt?

Laura schlüpfte wieder unter die Decke und betrachtete Melanie. Das Mädchen war erschreckend bleich und wirkte unglaublich zerbrechlich.

Ich werde sie verlieren, dachte Laura.

Nein!

›Es‹ wird sie früher oder später holen kommen, ›Es‹ wird sie töten wie all die anderen, und ich werde sie nicht retten können, weil ich nicht einmal weiß, woher ›Es‹ kommt, warum ›Es‹ sie töten will, was ›Es‹ überhaupt ist.

Verzweiflung drohte sie zu überwältigen. Doch es lag nicht in ihrer Natur, sich so leicht zu ergeben, und allmählich überzeugte sie sich selbst davon, daß Vernunft die Welt regierte, daß man selbst die mysteriösesten Vorgänge erklären konnte, wenn man mit Verstand und Logik an das Problem heranging.

Am Morgen würde sie Melanie wieder hypnotisieren, und diesmal würde sie das Kind härter anpacken. Zwar bestand eine gewisse Gefahr, daß Melanie völlig zusammenbrechen würde, wenn man sie zwang, sich vorzeitig traumatischen Erinnerungen zu stellen, aber dieses Risiko mußte sie auf sich nehmen, wenn sie das Leben ihrer Tochter retten wollte.

Was war die Tür zum Dezember? Was lag auf der anderen Seite dieser Tür? Und welches monströse Wesen war durch diese Tür gekommen?

Sie stellte sich diese Frage immer und immer wieder, in einem endlosen Kreislauf, dessen Eintönigkeit sie schließlich einlullte wie ein Wiegenlied.

In der Morgendämmerung hatte sie einen Traum. Sie stand vor einer riesigen Eisentür, und über der Tür hing eine Uhr, die fast Mitternacht anzeigte. Nur noch wenige Sekunden, dann würden alle drei Zeiger auf Zwölf stehen – *tick* –, die Tür würde sich öffnen – *tick* –, und etwas Blutrünstiges würde sich auf sie stürzen – *tick* –, aber sie wußte nicht, womit sie die Tür verbarrikadieren sollte, und sie konnte auch nicht fliehen, konnte nur dastehen und warten – *tick* –, und dann hörte sie, daß scharfe Krallen an der Tür kratzten, und sie hörte auch ein lautes Geifern. *Tick.* Unaufhaltsam verrann die Zeit.

TEIL IV

Es

Donnerstag
8.30 Uhr bis 17.00 Uhr

33

Laura saß an dem kleinen Tisch direkt beim Fenster. Melanie saß ihr gegenüber. Laura hatte sie hypnotisiert und in eine andere Zeit zurückversetzt, so daß sie sich jetzt quasi wieder in dem Haus in Studio City befand.

Es hatte aufgehört zu regnen, aber es war ein düsterer, wolkenverhangener Tag. Der Nachtnebel hatte sich noch nicht aufgelöst; er wogte grau über den Parkplatz, und von dem Verkehr auf der Straße war kaum etwas zu sehen.

Laura warf Dan Haldane, der auf der Bettkante saß, einen fragenden Blick zu.

Er nickte ermunternd.

Sie stellte Melanie die erste Frage: »Wo bist du, Liebling?«

Das Mädchen erschauderte. »Im Kerker«, sagte es leise.

»Nennst du so das graue Zimmer?«

»Kerker.«

»Schau dich in dem Raum um.«

Mit geschlossenen Augen drehte Melanie den Kopf langsam nach links, dann nach rechts, so als betrachtete sie tatsächlich jenes Zimmer, in dem sie sich jetzt aufzuhalten glaubte.

»Was siehst du?« fragte Laura.

»Den Stuhl.«

»Den Stuhl mit den Stromleitungen?«

»Ja.«

»Zwingen sie dich, auf diesem Stuhl Platz zu nehmen?«

Das Mädchen zitterte heftig.

»Ruhig! Entspann dich. Niemand kann dir jetzt weh tun, Melanie.«

Das Mädchen beruhigte sich.

Die Hypnosesitzung verlief bisher wesentlich erfolgreicher als am Vortag. Melanie ging auf die Fragen ein, und Laura konnte zum erstenmal ganz sicher sein, daß ihre Tochter ihr zuhörte und sie verstand. Diese positive Entwicklung ließ Lauras Herz höher schlagen.

»Zwingen sie dich, auf diesem Stuhl Platz zu nehmen?« wiederholte sie.

Melanie ballte ihre kleinen Hände zu Fäusten, biß sich in die Lippe.

»Melanie?«

»Ich hasse sie.«

»Zwingen sie dich, auf diesem Stuhl Platz zu nehmen?«

»Ich hasse sie.«

»Zwingen sie dich, auf diesem Stuhl Platz zu nehmen?«

Tränen liefen unter den geschlossenen Lidern hervor, obwohl das Kind sich bemühte, sie zurückzuhalten. »J-ja. Sie zwingen mich... tut weh... tut so furchtbar weh!«

»Und sie schließen dich dabei an das Biofeedback-Gerät an, das daneben steht?«

»Ja.«

»Warum?«

»Ich soll lernen«, flüsterte das Mädchen.

»Was sollst du lernen?«

Melanie zuckte krampfhaft und schluchzte: »Es tut weh! Es *brennt*!«

»Du sitzt jetzt nicht auf diesem Stuhl, Liebling. Du stehst nur daneben. Du wirst jetzt nicht mit Elektroschocks gequält. Es brennt nicht. Niemand tut dir jetzt weh. Hörst du mich?«

Die Qual wich aus dem Gesicht des Kindes.

Es fiel Laura sehr schwer, die Befragung fortzusetzen, aber sie mußte ihre Tochter diesem schmerzhaften Prozeß unterziehen, denn nur auf diese Weise konnte sie die Wahrheit erfahren.

»Wenn sie dich zwingen, auf diesem Stuhl Platz zu nehmen, wenn sie dir... weh tun – was versuchen sie, dir auf diese Weise beizubringen, Melanie? Was sollst du lernen?«

»Kontrolle.«

»Kontrolle worüber?«

»Über meine Gedanken.«

»Woran sollst du denken?«

»Leere.«

»Was bedeutet das?«

»Das Nichts.«

»Sie wollen, daß du an nichts denkst? Ist es das?«

»Und sie wollen, daß ich nichts fühle.«

Laura schaute Dan Haldane an. Er saß mit gerunzelter Stirn da und schien genauso perplex zu sein wie sie selbst.

»Was siehst du sonst noch in dem grauen Zimmer?« fragte sie Melanie.

»Den Tank.«

»Zwingen sie dich, in den Tank zu steigen?«

»Nackt!«

Aus diesem einen Wort war alles herauszuhören: Scham und Angst, aber auch äußerste Hilflosigkeit und Verletzlichkeit. Zutiefst erschüttert, hätte Laura die Sitzung am liebsten abgebrochen und ihre Tochter zärtlich in die Arme geschlossen, gestreichelt und getröstet. Aber wenn sie irgendeine Aussicht haben wollten, Melanie zu retten, mußten sie wissen, was das Kind durchgemacht hatte und zu welchem Zweck, und dies war die beste Methode, es rasch zu erfahren.

»Liebling, ich möchte, daß du die grauen Stufen hinaufgehst und in den Tank steigst.«

Das Mädchen wimmerte und schüttelte heftig den Kopf, aber seine Augen blieben geschlossen, und es verharrte in der Trance, in die Laura es versetzt hatte.

»Geh die Stufen hinauf, Melanie.«
»Nein.«
»Du mußt tun, was ich dir sage.«
»Nein.«
»Geh die Stufen hinauf.«
»Bitte ...«
Melanie war erschreckend bleich. Schweißperlen traten ihr auf die Stirn. Die Ringe um ihre Augen schienen größer und noch dunkler zu werden, und es zerriß Laura fast das Herz, ihre Tochter zwingen zu müssen, alle Qualen noch einmal zu durchleben.
Aber es war notwendig.
»Geh die Stufen hinauf, Melanie!«
Das Gesicht des Mädchens verzerrte sich in tiefer Pein.
Laura hörte, daß Dan Haldane nervös auf der Bettkante hin und her rutschte, aber sie schaute nicht zu ihm hinüber. Sie konnte ihren Blick jetzt nicht von Melanie wenden.
»Öffne die Einstiegsluke des Tanks, Melanie.«
»Ich... habe... Angst.«
»Du brauchst keine Angst zu haben. Du wirst diesmal nicht allein sein. Ich werde bei dir sein. Ich werde nicht zulassen, daß etwas Schlimmes passiert.«
»Ich habe Angst«, wiederholte Melanie, und Laura glaubte aus diesen drei Worten eine Anklage herauszuhören: Du konntest mich früher nicht beschützen, Mutter, weshalb sollte ich also glauben, daß du es jetzt kannst?
»Öffne die Luke, Melanie.«
»Er ist dort drin«, sagte das Mädchen mit zitternder Stimme.
»Wer oder was ist dort drin?«
»Der Weg hinaus.«
»Aus was hinaus?«
»Aus allem.«
»Ich verstehe nicht.«
»Der Weg... hinaus... aus *mir*.«

»Was bedeutet das?«

»Der Weg hinaus aus mir«, wiederholte das Kind verstört.

Laura entschied, daß sie noch viel zu wenig wußte, um den Sinn dieser Aussage verstehen zu können. Wenn sie in dieser Richtung weiterfragte, würden die Antworten des Kindes ihn nur zunehmend surrealistisch vorkommen. Sie mußte Melanie zuerst dazu bringen, in den Tank zu steigen, wenn sie erfahren wollte, was dort drin vorging. »Die Luke ist vor dir, Liebling. Siehst du sie?«

Das Mädchen schwieg.

»Siehst du sie?«

Widerwillig: »Ja.«

»Öffne die Luke, Melanie. Du darfst nicht zögern. Öffne sie jetzt!«

Unter Protestlauten, die Angst und Jammer und Ekel verrieten, hob Melanie ihre Hände und griff nach einer Tür, die für sie in ihrem Trancezustand ganz real war, die aber weder Laura noch Dan sehen konnten. Sie zog daran, und dann begann sie am ganzen Leibe zu zittern. »Ich... ich habe... sie... geöffnet.«

»Ist dies die Tür, Melanie?«

»Es ist die Luke. Der Tank.«

»Aber ist dies auch die Tür zum Dezember?«

»Nein.«

»Was *ist* die Tür zum Dezember?«

»Der Weg hinaus.«

»Aus was hinaus?«

»Aus... aus... aus dem Tank.«

Wieder mußte Laura sich eingestehen, daß sie mit ihrem Latein am Ende war. »Vergiß das für den Augenblick. Ich will, daß du jetzt in den Tank steigst.«

Melanie begann zu weinen.

»Steig hinein!«

»Ich... ich habe Angst.«

»Du brauchst keine Angst zu haben.«

»Ich könnte...«
»Was?«
»Wenn ich hineinsteige... könnte ich...«
»Was könntest du?«
»Etwas tun«, sagte das Mädchen düster.
»Was könntest du tun?«
»Etwas...«
»Sag es mir.«
»Etwas... Schreckliches«, flüsterte Melanie so leise, daß es kaum zu hören war.
Laura glaubte, sie falsch verstanden zu haben. »Du meinst, daß dir etwas Schreckliches widerfahren wird?«
Noch leiser: »Nein... Ja.«
»Ja oder nein?«
Nur noch gehaucht: »Nein... ja...«
»Liebling?«
Schweigen.
Im Gesicht des Kindes stand jetzt nicht nur Angst geschrieben, sondern etwas wie Verzweiflung.
»Hab keine Angst«, sagte Laura. »Ganz ruhig. Entspann dich. Ich bin bei dir. Du mußt in den Tank steigen. Du mußt es tun, aber dir wird nichts passieren.«
Melanies Muskeln entspannten sich, sie sank auf ihrem Stuhl zusammen, aber ihr Gesicht behielt den Ausdruck von Verzweiflung und Hoffnungslosigkeit bei, ja dieser Ausdruck verstärkte sich sogar noch. Ihre Augen waren so tief eingesunken, daß es aussah, als würden sie jeden Moment total im Schädel verschwinden und leere Höhlen zurücklassen. Sie war bleich wie Elfenbein, und ihre Lippen waren fast so blutleer wie ihre Haut. Sie wirkte erschütternd zerbrechlich, so als bestünde sie nicht aus Fleisch und Blut und Knochen, sondern aus einem hauchdünnen Gewebe, das zu Staub zerfallen würde, wenn jemand zu laut redete oder eine unvorsichtige Bewegung machte.
»Vielleicht sollten wir es für heute genug sein lassen«, schlug Dan Haldane vor.

»Nein«, entgegnete Laura. »Wir müssen weitermachen. Wir müssen wissen, was in jenem grauen Zimmer vor sich ging. Ich kann Melanie durch ihre Erinnerungen leiten, wie schlimm sie auch sein mögen. Ich habe große Erfahrung in dieser Behandlungsmethode.«

Doch insgeheim war sie zutiefst beunruhigt und aufgewühlt. Melanie sah aus, als wäre sie schon tot. Wie sie so zusammengesackt dasaß, mit geschlossenen Augen, schien jedes Leben aus ihr gewichen zu sein; ihr wächsernes Gesicht erinnerte an eine Leiche, deren Züge von einem qualvollen Todeskampf gezeichnet waren.

Konnten ihre Erinnerungen so schrecklich sein, daß sie tödlich wirkten?

Nein. Laura war Psychologin, und sie hatte noch nie gehört, daß diese Therapiemethode für den Patienten gefährlich sein könnte.

Und dennoch... In jenes graue Zimmer zurückversetzt zu sein, über den elektrischen Stuhl sprechen zu müssen, in den Deprivationstank steigen zu müssen – das schien über die Kräfte des Mädchens weit hinauszugehen. Diese Erinnerungen mußten so grauenvoll sein, daß sie ihr wie Vampire das Blut aussaugten.

»Melanie?«

»Mmmmmmm?«

»Wo bist du jetzt?«

»Ich schwimme.«

»Im Tank?«

»Ich schwimme.«

»Was nimmst du wahr?«

»Wasser. Aber...«

»Aber was?«

»Aber auch das vergeht...«

»Was nimmst du sonst noch wahr?«

»Nichts.«

»Was siehst du?«

»Dunkelheit.«

»Was hörst du?«

»Mein Herz schlägt... pocht... aber... das vergeht...«

»Was sollst du in dem Tank lernen?«

Das Mädchen schwieg.

»Melanie?«

Nichts.

Laura rief eindringlich: »Melanie, bleib bei mir! Zieh dich nicht von mir zurück! Bleib bei mir!«

Das Mädchen bewegte sich und atmete durch, und Laura hatte das Gefühl, ihre Tochter im letzten Moment von dem fernen lichtlosen Ufer des Stromes zurückgerissen zu haben, der von dieser Welt ins Reich der Schatten führt.

»Mmmmmm.«

»Bist du bei mir?«

»Ja«, hauchte das Mädchen kaum vernehmbar.

»Du bist im Tank«, sagte Laura. »Alles ist wie immer... nur bin ich diesmal zusammen mit dir in dem Tank. Du kannst jederzeit meine Hand ergreifen und dich daran klammern. Verstehst du? Du schwimmst also... du fühlst nichts, du siehst nichts, du hörst nichts... aber *wozu* bist du in diesem Tank?«

»Ich soll lernen... loszulassen.«

»Was loszulassen?«

»Alles. Mich.«

»Du sollst lernen, dich loszulassen? Was bedeutet das?«

»Entweichen.«

»Wohin?«

»Fort... fort... fort...«

Laura seufzte frustriert und versuchte es mit einer neuen Taktik. »Woran denkst du?«

Melanies Stimme bekam einen noch entsetzteren Klang. »Die Tür...«

»Die Tür zum Dezember?«

»Ja.«

»Was *ist* die Tür zum Dezember?«

»Laß nicht zu, daß sie aufgeht! Halt sie *geschlossen*!« rief das Mädchen.

»Sie ist fest geschlossen, Liebling.«

»Nein, nein, nein! Sie wird sich öffnen. Ich hasse das! Oh, bitte, bitte helft mir, Mami, hilf mir, Vati, hilf mir, tut es nicht, bitte, bitte helft mir, ich hasse es, wenn sie sich öffnet, ich *hasse* es!«

Melanie schrie jetzt; ihre Halsmuskeln waren angespannt, ihre Schläfenadern schwollen an und pochten, aber trotz dieses plötzlichen Erregungszustands kam keine Farbe in ihr Gesicht; es wurde im Gegenteil noch eine Spur bleicher.

Das Kind hatte panische Angst vor dem, was sich hinter jener Tür verbarg, und diese Angst übertrug sich auf Laura. Sie spürte ein kaltes Prickeln im Nacken, und ein Schauder lief ihr den Rücken hinab.

Dan verfolgte mit großer Bewunderung, wie Laura das geängstigte Kind beruhigte.

Seine eigenen Nerven waren von dem Geschehen stark angegriffen. Er wischte seine schweißnassen Hände an der Hose ab.

Laura setzte die Befragung ihrer Tochter fort. »Erzähl mir von der Tür zum Dezember, Melanie. Was ist das? Erklär es mir.«

Das Kind antwortete leise: »Es ist wie... das Fenster zum Gestern.«

»Ich verstehe nicht. Erklär es mir.«

»Es ist wie... die Treppe... die nur seitwärts führt... weder hinauf noch hinab...«

Laura tauschte einen Blick mit Dan, der ratlos mit den Schultern zuckte.

»Erzähl mir mehr davon«, forderte Laura ihre Tochter auf.

Melanies Stimme hob und senkte sich in einem gespenstischen Rhythmus, während sie berichtete: »Es ist wie...

wie die Katze... die hungrige Katze, die sich selbst aufaß. Sie ist fast am Verhungern. Sie hat kein Futter. Deshalb beginnt sie, an ihrer eigenen Schwanzspitze zu kauen. Sie beginnt, ihren Schwanz zu essen... sie ißt immer mehr davon... bis der ganze Schwanz verschwunden ist. Dann... dann ißt sie ihre eigenen Hinterbeine und dann ihren Rumpf. Sie ißt und ißt... sie verschlingt sich... bis sie auch das letzte Stückchen von sich selbst aufgegessen hat... bis sie sogar ihre eigenen Zähne aufgegessen hat... und dann... dann verschwindet sie einfach. Hast du gesehen, wie sie verschwunden ist? Wie konnte sie einfach verschwinden? Wie konnten die Zähne sich selbst aufessen? Müßte nicht wenigstens ein Zahn übrigbleiben? Aber es bleibt nichts übrig. Kein einziger Zahn.«

Dan konnte Laura anhören, daß sie genauso perplex war wie er, als sie verwundert sagte: »Sie wollen, daß du über diese Katze nachdenkst, während du im Tank schwimmst?«

»Ja, an manchen Tagen. An anderen Tagen soll ich an das Fenster zum Gestern denken, an nichts anderes als an das Fenster zum Gestern, stundenlang... stundenlang... ich soll mich völlig auf dieses Fenster konzentrieren... es sehen... daran *glauben*... Aber am besten gelingt es bei der Tür...«

»Der Tür zum Dezember?«

»Ja.«

»Erzähl mir davon, Liebling.«

»Es ist Sommer... Juli... heiß und schwül. Mir ist so heiß... ich gäbe alles für ein bißchen... kühle Luft. Ich öffne die Haustür... und auf der anderen Seite der Tür ist es ein kalter Wintertag. Es schneit. Ich schaue aus den Fenstern auf beiden Seiten neben der Tür... und durch die Fenster kann ich sehen, daß es Juli ist... und ich *weiß*, daß es Juli ist... warm... heiß... überall ist es Juli... nur nicht hinter dieser Tür... auf der anderen Seite dieser Tür... dieser Tür zum Dezember. Und dann...«

»Was dann?«

»Ich mache den Schritt... hinaus...«

»Du trittst über die Schwelle dieser Tür zum Dezember?«

Melanie riß plötzlich die Augen weit auf, sprang vom Stuhl hoch und begann zu Dans fassungslosem Erstaunen, sich selbst heftig zu schlagen. Ihre kleinen Fäuste hämmerten wild auf ihre zarte Brust ein. Sie trommelte auf ihre Rippen, auf ihre Hüften und schrie: »Nein, nein, nein, *nein*!«

»Halten Sie sie fest!« rief Laura.

Dan war schon vom Bett aufgesprungen. Er packte Melanie bei den Händen, aber sie riß sich mit bestürzender Mühelosigkeit los. Wie konnte dieses zerbrechliche Geschöpf über solche Kraft verfügen?

»Ich hasse es!« kreischte Melanie und schlug sich ins Gesicht.

Dan griff wieder nach ihr.

Sie sprang beiseite.

»Ich hasse es!«

Sie versuchte, sich ganze Haarbüschel auszureißen.

»Melanie, Liebling, hör auf!«

Dan packte sie bei den Handgelenken und hielt sie fest. Sie bestand nur aus Haut und Knochen, und er hatte Angst, ihr weh zu tun. Aber wenn er sie losließ, würde sie sich selbst verletzen.

»Ich hasse es!« schrie sie gellend. Speicheltropfen flogen aus ihrem Mund.

Laura kam behutsam näher.

Melanie ließ ihre Haare los und versuchte, Dan zu kratzen und sich aus seinem Griff zu befreien.

Er hielt sie fest, und es gelang ihm, ihre Arme an ihren Körper zu drücken, aber sie zappelte heftig und trat nach seinen Schienbeinen. »Ich hasse es, ich hasse es, ich *hasse* es!«

Laura umschloß das Gesicht des Mädchens mit beiden

Händen, zwang es, ihr in die Augen zu blicken. »Liebling, was ist los? Was haßt du so sehr?«

»Ich hasse es!«

»Was haßt du so?«

»Über die Schwelle zu treten.«

»Du haßt es, über die Schwelle dieser Tür zum Dezember zu treten?«

»Und ich hasse *sie*.«

»Wer sind diese sie?«

»Ich hasse sie, ich hasse sie! Sie zwingen mich... an diese Tür zu denken, und sie zwingen mich, an diese Tür zu *glauben*, und dann zwingen sie mich... *über die Schwelle zu treten*, und ich hasse sie!«

»Haßt du deinen Vater?«

»Ja!«

»Weil er dich zwingt, die Tür zum Dezember zu öffnen und über die Schwelle zu treten?«

»Ich hasse es!« kreischte das Mädchen zornig und verzweifelt.

»Was passiert, wenn du über diese Türschwelle zum Dezember trittst?«

Melanie begann zu würgen. Sie hatte noch nicht gefrühstückt und konnte deshalb nichts erbrechen, aber sie wurde von so starken Krämpfen geschüttelt, daß Dan sie kaum festhalten konnte.

Laura hielt das Gesicht ihrer Tochter weiter mit beiden Händen umfangen, aber jetzt streichelte sie es mit den Fingerspitzen, versuchte die Falten zu glätten, während sie sanft und zärtlich auf das Kind einredete.

Schließlich erschlafften Melanies angespannte Muskeln, und Dan ließ sie los, während Laura sie fest in die Arme nahm.

Das Mädchen sträubte sich nicht gegen die Umarmung. Mit einer verzweifelten Stimme, die Dan zu Herzen ging, murmelte es: »Ich hasse sie... ich hasse sie alle... Daddy... und die anderen...«

»Ich weiß«, sagte Laura beruhigend.

»Sie tun mir weh... sie tun mir so schrecklich weh... ich hasse sie...«

»Ich weiß.«

»Aber... aber am meisten...«

Laura setzte sich auf den Boden und zog das Mädchen auf ihren Schoß. »Ja, Liebling? Was haßt du am meisten?«

»Mich.«

»Nein, nein.«

»Doch«, beharrte Melanie. »Mich. Ich hasse mich... ich hasse *mich*!«

»Warum, Liebling?«

»Wegen... wegen dem, was ich mache«, schluchzte die Kleine.

»Was machst du denn?«

»Ich trete... über die... Türschwelle...«

»Und was passiert dann?«

»Ich... gehe... durch... die Tür...«

»Und was machst du auf der anderen Seite der Tür, was siehst du dort, was findest du dort?«

Das Mädchen schwieg.

»Baby?«

Keine Reaktion.

»Sag es mir, Melanie.«

Nichts.

Dan beugte sich hinab und betrachtete das Kind mit großer Aufmerksamkeit. Er erschrak, denn Melanies starrer, glasiger Blick hatte sich noch erheblich verschlimmert. Ihre Augen hatten kaum noch etwas von menschlichen Augen an sich. Dan fühlte sich an zwei ovale Fenster erinnert, durch die man auf eine unvorstellbare Leere hinausblickte, eine kalte, trostlose Leere, so als flöge man durch das gewaltige Universum.

Laura hielt ihre Tochter umschlungen und weinte lautlos vor sich hin. Sie wiegte das Kind in ihren Armen, und ihre Lippen zitterten, und Tränen rollten über ihre Wangen. Ihr stilles Leid griff Dan ans Herz, und er hätte sie am liebsten in die Arme genommen und liebevoll getröstet, so wie sie es bei Melanie machte, aber er durfte sich nur erlauben, ihr sanft eine Hand auf die Schulter zu legen.

Etwas später, als Lauras Tränen getrocknet waren, sagte Dan: »Melanie sagt, daß sie sich haßt, wegen etwas, das sie getan hat. Was meint sie damit? Was hat sie getan?«

»Nichts«, erwiderte Laura.

»Sie ist da offenbar anderer Ansicht.«

»Es ist ein charakteristisches Syndrom bei fast allen Fällen von Kindesmißhandlung und Kindesmißbrauch«, erklärte Laura.

Obwohl sie sich um einen ruhigen, sachlichen Tonfall bemühte, konnte Dan ihre nervliche Anspannung und Angst heraushören. Es gelang ihr nur unter Aufbietung aller Willenskraft, den emotionalen Aufruhr zu bewältigen, in den Melanies verheerender Zustand sie versetzt hatte.

»In solchen Fällen ist soviel *Scham* im Spiel«, fuhr sie fort. »Sie können sich das nicht vorstellen. Das Schamgefühl dieser Kinder ist überwältigend, nicht nur bei sexuellem Mißbrauch, sondern bei *jeder* Art von Mißbrauch und Mißhandlung. Häufig schämt sich ein solches Kind nicht nur, sondern es entwickelt regelrechte Schuldgefühle, so als trüge es selbst die Verantwortung für die Mißhandlung. Solche Kinder sind aufgrund ihrer schlimmen Erfahrungen total verwirrt und verstört. Sie wissen nicht, *was* sie fühlen sollen, sie wissen nur, daß das, was ihnen angetan wurde, nicht richtig war, und aufgrund einer vertrackten Logik geben sie sich die Schuld an den Geschehnissen, *sich selbst*, anstatt den Erwachsenen, von denen sie mißhandelt und mißbraucht wurden. Das ist nicht einmal so unverständlich, wie es auf den ersten Blick zu sein scheint. Sie sind schließlich an die Vorstellung gewöhnt, daß Erwachsene viel klüger sind als Kinder, daß Erwachsene immer recht haben. Mein Gott, Sie wären überrascht, wie oft diese Kinder nicht mehr erkennen können, daß sie *Opfer* sind und nicht den geringsten Grund haben, sich zu schämen. Sie haben jedes Selbstwertgefühl verloren. Sie hassen sich selbst, weil sie sich für Dinge verantwortlich fühlen, die sie nicht getan haben und nicht verhindern konnten. Und wenn dieser Selbsthaß sehr stark ist, ziehen sie sich in sich selbst zurück... tiefer und immer tiefer... und es ist für den Therapeuten wahnsinnig schwer, sie zurückzuholen.«

Melanie zeigte kein Wahrnehmungsvermögen mehr. Sie hing schlaff, fast leblos, in den Armen ihrer Mutter.

»Sie glauben also«, faßte Dan zusammen, »wenn Melanie sagt, daß sie sich haßt, weil sie schreckliche Dinge getan hat, so sind das falsche Schuldgefühle für all das, was man ihr *angetan* hat?«

»Ohne jeden Zweifel«, erklärte Laura mit großem Nachdruck. »Ich sehe jetzt, daß ihre Schuldgefühle und ihr Selbsthaß noch viel schlimmer sind als in den meisten Fällen. Das ist nicht verwunderlich. Sie wurde fast sechs Jahre lang mißhandelt – *gefoltert*. Und was sie durchmachen mußte, war noch viel schlimmer als die üblichen Kindesmißhandlungen, denn sie wurde nicht nur physisch gequält, sondern auch einem intensiven Psychoterror ausgesetzt.«

Dan verstand alles, was Laura sagte, und er war überzeugt davon, daß ihre Worte sehr viel Wahres enthielten. Aber ihm war, während Melanie ihren Haß herausgeschrien hatte, eine schreckliche Möglichkeit in den Sinn gekommen, und diese Idee wurde er nun einfach nicht mehr los. Ein gräßlicher Verdacht hatte sich in ihm festgesetzt. Dieser Verdacht ergab noch keinen rechten Sinn. Seine Vermutung kam ihm selbst absurd vor. Und dennoch...

Er glaubte zu wissen, was ›Es‹ war.

Und es war nichts von all dem, was er sich vorgestellt

hatte. Es war etwas viel Schlimmeres als alle alptraumhaften Wesen, die er bisher in Erwägung gezogen hatte.

Er starrte Melanie in einer Mischung aus Mitleid, Ehrfurcht und kalter Angst an.

Auch nachdem Laura ihre Tochter aus der Hypnose geweckt hatte, trat in Melanies Zustand keine Veränderung ein. Sie hatte sich jetzt vollständig von der Welt zurückgezogen, und sie würden ihr keine weiteren Informationen mehr entlocken können.

Laura war offensichtlich krank vor Sorge, und Dan hatte dafür vollstes Verständnis.

Sie legten das Kind auf eines der ungemachten Betten, und es lag völlig apathisch und regungslos da; nur ein einziges Mal bewegte es sich: Es führte die linke Hand zum Mund und begann am Daumen zu lutschen.

Laura rief im St. Mark's an, um sich zu vergewissern, daß keine Notfälle eingeliefert worden waren, die ihre Anwesenheit unbedingt erforderlich gemacht hätten, und sie fragte auch kurz bei ihrer Sekretärin nach, ob ihre Privatpatienten von anderen Therapeuten behandelt wurden. Dann sagte sie zu Dan: »Ich werde in einer halben Stunde oder höchstens in 45 Minuten fertig sein«, und zog sich ins Bad zurück.

Dan setzte sich an den kleinen Tisch und nahm die Bücher von Albert Uhlander zur Hand, die er aus Rinks Haus mitgenommen hatte. Alle sieben Bände beschäftigten sich mit Okkultismus: *Das moderne Gespenst; Poltergeister: Zwölf rätselhafte Fälle; Voodoo heute; Die Leben der Seele; Die Nostradamus-Pipeline; OOBE oder Astrale Projektion; Seltsame Kräfte in uns*. Eines der Bücher war bei *Random House* erschienen, eines bei *Harper & Row*, und zu seinem großen Erstaunen stellte Dan fest, daß die übrigen fünf von *John Wilkes Press* veröffentlicht worden waren. Dan zweifelte keinen Augenblick daran, daß dieser ihm unbekannte Verlag der Gesellschaft John Wilkes Enterprises gehörte, von der Regine Savannah Hoffritz jeden Monat einen – wie sie gesagt hatte – ansehnlichen Scheck erhielt.

Die schreiende Aufmachung der Schutzumschläge verstärkte in ihm zunächst den Eindruck, daß es sich um totalen Schund handelte, geschrieben für jenen Leserkreis, der auch jede Ausgabe von *Fate* verschlang und alle darin abgedruckten Geschichten für bare Münze hielt, für jene Leute, die in UFO-Clubs eintraten und glaubten, daß Gott entweder ein Astronaut oder aber ein 60 cm großes blaues Männlein mit Augen von der Größe einer Untertasse wäre. Doch dann rief Dan sich ins Gedächtnis, daß etwas Nicht-Menschliches all jene Personen verfolgte, die etwas mit den Experimenten im grauen Zimmer zu tun gehabt hatten, und daß dieses Etwas für die regelmäßigen Leser von *Fate* leichter faßbar sein könnte als für ihn, der für Leute, die an okkulte Phänomene glaubten, immer nur spöttische Herablassung oder sogar Verachtung übriggehabt hatte. Und seit er Melanie unter Hypnose hatte reden hören, hatte er eine Theorie entwickelt, die mindestens genauso fantastisch war wie die Geschichten in *Fate*. Man lernte eben nie aus.

Er notierte sich die Adresse des Verlegers, die bei den Copyright-Angaben stand, um sie mit der Adresse der Zentrale von John Wilkes Enterprises vergleichen zu können, die Earl Benton herausfinden sollte.

Als nächstes überflog er die Widmungen und Danksagungen in den sieben Büchern, in der vergeblichen Hoffnung, auf irgendwelche bekannte Namen zu stoßen.

Schließlich wählte er als Lektüre jenen Band, der am ehesten seinen schrecklichen Verdacht erhärten konnte. Bis Laura geduscht und Melanie gewaschen hatte und mit ihrer Tochter aufbruchbereit war, hatte Dan 30 Seiten gelesen, die seine schlimmsten Befürchtungen zu bestätigen schienen.

Er glaubte, des Rätsels Lösung gefunden zu haben. Die mysteriösen Ereignisse der vergangenen zwei Tage fanden allmählich eine Erklärung: das graue Zimmer, die gräßlich verstümmelten Leichen, die Tatsache, daß die drei Männer in jenem Haus in Studio City sich nicht verteidigt hatten, Melanies wundersames Entkommen bei diesem Blutbad, Scaldones Ermordung in einem verschlossenen Raum – all die poltergeistartigen Phänomene.

Es war total verrückt.

Und doch...

Es ergab einen Sinn.

Es war eine höchst beängstigende Theorie.

Er hätte gern mit Laura darüber gesprochen, ihre Meinung als Psychologin eingeholt, aber was er ihr zu unterbreiten hatte, würde für sie so schockierend, so schrecklich sein, daß er beschloß, seine Theorie noch einmal gründlich zu durchdenken, bevor er sich darüber ausließ; er wollte ganz sicher sein, daß seine Argumentation in sich schlüssig war. Wenn sein Verdacht stimmte, würde Laura ungeheure physische, geistige und psychische Kräfte benötigen, um damit fertigwerden zu können.

Sie verließen das Motel und gingen zum Wagen. Laura nahm mit Melanie auf den Rücksitzen Platz, denn sie wollte das Kind weiter im Arm halten, streicheln und trösten.

Dan hatte ursprünglich vorgehabt, sich in seiner Wohnung rasch umzuziehen, denn seiner zerknitterten Kleidung war nur allzu deutlich anzusehen, daß er darin geschlafen hatte. Aber nun, da er glaubte, der Lösung dieses Falles sehr nahegekommen zu sein, war es ihm egal, ob er ungepflegt aussah. Er konnte es kaum abwarten, mit Howard Renseveer, Sheldon Tolbeck und den anderen Konspiratoren zu sprechen. Er wollte sie mit seinen Ideen konfrontieren und beobachten, wie sie darauf reagierten.

Bevor er den Motor anließ, drehte er sich um und betrachtete Melanie.

Sie hing schlaff in den Armen ihrer Mutter.

Ihre Augen waren geöffnet, aber völlig ausdruckslos.

Habe ich recht, Kleine? dachte er. Ist ›Es‹ das, was ich glaube?

Er hätte sich nicht gewundert, wenn sie seine unausgesprochene Frage gehört und ihren Blick auf ihn fixiert hätte, aber sie tat es nicht.

Ich hoffe, daß meine Vermutungen sich als falsch erweisen, dachte er. Denn wenn es tatsächlich *das* sein sollte, was all die Männer umbringt, und wenn *das* dich holen kommt, sobald alle Schuldigen tot sind, dann kannst du dich nirgends verstecken, nicht wahr, Kleine? Vor diesem ›Es‹ kannst du dich nirgendwo auf der ganzen Welt verstecken.

Er fröstelte.

Er ließ den Motor an und fuhr los.

Der Nebel hatte sich noch immer nicht aufgelöst, und es begann wieder zu regnen. Jeder Tropfen, der auf die Windschutzscheibe fiel, verstärkte Dans Beklemmung.

34

Dan und Laura hatten an diesem Vormittag kein Glück. Es regnete in Strömen, was zu starken Verkehrsbehinderungen führte, so daß sie nur im Schneckentempo vorankamen. Was den Ermittlungen aber noch mehr im Wege stand als das schlechte Wetter, war die Tatsache, daß die Ratten, die ihnen wichtige Informationen hätten geben können, das sinkende Schiff bereits verlassen hatten: Tolbeck und Renseveer waren weder zu Hause noch an ihren Arbeitsplätzen, und Dan vergeudete viel Zeit bei dem Versuch, sie irgendwie ausfindig zu machen, bevor er endlich resigniert einsah, daß sie aus der Stadt geflüchtet waren und niemand ihre derzeitigen Aufenthaltsorte kannte.

Um eins trafen Dan, Laura und Melanie wie verabredet Earl Benton in der Imbißstube in Van Nuys. Zum Glück hatte die Kopfverletzung den Privatdetektiv nicht wesentlich bei der Arbeit behindert, und er hatte einen produktiveren Vormittag verbracht als Dan und Laura. Sie setzten sich in eine Nische im hinteren Teil des Restaurants, möglichst weit entfernt von der Musicbox. Es roch appetitanregend nach Pommes frites, Hamburgern, Bohnensuppe, Speck und Kaffee. Die Bedienung war freundlich und tüchtig, und nachdem sie die Bestellung aufgenommen hatte, berichtete Earl, was er an diesem Morgen in Erfahrung gebracht hatte.

Als erstes hatte er Mary Katherine O'Hara angerufen, die Sekretärin von *Freedom Now*, und mit ihr einen Termin für 10 Uhr vereinbart. Sie lebte in einem hübschen kleinen Bungalow in Burbank, halb versteckt hinter prächtigen Bougainvillea-Sträuchern. Das Haus, ein typisches Beispiel für die Architektur der 30er Jahre, war in so gutem Zustand, daß Earl sich nicht gewundert hätte, wenn in der Einfahrt ein Packard gestanden hätte.

»Mrs. O'Hara ist in den Sechzigern«, erzählte Earl, »und sie hat sich fast genausogut gehalten wie ihr Haus. Sie ist noch immer attraktiv, und in ihrer Jugend muß sie einfach umwerfend ausgesehen haben. Sie war Immobilienmaklerin und lebt jetzt im Ruhestand. Sie ist nicht direkt reich, aber ich würde sagen, daß sie ihr gutes Auskommen hat. Das Haus ist jedenfalls sehr schön eingerichtet, unter anderem mit einigen exquisiten Antiquitäten im Art Deco Stil.«

»Sträubte sie sich, über *Freedom Now* zu sprechen?« fragte Dan.

»Ganz im Gegenteil. Sie *wollte* darüber sprechen. Weißt du, eure Polizeiakte über diese Organisation ist nicht auf dem aktuellen Stand. Mary O'Hara hat ihr Ehrenamt als Sekretärin schon vor mehreren Monaten empört niedergelegt.«

»Oh?«

»Sie ist überzeugte Libertarierin, Mitglied in einem Dutzend verschiedener Organisationen, und als Ernest Cooper ihr das Amt der Sekretärin in dem von ihm gegründeten politischen Aktionskomitee antrug, stellte sie sich bereitwillig zur Verfügung. Cooper ging vermutlich von der Annahme aus, daß sie leicht zu manipulieren sein würde. Aber Mary O'Hara zu manipulieren, dürfte nicht minder schwierig sein, als mit einem lebendigen Stachelschwein Football zu spielen, ohne dabei verletzt zu werden.«

Laura lachte, und Dan, der sie bisher nur ernst oder niedergeschlagen erlebt hatte, empfand dieses Lachen wie ein kostbares Geschenk.

»Die Frau scheint zäh zu sein«, sagte Laura.

»Und sehr gewitzt«, fügte Earl hinzu. »Sie erinnerte mich an Sie.«

»An mich? Ich und zäh?«

»Sie sind viel zäher, als Sie glauben«, sagte Dan mit der gleichen Bewunderung wie Earl.

Draußen donnerte es heftig, und ein scharfer Wind fegte den Regen gegen das große Fenster neben der Nische.

»Mrs. O'Hara übte ihr Ehrenamt fast ein Jahr lang aus«, fuhr Earl in seinem Bericht fort, »aber schließlich erklärte sie ihren Austritt, wie zahlreiche andere überzeugte Libertarier, weil sie festgestellt hatte, daß die Organisation nicht die Ziele verfolgte, die auf dem Papier standen. Es ging sehr viel Geld ein, aber mit diesen Mitteln wurden nicht etwa Kandidaten und Programme der Libertarier unterstützt, sondern ein Großteil der Spenden floß in ein Forschungsprojekt von Dylan McCaffrey, das angeblich den Zielen der Libertarier diente.«

»Das graue Zimmer«, warf Dan ein.

Earl nickte.

»Aber was hätte dieses Projekt den Libertariern nützen können?« fragte Laura.

»Höchstwahrscheinlich überhaupt nichts«, erwiderte Earl. »Aber die Libertarier waren ein bequemer Deckmantel. Sie dienten sozusagen als Aushängeschild. Zu diesem Schluß kam jedenfalls Mrs. O'Hara.«

»Ein Deckmantel wofür?«

»Das wußte sie nicht.«

Die Bedienung brachte drei Tassen Kaffee und ein Pepsi. »Ihr Essen wird in wenigen Minuten fertig sein«, sagte sie. Ihr Blick schweifte von Earls geschwollenen Lippen, seinem blauen Auge und dem Kopfverband zu Dans aufgeschlagener Stirn. »Sie waren wohl in einen Unfall verwickelt?« erkundigte sie sich teilnahmsvoll.

»Wir sind eine Treppe raufgefallen«, erklärte Dan.

»*Rauf*gefallen?«

»Vier Stufen«, fügte Earl an.

»Ah, Sie wollen mich veräppeln!«

Die beiden Männer grinsten ihr zu.

Sie erwiderte das Lächeln und entfernte sich, um an einem anderen Tisch eine Bestellung aufzunehmen.

Während Laura den Trinkhalm auspackte und Melanie zu überreden versuchte, einen Schluck Pepsi zu trinken, sagte Dan: »Mrs. O'Hara scheint nach deiner Erzählung eine Frau zu sein, die eine Organisation nicht einfach frustriert verlassen würde. Ich könnte mir vorstellen, daß sie an die Wahlkommission geschrieben und auf einen Ausschluß dieses angeblichen Aktionskomitees gedrängt hat.«

»Das hat sie auch getan«, erwiderte Earl. »Sie hat sogar zweimal hingeschrieben.«

»Und?«

»Sie hat keine Antwort erhalten.«

Dan rutschte unbehaglich auf der Bank hin und her. »Du willst damit sagen, daß die Hintermänner von *Freedom Now* Druck auf die Wahlkommission ausüben können?«

»Drücken wir es einmal vornehm aus: Sie haben offenbar einen gewissen Einfluß.«

»Dann *ist* es ein geheimes Regierungsprojekt«, sagte Dan. »Und es war demnach klug von uns, dem FBI nicht zu trauen.«

»Nicht unbedingt.«

»Aber nur die Regierung wäre imstande, eine Untersuchung durch die Wahlkommission zu verhindern, und selbst ihr würde es nicht leichtfallen.«

»Nur Geduld«, meinte Earl, während er nach seiner Kaffeetasse griff.

»Du weißt etwas«, stellte Dan fest.

»Ich weiß immer etwas«, grinste Earl und trank einen Schluck Kaffee.

Dan sah, daß Melanie inzwischen etwas Pepsi getrunken hatte; Laura war damit beschäftigt, ihr mit einer Papierserviette das Kinn abzuwischen.

»Laßt mich zunächst einmal erklären«, fuhr Earl fort, »wie *Freedom Now* zu Geld kommt. Mrs. O'Hara war zwar nur Sekretärin, aber als sie witterte, daß die Sache oberfaul war, nahm sie hinter dem Rücken von Cooper und Hoffritz Einblick in die Unterlagen des Schatzmeisters. 99% der Einnahmen des Aktionskomitees stammten aus Spenden von drei anderen Aktionskomitees: *Honesty in Politics, Citizens for Enlightened Government* und *Twenty-second Century Group*. Mary O'Hara nahm diese Organisationen etwas genauer unter die Lupe und stellte fest, daß Cooper und Hoffritz in allen drei Gruppen wichtige Rollen spielten, und daß diese drei Aktionskomitees nicht etwa durch Beiträge normaler Bürger finanziert wurden, sondern von zwei Wohltätigkeitsorganisationen.«

»Wohltätigkeitsorganisationen? Dürfen die sich denn politisch betätigen?«

Earl nickte. »Ja, wenn sie geschickt vorgehen und sich bescheinigen lassen, daß sie Programme unterstützen, die dem Wohl der Allgemeinheit dienen und eine bessere Regierung anstreben.«

»Und woher bekommen diese Wohltätigkeitsorganisationen ihr Geld?«

»Eine interessante Frage! Mrs. O'Hara hat nicht weitergeforscht, aber ich habe gleich von ihr aus bei *Paladin* angerufen, und einige unserer Leute haben Erkundigungen eingezogen. Die beiden Organisationen werden von einer größeren Wohltätigkeitsorganisation finanziert.«

»Mein Gott, das ist ja das reinste Schachtelspiel!« rief Laura.

»Laß mich diese Sache einmal rekapitulieren«, sagte Dan. »Diese größere Wohltätigkeitsorganisation finanziert also zwei kleinere, und diese finanzieren wiederum drei politische Aktionskomitees, die ihrerseits *Freedom Now* finanzierten, das die Gelder ausschließlich für Dylan McCaffreys Projekt in Studio City verwendete.«

»So ist es«, bestätigte Earl. »Dieses ausgeklügelte System sollte die Verbindung zwischen den eigentlichen Geldgebern und Dylan McCaffrey verschleiern, für den Fall, daß etwas schiefgelaufen wäre und jemand herausgefunden hätte, daß er grausame Experimente an seiner eigenen Tochter durchführte.«

Die freundliche junge Bedienung servierte ihr Essen, und während dieser Zeit machten sie nur einige belanglose Bemerkungen über das Wetter.

Sobald sie wieder unter sich waren, fragte Dan: »Und wie heißt nun die Wohltätigkeitsorganisation, die hinter diesem ganzen Verwirrspiel steckt?«

»Halt dich gut fest! Es ist die *Boothe Foundation*.«

»Mein Gott!«

»Dieselbe Stiftung, die Waisenhäuser und Kinder- und Seniorenhilfsprogramme unterstützt?«

»So ist es«, sagte Earl.

Dan kramte in einer Manteltasche und zog den Ausdruck von Scaldones Kundenkartei hervor. Er zeigte ihnen auf der zweiten Seite den Namen Palmer Boothe.

»Ich bin gestern abend in Scaldones obskurem Laden

auf seinen Namen gestoßen, und ich wunderte mich, daß ein hartgesottener Geschäftsmann wie Boothe sich für Okkultismus interessierte. Aber ich hielt es für eine harmlose Schwäche; irgendeinen Spleen hat schließlich jeder Mensch. Verdammt, in Anbetracht von Boothes hervorragendem Ruf wäre mir nie in den Sinn gekommen, daß er in diese Geschichte verstrickt sein könnte.«

»Der Teufel hat seine Advokaten an den unwahrscheinlichsten Stellen«, meinte Earl.

Während die Musicbox ein Lied von Bruce Springsteen spielte, blickte Dan nachdenklich in den grauen Regen hinaus. »Vor zwei Tagen glaubte ich nicht einmal an den Teufel.«

»Aber jetzt?«

»Aber jetzt«, bestätigte Dan.

Laura begann, Melanies Cheeseburger in mundgerechte Happen zu zerschneiden.

Das Mädchen starrte auf die wechselnden Regenmuster an der Fensterscheibe – aber vielleicht sah es etwas ganz anderes.

»Denken wir jetzt noch einmal an die beiden Briefe«, griff Earl den Gesprächsfetzen wieder auf, »die Mary O'Hara der Wahlkommission schrieb. Es ist leicht zu verstehen, weshalb das für *Freedom Now* keine negative Folgen hatte. Palmer Boothe spendet *beiden* politischen Parteien hohe Summen – der jeweiligen Regierung immer etwas mehr als der Opposition. Aber beklagen können sich beide nicht. Und als vor einigen Jahen politische Aktionskomitees in Mode kamen, muß Boothe sofort begriffen haben, wie nützlich sie für gewisse Unternehmungen sein konnten, und deshalb schleuste er einige seiner Mittelsmänner in die Aufsichtskommission.«

»Hören Sie«, sagte Laura, die den Cheeseburger inzwischen zerteilt hatte, »ich weiß zwar nicht viel über die Wahlkommission, aber mir ist unverständlich, wie er seine Mittelsmänner dort einschleusen konnte.«

»Nun, für eine einflußreiche Persönlichkeit wie Boothe dürfte das nicht allzu schwierig gewesen sein. Selbstverständlich wäre es ihm nicht möglich gewesen, die ganze Kommission zu korrumpieren, weil die beiden großen Parteien sie ständig scharf im Auge haben. Aber wenn man bescheidene Ziele hat – etwa wenn es darum geht, die Kommission davon abzuhalten, einige Aktionskomitees unter die Lupe zu nehmen –, so wird niemand davon Notiz nehmen. Wenn hochangesehene Staatsbürger, die für eine der größten Wohltätigkeitsorganisationen des ganzen Landes tätig sind, ihre Dienste der Wahlkommission zur Verfügung stellen, werden alle hocherfreut sein.«

Dan seufzte. »Es war also nicht die Regierung, die McCaffreys Projekt finanzierte, sondern Palmer Boothe. Das bedeutet, daß wir das FBI zu Unrecht verdächtigt haben, Melanie entführen zu wollen.«

»Dessen bin ich mir gar nicht so sicher«, entgegnete Earl. »Gewiß, die Regierung hat McCaffrey und Hoffritz nicht finanziert. Aber nachdem das FBI jetzt das graue Zimmer gesehen hat und Einblick in McCaffreys Aufzeichnungen nehmen konnte, interessiert sich das Pentagon möglicherweise brennend für dieses Projekt, und ich könnte mir gut vorstellen, daß sie liebend gern mit Melanie arbeiten würden – ungehindert!«

»Nur über meine Leiche!« erklärte Laura.

»Wir sind also nach wie vor auf uns allein gestellt«, konstatierte Dan.

Earl nickte. »Außerdem ist es Boothe ja offenbar gelungen, Ross Mondale zu bestechen und die Polizei auf uns zu hetzen...«

»Nicht *die* Polizei«, widersprach Dan. »Nur ein paar verkommene Individuen.«

»Und wer sagt uns, daß Boothe nicht auch beim FBI Freunde hat? Und während wir Melanie von der Regierung wahrscheinlich auf gerichtlichem Wege zurückbekommen könnten, würden wir sie nie wiederfinden, wenn Boothe sie in seine Gewalt brächte.«

In den nächsten Minuten widmeten sie sich schweigend ihrem Mittagessen. Laura versuchte mit wenig Erfolg, Melanie zu füttern.

Ein Lied von Sheena Easton verklang, und als nächstes sang wieder Bruce Springsteen. In seinem Text war davon die Rede, daß alles stirbt, aber einige Dinge wiederkehren.

In ihrer gegenwärtigen Situation kam Springsteens Lyrik der kleinen Gruppe entschieden makaber und beunruhigend vor.

Dan blickte in den strömenden Regen hinaus und überlegte, inwiefern die Informationen über Boothe ihnen helfen konnten.

Sie wußten jetzt, daß sie es mit einem mächtigen Feind zu tun hatten, daß er aber doch nicht so allmächtig war, wie sie befürchtet hatten. Das war ermutigend. Es war besser, es mit einem größenwahnsinnigen Multimillionär zu tun zu haben – mit *einem* Feind, wie einflußreich er auch sein mochte –, als gegen eine verschworene, zu allem entschlossene Institution kämpfen zu müssen. Ihr Feind war ein Riese, aber ein Riese, der mit der richtigen Schleuder und dem idealen Stein vielleicht besiegt werden konnte.

Und jetzt kannte Dan auch die Identität von ›Daddy‹, jenem distinguierten weißhaarigen Sadisten, der Regine Savannah Hoffritz regelmäßig besuchte.

»Was ist mit John Wilkes Enterprises?« fragte er Earl, aber plötzlich fiel es ihm wie Schuppen von den Augen, und er konnte seine Frage selbst beantworten. »Es gibt überhaupt keinen John Wilkes, stimmt's? John Wilkes Boothe – der Mann, der Lincoln ermordete, obwohl er sich, soviel ich weiß, ohne ›e‹ schrieb: B-O-O-T-H. Diese Gesellschaft gehört Palmer Boothe, und er hat sie John Wilkes Enterprises genannt – sollte wohl ein kleiner Scherz sein, wie?«

Earl nickte. »Ich glaube auch, daß es eine Art Insider-Scherz sein sollte, aber definitiv beantworten könnte diese Frage natürlich nur Boothe selbst. *Paladin* hat heute morgen Erkundigungen über die John Wilkes Enterprises eingezogen. Boothe ist der einzige Aktionär. Er betreibt unter diesem Namen einige kleinere Unternehmen, die mit seinen sonstigen Aktivitäten nicht unter einen Hut zu bringen sind. Manche werfen nicht einmal einen Profit ab.«

»Wie die John Wilkes Press«, warf Dan ein.

Earl hob die Augenbrauen. »Ja, der Verlag gehört zu den unrentablen Tochtergesellschaften. Er publiziert nur Bücher über Okkultismus, und in manchen Jahren arbeitet er mit kleinen Verlusten, in anderen deckt er seine Ausgaben. Außerdem gehört John Wilkes Enterprises ein kleines Theater in Westwood, drei Läden, in denen hausgemachte Schokolade verkauft wird, und verschiedenes mehr.«

»Nicht zu vergessen das Haus, in dem Boothes Geliebte lebt«, fügte Laura an.

»Ich glaube kaum, daß er sie als seine Geliebte betrachtet«, meinte Dan angewidert. »Sie ist für ihn eine Art Haustier... ein possierliches kleines Haustier, das einige wirklich gute Dressurnummern beherrscht.«

Sie beendeten ihr Mittagessen.

Der Regen trommelte gegen die Fensterscheiben.

Melanie saß stumm da und starrte ins Leere.

»Und was jetzt?« fragte Laura.

»Jetzt werde ich Palmer Boothe einen Besuch abstatten«, sagte Dan. »Falls er nicht wie die anderen Ratten die Flucht ergriffen hat.«

35

Bevor sie die Imbißstube verließen, wurde beschlossen, daß Earl mit Laura und Melanie ins Kino gehen sollte. Sie brauchten ein Versteck für die nächsten Stunden, bis Dan entweder persönlich mit Palmer Boothe gesprochen oder zumindest mit ihm telefoniert haben würde, und es wäre zu deprimierend gewesen, sich wieder in irgendeinem Motelzimmer zu verkriechen. Weder das FBI noch die Polizei noch irgendwelche von Boothe gedungene Männer würden auf die Idee kommen, die Kinos nach ihnen abzusuchen, und es war mehr als unwahrscheinlich, daß jemand sie im dunklen Saal zufällig entdecken würde. Außerdem glaubte Laura, daß ein geeigneter Film von therapeutischem Wert für Melanie sein könnte: Die riesige Leinwand, die grellen Farben und der laute Ton vermochten manchmal die Aufmerksamkeit eines autistischen Kindes zu wecken, wenn alle anderen Mittel versagten.

Vor dem Restaurant standen Zeitungsautomaten, und Dan rannte durch den Regen, um ein *Journal* zu besorgen, das ein Kino-Programm enthielt. Alle empfanden es als Ironie, daß sie ausgerechnet Boothes Zeitung benutzten, um einen Ort zu finden, wo sie sich vor ihm verstecken konnten. Sie entschieden sich für den neuesten Film von Steven Spielberg, der in einem Kino in Westwood lief. Es war ein Filmpalast mit mehreren Sälen, und sie konnten sich anschließend einen zweiten Film anschauen, der für Melanie ebenfalls geeignet war. Auf diese Weise würden sie bis zum frühen Abend gut aufgehoben sein. Dan sollte sie im Kino abholen, nachdem er Boothe entweder gefunden oder aber die Suche nach ihm aufgegeben haben würde.

Laura und Melanie nahmen auf dem Rücksitz von Earls Wagen Platz; Dan stieg für einen Augenblick ebenfalls ein und wandte sich an Laura. »Sie müssen etwas für mich tun. Ich möchte, daß Sie Melanie im Kino noch mehr als bisher im Auge behalten. Sorgen Sie dafür, daß sie nicht einschläft. Wenn sie ihre Augen schließt, müssen Sie sie zwicken oder schütteln oder auf irgendeine andere Weise wachhalten.«

Laura runzelte die Stirn. »Warum?«

Ohne ihre Frage zu beantworten, fuhr er fort: »Und auch wenn sie in einen noch tieferen katatonischen Zustand zu fallen droht, müssen Sie Ihr möglichstes tun, um das zu verhindern. Reden Sie mit ihr, berühren Sie sie, fesseln Sie irgendwie ihre Aufmerksamkeit. Das arme Ding ist freilich schon jetzt so abwesend, daß es nicht leicht sein wird, Unterschiede festzustellen, speziell in einem dunklen Kino, aber ich bitte Sie, Ihr möglichstes zu tun.«

»Du weißt etwas«, sagte Earl. »Stimmt's?«

»Vielleicht«, gab Dan zu.

»Du weißt, was in dem grauen Zimmer vor sich ging.«

»Ich *weiß* es nicht. Ich habe nur ... vage Vermutungen.«

»Was vermuten Sie?« Laura beugte sich begierig zum Beifahrersitz vor. Ihr lag unendlich viel daran, Licht in das Dunkel von Melanies Qualen zu bringen, und sie zog die Möglichkeit nicht einmal in Betracht, daß die Wahrheit noch viel grausamer sein könnte als dieses Dunkel, in dem sie umhertappte. »Was sind das für Vermutungen? Warum ist es so wichtig, daß sie wach bleibt?«

»Es würde zuviel Zeit in Anspruch nehmen, wenn ich Ihnen das jetzt erklären wollte«, log Dan. Solange er sich nicht hundertprozentig sicher war, die Wahrheit entdeckt zu haben, wollte er sie nicht beunruhigen – wobei ›beunruhigen‹ ein sehr milder Ausdruck war. Es wäre ein gewaltiger Schock für sie zu erfahren, welchen Verdacht er hegte. »Ich muß jetzt los und herausfinden, ob Boothe sich noch in der Stadt aufhält. Versuchen Sie einfach, Melanie wachzuhalten.«

»Wenn sie schläft oder sich in einem tiefen katatonischen Zustand befindet, ist sie verwundbarer, habe ich recht?« sagte Laura. »Ja, irgendwie ist sie dann verwundbarer. Vielleicht ... vielleicht hat ›Es‹ ein Gespür dafür, wann sie schläft. Ich meine ... als sie vergangene Nacht in dem Motelzimmer schlief, wurde es kalt und *etwas* kam. Und gestern abend in meiner Küche, als das Radio ... wie besessen war ... und als der Blumenwirbel eindrang ... da hatte Melanie die Augen geschlossen ... Sie schlief nicht, aber sie war noch abwesender als die meiste übrige Zeit. Erinnern Sie sich daran, Earl? Sie saß mit geschlossenen Augen da und schien den schrecklichen Lärm, den das Radio machte, überhaupt nicht wahrzunehmen. ›Es‹ weiß irgendwie, wann sie am verletzlichsten ist, und deshalb wird ›Es‹ einen solchen Augenblick ausnutzen, um sie zu holen. Ist es das? Soll ich sie deshalb um jeden Preis wachhalten?«

»Ja«, schwindelte Dan. »Das ist in etwa die Lage. Und jetzt muß ich mich wirklich sputen, Laura.« Er hätte zum Abschied ihr Gesicht streicheln und ihre Mundwinkel küssen mögen, aber da er kein Recht hatte, seine Gefühle so offen zu zeigen, wandte er sich an Earl: »Paß gut auf die beiden auf.«

»Ich verspreche dir, sie wie meinen Augapfel zu hüten.«

Dan stieg aus, schlug hinter sich die Tür zu und rannte durch den Regen zu seiner Dienstlimousine, die er auf der anderen Seite der Imbißstube geparkt hatte. Als er losfuhr, sah er, daß Earl sich bereits auf der Straße befand.

Er fragte sich, ob er die drei jemals wiedersehen würde.

Delmar, Carrie, Cindy Lakey ...

Die verhaßten Erinnerungen an sein Versagen drängten sich schon wieder auf.

Delmar, Carrie, Cindy Lakey ... Laura ... Melanie ...

Nein!

Diesmal würde er nicht versagen.

Vielleicht war er der einzige Polizeibeamte in dieser Stadt, der einzige Mensch in dieser Stadt und im Umkreis von tausend Kilometern, der imstande war, zum Kern dieses bizarren Falles vorzustoßen und ihn eventuell erfolgreich abzuschließen. Was ihn dazu befähigte, war seine Vertrautheit mit Morden und Mördern. Er wußte darüber mehr als die meisten anderen Menschen, weil er soviel darüber nachgedacht hatte – und weil Morde nicht nur in seinem Beruf eine so wichtige Rolle spielten, sondern auch in seinem Privatleben. Er war schon vor langer Zeit zu der Erkenntnis gekommen, daß jeder Mensch zu einem Mord fähig war; nur deshalb war es ihm möglich, seinen schrecklichen Verdacht, den Earl und Laura vermutlich entsetzt von sich gewiesen hätten, als eine durchaus vorstellbare Möglichkeit in Betracht zu ziehen und sich darauf einzustellen.

Delmar, Carrie, Cindy Lakey.

Damit endete die Serie seiner Fehlschläge.

Doch obwohl er sich nach Kräften bemühte, optimistisch zu bleiben, entsprach dieser düstere graue Regentag im Grunde seiner seelischen Verfassung.

Der Film von Spielberg war einige Wochen vor Weihnachten angelaufen, aber auch drei Monate später sorgte er an einem normalen Werktagnachmittag für einen halbvollen Saal. Fünf Minuten vor Beginn der Vorstellung wurde im Publikum viel geredet und gelacht.

Laura, Melanie und Earl nahmen die drei äußeren Sitze in einer der mittleren Reihen ein. Die beiden Erwachsenen hatten Melanie in ihre Mitte genommen, und das Kind starrte ausdruckslos auf die riesige leere Leinwand, die Hände schlaff auf dem Schoß, stumm und regungslos – aber es schien zumindest wach zu sein.

Obwohl es im Dunkeln schwieriger sein würde, das Mädchen zu beobachten, wünschte Laura, daß der Film beginnen sollte, denn sie hatte im Licht das unangenehme Gefühl, schutzlos den Blicken all dieser Fremden ausgeliefert zu sein. Sie wußte, daß ihre Sorge, hier von den falschen Leuten erspäht und bedroht zu werden, töricht war. Das FBI, korrupte Polizeibeamte, Palmer Boothe und seine Helfershelfer würden bestimmt nicht auf die Idee kommen, ausgerechnet in einem Kino nach Melanie zu suchen. Wenn sie überhaupt noch irgendwo in Sicherheit sein konnten, dann in diesem Kino.

Aber sie glaubte inzwischen nicht mehr, daß es einen Ort auf der Welt gab, wo sie in völliger Sicherheit wären.

Dan hatte sich entschieden, sein Glück bei Palmer Boothe mit der Überraschungstaktik zu versuchen. Er fuhr deshalb von der Imbißstube auf direktem Wege zum Gebäude des *Journal* auf dem Wilshire Boulevard, einige Blocks östlich von dem Punkt, wo Beverly Hills in das polypenhaft auswuchernde Los Angeles überging. Er hatte keine Ahnung, ob Boothe sich überhaupt noch in der Stadt aufhielt, geschweige denn in seinem Büro, aber es war der geeignetste Ausgangspunkt für die Suche.

Er parkte seinen Wagen in der unterirdischen Garage und fuhr mit dem Lift in die 18. Etage, wo alle Geschäftsführer des riesigen Medienkonzerns – 20 Zeitungen, zwei Zeitschriften, drei Rundfunksender und zwei TV-Sender – ihre Büros hatten. Als er aus dem Aufzug trat, stand er in einer kostbar möblierten Empfangshalle mit dicken Teppichen und zwei Ölgemälden von Rothko an den Wänden.

Wider Willen beeindruckt von der Tatsache, daß diese beiden schlicht gerahmten Gemälde auf dem Kunstmarkt einen Wert von vier oder fünf Millionen Dollar hätten, fand sich Dan nur mit Mühe in seine geplante Rolle des ›einschüchternden Kriminalbeamten vom Morddezernat‹. Doch er riß sich zusammen, zeigte dem uniformierten Sicherheitsposten selbstsicher seinen Dienstausweis und durfte passieren. Er erklärte der höflich distanzierten Empfangsdame sein Begehr, und auf einen Knopfdruck hin erschien ein höflicher junger Mann, der ein Sekretär oder auch ein Leibwächter sein konnte, und führte Dan einen langen, breiten Korridor entlang. Hier herrschte eine solche Stille, daß man sich nicht mitten in einer Großstadt glaubte, sondern irgendwo im fernen Weltraum.

Im erlesen eingerichteten Vorzimmer zum Allerheiligsten des Gottes Palmer Boothe stellte der junge Mann Dan Boothes Privatsekretärin vor und zog sich sodann unauffällig zurück. Mrs. Hudspeth war eine elegante grauhaarige Dame in einem pflaumenfarbenen Strickkostüm und einer pastellfarbenen Bluse, mit pflaumenfarbener Schleife am Kragen. Obwohl sie groß und mager war und offensichtlich einen gesteigerten Wert auf ihre äußere Erscheinung legte, erinnerte sie Dan ein wenig an Irmatrude Gelkenshettle, weil auch Mrs. Hudspeth einen sehr tüchtigen und sachlichen Eindruck machte.

»Oh, Lieutenant«, sagte sie, »es tut mir sehr leid, aber Mr. Boothe ist nicht im Hause. Sie haben ihn um wenige Minuten verpaßt. Er mußte zu einer Konferenz. Er ist heute sehr beschäftigt, aber das ist bei ihm nichts Außergewöhnliches.«

Es verwirrte Dan, daß Boothe seiner Arbeit nachging wie immer. Wenn Dans Theorie stimmte, wenn er ›Es‹ richtig identifiziert hatte, müßte Palmer Boothe in Todesängsten auf der Flucht sein oder sich im Verlies irgendeiner Festung verbarrikadieren, irgendwo in Jugoslawien oder in den Schweizer Alpen oder in einem anderen, schwer erreichbaren Winkel der Erde. Wenn Boothe wie gewöhnlich an Konferenzen teilnahm und geschäftliche Entscheidungen traf, so hatte er offenbar keine Angst, und wenn er keine Angst hatte, mußte Dans Theorie über das graue Zimmer falsch sein.

»Ich muß Mr. Boothe unbedingt sprechen«, sagte er. »In einer sehr dringenden Angelegenheit. Man könnte durchaus sagen, daß es dabei um Leben und Tod geht.«

»Nun, ihm liegt selbstverständlich genausoviel wie Ihnen an einer Unterredung«, erklärte die Sekretärin. »Das müssen Sie ja auch seiner Nachricht entnommen haben.«

Dan blinzelte. »Welcher Nachricht?«

»Aber... sind Sie denn nicht deshalb hier? Haben Sie seine Nachricht nicht erhalten?«

»Hat er in der East Valley Division angerufen?«

»Ja, er hat gleich heute morgen dort angerufen, um ein Treffen mit Ihnen zu vereinbaren. Aber Sie waren noch nicht im Dienst. Wir haben versucht, Sie zu Hause zu erreichen, aber dort hat sich niemand gemeldet.«

»Ich war heute noch gar nicht im East Valley«, sagte Dan. »Ich habe keine Nachricht erhalten. Ich bin hierhergekommen, weil ich Mr. Boothe so schnell wie möglich sprechen muß.«

»Oh, wie gesagt, auch ihm liegt sehr viel daran, Sie zu sprechen. Ich habe eine Kopie seines genauen Zeitplans für den heutigen Tag, und er bat mich, Ihnen diesen Zeitplan zu zeigen, falls Sie herkommen sollten, damit Sie ihn treffen können, wann es Ihnen paßt.«

Aha, das hörte sich schon besser an! Boothe war demnach verzweifelt, so verzweifelt, daß er hoffte, Dan entweder bestechen oder aber überreden zu können, als Vermittler zwischen Boothe und jenem Teufel zu agieren, der die Männer aus dem grauen Zimmer liquidierte. Boothe versteckte sich nur deshalb nicht irgendwo im Ausland, weil er genau wußte, daß eine Flucht sinnlos wäre. Und er ging wie immer seinen Geschäften nach, weil die Alternative – die Wände anzustarren und auf ›Es‹ zu warten – noch viel unerträglicher wäre.

Mrs. Hudspeth ging zu ihrem riesigen Schreibtisch, öffnete eine Ledermappe und nahm das oberste Blatt zur Hand – den Zeitplan ihres Chefs. Sie studierte ihn kurz und sagte dann: »Ich befürchte, daß Sie ihn frühestens um 16 Uhr sprechen können. Bis dahin ist er ständig unterwegs.«

»Bis dahin sind es ja noch eineinviertel Stunden. Sind Sie ganz sicher, daß ich ihn nicht früher erreichen kann?«

»Sehen Sie selbst«, sagte die Sekretärin und reichte ihm das Blatt.

Sie hatte recht. Er würde Boothe bestimmt verfehlen, wenn er ihm kreuz und quer durch die Stadt folgte. Aber um 16 Uhr würde er laut Zeitplan zu Hause sein.

»Wo wohnt er?«

Mrs. Hudspeth nannte ihm die Adresse in Bel Air, und er notierte sie sich.

Als er wieder aufblickte, sah er, daß sie ihn nicht aus den Augen ließ. Ihre Neugier war unverkennbar. Sie hatte selbstverständlich bemerkt, daß etwas Ungewöhnliches im Gange war, aber Boothe hatte sie ausnahmsweise nicht ins Vertrauen gezogen, und nun mußte sie sich sehr beherrschen, um nicht Dan um Auskünfte zu bitten. Und offenbar machte sie sich auch große Sorgen; bisher war es ihr gelungen, ihre Beunruhigung vor ihm zu verbergen, aber nun trieb sie an die Oberfläche, wie die aufgetriebene Leiche eines Ertrunkenen. Wenn sie so beunruhigt war, so nur deshalb, weil sie die Beunruhigung ihres Chefs gespürt hatte, und wenn ein hartgesottener Geschäftsmann wie Boothe seine Gefühle vor seiner Privatsekretärin nicht mehr verbergen konnte, mußte er wirklich einer Panik nahe sein.

Der junge Sekretär – oder Leibwächter – gab Dan das Geleit zum Lift, wo der bewaffnete Sicherheitsposten noch immer Wache hielt. Die schöne, aber kühle Empfangsdame arbeitete an einem Computer, und das leise Klicken der Tastatur in der bedrückenden Stille erinnerte Dan an klirrende Eiswürfel in einem Glas.

Zu Lauras großer Erleichterung hatte der Film vor zehn Minuten begonnen, und sie waren jetzt genauso anonym wie alle anderen Kinobesucher, deren Silhouetten sich nur schattenhaft von den hohen Rückenlehnen abhoben.

Melanie starrte nach wie vor völlig ausdruckslos auf die Leinwand. Lichtreflexe der bunten Filmbilder huschten über ihr bleiches Gesicht und zauberten hin und wieder etwas Farbe darauf.

Wenigstens ist sie wach, dachte Laura. Und dann überlegte sie, was Dan Haldane wohl wissen mochte. Jedenfalls mehr, als er ihr gesagt hatte. Daran bestand kein Zweifel.

Earl Benton griff in seine Sakkotasche, und Laura wußte, daß er sich vergewisserte, ob sein Revolver in dem Schulterhalfter steckte und er ihn mühelos ziehen konnte. Er hatte das seit Beginn des Films schon zweimal überprüft, und sie war sicher, daß er es in fünf Minuten wieder tun würde. Es war eine nervöse Geste, und da er an und für sich kein nervöser Typ war, ging daraus deutlich hervor, wie beunruhigt er war.

Natürlich würde der Revolver ihnen überhaupt nichts nützen, ganz gleich, wie schnell Earl ihn ziehen konnte, falls ›Es‹ hierher ins Kino kam, um Melanie zu holen.

Da er ohnehin eineinviertel Stunden totschlagen mußte, bevor er in Bel Air mit Palmer Boothe sprechen konnte, beschloß Dan Haldane, zum Polizeirevier von Westwood zu fahren, wohin Wexlersh und Manuello in der vergangenen Nacht gebracht worden waren. Die beiden Detektive saßen aufgrund von Earls eidesstattlicher Erklärung in Untersuchungshaft, und Dan wollte seine eigene Aussage zu Protokoll geben und ihre Zellentür damit von außen noch fester verbarrikadieren. Er hatte Ross Mondale in dem Glauben gelassen, daß er Wexlersh und Manuello nicht des versuchten Mordes beschuldigen und Earl veranlassen würde, seine Aussage in einigen Tagen zu widerrufen; aber er hatte nie die Absicht gehabt, sich an diese Abmachung zu halten. Selbst wenn es ihm nicht gelingen sollte, diesen Fall erfolgreich zu lösen und Melanie und Laura zu retten, so würde er doch zumindest dafür sorgen, daß Wexlersh und Manuello hinter Gitter kamen und Ross Mondale für alle Zeiten erledigt war.

Der für den Fall zuständige Polizeibeamte auf dem Westwood-Revier, Herman Dorft, freute sich, Dan zu sehen. Ihm lag viel an Dans Aussage; noch lieber wäre ihm allerdings eine Aussage von Laura McCaffrey gewesen, und er war sehr enttäuscht, als er von Dan erfuhr, daß Mrs. McCaffrey vorläufig keine Aussage machen würde. Dorft führte Dan in einen kleinen Raum mit einem Schreibtisch, auf dem eine Schreibmaschine stand, und erbot sich, entweder einen Kassettenrecorder oder einen Stenographen zu holen.

»Ich bin mit dieser Prozedur so vertraut«, erwiderte Dan, »daß ich das Protokoll gleich selbst aufsetzen kann. Ich tippe es schnell auf dieser Maschine, wenn Sie mir nur Papier geben.«

Zwanzig Minuten später hatte er das Protokoll fertig und wollte sich gerade auf die Suche nach einem Polizeinotar machen, um in dessen Anwesenheit seine Unterschrift zu leisten, als die Tür sich öffnete und Michael Seames, der FBI-Agent, das Zimmer betrat und mit einer kraftvollen jungen Stimme, die zwar zu seinem Gesicht, nicht aber zu den graumelierten Haaren und den gebeugten Schultern paßte, energisch erklärte: »Ich habe Sie gesucht.«

»Ein schöner Tag für Enten, stimmt's?« sagte Dan, während er sich vom Schreibtischstuhl erhob.

»Wo sind Mrs. McCaffrey und Melanie?«

»Kaum zu glauben, daß alle sich noch vor wenigen Jahren solche Sorgen wegen der Dürre machten. Jetzt werden die Winter immer regnerischer.«

»Zwei Polizeibeamte sind unter der Anklage des versuchten Mordes festgenommen worden, und es läßt sich nicht ausschließen, daß die nationale Sicherheit gefährdet ist. Das FBI hat inzwischen allen Grund, diesen Fall zu übernehmen, Haldane.«

»Was mich betrifft, so baue ich mir jedenfalls schon jetzt vorsorglich eine Arche«, fuhr Dan ungerührt fort, während er mit seinem getippten Protokoll in der Hand zur Tür ging.

Seames versperrte ihm den Weg. »Und wir *haben* diesen Fall übernommen. Wir fungieren jetzt nicht mehr nur als Beobachter. Wir machen von unserem Recht Gebrauch, diese Morduntersuchung zu führen.«

»Wie schön für Sie!«

»Sie sind selbstverständlich verpflichtet, mit uns zusammenzuarbeiten.«

»Das macht bestimmt Spaß«, sagte Dan, während er insgeheim wünschte, daß Seames ihm aus dem Wege gehen würde.

»Wo sind Mrs. McCaffrey und Melanie?«

»Vermutlich im Kino.«

»Verdammt, Haldane...«

»Nun, bei diesem hundsmiserablen Wetter sind sie bestimmt nicht am Strand, und ich kann mir auch nicht vorstellen, daß sie ein Picknick im Griffith Park machen. Warum sollten sie also nicht ins Kino gehen?«

»Sie behindern...«

»Nein, im Gegenteil, *Sie* behindern *mich*«, sagte Dan. »Sie stehen mir nämlich im Weg.« Er schob Seames mit der Schulter beiseite und verließ den Raum.

Der FBI-Agent folgte ihm in die geschäftige Einsatzzentrale, wo Dan einen Notar erspähte. »Haldane, Sie können die McCaffreys nicht auf eigene Faust beschützen. Wenn Sie so weitermachen, werden die beiden entführt oder ermordet werden, und das wird Ihre Schuld sein.«

Während Dan vor dem Notar das Protokoll unterschrieb, erwiderte er: »Vielleicht. *Vielleicht* werden sie ermordet werden. Aber wenn ich sie Ihnen ausliefere, werden sie *mit Sicherheit* umgebracht werden.«

Seames schnappte nach Luft. »Wollen Sie unterstellen, daß ich... daß das FBI... daß die *Regierung* dieses kleine Mädchen ermorden würde? Vielleicht weil es ein sowjetisches Forschungsobjekt ist? Oder weil es für eines *unserer* Forschungsprojekte mißbraucht wurde und jetzt zuviel weiß? Glauben Sie, daß wir Melanie liquidieren wollen, bevor zuviel an die Öffentlichkeit dringt?«

»Ich halte es nicht für ausgeschlossen.«

Vor Wut schäumend, blieb Seames Dan dicht auf den Fersen, als dieser das unterschriebene Protokoll Herman Dorft aushändigte, der hinter einem Schreibtisch saß, Kaffee trank und in einem Verbrecheralbum blätterte.

»Haben Sie den Verstand verloren, Haldane?« tobte Seames. »Wir arbeiten für die Regierung – für die Regierung der *Vereinigten Staaten*. Wir befinden uns hier nicht in der Sowjetunion, wo Menschen im Auftrag der Regierung nachts abgeholt werden und einfach verschwinden. Wir befinden uns auch nicht im Iran oder in Nicaragua oder El Salvador. Wir sind keine Killer. Wir beschützen die Öffentlichkeit. Wir ermorden niemanden.«

»Okay, die Regierung als solche, die *Institution* Regierung, bringt in diesem Land keine Menschen um – höchstens durch Steuern und Bürokratie. Aber die Regierung besteht aus Individuen, und das FBI besteht aus Individuen, und Sie wollen doch wohl nicht behaupten, daß keines dieser Individuen bereit wäre, die McCaffreys zu ermorden – für Geld oder aus politischen Gründen oder aus falschem Idealismus oder aus tausend anderen Motiven heraus. Erzählen Sie mir nicht, daß jeder FBI-Agent so heilig ist, daß ihm noch nie der Gedanke an einen Mord durch den Kopf gegangen ist.«

Dorft starrte ihn bestürzt an. Seames schüttelte heftig den Kopf. »FBI-Agenten sind ...«

»Gut geschulte, tüchtige Leute, die meistens verdammt gute Arbeit leisten«, fiel Dan ihm ins Wort. »Aber sogar die besten Menschen sind zum Morden fähig, Mr. Seames. Sogar jene, die absolut integer zu sein scheinen – sogar die sanftesten und unschuldigsten Menschen. Glauben Sie es mir. Ich weiß alles über Mord, über die Mörder unter uns, über die Mörder *in* uns. Ich weiß mehr darüber, als mir lieb ist. Mütter ermorden ihre eigenen

Kinder. Männer betrinken sich und bringen ihre Ehefrauen um, und manchmal sind sie nicht einmal betrunken, sondern haben nur eine Magenverstimmung, und manchmal nicht einmal das. Ganz durchschnittliche Sekretärinnen ermorden ihre Freunde. Letzten Sommer, am heißesten Tag im Juli, brachte hier in L. A. ein ganz normaler Handlungsreisender seinen Nachbarn um, nach einem Streit über einen geliehenen Rasenmäher. Wir sind eine komplizierte Spezies, Seames. Wir meinen es gut, und wir wollen einander Gutes tun, und wir *versuchen* es, weiß Gott, wir versuchen es, aber wir haben auch eine dunkle Seite in uns, und wir müssen ständig gegen dieses Dunkel, gegen diese Verderbtheit ankämpfen, damit sie nicht plötzlich durchbricht und uns überwältigt. Und wir kämpfen auch, aber manchmal unterliegen wir. Wir morden aus Eifersucht, aus Habgier, Neid, Stolz... Rache. Politische Idealisten richten wahre Blutbäder an und machen den Menschen das Leben zur Hölle, denselben Menschen, denen sie angeblich ein besseres Leben bescheren wollen. Religiöse Fanatiker bringen einander im Namen Gottes um. Hausfrauen, Geistliche, Geschäftsleute, Minister, Klempner, Pazifisten, Dichter, Ärzte, Rechtsanwälte, Großmütter und Teenager – alle sind fähig, einen Mord zu begehen, in einer bestimmten Verfassung, in einer bestimmten Situation, aus irgendeinem Motiv heraus. Und am meisten muß man jenen mißtrauen, die von sich behaupten, sie wären friedliebend und gewaltlos. Denn entweder lügen sie und warten nur darauf, einen zu übervorteilen – oder aber sie sind gefährlich naiv und kennen sich selbst nicht. Und nun hören Sie gut zu: zwei Menschen, an denen mir sehr viel liegt – die beiden Menschen, an denen mir am meisten auf der Welt liegt –, sind in Lebensgefahr, und ich werde sie niemandem anvertrauen. *Niemandem!* Tut mir leid, aber das können Sie total vergessen. Und jeder, der versucht, sich mir in den Weg zu stellen, jeder, der versucht, mich daran zu hindern, die McCaffreys zu beschützen, bekommt es mit mir zu tun!

Und jeden, der versucht, ihnen etwas zuleide zu tun, ihnen auch nur ein Haar zu krümmen, werde ich vernichten, das schwöre ich! Ich mache mir nämlich keinerlei Illusionen über *meine* Fähigkeit zum Morden!«

Am ganzen Leibe zitternd, drehte er sich auf dem Absatz um und stürmte auf die Seitentür zu, die zum Parkplatz führte. Er war sich bewußt, daß im Raum totale Stille eingetreten war und daß alle ihn anstarrten, und er begriff, daß er nicht nur zornig und leidenschaftlich gesprochen, sondern regelrecht gebrüllt hatte. Er fühlte sich fiebrig. Schweiß stand ihm auf der Stirn. Alle machten ihm den Weg frei.

Er hatte die Hand schon auf der Türklinke, bis Seames diesen emotionalen Ausbruch verdaut hatte und ihm nacheilte. »Warten Sie, Haldane, um Himmels willen, so *geht* es einfach nicht! Wir können nicht zulassen, daß Sie hier den edlen Ritter spielen. Überlegen Sie doch mal, Mann! Acht Tote in zwei Tagen! Dieser Fall ist einfach zu wichtig und...«

Dan drehte sich nach ihm um und unterbrach ihn scharf. »*Acht* Tote? Haben Sie von acht Toten gesprochen?« Dylan McCaffrey, Willy Hoffritz, Cooper, Rink und Scaldone – das waren fünf Tote. Nicht acht. Nur fünf. Was ist seit gestern abend geschehen? Wer wurde nach Joseph Scaldone umgebracht?«

»Wissen Sie das nicht?«

»*Wer?*«

»Edwin Koliknikov.«

»Aber er hatte sich doch nach Las Vegas abgesetzt.«

Seames war wütend. »Sie wußten also, daß Koliknikov mit Hoffritz zusammenarbeitete, daß er sich an diesen Experimenten im grauen Zimmer beteiligt hat?«

»Ja.«

»*Wir* wußten bis zu seinem Tod nichts davon. Verdammt, Haldane, Sie halten Informationen zurück – Sie als Polizeibeamter!«

»Was ist Koliknikov zugestoßen?«

Seames berichtete ihm von der spektakulären öffentlichen Hinrichtung im Casino. »Es war so etwas wie ein Poltergeist«, erklärte er. »Etwas Unsichtbares. Eine unbekannte, unvorstellbare *Macht*, die Koliknikov vor Hunderten von Zeugen zu Tode geprügelt hat! Jetzt besteht nicht mehr der geringste Zweifel, daß Hoffritz und McCaffrey an etwas arbeiteten, das für die Landesverteidigung von größter Bedeutung sein könnte, und wir sind fest entschlossen herauszufinden, worum es ging.«

»Sie haben doch McCaffreys Aufzeichnungen aus dem Haus in Studio City...«

»Wir *hatten* sie«, erwiderte Seames erbittert. »Aber jenes Etwas, das Koliknikov erschlug, setzte auch alle Papiere Dylan McCaffreys in Brand.«

Erstaunt fragte Dan: »Was? Wann ist das passiert?«

»Vergangene Nacht. Ein Brand ohne jede äußere Ursache. Verfluchte Scheiße!« Seames mußte nicht weit von blinder Rage entfernt sein, denn ein FBI-Agent verwendete in der Öffentlichkeit niemals solche Ausdrücke; das schadete dem Image, und das FBI legte größten Wert aufs Image.

»Sie sprachen von *acht* Toten«, brachte Dan ihm in Erinnerung. »Wer sind die zwei anderen?«

»Howard Renseveer wurde heute morgen in seiner Skihütte in der Nähe von Mammoth tot aufgefunden. Ich nehme an, daß Ihnen auch der Name Renseveer etwas sagt.«

»Nein«, log Dan, weil er befürchtete, daß Seames ihn andernfalls vor Wut unter Arrest stellen würde. »Harold Renseveer?«

»Howard«, korrigierte Seames, aber sein sarkastischer Ton verriet, daß er Dans Täuschungsmanöver durchschaute. »Ein weiterer Mitarbeiter von Hoffritz und McCaffrey. Er wollte sich offenbar dort oben im Gebirge verstecken. Leute in einer anderen Skihütte, ein Stück

bergabwärts, hörten in der Nacht Schreie und verständigten den Sheriff. Dessen Männer fanden das übliche Chaos vor. Und Renseveer hatte einen Begleiter bei sich gehabt. Sheldon Tolbeck.«

»Tolbeck? Wer ist das?« stellte Dan sich weiter dumm.

»Auch ein Psychologe, der in dieses mysteriöse Forschungsprojekt verwickelt war. Es gibt Hinweise, daß Tolbeck sich in der Hütte aufhielt, als dieses Etwas... diese Macht oder was auch immer... auftauchte und über Renseveer herfiel. Tolbeck rannte in die Wälder. Er ist noch nicht gefunden worden. Vielleicht wird er nie gefunden werden, und falls doch... nun, das Beste, was ihm passieren konnte, war vermutlich der Tod durch Erfrieren.«

Das war schlimm. Schrecklich. Verdammt schlimm!

Dan hatte gewußt, daß ihm wenig Zeit zur Verfügung stand, aber er hatte nicht geahnt, daß sie ihm mit derart rasender Geschwindigkeit davonlief. Er hatte geglaubt, daß ›Es‹ noch mindestens fünf der Konspiratoren aus dem grauen Zimmer zu liquidieren hatte, bevor Melanie an die Reihe käme. Er hatte angenommen, daß diese Exekutionen weitere ein oder zwei Tage in Anspruch nehmen würden, und daß er lange vor dem Tod des letzten dieser Männer seinen Verdacht bestätigt sehen und irgendein Mittel ersonnen haben würde, um Melanie retten zu können. Er hatte geglaubt, vielleicht sogar einige dieser gewissenlosen Männer retten zu können, obwohl sie das nicht verdienten. Aber nun waren seine Chancen, überhaupt jemanden retten zu können, gleich null. Soviel er wußte, waren nur noch zwei der Konspiratoren am Leben: Albert Uhlander und Palmer Boothe. Sobald auch sie tot waren, würde ›Es‹ sich in wilder Rage auf Melanie stürzen. ›Es‹ würde sie zerfetzen, ihren Schädel zertrümmern und nicht ruhen, bis auch der letzte Lebensfunke aus ihrem Gehirn geschwunden wäre. Nur Uhlander und Boothe standen noch zwischen dem Mädchen und dem

Tod, und vielleicht wand sich in diesem Augenblick einer der beiden – oder auch beide – schon im gnadenlosen Griff ihres unsichtbaren, aber um so mächtigeren Feindes.

Dan riß die Tür auf und stürzte auf den Parkplatz hinaus, wo kalter Wind, wolkenbruchartiger Regen und wogender Nebel die Klischeevorstellung vom ewig sonnigen Südkalifornien Lügen straften. Er trat in mehrere Pfützen und holte sich nasse Füße.

Er hörte, daß Seames hinter ihm herschrie, aber er blieb nicht stehen. Als er fröstelnd im Wagen saß, warf er einen Blick zurück und sah den FBI-Agenten in der offenen Tür des Polizeireviers stehen. Sein Gesicht schien in den letzten Minuten rapide gealtert zu sein und paßte jetzt besser zu den graumelierten Haaren.

Während er in die Straße einbog, wunderte sich Dan, daß Seames ihn so einfach hatte gehen lassen. Schließlich stand für das FBI sehr viel auf dem Spiel: Acht Menschen waren tot, und möglicherweise war sogar die nationale Sicherheit gefährdet. Seames hätte Dan ohne weiteres festnehmen können, ja es wäre geradezu seine *Pflicht* gewesen, Dan festzunehmen.

Dan war natürlich erleichtert, daß es nicht so weit gekommen war, denn jetzt kam es mehr denn je darauf an, daß er sich so schnell wie möglich mit Boothe unterhielt. Wenn Melanies Leben bisher an einer Schnur gehangen hatte, so hing es jetzt an einem Faden, und die Zeit sägte wie eine scharfe Rasierklinge an diesem dünnen Faden.

Delmar, Carrie, Cindy Lakey...

Nein!

Diesmal nicht!

Er würde diese Frau und dieses Kind retten. Er würde diesmal nicht versagen.

Er fuhr durch Westwood in Richtung Westwood Boulevard, auf dem er den Sunset Boulevard und danach Bel Air erreichen würde. Er würde etwas vor 16 Uhr bei

Boothe sein, aber vielleicht würde auch der Verleger früher nach Hause kommen.

Erst nach drei Blocks dämmerte es ihm, daß Seames höchstwahrscheinlich eine Wanze an seinen Wagen montiert hatte, während er das Protokoll angefertigt hatte. Deshalb hatte der FBI-Agent ihn auch nicht aufzuhalten versucht. Er hatte erkannt, daß sie Dan nur zu folgen brauchten, um an Laura und Melanie McCaffrey heranzukommen.

Als eine Ampel auf Rot schaltete, bremste Dan und schaute wiederholt in den Rückspiegel. Es herrschte ein lebhafter Verkehr, und es würde äußerst schwierig und zeitraubend sein, seine Verfolger ausfindig zu machen. Er hatte aber keine Zeit zu verlieren. Außerdem brauchten seine Verfolger nicht einmal in Sichtweite zu sein, denn sie konnten seinen Weg auf einem Monitor verfolgen.

Er mußte sie abhängen.

Er war im Augenblick zwar nicht unterwegs zu den McCaffreys, aber er wollte auch nicht beschattet werden, wenn er zu Boothes Domizil fuhr. Die Anwesenheit von FBI-Agenten würde Boothe gewiß nicht ermutigen auszupacken. Und außerdem wollte Dan nicht, daß jemand hörte, was Boothe zu sagen hatte. Denn falls Melanie wie durch ein Wunder überleben sollte, würden Boothes Aussagen gegen sie verwendet werden, und dann hätte sie überhaupt keine Chance mehr, jemals ein normales Leben führen zu können.

Im Moment bestand für sie zumindest noch ein schwacher Hoffnungsfunke, und es war Dans Aufgabe, diesen Funken Hoffnung zu erhalten und zu versuchen, ihn zur Flamme zu entfachen.

Die Ampel schaltete auf Grün.

Dan zögerte. Er wußte nicht so recht, welche Richtung er einschlagen sollte, was er tun sollte, um seine Verfolger abzuschütteln.

Delmar, Carrie, Cindy Lakey...

Er warf einen Blick auf seine Armbanduhr.

Er hatte rasendes Herzklopfen.

Das leise Ticken seiner Uhr, sein Herzklopfen und das Trommeln des Regens auf dem Wagendach verschmolzen zu einem einzigen bedrohlichen Geräusch, und er hatte das Gefühl, als wäre die ganze Welt eine Zeitbombe, die jeden Moment explodieren konnte.

36

Melanies Augen folgten dem Geschehen auf der Leinwand. Sie saß völlig regungslos da und gab keinen Laut von sich, aber ihre Pupillen bewegten sich, und das war ein gutes Zeichen. In den vergangenen zwei Tagen hatte sie nur einige wenige Male – und auch dann nur kurze Zeit – ihren Blick auf etwas in *dieser* Welt gerichtet. Jetzt aber waren ihre Augen schon fast seit einer Stunde in Bewegung. Ob sie nun dem Inhalt des Films folgen konnte oder nur von den Bildern fasziniert war, spielte keine Rolle. Wichtig war nur, daß die Musik, die Farben und Spielbergs Kunst – seine eindrucksvollen Szenen, die archetypischen Charaktere und die kühne Kameraführung – etwas Erstaunliches bewirkt hatten, nämlich das Kind allmählich aus seinem selbstgeschaffenen psychischen Exil hervorzulocken.

Laura wußte, daß das keine wundersame spontane Heilung bedeutete, kein endgültiges Ablegen des Autismus, aber es war immerhin ein bescheidener Anfang.

Außerdem machte Melanies Interesse an dem Film es Laura leichter, sie zu überwachen und wachzuhalten. Im Augenblick deutete jedenfalls nichts darauf hin, daß sie einschlafen oder in einen tiefen katatonischen Zustand versinken würde.

Dan fuhr kreuz und quer durch Westwood. An jedem Halteschild und an jeder roten Ampel sprang er aus dem Wagen und suchte hektisch einen kleinen Teil der Limousine nach der Wanze ab, die irgendwo angebracht sein mußte. Er hätte natürlich auch am Straßenrand anhalten und das Auto ganz methodisch von vorne bis hinten absuchen können, doch dann würden die FBI-Agenten ihn eventuell einholen und sehen, womit er beschäftigt war. Und dann würden sie ihn mit hunderprozentiger Sicherheit verhaften und zu Michael Seames zurückbringen. Deshalb tastete er den Wagen in Etappen nach dem elektronischen Sender ab, der mit Hilfe eines Magneten haftete und etwa die Größe einer Zigarettenschachtel hatte. An einer Ampel suchte er unter dem linken Kotflügel, in der Radkappe und um den Reifen herum nach dem Ding, an der nächsten Ampel nahm er sich das linke Hinterrad vor, und bei den nächsten beiden kurzen Stopps rannte er auf die rechte Wagenseite und schaute vorne und hinten nach. Er wußte, daß andere Verkehrsteilnehmer ihn anstarrten und bestimmt für verrückt hielten, aber da er im Zickzack durch die Gegend fuhr, war kein Auto länger als zwei Ampeln hinter ihm, so daß niemand Zeit hatte, sein Verhalten regelrecht verdächtig und nicht nur exzentrisch zu finden.

An einer Kreuzung in einer Wohngegend südlich des Sunset Boulevards sprang er wieder aus seiner Dienstlimousine. Kein anderes Fahrzeug war zu sehen. Seine Haare klebten am Kopf, und der Regen rann ihm unter den Mantelkragen – aber endlich fand er die Wanze unter der vorderen Stoßstange. Er riß den Sender los, warf ihn in die Sträucher vor einem großen hellgelben Haus im spanischen Stil, sprang in seine Limousine zurück und brauste davon. In den nächsten Minuten schaute er oft in den Rückspiegel, weil er befürchtete, daß die FBI-Agenten sein Tun beobachtet haben und ihn jetzt offen verfolgen könnten. Doch das war nicht der Fall.

Seine Hosenbeine und Schuhe waren durchnäßt, und er klapperte vor Kälte mit den Zähnen.

Er schaltete die Heizung ein, aber sie funktionierte nicht richtig. Bei den Dienstwagen der Polizei handelte es sich um billige Modelle, an denen meistens etwas kaputt war. Die Ventilation spie ihm lauwarme, feuchte, leicht stinkende Luft ins Gesicht, so als hätte das Auto Mundgeruch. Dan fror auf dem ganzen Weg ins hochgelegene Bel Air, wo er in einem Netzwerk von Privatwegen nicht ohne Mühe die Zufahrt zu Boothes Domizil fand.

Hinter den riesigen Kiefern und Eichen, die den Privatweg säumten, sah er eine Ziegelmauer von der Farbe alten Blutes, zwei bis zweieinhalb Meter hoch, mit schwarzem Schiefer gedeckt und mit Eisenspitzen versehen. Die Mauer war so lang, daß sie eher eine Klinik, eine Schule oder ein Kloster hätte umgeben können als ein Privatgrundstück. Aber schließlich stand Dans Wagen doch vor einem prächtigen Eisentor.

Die kreuzförmig angeordneten Gitterstäbe waren fünf Zentimeter dick. An den Seiten und oben war das Tor mit kunstvoll geschmiedeten Verzierungen und Lilien verziert. Es war nicht nur eine sehr eindrucksvolle und elegante Konstruktion, sondern sie machte auch einen so stabilen Eindruck, als könnten ihr selbst Bomben nichts anhaben.

Dan dachte im ersten Moment, daß er sich wieder in den Regen hinausbegeben und nach einer Klingel suchen mußte, doch dann entdeckte er ein in der Mauer fast verborgenes Wachhäuschen. Ein Wächter in Galoschen und einem grauen Regenmantel mit Kapuze trat aus der Tür, die unter dem Tarnanstrich im Ziegelmuster der Mauer kaum auszumachen war. Der Mann hatte die Limousine durch ein kleines rundes Fenster vorfahren sehen, fragte nach Dans Begehr, warf einen Blick auf den Dienstausweis und informierte Dan, daß er erwartet werde. »Ich werde Ihnen das Tor öffnen, Lieutenant. Fahren Sie einfach geradeaus und parken Sie vor dem Haus.«

Dan kurbelte sein Fenster hoch, während der Wächter wieder in sein Häuschen zurückkehrte. Gleich darauf schwang das riesige Tor anmutig auf. Dan hatte das eigenartige Gefühl, als würde er in eine andere Welt versetzt, als hütete das Tor ein magisches Portal, von dem man in das Land Oz oder in noch fremdartigere, herrlichere Königreiche springen konnte.

Das Grundstück mußte zu den größten in Bel Air gehören; Dan schätzte es auf mindestens 350 bis 400 Ar. Die Auffahrt führte einen leichten Hügel empor, machte eine Biegung nach links, führte durch gepflegte parkähnliche Anlagen und endete in einem Kreis. Dahinter ragte das Haus empor, ein Haus, das sich auch als Wohnsitz für Gott geeignet hätte – wenn Er über das nötige Geld verfügte. Es glich aufs Haar jenen fürstlichen Bauten, wie Dan sie aus Filmen kannte, die in England spielten, etwa *Rebecca* oder *Brideshead Revisited:* ein dreistöckiger Ziegelbau mit Ecksteinen und Fensterstürzen aus Granit, mit schwarzem Schieferdach und vielen Giebeln, mit mehreren Seitenflügeln und einer Freitreppe, die zu einer Säulenhalle führte. Die schweren Eichentüren mußten mindestens einem großen Baum oder zwei kleineren das Leben gekostet haben.

Dan parkte neben einem Marmorbrunnen in der Mitte des kreisförmigen Teils der Auffahrt. Der Springbrunnen war nicht in Betrieb, aber er hätte sich trotzdem hervorragend als Hintergrund für eine Liebesszene mit Cary Grant und Audrey Hepburn geeignet. Dan stieg die Treppe hinauf, und ein Türflügel öffnete sich, noch bevor er nach einer Klingel Ausschau halten konnte. Er begriff, daß der Torwächter angerufen und ihn angekündigt haben mußte.

Die Eingangshalle war so groß, daß Dan sich vorstellen konnte, hier mit Frau und zwei Kindern gemütlich zu wohnen, ohne sich beengt zu fühlen.

Ein Diener mit britischem Akzent, nicht so förmlich gekleidet wie die Butler in Filmen, sondern in einem grauen Anzug mit weißem Hemd und schwarzer Krawatte, nahm Dan den nassen Mantel ab und war höflich genug, keinen abschätzigen Blick auf Dans feuchte und zerknitterte Kleidung zu werfen.

»Mr. Boothe erwartet Sie in der Bibliothek«, sagte er.

Dans Uhr zeigte 15.55 Uhr an. Die Suche nach der Wanze hatte dafür gesorgt, daß er nicht zu früh gekommen war. Ihn packte wieder die Angst, daß eine Zeitbombe tickte, daß jede Sekunde zählte.

Der Butler führte ihn durch mehrere große stille Räume, einer exquisiter eingerichtet als der andere, mit herrlichen Holzdecken, die so aussahen, als seien sie von alten europäischen Herrensitzen importiert worden, und mit handgeschnitzten Türpfosten. Antike persische und chinesische Teppiche lagen auf dem Boden, und an den Wänden hingen Gemälde aller Meister des Impressionismus – und es waren weder Kopien noch Drucke.

Es war ein ehrfurchtgebietender Wohnsitz, der von geradezu märchenhaftem Reichtum zeugte, doch auf Dan wirkte er eher beklemmend. Während er dem Butler durch die paradiesischen Räumlichkeiten folgte, überkam ihn immer stärker das Gefühl, als schlummerten hinter den Mauern und unter den Fußböden irgendwelche mächtigen dunklen Mächte mit bösen Absichten. Trotz des erlesenen Geschmacks und der unerschöpflichen Mittel, die in diesen Bau investiert worden waren, trotz seiner gewaltigen Ausmaße – oder vielleicht teilweise gerade *wegen* dieser übertriebenen Ausmaße – hatte er etwas von der düsteren Atmosphäre einer mittelalterlichen Festung an sich.

Außerdem drängte sich Dan in immer stärkerem Maße die Frage auf, wie Palmer Boothe, der in diesen palastartigen Räumen residierte und offenbar einen exquisiten Geschmack hatte, gleichzeitig fähig sein konnte, ein kleines

Mädchen den Qualen im grauen Zimmer auszusetzen. Dazu bedurfte es einer geradezu gespaltenen Persönlichkeit. Dr. Jekyll und Mr. Hyde. Der hochangesehene Verleger, der nachts mit einem als Spazierstock getarnten Knüppel durch die Straßen schleicht.

Der Butler öffnete die schwere getäfelte Tür zur Bibliothek, meldete Dan und zog sich geräuschlos zurück.

Der Raum war gut sechs Meter hoch. Die reich getäfelte Eichendecke wölbte sich kuppelartig über den drei Meter hohen Eichenregalen mit unzähligen Büchern, an die man zum Teil nur mit Hilfe einer Rolleiter herankam. Drei ganze Wände waren mit Büchern gefüllt, an der vierten gaben riesige Fenster den Blick auf prächtige Gärten frei, da die schweren grünen Vorhänge nur zur Hälfte zugezogen waren. Chinesische Teppiche lagen auf dem glänzenden Eichenboden, und es gab mehrere Sitzgruppen aus dick gepolsterten Lehnstühlen und kleinen Tischen. Auf einem Schreibtisch, der fast die Ausmaße eines Bettes hatte, stand eine Tiffany-Lampe von so erlesener Form und Farbkomposition, daß sie nicht aus Glas, sondern aus kostbaren Edelsteinen zu bestehen schien.

Palmer Boothe kam hinter diesem Schreibtisch hervor, um seinen Besucher zu begrüßen.

Boothe war über 1,80 m groß, hatte breite Schultern und schmale Hüften. Er mußte Mitte oder Ende Fünfzig sein, wirkte aber jünger. Sein Gesicht war zu hager und langgezogen, als daß man ihn als attraktiv hätte bezeichnen können, aber die schmalen Lippen und die dünne gerade Nase verliehen ihm etwas Asketisches und unleugbar Distinguiertes.

Er streckte Dan seine Hand entgegen: »Lieutenant Haldane, ich freue mich sehr, daß Sie kommen konnten.«

Bevor Dan überhaupt wußte, wie ihm geschah, schüttelte er Boothes Hand, obwohl er sich vorher nicht hätte vorstellen können, dieses bösartige menschliche Chamäleon zu berühren. Er fühlte sich plötzlich in die Rolle eines

Vasallen gedrängt, der unerklärlicherweise am Hofe des Königs empfangen wird. Es war Dan rätselhaft, wie Boothe diese Wirkung erzielt hatte. Vermutlich lag es nicht zuletzt an diesem imponierenden Auftreten, daß der Verleger ein Multimillionär war, während Dan im Supermarkt einkaufte. Er mußte sich eingestehen, daß es ihm gründlich mißlungen war, den hartgesottenen Bullen zu spielen, vor dem jeder zitterte.

Er nahm aus dem Augenwinkel eine Bewegung in einer halbdunklen Ecke wahr und wandte den Kopf in diese Richtung. Ein großer, magerer Mann mit falkenartigem Gesicht erhob sich aus einem Lehnsessel, ein Glas Whiskey in der Hand. Sogar über eine Entfernung von sechs Meter hinweg verrieten seine ungewöhnlich durchdringenden Augen alles Wesentliche über seine Persönlichkeit: Intelligenz, ausgeprägte Neugier, Aggressivität – und eine Spur von Wahnsinn.

Boothe wollte die Vorstellung übernehmen, doch Dan schnitt ihm das Wort ab. »Ich weiß schon – Albert Uhlander, der Schriftsteller.«

Uhlander wußte offenbar, daß er nicht über Boothes hypnotische Ausstrahlung verfügte, denn er lächelte nicht und machte auch nicht den Versuch, Dan die Hand zu geben. Ihm schien genauso klar zu sein wie Dan, daß sie feindlichen Lagern angehörten und unvereinbare Ideologien vertraten.

»Darf ich Ihnen einen Drink anbieten?« fragte Boothe mit falscher Herzlichkeit. »Scotch, Bourbon oder vielleicht ein Glas trockenen Sherry?«

»Um Himmels willen«, rief Dan erbittert, »wir haben keine Zeit, um hier herumzusitzen und Drinks zu uns zu nehmen! Sie wissen beide, daß Ihre Zeitbombe tickt, und wenn ich versuchen will, Ihr Leben zu retten, so nur aus dem einzigen Grund, Sie beide für lange Zeit hinter schwedische Gardinen zu bringen.«

Nach der Klarstellung fühlte er sich wesentlich wohler.

»Wie Sie wünschen«, sagte Boothe kalt und nahm auf dem dunkelgrünen Ledersessel mit Messingknäufen hinter seinem Schreibtisch Platz. Das vielfarbige Licht der Tiffany-Lampe fiel auf sein Gesicht und zerteilte es in gelbe, blaue und grüne Partien.

Uhlander ging zur Fensterfront und stellte sich mit dem Rücken zur Wand. An diesem grauen Regentag fiel nicht viel Licht in die Bibliothek, zumal die Abenddämmerung nicht mehr fern war; trotzdem hob sich Uhlanders Gestalt nur als dunkle Silhouette von dem helleren Hintergrund ab. Sein Gesichtsausdruck war nicht zu erkennen.

Dan trat an den Schreibtisch, in den Lichtkreis der Tiffany-Lampe, und blickte auf Boothe hinab, der nach einem Glas Whiskey gegriffen hatte. »Wie konnte ein Mann in Ihrer Position und mit Ihrem Ruf sich mit jemandem wie Willy Hoffritz einlassen?«

»Er war brillant. Ein Genie auf seinem Gebiet. Ich habe mich von jeher gern mit den klügsten Köpfen zusammengetan«, erwiderte Boothe. »Zum einen sind solche Menschen hochinteressante Persönlichkeiten, zum anderen sind ihre Ideen oft von großem Nutzen für meine Geschäfte.«

»Und nebenbei versorgte Hoffritz Sie auch noch mit einer völlig passiven und unterwürfigen jungen Frau, die jede Demütigung ertrug, die Sie ihr zufügten. Habe ich nicht recht, *Daddy?*«

Für einen fast unmerklichen Augenblick schien es, als verlöre Boothe seine Selbstbeherrschung. Seine Augen verengten sich haßerfüllt zu Schlitzen, und seine Kinnmuskeln traten hervor, weil er die Zähne zusammenbeißen mußte, um nicht zu explodieren. Doch schon nach wenigen Sekunden hatte er sich wieder unter Kontrolle. Sein Gesicht nahm einen unbewegten Ausdruck an, und er nippte an seinem Whiskey.

»Alle Männer haben Schwächen, Lieutenant. In dieser Hinsicht bin ich ein Mann wie jeder andere.«

Sein Tonfall strafte seine Worte Lügen. Er sah in seinem Sadismus keine Schwäche, und es war eine reine Phrase, daß er sich mit anderen Menschen auf eine Stufe stellte. Sein ganzes Verhalten verriet augenfällig, daß er nichts Verwerfliches, ja nicht einmal etwas moralisch Anrüchiges in seinem Umgang mit Regine sah.

Dan wechselte das Thema. »Hoffritz mag ein Genie gewesen sein, aber er trieb Mißbrauch mit seinem Wissen und seiner Begabung. Er betrieb keine legitimen Forschungen auf dem Gebiet der Verhaltensmodifikation, sondern entwickelte neue Techniken der Gehirnwäsche. Von Leuten, die ihn gut kannten, wurde mir gesagt, er sei ein Totalitarist, ein Faschist und Elitarist der schlimmsten Sorte gewesen. Wie verträgt sich *das* mit Ihrer eigenen vielgerühmten Liberalität?«

Boothe bedachte Dan mit einem Blick, der eine Mischung aus Mitleid, Verachtung und Belustigung war, und er redete mit ihm wie mit einem naiven Kind: »Lieutenant, jeder, der glaubt, daß sich die gesellschaftlichen Probleme durch Politik lösen lassen, ist im Grunde ein Elitarist. Ob jemand politisch nun ganz rechts steht, ob er konservativ, gemäßigt, liberal oder extrem links eingestellt ist, spielt überhaupt keine Rolle; sobald man sich *irgendein* politisches Etikett aufklebt, ist man ein Elitarist, weil man glaubt, daß alle Probleme gelöst werden könnten, wenn nur die *richtige* Gruppe an der Macht wäre. Deshalb störte mich Hoffritzs Elitarismus nicht im geringsten. Zufällig glaube ich persönlich, daß die Masse gelenkt und beherrscht werden muß ...«

»Durch Gehirnwäsche?«

»Ja, zu ihrem eigenen Besten. Die Weltbevölkerung nimmt immer mehr zu, und die Technologie führt zu einer immer größeren Verbreitung von Informationen und Ideen. Gleichzeitig brechen die alten Institutionen wie Familie und Kirche allmählich zusammen, und die Unzufriedenen schlagen neue und zum Teil sehr gefährliche Wege ein, um ihre Verstörung zum Ausdruck zu bringen. Wir müssen also Mittel und Wege finden, um die Unzufriedenheit zu eliminieren, um das Denken und Handeln zu kontrollieren, wenn wir eine stabile Gesellschaft, eine sichere Welt schaffen wollen.«

»Jetzt glaube ich zu verstehen, warum Sie angebliche politische Aktionskomitees von Libertariern als Tarnung für die Finanzierung von Hoffritz und McCaffrey verwendeten.«

Boothe hob die Brauen. »Sie wissen darüber Bescheid?«

»Ich weiß noch wesentlich mehr.«

Boothe seufzte. »Libertarier sind so hoffnungslose Träumer. Sie wollen die Regierungsgewalt auf ein Minimum reduzieren und Politik buchstäblich eliminieren. Ich fand es ganz amüsant, unter dem Deckmantel eines Kreuzzugs der Libertarier für genau entgegengesetzte Ziele zu arbeiten.«

Albert Uhlander stand immer noch mit dem Rücken zum Fenster, eine fast regungslose Silhouette, die sich nur bewegte, um das Whiskeyglas an unsichtbare Lippen zu führen.

»Sie finanzierten also Hoffritz, McCaffrey, Koliknikov, Tolbeck und Gott weiß wie viele andere sogenannte Genies«, sagte Dan. »Und während sie so eifrig nach einer Möglichkeit suchten, die Masse unter Kontrolle zu bekommen, *verloren* Sie jede Kontrolle. Eines dieser Experimente ist Ihren Kumpanen völlig aus der Hand geglitten, und jeder, der daran beteiligt war, wird gnadenlos vernichtet. Bald wird auch Ihnen dieses Schicksal widerfahren.«

»Ich bin sicher, daß diese ironische Wendung der Ereignisse Sie außerordentlich befriedigt«, erwiderte Boothe. »Aber Sie wissen bestimmt nicht so viel, wie Sie zu wissen *glauben*, und wenn Sie erst einmal die ganze Geschichte gehört haben, wenn Ihnen klar wird, was sich eigentlich abspielt, nehme ich an, daß Ihnen genauso daran gelegen sein wird, das Morden zu beenden, dem Schrecken ein Ende zu setzen. Sie haben einen Eid geleistet, Leben zu schützen und zu bewahren, und meine Erkundigungen haben ergeben, daß Sie diesen Eid sehr ernst nehmen. Auch wenn es mein und Alberts Leben ist, die Sie schützen sollen, und auch wenn Sie uns verabscheuen, werden Sie uns doch helfen, wenn Sie erst die ganze Geschichte kennen.«

Dan schüttelte den Kopf. »Sie haben für das Ehrgefühl und die Integrität von Durchschnittsmenschen wie mir nur Verachtung übrig, und trotzdem appellieren Sie an diese Gefühle, um Ihr Leben zu retten.«

»Ihre Hilfe könnte auch durch andere Beweggründe motiviert werden«, sagte Uhlander vom Fenster aus.

»Beweggründe welcher Art?« fragte Dan.

Boothe musterte ihn aufmerksam. Die Muster der bunten Glaslampe spiegelten sich in seinen eisigen Augen. Nach kurzem Zögern sagte er: »Ja, vermutlich kann es nichts schaden, zunächst auf diesen Punkt einzugehen. Albert, würdest du es bitte herbringen?«

Uhlander ging zu dem Stuhl, auf dem er bei Dans Eintritt gesessen hatte, stellte sein Whiskeyglas auf einem Tisch ab und griff nach einem Koffer, der Dan bisher nicht aufgefallen war. Er brachte diesen Koffer zum Schreibtisch, legte ihn auf die Platte und öffnete ihn. Er war gefüllt mit sorgfältig gebündelten Fünfzig- und Hundertdollarscheinen.

»Eine halbe Million Bargeld«, sagte Boothe sanft. »Aber das ist nur *ein* Teil meines Angebots. Ich biete Ihnen außerdem den Posten eines Sicherheitschefs beim *Journal* an. Das Gehalt ist mehr als doppelt so hoch wie Ihr jetziges.«

Dans Blick schweifte von dem Geldkoffer zu Boothe. »Sie geben sich ganz cool, aber dieses Angebot zeigt das Ausmaß Ihrer Verzweiflung. Sie sind in Panik! Sie behaupten, mich einigermaßen zu kennen. In diesem Fall müßte Ihnen doch eigentlich klar sein, daß ein derartiges

Angebot auf mich die genau entgegengesetzte Wirkung als die von Ihnen gewünschte hat.«

»Ja«, erwiderte Boothe, »*wenn* wir von Ihnen für dieses Geld etwas Verwerfliches erwarten würden. Aber ich hoffe, Ihnen zeigen zu können, daß es das *Richtige* ist, wozu wir Sie überreden wollen, daß es das *einzige* ist, was ein verantwortungsbewußter, integrer Mensch unter diesen Umständen tun kann. Ich bin überzeugt davon, daß Sie das Richtige tun werden, sobald Sie die Wahrheit kennen – und mehr wollen wir nicht von Ihnen. Sie werden feststellen, daß dieses Geld keine Bestechungssumme ist, um Sie zu einer unrechten Handlung zu verführen, sondern eine Art Bonus für eine *gute* Tat.« Er lächelte.

»Sie wollen das Mädchen«, sagte Dan.

»Nein«, korrigierte Uhlander mit funkelnden Augen, und in dem Spiel von Schatten und farbigem Licht sah sein Gesicht raubvogelartiger denn je aus. »Wir wollen das Mädchen *tot* sehen.«

»Und zwar möglichst schnell«, fügte Boothe hinzu.

»Haben Sie Ross Mondale auch soviel Geld geboten?« erkundigte sich Dan. »Und Wexlersh und Manuello?«

»Gott bewahre!« entgegnete Boothe. »Aber Sie sind jetzt der einzige Mensch, der weiß, wo Melanie McCaffrey sich aufhält.«

»Sie sind unsere ganze Hoffnung«, ergänzte Uhlander.

Beide blickten Dan über den Schreibtisch hinweg erwartungsvoll an.

»Sie sind offenbar noch verkommener, als ich dachte. Glauben Sie wirklich, daß man es als eine *richtige* und *gute* Tat bezeichnen könnte, ein unschuldiges Kind zu töten?«

»Das entscheidende Wort ist ›unschuldig‹«, sagte Boothe. »Wenn Sie erst einmal wissen, was in jenem grauen Zimmer geschehen ist, wenn Sie begreifen, was all diese Menschen ermordet...«

Dan fiel ihm ins Wort. »Ich glaube, das weiß ich bereits. Es ist Melanie, nicht wahr?«

Die beiden Männer starrten ihn überrascht an.

»Ich habe einen Teil Ihres Buches über Astralprojektion gelesen«, fuhr Dan, an Uhlander gewandt, fort. »Zusammen mit verschiedenen anderen Faktoren half es mir, der Wahrheit auf die Spur zu kommen.«

Er hatte bis zuletzt gehofft, daß er sich irrte, daß sein Verdacht sich als absurd herausstellen würde. Doch jetzt mußte er sich der schrecklichen Wahrheit stellen, und kalte Verzweiflung brach über ihn herein.

»Sie hat bisher schon sechs Männer auf dem Gewissen«, rief Uhlander. »Und sie wird auch den Rest von uns umbringen, wenn ihr nicht schleunigst Einhalt geboten wird.«

»Nicht sechs«, korrigierte Dan. *»Acht.«*

Der Spielberg-Film war zu Ende. Earl kaufte Karten für den nächsten Film, und sie nahmen in einem anderen Zuschauerraum Platz, Melanie wieder in der Mitte zwischen den beiden Erwachsenen.

Laura hatte ihre Tochter während des ersten Films aufmerksam beobachtet, aber die Kleine hatte das Geschehen auf der Leinwand bis zum Schluß aufmerksam verfolgt, und einmal war sogar ein flüchtiges Lächeln über ihr Gesicht gehuscht. Sie hatte keinen Laut von sich gegeben und war nur ganz vereinzelt ein wenig auf ihrem Sitz hin und her gerückt, aber es war immerhin schon ein Fortschritt, daß sie ein gewisses Interesse an dem Film gezeigt hatte. Laura war hoffnungsvoller, als sie es in den vergangenen zwei Tagen je gewesen war, obwohl der Weg bis zu einer vollständigen Heilung sehr dornenreich sein würde.

Außerdem mußten sie sich ja auch noch gegen ›Es‹ behaupten.

Laura schaute auf ihre Uhr. Die Vorstellung mußte in zwei Minuten beginnen.

Earl ließ seine Blicke über die anderen Besucher schweifen, die bei weitem nicht so zahlreich waren wie im ersten

Kino. Er war nicht mehr so angespannt und nervös wie vor dem Spielberg-Film. Nur ein einziges Mal vergewisserte er sich, daß sein Revolver an Ort und Stelle war.

Die Lampen wurden abgeblendet, und die große Leinwand wurde hell.

Melanie saß zusammengesunkener auf ihrem Sitz als zuvor, und sie sah ziemlich müde aus. Aber ihre Augen waren weit geöffnet, und sie schien die Vorankündigungen zu verfolgen.

Laura seufzte.

Sie hatten fast den ganzen Nachmittag ohne Zwischenfälle hinter sich gebracht. Vielleicht würde doch alles gutgehen, vielleicht würde nichts Schlimmes geschehen.

»Acht?« rief Uhlander. »Sagten Sie *acht?*«

»Sechs«, meinte Boothe. »Bisher hat sie erst sechs Männer ermordet.«

»Wissen Sie über Koliknikov in Vegas Bescheid?« fragte Dan.

»Ja«, erwiderte Boothe. »Er war ja das sechste Opfer.«

»Aber Sie wissen offenbar nicht, daß auch Renseveer und Tolbeck tot sind.«

»Wann ist das passiert?« fragte Uhlander. »Mein Gott, wann hat sie die beiden umgebracht?«

»Vergangene Nacht, in einer Skihütte bei Mammoth.«

Uhlander und Boothe tauschten einen angsterfüllten Blick.

»Sie ... sie entledigt sich der Leute in einer bestimmten Reihenfolge, je nachdem, wieviel Zeit sie in jenem grauen Zimmer verbracht und wieviel Unbehagen sie ihr verursacht haben. Palmer und ich hielten uns viel seltener dort auf als die anderen.«

Dan konnte nur mit Mühe eine sarkastische Bemerkung über Uhlanders beschönigende Wortwahl – ›Unbehagen‹ statt dem zutreffenderen Ausdruck ›Schmerz‹ – unterdrücken.

Ihm war jetzt klar, warum sie bei seinem Eintreffen einen verhältnismäßig ruhigen Eindruck gemacht hatten. Sie wußten, daß sie als letzte der zehn Konspiratoren an die Reihe kommen würden, und sie glaubten, noch etwas Zeit zu haben. Solange sie Howard Renseveer und Sheldon Tolbeck am Leben wähnten, hatten sie zwar Angst gehabt, waren aber nicht in Panik gewesen.

Hinter den riesigen Fenstern schwand sogar das trübe graue Tageslicht jetzt dahin.

Schatten huschten gespenstisch über die Bücherwände. Je dunkler es draußen wurde, desto heller wirkte das bunte Licht der Tiffany-Lampe. Der riesige Raum schien auf die Größe eines Zigeunerwagens oder Zeltes zusammenzuschrumpfen.

»Aber... wenn Howard und Shelby tot sind«, murmelte Boothe, »dann sind wir die nächsten und... sie... sie kann jederzeit kommen!«

»So ist es«, bestätigte Dan. »Deshalb haben wir auch keine Zeit für Drinks oder Bestechungsversuche. Ich möchte *genau* wissen, was in jenem grauen Zimmer vor sich ging – und warum.«

»Aber es würde zuviel Zeit in Anspruch nehmen, Ihnen alles zu erzählen. Sie müssen ihr Einhalt gebieten! Offenbar wissen Sie ja bereits, daß wir das Mädchen zu *OOBE* anleiteten – das ist die Abkürzung von *Out-of-body-experiences,* Erfahrungen außerhalb des Körpers – und daß es...«

»Ich weiß einiges, und ich vermute manches, aber das meiste verstehe ich noch immer nicht«, unterbrach Dan ihn. »Und ich möchte alles wissen, jede Einzelheit, bevor ich einen Entschluß fasse.«

»Ich brauche noch einen Drink«, stellte Boothe mit leicht zittriger Stimme fest. Er erhob sich und ging zur Bar.

Uhlander ließ sich auf Boothes Stuhl fallen und blickte zu Dan empor. »Ich werde Ihnen alles erzählen.«

Dan zog sich einen Stuhl heran.

Boothe war so nervös, daß ihm an der Bar einige Eiswürfel aus der Hand glitten, und als er Bourbon eingoß, klirrte die Flasche gegen den Glasrand, weil seine Hand heftig zitterte.

Laura beugte sich immer wieder vor und blickte in Melanies Gesicht.

Das Mädchen war auf dem Sitz noch tiefer gerutscht.

Der Film, der vor zehn Minuten begonnen hatte, war bei weitem nicht so faszinierend wie der von Spielberg. Bis jetzt waren Melanies Augen geöffnet und schienen der Handlung zu folgen, doch Laura fragte sich: Wie lange noch?

Während Boothe nervös auf und ab lief und seinen Bourbon trank, erklärte Uhlander das Projekt, das im grauen Zimmer durchgeführt worden war.

Obwohl Dylan McCaffrey in Psychologie promoviert hatte, war er sein Leben lang fasziniert von den verschiedensten Aspekten des Okkultismus gewesen. Er hatte Uhlanders erste Bücher gelesen und eine ausgedehnte Korrespondenz mit ihm geführt, die sich schließlich hauptsächlich um OOBE drehte, um das Phänomen der außerkörperlichen Erfahrung oder Astral-Projektion. Dieses Phänomen basierte auf der Theorie, daß jeder Mensch zwei Körper hat – einen physischen aus Fleisch und Blut und einen ätherischen Astralleib, manchmal auch als Psychogeist bezeichnet. Mit anderen Worten, jede Person hat eine Art Doppelgänger, und der Astralleib kann außerhalb des physischen Körpers existieren. Dadurch ist es möglich, zur selben Zeit an zwei verschiedenen Orten zu sein. Im allgemeinen lebt der Astralleib im physischen Körper und beseelt ihn. Aber unter ganz bestimmten Umständen – und immer bei Eintritt des Todes – verläßt der Astralleib den physischen Körper.

»Manche Medien behaupten«, berichtete Uhlander,

»daß sie willentlich außerkörperliche Erfahrungen herbeiführen können, aber sie lügen höchstwahrscheinlich. Es gibt jedoch viele faszinierende Geschichten von zuverlässigen Personen, die berichten, sie hätten geträumt, sie würden im Schlaf ihren Körper verlassen. Manche erzählen, sie seien unsichtbar an Orte versetzt worden, wo ein geliebter Mensch im Sterben lag oder in Todesgefahr schwebte. Vor zehn Jahren machte beispielsweise eine Frau in Oregon im Schlaf folgende Erfahrung: Sie verließ ihren Körper, schwebte über die Dächer aufs flache Land hinaus und gelangte zu einer wenig befahrenen Nebenstraße, wo der Wagen ihres Bruders sich überschlagen hatte. Er war im Auto eingeklemmt und drohte dort zu verbluten. Ihr Astralleib konnte ihm nicht helfen, denn er besitzt meistens keine Kraft, nur Gefühl und die Fähigkeit zu beobachten. Aber sie kehrte rasch in ihren physischen Körper zurück, erwachte, rief die Polizei an und gab den Unfallort an. Auf diese Weise rettete sie ihrem Bruder das Leben.«

»Normalerweise«, warf Boothe ein, »ist der Astralleib sogar unsichtbar. Er ist ausschließlich geistiger Art.«

»Obwohl auch Fälle von Sichtbarkeit, ja sogar von physischer Solidität bekannt sind«, fuhr Uhlander fort. »Als der Dichter Lord Byron im Jahre 1810 in Patras mit ungewöhnlich hohem Fieber bewußtlos darniederlag, sahen ihn mehrere seiner Freunde in London. Sie sagten, er sei auf der Straße an ihnen vorbeigegangen, ohne sie anzusprechen, und er habe sogar bei einer Unterschriftensammlung seinen Namen geschrieben. Als Byron davon erfuhr, fand er das zwar seltsam, begriff aber nicht, daß ihm eine außerkörperliche Erfahrung von seltener Intensität zuteil geworden war. Nun, jedenfalls versucht jeder ernsthafte Okkultist irgendwann einmal, willentlich eine OOBE herbeizuführen.«

»Normalerweise erfolglos«, fügte Boothe an, während er sich an der Bar einen neuen Drink eingoß.

»Betrinken Sie sich nicht«, warnte ihn Dan. »Das könnte Sie nur zu dem irrigen Glauben verleiten, in Sicherheit zu sein.«

»Ich war noch niemals in meinem Leben betrunken«, erklärte Boothe eisig. »Ich renne vor Problemen nicht davon. Ich löse sie.« Er begann wieder auf und ab zu gehen, aber er stürzte den Bourbon nicht mehr so hastig hinunter wie zuvor.

Uhlander fuhr fort: »Dylan glaubte nicht nur fest an Astral-Projektion, sondern er glaubte auch zu wissen, warum es so schwierig ist, eine OOBE herbeizuführen.

Dylan war überzeugt gewesen, daß der Mensch mit der Fähigkeit geboren wird, seinen Körper zu verlassen, wann immer er das will – *jeder* Mensch. Aber er war genauso überzeugt davon, daß die Gesellschaft mit ihren Listen von ›Du darfst‹ und ›Du darfst nicht‹, mit ihren einengenden Definitionen, was möglich und was unmöglich ist, Kinder schon so früh einer gründlichen Gehirnwäsche unterzieht, daß ihr Potential zur astralen Projektion genauso verkümmert wie andere psychische Kräfte. Dylan glaubte, daß ein Kind dieses Potential entdecken und entwickeln könnte, wenn es in kultureller Isolation aufgezogen würde, wenn es nur Dinge lernte, die das Wissen um das psychische Universum schärfen – und wenn es von frühester Kindheit an zu langen Aufenthalten in einer Kammer für sensorische Deprivation gezwungen würde, um den Geist nach innen auf seine verborgenen Talente zu richten.«

»Die Isolation«, unterbrach Boothe die Ausführungen seines Freundes, »diente dazu, das Konzentrationsvermögen der Kleinen zu steigern, alle Ablenkungen des Alltagslebens fernzuhalten, damit ihr Geist sich intensiver mit psychischen Vorgängen beschäftigen konnte.«

»Als Mrs. McCaffrey beschloß, sich von Dylan scheiden zu lassen«, ergriff Uhlander wieder das Wort, »sah er eine Möglichkeit, Melanie gemäß seinen Theorien aufzuziehen, und deshalb entführte er sie.«

»Und Sie unterstützten ihn dabei«, wandte sich Dan an Boothe. »Beihilfe zur Kindesentführung und Kindesmißhandlung.«

Der weißhaarige Verleger trat an Dans Stuhl heran und starrte mit unverhohlener Geringschätzung auf ihn herab. Er hatte nicht die geringsten Gewissensbisse wegen der Qualen, denen er ein kleines Mädchen ausgesetzt hatte. »Es war notwendig«, erklärte er. »Eine solche Gelegenheit durfte nicht verpaßt werden. Überlegen Sie doch einmal! Wenn man einen Beweis für astrale Projektion erbringen konnte, wenn man das Kind lehren konnte, seinen physischen Körper willentlich zu verlassen, dann ließ sich vielleicht ein System entwickeln, mit dem man auch Erwachsene lehren konnte, außerkörperliche Erfahrungen herbeizuführen – *auserwählte* Erwachsene. Stellen Sie sich nur einmal vor, was es bedeuten würde, wenn eine kleine Gruppe, eine intellektuelle Elite, die Fähigkeit besäße, unbemerkt jeden noch so scharf bewachten Raum auf der ganzen Welt zu betreten, jedes noch so geheime Gespräch zu belauschen. Keine Regierung, kein Geschäftskonkurrent, kein Mensch auf der ganzen Welt könnte seine Pläne und Intentionen vor uns geheimhalten. Ohne daß jemand wüßte, was wir tun, könnten wir endlich der ganzen Welt *eine* Regierung geben, ohne daß es eine nennenswerte Opposition gäbe, denn wie sollte eine Opposition wirkungsvoll arbeiten können, wenn wir jederzeit unbemerkt ihre Strategiebesprechungen belauschen könnten, wenn wir über all ihre Absichten und geheimen Organisationen genau Bescheid wüßten?«

Boothe atmete schwer, was zum Teil vielleicht auf den Whiskey zurückzuführen war, hauptsächlich aber auf die dunklen Träume von Macht, die ihn in einen größenwahnsinnigen Rausch versetzten. Die Tiffany-Lampe warf bernsteinfarbenes Licht auf seine Wangen, zauberte blaue Tupfen auf sein Kinn, färbte seine Lippen gelb und Nase und Stirn grün. Er erinnerte Dan an einen bizarren, wahnsinnigen Clown, in dessen Augen rote Höllenflammen flackerten – eine verdammte Seele.

»Die Welt würde uns gehören!« sagte Boothe.

Er lächelte, und auch Uhlander lächelte. Beide schienen vorübergehend vergessen zu haben, welch katastrophale Auswirkungen ihr Plan gehabt hatte und in welchen Schwierigkeiten sie sich jetzt befanden.

»Sie sind beide verrückt«, sagte Dan leise.

»Weitsichtig«, widersprach Uhlander.

»Sie sind wahnsinnig!« rief Dan.

»Wir sind Visionäre!« verkündete Boothe. Er wandte sich von Dan ab und begann wieder hin und her zu laufen.

Uhlanders Lächeln schwand, als ihm einfiel, weshalb sie hier waren, und er setzte den von Dan geforderten Bericht fort.

Dylan McCaffrey hatte 24 Stunden am Tag in jenem Haus in Studio City verbracht, sieben Tage pro Woche, Monat für Monat, Jahr für Jahr. Er war immer in Melanies Nähe geblieben, hatte selbst ein ähnliches Gefangenendasein geführt wie seine Tochter und nur eine Handvoll Sympathisanten gesehen, die seine ungewöhnlichen Interessen teilten und die alle auf die eine oder andere Weise von Boothe unterstützt wurden. McCaffrey war von dem Projekt immer besessener geworden, hatte Melanie einem immer strengeren Regiment unterworfen, immer weniger Nachsicht mit ihren Schwächen, Ängsten und Fehlschlägen gezeigt. Melanies Welt hatte sich auf das graue Zimmer beschränkt, das in seiner trostlosen Eintönigkeit ein Minimum an Ablenkung bieten sollte, und dieses graue Zimmer war auch der Mittelpunkt der Welt ihres Vaters gewesen. Jene wenigen Privilegierten, die in das Experiment eingeweiht waren, glaubten, an einer guten Sache zur Verwandlung der menschlichen Rasse mitzuwirken, und sie wahrten das Geheimnis des grauen Zimmers, als müßten sie etwas Großartiges und Heiliges beschützen.

»Und dann«, erzählte Uhlander, »vor zwei Nächten,

gelang Melanie endlich der Durchbruch. Während ihres längsten Aufenthalts in dem Deprivationstank, am zehnten Tag, gelang ihr das, was Dylan immer für möglich gehalten hatte.«

Aus dem rötlich-grauen Zwielicht am Fenster kam Boothes Stimme: »Das Mädchen erkannte sein volles psychisches Potential. Es trennte seinen Astralleib von seinem physischen Körper und stieg aus dem Tank.«

»Doch dann geschah etwas, womit niemand von uns gerechnet hatte«, fuhr Uhlander fort. »Melanie brachte in wilder Rage ihren Vater, Willy Hoffritz und Ernie Cooper um, der zufällig gerade anwesend war.«

»Aber wie?« fragte Dan. »Sie sagten doch vorhin, der Astralleib verfüge normalerweise zwar über Beobachtungsgabe, könne aber keine physischen Handlungen ausführen. Aber selbst wenn das in diesem Fall anders wäre ... verdammt, sie ist nur ein zartes kleines Mädchen, und diese Männer wurden buchstäblich zu Brei geschlagen.«

Boothe setzte seine rastlose Wanderung durchs Zimmer fort und war im Schatten einer Bücherwand verschwunden. Dan hörte nur seine Stimme, ohne ihn zu sehen. »Astrale Projektion war nicht die einzige übersinnliche Fähigkeit, die sie in jener Nacht auszuüben lernte. Sie hat offenbar auch gelernt, ihren Astralleib über große Entfernungen hinweg an andere Orte zu versetzen ...«

»Nach Las Vegas oder ins Gebirge bei Mammoth«, warf Uhlander ein.

»... und Gegenstände zu bewegen, ohne sie zu berühren. Telekinese«, sagte Boothe. Er verstummte, und sein Whiskeyglas schlug gegen seine Zähne. Das Schluckgeräusch war unnatürlich laut. Schließlich fuhr er fort: »Ihre Kraft ist psychischer Art – die Kraft des *Geistes*, und die ist grenzenlos. Sie ist jetzt stärker als zehn Männer, als hundert, als *tausend*. Sie konnte ihren Vater, Hoffritz und Cooper mit Leichtigkeit umbringen ... und sie hat all die anderen ermordet, und jetzt hat sie es auf uns abgesehen! Und sie spürt offenbar, wo wir sind, ganz gleich, wo wir uns verstecken.«

Melanie seufzte.

Laura beugte sich zu ihr hinüber und betrachtete sie im schwachen Licht, das von der Leinwand reflektiert wurde.

Die Lider des Mädchens wurden schwer.

Beunruhigt legte Laura ihrer Tochter eine Hand auf die Schulter und schüttelte sie, zuerst sanft, dann stärker.

Melanie blinzelte.

»Schau dir den Film an, Liebling. Schau dir den Film an!«

Die Augen des Kindes wurden wieder klar und folgten dem Geschehen auf der Leinwand.

Boothe trat aus dem Schatten der Bücherwand hervor.

Uhlander beugte sich im Schreibtischsessel vor.

Beide warteten darauf, daß Dan sich äußerte, daß er sich bereit erklärte, das Mädchen zu töten und dem Gemetzel auf diese Weise ein Ende zu bereiten.

Aber Dan schwieg. Zum einen wollte er sie ein Weilchen schwitzen lassen, zum anderen war er aber innerlich so aufgewühlt, daß er seiner Stimme nicht traute.

Er wußte, daß jeder Mensch zum Töten genauso fähig war wie zur Liebe. Auch die Sanften und Schwachen, die Edelmütigen und Unschuldigen konnten morden, nur war diese Veranlagung bei ihnen tiefer verborgen als bei anderen. Es überraschte Dan nicht, daß auch Melanie McCaffrey imstande war zu töten, aber es verstörte und deprimierte ihn zutiefst.

Melanies Mordgelüste waren sogar verständlicher als die der meisten Täter, die er im Laufe der Jahre ins Gefängnis geschickt hatte. Sie war gefangengehalten, physisch und psychisch gefoltert, nicht wie ein Mensch, sondern wie ein Laboraffe behandelt worden; sie hatte Liebe, Verständnis und Schutz entbehren müssen, und es war nicht verwunderlich, daß sie in all diesen Jahren einen übermenschlichen Zorn und Haß entwickelt hatte, der sich nur durch grausame, blutige Rache entladen konnte. Vielleicht waren Zorn und Haß – und die Notwendigkeit, diese Gefühle abzureagieren – für ihren psychischen Durchbruch genauso wichtig gewesen wie all die Übungen, zu denen ihr Vater sie gezwungen hatte.

Und jetzt rächte sich dieses zarte neunjährige Mädchen an seinen Peinigern, und es war gefährlicher als Jack the Ripper oder die Mitglieder der Manson-Familie. Aber Melanie war nicht total verroht. Ein Teil von ihr war offensichtlich angewidert und entsetzt über das, was sie getan hatte. Ihr graute vor ihrer eigenen Blutrünstigkeit, und deshalb hatte sie sich in den katatonischen Zustand geflüchtet, hatte sich in jenen dunklen Ort zurückgezogen, wo sie die schreckliche Wahrheit vor der Welt verbergen konnte – und sogar vor sich selbst. Ihr Gewissen war noch intakt, und deshalb bestand eine Hoffnung, sie heilen zu können.

Es war Melanie gewesen, die das Radio in Lauras Küche zum Leben erweckt hatte. Sie konnte die zentnerschwere Last ihrer Schuldgefühle und ihres Selbsthasses nicht abwerfen, die sie in jene quasi-autistische Unterwelt verbannten, sie konnte nicht beichten, was sie getan hatte und noch tun könnte, aber sie konnte Warnungen durchs Radio schicken. Warnungen und Hilferufe. Mit jenen Botschaften durch das Radio hatte sie zu sagen versucht: »Helft mir, haltet mich vom Töten ab!«

Und was hatte jener mit Blumen gefüllte Wirbelwind zu bedeuten gehabt? Laura und Earl hatten ihn verständlicherweise als bedrohlich empfunden, aber nur, weil sie nicht begreifen konnten, daß Melanie auf diese ungewöhnliche Weise ihrer Liebe zu Laura Ausdruck verleihen wollte.

Melanie liebte ihre Mutter, und diese Liebe könnte ihre Rettung sein.

Ungeduldig über Dans beharrliches Schweigen, sagte Boothe: »Als ihr der Durchbruch gelang, als sie endlich alle Schranken des Fleisches überwand und sich ihrer unglaublichen Kräfte bewußt wurde, hätte sie uns dankbar sein müssen. Sie hätte ihrem Vater und uns allen dankbar sein müssen, weil wir ihr geholfen hatten, mehr als nur ein Kind zu sein, mehr als nur ein Durchschnittsmensch.«

»Statt dessen«, jammerte Uhlander in kindischem Selbstmitleid, »wandte sich dieses undankbare bösartige Geschöpf gegen uns!«

»Deshalb beauftragten Sie Ned Rink, sie zu erschießen.«

»Wir hatten keine andere Wahl«, erklärte Boothe. »Sie war unermeßlich wertvoll, und wir hätten sie liebend gern beobachtet und befragt. Aber wir wußten, daß sie es auf uns abgesehen hatte, und deshalb konnten wir es nicht riskieren, sie am Leben zu lassen.«

»Wir *wollten* sie nicht töten«, beteuerte Uhlander. »Schließlich hatten *wir* sie erschaffen, wir hatten sie zu dem gemacht, was sie war. Es war reine Notwehr, reiner Selbstschutz. Sie hatte sich zu einem Monster entwickelt.«

Dan starrte von Uhlander zu Boothe und hatte das Gefühl, in einem Zoo durch die Gitterstäbe eines Käfigs zu blicken. Und es mußte ein völlig fremdartiger Zoo auf irgendeinem fernen Planeten sein, denn es schien unmöglich, daß *diese* Welt so bizarre, blutlose und grausame Wesen hervorgebracht hatte. »Nicht Melanie ist das Monster«, sagte er. »*Sie* sind die Monster.«

Er sprang vom Stuhl auf, viel zu zornig und nervös, um ruhig dasitzen zu können, und blieb mit geballten Fäusten vor dem riesigen Schreibtisch stehen. »Was glaubten Sie denn, was sie tun würde, wenn ihr der von Ihnen herbeigesehnte Durchbruch gelang? Glaubten Sie tatsächlich, daß sie sagen würde: ›Oh, ich bin euch ja so unendlich dankbar! Was kann ich jetzt für euch tun, welche Wünsche kann ich euch erfüllen?‹ Glaubten Sie, sie würde wie ein Flaschengeist jenen zu Diensten stehen wollen, die sie aus der Flasche befreit hatten?« Er bemerkte, daß er brüllte, aber es gelang ihm nicht, die Stimme zu dämpfen. »Um Himmels willen, Sie haben sie sechs Jahre gefangengehalten, sie gefoltert! Glauben Sie, daß Gefangene ihren Wärtern und Folterknechten *dankbar* sind?«

»Wir haben sie nicht gefoltert«, protestierte Boothe. »Wir haben sie ... erzogen, angeleitet, mit wissenschaftlichen Methoden ihre Entwicklung gefördert.«

»Wir haben ihr *den Weg* gezeigt!« fügte Uhlander hinzu.

Melanie murmelte etwas.

Laura konnte sie wegen der Musik und der quietschenden Reifen im Film kaum hören. Sie beugte sich dicht zu ihr hinüber und fragte: »Was ist, Liebling?«

»Die Tür ...«, sagte Melanie leise.

Laura sah, daß die Augen des Kindes wieder zuzufallen drohten.

»Die Tür ...«

Die Dunkelheit hatte sich über Bel Air gesenkt.

Boothe füllte an der Bar sein Glas mit Bourbon.

Auch Uhlander hatte sich erhoben. Er stand hinter dem Schreibtisch und betrachtete das Farbenkaleidoskop der Tiffany-Lampe.

»Was hat es mit der *Tür zum Dezember* auf sich?« fragte Dan. »Ich habe in Ihrem Buch darüber gelesen. Sie sagen, es sei ein paradoxes Bild, das als Schlüssel zur Psyche diene, aber ich konnte das Kapitel nicht zu Ende lesen, und mir war nicht ganz klar, welchen Sinn diese Bilder hatten.«

Uhlander starrte weiter ins farbige Lampenlicht, während er erklärte: »Melanie mußte lernen, *alles* für möglich zu halten, um sich so fantastischen Vorstellungen wie der

Astral-Projektion zu öffnen. Deshalb sollte sie sich in dem Deprivationstank auf eigens zu diesem Zweck ersonnene Bilder konzentrieren. Es handelte sich um unmögliche Situationen ... um Paradoxa. Wie jene Tür zum Dezember, über die Sie gelesen haben. Es war meine Theorie – es *ist* meine Theorie –, daß diese Übungen sehr nützlich für Menschen sind, die ihr psychisches Potential entwickeln wollen; man kann auf diese Weise den Geist darauf trainieren, sich mit dem Unvorstellbaren zu beschäftigen, das Undenkbare für möglich zu halten, man kann sein Weltbild erweitern und Dinge akzeptieren, die man früher als völlig absurd verworfen hätte.«

»Albert ist brillant«, verkündete Boothe von der Bar her. »Er ist ein Genie. Er hat in jahrelanger Arbeit eine Synthese aus Wissenschaft und Okkultismus entwickelt. Er hat Berührungspunkte und Übergänge zwischen beiden Disziplinen entdeckt. Er hat uns so vieles zu geben, er kann uns so vieles lehren. Deshalb darf er nicht sterben. Deshalb dürfen Sie nicht zulassen, daß diese kleine Hexe uns umbringt, Lieutenant. Wir beide haben der Welt so unglaublich viel zu geben.«

Uhlander führte seine Ideen weiter aus: »Indem man Unmöglichkeiten visualisiert und hart daran arbeitet, bis diese absurden Bilder einem möglich und real und vertraut erscheinen, kann man seine psychischen Kräfte freisetzen, die normalerweise durch gesellschaftliche Zwänge und zivilisationsbedingten Unglauben tief in uns vergraben sind. Meiner Meinung nach ließe sich diese Visualisierung am leichtesten während tiefer Meditation oder unter Hypnose erreichen, aber diese Theorie wurde nie bewiesen, weil die Wissenschaftler davor zurückschrecken, Menschen dem langwierigen und mitunter schmerzhaften Prozeß zu unterziehen, der zur Umformung der Psyche erforderlich ist.«

»Jammerschade, daß Sie sich nicht in Deutschland aufhielten, als die Nazis an der Macht waren«, sagte Dan sarkastisch. »Ich bin sicher, daß sie für ein solch interessantes Experiment Hunderte von Menschen bereitgestellt hätten. Und ihnen wäre es scheißegal gewesen, was Sie diesen Menschen antun müssen, um ihre Psyche zu verändern.«

Uhlander tat so, als hätte er diese Beleidigung nicht gehört. »Und dann bot sich diese einmalige Chance mit Melanie. Wir konnten sie über Jahre hinweg durch Drogen in einen Zustand äußerster Konzentration versetzen; hinzu kamen die immer ausgedehnteren Aufenthalte im Deprivationstank... nun, es waren ideale Bedingungen, und der Durchbruch gelang tatsächlich.«

Die Tür zum Dezember sei nicht das einzige Paradoxon gewesen, auf das Melanie sich konzentrieren mußte, erklärte der Okkultist. Manchmal habe sie an eine Treppe denken sollen, die nur seitwärts führte.

»Stellen Sie sich einmal vor«, sagte Uhlander, »daß Sie auf einer riesigen, endlosen viktorianischen Treppe mit kunstvoll geschnitztem Geländer stehen. Plötzlich fällt Ihnen auf, daß Sie weder hinauf- noch hinabsteigen. Stattdessen befinden Sie sich auf einer Treppe, die nur seitwärts führt, die weder Anfang noch Ende hat.«

Auch die Katze, die sich selbst aufißt – jene Geschichte, die Melanie unter Hypnose erzählt hatte –, war ein solches paradoxes Denkmodell, ebenso das Fenster zum Gestern.

»Sie stehen in Ihrem Schlafzimmer an einem Fenster und schauen auf den Rasen hinaus. Sie sehen den Rasen nicht so, wie er heute ist, sondern so, wie er gestern war, als Sie dort ein Sonnenbad nahmen. Sie sehen sich dort draußen auf einem Strandlaken liegen. Durch die anderen Fenster im Zimmer können Sie diese Szene nicht sehen. Es ist ein ganz besonderes Fenster, ein Fenster zum Gestern. Und wenn Sie durch dieses Fenster hinaussteigen würden, wären Sie ins Gestern zurückversetzt, würden neben sich selbst stehen und sich beim Sonnenbaden zusehen.«

Boothe näherte sich von der Bar her und blieb knapp außerhalb des Lichtkreises der Tiffany-Lampe stehen. »Sobald der Mensch imstande ist, an das Paradoxon zu *glauben*«, führte er aus, »muß er es auch wirklich *betreten*. Wenn beispielsweise die Treppe ins Nirgendwo bei Melanie am besten geklappt hätte, wäre ihr irgendwann befohlen worden, die letzte Stufe dieser Treppe zu *verlassen*, obwohl die Treppe kein Ende hatte. Und indem sie diesen Schritt von der Treppe gemacht hätte, hätte sie ihren Körper verlassen und ihre erste außerkörperliche Erfahrung gemacht.

Oder wenn sie sich das Fenster zum Gestern am besten hätte vorstellen können, wäre sie ins Gestern getreten, selbst ein Bestandteil des Unmöglichen geworden, und die damit verbundene Dislokation hätte eine astrale Projektion bewirkt. Das war jedenfalls unsere Theorie.«

»Total verrückt«, sagte Dan.

»O nein«, widersprach Uhlander vehement und blickte endlich von der Lampe auf. »Die Sache funktionierte. Es war die Tür zum Dezember, die Melanie am besten visualisieren konnte, und sobald sie über die Schwelle dieser Tür trat, wurde sie sich ihrer psychischen Fähigkeiten bewußt und lernte mit diesen Kräften umzugehen.«

Melanie fürchtete sich also nicht, wie Dan und Laura geglaubt hatten, vor etwas Übernatürlichem, das durch diese Tür eindringen würde, sondern hatte Angst davor, die Tür zu öffnen, weil sie dann über die Schwelle treten und wieder morden würde. Sie war hin und her gerissen zwischen zwei entgegengesetzten mächtigen Verlangen: dem Wunsch, all ihre Peiniger zu töten, und dem verzweifelten Bedürfnis, mit dem Morden aufzuhören.

O Gott!

Boothe trat an den Schreibtisch heran und legte eine Hand auf die sorgfältig gebündelten Banknoten im Koffer. Er warf Dan einen scharfen Blick zu. »Nun?«

Anstatt ihm zu antworten, wandte sich Dan an Uhlander: »Wenn sie diese psychischen Kräfte anwendet – tritt dann eine Luftveränderung ein, die jeder wahrnehmen kann?«

Uhlanders Falkenaugen starrten Dan durchdringend an. »Was für eine Art Veränderung?«

»Eine plötzliche unerklärliche Kälte.«

»Durchaus möglich«, erwiderte Uhlander. »Es könnte sich um ein Anzeichen für rasche Akkumulation okkulter Energie handeln. Solch ein Phänomen wird beispielsweise dem Poltergeist zugeschrieben. Waren Sie persönlich anwesend, als so etwas geschah?«

»Ja. Ich glaube, es passiert jedesmal, wenn sie ihren Körper verläßt – oder in ihn zurückkehrt«, sagte Dan.

Plötzlich wurde die Luft im Kino kalt.

Laura hatte sich erst vor zwei oder drei Sekunden vergewissert, daß Melanies Augen weit geöffnet waren. Sie mußte sie soeben erst geschlossen haben – und schon nahte ›Es‹. Es mußte irgendwo auf der Lauer gelegen und nur auf diesen Moment gewartet haben.

Laura packte Melanie bei den Schultern und schüttelte sie, aber die Augen des Kindes öffneten sich nicht.

»Melanie? Melanie, wach auf!«

Die Luft wurde noch kälter.

»Melanie!«

Kälter.

Einer Panik nahe, kniff Laura ihre Tochter in die Wangen. »Wach auf, wach auf!«

Zwei Reihen hinter ihr rief jemand: »He, Ruhe dort drüben!«

Kälter.

Die Hand immer noch auf den Geldscheinen, sagte Boothe: »Sie müssen sie töten. Sie sind der einzige, der weiß, wo sie sich aufhält. Es ist das einzig Richtige, sie zu töten!«

»Sie ist doch nur ein Kind«, entgegnete Dan.

»Sie hat schon acht Menschen bestialisch umgebracht!«

»Menschen?« Dan lachte erbittert. »Könnten Menschen ihr angetan haben, was Sie ihr antaten? Hätten Menschen sie mit Elektroschocks gefoltert? Wo haben sie die Elektroden befestigt? An ihrem Nacken? An ihren Armen? Oder an ihren Genitalien? O ja, ich wette, an ihren Genitalien, um die maximale Wirkung zu erzielen. Folterknechte wollen immer die maximale Wirkung erzielen. Männer? Menschen? Acht Menschen, sagen Sie? Ich glaube, daß es eine Grenze für Skrupellosigkeit und Grausamkeit gibt, unterhalb derer man nicht mehr das Recht hat, sich als Mensch zu bezeichnen.«

Boothe weigerte sich, Dans Worte zur Kenntnis zu nehmen. »Acht Männer! Das Mädchen ist ein Monster, ein psychopathisches Monster!«

»Melanie ist zutiefst gestört. Sie kann für ihre Taten nicht verantwortlich gemacht werden«, widersprach Dan, und er hätte es nie für möglich gehalten, daß er sich so an der wachsenden Angst und Verzweiflung von Menschen weiden könnte, wie er es jetzt beim Anblick dieser beiden Ungeheuer tat, die ihre letzte Überlebenschance dahinschwinden sahen.

»Sie sind ein Gesetzeshüter«, rief Boothe wütend. »Es ist Ihre Pflicht, Gewalt zu verhindern.«

»Ist es denn keine Gewalttat, ein neunjähriges Kind zu erschießen?«

»Aber wenn Sie sie nicht töten, wird sie *uns* töten!« schrie Boothe. »Zwei Tote statt einer. Wenn Sie sie erschießen, retten Sie ein Menschenleben.«

»Ich soll Menschenleben gegeneinander aufrechnen? Eine interessante Idee«, sagte Dan. »Wissen Sie, Mr. Boothe, ich könnte wetten, daß der Teufel Sie in der Hölle zum Buchhalter für die Seelen macht.«

Das Gesicht des weißhaarigen distinguierten Verlegers verzerrte sich zu einer grotesken Maske aus Haß und ohnmächtiger Wut, und er schleuderte sein Whiskeyglas nach Dan.

Dan duckte sich, das Glas fiel ein ganzes Stück hinter ihm auf den Boden und zerbrach beim Aufprall.

»Sie gottverdammtes saublödes Arschloch!« keuchte Boothe.

»Aber, aber«, sagte Dan. »Nur gut, daß Ihre Freunde aus dem Rotary Club Sie nicht gehört haben. Sie wären schockiert.«

Boothe wandte sich abrupt ab und starrte in die Dunkelheit, wo die Bücher geduldig auf ihren Regalen standen. Er zitterte vor Wut, gab aber keinen Ton mehr von sich.

Dan hatte alles erfahren, was er wissen mußte. Nun hielt ihn hier nichts mehr.

Laura konnte Melanie nicht aufwecken. Andere Kinobesucher regten sich über sie auf, riefen »Pssst!« und »Ruhe!« Laura ignorierte sie, aber so sehr sie sich auch bemühte, es gelang ihr nicht, Melanie auch nur ein Murmeln oder ein Blinzeln zu entlocken.

Earl war aufgestanden und hatte seine Hand auf die Waffe unter seinem Mantel gelegt.

Laura blickte gehetzt nach allen Seiten und wartete auf die erste Demonstration einer okkulten Kraft.

Aber plötzlich wurde die Luft wieder warm, ohne daß etwas geschehen war.

Was auch immer vor wenigen Sekunden im Kino gewesen sein mochte, hatte sich wieder zurückgezogen.

Uhlander starrte jetzt wieder auf den bunten Lampenschirm, doch er schien ihn überhaupt nicht wahrzunehmen. Er hatte jetzt einen ähnlich glasigen Blick wie Melanie. Während er ins warme Licht starrte, sah er wahrscheinlich seine Zukunft vor sich, die nur aus Dunkelheit bestand. Mit dünner, zittriger Stimme flehte er: »Hören Sie, Lieutenant, bitte... Sie brauchen nicht einverstanden zu sein mit dem, was wir gemacht haben ... Sie brauchen uns nicht zu verstehen ... Sie können uns verabscheuen ... Aber haben Sie doch Mitleid mit uns!«

»Mitleid? Aus Mitleid mit Ihnen soll ich hingehen und ein neunjähriges Mädchen erschießen?«

Am ganzen Leibe zitternd, wandte sich Boothe wieder Dan zu. »Sie würden damit nicht nur *unsere* Leben retten. Um Gottes willen, begreifen Sie denn nicht? Sie läuft Amok. Sie ist jetzt auf den Geschmack von Blut gekommen, und es ist ziemlich unwahrscheinlich, daß sie aufhören wird zu morden, wenn sie uns alle zur Strecke gebracht hat. Sie ist wahnsinnig. Sie haben selbst gesagt, wir hätten sie in den Wahnsinn getrieben. Sie haben gesagt, sie sei für ihre Taten nicht verantwortlich. Okay, sie ist nicht zurechnungsfähig, aber sie läuft Amok, und sie wird wahrscheinlich von Stunde zu Stunde mächtiger, lernt immer besser mit ihren psychischen Kräften umzugehen, und wenn jemand ihr nicht bald Einhalt gebietet, wird später vielleicht niemand mehr dazu imstande sein. Es geht nicht nur um Albert und mich. Unzählige andere Menschen könnten sterben.«

»Nein, kein einziger«, sagte Dan.

»Was?«

»Sie wird Uhlander und Sie umbringen, die beiden letzten Konspiratoren aus dem grauen Zimmer, und dann ... dann wird sie sich selbst töten.«

Erst nachdem er es in Worte gefaßt hatte, kam es ihm selbst voll zu Bewußtsein, und er verspürte einen stechenden Schmerz in der Brust bei dem Gedanken, daß Melanie sich aus Verzweiflung über ihre Taten das Leben nehmen würde.

»Sich selbst töten?« rief Boothe verwundert.

»Wie kommen Sie denn auf diese Idee?« fragte Uhlander.

Dan berichtete ihnen in wenigen Sätzen von Melanies Äußerungen unter Hypnose. »Als sie sagte, ›Es‹ werde sie holen, sobald alle anderen tot wären, hatten wir keine Ahnung, was dieses ›Es‹ sein könnte. Ein Geist, ein Dämon – es schien uns unmöglich, daß so etwas existierte, aber wir sahen, daß etwas Unerklärliches vor sich ging. Jetzt weiß ich, daß es kein Geist und kein Dämon war, und ich weiß, daß sie die Absicht hat, sich selbst zu töten, ihre psychischen Kräfte gegen sich selbst einzusetzen. Es sind also keine weiteren Opfer zu befürchten. Nur Ihr beider Leben steht auf dem Spiel, und das des Mädchens. Ich sehe nur die Möglichkeit, eventuell Melanies Leben retten zu können.«

Boothe, dessen Moralität etwa mit der Hitlers oder Stalins zu vergleichen war, der einen professionellen Killer gedungen und Folterungen finanziert hatte, der bedenkenlos mit eigener Hand morden würde, wenn er auf diese Weise seine Haut retten könnte – diese durch und durch böse Kreatur war empört darüber, daß Dan, ein Hüter des Gesetzes, ihn und seinen Freund nicht nur sterben lassen wollte, sondern die Vorstellung auch noch genoß, daß sie bald von der Erde getilgt sein würden. »Aber... aber... wenn sie uns tötet, und Sie hätten das verhindern können... dann sind Sie an unserem Tod mitschuldig!«

Dan blickte ihn lange an und nickte. »Ja. Aber das schockiert mich nicht. Ich wußte immer, daß ich mich in dieser Hinsicht nicht von anderen Menschen unterscheide. Ich wußte immer, daß ich unter bestimmten Umständen zu einem kaltblütigen Mord fähig wäre.«

Er wandte sich ab und ging auf die Tür zu.

Uhlander rief ihm nach: »Was glauben Sie, wieviel Zeit uns bleibt?«

Dan drehte sich noch einmal um. »Nachdem ich heute morgen einen Teil Ihres Buches gelesen hatte, begriff ich manches; deshalb warnte ich Laura, sie solle versuchen, Melanie wachzuhalten. Ich wollte nicht, daß Sie umgebracht würden, bevor ich mit Ihnen gesprochen habe. Aber ich habe nicht die Absicht, Melanie heute abend am

Schlafengehen zu hindern. Und wenn sie zu Bett geht und einschläft...«

Es war sehr still im Raum.

Nur das leise Rauschen des Regens war zu hören.

»Uns bleiben also noch einige Stunden«, sagte Boothe schließlich, und er erinnerte kaum noch an den Mann, der Dan vor kurzem begrüßt hatte. Jetzt war er weitaus weniger beeindruckend. »Nur einige Stunden...«

Aber ihnen blieb nicht einmal soviel Zeit, denn kaum daß Boothes Stimme in Schrecken und Selbstmitleid verklungen war, fiel von einer Sekunde zur anderen die Temperatur in der Bibliothek um zwanzig Grad.

Laura hatte Melanie nicht wachhalten können.

»Nein!« rief Uhlander.

Von einem der obersten Regale regneten Bücher auf Boothe und Uhlander herab.

Die beiden Männer schrien auf und hielten schützend die Arme über ihre Köpfe.

Ein schwerer Stuhl hob vom Boden ab, flog etwa drei Meter in die Höhe, drehte sich rasend im Kreis, sauste quer durch die Bibliothek und landete in einem der riesigen Fenster. Dem Klirren von Glas folgte ein lautes Krachen, als der Stuhl vom Fensterrahmen abprallte und auf den Boden fiel.

Melanie war hier. Ihre ätherische Hälfte. Ihr Astralleib, ihr Psychogeist.

Dan überlegte, ob er versuchen sollte, mit ihr zu argumentieren, bevor sie wieder mordete, aber er wußte, daß er keine Chance hatte, zu ihr durchzudringen. Er konnte Boothe und Uhlander nicht retten, und eigentlich hatte er auch gar nicht den Wunsch, sie zu retten. Das einzige Leben, das er jetzt vielleicht noch retten konnte, war Melanies, denn er hatte eine Idee, wie er sie davon abhalten könnte, sich mit Hilfe ihrer psychischen Kräfte selbst zu vernichten. Es war ein ungewisser Plan, der wenig Chancen auf Erfolg hatte. Aber um es überhaupt versuchen zu können, mußte er bei Melanie sein, bei ihrem physischen Körper, wenn ihr Astralleib dorthin zurückkehrte. Und das bedeutete, daß er im Kino sein mußte, bevor sie hier ihr Werk vollbracht hatte. Er durfte keine Zeit mit dem sinnlosen Versuch vergeuden, sie von den Morden an Boothe und Uhlander abzuhalten.

Unsichtbare Hände räumten die Bücher von einem weiteren Regal ab; sie flogen durchs ganze Zimmer.

Boothe schrie.

Die Bar explodierte, so als hätte eine Bombe dort eingeschlagen, und die Luft roch plötzlich nach Whiskey.

Uhlander begann, um Gnade zu winseln.

Dan sah, daß die Tiffany-Lampe sich an ihrer Schnur in die Luft hob, wie ein Ballon. Ihm kam voll zu Bewußtsein, wie wenig Zeit ihm blieb, und er stürzte zur Tür. Als er sie aufriß, ging hinter ihm das Licht aus, und die Bibliothek versank in Dunkelheit.

Er zog die Tür hinter sich zu und rannte durch das Haus, in Richtung Ausgang. In einem Raum mit pfirsichfarbenen Wänden und herrlicher weißer Stuckdecke traf er mit dem Butler zusammen, der in umgekehrter Richtung hastete, aufgeschreckt durch die gräßlichen Schreie aus der Bibliothek. »Rufen Sie die Polizei!« rief Dan. Er war überzeugt davon, daß Melanie niemandem etwas zuleide tun würde außer den Konspiratoren vom grauen Zimmer. Trotzdem sagte er, als der Butler verwirrt stehenblieb: »Gehen Sie nicht in die Bibliothek. Rufen Sie die Polizei an. Um Gottes willen, betreten Sie die Bibliothek nicht!«

Das dunkle Kino war für Laura plötzlich kein sicherer Zufluchtsort mehr. Sie litt jetzt unter Klaustrophobie. Die langen Sitzreihen schienen sie einzuzwängen. Die Dunkelheit war bedrohlich. Warum nur hatten sie sich an einem dunklen Ort versteckt? ›Es‹ liebte wahrscheinlich die Dunkelheit, fühlte sich darin zu Hause.

Was würde geschehen, wenn die Luft wieder kalt wurde und der böse Geist zurückkehrte?

Und er *würde* zurückkehren.

Dessen war sie sich ganz sicher.

›Es‹ würde bald zurückkehren.

Das riesige Eisentor begann sich langsam zu öffnen, als Dan die lange Auffahrt zur Hälfte hinter sich hatte.

Normalerweise rief der Butler wahrscheinlich im Wachhäuschen an, und der Wächter öffnete das Tor schon, wenn der Besucher oben losfuhr. Aber jetzt war der Butler damit beschäftigt, die Polizei anzurufen, und außerdem mußten die gellenden Schreie und der Kampflärm aus der Bibliothek ihn in Angst und Schrecken versetzen. Deshalb hatte der Wächter erst auf den Schalter gedrückt, als er die Scheinwerfer aufleuchten sah.

Dan hatte hastig das Blaulicht am Wagen befestigt und brauste in wahnsinnigem Tempo den Hügel hinab. Er hoffte nur, daß das Tor offen sein würde, bis er dort ankam, denn andernfalls würde es einen schrecklichen Unfall geben. Das Eisengitter war so stabil, daß es sogar einem Panzer standhalten würde. Wenn er mit voller Wucht dagegenprallte, würde er wahrscheinlich enthauptet oder von einer Stange aufgespießt werden.

Er hätte den Hügel natürlich in vernünftigem Tempo hinabfahren können, aber jetzt zählte jede Sekunde. Selbst wenn der Astralleib des Mädchens noch einige Minuten mit Boothe und Uhlander beschäftigt war, würde er vor Dan in jenem Kino in Westwood sein, denn der Geist war mit Sicherheit nicht so langsam wie ein Auto, sondern bewegte sich im Bruchteil einer Sekunde von einem Ort zum anderen. Außerdem befürchtete Dan, daß der Butler seine Fassung wiedergewinnen und dann auf die Idee kommen könnte, daß Dan für die Schreie in der Bibliothek irgendwie verantwortlich war. Und wenn er einen solchen Verdacht schöpfte, würde er vielleicht den Wächter verständigen, das Tor würde sich wieder schließen, und Dan würde kostbare Zeit mit Erklärungen vergeuden müssen.

Etwa zehn Meter vom Tor entfernt nahm er endlich den Fuß vom Gaspedal und trat auf die Bremse. Der Wagen kam ins Schleudern, doch Dan konnte ihn auf der Straße halten. Er hörte ein lautes Scharren und verspürte einen leichten Stoß, als die hintere Stoßstange an einem Torflügel entlangschrammte. Dann lag die Straße vor ihm, und er bog scharf ein, ohne abzubremsen.

Mit eingeschaltetem Blaulicht raste er von der Anhöhe, auf der Bel Air lag, bergabwärts in Richtung Westwood, schnitt rücksichtslos die Kurven und setzte auf den unübersichtlichen gewundenen Straßen nicht nur sein eigenes Leben aufs Spiel, sondern auch das anderer Verkehrsteilnehmer.

Delmar, Carrie, Cindy Lakey...

Nicht noch einmal!

Melanie hatte Morde begangen, gewiß, aber sie verdiente für ihre Taten nicht den Tod. Sie hatte sie in unzurechnungsfähigem Zustand begangen. Außerdem mußte man ihr mildernde Umstände zugestehen; nur wenige Menschen könnten sich mit soviel Recht darauf berufen. Sie hatte in Notwehr gehandelt. Wenn sie ihre Peiniger nicht bis auf den letzten Mann liquidiert hätte, wäre sie ihnen früher oder später wieder in die Hände gefallen, und sie hätten weitere Experimente mit ihr durchführen wollen. Wenn sie nicht alle zehn Konspiratoren umgebracht hätte, wäre sie irgendwann wieder physisch und psychisch gefoltert worden.

Das mußte er Melanie klarmachen.

Er glaubte zu wissen, wie er das vielleicht schaffen könnte.

Bitte, Gott, laß es gelingen.

Bis Westwood war es nicht weit. Wenn er dieses

selbstmörderische Tempo beibehielt, müßte er in weniger als fünf Minuten im Kino sein.

Delmar, Carrie, Cindy Lakey... Melanie...

Nein!

Die Lufttemperatur fiel schlagartig.

Melanie wimmerte.

Laura sprang von ihrem Sitz auf. Sie wußte nicht, was sie tun sollte, aber sie konnte einfach nicht stillsitzen, während ›Es‹ sich nahte.

Die Luft wurde immer kälter – noch kälter als am Vortag in der Küche und später im Motelzimmer.

Lauras Hintermann bat sie, sich zu setzen; auch andere Leute drehten sich nach ihr um. Doch gleich darauf wandte sich die allgemeine Aufmerksamkeit der Tatsache zu, daß es im Kino plötzlich eiskalt war.

Auch Earl war aufgestanden, und diesmal hatte er den Revolver aus dem Halfter gezogen.

Melanie stieß einen jämmerlichen dünnen Schrei aus, aber ihre Augen blieben geschlossen.

Laura schüttelte sie wieder. »Baby, wach auf! Wach auf!«

Im Saal wurde es jetzt unruhig, nicht so sehr als Reaktion auf Lauras und Earls ungewöhnliches Verhalten, als vielmehr wegen der Kälte. Die Leute klapperten schon mit den Zähnen und hatten blaue Lippen.

Dann trat schlagartig Totenstille ein, als die riesige Leinwand von oben bis unten entzweiriß; eine schwarze gezackte Linie zerteilte die Bilder, und die Figuren auf der Leinwand krümmten sich und bekamen verzerrte Gesichter, während die silbrige Fläche, auf der sie existierten, Falten warf und zusammensackte.

Melanie warf sich auf ihrem Sitz hin und her und schlug nach der leeren Luft, traf aber Laura, die noch immer verzweifelt versuchte, das Kind aufzuwecken.

Die schweren Vorhänge zu beiden Seiten der Leinwand

wurden aus den Schienen an der Decke gerissen. Sie flatterten wie Flügel in der Luft, so als wäre der Teufel aus der Hölle emporgestiegen und entfaltete seine fledermausartigen Schwingen. Dann schwebten sie zu Boden und blieben als leblose Stoffberge liegen.

Das war zuviel für die Kinobesucher. Verwirrt und verängstigt sprangen sie von ihren Sitzen auf.

Nachdem sie mehrere harte Schläge auf die Arme und ins Gesicht abbekommen hatte, war es Laura gelungen, Melanie bei den Handgelenken zu packen und sie festzuhalten. Sie warf über die Schulter hinweg einen Blick nach vorne.

Der Filmvorführer hatte seinen Apparat noch nicht ausgeschaltet, so daß die ruinierte Leinwand etwas Licht reflektierte; außerdem spendeten die Lampen an den Notausgängen schwaches bernsteinfarbenes Licht. Diese Beleuchtung reichte gerade aus, damit alle sehen konnten, was nun geschah. Leere Sitze in der ersten Reihe rissen sich vom Fußboden los, an dem sie befestigt waren; sie flogen durch die Luft auf die Leinwand zu, wo sie wie Kanonenkugeln einschlugen und neue Schäden anrichteten.

Menschen begannen zu schreien, und manche rannten auf die Ausgänge im hinteren Teil des Saales zu. Jemand kreischte: »Ein Erdbeben!«

Selbstverständlich erklärte ein Erdbeben keinen der unheimlichen Vorgänge, und wahrscheinlich glaubte auch niemand daran, doch dieses in Südkalifornien so gefürchtete Wort verstärkte die Panik noch.

Die Sitze der zweiten Reihe lösten sich mit furchtbarem Lärm vom Boden.

Laura hatte den Eindruck, als wäre ein gigantisches unsichtbares Tier vorne ins Kino eingedrungen und käme auf sie zu, wobei es alles zerstörte, was ihm im Wege war.

»Nichts wie weg hier!« brüllte Earl, obwohl er genausogut wie Laura wußte, daß sie vor diesem Wesen, was auch immer es war, nicht wegrennen konnten.

Melanie hatte aufgehört zu kämpfen. Sie hing schlaff in ihrem Sitz, zusammengesackt, wie tot.

Der Vorführer schaltete seinen Apparat aus und die Saallampen ein. Außer Laura, Melanie und Earl waren alle Besucher in den hinteren Teil des Kinos gestürzt, und etwa die Hälfte von ihnen hatte sich schon ins Foyer geflüchtet.

Lauras Herz klopfte zum Zerspringen, als sie Melanie auf die Arme nahm und mit ihr an leeren Sitzen vorbei zum Gang stolperte.

Jetzt flogen schon die Sitze der vierten Reihe krachend in die Luft und wurden mit ungeheurer Wucht in die zerstörte Leinwand geschleudert.

Aber den schlimmsten Lärm, eine regelrechte Kanonade, vollführten die Türen der Notausgänge in der Nähe der Leinwand. Sie schwangen auf und schlugen zu, immer und immer wieder, mit solcher Kraft, daß die pneumatischen Zylinder, die ein leises Schließen gewährleisten sollten, völlig nutzlos waren.

Laura sah in ihnen keine Türen, sondern weit aufgerissene Mäuler, hungrige Mäuler, und sie war sicher, wenn sie so töricht wäre, durch diese Notausgänge ins Freie flüchten zu wollen, würde sie sich nicht auf dem Parkplatz wiederfinden, sondern im Schlund eines unvorstellbar schrecklichen, stinkenden Tieres. Ihr war bewußt, daß das ein aberwitziger Gedanke war, der nur allzu deutlich machte, wie nahe sie einer totalen Panik war.

Sie wußte auch, daß sie sich nur deshalb noch halbwegs unter Kontrolle hatte, weil sie ähnliche Poltergeist-Phänomene schon in ihrer Küche erlebt hatte, wenn auch in weit schwächerer Form. Was *war* es nur? Was war ›Es‹? Und warum wollte es Melanie haben?

Dan wußte es. Zumindest wußte er manches.

Aber es spielte keine Rolle, was er wußte, denn er konnte ihnen jetzt nicht helfen. Mit größter Wahrscheinlichkeit würde sie ihn niemals wiedersehen.

Der Gedanke, Haldane nie wieder zu sehen, war niederschmetternd, was sie selbst überraschte, speziell in der gegenwärtigen Situation.

Als sie den Gang erreichte, drohte sie unter Melanies Gewicht und unter der Last ihres Entsetzens in die Knie zu sinken. Earl schob seinen Revolver hastig in das Halfter und nahm ihr das Mädchen ab.

Nur noch wenige Menschen drängten sich an den Türen zum Foyer. Einige drehten sich immer wieder um und starrten mit weit aufgerissenen Augen auf das unvorstellbare Chaos.

Laura und Earl hatten erst wenige Schritte auf dem teppichbelegten Gang gemacht, als die Sitze hinter ihnen aufhörten, in die Luft zu fliegen. Statt dessen rissen sich jetzt Sitze aus den Reihen *vor* ihnen vom Boden los, vollführten einen kurzen ungeschickten Tanz und krachten auf den Gang nieder, blockierten den Weg.

Melanie würde den Saal nicht verlassen dürfen.

Earl blieb mit dem Mädchen auf den Armen unschlüssig stehen.

Dann versetzte ihm etwas einen heftigen Stoß, und er taumelte rückwärts, während etwas ihm Melanie entriß. Das Mädchen wurde durch den Gang geschleudert und prallte seitlich gegen eine Sitzreihe.

Laura stürzte schreiend zu ihrer Tochter, drehte sie um und legte einen Finger auf ihren Hals. Sie spürte einen Puls.

»Laura!«

Sie blickte auf, als sie ihren Namen hörte, und sah mit ungeheurer Erleichterung, daß Dan Haldane auf sie zugerannt kam. Er sprang über die zerborstenen Sitze, mit denen der unsichtbare Feind den Gang versperrt hatte, und er rief ihr zu: »So ist es richtig! Halten Sie sie in Ihren Armen, beschützen Sie sie!« Er erreichte Laura und kniete neben ihr nieder. »Stellen Sie sich zwischen Melanie und ›Es‹, denn ich glaube nicht, daß ›Es‹ Ihnen etwas zuleide tun wird.«

»Warum nicht?«

»Das erkläre ich Ihnen später«, sagte er und erkundigte sich bei Earl, der gerade wieder auf die Beine kam. »Ist alles in Ordnung?«

»Ja«, antwortete Earl. »Ich habe nur ein paar leichte Prellungen abbekommen.«

Dan stand auf.

Laura kniete auf dem Boden, zwischen verstreutem Popcorn, zerdrückten Pappbechern und anderen Abfällen. Sie hielt Melanie fest umschlungen, versuchte, das Kind einzuhüllen. Ihr fiel auf, daß im Kino Stille eingetreten war, daß das unsichtbare Monster keine Verwüstung mehr anrichtete. Aber die Luft war kalt, so kalt, daß ihr fast das Blut in den Adern gefror.

›Es‹ war nach wie vor zugegen.

Dan drehte sich langsam im Kreis und wartete darauf, daß irgend etwas geschehen würde. Als die Stille anhielt, sagte er: »Du kannst dich nicht töten, es sei denn, du tötest auch deine Mutter. Sie wird es nicht zulassen, es sei denn, daß du zuerst sie umbringst.«

Laura blickte zu ihm hoch. »Mit wem sprechen Sie?« Und dann schrie sie auf und drückte Melanie noch fester an sich. »Etwas zerrt an mir! Dan, etwas versucht mich von ihr wegzureißen!«

»Kämpfen Sie dagegen an!«

Sie hielt Melanie fest, und einen Augenblick lang zuckte und wand sie sich auf dem Boden wie eine Epileptikerin. Dann endete der Angriff genauso abrupt, wie er begonnen hatte.

»Ist es vorbei?« fragte Dan.

Sie warf ihm einen völlig fassungslosen Blick zu. »Ja.«

Dan sprach in die Luft hinein, denn er fühlte, daß der Astralleib irgendwo im Kino auf der Lauer lag. »Du wirst sie nicht dazu bringen können, dich loszulassen, damit du dich selbst zerschmettern kannst. Sie *liebt* dich. Und wenn es sein muß, wird sie sterben, um dich zu beschützen.«

Auf der anderen Seite des Saals flogen drei Sitze in die Luft, wo sie etwa eine halbe Minute lang umherwirbelten und gegeneinander hämmerten, bevor sie zu Boden krachten.

»Ganz egal, was du glaubst«, rief Dan dem Psychogeist zu, »du verdienst nicht zu sterben. Was du getan hast, war schrecklich, aber dir blieb kaum eine andere Wahl.«

Schweigen.

Stille.

»Deine Mutter liebt dich. Sie will, daß du lebst. Deshalb hält sie dich mit aller Kraft fest.«

Ein jämmerlicher Laut von Laura verriet, daß sie endlich die ganze grauenvolle Wahrheit begriffen hatte.

Die Vorhänge machten einen halbherzigen Versuch, sich wie zuvor zu bedrohlichen Schwingen zu entfalten, sackten aber nach wenigen Sekunden wieder in sich zusammen.

Earl war neben Dan getreten. Während er sich im Kino umsah, fragte er: »Es war also das Mädchen selbst?«

Dan nickte.

Vor Entsetzen, Kummer und Angst schluchzend, wiegte Laura ihre Tochter in den Armen.

Die Luft war noch immer eisig.

Etwas berührte Dan mit unsichtbaren Eishänden und stieß ihn zurück, aber nicht allzu heftig.

»Du kannst dich nicht umbringen, weil wir nicht *zulassen* werden, daß du dich tötest«, erklärte Dan dem Astralleib. »Wir lieben dich, Melanie. Du hattest nie eine Chance, und wir wollen dir eine Chance geben.«

Stille.

Earl wollte etwas sagen, doch plötzlich brauste der Psychogeist ein Stück vor ihnen an einer Sitzreihe entlang und riß die Rückenlehnen ab; die Vorhänge flatterten in die Luft empor, und die Ausgangstüren begannen wieder aufzufliegen und zuzuknallen. Deckenplatten regneten herab, und ein durchdringendes Geheul ertönte – eine Astralstimme, die aus der Luft kam und zu solcher Lautstärke anschwoll, daß Earl und Dan sich die Ohren zuhielten.

Dan warf einen Blick auf Laura. Ihr Gesicht war von dem Lärm schmerzverzerrt, aber sie ließ Melanie nicht los, hielt sie krampfhaft an sich gedrückt.

Das Geheul wurde immer unerträglicher, und einen Augenblick lang dachte Dan, daß er Melanie falsch eingeschätzt hatte, daß sie die Decke zum Einsturz bringen und sie alle töten würde, um sich selbst umbringen zu können. Doch die Kakophonie endete schlagartig, die Vorhänge fielen in sich zusammen, die Türen hörten auf zu schlagen. Eine letzte Deckenplatte segelte herab, prallte auf dem Gang auf und blieb dort liegen.

Wieder Stille.

Wieder Schweigen.

Sie warteten fast eine Minute – und dann erwärmte sich die Luft.

Im hinteren Teil des Kinos fragte ein Mann – vielleicht der Besitzer: »Was, zum Teufel, war denn hier los?«

Ein Platzanweiser, der alles von Anfang an miterlebt hatte, versuchte erfolglos, das Geschehen zu erklären.

Dan nahm in einiger Höhe eine Bewegung wahr. Er blickte hoch und sah, daß der Filmvorführer verängstigt durch eine Tür lugte.

Laura ließ Melanie endlich los, während Dan und Earl neben ihr niederkauerten.

Melanies Augen waren weit geöffnet, aber sie sah keinen von ihnen an. Ihr Blick war verschwommen. Aber ihre Augen waren nicht mehr so eigenartig wie bisher. Sie nahm noch nichts in dieser Welt wahr, aber sie hatte auch aufgehört, dorthin zu starren, wo sie Zuflucht gesucht hatte. Sie stand auf der Grenzlinie zwischen jener Fantasiewelt und der realen Welt, zwischen jener finsteren Innenwelt und der Welt des Lichts, in der sie würde leben müssen.

»Wenn der selbstmörderische Drang vorüber ist – und ich glaube, das ist der Fall –, dann haben wir das Schlimmste hinter uns«, sagte Dan. »Ich glaube, daß sie mit der Zeit in die Realität zurückkehren wird. Aber es wird unendliche Geduld und viel Liebe erfordern.«

»Ich habe beides«, sagte die Frau.

»Wir werden helfen«, verprach Earl.

»Ja«, bestätigte Dan. »Wir werden helfen.«

Vor Melanie lagen Jahre der Therapie, und es war nicht auszuschließen, daß sie autistisch bleiben würde. Aber Dan hatte den Eindruck, daß sie die Tür zum Dezember für immer geschlossen hatte, daß sie diese Tür nie wieder öffnen würde. Und wenn sie geschlossen blieb, wenn Melanie es fertigbrachte zu vergessen, wie man diese Tür öffnete, dann würde sie vielleicht mit der Zeit auch den Schmerz und die Gewalt und den Tod vergessen können, die auf der anderen Seite der Tür auf der Lauer lagen.

Das Vergessen war der Anfang der Heilung.

Er begriff, daß er diese Lektion auch selbst gebrauchen konnte. Eine Lektion im Vergessen. Er mußte sein eigenes schmerzliches Versagen vergessen. Delmar, Carrie, Cindy Lakey. Er hatte das kindliche Gefühl, wenn er endlich jene düsteren Erinnerungen hinter sich lassen, wenn er seine eigene Tür schließen könnte, dann würde auch Melanie imstande sein, die Tür zum Dezember zu schließen; wenn er es fertigbrachte, sich vom Tod abzuwenden, würde das irgendwie zu Melanies Heilung beitragen.

Er gelobte Gott: Herr, ich verspreche Dir, die Vergangenheit endlich zu begraben, nicht mehr soviel über Blut, Tod und Mord zu grübeln, intensiver zu leben, die Freuden des Lebens zu würdigen, das Du mir geschenkt hast, dankbarer für alles zu sein, was Du mir gibst, und ich bitte Dich dafür nur um eines: Bitte, laß Melanie den Weg zurück ins Leben finden, laß sie wieder ganz gesund werden. Bitte! Abgemacht?«

Laura, die ihre Tochter wieder in ihren Armen wiegte, blickte ihn forschend an. »Was ist los? Sie sehen so... so angespannt aus. Worüber denken Sie nach?«

Die Haare hingen ihr wirr ins Gesicht, das schmutzig und blutbefleckt war. Trotzdem war sie schön.

Er sagte: »Das Vergessen ist der Anfang der Heilung.«

»War es das, worüber Sie soeben nachdachten?«

»Ja.«

»War das alles?«

»Es genügt«, sagte er. »Es genügt voll und ganz.«